U0572155

# 鲁迅全集

## 第十六卷

鲁迅 著

王德领 钱振文 葛涛 等审订

壁下译丛

译丛补

中国科学技术出版社

·北 京·

**图书在版编目（CIP）数据**

鲁迅全集. 第十六卷 / 鲁迅著. -- 北京 : 中国科
学技术出版社, 2024.3

ISBN 978-7-5236-0206-5

Ⅰ. ①鲁… Ⅱ. ①鲁… Ⅲ. ①鲁迅著作—全集 Ⅳ.
①I210.1

中国国家版本馆CIP数据核字（2023）第073737号

# 目 录

# 译丛补

## 论文

## 杂文

## 诗

壁下译丛

# 小引

    这是一本杂集三四年来所译关于文艺论说的书，有为熟人催促，译以塞责的；有闲坐无事，自己译来消遣的。这回汇印成书，于内容也未加挑选，倘有曾在报章上登载而这里却没有的，那是因为自己失掉了稿子或印本。

    书中的各论文，也并非各时代的各名作。想翻译一点外国作品，被限制之处非常多。首先是书，住在虽然大都市，而新书却极难得的地方，见闻决不能广。其次是时间，总因许多杂务，每天只能分割仅少的时光来阅读，加以自己常有避难就易之心，一遇工作繁重，译时费力，或预料读者也大约要觉得艰深讨厌的，便放下了。

    这回编完一看，只有二十五篇，曾在各种期刊上发表过的是三分之二。作者十人，除俄国的开培尔外，都是日本人。这里也不及历举他们的事迹，只想声明一句：其中惟[1]岛崎藤村、有岛武郎、武者小路实笃三位是兼从事于创作的。

    就排列而言，上面的三分之二——绍介[2]西洋文艺思潮的文字不在内——凡主张的文章都依照着较旧的论据，连《新时代与文艺》这一个新题目也还是属于这一流。近一年来中国应着"革命文学"的呼声而起的许多论文，就还未能啄破这一层老壳，甚至于踏了"文学是宣传"的梯子而爬进唯心的城堡里去了。看这些篇，是很可以借镜[3]的。

    后面的三分之一总算和新兴文艺有关。片上伸教授虽然死后

---

1　现代汉语常用"唯"。——编者注

2　现代汉语常用"介绍"。——编者注

3　现代汉语常用"借鉴"。——编者注

又很有了非难的人，但我总爱他的主张坚实而热烈。在这里还编进一点和有岛武郎的论争，可以看看固守本阶级和相反的两派的主意之所在。末一篇不过是绍介，那时有三四种译本先后发表，所以这就搁下了，现在仍附之卷末。

因为并不是一时翻译的，到现在，原书大半已经都不在手头了，当编印时，就无从一一复勘，但倘有错误，自然还是译者的责任，甘受弹纠，决无[4]异言。又，去年"革命文学家"群起而努力于"宣传"我的个人琐事的时候，曾说我要译一部论文。那倒是真的，就是这一本，不过并非全部新译，仍旧是曾经"横横直直，发表过的"居大多数，连自己看来，也说不出是怎样精采[5]的书。但我是向来不想译世界上已有定评的杰作，附以不朽的，倘读者从这一本杂书中，于绍介文字得一点参考，于主张文字得一点领会，心愿就十分满足了。

书面的图画，也如书中的文章一样，是从日本书《先驱艺术丛书》上贩来的，原也是书面，没有署名，不知谁作，但记以志谢。

一千九百二十九年四月二十日，鲁迅于上海校毕记。

---

4　现代汉语常用"绝无"。——编者注
5　现代汉语常用"精彩"。——编者注

# 思索的惰性

[日]片山孤村

正如物理学上有惰性的法则一样，在精神界，也行着思索的惰性（Denktraegheit）这一个法则。所谓人者，原是懒惰的东西，很有只要并无必需，总想耽于安逸的倾向，加以处在生存竞争剧烈的世上，为口腹计就够忙碌了，再没有工夫来思索，所以即使一想就懂的事，也永远不想。从善于思索的人看来，十分明白的道理，也往往在不知不识中终于不懂地过去了。世上几多的迷信和谬见，即由此发生，对于精神文明的进步，加了不少的阻害。

聚集着聪明的头脑的文坛上也行着这法则。尤其是古人的格言和谚语中，说着漫天大谎的就不少，但因为历来的脍炙人口，以及其人的权威和措辞的巧妙这些原因，便发生思索的惰性，至于将这样的谎话当作真理。又，要发表一种思想，而为对偶之类的修辞法所迷，不觉伤了真理的时候也有；或则作者本知道自己的思想并非真理，只为文章做得好看，便发表了以欺天下后世的时候也有的。并非天才的诗人，徒弄奇警之句以博虚名的文学者，都有这弊病。对于眩人目睛的绚烂的文章，和使人出惊的思想，都应该小心留神地想一想的。例如有一警句，云是"诗是有声之画，画乃无声之诗"。这不但是几世纪以来，在文人墨客间被引证为金科玉律的，就在现今，也还支配着不爱思索的人们的头脑。但自从距今约百四十年前，在莱辛（G. E. Lessing）的《洛康[1]》（*Laokoon*）上撕掉了这骈句的假装之后，突然不

---

1　现译"拉奥孔"。——编者注

流行了。然而，就在撕掉假装的这莱辛的言论中，到现在，也显露了很难凭信的处所。靠不住的是川流和人事。说些这种似乎高明的话的我，也许竟说着非常的胡说。上帝是一位了不得的嘲笑家。

现今在文明史和文艺批评上做工夫的人们中，因为十分重视那文艺和国民性的关系之余，大抵以为文艺是国民精神的反映，大文学如但丁（Dante Alighieri）、莎士比亚（W. Shakespeare）、歌德（J. W. Goethe）、席勒（Fr. Schiller）等，尤其是该国民的最适切的代表者，只要研究这些大文学，便自然明白那国民的性格和理想了。而国民自己，也相信了这些话，以为可为本国光荣的诗人和美术家及其作品，是体现着自己的精神的[2]，便一心一意地崇拜着。

这一说，究竟是否得当的呢？我想在这里研究一番。

大概，忖度他人的心中，本不是容易事，而尤其困难的，则莫过于推究过去的国民的精神状态。现今之称为舆论者，真是代表着或一社会全体，或者至少是那大部分的意见的么[3]？很可疑的。一国民的文艺也一样，真是代表着那国民的精神的么？也可疑的。在德国，也因为一时重视那俗谣的长所，即真实敦厚之趣之余，遂以为俗谣并非成于一人之手，也不是何人所作，是自然地成就的。但那所谓国民文学是国民的产物、国民特有的事业之说，岂不是也和这主张俗谣是自然成立的话陷了同一的谬误么？为什么呢？因为文艺上的作品是成于个人之手的东西，多数国民和这是没有关系的。而诗人和艺术家又是个性最为发达的天才，有着和常人根本不同的精神[4]，在国民的精神底地平线上，崭然露出头角。这样的天才，究竟具备着可做国民及时代的代表者的资格没有呢？据我的意

---

2　此处原文为"是体现着自己们的精神的"，疑为原文多字，故更正。——编者注
3　现代汉语常用"吗"。——编者注
4　此处原文为"有着和常人根本底地不同的精神"，疑为原文多字，故更正。——编者注

见，则以为国民的代表类型倒在那些不出于地平线以上的匹夫匹妇[5]。那么，在文艺上，代表国民底[6]精神，可称为那反响的作品，也应该大概是成于被文学史家和批评家先生骂为粗俗，嘲为平凡，才在文学史的一角里保其残喘的小文学家之手的东西了。例如，在现代的明治文学里，可称为国民底（不是爱国底之意）精神的代表、国民的声音者，并非红叶露伴的作品，而倒是弦斋的《食道乐》罢[7]。这一部书，实在将毫无什么高尚的精神底兴味，唯以充口腹之欲为至乐，于人生中寻不出一点意义的现代我国民的唯物底倾向，赤条条地表现出来了。弦斋用了这部书，一方面固然投国民的俗尚，同时在别方面也暴露了国民的"下卑根性"而给了一个大大的侮辱。"武士虽不食，然而竹牙刷"那样的贵族思想，到唯物底明治时代，早成了过时的东西了。弦斋的《食道乐》是表现这时代的根性的胜利的好个的象征。

反之，高尚的艺术底作品，则并非国民底性情的反响。而且，能懂得者，也仅限于有多少天禀和教育的比较底少数的国民。这样的文学，要受国民的欢迎，是须得经过若干岁月的。而且因为是同国民的产物，则不得不有若干的民族底类似。这类似之点，即所以平均国民与艺术家的天禀和理想的高低，那作品，是国民的指导者、教育者，而决不是代表者。所以那作品而真有伟大的感化及于国民的时候，则国民受其陶冶，到次期，诗人艺术家便成为比较底国民底了。但是，至于说伟大的天才，完全地代表国民的精神，则自然是疑问。然而，即此一点，也就是天才的个性人格成为天才的本领，有着永远不朽的价值的原因。因为理想的天才，是超然于时

---

5　此处原文为"则以为国民的代表底类型倒在那些不出于地平线以上的匹夫匹妇"，疑为原文多字，故更正。——编者注
6　现代汉语常用"的"。——编者注
7　现代汉语常用"吧"。——编者注

间之外的，所以时代生天才一类的话，又是大错特错的根基，在伟人的传记等类，置重于时代，试行历史底解释者，多有陷于牵强附会的事。我之所谓伟人，是精神底文明的创造者之谓，并不是马上的英雄和政治家。

复次，以"正义者最后之胜利也"这一句暧昧的话所代表的道德底世界秩序，即"善人昌恶人灭"这一种思想，和历史上的事实是不合的。文艺上的作品也一样，并不是只有优良者留传于后。荷马（Homeros）之所以传至几千年之后者，因为他在许多史诗中占着最优胜的地位之故；莎士比亚之所以不朽者，因为那内容有着不朽的思想之故：这些议论，是从西洋的文学史和明治文坛的批评家先生们讲给听到耳朵也要聋聩了的。但是仔仔细细地想起来，总觉得是可疑的议论。只看希腊的文明史，有着不朽的价值的天才和作品，不传于后世者就很多。那传下来的，也许又不过是几百分之一。靠了这么一点的材料，而纵论希腊的文明是怎样的，所谓 Classic 者是这样的，惟希腊实不胜其惶恐之至。而况解释之至难者如过去的精神状态，竟以为用二三句修辞的文句就表现出来，则实在大胆已极了。倒不如尼采（Fr. Nietzsche）的《从音乐精神的悲剧的诞生[8]》（ *Die Geburt der Tragoedie* ）和朗革培恩（J. Langbehn）的《为教育家之伦勃兰德》（ *Rembrandt als Erzieher* ）那样，不拘泥于史实，却利用了史实，而倾吐自家胸中块垒的，不知道要有趣而且有益到多少。因为历史底事实的确正，是未必一定成为真理的保证的。例如，即使史料编纂的先生们，证明了辨庆和儿岛高德都是虚构的人物，其于国民的精神，并无什么损益，他们依然是不朽的。所以，我相信，阿染和久松，比先前的关白、太政大臣还要不朽。我自然是承认历史的价值的，但从这方面，倒想来提倡非历史底主义。

---

8　现译"悲剧的诞生"。——编者注

据勃兰兑斯（G. Brandes）最近的论文集中的一篇文章说，则希腊悲剧作家的名字之传世者约有三百五十，而残存着著作的仅有三人。这就是埃斯库罗斯（Aeschylos）、索福克勒斯（Sophokles）、欧里庇得斯（Euripides），而虽是这些诗人的作品，残存者也不够十分之一。叙情诗人（女）珂林那（Korinna）是曾经五次胜过品达罗斯（Pindaros）的，但残存的诗，不过是无聊的断片[9]。罗马的史家塔西佗（Tacitus）的著作，所以残留至今者，据说是因为皇帝塔西佗和史家同姓，误信为史家的子孙，在公共图书馆搜集塔西佗的著作，且使每年作钞本十部的缘故。虽然如此，但假使十五世纪时德国威斯特法伦的一个精舍里不发见[10]那著作的残余，则流传者也许要更其少。十六世纪时出版的法国滑稽剧是千八百四十年在邻国柏林的一个屋顶室的柜子里发见，这才知道有这样的东西的。便是有名的《罗兰之歌》，也在千八百三十七年才发见钞本，经过了八百年而到人间来。更甚的例，则如希腊罗马的诗稿的羊皮纸，因为牢固，于券契很有用，所以竟有特地磨去了诗句，用于借票的。同样的例，在美术品也颇多。如列奥纳多·达·芬奇（Leonardo da Vinci）的《圣餐之图[11]》，是最为有名的。

举起这样的例来，是无限的，所以在这里便即此而止。就是，文艺上的不朽，决非确实的事，大诗人和大杰作之传于后世者，多是偶然的结果，未必与其价值相关。反之，平平凡凡的作品却山似的流传后世者颇不少。

又据勃兰兑斯氏之所说，则多数的图书文籍，不但是被忘却，归于消灭而已，因为纸张的粗恶，自然朽腐了。所以倘不是屡屡印行的书，则即使能防鼠和霉，也还是自然化为尘土。然而，这是人

---

9　现代汉语常用"片段"。——编者注
10　现代汉语常用"发现"。——编者注
11　现译"最后的晚餐"。——编者注

类的幸福，否则，我们也许要在纸张中淹死。交给法国一个国民图书馆里的法国出版的图书，据说是每日六十部，但是，新闻杂志还在外。千八百九十四年巴黎所出的日刊报章，是二千二百八十七种。凡这些，都是近世人类的日日的粮，而又日日消去的。不，这虽然是太不相干的话，但倘以为我们所生存的地球，我们生存的根源的太阳，都不过是有着有限的生命，则不朽的事业，也就是什么也没有的事。

　　总而言之，在现下的文坛上，徒弄着粗枝大叶的、抽象底议论和偏向西洋的文明论的人们之中，很有不少的僻见，尤其是对于"国民""文学""天才""时代"等的关系，虽然是失礼的话，实在间或有闹着给孩子玩刀子似的危险的议论的。什么困难的事，本来是什么也没有的，因为被思索的惰性所麻痹了的结果，这才会到这样。还有，对于文明史、文学史、哲学史等的真相，即这些果有人类的"精神史"之实么？关于这事，原也想试来论一论的，但这一回没有余暇，所以就此搁笔了。

　　　　一九〇五年作　译自《最近德国文学的研究》

# 自然主义的理论及技巧

[日]片山孤村

目次：论文的目的——自然的意义——卢梭的自然主义——十九世纪的自然主义——法国及德国的自然主义的区别——法国自然主义的起源——卢梭——斯丹达尔——巴尔扎克及其主张——左拉及其理论——巴尔扎克与左拉的比较——自然主义的定义——自然主义的两种——教训底自然主义——纯艺底自然主义——见于龚古尔日志中的纯艺主义——唯美底世界观——颓唐派的意义——德国的自然主义——赫尔兹的彻底自然主义及其技巧——其影响

如果说，文艺上的自然主义（Naturalismus）者，乃是要求模仿自然的主义，则似乎一见就明明白白，早没有说明的余地了。但是，依照"自然"这一个字的解释和怎样模仿自然的方法，而自然主义的意义，便有许多变化。在我们文坛上，也已经提出过许多解释了，然而倘要解释文艺上的自然主义，则总得先去探究文艺史。我用我法者流的解释，虽然可作"我的"自然主义的说明罢，但历史底自然主义的意义，却到底看不出，而且还要引起概念的混乱。目下的我们文坛上，没有这倾向么？在这小论文里，就想竭力以客观底叙述为本旨，避去我用我法者流的解释和批评，以明所谓自然主义的真相。

"自然"这一个字，是含有种种意义的。但在文艺上的自然主义这文字中，却只有两样意思：第一，是与"人为"相反，即与文明相反的自然；第二，是作为现实（Wirklichkeit）即感觉世界的自然。

　　第一的自然主义，是始于卢梭（J. J. Rousseau）的。卢梭在所著的《爱弥耳一名教育论[1]》（Emile ou de l'education）的卷首，以"出于造物者之手的一切，虽善，而一经人手则堕落"这有名的话，指摘文明的弊害，述说教育爱弥耳，应该作为一个自然儿。这话里有着矛盾，是不消说得的。但卢梭的这自然主义，却于十八世纪的人心，给了深刻的影响。在德国，则为惹起了千七百七十年顷"飙兴浡起"（Sturm und Drang）运动的原因之一。当时德国的少壮文学者们，是将自然解作和不羁放纵同一意义，深信耽空想，重感情，蔑视社会和文艺上的习惯、限制、规矩准绳等，为达到真的人道的路。于文艺则侧重民谣的价值，而以莎士比亚那样，一见毫不受什么法则所束缚者，为戏曲的理想的。

　　第二的将自然解作现实的自然主义，是十九世纪的自然主义。在法国，是和写实主义（Realismus 是从画家果尔培起，Naturalismus 是从左拉起，才用于文艺上）用作同一意义的。在德国，则大概称黑贝尔（Hebbel 1813—1863）、路特惠锡（Ludwig 1813—1865）、弗赖塔格（Freytag 1816—1895）以来的文学为写实主义，而于千八百八十年顷的"飙兴浡起"运动以来的写实派的文学，特名之曰自然主义。但这自然主义，是美学家服凯尔德（T. Volkelt）之所谓作为历史底概念的自然主义，而非作为审美底概念的。作为审美底概念的自然主义云者，即对于艺术的目的有一定的主张，如谓在于模仿自然，或谓在于竭力逼近自然等；而作为历史底概念的自然主义，则是流行于十九世纪末德国文坛的各种文艺上的方向的总称。戴着这种名称的文士，就如对于古文学（Die Antike）、罗曼[2]派（Romantik）等，自称为"现代派"（Die Moderne）那样，是主张着自

---

1　现译"爱弥儿"。——编者注
2　现代汉语常用"浪漫"。——编者注

己们的文学是崭新，进步，摆脱了旧来的文艺，而寻求着新理想和新技巧的。但在他们之间，并无一定的审美底目的以及原则，交错纷纭着各样的思潮和情调，其中互相矛盾的也很多。对于这事，到后段还许要叙述的罢。

其次，法国写实派—自然派的开山祖师是谁呢？如果说自然派的文士，于此也推卢梭。盖卢梭者，在所著的《自白[3]》(Confessions)里，实行了写实主义的原则的。"我要将一个人，自然照样地示给世间。这人，就是我自己。"在那书里面，卢梭是预备将自己的经历和性行没有隐瞒、没有省略，照样地写出来，或想要写出来的。这样的笔法，那不消说，就是自然主义。然而卢梭也不过暗示了露骨的描写的猛烈的效果，于那小说，却并未应用这理论。所以以卢梭为自然派的鼻祖，是未必妥当的。

卢梭以后有斯丹达尔(Stendhal 1783—1842)那样的心理小说家，虽说始以精细深刻的自然主义的技巧用之于小说，然而用了写实主义，在文坛上成就了革命底事业，被推崇为写实主义之父者，却是巴尔扎克(Balzac 1799—1850)。在反对雨果(V. Hugo)、乔治珊德(George Sand)、亚历山大·仲马(A. Dumas)等的罗曼主义，而于其全集《人间的趣剧[4]》(Comédie Humaine)二十五卷中，细叙物质底生活的辛劳这些节目上，巴尔扎克是革新者。其序文中说，"凡读那称为历史的这一种枯燥而可厌的目录的人，总会觉到，一切国民和一切时代的文学者们，忘却了传给我们以风俗的历史。我想尽我的微力，来补这缺憾。我要编纂社会的情欲、道德、罪恶的目录，聚集同种的性格，而显示类型（代表底性格），刻苦励精，关于十九世纪的法国，做出一部罗马、雅典、谛罗斯、门斐斯、波斯、印度诸

---

3  现译"忏悔录"。——编者注
4  现译"人间喜剧"。——编者注

国惜未曾遗留给我们的书籍来。"如他所说一样,他是风俗描写的鼻祖,或是高尚的意义上的风俗史家。

据巴尔扎克的确信,则文学必须是社会的生理学,更不得为别的什么。而这生理学的前提和归宿,一定不得不成为厌世底。他的意思是以为主宰着近代的人心者,已经不是恋爱,也不是快乐了,只是黄金,惟黄金是近代社会唯一的活动的源泉。他便将一代的社会为要获得黄金而劳苦、狂奔、耽于私利私欲的情形毫无忌惮地描写出。这就是他的人生观所以成为厌世底的原因。但看他在《趣剧》的序文上,又说:"若描写全社会,涉及那活动的广大的范围,将这把住之际,则或一结构上,所举的恶事比善事为尤多,描写的或一部分中,也显示恶人的一伙,这是不得已的事。然而批评家却愤激于这不道德,而不知道举出可作完全的对照的别部分的道德底事来。"则巴尔扎克的厌世观,也并非一定是不道德底了。这一点,是和最近自然派大异其趣的。后者的厌世观,是大抵与道德无关系,或者带着不道德底倾向的。但是,巴尔扎克的描写过于精细,非专门家便不懂的事,也耐心叙述着,则与晚近自然派相同。例如或者批评说,《绥札尔毕洛忒》倘不是商人,《黑暗的诉讼事件》倘不是法官,是不能懂得的。

巴尔扎克之后,有福楼拜(Flaubert)、龚古尔兄弟(E. et J. Goncourt)、左拉(Zola)、于斯曼(Huysmans)、莫泊桑(Maupassant)、都德(Daudet)这些名人辈出,再讲怕要算多事了罢。只有关于左拉,还有详述一点的必要。

左拉是不但以著作家,也以批评家、审美学者自任的。在所著的《实验底小说》(*Le Roman Expérimental*)、《自然派的小说家》(*Le Romanciers Naturalistes*)里,即述说着自然主义的理论。但左拉的实行,却不独未必一定与这相副[5]而已,他为了这理论,反落在自绳

5  现代汉语常用"相符"。——编者注

自缚的穷境里去了。在他的论文中，看见他的以生理学和社会学为诗人的任务，以罗曼派的文艺为不过是一种修辞，以及排斥空想等，读者对于他那没有知道真诗人的自己之明，是都要觉得骇异的。

现在为绍介左拉的学说的一斑计，试将《实验底小说》的一节译出来看罢：

自然派的小说家，于此有要以演剧社会为材料来做小说的作者，是连一件事实、一个人物也未曾见，而即从这一般的观念出发的。他应该首先来聚集关于他所要描写的社会的见闻的一切，记录下来。他于是和某优伶相识，目睹了或一种情形。这已经是证据文件了，不但此也，而且是成熟在作家的心中的良好的文件。这样子，便渐渐准备动手，就是和精通这样的材料的人们交谈，搜集（这社会中所特有的）言语、逸闻、肖像等。不但这样，还要查考和这相关的书籍，倘是似乎有用的事情，一一看过。其次，是踏勘地方，在戏园里过两三天，各处都熟悉。又在女伶的台前过几夜，呼吸那周围的空气。这样子，文件一完全，小说便自己构成了，小说家只要理论底地将事实排列起来就好，挂在小说各章的木扒上所必要的光景和说话，就从作家所见闻的事情发展开来。这小说奇异与否，是没有关系的。倒是愈平常，却愈是类型底（代表底）。使现实的人物在现实的境遇里活动，以人生的一部分示给读者，是自然派小说的本领。

这左拉的理论及技巧，其要点和巴尔扎克的相一致，是不待言的。但那著作全部却显有不同。巴尔扎克是将观察实世间的人物所得的结果，造成类型，使之代表或一阶级，或一职业。而左拉的人物则是或一种类的代表者，但并非类型，不是多数的个人的平

均，而是个人。例如那那（Nana），只是那那，那那以外，没有那那
了。巴尔扎克对于其所观察，却不像科学者似的写入备忘录中，他
即刻分作范畴，不关紧要的琐末的事物，便大抵忘却了。所以汇集
个个的事象[6]，而描写类型底性格和光景时，极其容易。巴尔扎克的
人物和光景，因此也能给读者以统一的明划的印象，那著作，即富
于全体的效果，获得成功。反之，左拉则不论怎样地琐末的事，而
且尤其喜欢详述这样的事象，所以有时是确有过于烦琐之嫌的。但
这种详述法奏效之际，却委实能生出很有力量的效果来。

巴尔扎克和左拉都是作家，也是理论家，然而往往有与其理论
背驰和不副其要求的事。而在左拉为尤甚，则在先已经说过了。这
就因为立了和天才性格不一致的理论之故。但龚古尔兄弟和福楼
拜则理论和实际很一致，即使说自然主义借着这三个诗人最纯粹地
代表了，也不算什么过分的话。如龚古尔，以诗人而论，天分大不
如左拉，所以也不很因为诗底感兴而妨害理论的实行。他们的名实
上都是自然派，那原因就在此。

从以上的简约的叙述，在法国的自然主义的一斑，大概已经明
白了罢。要而言之，自然主义者，那主张，是在将感觉底现实世界
照所经验的一模一样地描写出来，为艺术的本义的。凡自然派的艺
术家，须将自然界，即现实界的一切事象，照样地描写，其间不加什
么选择、区别，又以绝对底客观为神圣的义务，竭力使自己的个性
不现于著作上。对于这要旨，凡有自然派的文士，是无不一致的。
至于理论的细目和实行的方法，那不消说，自然还有千差万别。

但是，这里有一个重要的问题在：自然派何故模仿自然的呢？
到此为止，我们单将自然派怎样模仿自然的问题研究了，然而并没
有完足。对于那"何故"的疑问，是梭伐嘉（David Sauvageot）所提

---

6　现代汉语常用"事项"。——编者注

出的，他的解决，不独于十九世纪，而且于古来一切的写实主义、自然主义的解释上都给了新光明。

第一，写实主义是有如英国和俄国的小说那样，用以传宗教或道德，又如左拉的著作那样，想借此来教实理哲学（Positivism）的。在这时候，写实主义便是对于目的的一种手段，所以梭伐嘉称之为"教训底写实主义"。

第二，写实主义是顺了模仿的天性，乐于精细的描写之余，往往有仅止于将自然来写生的事，如福楼拜、龚古尔等，即属于这一类。这可以称为"纯艺术底写实主义"（Réalisme de l'art pour l'art）。

说得再详细些，则如陀思妥耶夫斯基（F. M. Dostojevski）说："我穷极了不成空想之梦的现实的生活，达了为我们生命之源泉的主耶稣了。"他就在那写实小说里，教着一种基督教和神秘底社会主义。托尔斯泰（L. Tolstoi）、易卜生（H. Ibsen）的极端的倾向，可以无须说得了。在法国，则巴尔扎克就说："文士是应当以人类之师自任的。"左拉也怀了仗唯物论以救济国家和国民的抱负，而从事于制作。他相信，人类不过是一个器械，他那纯物质底现象，都可以科学底地来测定，而且不但人类而已，便是"社会底境遇，也是化学底、物理学底"的。但是，这唯物论的研究，有什么用处呢？左拉答道："我们和全世界一齐，（仗着科学）正做着征服自然和增进人力的这一种大事业。"而小说，则是社会，人类的生理学，科学，唯物论的教科书。所以凡是爱人类者、爱法国者，都应当归依自然主义。"如果应用了科学底方式，法国总有取回亚尔萨斯—罗兰州的时候罢。""法兰西共和国成为自然派，否则，将全不存在。"左拉的自然主义，是这样地带着救济祖国的使命的。（以上的引证，是《实验底小说》里面的话）

复次，将"纯艺术底写实主义"的起源归之于模仿的天性的梭伐嘉之说，也不能说是完全。福楼拜、龚古尔的自然主义、纯艺术主义（L'art pour l'art）是不仅出于无意识底的模仿的天性的，也是意识底的世界观的结果。这一派文士的世界观，也如左拉一样，是唯物论（Materialismus），从十八世纪的英国和法国的感觉论（Sensualismus）发源，经过恭德（A. Comte）的实理论（Positivismus），受了十九世纪的科学发达的培植而成熟的。关于以这唯物论为根基的自然主义，我以为戈尔特斯坦因在那论文《论审美底世界观》（*Ueber aesthetische Weltanschauung*）里所叙述的最为杰出，现在就将他议论龚古尔弟兄的《日志》的话，译一点大要罢：

《龚古尔兄弟日志》（*Journal des Goncourts*）计九卷，其中收罗着千八百五十一年至九十五年约半世纪间的政治底及精神底生活的活画图。这一部书，不但是龚古尔弟兄而已，并且也反映着戈蒂埃（Gautier）、圣伯夫（Sainte-Beuve）、福楼拜、勒南（Renan）那些第二帝国时代文学社会的有特色的情绪及信念。所以这《日志》，也如格林的《通信》（*Correspondance*）之于十八世纪一样，在二十世纪的人们，是要成为近代精神底生活的"矿洞"的罢。

有人说，英国人是最有用地，德国人是愚蠢地，法国人是最奇拔地代表了唯物论。这话，用在这《日志》上也很适宜的。这《日志》的世界观是极端的唯物论。"生命是什么呢？不过分子集合的利用而已。"而这唯物论又和深刻的厌世观相结合。大概那纯器械底世界观的无意义，在他们的心里，给了很深的印象了。对于政治上、社会上的状态，也就不得不成为悲观底、绝望底了。而且在他们，历史也不过是无意义的事件的生灭。他们的该博的史上的知识，也无非单在他们的唯物主义上加上了历史怀疑主义去。

生存在这样宇宙和人事的无价值、无意味之中的人们，究竟相信什么呢？为了怎样的价值而生存的呢？曰：有艺术在。"除了艺术和文学之外，什么也不相信。其余的，都是虚诞，都是拙劣的诈伪。"人生而没有艺术，是永久的凋零、腐败。"艺术者，是死的生命的防腐剂。除艺术之所奏、所述、所画、所刻者之外，再没有一种不死的东西。"即在一切的价值的破坏之中，惟艺术继续其存在。但艺术和哲学是不以使人生有意义为目的的。艺术对于文明生活和人类有什么意义呢？曰：什么也没有。艺术是自己目的——是为艺术的艺术（L'art pour l'alt）。这句近时的流行语，是起于上文所说的社会底、精神底的关系的，其批评也就存于这起源之内。

L'art pour l'alt 中，含有消极底和积极底这两种立论。

消极底立论，是排斥对于艺术的道德限制的；积极底立论，则万物都可以成为艺术的对象，换了话说，那归结就是和艺术相关者，只有形式和技巧，而非对象和内容。至于万物都可以成为艺术的对象者，并不因为万物都一样地有价值，却因为都一样地无价值、无意义。因为万物的价值没有高下，所以以这为对象的艺术，也就不得不成为形式主义、技巧主义了。因此，在这纯艺术底自然主义上，譬如无论描写一片木片，或则叙述哈姆雷特（Hamlet）的精神状态，只要那技巧已经奏效，内容怎样是非所措意的。

这样子，那自然主义，在客观底地，艺术对于人生问题和宇宙问题是毫无意义的。但主观底地，却有一个值得努力的目的，就是情绪（l'émotion）。"在现代的生活中，现今只有情绪这一个大兴味在。"物体中之一物体的人，仗着神经作用，在事物的表面上造作审美底情绪。"我们（龚古尔兄弟）是最初的神经的文士。"自然主义底审美主义者的生命，是神经的问题。巴尔

（Hermann Bahr）的话有云："古典派之所谓人，是理性和感情之谓；罗曼派之所谓人，是情热和感觉之谓；而现代派之所谓人，是神经之谓。"就显现着上面所述的意味的。

"自然主义底审美主义，是这样地成长为一种人生观。在这人生观，艺术是一种手段，即仗着情绪、印象、刺激、战栗（Frissons），来超出那受了唯物论底地解释了的人生的不快、寂寥和无意义的。

"以上的自然主义底、厌世底唯美主义（唯美主义者是主张人生除了美即毫无什么价值的主义）并不仅止于理论，在王尔德（Wilde）和邓南遮（D'Annunzio）所描写的人物上，实在是具体底地表现着。

在这自然主义底唯美主义（Naturalistischer Aesthetizismus）上，人生是只有审美底情绪和非审美底情绪两种。这就是这主义的 Décadence（颓唐）底特性。我是将 Décadence 这话解作和自然主义底审美主义相伴的一定的精神状态的。我以为颓唐底唯美派的心理底特征，似乎就在缺少意力来统一那个个的心底作用，就是：颓唐派的人格，不过是唯心底作用的并列。因为这样地缺少中心的意力，所以颓唐派便被各刹那的印象所统治了。而这弱点，同时又和热烈的生活欲结合着。但是，在唯美派，生存上唯一的形式是享乐，所以新奇险怪的刺激，就是最后的目的。对于这新刺激，寻求不已的倾向，在波德莱尔（Baudelaire）、达莱维（Barbey d'Aureville）、于斯曼等，是特为显著的。云云。

戈尔特斯坦因还引了实例，敷张议论，更加以批评。但因为在我的小论文里绍介不尽，所以在这里单引用了可以说明纯艺术底自然主义的话。法国的自然主义，即此为止，这回再一说德国的自然主义,就将这论文结束罢。

在德国,自然主义是有如已经说过那样,从路特惠锡、海培耳、弗赖泰克等的时代起,就形成着划然的时期的,但并非为了"真"而将"美"作为牺牲的法国一流的写实主义。又,这写实主义也不是一诗社、一流派所提的美学上、文艺上的纲领(program),所以也并不为理论所误,而成就了很为稳健的发展。上述三人之外,如凯勒(G. Keller)、斯妥伦(Th. Storm)、格罗忒(K. Groth)、罗退尔(F. Reuter)、斯丕勒哈干(Fr. Spielhagen)、海泽(P. Heyse)、费培(Raabe)、冯塔纳(Th. Fontane)诸人的姓名,作为这"写实主义"的代表者,也可以说是不朽的罢。

那法国流写实主义流行于德国文坛[7],是从千八百八十年代至九十年代的称为"飙兴浡起"这一个革命运动的结果。这运动的历史在这里没有详叙的必要,也想单将因这运动的结果而起的自然派的诸倾向略有所言。但这在鸥外氏的《审美新说》里讲得很详细,所以我也不必从新[8]再叙了。只是,应该注意者,是德国文学上之所谓自然主义者,不但是上文所说的法国一流的自然主义,即作为唯美底概念的自然主义,或作为人生观的自然主义,而且也包含着所谓"现代派"的诸倾向的全体,即服耳凯尔德所说的作为历史底概念的自然主义之谓。这自然主义,性质很复杂:其中有法国流自然主义照样的东西,也有更加极端的"彻底自然主义",也有包括了神秘主义、主观主义、象征主义、新罗曼主义等各种倾向的新自然主义。此外,还有增添些社会主义、个人主义(出于尼采者)、无政府主义的。现代派的人们,也像日本一样,是取模范于外国的,所以依了所私淑的模范的种类,各人的心状、性格、学识等,办法人人不

---

7 此处原文为"那法国流写实主义的流行于德国文坛",疑为原文多字,故更正。——编者注
8 现代汉语常用"重新"。——编者注

同。同的只有目的，是崭新（modern）。（"现代派"［Die Moderne］这新造语，是始于 Eugen Wolf Hermann Bahr 的。）

在这混乱的现象中，最发异彩、在自然主义的理论及技巧的历史上不当忘却者，是那"彻底自然主义"（Konsequenter Naturalismus）。这主义发端于赫尔兹（A. Holz）的提创，豪普特曼（G. Hauptmann）实行于他那戏曲《日出之前》（*Vor Sonnenaufgang*）的结果，于是风靡了一时文坛的本末，去年已在我那拙作《德国自然主义的起源》里详说过，鸥外氏著的《豪普特曼》上也载着，所以在这里，就单来仔细地说一说"彻底自然主义"本身罢。

赫尔兹的"彻底自然主义"是下列的几句话就说尽了要领的。曰："艺术是带着复归于自然的倾向的。而艺术之成为自然，则随着未成自然以前的再现的条件和那使用的程度。"详细地说，就是：艺术者，带着仅是写出自然还不满足，有更进而成为本来的自然的倾向。所以艺术者，要成为和自然同一的东西，是未必做得到的，但愈近自然，即愈为殊胜。而因了使自然再现的条件即手段和使用这手段的程度即巧拙，艺术之与自然，即或相接近，或相远离。这和自然的远近，是作为决定艺术的高下的标准的。影戏较之照相，演剧较之影戏，更近于自然，所以以艺术而论，演剧是上乘。较之演剧，则实际，即自然更能满足艺术的要求和倾向，所以更合于艺术的理想。这样子，若将赫尔兹的主张加以推演，至于极端，则成为倒不如将艺术废止，反合于艺术的本义了。

赫尔兹根据着这原则，和他的朋友勖赍夫（Johannes Schlaf）共同创作了几种小说和戏曲，以施行这原则的各种新技巧示人，而一面又示人以自然主义的理论，到结局（Konsequenz）却和艺术的本领相违背。这是极有兴味的事，再详细地说一说罢。第一，向来见于自然派著作上的对话，还有远于自然的地方，如左拉、易卜生，也有此弊。他们还太使用着"纸上的言语"（Papiersprach），是赫尔兹们所发见的。再详细地说，就是有如"阿[9]""唉"等类的感叹词，咳嗽，其他种种喉音等，都没有充足地描写着。然而人们是各有不同的喉音和咳嗽法的。所以描写这些，对于个性的写实，也是理论上不可缺少的事。其次，戏曲上的分段和小说上的布局是和自然相反的，实世间的事件，原没有真的终结，正如小河渗入沙中，渐渐消失一样，都是逐渐地转移的。诗人也该这样，不得在小说及戏曲上故意做出感动读者的终结和团圆。小说及戏曲，是应该将"人生的断片"（Lebensausschnitt），即并无所谓"始"或"终"那样特别分划的现实的事件照样地写出来。左拉又注意于材料的选择和排列，换了话说，就是不忘布局（Komposition）的。但赫尔兹等，却并想将那诗的要素之一的布局废去。第三，赫尔兹等是所谓"各秒体"（Sekundenstil）的创始者。将各秒各秒所发生的事故叙述无遗，凡直写自然的诗人，倘不将无论怎样平凡、单调的事情也仔仔细细描写，即不能说是尽了责任。向来的诗人，于并无描写的价值的日志底事实，是仅作一两行的报告，或全然省略的，则纵使别的事实怎样地以自然派底精细描写着，由全体而言，也还不能说是完全地用了自然主义。这也有一边的真理的，但倘将这一说推至极端，诗便和详细的日记更无区别，读者将不堪其单调，怕要再没有读诗的人了罢。一到这样，诗在艺术上，除自灭之外，便没有别的路了。还有，自然音的模仿（例如赫尔兹和勖赉夫所作的"Baba Hamlet"中的雨滴之声"滴……滴……"写至许多）、戏曲上独白的废止、在叙情诗上节奏和韵律的排斥，也都是赫尔兹等所开创的。

因了以上的理论和技巧，赫尔兹和勖赉夫遂被称为左拉以上的极端的自然主义者。豪普特曼则取了这理论和技巧，为自家药笼

---

9　现代汉语常用"啊"。——编者注

中物，自《日出之前》以来各著作，均博得很大的成功，于是这彻底自然主义便风靡了当时的文坛了。更举这极端的技巧的别的二三例，则如（一）戏曲上的人物和舞台上的注意，例如苏德尔曼（H. Sudermann）的《梭同的最后[10]》（*Sodoms Ende*）中的滑绥博士戴玳瑁边眼镜，耶尼珂夫夫人穿灰色雨衣，克拉美尔穿太短的裤、磨坏了后跟的鞋，或者叫作跋尔契诺夫斯奇这犹太人生着不像犹太人的面貌等，和戏曲的所作上，并无什么关系的事实的细叙。（二）以没有意义的动作填去若干时间，例如豪普特曼的《日出之前》里，单是罗德和海伦纳的接吻的往返，就是若干时间中，舞台上毫无什么动作；又如同人所作的《寂寞的人们》（*Einsame Menschen*）第二幕，蜂子来搅扰波开拉德家的人们的早餐等就是。（三）此外，插进冗长的菜单、账目、系图这些东西去。克莱札尔（Max Kretzer）的《三个女人》（*Drei Weiber*）中，详述晚餐，细说生病、生产等可厌的事物，至亘七十叶之长：就都是始见于彻底自然主义的著作中的新技巧。

要而言之，在德国的自然主义是本于法国的，但使这更极端、更精细，且有将这来实行、非彻底不止的倾向。"彻底自然主义"之名，是最为恰当的。

单是自然主义的理论及技巧的要点，我以为即此大概算是说明白了罢。虽说倘不是更加以审美底批判和历史底说明，然后来推定这主义可以行到什么程度。又，其理论和实行的关系如何，自然主义的将来如何，即对于自然主义的文艺史上的现象的各问题一一给以解决，还不能说是已将自然主义完全说明。但这范围过于广大，只好俟之异日了。

　　　　　　　　　　　　译自《最近德国文学之研究》

10　现译"索多玛城的末日"。——编者注

# 表现主义

[日]片山孤村

目次：表现主义的起源——表现主义的世界观及人生观——精神和灵魂的推崇——表现主义的艺术观——造形[1]美术上从印象主义到表现主义的转移——表现主义的美学的批评——作为运动及冲动的灵魂——文学上的表现主义——小说上的表现主义——作为病底现象的表现主义——德国表现派文士

表现主义的运动，是早起于欧战初年的。当非战主义、平和主义、人道主义、民主主义、国际主义的文士们借了杂志《行动》（Aktion）以及别的，对于战争和当时的政治发表绝对底否认的意见，更进而将从战争所唤起的人生问题用于文艺底作品的时候，政府是根据了战时检阅法，禁止着非战论和这一流的文艺的，因此这新文艺只得暂时守着沉默，而几个文士，便将原稿送到中立国即瑞士去了。那时瑞士的士烈息有抒情诗人锡开勒（René Schikele）所编的杂志《白纸》（Die Weissen Blätter），正在作其时的危险思想家的巢穴，同市的书肆拉息尔公司又印行着《欧洲丛书》（Europäische Bücher），以鼓吹表现主义和非战论。待到千九百十八年，战争的终结及革命，这也就能在德国文坛上公然出现，满天下的青年文士也都翕然聚集在这旗帜之下了。表现主义的杂志，除上述的两种外，还有《新青年》（Neue Jugend）、《现代》（Der Jüngste Tag）、《艺术志》

1　现代汉语常用"造型"。——编者注

（*Kunstblatt*）、《玛尔萨斯》（*Marsyas*）等，此外属于表现主义的创作和关于表现主义的评论，也无月不有，于是这主义便成了现时德国文坛的兴味，评论、流行的中心。

非战论者是对于战争的背景的物质文明、机械底世界观、唯物论、资本主义等的反抗。积极底地说出来，则就是精神和灵魂之力的高唱，自我、个性、主观的尊重。评论表现主义的《戏曲界的无政府状态》（*Anarchie im Drama*）的作者提波勒特（Bernhard Diebold），将这思想讲得最分明。他说：

> "精神（Geist）" 这句话和 "灵魂（Seele）" 这句话，在现代受过教育的人们的日常用语上，几乎成了同义语了，但这是不足为奇的。因为至今为止，精神几乎仅在称为 "智性（Intellektualität）" 这下等的形式里活动。智性者，是没有观念的脑髓的作用，就是没有精神的精神。而灵魂则全然失掉，在日常生活的机械的运转上，在产业战争上，在强制国家里，成为毫无价值的东西了。各人是托辣斯化的收益机关上的轮子或螺丝钉。组织狂使个性均一。事务室、工厂、国家的人们，不过是号数。是善是恶，并不成为问题，所重的只是脑和筋肉的力量。英、美式的 "时光是钱（time is money）" 和贪婪者的投机心支配了教育。古代的善美的伦理从文明人要求美和德，在中世，是要求敬神和武勇，古典主义是要求人道。但现今的人，在社会生活上，所作为评价的标准者，却唯在对于产业战争是最有力的武器的智力……
>
> 科学仗着显微镜，实验心理学仗着分析，自然派的戏曲家仗着性格和环境的描写，以研究或构成人物，但这是称为 "人" 的机械，不带灵魂的。于是在机械底文化时代的学者和诗人间，便

全然失掉了灵魂的观念，而精神和灵魂也就被混淆、被等视了。

精神者，外延底地，及于万有的极限，批判可以认识的事物，形成形而上学底的东西，排列一切，以作知识。其最为人间底者，是伦理情感（Ethos）及和这同趋于胜利的道德底自由的意志。

灵魂者，是内包底地，及于我们心情的最暗的神秘，和肉体作密接的联合，而玄妙地驱使着它。因为感情的盲目，灵魂是不能认识的，但以无数的本能，来辨别爱和憎。灵魂是观察、歌咏——透视一切人间的心，听良心的最深的声音和主宰世界者的最高的声音。灵魂的最贵者，是以爱为本的献身，其最后的救济，是融合于神和万有……

灵魂虽然厌恶道德上的法则（戒律）和要挟其生活的律法，鄙弃意思的意识性，但对于艺术家所给以铸造的精神底形式，是顺从地等待着的。精神则形成灵魂所纳其鼓动之心的理想的肉体。

立体主义和建筑术和走法（音乐的形式），古典派和形式和噶来亚哲学的存在（Sein），活动底信仰和伦理感情和意思——凡这些，大抵是出于精神的。

表现主义和抒情的叫声和旋律和融解的色彩，罗曼派和表现和海拉诘利图哲学的发生（Werden），圣徒崇拜，为爱的献身——凡这些，大抵是出于灵魂的。

写法太过于抽象底了，但提波勒特的精神和灵魂的区别的意思，恐怕读者也懂得大概了罢。只是表现派的论客和作家却未必一定有精神和灵魂的区别。不但如此，并且还有没却了理性和智性、恋爱和色情、感情和感觉的区别，而喜欢驱使色情和兽性的作家（如戏曲家凯泽、哈然克莱伐等，又如歌咏色情的发动及其苦恼的年青[2]的抒情诗

---

2　现代汉语常用"年轻"。——编者注

人等为尤甚）。但要而言之，隐约地推崇着心灵、精神、自我、主观、内界等，是全体一致的。曰："真的形成了人类的是什么呢？惟精神而已。"曰："惟精神有主宰之力。"曰："惟万能的精神，无论怎么说，总是主宰者。"曰："灵魂和机械之战。"曰："超绝者的启示。"也有陈述精神的超绝性的，也有称道斐希德一流的自我绝对说的。这些言说之中，种种的哲学底概念和心理学底知识的误解、混同、一知半解等，自然是不少的罢，但就大体的倾向而言，似乎不妨说，颇类于德国哲学的唯心论（Idealismus）。在这一点，则表现派的世界观，乃是一世纪前的罗曼派的世界观的复活。因此，他们之中也有流于神秘教、降神术、Occultismus（心灵教）的。而近代心理学所发见的潜在意识的奇诡、精神病底现象、性及色情的变态等，尤为表现派作家所窥伺着的题材。又，尼采和伯格森的影响，则将现实解作运动、发生、生生化化，也见于想要将这表现出来的努力上。画流水，河畔的树木和房屋便都歪斜着，或者画着就要倒掉似的市街之类，就都从这见解而来的。于是也就成为舞蹈术的尊重了，如康定斯基（W. Kandinsky）就说："要表现运动的全意义，舞蹈是唯一的手段。"

表现派是开首就提倡非战论、平和主义、国际主义的，则内中有许多民主主义者和社会主义者，自然不消说。在少年文士之间，仰为表现主义的先驱者的亨利希·曼（Heinrich Mann）和讽刺家施特恩海姆（Sternheim）的非资本主义、非资产阶级主义，是其中的最为显著的。但文艺之士，往往非社会底，个人主义底倾向也显著。曼和施特恩海姆虽憎资产阶级如蛇蝎，而他们却并非定是社会主义者。如曼，也许还是说他是个人主义者、唯美派、颓唐派倒较为确当罢。如杂志《玛尔萨斯》则宣传着"对于社会底的事物的热烈的敌意"，以为新艺术的公众只有个人，即竟至于提倡着孤独主义（Solipsismus）哩。

以上是表现派的世界观、人生观、社会观的一斑。我还想由此进而略谈他们的艺术论。

　　表现主义（Expressionismus）云者，原是后期印象派以后的造形美术，尤其是绘画的倾向的总称。这派的画家是和自然主义或印象主义（Impressionismus）反对，不甘于自然或印象的再现，想借了自然或印象以表现自己的内界，或者竭力要表现自然的"精神"，更重于自然的形相[3]的。但到后来，觉得自然妨害艺术，以为模仿自然，乃是艺术的屈服及灭亡，终至如《印象主义和表现主义》的作者兰培格尔教授所说那样，说到自然再现（或描写）是使艺术家不依他内底冲动而屈从外界，即自然，是将那该是独裁君主的艺术家放在奴隶的地位的。抛开一切自然模仿罢，抛开生出空间的错觉来的远近画法罢，艺术用不着这样的骗术。艺术的真，不是和外界的一致，而是和艺术家的内界的一致，"艺术是现（表现），不是再现（Kunst ist Gabe, nicht Wiedergabe）"了。印象派的画家是委全心于自然所给与[4]的印象的，而表现派的画家则因为要遂行内界表现的意思，便和自然战，使它屈服，或则打破自然，将其破片来凑成自己的艺术品。虽说是印象派的画家，但将自然的材料加以取舍选择的自由，当然是有的，然而表现派的画家则不但进而将自然变形、改造，如未来派（Futurismus）和立体派（Cubismus），还将自然的物体或则加以割开，或则嵌入几何学底图形里。

　　这以表现意思为本的自然的物体的变形和改造，不但在中世时代的宗教艺术，日本的绘画（称为表现派的始祖的 Van Gogh[5]也是日本的版画的爱好者，由此学得的并不少），东洋人，尤其是埃及人和野蛮人的创作物上可以看见，在孩子的天真烂漫的绘画和手工品里是尤为显著的。但在这些古代艺术或原始艺术的作品上的自然

3　现代汉语常用"形象"。——编者注
4　现代汉语常用"给予"。——编者注
5　即"梵·高"。——编者注

物体的改造或和自然的不相像是无意识的或幼稚的，或者由于写实伎俩的缺乏，即技巧上的无能力的。而近代的画家则是意识底，是故意的。这故意不觉得是故意，鉴赏者忘其所以地受了诱引，感得了创作者所要表现的精神，则完全的表现主义的艺术才算成就。艺术若并非自然的照相，不问其故意和无意，本不免自然的改造或变形。而谓一切艺术是艺术家的内界的表现，也是真理。然而内界，即无形的精神，是惟有借了外界，即有形的物体才被认识或感得的，所以在有形物体的变形或改造上，也自然有着限度。倘是借为口实，以遮掩艺术上技巧上的无能力那样的自然的变形或改进，那就不妨说，是已经脱离了艺术的约束的了。

其次——最要紧的事，是表现派将他们所要表现的"精神"（心灵、灵魂、万有的本体、核心）解释为运动、跃进、突进和冲动。（前述参照）"精神"是地中的火一样的，一有罅隙，便要爆发。一爆发，便将地壳粉碎，走石，喷泥。表现派的作品是爆发底、突进底、跃动底、锐角底、畸形底，而给人以不调和之感者，就为此。自然物体的变形和改造——在有着真的艺术底、表现底冲动的艺术家，也是不得已的内心的要求。

至于文坛上的表现派的主张和倾向，那不消说，是移植了美术界的主张和倾向的。文坛的表现主义者们就想将画家所欲以色彩来做的东西，用言语来做。他们是和自然派、印象派正相反的极端的主观主义者。他们是"除去求客观底价值的一切，形式者，不过是表现的自然底态度。而这表现，则无非是在客观底外界的最内者（主观）的必然的映写，从了主观底法则，生长着的有机体的活动的表面，是从炽热的核心出来的温暖而有生的气息，是 Protuberanz（日蚀尽时的边缘的红光。）""唯感情的恍忽 6（Ekstase），唯作用于本身

---

6　现代汉语常用"恍惚"。——编者注

心灵的飞跃力的反动，才造新艺术。""诗的职务，在使现实从它现象的轮廓脱走，在克服现实。但这并非就用现实的手段，也并不回避现实，却在更加热烈地拥抱现实，凭了精神的贯穿力和流动性和解明的憧憬，凭了感情的强烈和爆发力，以征服、制驭它。"那崇尚主观、轻视现实之处，表现主义是和新罗曼派相像的，但和新罗曼派之避开自然不同，表现主义却是对于现实的争斗，现实的克服、压服、解体、变形、改造。表现派又排斥象征。他们是在搜求比起"奇怪的花纹"似的象征来，更其强烈、深刻，有着诗底效力的简洁、直截、浓厚的言语，这也是和新罗曼派的倾向之一的象征主义不同的地方。既然是表现出这样的主观状态，感情的爆发、狂喜、恍忽的言语，则其破坏言语的论理和文法（许多表现派的抒情诗和施特恩海姆的文章里，是省去冠词的），终至于以没有音节的叫声，孩子的片言和吃音（杂志《行动》上，就有吃音派［Stammler］的诗人）之类的东西，为最直截、最完全的主观的表现，也是自然之势了。有着这样的主张的一派，曰踏踏主义[7]（Dadaismus），那运动也起源于战事勃发的时候，发宣言，印年报，设俱乐部，盛行宣传，但我还没有详知其内容，所以这里且不讲。只是认真的、艺术底的表现主义者，却拒斥着踏踏主义，但这是不彻底的，是矛盾的。要而言之，表现派的表现手段，即言语所易于陷入的弊病，是正如一个批评家所言，是夸张癖、"极端癖（Manierismus des Extremen）"。其实他们的文章也太强烈、太浓厚，至少，在我们外国人，是很有难于懂得的地方。

恍忽的表现，大抵是抒情诗的领域，但表现主义在小说上的立足点是怎样呢？关于这事，且译载一节忽德那的论文罢：

千九百年顷的小说家们，是以叙述和描写，为自己目的的，

---

7　现代汉语常用"达达主义"。——编者注

但新时代的小说家的艺术则常有一种目标。这目标,并非先前似的是艺术(l'art pour l'art),而是生活(Leben),要进向和存在的意义相关的永远的认识去,文学要干涉人生,即要对于人生的形成,给以影响。

旧小说家想由他的著作给与兴味和娱乐,新小说家则想给与感动,且使向上。前者描写外底现实,后者改造实在,而完成高尚的现实。

自然派和写实派因为要曝露[8]人间的机制,探究使它发动的诸原动力,即刺激和神经和血,所以解剖人间。他们从事于心理研究,供给心理学的参考材料,他们所显示的是以人为环境即特殊的境遇和国民底气候的奴隶。但他们将实在解释为赋与[9]的、不可动的、不能胜的东西。他们的著作是现实的描写,是世界的映象。

新诗人将人放在著作的中心。魏菲尔(Werfel)大呼曰:"世界始于人!"然而新作家所要给与的不是心理学,而正是心。并不想发心灵的秘密,而以心灵的发展为目的。他们并不叙述个人的受动状态,而使人行动。在自然派,人是艺术的客体,而在表现派则是主体。就是,人行动,反抗现实,和现实战斗。人不是被造物,而是创造者。

先前的小说和故事的精神,只在样式(作风),现在的创作的精神,则是诗人的主义和信仰,现代的新进作家的这思想,是在战争的艰难时代成熟于苦恼之中的。这是对于灵魂之力的信仰,而且(不以一切惨虐的经验为意)是对于仁爱的宗教、地上的乐园、人间的神性的信仰。

---

8　现代汉语常用"暴露"。——编者注
9　现代汉语常用"赋予"。——编者注

这人道主义，以及跨出文艺的领域，要成实行的倾向，称为"行动主义（Aktivismus, Aktualismus）"是表现主义的显著的特色之一。也有根据了这人道主义、活动主义和超物质主义、心灵主义来论述表现主义在教育上价值之大的。新到的一种日报上还载着对于主张用表现主义于地理学上的效果的一部书的评论。

表现主义在德国文坛和一般思想界的势力，现在正如燎原之火一般。表现派的诗歌、绘画、雕刻、音乐，到处惊着人目。在美术，尤其是在绘画上的表现主义，听说已为有教养的人士所理解、所赏鉴了，但在野草很多的文坛，却还未必一定彻底。有人说，将来的大文艺，是必在表现主义的原野上结果的，而又有人则以为表现主义已经临近了没落的时候。还有一种显著的见解，是将表现主义当作病底现象看。有名的瑞士士烈息的心理分析学者斐斯多（Dr. O. Pfister）曾在所著的《表现派绘画的心理学底及生物学底根柢[10]》上，叙述着自己做了主治医生，所经手的忧郁症的病人即一个出名的表现派画家的心理分析。于是依据了那结果将表现主义断定为精神上艺术上的病底现象。当医治这病人的期间，他曾经要他画过几回画，但全像孩子的涂鸦一般。待到详细检查了各部分，彻底底地行了心理分析之后，才知道无论那[11]一张画，都是含有意义，表现着一种心底状态的表现主义底作品。凡所画的人物，无不歪斜、楚酷、支离灭裂，显着悲惨、残忍、悒郁[12]、凄怆的表情，而大半是他的爱妻的肖像。病人也画了主治医生的肖像，但其支离灭裂也相同，并且画出奇怪之至的自画像来。批评道"杰作""可怕的深邃"。据病人所自述，则他是在非常的逆境里，前途绝无希望，为爱妻所弃，

10 现代汉语常用"根底"。——编者注
11 现代汉语常用"哪"。——编者注
12 现代汉语常用"抑郁"。——编者注

32

为人们所憎，为一切恶意和暴力所迫害[13]，在所有的恶战苦斗上受伤、受苦。虽然如此，但对于"和他的真自我相等的一种理想"，是抱着热烈的憧憬和愉快的希望的。这就是说，他想仗着绘画表现出这鳞伤的心底状态来，聊以自解。斐斯多更聚集了别的类似之点，归纳之而得一个断案。那是这样的——极端的表现主义的真髓，是艺术来描写他的心底状态。然而一切艺术家，尤其是表现派的艺术家，乃是苦恼的人们，大抵是和家族、社会、国家等相冲突，在现实界站不住了的人们。艺术家想逃脱这苦恼，但那手段，目下是逆行（Regression）。逆行云者，就是回到先前的发展状态去。譬如算错了烦难[14]的计算的人，再从头算过一回似的。凡精神底地入了穷途的人，倘再要前进时，一定遵这逆行的过程，大概又归于小儿状态。这逆行和在精神病人的不同之处，病人是永久止于小儿状态的，而这却相反，一旦达到或一地点的复归，便入了恢复期，而进行（Progression）又开始了。"从苦楚的经验得来的被外界所推开了的认识的主体，逃窜于自己的内部中，而将自己放在世界创造者的位置上。表现派艺术家的非常的自尊心，并不是自负，乃是心理上有着深的根柢的体验，也是对于被现实界所驱逐而成了孤独的人格，防其崩坏的必要的手段。"画出将要倒坏似的房子来的艺术家的灵魂，是也在将要倒坏的状态的。

以上，真不过是斐斯多的意见的一斑，但要以此来说明表现主义的文艺上的现象的全部，却未免太大胆、太小题大做了。况且精神病学者是从仑勃罗梭、梅彪斯等起，就有将异常的精神现象只是病理学底地来解释的倾向的，斐斯多也不出此例。大约斐斯多是以为艺术的理想只在自然的忠实的模仿或自然之真（Naturwahrheit）

13　此处原文为"为一切的恶意和暴力所迫害"，疑为原文多字，故更正。——编者注。——编者注
14　现代汉语常用"繁难"。——编者注

的罢？对于体现着表现主义精神的中世的宗教底艺术品和日本画，他莫非也用病底现象来解释么？这且勿论，惟他将表现主义看作精神底逆行的现象，却是有趣而适切的见解。表现主义者们是将近代的物质底文化和由此而生的艺术看作已经碰壁、已经破产了的，所以他们背过脸去，向了为文化和艺术本源的精神及灵魂逆行，想以这本源为出发点，更取了新的方向而进行。是从新的播种，是世界的再建、改造、革命。正如十八世纪及十九世纪的文艺革新运动，高呼"归于自然"一般，他们是高呼"归于灵魂"的 Stürmer und Dränger（飙兴浡起者）。懂得了这意思，这才明白表现主义在文艺史上的意义的。

在德国文坛上的表现派文士非常之多，说新进文士几乎全是表现派也可以罢。抒情诗则锡开勒、魏菲尔、勃海尔（Becher）、蔼仑斯坦因（Ehrenstein）、渥勒芬斯坦因（Wolfenstein）、克拉蓬特（Klabund）等。戏曲则哈然克莱伐（Hasenclever）、凯泽（Georg Kaiser）两人为巨擘。都是才气横溢的少壮诗人，这数年间，发表了十指有余的著作了。近时则望温卢（Fritz von Unruh）之才，为世所知，听说其声誉还出于老豪普特曼（Karl Hauptmann）之上。此外，还有施特恩海姆、约司德（Johst）、珂仑弗耳特（Kornfeld）以及死于战事、世惜其才的梭尔该（Sorge）等。小说则有埃德施米特（Edschmid）、凯孚凯（Kafka）、瓦尔泽（Walser）等。就中，埃德施米特的《玛瑙球》（*Die achatenen Kugeln*）是极出名的，他的关于表现主义的论文集也为文坛所重。此外，新诗人的辈出几乎应接不暇，仿佛要令人觉得来论表现主义，时期还未免有些太早似的。现在且暂待形势的澄清，再来作彻底底的研究罢。

译自《现代的德国文化及文艺》

# 小说的浏览和选择

[俄]拉斐勒·开培尔

## 上

我以为最好的小说是什么？又，小说的浏览，都有可以奖励的性质么？这是你所愿意知道的。

西洋诸国民，无不有其莫大的小说文学，也富于优秀的作品。所以要对答你的询问，我也得用去许多篇幅罢。但是我一定还不免要遗漏许多有价值的作品。对于较古的时代的小说——第十七八世纪的，在这里就一切从略，你大概到底未必去读这些小说，虽然我以为 *Grimmelshausen's Simplicissimus* 中的风俗描写，或者 Uhland 的卓拔的"希腊底"小说等类，也会引起你兴味来。在这里，就单讲近世的罢。

严格的道学先生和所谓"教育家""学者"之中，对于小说这东西，尤其是近代的"风俗小说"，抱着一种偏见，将浏览这类书籍，当作耗费光阴，又是道德底腐败的原因，而要完全排斥它的，委实很不少。耗费光阴——诚然，也未始不能这样说。为什么呢？因为在人生，还有比看小说更善，也更重要的工作，而且贪看小说，荒了学课的儿童，是不消说，该被申斥的。但是，这事情在别一面，恐怕是可以称扬的罢。想起来，少年们的学得在人生更有用更有价值的许多事，难道并没有较之在学校受教，却常常从好小说得来的么？较之自己的教科书上的事，倒是更熟悉于司各特

（W. Scott）、布勒威尔（Bulwer）、仲马（Dumas）的小说的不很用功的学生，我就认识不少——说这话的我，在十五六岁时候，也便是这样的一个人。但是，因为看了小说，而道德底地堕落了的青年，我却一个也未曾遇见过，我倒觉得看了描写"近代的"风俗的作品，在平正的，还没有道德底地腐败着的读者所得到的影响，除了单是"健全"（Heilsam）之外，不会有什么的。大都市中的生活，现代的家庭和婚姻关系，对于"肉的享乐"的犷野[1]的追求，各样可鄙的成功热和生存竞争，读了这些事情的描写，而那结果，并不根本底地摆脱了对于"俗界"的执著，却反而为这样文明的描写所诱惑，起了模仿之意的人，这样的人，是原就精神底地、道义底地都已经堕落到难于恢复了的，现在不得另叫小说来负罪。翻读托尔斯泰的使人战栗的 *Kreutzer Sonata* 和《复活》、左拉（E. Zola）的《卢贡家故事》的诸篇、莫泊桑（Guy de Maupassant）的 *Bel ami* 以及别的风俗描写的时候，至少，我就催起恐怖错愕之念来，同时也感到心的净化。斯巴达人见了酩酊的海乐式（斯巴达的奴隶）而生的感得，想来也就是这样的罢。而且，这种书籍，实在还从我的内心唤起遁世之念，并且满胸充塞了嫌恶和不能以言语形容的悲哀。看了这样的东西，是"人类的一切悲惨俱来袭我"的，但我将这类小说，不独是我的儿子，即使是我的女儿的手里，我大概也会交付，毫不踌躇的罢。而且交付之际，还要加以特别的命令，使之不但将这些细读，还因为要将自己放在书中人物的境遇、位置、心的状态上，一一思索之故，而倾注其全想象力的罢。对于这实验的结果，我别的并无挂念。我向你也要推荐这类近代的风俗小说，就中，是两三种法兰西的东西，例如都德的《财主》（A. Daudet, *Le Nabob*）和福楼拜的《包法利夫人》（G. Flaubert, *Mme.Bovari*），是

---

1　现代汉语常用"狂野"。——编者注

真个的艺术底作品。但是，更其惹你的兴味的，也如在我一样，倒是历史小说，而且你已经在读我们德国文学中的最美的之一——即 scheffel 的 *Ekkehard* 了。这极其出色之作，决不至于会被废的，盖和这能够比肩者，在近代，只有玛伊尔（K. F. Meyer）的历史谭——即《圣者》（*Der Heilige*）、《安该拉波吉亚》（*Angela Borgia*）、《沛思凯拉的诱惑》（*Die Versuchung des Peskara*）及其他罢了。还有，在古的德国的历史小说和短篇小说中，优秀的作品极其多。就是列夫斯（Millbald Alexis）的著作的大部分、斯宾特莱尔（Spindler）以及尤其是那被忘却了的莱孚司（Rehfues）的作品等。又如嵩孚（Hauff）的 *Lichtenstein* 和 *Jud Suesse*、库尔兹（H. Kurz）的 *Schillers Heimatjahre*、霍夫曼（Wm. Hoffmann）的 *Doge und Dogaresse* 和 *Fraeulein von Scuderie* 等，今后还要久久通行罢。大概在德国的最优的小说家的作品中，是无不含有历史小说的。但这时，所谓"历史底"这概念，还须解释得较广泛，较自由一点，即不可将历史的意义只以辽远的过去的事象呀，或是诸侯和将军的生涯中的情节呀，或者是震撼世界的案件呀之类为限。倘是值得历史底地注意的人格，则无论是谁的生涯，或其生涯中的一个插话，或则是文明史上有着重大的意义的有趣的事件或运动，只要是文学底地描写出来的，我便将这称为历史底文学，而不踌躇，例如美列克的《普拉革旅中的穆札德》（Moerike, *Mozart auf der Reise nach Prag*）、斯退伦的《最后的人文主义者》（Adolf Stern, *Die Letzten Humanisten*）、谷珂的《自由的骑士》（Gutzkow, *Die Ritter vom Geist*）和《罗马的术人》（*Der Zauberer von Rom*）（指罗马教皇）、克莱斯特（H. Kleist）的 *Michael Kohlhaas*、左拉的《崩溃》（*Débâcle*），不，恐怕连他的 *Nana*——因其文化史底象征之故——还有，连上面所举的都德的《财主》也在内——如你也所知道的一样，普通是将小说分类为历史底、传记底、风俗、人文、艺术家和时代小说的。但是，其实，在这些种类之间，也并没有本质底差别：历史小说往往也该是风俗小说，而又是人文小说的事，是明明白白的。又，倘使这（如 R. Hamerling 的 *Aspasia*）是描写艺术史上的重要的时代（在 Aspasia 之际即 Perikles 时代）的，或则（如在 Brachvogel 的 *Friedemann Bach* 和 *Beaumarchais*）那主要人物是著名的艺术家或诗人，则同时也就是传记底小说，也就是"艺术家小说"了。在将"文艺复兴"绚烂地描写着的梅列日科夫斯基（D. S. Merezhkovsky）的《群神的复活》里，这些种类，是全都结合了的。顺便说一句："时代小说"（Zeitroman）这一个名词，是可笑的——凡有一切东西，不是都起于"时"之中的么！如果这名词所要表示的，是在说这作品的材料乃是起于现代的事件，则更明了地，称为"现代小说"就是了。

## 下

至于自司各得以至布勒威尔的小说，也不待现在再来向你推荐罢。在这一类小说上，司各得大概还要久称为巨匠，不失掉今日的声价。又，布勒威尔的《朋卑的末日》（*The Last Days of Pompeii*）则在 Kingsley[2] 的 *Hypatia*、梅列日科夫斯基的《群神之死》、显克维奇（H. Sienkiewicz）的《你往何处去》（*Quo Vadis*）、Ernst Eckstein 的 *Die Claudier* 及其他许多小说上就可见，是成了叙述基督教和异教底文化之间的反对及战斗的一切挽近小说的原型的——罗马主义（Romanentum）与其强敌而又是胜利者的日耳曼主义（Germanentum）的斗争，则在 Felix Dahn 的大作《岁马夺取之战》（*Ein Kampf um Rom*）里，以很有魅力之笔，极美丽地描写着。这小

2　即"金斯利"。——编者注

说，普通是当作 Dahn 的创作中的主要著作的，但是，与其这一种，我却愿意推举他后来的，用了一部分押着头韵的散文体所写的《亚甸的慰藉》( *Odhins Trost* )。我从这所描写的日耳曼的宗教以及其英雄底而且悲壮的世界观所得的强有力的印象，可用以相比较者，只有瓦格纳 ( R. Wagner ) 的 *Der Ring des Nibelungen* 所给与于我的而已。

次于 Dahn，以极有价值的作品来丰饶历史小说界者，是 Taylor ( 真名 Hausrath，是哈兑堡大学的神学教授 ) Ebers、Freytag 等。而且他们是仗了那些作品，证明着学者和教授也可以兼为诗人，即能够将那研究的结果，诗底地描写出来的。由此看来，若干批评家的对于所谓 "教授小说"( Professoren Roman )，往往看以轻侮的眼的事，正如许多音乐家不顾及大多数的大作曲家也是乐长 ( Kapellmeister ) 的事实，而巧妙地造出了 "乐长音乐"( Kapellmeister Musik ) 这句话，却用以表示轻蔑的意思，犹言缺乏创意的作曲者，是全然不当，而且可笑的。大概，凡历史底作品，不论是什么种类，总必得以学究底准备和知识为前提，但最要紧的，是使读者全不觉察出这事，或者竭力不使觉察出这事，又或者在本文之中，不使感知了这事。所谓 "教授文学" 这东西，事实上确是存在的，但我所知道者，却正出于并非教授的人们之手。使人感到困倦无聊者，并非做诗[3] 的学者，而是教授的诗人。用了不过是驳杂的备忘录的学识，他们想使读者吃惊，但所成就，却毕竟不过使自己的著作无味而干燥。将这可笑的炫学癖的最灿然的例遗留下来的，是福楼拜 ( Gustave Flaubert ) 和雨果 ( Victor Hugo )。前者在《圣安敦的诱惑[4]》( *La Tentation de St. Antoine* ) 里，后者则在《笑的人[5]》( *L'homme qui rit* ) 以及《诸世纪的

---

3　现代汉语常用 "作诗"。——编者注
4　现译 "圣安东尼的诱惑"。——编者注
5　现译 "笑面人"。——编者注

传说[6]》(*La Légende des Siècles*)里。但是，要而言之，历史底"教授小说"的——而且令人磕睡的本义的"教授小说"的——理想底之作，则是 *Salammbo*[7]！和这相类的拙笨事，是希望影响及于许多人，而且愿意谁都了解的文学家，却来使用那只通行于或一特殊的社会阶级中的言语(Jargon)，或者除了专门家以外即全不知道的术语，而并不附加一点说明。对于良趣味的这迂拙的办法或罪恶，是近代自然主义者最为屡犯的。我想，从头到底，懂得左拉的 *Gérminal* 的读者，恐怕寥寥可数罢。如果是一五一十，懂得其中的话的人们，究竟会来看这一部书不会呢？

良好的历史文学和近代的风俗小说，在我，是常作为最上的休养和娱乐的。自然，我所反反复复阅着，或者翻检，而且不能和这些离开的作品，委实也不过二十乃至三十种的我所早经选出的故事——意大利的东西，即 Manzoni[8] 的《约婚的男女[9]》，也在其内的。我在这三十种的我的爱读书之中，我即能得到我对于凡有小说所要求的一切。这些小说，将我移到古的时代和未知的文明世界去，将我带到那在我的实生活上决没有接触的机会的社会阶级的人们里。而且也将许多已经消去的亲爱再带到我的面前来。诗人的构想力(Phantasie)、艺术和经验所启示于我的世界，在我，是较之从我自己的经验所成的现实世界，远有着更大的价值和意义的。这也并非单因为前者是广大而丰富得多，乃是诗人的预感能力(Antizipations Vermoegen)比起我的来，要大到无限之故。这力，是诗人所任意驱使，而且使诗人认识那全然未见的东西，全然在他的地平线之外的东西，和他的性质以及他的自我毫无因缘的东西，并且不但能将自

---

6　现译"世纪传说"。——编者注

7　即"萨郎宝"。——编者注

8　即"曼佐尼"。——编者注

9　现译"约婚夫妇"。——编者注

已移入任何的灵魂和心情生活而设想而已，还能更进而将自己和它们完全同化的。我之所以极嫌恶旅行，极不喜欢结识新的相识，而且竭力地——只在万不得已的时候——不涉足于社会界者，就因为我之对于世界和社会，不独要知道它的现实照样，还要在那真理的姿态上（即柏拉图之所谓 Idea 的意思）知道它的缘故。而替代了我来做这些事的，则就是比我有着更锐敏[10]的感官和明晰的头脑的诗人和小说家。假使我自己来担任这事，就怕要漏掉大部分，或者不能正确地观察，或者得不到启发和享乐，却反而只经验些不快和一切种类的扫兴的罢——

开培尔博士（Dr. Raphael Koeber）是俄籍的日耳曼人，但他在著作中却还自承是德国。曾在日本东京帝国大学作讲师多年，退职时，学生们为他集印了一本著作以作纪念，名曰《小品》（Kleine Schriften）。其中有一篇《问和答》，是对于若干人的各种质问加以答复的。这又是其中的一节，小题目是《论小说的浏览，我以为最好的小说》。虽然他那意见的根柢是古典底、避世底，但也极有确切中肯的处所，比中国的自以为新的学者们要新得多。现在从深田、久保二氏的译本译出，以供青年的参考云。

一九二五年十月十二日，译者附记。

----

10　现代汉语常用"敏锐"。——编者注

# 东西之自然诗观

[日]厨川白村

## 一

揭了这个大大的问题,来仔细地讲说,是并非二十张或三十张的稿子纸所能完事的。便是自己,也还没有很立了头绪来研究过,所以单将平素的所感,不必一定顺着理路,想到什么便写出什么,用以塞责罢。

宇宙人生的一切现象,若映在诗人眼里,那不消说,是一切都可以成为文艺的题材的。为考察的便宜起见,我姑且将这广泛的题材分为(1)人事、(2)自然、(3)超自然的三种,再来想。第一的人事,用不着别的说明;第二的自然,就是通常所谓天地、山川、花鸟、风月的意思的自然;那第三的超自然,则宗教上的神佛不待言,也包含着见于俗说街谈中的一切妖怪灵异的现象。这三种题材,怎样地被诗人所运用呢?那相互的关系又是怎样的?将这些一想,在研究诗文的人是最重要,也是饶有兴味的问题。我现在取了第二种,来述说东西诗观的比较的时候,也就是将这便宜上的分类作为基础的。

## 二

先将那十八世纪以前的事想一想。

为欧洲文化的源泉的希腊的思想是人间本位。揭在亚波罗祠堂上面的"尔其知己"的话，从各种的解释看去，是这思潮的根柢。所以虽是对于自然，那态度也是人间本位，将自然和人间分离的倾向很显著，或者可以姑且称为"主我底"罢。像那历来的东洋人这样，进了无我、忘我的心境，将自己没入自然中，融合于其怀抱之风，几乎看不见。东洋人的是全然离了自我感情，自然和人间合而为一，由此生成的文学。希腊的却从头到底是人间本位，将自然放在附属的地位上。虽然从荷马（Homeros）的大诗篇起，那里面就已经有了古今独绝的雄丽的自然描写，但上文所说这一端，我以为有着显明的差异。

欧洲思想的别一个大源泉是希伯来思想。但这又是神明本位，将超自然看得最重，以为自然者，不过是神意的显现罢了。将人间的一切奉献于神明，拒斥快乐美感的禁欲主义的修士，当旅行瑞士时，据说是不看自然的风景的。后来，进了文艺复兴期，像那通晓古文学、极有教养的伊拉斯谟（Erasmus）那样的人，要知道他登阿尔普斯山[1]时，有什么看见，有什么惹心呢？却还说道那不过是悒郁的客店的恶臭、酸味的葡萄酒之类，写在书信里。从瑞士出意大利之际，负着万古的雪的山岳美，是毫没有打动了他的心的。这样的心情几乎为我们东洋人所不能理解，较之特地到远离人烟的山上，结草庵、友风月的西行和芭蕉的心境，竟不妨说，是几乎在正反对的极端了。为近代思想的渊源的那文艺复兴期，从诗文的题材上说，也不过是"超自然"的兴味转移为对于"人间"的兴味而已。欧洲人真如东洋人一样，觉醒于自然美，那是自此一直后来的时代的事。

---

1　现译"阿尔卑斯山"。——编者注

# 三

西洋的诗人真如我们一样，看重了自然，那是新近十八世纪罗曼主义勃兴以后的事情，看作仅仅最近百五十年间的事就是了。在这以前的文学里，也有着对于自然的兴味，那当然不消说，但大抵不过是目录式的叙述或说明。是 observation 和 description，而还未入于 reflection 或 interpretation 之域的，或者以人事或超自然为主题，而单将这作为其背景或象征之用，便是描写田园的自然美的古来的牧歌体，或者莎士比亚的戏曲呀、但丁的《神曲》呀、弥耳敦的《失掉的乐园[2]》似的大著作，和东洋的诗文来一比较，在运用自然的态度上就很有疏远之处，深度是浅浅的。总使人、神、恶魔那些东西和自然对立，或则使自然为那些的从属的倾向，较之和、汉的抒情诗人等，其趣致是根本底地不同。

离了都会生活的人工美，而真是企慕田园的自然美的心情，有力地发生于西洋人的心中者，大概是很受卢梭的"归于自然"说的影响的罢。近世罗曼主义之对于这方面特有显著的贡献的，则是英国文学。英吉利人，尤其是苏格兰人，对于自然美，向来就比大陆的人们远有着锐敏的感觉。即以庭园而论，与那用几何学上的线所作成的法兰西式相对，称为英吉利式者，也就如支那[3]、日本那样，近于摹写天然的山水照样之美的。在文学方面，则大抵以十八世纪约翰·汤姆逊（*James Thomson*）从古代牧歌体换骨脱胎，歌咏四时景色的《四季》（*The Seasons*）这一篇，为这思想倾向的渊源。不

---

2　现译"失乐园"。——编者注

3　此为鲁迅原译，原文并无贬义。"支那"一词是古代印度梵文中的支那（China）的音译，也是古代欧亚大陆诸国对中国最流行的称呼。一般认为，中日签订《马关条约》后，日本侵略者开始使用"支那"称呼中国，并带有蔑视和贬义。——编者注

独英吉利，便在法国和德国的罗曼派，也受了这篇著作的影响和感化。至于近代的欧洲文学，则和东洋趣味相像的 Love of nature for its own sake 起得很盛大了。后来出了柯勒律治（S. T. Coleridge）、华兹华斯（W. Wordsworth）以后的事，那已经无须在这里再来叙述了罢。

有如勃兰兑斯（G. Brandes）《十九世纪文学的主潮》第四卷所说那样，赞美自然的文学渐渐地发达，而这遂产生了在今日二十世纪的法国，崇奉为欧洲最大的自然诗人如雅姆（Francis Jammes）那样的人物之间，我以为西洋人的自然诗观，是逐渐变迁，和我们东洋人的渐相接近起来了。

倘照西洋人所常说的那样，以文艺复兴期为发见了"人间"的时代，则十八世纪的罗曼主义的勃兴，在其一面，也可以说确是发见了"自然"的罢。

这在绘画上也一样。真的山水画、风景画之出于欧洲，也是这十八世纪以后的事。便是文艺复兴期的天才，最是透视了自然的列奥纳多·达·芬奇（Leonardo da Vinci），风景也不过是他的大作的背景。拉斐尔（Raphaelo）的许多圣母像上，山水也还是点缀。荷兰派的画家也都这样。这到十八世纪，遂为英国的威勒生（Wilson），为庚斯博罗（Gainsborough）。待到康斯特布尔（J. Constable）和泰纳（Turner）出，这才有和东洋的山水画一样意义的风景画。人物为宾，自然为主的许多作品，进了十九世纪，遂占了欧洲绘画的最重要的位置。于是生了法兰西的柯罗（Corot），为芳丁勃罗派，从密莱（Millet）而入印象主义的外光派，攫捉纯然的自然美的艺术，遂至近代而大成。

日本的文学中，并无使用"超自然"的宗教文学的大作，也没有描写"人间"达了极致的莎士比亚剧似的大戏曲。这也就是日本文学之所以出了抓得"自然"的真髓，而深味其美的许多和歌俳句的抒情诗人的原因罢。

<h1 style="text-align:center">四</h1>

从外国输入儒佛思想以前的日本人，是也如希腊人一样，有着以人间味为中心的文学的。上古更不俟言，《万叶集》的诸诗人中，歌咏人事的人就不少。有如山上忆良一样，不以花鸟风月为诗材，而以可以说是现在之所谓社会问题似的《贫穷问答歌》那样，为得意之作的人就不少。但是，一到以后的《古今集》，则即使从歌的数量上看，也就是《四季》六卷、《恋》五卷，自然已经成了最重要的题材。其原因之一部分，也许是日本原也如希腊一般，气候好，是风光明媚之国，和自然美亲近惯了，所以也就不很动心了之故罢。有人说，但是自从受了常常赞美自然的支那文学的感化以后，对于在先是比较底冷淡的自然之美，这才真是觉醒了。我以为此说是也有一理的。

自从"万叶"以后的日本诗人被支那文学所刺戟[4]，所启发，而歌咏自然美以来，在文学上，即也如见于支那的文人画中那样。渔夫呀、仙人呀，总是用作山水的点缀一般，成了自然为主、人物为宾的样子了。然而日本的自然，并没有支那似的大陆底的雄大的瑰奇，倒是温雅而潇洒，明朗的可爱、可亲的。使人恐怖，使人阴郁的景色极其少。尤其是平安朝文学，因为是宫廷台阁的贵公子——所谓"戴着樱花，今天又过去了"的大官人的文学，所以很宽心，没有悲痛深刻之调，对于自然，惟神往于其美，而加以赞叹讴歌的倾向为独盛。此后，又成为支那传来的仙人趣味，入了镰仓时代，则

---

4　现代汉语常用"刺激"。——编者注

加上宗教底的禅味的分子，于是将西洋人所几乎不能懂得的诗情，即所谓雅趣、俳味、风流之类，在山川、草木、花鸟、风月的世界里发见了。现代的杀风景<sup>5</sup>、没趣味的日本人，至今日竟还能出人意外地懂得赏雪酒、苔封的庭石、月下的虫声之类，为西洋人的鉴赏之力所不及的 exquisite 的自然味者，我想，是只得以由于上文所说似的历史底关系来作解释的。

<h1 style="text-align:center">五</h1>

西洋人这一流人，是虽然对着自然，而行住坐卧，造次颠沛，总是忘不掉"人间"的人种。他们无论辟园，无论种树，倘不硬显人工，现出"人间"这东西来，是不肯干休的。倘不用几何上的线分划了道路、草地、花圃，理发匠剃孩子的头发一般在树木上加工，就以为是不行的。较之虽然矫枝刈叶，也特地隐藏了"人间"，忠实地学着自然的姿态的东洋风，是全然正反对的办法。将日本的插花和西洋的花束一比较，也有相同之感。

东洋人和自然相对的时候，以太有人间味者为"俗"，而加以拒斥。从带着仙骨的支那诗人中，寻出白乐天来，评其诗为俗者，是东洋的批评家。往年身侍小泉八云（Lafcadio Hearn）先生的英文学讲筵时，先生曾引用了奥尔德里奇（Thomas Bailey Aldrich）之作，题曰《红叶》的四行诗——

October turned my maple's leaves to gold.

The most are gone now, here and there one lingers：

Soon these will slip from out the twig's weak hold,

Like coins between a dying mister's fingers.

而激赏这技巧。然而无论如何，我总不佩服。将落剩在枝梢的一片叶，说是好像临死的老爷的指间捏着钱的这句，以表现法而论，诚然是巧妙的。但是，在我们东洋人眼中，却觉得这四行诗是不成其为诗的俗物。这就因为东洋人是觉得离人间愈远，入自然中愈深，却在那里觅得真的"诗"的缘故。

东洋的厌生诗人虽弃人间，却不弃自然。即使进了宗教生活，和超自然相亲，也决不否定对于自然之爱。岂但不否定呢？那爱且更加深。西洋中世的修士特意不看瑞士的绝景而走过去的例，在东洋是绝没有的。这竟可以说，厌离"人间"，而抱于"自然"之怀中。于此再加上宗教味，而东洋的自然趣味乃成立。在西洋，则憎恶人间之极，遂怀自然的拜伦（G. Byron）那样厌生诗人之出世，不也是罗曼主义勃兴以后的事，不过最近约一百年的例子么？虽然厌世间，舍妻子，而西行法师却还是爱自然，与风月为友，歌道"在花下，洒家死去罢"的。

译自《走向十字街头》

# 西班牙剧坛的将星

[日]厨川白村

## 一　罗曼底

　　读了二叶亭所作的《其面影》的英译本，彼国的一个批评家就吃惊地说道："在日本，竟也有近代生活的苦恼么？"英美的人们，似乎至今还以为日本是花魁（译者注：谓妓女）和武士道的国度。和这正一样，我们也以为西班牙是在欧洲的唯一的"古"国，以为也不投在大战的旋涡里，也不被世界改造的涛头所卷去，至今还是正在走着美丽的罗曼底的梦路的别世界中。这就因为西班牙的人们也如日本人的爱看裸体角力一样，到现在还狂奔于残忍野蛮的斗牛戏；也如日本人的喜欢舞妓的傀儡模样一样，心赏[1]那色采[2]浓艳的西班牙特有的舞姿。而其将女人幽禁起来，也和日本没有什么大差的缘故。

　　罗曼主义是南欧腊丁[3]系诸国的特有物。中欧北欧的诸国，早从罗曼底的梦里醒过来了的现在，然而在生活上，在艺术上，还是照旧的做着罗曼斯的梦者，也不但西班牙，意大利也如此。近便的例，则有如邓南遮（D'Annunzio）在斐麦问题的行动，虽然使一部分冥顽的日本人有些佩服了，而其实是出于极陈腐的过时的思想的，即不外乎不值一顾的旧罗曼主义。这样看来，便是邓南遮的艺术，如《死之胜利》，如《火焰》，如《快乐儿》，尤其是他的抒情诗，

---

1　现代汉语常用"欣赏"。——编者注
2　现代汉语常用"色彩"。——编者注
3　现译"拉丁"。——编者注

也都是极其罗曼底的作品。显现于实行的世界的时候，便成为斐麦事件似的很无聊的状况的罗曼主义了。只有披了永久地，新的永久地，有着华美的永远的生命的"艺术"的衣服，而被表现的时候，还有很可以打动现代的人心的魅力。所以我们之敬服他的作品者，即与我们现在还为陈旧的雨果（Hugo）的罗曼主义所动，读了《哀史》和《我后寺》而下泪的时候正相同。对于旧时代的武士道毫无兴趣的人们，看了戏剧化的《忠臣藏》的戏文，却也觉得有趣。因为在这里是有着艺术表现的永远性、不朽性的。总之，用飞机来闹嚷一通的邓南遮的态度，即可以当作那客死在靡梭伦基的拜伦（Byron）的罗曼主义观。然而我现在的主意，却并不在议论意大利。

## 二　西班牙剧

无论如何，西班牙总是凯尔绵[4]（Carmen）的国度。西班牙趣味里面，总带着过度的浓艳的色采，藏着中世骑士时代的面影。在昔加勒兑隆（Calderon）以来的所谓"意气"和"名誉"之类的理想主义，直到现在，还和那国度纠结着，对于难挨的"近代"的风潮全不管，在劳动问题、宗教问题、妇女问题这些上，搅乱人心的事，也极其少有的。

然而桃源似的生活是不会永久继续下去的。倘将外来思想当作不相干的事，便从脚跟、从鼻尖都会发火。现实的许多"问题"便毫不客气、焦眉之急地逼来了。在西班牙，这样的从罗曼主义到现实主义的思想的推移，在文艺中含着民众艺术的性质最多的演剧上，出现得最明显。尤其是从外国人的眼光看来的西班牙文学，

---

4　现译"卡门"。——编者注

自加勒兑隆以来，戏曲就占着最为重要的地位，乃是不可动摇的事情。

前世纪以来西班牙最大的戏曲家的那遏契喀黎（Echegaray），恐怕是垂亡的罗曼主义剩下来的最后的闪光罢。虽是他，也分明地受了易卜生（Ibsen）的问题剧的影响。然而，便是和易卜生的《游魂》最相像，取遗传作为材料的杰作《敦凡之子》，也还是罗曼底的作品，至于《马利亚那》和《喀来阿德》，则内容和外形，都和近代底倾向远得多。他在五年前已经去世了。

然而衍这遏契喀黎一脉的新人物迭扇多的戏曲，则虽然也还是罗曼底，而同情却已移到无产阶级去。他那最有名的著作《凡贺绥》（一八九五年作）中，就将阶级争斗和劳资冲突作为背景描写着。剧中的主角凡贺绥杀却了夺去自己的情人的那雇主波珂的惨剧，比起寻常一样的恋爱悲剧来，已经颇异其趣了。但以近代剧而论，则因为还带着太多的歌舞风的古老的罗曼底分子，所以总不能看作社会剧问题剧一类性质的东西。

## 三　贝纳文特

但是，现在作为这国度里最伟大的一个戏曲家，见知于全欧洲者，是贝纳文特（Jacinto Benavente）独有他是纯粹的现实主义者，又是新机运的代表人。作为罗曼主义破坏者的他的地位，大概可以比萧伯纳（Bernard Shaw）之在英文学罢。将那些讨厌地装着斯文，摆出贵人架子，而其实是无智、游惰、浮滑的西班牙上流社会的脸皮，爽爽快快地剥了下来的他的滑稽剧中，有着一种轻妙的趣致，比起挖苦而且痛快的北欧作品来，自然地很两样。尤其是将那擅长的锐利的解剖刀，向着虚伪较多的女性的生活的时候，那手段之高，是格外使人刮目的。

贝纳文特是著名的医生的儿子，一千八百六十六年八月十二日生的，所以现在是五十五岁（译者注：此文一九二一年作）。先在马特立的大学修法律，因为觉得无味，便献身于文字之业，先做起抒情诗和小说来，听说以诗集而论，也有出色的作品。到一千八百九十三年以后，便完全成了剧坛的人。但到以剧曲作家成名时，也曾出台爨演，便是现在，也时时自己来扮自作剧本中的脚色[5]。他的开手的作品叫《在别人的窠里》的，在马特立的喜剧剧场开演，是一千八百九十四年。然而尽量地站在现实主义的地位上，来描写时世的他那近代底作风，最初的时候，是很受了些世人，尤其是旧思想家的很利害[6]的迫害和冷遇。然而新思潮的大势，终于使他成为今日欧洲文艺界的第一人了。最先成名的是《出名的人们，野兽的食料》等，都是对于西班牙上流社会的讽骂。尤其是前一篇，将一个贵族的穷苦的女儿作为中心人物，用几个在她周围的奸恶的利己的人物来对照，描出贵族社会的内幕来，这是以他的杰作之一出名的。

贝纳文特的戏剧，不消说，是社会批评。但和易卜生、勃里欧、遏尔维这些人的问题剧，却又稍稍异趣，绝没有什么类乎宣传者的气味，是用尽量地将现实照样描写，就在其中暗示着问题，使人自行思想，自行反省的自然的方法的。虽然也说是写实剧，但在此人的作品里，却总带着西班牙式的华丽的诗趣和热情。近来又一转而作可以说是象征剧的作品，竟也成功了。

听说他的著作一总有二十卷，近日已经开手于全集的印行。剧本的篇数是八十，创作之外，在翻译上也动笔，曾将莎士比亚的《空闹》和《十二夜》等译成西班牙文。最近十年来，名声益见其

---

5　现代汉语常用"角色"。——编者注
6　现代汉语常用"厉害"。——编者注

大，他的作品若干种已经在和腊丁亚美利加诸国关系最深的美国译成英文出版了。其中如以客观底描写最见成功的《知县之妻》和《土曜之夜》，对于列奥纳多·达·芬奇名画《约孔陀》的千古不可解的谜的微笑，给了一个新解释的《穆那理沙的微笑》，以及美丽的童话一般的《从书中学了一切的王子》这些杰作，现在是据了英译本，虽是不懂西班牙文的我们，也可以赏鉴了。已经英译的诸作品中，《热情之花》曾经在美国开演，都知道是收效最多的杰作。

在最近这几年，为了大战而衰微已极了的欧洲文学之中，独有不涉战场而得专心于艺术创作的西班牙文坛上，秀拔的作品颇不少。以小说家而为现在欧洲最大的作家之一的迦尔陀思，也在戏曲上动笔，而且得了成功。昆提罗斯弟兄、玛尔圭那、里筱斯这些新作家，又接连的出现，使剧坛更加热闹。在小说一方面，近来欧洲诸国读得最多的东西，也就是这国里的作家伊本纳兹的用欧战的惨剧来作材料的《默示录的四骑士》(死、战争、瘟疫和饥饿)。这作家是写实底的，且至于称为西班牙的左拉。然而他那描写上的罗曼底的色采之还很浓厚，则只要并读他的《伽蓝之影》这类的作品，便谁也一定觉得的罢。

## 四　戏曲二篇

凡听讲戏曲的梗概的，比起那听讲宴会的事情的来，尤为无趣味。但我为要介绍贝纳文特的作风，姑且选出他的两篇名作，演一回这无趣味的技艺罢。

贝纳文特的杰作里面，用农民生活和乡下小市镇的上流人物的内幕来做材料的东西是很多的。我现在就将《玛耳开达》(一九一三年作)和《寡妇之夫》(一九〇八年开演)这两篇作为属于这一类作品的代表者来简单地说一说。

《玛耳开达》是相传的血腥的杀人悲剧，几乎可以说是西班牙特有的出名的东西。一个乡下人的寡妇雷孟台和第二回的年青的丈夫伊思邦过活，但有一个和前夫所生的女儿叫亚加西亚。雷孟台想给这女儿得一个好女婿，来昵近的男人也很多，而女儿都不理。这也无怪，因为那女儿已经暗地里和母亲的现在的丈夫伊思邦落在恋爱里了。旁人虽然都知道，独有母亲雷孟台却未曾觉察出。在第三幕上，雷孟台向着女儿，命她称自己的丈夫伊思邦为父亲。女儿给伊思邦接吻，然而总不能叫出父亲来。母亲到这里，这才明白事情的真相了，当剧烈地责备丈夫的时候，那女儿的热烈的回答，却是出于意外的事：

> 雷孟台——但是你不叫他做父亲，她昏迷了吗？哦！嘴唇对嘴唇，而你紧抱她在你臂上！去，去！现在我知道为什么你不肯叫他做父亲了，现在我知道这是你的过失——我咒诅[7]你！
> 亚加西亚——是的，这是我的。杀我！这是真的，这是真的！他是我所爱的唯一的男子。

女儿是十足的西班牙式的热情的女人。这热情的女人的热烈的言语，遂作为悲剧的结末，在今则已经野兽一样，没有父亲，也没有母亲，没有女儿，只有火焰似的恋爱了。伊思邦遂用枪打杀雷孟台。

题目的 La Malquerda，即英语的 Passion Flower（热情之花），就是西番莲。这剧本的第二幕里，有"爱那住在风车近旁的女子的人，将恋爱在恶时，因为她用了她所爱的爱情而爱，所以有人称她为热情之花"这些意思的歌。雷孟台听了这歌，就说：

---

7　现代汉语常用"诅咒"。——编者注

我们是住在风车近旁的人，那是他们都这样说我们的。而住于风车近旁的女子一定是亚加西亚，是我的女儿。他们称她为热情之花？就是这样，是那样吗？但是谁是不正当地爱她的？

爱她的是谁，雷孟台是不知道的。因为不知道，所以能达到上文所说似的这悲剧的大团圆。作者先将这歌放在第二幕作为伏线，并且也就用作这剧曲的题目了。（译者注：所引剧文，用的都就是张闻天先生的译本）

《寡妇之夫》是纯粹的喜剧。凡有极其写实的风俗剧，是往往很受上流先生们的非难和攻击的，这也一样，而却是颇得一般社会欢迎的戏文。女的主角加罗里那，是一个国务大臣而且负过一世的重望的政治家的寡妻，但她现在已经和亡夫的同志弗罗连勖成了夫妇了。那事情，是明天就要到亡夫的铜像除幕式的日期了的前一天的事。

加罗里那正在为难，以为倘和现在的丈夫弗罗连勖相携而赴铜像除幕式，不知要受世人怎样的非议。而铜像建设委员那一面，也因为和这铜像一同，要立起"真理""商业""工业"这三个女神的裸体像的事，有着各种的反对，争论正纷纭。

这时，对于加罗里那没有好感的亡夫的妹子们便趁着明天的除幕式的机会，将新出版的亡夫的评传给她看。翻开这书的第二百十四叶来，可登着故人的可惊的信札。这是叙述自己的身世，悲观将来的述怀，就寄给这书的编纂者凯萨伦喀的。信上说：

人生是可悲的。我自有生以来，只有过一回恋爱，只记得爱过一个女人，这就是我的妻。而且只相信一个朋友，这就是友人弗罗连勖。而这妻和这朋友，我虽然献了生命而不惜的这两个……唉，我怎样告白这事呢？虽然连我自己也难以相信，其实是那两人恋爱着，秘密地，两面都发狂似的恋爱着的。"

这政治家亡故以后，便成了夫妇的寡妇加罗里那和好友弗罗连勖这两个人，其实是当他生前已经陷了这样的不义的恋爱的事，由了这信札，都被揭破了。弗罗连勖却主张这信是伪造的，要去作诽毁的控诉，并且还说须向凯萨伦喀去要求他决斗。

然而意外的事，是那评传的编纂者凯萨伦喀却来访了。他原也是颇有名声的文士，但因为多年在失意之境，所以竟至成了来往乡间的电影的说明人了（在西洋，西班牙这些地方也如日本一样，电影是有人解说的）。现在是只要有钱，便什么文章都肯做。他用话巧妙地赞扬弗罗连勖的材干[8]，终于反说到亡故的政治家是愚人，在不知不觉之间，早已和弗罗连勖妥协了。并且约定，将那信札是伪造的事也公表出去。归结是得了钱便完的，然而问起那紧要的书籍不是已经传播在世上了么，则答道可是一部也还没有人买。于是即由弗罗连勖拿出二千元来，将初版全部买收了算完事。而在那一面，却还因为裸体像酿成问题，终于不许女人们参豫[9]除幕式，连那紧要的除幕式也延期了。这一场的喜剧，即以此完结。

以意外的事接着意外的事，令最先故使紧张着的读者的心情忽然弛缓下去，而这喜剧即由此成立。贝纳文特的喜剧，是大抵以这样轻妙的特色为生命的，至于以对于时代风俗的讽骂而论，却还不觉得是怎样痛烈的作品。我们倒还是在他的悲剧那一面所有的热情味和深刻味上认识他在欧洲剧坛的地位，而且看出确是西班牙一流的特色来。

译自《走向十字街头》

---

8　现代汉语常用"才干"。——编者注
9　现代汉语常用"参与"。——编者注

# 从浅草来

[日]岛崎藤村

## 在卢梭《自白》中所发见的自己

《大阪每日新闻》以青年应读的书这一个题目，到我这里来讨回话。那时候，我就举了卢梭的《自白》回答他，这是从自己经验而来的回话，我初看见卢梭的书，是在二十三岁的夏间。

在那时，我正是遇着种种困苦的时候，心境也黯然。偶尔得到卢梭的书，热心地读下去，就觉得至今为止未曾意识到的"自己"，被它拉出来了。以前原也喜欢外国的文学，各种各样地涉猎着，但要问使我开了眼的书籍是什么，却并非平素爱读的戏曲、小说或诗歌之类，而是这卢梭的书。自然，这时的心正摇动，年纪也太青，不能说完全看过了《自白》。但在模胡[1]中，却从这书，仿佛对于近代人的思想的方法有所领会似的，受了直接地观察自然的教训，自己该走的路，也懂得一点了。卢梭的生涯，此后就永久印在我的脑里，和种种的烦闷艰难相对的时候，我总是仗这壮胆。倘要问我怎么懂了古典派的艺术和近世文学的差别，则与其说是由于那时许多青年所爱读的歌德和海涅，我却是靠了卢梭的指引。换了话说，就是那赏味歌德和海涅的文学的事，也还仗着卢梭的教导。这是一直从前的话。到后来，合上了歌德和海涅，而翻开法国的福楼拜、莫泊桑，俄国的屠格涅夫、托尔斯泰等。在我个人，说起来，就是烦

---

1 现代汉语常用"模糊"。——编者注

闷的结果。将手从歌德的所谓"艺术之国"离开，再归向卢梭了，而且，再从卢梭出发了。听说，《包法利夫人》的文章是很受些卢梭《自白》的感化的，但我以为福楼拜和莫泊桑，不鹜于左拉似的解剖，而继承着卢梭的烦闷的地方，却有趣。更进了深的根柢里说，则法兰西的小说是不能一概评为"艺术底"的。

卢梭的对于自然的思想，从现在看来，原有可以论难的余地。我自然也是这样想。但是，那要真的离了束缚而观"人生"的精神之旺盛，一生中又继续着这工作的事，却竟使我不能忘。恰如涉及枝叶的研究，虽然不如后来的科学者，又如在那物种之源，生存之理，遗传说里，虽然包含着许多矛盾，但我们总感动于达尔文的研究的精神一般。

我觉得卢梭的有意思，是在他不以什么文学者、哲学者，或是教育家之类的专门家自居的地方；是在他单当作一个"人"而进行的地方；一生中继续着烦闷的地方。卢梭向着人的一生，起了革命，那结果，是产生了新的文学者、教育家、法学家。卢梭是"自由地思想的人们"之父，近代人的种子，就在这里胚胎。这"自由地思想的人们"里，不单是生了文学、哲学等的专门家，实在还产出了种种人。例如托尔斯泰、克鲁泡特金这些人所走的路，我以为乃是卢梭开拓出来的。人不要太束缚于分业底的名义，而自由地想、自由地写、自由地做，诚然是有意思。生在这样境地里的青年，我以为现在的日本，也还是多有一些的好罢。

看卢梭的《自白》，并没有看那些所谓英雄豪杰的传记之感。他的《自白》，是也如我们一样，也失望，也丧胆的弱弱的人的一生的纪录。在许多名人之中，觉得他仿佛是最和我们相近的叔子。他的一生，也不见有不可企及的修养。我们翻开他的《自白》来，到处可以发见自己。

# 青年的书

青年是应当合上了老人的书，先去读青年的书的。

# 新生

新生，说说是容易的，但谁以为容易得到"新生"？北村透谷君是说"心机妙变"的人，而其后是悲惨的死。以为"新生"尽是光明者，是错误的。许多光景，倒是黑暗而且惨淡。

# 密莱的话

"非多所知道，多所忘却，则难于得佳作。"是密莱的话，这实在是至言。密莱的绘画所示的素朴和自恣，我以为决不是偶然所能达到的。

# 单纯的心

我希望常存单纯的心，并且要深味这复杂的人间世。古代的修士，粗服缠身，摆脱世累，舍家，离妻子，在茅庵里度那寂寞的生涯者，毕究也还是因为要存这单纯的心，一意求道之故罢。因为这人间世，从他们修士看来，是觉得复杂到非到寂寞的庵寺里去不可之故罢。当混杂的现在的时候，要存单纯的心实在难。

# 一日

没有 Humor 的一日，是极其寂寞的一日。

# 可怜者

我想，可怜悯者，莫过于不自知的一生了。芭蕉门下的诗人许六，痛骂了其角，甚至于还试去改作他的诗句。他连自己所改的句子不及原句的事也终于不知道。

# 言语

言语是思想，是行为，又是符牒。

# 专门家

人不是为了做专门家而生的。定下专门来，大抵是由于求衣食的必要。

# 泪与汗

泪医悲哀，汗治烦闷。泪是人生的慰藉，汗是人生的报酬。

# 易卜生的足迹

Ibsen 虽有"怀疑的诗人"之称，但直到晚年，总继续着人生的研究者的那样的态度，却是惊人。他并不抛掉烦闷，也不躲在无思想的生活里，虽然如此，却又不变成莫泊桑和尼采似的狂人。就像在暗淡的雪中印了足迹，深深地，深深地走去的 Borkman 一样。易卜生的戏曲都是印在世上的他的足迹。

近来偶尔在《帝国文学》上看见栗原君所绍介的叶芝的《象征论》，其中引有威廉勃来克的话："幻想或想象，是真实地而且永久不变地，实在的东西的表现。寓言或讽喻，则不过单是因了记忆之力而形成的。"见了这勃来克的话，我就记起易卜生的"Rosmersholm"来。那幽魂似的白马，也本是多时的疑问，那时我可仿佛懂得了。

听说有将易卜生比作一间屋子的女优，也有比作窗户的批评家。但在我们，倒觉得有如大的建筑物。经过了好多间的大屋子，以为是完了罢，还有门。一开门，还有屋。也有三层楼，四层楼，也有那 Baumeister Solness 自己造起，却由此坠下而死的那样的高塔。

易卜生的肖像，每插在书本子中，杂志上也常有。但易卜生的头发和眼睛，当真是在那肖像上所见似的人么？无论是托尔斯泰，是卢梭，都还要可亲一点，这在我委实是无从猜想。

## 批评

每逢想到批评的事，我就记起 Ruskin。洛思庚所要批评的，不单是 Turner 的风景画，他批评了泰纳的心所欲画的东西。

至今为止，批评戏剧的人是仅仅看了舞台而批评了，产生了所谓剧评家。这样的批评，已经无聊起来。此后的剧评，大概须是看了舞台以外的东西的批评才是。如果出了新的优伶，则也会出些新的剧评家的罢，而且也如新的优伶一样的努力的罢。

文学的批评，如果仅是从书籍得来的事，也没有意味。其实，正确的判断，单靠书籍是得不到的。正如从事于创作的人的态度，在那里日见其改变一般，批评家的态度也应该改变。

# 秋之歌

今年的六月，什么地方都没有去旅行，就在这巷中，浸在深的秋的空气里。

这也是十月底的事。曾在一处和朋友们聚会，谈了一天闲天。从这楼上的纸窗的开处，在凌乱的建筑物的屋顶和近处的树木的枝梢的那边，看见一株屹立在沉静的街市空中的银杏。我坐着看那叶片早经落尽了的，大的扫帚似的暗黑的干子和枝子的全体，都逐渐包进暮色里去。一天深似一天的秋天，在身上深切地感到了。居家的时候，也偶或在室人呼吸似的静的空气里度过了黄昏。当这些时，家的里面、外边，一点起灯火来，总令人仿佛觉有住在小巷子中间一样的心地。

对着向晚的窗子，姑且口吟那近来所爱读的 Baudelaire[2] 的诗。将自己的心，譬作赤热而冻透的北极的太阳的"秋"之歌的一节，很浮到我的心上。波德莱尔所达到的心境，是不单是冷，也不单是热的，这几乎是无可辨别。我以为在这里，就洋溢着无限的深味。

倘说，这是孤独的诗人只是枭一般闪着两眼，于一切生活都失了兴味，而在寂寞和悲痛的底里发抖罢？决不然的。

2　即"波德莱尔"。——编者注

"你，我的悲哀呀，还娴静着。"他如此作歌。

波德莱尔的诗，是劲如勇健的战士的双肩，又如病的女人的皮肤一般 Delicate 的。

对于袭来的"死"的恐怖，我以为可以窥见他的心境者，是《航海》之歌。他是称"死"为"老船长"的，便是将那"死"，也想以它为领港者，于是直到天堂和地狱的极边，更去探求新的东西：他至于这样地说，以显示他的热意。他有着怎样不挫的精神，只要一读那歌，也就可以明白的罢。

## Life

使 Life 照着所要奔驰地奔驰罢。

# 生活

上了年纪，头发之类渐渐白起来，是没有法想的——但因为上了年纪，而成了苛酷的心情，我却不愿意这样。看 Renan 所作的《耶稣基督传》，就说，基督的晚年，有些酷薄的模样了。年纪一老，是谁也这样的。但便是还很年青的人，也有带着 Harsh 的调子，即使是孩子，有时也有这情形。

无论做了怎样的菜去，"什么，这样的东西吃得的么？"这样说的姑，小姑，是使新妇饮泣的。

什么事都没有比那失了生活的兴味的可怕。专是"不再有什么别的么，不再有什么别的么"地责人。高兴的时候，倒还不至于这样，单是无求于人而能生活这一端，也就觉得有意思，有味。例如身体不大健康时，无论吃什么东西都无味，但一复原，即使用盐鱼吃茶淘饭也好。

## 爱憎

愿爱憎之念加壮。爱也不足，憎也不足。固执和乱斥，都不是从泉涌似的壮大的爱憎之念而来的。于事物太淡泊，生活怎么得能丰富？

听说航海多日而渴恋陆地者，往往和土接吻，愿有爱憎之念到这样。

## 生的跳跃

在一篇介绍伯格森的文章里，看见"生的跳跃"这句话。

问我们为什么要创作，一时也寻不出可以说明这事的简单而适当的话来。为面包么？似乎也不尽是为此而创作。倘说是艺术底本能，那不过就是这样。为了要活的努力，那自然是不错的。但是，再没有说得明细一点的话了么？

"生的跳跃"这句话，虽然有着阴影，但和创作时候的或一种心情却相近。

## 历史

对于现代愈研究，就愈知道没有写在过去的历史上的事情之多。愈读过去的历史，就愈觉得现代的实相也只能或一程度为止，记在历史上。

现今的教育，太偏重了历史上的人物了。虽说古人中极有杰出的人物，但要而言之，总是过去的人，是和我们没有什么直接的交涉的人。虽说也有所谓"尚友古人"的事，但这是以能照见自己为限的。在我们，即使常觉得平平凡凡，在四近走着的男男女女，却比古昔的大人物们更紧要。这样互相生活着，真不知道有怎样地紧要。

## 爱

世人惟为爱而爱。知爱之意义者，是艺术家的本分。

## 思想

我们做梦，迨醒时，仿佛做了许多时候了。而其实我们的做梦，不是说，不过是在极短时中么？我们的思想，也许是这样。虽然我们似乎从早到晚都不断地在思想。

## 社会

社会是靠了晚餐维持着的。

## 静物的世界

有所谓静物的世界者，称为 Still life，是有趣味的话。倘使容许我的空想，则这世间也有静物的地狱在。在这地狱里，无论达尔文或卢梭，即都与碟子或苹果没有什么不同。

# 自由

人在真的自由的时候，是不努力而自由的时候。借了 Oscar Wilde[3] 的口吻说，则就是不单止于想象，而将这实现的时候。

# 河

在或人，河是有着一定之形和色的川流。在或人，是既无定形，也无定色，流动而无涯际的。在这样的人的眼中，也有通红色火焰一般颜色的河。就是一样的河，也因了看的人而有这样的差异。

# 虚伪的快感

悲莫悲于深味那虚伪的快感的时候。

# 东坡的晚年

K 先生是我在共立学校时代教英文的先生之一。他在千曲川起造山房的时候，早经是种植花树，预备娱老的人了。就在那山房里，从先生听到苏东坡的话。说是东坡的晚年，流贬远域，送着寂寞的时光，然而受了朝夕所见的花树的感化，他的书体就一变了。先生还抚着银髯，对我添上几句话道：

"这样的话，是真实的么？"

对照了虽然年迈，也还是压抑不住的先生的雄心，这些话很不

---

3　即"奥斯卡·王尔德"。——编者注

容易忘却。

## 人生的精髓

莫泊桑研究着福楼拜时，有这样的有趣的话：

"福楼拜并不想说人生的意义，他是单想传人生的精髓的。"

这不是很有深味的话么？这话里面，自然也一并含着"并不想说人生的或一事件"的意思。

摘译

# 生艺术的胎

### [日]有岛武郎

○

生艺术的胎是爱,除此以外,再没有生艺术的胎了。有人以为"真"生艺术,然而真所生的是真理。说真理即是艺术,是不行的。真得了生命而动的时候,真即变而成爱。这爱之所生的,乃是艺术。

○

一切皆动。在静止的状态者,绝没有。一切皆变,在不变的状态者,未尝有。如果有静止不变的,那不过是因了想要凝视一种事物的欲望,我们在空中所假设的楼阁。

所谓真,说起来也就是那楼阁之一。我们硬将常动常变的爱,姑且暂放在静止不变的状态上,给与一个名目,叫作"真"。流水落在山石间,不绝地在那里旋出一个涡纹。倘若流水的量是一定的,则涡纹的形也大抵一定的罢。然而那涡纹的内容,却虽是一瞬间,也不同一。这和细微的外界的影响——例如气流、在那水上游泳的小鱼、落下来的枯叶,涡纹本身小变化的及于后一瞬间的力——相伴,永远行着应接不暇的变化。独在想要凝视这涡纹的人,这才推却了这样的摇动,发出试将涡纹这东西在脑里分明地再现一回的欲望来。而在那人的心里,是可以将流水在争求一个中心点,回旋状地行着求心底的运动这一种现象，作为静止不变的假象而设想的。

假如涡纹这东西是爱，则涡纹的假象就是真。涡纹实在，但涡纹的假象却不过是再现在人心中的幻影。正如有了涡纹，才生涡纹的假象一样，有了爱，这才生出真来。

所以，我说的"真得了生命而动的时候，真即变而成爱"者，其实是颠倒了本末的说法。正当地说，则真者是不动的，真一动，就在这瞬间已失却真的本质了。爱在人心中，被嵌在假定为不变的型范里的时候，即成为真。

爱者，是使人动的力；真者，是人使动的力。

○

那么，何以我说，惟有爱是产生艺术的胎呢？

我觉得当断定这事之前，还有应该作为前提，放在这里的事。

人的行为，无论是思索底，是动作底，都是一个活动。这活动有两种动向：一是以自己为对象的活动，一是以环境——自己以外的事物——为对象的活动。以自己为对象的活动者，不消说，便是爱的活动。为什么呢？就因为所谓自己与其所有，乃是爱的别名。而独有以自己为对象的活动，据我的意见，是艺术底活动。

从这前提出发，我说，因为以自己为对象的活动是爱的活动，所以惟有爱是产生艺术的胎。

○

诘难者怕要说罢：你的话，将艺术的范畴弄得很狭小了。能动底地以社会为对象，可以活动的分野，在艺术上岂非也广大地存留着么？艺术是不应该局蹐于抒情诗和自叙 [1] 传里的。

我回答这难问题说：艺术家以因了爱而成为自己的所有的环境为对象，换了话说，就是以摄取在自己中，而成了自己的一部分的环境以外的环境为对象，活动着，则不特是不逊的事，较之不逊，较之什么，倒是绝对地不可能的事。所谓自己以外的社会者，即指不属于自己的所有的环境而言。纵使艺术家怎样非凡，怎么天纵，对于自己所没有切实地把握净尽的环境，怎么能够驱使呢？在想要驱使这一瞬间，艺术家便为那懵懂所罚，只好灭亡。

从表面上看去，也有见得艺术家以社会为对象，成就了创作的例子的，这样的例子很多很多。然而绵密地一考察，如果那创作是有价值的创作，则我敢断定，那对象即决定不会是和艺术家的自己毫无交涉的对象。一定是那艺术家将摄取在自己之中的环境再现出来的，也就是分明地表现着自己。题材无论是社会的事，是自己的事，是客观底，是主观底，而真的艺术品，则总而言之，除了艺术家本身的自己表现之外，是不能有的。

而自己的本质是爱。所以惟有爱，是产生艺术的胎。

○

从一眼看去，见得干燥的上文似的推理，我试来暂时移到实际的问题上去看罢。

有主张艺术必须从真产生的人们，被科学底精神的勃兴所刺戟而起来的自然主义和写实主义的信奉者就是。依他们的所信，则对于事物的真相，使人见得偏颇者，莫如爱憎。人之愿望于艺术者，不该在由了一个性的爱憎而取舍的自然及生活，因为个性是无论怎

---

1　现代汉语常用"自序"。——编者注

样扩大，总不及群集之大的。反之，倒必须是将艺术家的爱憎（即自己）压至最小限度，而照在竭尽拂拭的心镜里的自然及生活。故艺术家以爱憎取舍为事，是无益，或有害的。

我不能相信这些。因为前文已经说过，真者，不过是爱的假象的缘故。因为所谓真者，不过是我们的爱憎所假设的约束的缘故。因为我们不能料想，枯死了的无机底的真，能产生有生气的有机底的艺术的缘故。

这是涉及余谈了：论我们的心底活动，常区分为智、情、意这三要素。为便利起见，我也并不拒斥这办法。但是，如果在智、情、意的后面加上了爱，再来一想，便见得全两样了：会看出这三要素，毕竟不过是爱的作用的显现的罢。爱选择事物，其能力假称为智；加作用于被选择者之上，其能力假称为情；所加的作用永续着，其能力假称为意志。智、情、意三者，毕竟是写在爱的背后的字，成为"三位一体"的。

要识别真，不消说是在智力，但智力者，不过是爱的一面。倘说智力单独动作着，亦即自己全体动作着，那是想不通的。

主张必得从真产生艺术的人，是陷在错误的归纳里了。他们以为艺术必须真，所以艺术即必须从真产生。这是并不如此的，乃是爱生艺术的，而艺术因为生于爱，所以就生真。

○

产生艺术的力，必须是主观底，只有从这主观才生出真的客观来。

真者，毕竟不过是一种概念。概念的内容，人可以随时随地使它变化的。而主观，即自己，即爱，却反是，是不可动摇的严肃的实在。

　　毕竟，是自己的问题，是爱的问题。艺术家的爱，爱到有多么深，略夺[2]到多么广，向上到多么高，燃烧着到几度的热：这是问题。至于所谓个性者，从人间的生活全体看来有多么小，是怎样不正确的尺度的事，那倒并不是问题。因为好的个性，比人间的生活全体更其大，也可以作为较为完全的尺度的事例，是历史上有着太多的证明了的。

　　爱的生活的向上——除此以外，那里[3]还有艺术家的权威？对于这一事，没有觉到不能自休的要求者，根本上就没有成为艺术家的资格。艺术家以此苦痛，以此欢喜，以此劳役，以此创造。其余一切，都不过是落了第二义以下的可怜的属性。

○

　　一切活动，结局无非是想要表现自己的过程。我先前已经说过：活动有两种动向，一是以自己为对象，一是以自己以外的环境为对象。而以自己为对象的活动，则是艺术底活动。

　　这是全在各人的嗜好的。或者想以自己以外的环境为对象来表现自己。他的个性，和与其个性并没有有机底的交涉的环境混淆得很杂乱。所谓事业家呀、道学家呀、Politician 呀、社交家呀这一流的生活，就是这个。他们将自己散漫地向外物放射，他们的个性逐渐磨擦[4]减少，到后来，便只是环境和个性的古怪的化合物，作为渣滓而遗留。那个性，也不成为已燃的个性和将燃的个性的连络[5]，

---

2　现代汉语常用"掠夺"。——编者注
3　现代汉语常用"哪里"。——编者注
4　现代汉语常用"摩擦"。——编者注
5　现代汉语常用"联络"。——编者注

但瓦砾一般杂乱地摊在人生的衢路上。

○

要以自己为对象来表现自己者，对于上述那样的生活，则感到无可忍耐的不安。他们倘不纯粹地表现出自己，便不能满足。他们虽然也因为被自己表现的要求所驱策，常有遭着诱惑，和环境作未熟的妥协的事，但无论如何，总不能安住在那境地里。他们从自己的放散，归到爱的摄取里去。被从所谓实世间拉了出来的他们，只好被激而成极端的革命家，或者被蹂躏为可怜的败残者。于是他们中的或人，就据守在留遗于实世间的他们的唯一的城堡里，即艺术里了。在这里，他们才能够寻出自己的纯粹的氛围气来。而他们的自己，便成了形象，在人们的眼前显现。爱得到报酬，艺术底创造即于是成就。

○

有一事也不做而是艺术底的人。
有并非不做而是非艺术底的人。
决定这一点，是在对于爱的觉醒与否。

○

艺术游戏说以为艺术底冲动是精力过多所致的事，这是怎样地浮薄呵[6]。

---

6 现代汉语常用"啊"。——编者注

艺术享乐说以为艺术底感兴是应该以不和实感相伴为特色的，这是怎样地悠闲呵。

我以为艺术底冲动者，是爱的过多所致的事，又以为艺术底感兴者，应该是和纯粹到从实世间的事象不能直接地得来的实感相伴的东西。

所以，我对于单从兴趣一方面来感受艺术的态度，觉到深的侮辱和厌恶。"有趣地读过了。""兴味深长地看了。"——遇到这样的周旋的时候，艺术家是应该不能坦然的。

也许不应当在这样的地方提起的事罢，近来，和我正在作思想上的论战的一个论者说："我以兴味看《十字架上的基督》，但是，我并不以杀害基督的人们的行为为然。"所谓《十字架上的基督》者，是谁画的《十字架上的基督》呢？这里没有说出来。然而，如果那绘画是可以称为艺术底作品的，而观者又如那论者一样，是不以杀害基督的人们的行为为然的人，则那人从画面上，我以为总该和技巧上的兴味一同，感受到锐利的实感。论者于此，不是为浅薄的艺术论所误，那便是生来就没有感受艺术的能力的了。艺术说竟至于堕落到可以将生活上的事件和艺术远远地分离到这样，谁能不深切地觉得悲哀呢？

○

倘使如我所说，艺术乃因爱而生，则艺术者，言其究竟，那运命[7]即必当在愈进于人类底，那运命必当在逃脱了乡土、人种、风俗之类的桎梏，于人心中成为共通的爱的端的（读入声）的表现。

我从这意思推想，即不觉得在传统主义那样的东西，于艺术上

---

7　现代汉语常用"命运"。——编者注

有许多期待和牵引。传统者，对于使人的爱觉醒的事，也许是有用的。然而一经觉醒的爱，却要放下传统，向前飞跑的罢。

○

我忘却了自己是将为艺术家的一人，而将艺术描写得太重，太尊了么？现在的我，还畏惮于这样的艺术的信奉者。

然而，这是因为我有所未至，所以畏惮的。艺术这事，是应该用了比我的话更重、更尊的话来讲的，只是现在的我还当不起这样的重担。

同时，我也并不在"谦逊"这一个假面具之下来回避责任。我觉着，我的艺术，是应当锋利地凭了我自己的话来处分的。

我将太徐徐地——然而并不是没有强固的意志地，一直准备至今的自己的生活一反顾，即不能不被激动于只有自己知道的一种强有力的感情了。

我的前面，明知道辽远地接续着艰难很多的路，不自量度而敢于立在这路上的我，在现在，感到了发于本心的踌躇。

然而，虽然幼稚，虽然粗野，我的爱，是将我领到那里了。

○

我再说：爱是生艺术的胎，而且惟有爱。

一九一七年作　译自《爱是恣意劫夺的》余录

# 卢勃克和伊里纳的后来

[日]有岛武郎

易卜生七十四岁的时候，作为最后的作品，披陈于世的戏曲《死人复活时》，在我们，岂不是极有深意的赠品么？

在那戏曲里，易卜生——经易卜生而渐将过去的当时的艺术——是对于那使命、态度、功过敢行着极其真挚精刻的告白的。我在那戏曲里，能够看出超绝底的易卜生的努力和虽然努力而终须陷入的不可医治的悒郁来。易卜生是在永远沉默之前，对自己结着总帐[1]。他虽然年老，但误算的事是没有的，也并不虚假，无论喝多少酒，总不会醉的人的阴森森的清楚，就在此。当他的周围都中途半路收了场的时候，独有易卜生，却凝眸看定着自己的一生，并且以不能回复的悔恨，然而以纠弹一个无缘之人一般的精刻，暴露着他自己的事业的缺陷。

戏曲的主角亚诺德卢勃克在竭诚于"真实"这一节，是虽在神明之前，也自觉毫无内疚的严肃的艺术家。是很明白"为愚众及公众即'世间'竭死力而服劳役的呆气"的艺术家。他为满足自己计，经营着一种大制作，这是称为"复活之日"的雕刻。卢勃克竟幸而得了一个名叫伊里纳的绝世的模特儿。伊里纳也知道在卢勃克，是发见了能够表现天赋之美的一切的巨匠。于是为了这穷苦无名的年青的艺术家，不但一任其意，毫无顾惜地呈献了妖艳的自己的肉体而已，还从亲近的家族朋友（得到摈斥），成了孤独。这样子，

---

1　现代汉语常用"账"。——编者注

"见了没有知道，没有想到的东西，也更无吃惊的模样。当长久的死的睡眠之后，醒过来看时，则发见了和死前一般无二的自己——地上的一个处女，却高远地出现在自由平等的世界里，便被神圣的欢喜所充满了。"这惊愕的瞬间，竟成就了将这表现出来的大雕刻，伊里纳称这为卢勃克和自己之间的爱儿。由这大作，卢勃克便一跃而轰了雷名，那作品也忽然成为美术馆的贵重品了。

这作品恰要完成时，卢勃克曾经温存地握了伊里纳的手。伊里纳以几乎不能呼吸一般的期待，站在那地方。这时候，卢勃克说出来的话是："现在，伊里纳，我才从心里感谢你。这一件事，在我，是无价的可贵的一个插话呵。"插话——当这一句话将闻未闻之间，伊里纳便从卢勃克眼中失了踪影了。

卢勃克枉然寻觅了伊里纳的在处。而他那里，先前那样的艺术底冲动也不再回来了，他愈加痛切地感到所谓"世评"者之类的空虚。

已近老境的卢勃克是拥着那雷名和巨万之富，而娶妙龄的美人玛雅为妻了，但玛雅却只住在和卢勃克难以消除的间隔中。于是那令人疑为山神似的猎人一出现，便容易地立被诱引，离开了卢勃克。

这其间，鬼一般瘦损，显着失魂似的表情的伊里纳，突然在卢勃克的面前出现了。

而他们俩，在交谈中，说着这样的事：

伊里纳——为什么不坐的呢，亚诺德？

卢勃克——坐下来也可以么？

伊里纳——不——不会受冻的，请放心罢，而且我也还没有成了完全的冰呢。

卢勃克——（将椅子移近她桌旁）好，坐了。像先前一样，我们俩坐在一起。

伊里纳——也像先前一样……离开一点。

卢勃克——（靠近）那时候，不这样，是不行的。

伊里纳——是不行的。

卢勃克——（分明地）在彼此之间，不设距离，是不行的。

伊里纳——这是无论如何，非有不可的么，亚诺德？

卢勃克——（接续着）我说"不和我一同走上世界去么"的时候，你可还能记起你的答话来呢？

伊里纳——我竖起三个指头，立誓说，无论到世界的边际，生命的尽头，都和你同行。而且什么事都做，来帮助你。

卢勃克——作为我的艺术的模特儿……

伊里纳——更率直地说起来，则是全裸体……

卢勃克——（感动）你帮助了我了。伊里纳……大胆地……高兴着……而且尽量地。

伊里纳——是的，我献了血的发焰的青春，效过劳了。

卢勃克——（感谢的表情）那是确曾这样的。

伊里纳——我跪在你的脚下，给你效劳。（将捏着的拳头伸向卢勃克的面前）但是你……你呢？……你……

卢勃克——（抵御似的）我不记得对你做了坏事。决不，伊里纳。

伊里纳——做了。你将我心底里还未生出来的天性踩蹦了。

卢勃克——（吃惊）我……

伊里纳——是的，你。我是决了心，从头到底，将我自己曝露在你眼前了……而你，却毫没有来碰我一碰。

…………

卢勃克——……倘是崇高的思想呢？那是，我当时以为你是决不可碰到的神圣的人物的。那时候，我也还年青。

然而总有着一样迷信，以为倘一碰到你，便将你拉进了我的肉感底的思想里，我的灵魂就不干净，我所期望着的事业便难以成就了。这虽然在现在，我也还以为有几分道理……

伊里纳——（有些轻蔑模样）艺术的工作是第一……其次，才轮到"人"呀，是不是？

而这一切，在卢勃克，是不过一个插话，便完结了，纵使这是怎样地可以贵重的插话。这时候，伊里纳的天性之丝的或一物断绝了。恰如年青的、血的热的一个女性，临死时一定起来一样，天性之丝的或一物是断绝了。伊里纳就从这刹那起失了魂灵，成了Soulless 了。给卢勃克，也是一样的结果。在他，作为这插话的结果，是虽然生出了在众目之中是伟大的艺术品，然而总遗留着无论如何不可填补的空虚。借了伊里纳的话来说，便是"属于地上生活的爱——美的奇迹底的这人世的生活——不可比拟的这人世的生活——这在两人之中，都死绝了"。

但卢勃克还不吝最后的努力，要拼命拿回那寻错了的真的力量来，于是催促着伊里纳，到高山的顶上去搜索。

迎接他们的，然而却不是真的力，不过是雪崩。在寻到魂灵之前，他们便不能不坠到千仞的谷底、远的死地里去了。

易卜生写了这戏曲之后，是永久地沉默了。我可以说，这样峻烈的、严厉的、悲伤的告白，我从来没有听到过。

经由了严正的竭诚于自然主义的人易卜生，自然主义是发了这伤心的叫喊。倘使从别人听到了这叫喊，我也许会从中看出老年人的不得已而敢行的蒙混，觉得不愉快的罢。或者，那指为"不彻底的先驱者"的侮蔑，终于不能洗去，也说不定的。但从易卜生听到这话，而记起了那低着傲岸不屈的巨头，凝思着时代的步调的速率的这诚实的老艺术家的晚年来，心里便不得不充满了深的哀愁和同情了。

无论怎样，总是尽力战斗，要站在阵头的勇猛的战士呵。在现在，平安地睡觉罢。你的事业，是伟大的事业。你将虽然负着重伤，而到死为止，总想站起身来的雄狮似的勇猛的生涯，示给我们了。你这样已经就可以。就是这，已经是不可以言语形容的像样了。

然而卢勃克和伊里纳却还是一个活着的问题，在我们这里遗留着。卢勃克对于伊里纳，在做艺术家之前，必须先是"人"么？卢勃克对于伊里纳，当进向属于地上生活的爱的时候，其间可能生出艺术来呢？应当怎样进向那爱的呢？易卜生竟谦虚地将解释这可怕的谜的荣誉托付我们，而自己却毫无眷恋地沉默了。

将来的艺术必须在最正当地解释这谜者之上繁荣。能够成就易卜生之所不能者，必须是易卜生以上的人。要建筑于自然主义所成就的总和之上者，必须有自然主义以上的力。

我只知道这一点事实，但站在这伟大者之前，惟有惶恐而已。

一九一九年作　译自《小小的灯》

# 易卜生的工作态度

[日]有岛武郎

这不过是我的一个推测，得当与否，自然连我自己也不能保证的。从去年之秋到今年之春，我在同志社大学演讲关于易卜生的感想之际，我有了下文那样的发见，一面吃惊，一面反省自己，颇以自己的工作态度为愧了。就将这在这里记下。

一八七九年，易卜生五十一岁的时候，写了《傀儡家庭[1]》。可以说，写了《青年结社》和《社会柱石》，才始略略发见了关于自己的表现法的方向的他，在《傀儡家庭》遂开拓了独特的艺术境。易卜生的未来，由这一篇著作牢牢地立了基础了。是"牵丝傀儡的丝，不复惹眼了的最初的易卜生的戏曲"。这著作，在读者界发生莫大的反响，于戏剧界有重大的贡献，是无须说得的，但同时四面八方蜂起了对于作者的憎恶和酷评的情形，则在易卜生的生涯中，实在是未曾有。虚无主义者、神圣的家庭的破坏者、对于人情的低能者，这些骂詈，如十字火，都蝟集于易卜生的身边。

易卜生也不能平心静气。一个良心底的作家，这作家以十分的自信和好意，做了作品之际，却从社会所称为有识者的人们，掷来了那么不懂事、无同情的反响，则不能默尔而息，也正是当然的。

世间有两种的精神底方向，即两种的良心。一种是男性的，而又其一，则是和男性的全然异质的女性的良心。这两种

---

1  现译"玩偶之家"。——编者注

良心，相互之间没有理解。在实际生活上，女性所受的判断，始终是依着男性的法则，仿佛她全非女性，而是男性似的。

女子在现今的社会中，在全然男性化了的现今的社会中，她不能是她自己。现今的社会的法则，是男性编造出来的，在这法律制度之下，女性的行动，都只从男性底见地批判。

她敢于假造汇票，并且还觉得得意。为什么呢？因为她是为要救丈夫的性命，凭爱情而做的。但那丈夫却患了庸俗的名誉心，成为法律的一伙，观察问题，只从男性底的视角。

精神底纷乱。被对于主权的信念所压倒、所淆惑，她竟至于将对于道德底权威的信念和对于育儿的能力的自信失掉了。

这是易卜生起草这篇剧本之际，记在草稿的劈头的文字。但他的这美的衷心不但被蔑视，且将被污秽了。要以艺术家模样来自白的易卜生，对于攻击，并不作大举的辩解和诘难，却在两年后所印行的《群鬼》中，提示了对于攻击的反证。《群鬼》是为了做《傀儡家庭》的反证而作的这一个事实，在易卜生的评论者里，指出了的人们也很多。在这剧本上，他将一个坚忍的女人放在女性全然不被理解，惟有作为看护妇，柔顺地、驯良地、缄默地来擦拭男性的自由的，任意的或是放恣的生活所得的结果的创伤这才有用的境地里。她将一切内心的要求，都锁在习俗底的义务的樊笼里，竭力要为妻，是丈夫的最上的扶持者，为母，是一人的无上的同路人。然而不像娜拉，将应该破坏的破坏，却一意忍耐的她，到最后，竟必须刈取怎样的收获呢？

诺威[2]的读书界，对于这剧本，表示了《傀儡家庭》以上的敌意。

---

2 现译"挪威"。——编者注

斯坎第那维亚[3]的所有剧场，都拒绝这戏的公演。一万本的初版，是到十二年后，这才出了再版的。

"我知道对于《群鬼》的激昂，是像要发生的，但不想因为像要发生，便有所斟酌，这是卑劣的事。"他这样写给他的朋友。而对于故国的人们的知力[4]之愚劣、迟钝，也很绝望，曾说道："我国里不要诗。"竟至于连艺术底活动也想放下了。

从这时候起，易卜生尤其是对于所谓多数者开始怀了疑。而易卜生自己的地位，据他本国的人们的评定，是为上流社会所不容，也为民众所不喜的。一八一二年[5]他给勃兰兑斯的信中，曾用了刻露的苦楚，写道："无论怎样，我总不能加入有着多数的党派那一面去。比昂松（Bjornson[6]）说，'多数常是对的。'……但我却相反，不能不说，少数常是对的。"

易卜生的这心绪，送给了他一篇剧本的主题。一八八二年春，他写给书肆黑格尔（Hegel）的信中，有云："这回大约要做出色地平和的剧本了，使政治家、富人，以及他们的太太们都可以安心来看的。"但这要看作安慰书店的话，所以慰他们因为《群鬼》而感到的买卖上的不安，却也未尝不可。

诚然，这年所写的剧本《国民之敌[7]》，以易卜生的作品而论，是放宽缰绳，加以压抑的，但易卜生极内部的血性，却照样地奔进着，给人以非常明亮之感。而潜伏在这明亮中的义愤，大约又是谁都看得出的，真理者，惟在和功利底的结果联结起来的时候，才被公认为真理，否则便看作危险的厌物，从资本家，从中产阶级，从民众本身，都来加以践踏、凌虐。发见真理者，惟在成为孤独，爱护真理的

---

3　现译"斯堪的纳维亚"。——编者注
4　现代汉语常用"智力"。——编者注
5　1812年，本段中提到的人物均未出世。此处疑有误。——编者注
6　此处原文为"Bjoernson"，疑为原文错误，故更正。——编者注
7　现译"人民公敌"。——编者注

时候，是为最强。易卜生总结了自己的苦楚的结果，这样地疾叫。

　　然而易卜生一归镇静，又不得不用讥刺的眼睛来看因愤张而叫喊的自己的态度了。自己内省之激，越乎常轨的他，一定于自己的叫喊之象 Don Quixote[8] 式觉得很不快的，于是又回到他照例的无论何事，无不压抑又压抑，如坐针毡的态度去了。

　　一八八四年，他五十六岁时，作《野鸭》。这时他逗留罗马，但开始了每日一到定时便到一定的咖啡店坐在一定的地方，用报纸遮了自己的脸，来凝视映在旁边镜子里的来客的模样。这事是有名的。他那时是怎样的心情呢？我略略可以想象出。在眉间，是蹙起一种厌人底的皱，在陷下的眼睛和紧闭的嘴唇里，是潜藏着冷冷的意欲底嘲讽之色的罢。这一定是并非对于不相干的别个，倒是对于自己和想和自己有些关系来相接近的人们。

　　在《野鸭》的格莱该尔（Gregers）这青年上，易卜生毫不宽容地、谬画底地将自己表现了。格莱该尔从幼小时候起，就是易卜生所谓病底良心（Sickly conscience）的所有者。是连豪爽的人所不屑一顾的琐事，也要苦心焦虑，非声明真相不可的性质的男人。而最要紧的自己本身，却归根结蒂[9]，什么可做的事都没有。只要是别人的事，便无论空隙角落，都塞进鼻子去，嗅出虚伪来。而将这暴露在明亮之下，便觉得是成就了天职。于是他将惟一[10]的幼时朋友的家庭弄得支离灭裂，使一个天使一般满怀好意的纯洁的少女无端枉死了。

　　在彻底地看去，裸露的真实之上，则地上的生活，虽刹那之间也不得是可能的。须在被[11]了叫作"爱"的衣裳的无害的小小的虚

---

8　即"唐·吉诃德"。——编者注
9　现代汉语常用"归根结底"，也作"归根结蒂""归根到底"。——编者注
10　现代汉语常用"唯一"。——编者注
11　现代汉语常用"披"。——编者注

伪之上，而凡俗的生活，才能够最上地成立。这是只要略有生活经验的人，谁都可以觉得的普通的事实，而格莱该尔却自以为英雄，末后是因了利己底的行动，要将这从头到底破坏，又自以为了不得。多么孩子气的自己肯定呵！多么不值钱的真理探究呵！

世人往往评这剧本为极端阴惨的悲剧，但在我，却觉得只是夹杂着许多嘲笑底的要素的喜剧似的。那看去好像真理探究的勇士一般的主人公格莱该尔，虽然已到深尝了自己的失败，不得不因屈辱而掩面的穷地，也还是不悟以真理的勇者自命的痴愚无计的自负，仍然显着得意的神情。易卜生的对于自己本身的苦痛的反刍，几乎到了呼吸艰难一般的极度。在这戏剧里，易卜生是从《国民之敌》的堂皇的自己肯定一跃而退，来试行阴郁的自己嘲笑了。那对照，实在是很明显的。

但既经捞在手里的自己省察的缰索，易卜生还是不肯放松的。正如他想定了和《傀儡家庭》不同的局面，写了《群鬼》一般，在一八八六所出的《罗斯美尔斯呵伦》（Rosmersholm）里，便嵌上一个和《国民之敌》的医生斯托克曼（Stockmann）全不相同的典型的人物去，这是牧师罗斯美尔。自然，斯托克曼和罗斯美尔也并非没有或种共通之点的。如那性格的极其真挚之点，极其诚实之点，有着或种勇气之点，都是。然而和斯托克曼的起身贫贱，是科学者，因而也是真理的追求者，有着实行力的现实主义者相反，罗斯美尔生于名门，是神学者，所以是道德的追求者，有着瞑想[12]底倾向的殉情主义者，这就都是叙述着分明的差异的。易卜生虽然很小心，要自己不如此，但原已很被种下了罗斯美尔所有的那样的性格。他幼小时虽经赤贫的锻炼，但家是那地方惟一的名门。他虽是将自然主义引入戏曲中去的先驱者，但在他性格的根柢里，习性底地，是有

---

12　现代汉语常用"冥想"。——编者注

对于习性底的道德的憧憬执着的。而他是瞑想底的，因此不能舍去一种殉情底的分子的事，也有类似罗斯美尔之处。所以斯托克曼是他所自愿如此的模样，而罗斯美尔则他虽然要趋避，却是他的真正的写真。他不幸，是具有看穿这可悲的一身的矛盾的勇气的。他不得不用了新的苦痛，来收画自己的肖像。

罗斯美尔也像斯托克曼一样，被放在从虚伪蹶起[13]，而必须拥护真理的局面上。是真挚的他的性格，要求他这样的。而迫害也像在斯托克曼之际一样，从少数者和多数者这两面来袭。在《国民之敌》里，给斯托克曼以勇气的好朋友荷斯泰（Horster）在《罗斯美尔斯呵伦》里，是成了使罗斯美尔沮丧的旧师布伦德尔（Brendel）而出现了。罗斯美尔看见布伦德尔以成为新人立身，但不久又不得不目送他沙塔的倒塌一般的失其存在的模样。过去（以白色马来表现的）始终威胁着罗斯美尔。曾为真理的光明所振起的他，也陷在不能不一步一步且战且退的败阵里了。当这时候，丛集在那周围的敌人的严冷苛酷的态度在这剧本里描写得尤其有力。斯托克曼是在败残之中还不忘打开一条血路，借教育儿女以筑卷土重来的地盘，使从一败涂地之处蹶起，来继自己之志的，但罗斯美尔却一直退到消极底的顶点，要在那里寻凄惨的死所。他虽在最后的瞬息间，也还是总不信自己一身，必待由事实来证明了 Rebecca 对他的爱情之后，这才总算相信了自己的力量。而利己主义者似的斯托克曼，结局是实际的爱人主义者，虽自己也信为利他主义者的罗斯美尔，到底不过是高蹈底的利己主义者的事实，就不幸而不能不证实了。

易卜生在这戏剧里竭力鞭挞自己，并将世间的人们怎样地用了一切不愉快的暗色来涂抹掉他的好意，一同载指叫着"看这无力无耻的叛徒的本相罢！"而笑骂的情形，痛烈地加以描写。在相对峙

13 现代汉语常用"崛起"。——编者注

的敌手之间，是掘开着难于填塞的鸿沟的。而两面虽都有太多的缺陷，却还是互相诬蔑着。

易卜生在以上五篇的戏剧里，宛如一个大的摆的摆动一般，从这一极到那一极，画着大弧，摆动了那性格的内部。因为《傀儡家庭》世人所加于易卜生的创伤，使他发了这样痛苦的大叫。然而，谁都可以觉察，摆的摆动法，越到后来的作品，便越加短小起来。《傀儡家庭》和《群鬼》之间的摆的距离，较之在《国民之敌》和《野鸭》之间的为短。《罗斯美尔斯呵伦》上所看见的个性和环境的葛藤，则在第六篇戏剧《海的女人》中将要完全消失。那摆，在《海的女人》，要回到静止状态去了。

一八八八年，易卜生六十岁时所发表了的《海的女人》，这才可以说是易卜生一切著作中最为阳气的作品，好像易卜生在这剧本以好意向民众伸着温和的手似的。说："我毫不宽假，省察了自己，鞭挞了自己，这是正如你们所目睹的。我也毫不宽假，解剖了你们，但这在为艺术家的我是不得不然的事。你们是确是显着那么样子的。你们的脸虽然要对此提出不平，但你们的心却以我所做的事为然的罢。再不要互相欺蒙了。我在这里写了一篇剧本。这说明着你们应该怎样地容纳一个艺术家，一个艺术家怎样地才能够为你们效力。但愿能明白我的诉说，而你们对我，也伸出平和的握手的手来罢。"

在《罗斯美尔斯呵伦》里，将该是用以创造革新那人生内容的创造底能力，怎样地被害于既定道德的桎梏，而创造底能力一死灭，道德本身也便退缩的事，描写显示了。在《海的女人》，则将创造底能力因既定道德的宽容，怎样正当地沁进生活的境界里去，即在那里成为生活的新的力，而发生效用的事情，易卜生加以描写。

蔼里达（Ellida）者，是将对于以海为象征的无道德而有大威力的世界的憧憬，怀在白丝似的处女时代的胸中的女性。身虽为狭隘寂寞的家庭生活所拘囚，不得不在那里遵从预定的惯例，但宛如被海涛推上沙滩的人鱼一般，永是忘不掉充满着自由之力的海。她也曾屡次竭尽了所有的意力，要顺从定规的运命，但还是动辄因了比自己的意志更大的意志，被牵引到素不知道的神奇的世界去。蔼里达的丈夫——这并非像《罗斯美尔斯呵伦》中的校长克罗勒（Kroll）似的死道学者——因此逼成极度的烦闷，两个女儿对于这继母也不能不是冷淡的异乡人了。蔼里达所住的避暑地，来了最后的船，这一去，在夏日将徒然联到寂寞的秋的瞬息间，可怕的大试炼，就降临于这一家的上面。从海洋来的男人，以不可避的意力[14]，要带 Ellida 到海上去。蔼里达虽然想尽所有的力量，来逃出这男人的手中，然而一切力，要留住她，却都不够强大。于是蔼里达的丈夫到了最后的毅然的决心了。事已至此，惟有抛弃丈夫的特权，惟有给蔼里达以绝对的自由。他这样地想了。

Ellida——你要拉住我在这里。你有着这权力，你要应用的罢，然而我的心的我的思想的全部——难于避免的憧憬和盼望，你却缚不住这些的。我的心，这我，羡慕着构造出来的不可知的世界，烦闷着。你即使要来妨碍这个，也不中用的！

Vangel——（很悲哀）这是我明白的，Ellida！你正在一步一步，从我这里滑开去了。对于绝大的无限——不测的世界——的你的憧憬，照这样下去，似乎竟会使你发疯。

Ellida——哦，是的，是的，我确是这样想，就像有什么漆黑而无声的翅子，在我头上逼来似的。

Vangel——不能一任它到那样的结局。没有救你的路——至

14　现代汉语常用"毅力"。——编者注

少，在我看来是这样。所以——所以，我就当场断
绝我们先前的关系罢。好，现在，你用了十分完全
的自由，决定你自己要走的路就是了。

…………

Ellida——惟现在，我回到你这里来了，惟现在，我才能，因为
我能够自由地到你这里去了呀。由我自己的自由的
意志，并且是我自己的责任。

在最后的瞬间，先前威胁他们的运命，倏然一变了。蔼里达全然
从海的诱惑得了解放，同时又以海的自由和人的责任，为那丈夫的真
的妻、两个女儿的真的母了。豪华的浴客们，像抢夏似的上了船，离
开这避暑地以后，要来的虽然是寂寞的秋和冰封海峡的冬，但在这
里，虽在积雪之中，也将快乐地，强有力地，来度温暖的人间的生活。

易卜生是由蔼里达作为人世的一个战士在申诉于民众的。试将
那傲岸的诗人，先从自己伸出和睦之手来的心情加以体贴，不能不令
人觉到一种凄清。在这里，可以窥见他的悲凉的心情和出众的伟大。

以上自然不过是我的推测，但倘有好事的读者，自己试将这六篇
陆续发表的剧本读起来看，也许是一种有趣的事罢。从《傀儡家庭》
到《海的女人》这六个剧本，从我看去，是一部以易卜生为主角的六
幕的大剧诗。易卜生将五十一至六十岁之间，即人生最要紧的工作的
盛年，在一个题材之下，辛苦过去了。那奋然面向着这一端，而挣扎
至十年之久的易卜生的工作态度，我实在为之惊叹。我想，对于自己
和工作，必须有那样的认真和固执，这才能够成就易卜生一般的工作
的。在他的绝大的工作之前，如我者，是怎样地渺小的侏儒呵。

一九二〇年七月作　译自《小小的灯》

# 关于艺术的感想

[日]有岛武郎

○

我想，以表现派、未来派、立体派这些形式而出现的艺术上的运动是可以从各种意义设想的。关于这些，且一述我的感想。

○

曰未来派，曰立体派，曰表现派，其间各有主张。倘要仔细地讲，则不妨说，甚至于还有不能一概而论的冲突点在。但是，倘使说这些各流派都不满于先前的艺术的立脚点，于是以建立新的出发点的抱负崛然而起，在这一点却相一致，那是很可以的。

然则所谓先前的艺术的立脚点是怎样的呢？一言以蔽之，可以用印象主义来表明。若问什么是印象主义，则可以说，就是曾将一大变化给与近代的思想样式的那科学底精神，直到艺术界的延长。所谓科学底精神者，即以实证底轨范的设定来替代空想底轨范[1]的设定的事。换了话说，是打破了前代的理想主义底的考察法，采用现实主义底的考察法。再换了话说，则为成就了论理法的首尾颠倒。在前代，是先行建立起一种抽象底前提，从这里生出论理过程，而那结论则作为轨范，作用于人间生活的现状的。但至近代，

---

1  现代汉语常用"规范"。——编者注

却和这完全相反，论理先从现在的人间生活的实状出发，于是生出轨范，作为归纳底结论。这样的内部生活的变化，在实生活的上面，在思想生活的上面都成了重大的影响，是无疑的。

这怎样地影响了呢？这是就如谁都说过一样，前代的神——人力以上的一种不可思议的实在或力——归于灭亡，而支配人生的人间底的轨范，揭示出来了。人已不由人间以上之力，换一句话，即在人间只能看作偶然或超自然之力所支配，而为一见虽若偶然，但在彻底的考察之下，却是自然，是必然的力所支配了。就是奇迹匿了影，而原因结果的理法，则作为不可去掉的实在，临于人间之上了。在这里，早没有恐怖和信仰和祈念，而谛观和推理和方法得了胜。人们先前有怀着自然外的不可思议之力，不知何时将降临于他们之上的恐怖的必要，今则已经释放；先前有对于这样的威力，应该无条件底地，盲目底地服从的要求，今则已从心中弃却；于是也就从一心祈愿，以侥幸自己的运命的冲动独立了。但对于人神都无可如何的自然律，却生了一种谛观，以为应该决心拼出自己，一任这力的支使。然而推理底地，深解了这自然律，使自己和这相适应的手段和方法也讲究起来了。这便是科学底精神。

这确是人间生活史的一个大飞跃。因为人们将自从所谓野蛮蒙昧时代以来携带下来的无谓的一种迷信，根本底地破坏了。前代的人假定为自然的背后有着或一种存在，凭了他们的空相和经验的不公平的取舍，将可以证明这假定的材料，搜集堆积起来。当此之际，现代人却不探望自然的背后，而即凝视着自然这东西了。这在人类，确乎是一个勇毅的回旋运动。

这大的变化，即被艺术家的本能和直观所摄取而成了自然主义。从理想主义（即超自然主义）而成为自然主义了。除了直视自然的诸相之外，却并无导人间的运命于安固之道。纵令不能导于安固，而除了就在这样的态度上之外，也没有别的法。于是自然主义的艺术观，自己给自己以结论。先将自然的当体，照样地看取罢，这是艺术家的态度。所谓照样地看取自然的当体者，也就是将自然给与人间的印象，照样地表现出来。在这意义上，即也可以说，自然主义和印象主义是异语同意的。

但印象主义在本身里就有破绽的萌芽。就是为这主义的容体的那自然，一看虽然似乎和人间相对峙，有着不变之相，而其实却不过就是人间的投影。正如谁都知道，并非神造人，而是人造了神一样，也并非自然将印象给与人间，乃是人从自然割取了印象。可以说，人心之复杂而难于看透，是在自然之复杂而难于看透以上的。其实，人并非和自然相对峙，人与自然是在不离无二的状态中。人割取了自然的一片，而跨在这上面，在这里面看见自己，只在这里面是自己。这之外，更没有所谓人。那人割取那一片，这人割取这一片。所以人类全体共通的自然的印象这东西，其实是无论那里都不存在的，这也如前代人的超越底实在一般，不过是一个概念。凡概念，一到悟出这是概念的时候，便决不能做艺术的对象了。于是现代人便陷在不得不另寻并非概念的艺术对象的破绽里。

现代人所寻作这对象的，是在自然中看见人自己，是将自然也就是自己这一个当体表现出来。艺术家可以摆在眼前眺望着的对象（无论这是神或是自然）却没有。倘可以强名之为对象，则只有也就是自然的艺术家自己，只有自己解剖。然而自己解剖自己时候的态度，要用医生解剖病体似的样子是不行的。倘自己要使自己离开自己，则就在这瞬间，自己便即灭亡，只剩下称为自然的一个概念。这样的态度，不过是印象主义的重演。因此，艺术家要说出自己的印象时，只好并不解剖自己，而仅是表现，即凭着自己而生的自己照式照样，便是艺术。假如看得"自然者，如此使人发笑"的是印象主义，则"自然如此笑着"的事，便是正在寻求的艺术主义，也就是正在寻求的艺术，俱不外乎表现。虽在印象主义的艺术上，倘无表现，艺术固然是不成立的。但这表现，不过是为要给与印象起见的一种手段、一个象征。而在表现主义的艺术，则除表现之外，什么也没有。就是这表现一味，成为艺术的。

懂得这立脚点，则称为未来派、立体派、表现派之类的立脚点，也就该可以懂得了。并不敢说，未来派的艺术是和印象艺术逆行的。而且还主张继承着印象主义旺盛时所将成就的事实，使那进境更加彻底。然而印象派的艺术，不但竭力反对"作为被现实的一部所拘的奴隶，不达于纯化之境，不能离开有限的客观性，只得做着翻译的勾当"，将色彩的解剖推广到形体的解剖而已，并且成就了色彩和形态的内部底统合，又在将心热的燃烧表现于作品全体之处看见了使命。一到立体派，则主张着和所谓印象派艺术根本底地不能相容的事，大呼道：化学家以为相同的一杯蒲陶酒[2]，而在爱酒者的舌上，却觉得是种种味道不同的蒲陶酒，这怎么否认呢？所痛斥的是出于科学底精神，概念底地规定了的可诅咒的空间和色彩的观念，不过徒然表示事物的现象。所力说的是事物的本质，只有仗着全然抛掉了那些概念，只凭主观的色彩和空间的端的的表现，才能实现出来。未来派是以流动为表现的神髓的，立体派是以本质为表现的神髓的，这虽是不同之处，但两派都是反抗近代的科学底精神，竭力要凭了主观的深刻的彻底，端的地捉住事物的生命，却互有相符合的共通点的。至于表现派之最强有力地代表着上述的倾向，则在这里已经无劳絮说。这些流派正如名称所表示的一样，是不再想由外部底的印象，给事物以生命，而要就从生命本身出来的直接的表现的。

2　现代汉语常用"葡萄酒"。——编者注

　　谁都容易明白，这些所有流派的趋向，是个性对于先前一切轨范的叛逆，是久被看作现象的一分子的个性，作为独立的存在，发表主张，以为可以俨存于一个有机底的统合之中的喊声。是对于君临着个性的轨范，个性反而想去君临它的叛逆。

　　这伟大的现代的精神底运动，要达到怎样的发达收得怎样的成就？赢得怎样的功绩？是谁也不知道。然而，至少，那根柢之深，并不如人们在当初所设想似的浮浅，则我是信而不疑的。为什么呢？因为我相信出现于艺术界的如上的现象，不会仅止于艺术界的缘故。科学本身——酝酿了科学底精神的科学本身，就已经为这倾向所动了。哲学已为这倾向所动；国家和个人的关系，已为这倾向所动；传统和生活的关系，已为这倾向所动。原理的相对性，即此；现象的流动观，即此；无政府底倾向，即此；虚无底倾向，即此。将这些倾向当作仅是一时底的偶然的现象者，在我看来，是对于现代人所怀抱的憧憬和苦恼，太打了浅薄的误算了。

○

　　表现主义的勃兴，我以为又可以从别一面来观察的。这就是看作暗示着可以萌生于新兴阶级（我用这一句话来指那称为所谓第四阶级者）中的艺术。

　　人们仿佛愁着新兴阶级一勃兴，艺术便要同时破产似的，我却以为这是愚蠢的杞忧。愁着这样事情的人，一定是对于艺术这句话懂得很肤浅的。将艺术这一句话，我所想的，是在更其本质底的意味上。依我想，则凡是有人之处，就有艺术。所以无论怎样的人，形成着生活的基调——只要那人并非几乎失了生命力的人——那地方一定不会没有与其人相称的艺术，和生活一同生出来的。

如果我的臆测，算作没有错，则表现主义的艺术在竭力要和历来的艺术相乖离的一点上，和现代的支配阶级的生活是悬隔了的艺术。生出这样艺术来的艺术家本身，也许并非故意的罢，然而总显得在不知不识之间，对于将来的时代，做着一种准备。有如上述一样，他们是深信着惟有对于先前的艺术的一切约束，从各节竭力解放了自己，这才可以玉成自己的，而在实际上，也有了这样的结果。他们要从向来没有用过的视角来看事物。这样的视角，是谁曾有过的视角呢？这是明明白白，希腊人未曾有，罗马人未曾有，基督教徒未曾有，中世的诸侯和骑士未曾有，近世的王侯和贵族未曾有，现代的资本家和 Dilettant（游玩艺术的人）也未曾有。那些人们，已经各有各自的艺术了，也都在我们的眼前，但无论拿那一个来看，都不是和表现派艺术相等的东西。表现派的艺术，在这些人[3]，恐怕是异邦的所产罢。

那么，表现主义是在那里生着他的存在的根的呢？在我，是除了预想为新兴的第四阶级之外，再寻不出别的处所。将表现主义看作新兴阶级就要产出的艺术的先驱的时候，我觉得这便含着种种深的意义进逼而来了。这里有着新的力，有着新的感觉，有着新的方向，这些在将来要怎样地发达？成就怎样的工作？不能不说是值得注意的。

但我还要进一步。现在所有的表现主义的艺术，将来果可以成为世界底的艺术的基础么？究竟怎样呢？一到这里，我可不能不有些怀疑了。在我，则对于现在的表现主义，正有仿佛对于学说宣传时代的社会主义之感。虽说，从乌托邦底的社会主义，到了哲学底的，终于成为科学底的社会主义了，然而作为学说的社会主义总不能就是第四阶级本身的社会主义（希参看《宣言一篇》）。虽说，这

---

3　此处原文为"在这些人们"，疑为原文多字，故更正。——编者注

主义怎样地成为科学底了，然而在真的第四阶级的人们，恐怕还不过全然是一个乌托邦罢，这无非是一种对于新兴阶级的仅是摸索的尝试。和这一样，我们的表现主义，也就是在并非第四阶级的园圃中，人工底地造成的一株庭树。至少，从我看来，是这样的。克鲁泡特金和马克思的学说，在第四阶级——有时还可以有害——有所暗示的事，也许是有的罢，但真的第四阶级的生活，却并不顾及这样的东西，慢虽然慢，正向着该去的地方走。表现主义的艺术也一样，一到或一处，我恐怕会因了样子完全不同的艺术的出现而遇到逆袭的。不能作伪的是人的心。非其人，是不会生出其人的东西来的。

一九二一年作　译自《艺术与生活》

# 宣言一篇

[日]有岛武郎

　　最近，在日本，作为思想和实生活相融合，由此而生的现象——这现象，是总在纯粹的形态上，送了人间生活的统一来的——所最可注意者，是社会问题的作为问题或作为解决的运动，要离了所谓学者或思想家之手，移到劳动者本身的手里去了。我这里之所谓劳动者，是指那在社会问题中最占重要位置的劳动问题的对象，即称为第四阶级的人们；是指第四阶级之中，特是生活于都会里的人们。

　　假使我的所想没有错，则上文所说似的意思的劳动者，是一向将支配自己们的一种特权许给学者或思想家了。以为学者或思想家的学说或思想是领导劳动者的运命，往向上底方向去的，说起来，就是怀着迷信。而骤然一看，这也确乎见得这样。为什么呢？因为当实行之前，不能不斗辩论的时候，劳动者是极拙于措辞说话的。他们无法可想，于是在不知不觉中只好委托了代辩者。不仅是无法可想而已，他们还至于相信这委托的事乃是最上无二的方法了。学者和思想家，虽然也从自以为劳动者的先觉或导师的矜夸的无内容的态度里觉醒了一些，到了不过是一个代辩者的自觉，但还怀着劳动问题的根柢底解决，当成就于自己们之手的觉悟。劳动者们是受着这觉悟的一种魔术底暗示的。然而，由这迷信的解放，目下是仿佛见得向着成就之路了。

　　劳动者们已经开始明白了人间的生活的改造，除却用那生根在生活里的实行之外，没有别的法。他们开始觉得，这生活，这实行，在学者和思想家那里是全然缺少的，只在问题和解决的当体的自己们这里才有。他们开始觉得，只有自己们的现在目前的生活这东西，要说是唯一的思想也可以，要说是唯一的力量也可以。于是思想深的劳动者便要打破向来的习惯，不愿意将自己们的运命委托于过着和自己们的生活不同的生活，而对于自己们的身上，却来说些这个那个的人们的手里了。凡所谓社会运动家，社会学者之所活动之处，他们是睁着猜疑之眼。纵使并不显然，但在心的深处，这样的态度却在发动，那发动的模样还很幽微。所以世人一般不消说，便是早应该首先觉到这事实的学者和思想家们自己，也似乎没有留心到。然而如果没有留心到，那就不能不说这是大大的误谬。即使那发动的模样还很幽微，然而劳动者已经开始在向着这方向动弹，则在日本，是较之最近勃发了的无论怎样的事实都要更加重大的事实。为什么呢？这自然是因为应该发生的事开始发生了。因为无论用怎样的诡辩也不能否认的事实的进行，开始在走它该走的路线了。国家的权威、学问的威光，都不能阻止的罢。即使向来的生活样式将因了这事实而陷于非常的混乱，虽说要这样，但当然应该出现而现出来了的这事实，却早已不能按熄了罢。

曾在和河上肇氏第一次见面时（以下所叙的话，是个人底的，所以在这里公表出来，也许未免于失当，但在这里，姑且不管通常的礼仪），记得他的谈吐中，有着这样意思的话："我对于在现代，和什么哲学呀、艺术呀有着关系的人，尤其是以哲学家呀、艺术家呀自命，还至于以为荣耀的人，不能不觉得可鄙。他们是不知道现代是怎样的时代的，假使知道，却还沉酣于哲学和艺术中，则他们是被现代所剩下来的，属于过去的无能者。如果他们说：'因为我们什么也不会做，所以弄着哲学和艺术的。请在不碍事的处所给我们在着罢。'那么，也未必一定不准。倘使他们以十分的自觉和自信主张着和哲学呀、艺术呀相连带，则他们简直是全不知道自己的立脚地的。"我在那时，还不能服服帖帖地承受他的话，就用这样的意思的话回答他："如果哲学家或艺术家是属于过去的低能者，则并不过着劳动者生活的学者思想家，也一样的。要而言之，这不过是五十步和百步之差罢了。"对于这我的话，河上氏说："那是不错的。所以我也不敢以为当作社会问题研究者是最上的生活。我也是一面对着人请求原谅，一面做着自己的工作的……我对于艺术，原有着很深的爱好。有时竟至于想，倘使做起艺术上的工作来，在自己，一定是愉快的罢。然而自己的内部底要求，却使我走了不同的路了。"必要的两人的会话的大体就是这样，大抵罄尽于此了。但此后又看见河上氏的时候，他笑着对我说："有人批评我，以为是烘着火炉发议论的人，确乎很不错的。你也是烘着火炉发议论的人罢。"我也全然首肯了这话。在河上氏，当这会话的时候，已经抱着和我两样的意见的罢，但那时的我的意见，却和我目下的意见颇为不同。假使河上氏现在说出那样的话来，我大概还是首肯的，然而这首肯，是在别一种的意义上。假使是现在，对于河上氏的话，我便这样地解释："河上氏和我，虽有程度之差，但同是生活在和第四阶级全然不同的圈子里的人这一节，是完全一样的。河上氏如此，我也一样，而更不能和第四阶级有什么接触点。如果我自以为对于第四阶级的人们能够给与一些暗示，这是我的谬见；如果第四阶级的人们觉得从我的话，受了一些影响，这是第四阶级的人们的误算。全由第四阶级者以外的生活和思想所长养的我们，要而言之，是只能对于第四阶级以外的人们有关系的。岂但是烘着火炉发议论而已呢，乃是全然没有发什么议论。"

我自己之流，是不足数的。假如一想克鲁泡特金似的特出的人的言论，也这样。即使克鲁泡特金的所说，对于劳动者的觉醒和第四阶级的世界底勃兴，有着怎样的力量罢，但克鲁泡特金既不是劳动者，则他要使劳动者生活，将劳动者考索，使劳动者动作，是不能够的。好像是他所给与于第四阶级者，也不过是第四阶级的并非给与，原来就有的东西。总有一个时候，第四阶级要将这发挥出来的。如果在未熟之中，却由克鲁泡特金发挥了，则也许这倒是不好的结果。因为第四阶级的人们，是即使没有克鲁泡特金，也总有一个时候，要向着该去的处所前进的。而且这样的前进却更坚实、更自然。劳动者们，是便是克鲁泡特金、马克思似的思想家，也并非看作必要的。也许没有他们，倒可以较为完全地发挥他们的独自性和本能力。

那么，譬如克鲁泡特金、马克思们的主要的功绩，究竟在那里呢？说起来，据我之所信，则在对于克鲁泡特金所属（克鲁泡特金自己，也许不愿意如此罢，但以他的诞生的必然，不得不属）的第四阶级以外的阶级者，给与了一种觉悟和观念。马克思的《资本论》，也一样的。劳动者和《资本论》之间，有什么关系呢？为思想家的马克思的功绩，最显著者，是在使也如马克思似的，在资本王国所建设的大学里卒了业的阶级的人们，加以玩味，而对于自己们的立脚点，闭了觉悟的眼。至于第四阶级，是无论这些东西的存在与否，总要进向前进之处的。

此后，第四阶级者或将均沾资本王国的余庆，劳动者将懂得克鲁泡特金、马克思及其他的深奥的生活原理，也说不定的。而且要由此成就一个革命，也说不定的。然而倘使发生了这样的事，我便不能不疑心到那革命的本质上去。法国的革命，虽然说是为民众的革命而勃发的，但只因为是和卢梭、服尔德辈的思想有缘而起的革命，所以那结果，依然归于第三阶级者的利益，真的民众即第四阶级，却直到今日，仍被剩下在先前的状态上了。看现在的俄国的状态，觉得也有这缺憾似的。

他们虽说是以民众为基础，起了最后的革命，但俄国民众的大多数的农民，却被从这恩惠除开，或者对于这恩惠是风马牛，据报告所说，且甚至于竟有怀着敌意的。因了并非真的第四阶级所发的思想或动机而成功了的改造运动，也只好走到当初的目的以外的处所，便停止起来罢。和这一样，即使为现在的思想家和学者的所刺激，发生了一种运动，而使这运动发生的人，即使自己以为是属于第四阶级者，然在实际，则这人恐怕也不过是第四阶级和现在的支配阶级的私生儿罢了。

总而言之，第四阶级已将自己来思想、来动作这一种现象，是对于思想家和学者，提出着可以熟虑的一个大大的问题。于此不加深究，而漫以指导者、启发者、煽动家、头领自居的人们，总有些难免置身于可笑的处所。第四阶级已经将那来自别阶级的怜悯、同情、好意开始发还了。拒却或促进这样的态度，是全系于第四阶级本身的意志的。

我是在第四阶级以外的阶级里出世、生长、受教育的。所以对于第四阶级，我是无缘的众生之一人。因为我绝对地不能成为新兴阶级者，所以也并不想请给我做。为第四阶级辩解、立论、运动之类那样的蠢极的虚伪，也做不出来。即使我此后的生活怎样变化，而我终于确是先前的支配阶级者之所产，则恐怕无异于黑人种虽用肥皂怎样地洗拭，也还是不失其为黑人种一样的罢。因此，我的工作，大概也只好始终做着诉于第四阶级以外的人们的工作。世间正在主张着劳动文艺。又有加以辩护、鼓吹的评论家。他们用了第四阶级以外的阶级者所发明的文字、构想、表现法，漫然地来描写劳动者的生活。他们用了第四阶级以外的阶级者所发明的论理、思想、检察法，以临文艺作品，区分为劳动文艺和不然的东西。采取这样的态度，我是断乎做不到的。

如果阶级斗争是现代生活的核心，这是甲，也是癸，则我那以上的言说，我相信是讲得正当的言说。无论是怎样伟大的学者，或思想家，或运动家，或头领，倘不是第四阶级的劳动者，而想将什么给与第四阶级，则这分明是僭妄。第四阶级大概只有为这些人们的徒然的努力所捣乱罢了。

一九二一年作　译自《艺术与生活》

# 以生命写成的文章

〔日〕有岛武郎

　　想一想称为"世界三圣"的释迦、基督、苏格拉底的一生，在那里就发见奇特的一致。这三个人，是没有一个有自己执笔所写的东西遗给后世的。而这些人遗留后世的所谓说教，和我们现今之所为说教者也不同。他们似乎不过对了自己邻近所发生的事件呀，或者或人的质问等类，说些随时随地的意见罢了，并不组织底地将那大哲学发表出来。日常茶饭底的谈话，即是他们留给我们的大说教。

　　倘说是暗合罢，那现象却太特殊。这十分使人反省，我们的生活是怎样像做戏，尤其是我似的以文笔为生活的大部分的人们。

　　　　　　　　一九二二年作　译自《艺术与生活》

# 凡有艺术品

〔日〕武者小路实笃

凡有艺术品，无须要懂得快，然而既经懂得，就须有味之不尽的味道。这是不消说得，必须有作者的人格的深的。凡艺术家，应该走着自己的路，而将对于自然和人类的深的爱，注入于自己的作品里。

外观无须见得奇拔，也无须恐怕见得奇拔，但最要是在将自己的全体倾注在作品里。将深的自己，照样地、不偏地，倾注在作品里。这事，是在自己有得于心的。有得于心，则只好无论别人怎样说，也毫不吃惊，而确实地走向有着确信的处所去。

有人说，我的东西是没有热情的，有几处是妥帖的。要怎么做，才中这些人们的意，我是知道的。然而这不消说，是邪路。无论被人们怎样说，我也只好在别人没有留心的处所，使良心无所不届，顺着后顾不疚的路，耐心地走去。定做的东西，只顾外观，不顾质料。作者是应该较外观更重质料的。被个人的误解，并非致命伤。不置重于虽然站在"时"的面前，也不辟易的内容，而惟将包裹展开去，是耻辱，同时也是致命伤。赏赞无须要它来得快，在别人没有留心的处所，使良心无所不届，倒是必要的。但是不要将这看作战战兢兢的意思，走着自己的路的人，不会战战兢兢的。战战兢兢者，是因为顾虑别人，走着里面空虚的路的缘故。走着有确信的路的人，是不会战战兢兢的。

批评家的一想情愿[1]的要求，置之不理就是，他们本不是真心希

---

1　现代汉语常用"一厢情愿"。——编者注

望着作者好起来，他们也是人，不会根本地懂得别人的作品的。况且在短期间中，看许多作品，总得说些什么，所以大抵说出没有自觉的话来，固然也无足怪。又，作者要向批评家教给点什么，也可虑的。自己的路，除了自己工作着，自觉着走去之外，没有别的法。而且较之在能见处做，倒是在不能见处做尤为必要。惟有在不能见的东西显现出来的处所，才生出微妙的味道来。技巧家的作品的味道之所以薄，就因为技巧太尽力于能见的处所了，而忘却了不能见的处所的缘故。

一九一五年十月作　译自《为有志于文学的人们》

# 在一切艺术

### [日]武者小路实笃

　　在一切艺术，最犯忌的是有空虚的处所，有无谓的东西，还没有全充实。只有真东西充实着。不充实的艺术，都是虚伪的，至少，那没有充实的处所，是虚伪的，是玩着把戏的，虽然也有工拙。

　　虚伪有时也装着充实似的脸。然而那是纸糊玩意儿，一遇着时间和事实，便不能不现出本相。不能分别真东西和假东西的人，就因为这人就是假东西的缘故。

　　以假的也不妨，只要真实似的写着为满足的时代，已经过去了。只要写真实，则见得虚假似的也不妨的时代，已经来到了。

　　有人说，真实的事是不能写的，这样的人很可怜。将事物照样地写，是不能的，然而真实的事却能写，不是真实的事，是不能真实地写出来的。即使意思之间是在造谎，但倘使知道是在造着谎，便知道了造着谎这一件真实的事。

　　然而，也许有人要说，只要知道了造着谎这一件真实的事，那就不下于写着真实了，也就行罢。这样的人，是拿出十元的镀金的金币来，说道"这是假的"，而想别人便道"哦，原来如此"，就当作十元收用了去的人。

　　像杜米埃（H. Daumier）和德拉克罗瓦（E. Delacroix）所画那样的人和动物，是没有的罢。但像杜米埃和德拉克罗瓦的画是真东西，是写了真实的。像夏凡纳（P. Chavannes）和诏尼（M. Denis）所画那样的风景和人是没有的罢，然而谁说是写了虚假了呢？如戈雅

（F. Goya），如比亚兹莱（A. Beardsley），如雷东（O. Redon），也决不画假东西。不明白这一点的人，便说真实是不能写的。

无论怎样的写实家，"如实"地是不能写的，然而"实"却能写。不明白这一点的人，也就不会懂得所谓"自由"和"个性"，而且也不会懂得伟大的作品。

陀思妥耶夫斯基（F. Dostoevski）的文章也许拙罢，但倘教陀思妥耶夫斯基写了屠格涅夫（I. Turgeniev）似的文章，将怎样呢？即使写了托尔斯泰似的文章，陀思妥耶夫斯基也就不成其为陀思妥耶夫斯基了。要显出陀思妥耶夫斯基来，陀思妥耶夫斯基的文章是最好的文章。只有懂得这意思的人，才能够批评文事。

凡是大艺术家、大文豪，都各有自己独特的技巧，而且使这技巧进步，一直到极端不使进步，是不干休的，世间没有半生不熟的天才。

毫不带着世界底的分子的人，即毫无人类底的处所的人，是根的浮浅的人，是作为人类没有大处的人。

我们不愿意到什么时候总还是支流，要跳进本流，做些尽自己的力量的事。如果不行，便是不行也好。

被称为日本的莫泊桑（Guy de Maupassant）、日本的魏尔伦（P. Verlaine），就得以为名誉，是使人寒心的。假使和梅特林克（M. Maeterlinck）是比的莎士比亚，契诃夫（A. Chekhov）是俄国的莫泊桑，凡尔哈伦（E. Verhaeren）是欧洲的惠特曼（W. Whitman），罗特列克（Henri de Touloues-Lautrec）是法国的歌麿之类，是一样意思，那倒还不妨，但看去总不像一样意思。在"日本的"之中，总含有盘旋于范围里的意味，这也是范围里的不很好的地方。

我们不应该怕受别人的感化而躲在洞窟里。为要使自己活，不尽量受取，是不行的。只有能够因着受取而使自己愈加生发的人，才是真有个性的人。

我们是活用着迄今所记得的东西而生活着的。便是人类，也如此。活用着人类所记得的东西，更将新的真、善、美使人类记得，是文艺之士的工作。文艺之士应该成为人类的头脑或官能，而且使人类生长。人类是记性很好的人，也不是闲人，倘将已经记得的事新鲜似的讲起来，就要觉得不高兴。日本现今的文艺之士，不过是将人类已经知道的事向乡下的乡下的又乡下去通知。为人类所轻蔑，已无法可想。然而既然称为文艺之士，则乡下的乡下的巡游，想来总该要不耐烦的。

正如落乡的戏子们，自称我是戏子，便使人发笑一样，日本的文艺之士称着什么文豪呀、艺术家呀，要不为人所笑，也还须经过一些时间。

然而，在乡下，听说是称为大文豪、大艺术家的。

一九二一年七月作　译自《为有志于文学的人们》

# 文学者的一生

[日]武者小路实笃

## 一

文学为什么在我们是必要的？在有些人是全然不必要[1]？无论怎样的文学，也不至于不读它就活不成。这些事，是不消说得的。为娱乐或消闲计，文学也不必要。为这些事，还有更可以取媚于读者和看客的东西，还有使谁都更有趣、更忘我的东西。至少，应这要求而做出来的东西要多少有多少，而文学却不是这样的东西。从实说，文学是并非因读者的要求而生，乃是由作家的要求而生的。和娱乐不同的处所，也就在这里。媚悦公众的是娱乐，而文学却也如别的艺术一样，是由作家自己的要求而写的。公众虽然也成为问题，但这并不是说怎么办，便可以取悦于公众，而是怎么办，便可以将自己的意志传给公众。

所以，凡文学者，总是任性的居多，而生发自己的事，便成为第一义。读者须是自然而然地有起来，作者写作的时候，普通是不记得读者的。如果有将读者放在心里写了出来的作品，从有心人看来，那作品就成为不纯。虽然有时也为了要给人们阅看而写作，但这事愈不放在心里就愈好。音乐师为了给公众听而弹钢琴，一弹，则全身全心的注意都聚在指尖上，将想要表出的用了全力来表出，对于听众，大概是并不记得的。愈是名手，大概就愈加自己像做梦一般，

---

1 此处原文为"在有些人们是全然不必要"，疑为原文多字，故更正。——编者注

聚精会神地干。我去听普来密斯拉夫到日本后第一次演奏的时候，见他很自由，很随便，宛然流水的随意流去一样，似乎忘记了乐谱，一任了必然的演奏着，很吃了惊，而且和大家都成了做梦似的了。

写的时候也一样，一有想写得好些的意思，已经是邪道。作者只要能使自己满足地用了全力，最镇静地用了必然，在最确的路上进行就可以。只要顺着这人的精神的趋向，全心被夺于想要更深地、更确地、更全力底地、更注意地、更真实地抒写出来的努力，而忘却了其余的事，一径写下去，就可以了。

这样地写出来的东西，进到或一程度以上的时候，这便是文学。在文学，读者不是主，作家倒是主，所以文学最初很容易使许多人起反感。

文学是一种征服工作，是用了自己的精神打动别人的精神的。使自己的精神动作，而别人的精神因而自动，则以作家而论，就已经成了样子了。所以，精神力不多的作家，是不能成为大作家的。

假如作家因为有趣做了一种作品，那么，读者也看得有趣的罢。然而，如果那有趣法是浅薄的，则只能使浅薄的人们高兴。这时候，也是作者是主，而读者是从。但是，有此主乃有此从，想得到不相称的读者，是不能够的。虽然喜欢看，却不能佩服，虽然会佩服，却不喜欢看，这样的事也并非不会有。只在自己的闲空时候看看的东西，有趣是有趣的，心底里却毫无影响，这样的作品也常有。这样的作品，固然可以算是通俗的，但作为文学的价值并不多，是不消说得。反之，不能随随便便去看的东西，是翻翻也可怕，然而一旦看起来，心里却怦怦地震动，这样的作品，价值是多的。

凡是好的文学，并非在余暇中做成的，作家的全精神，都集注在这里，作家的全生活的结晶，都在这里显现。所以看起来，也不很舒服，有时还至于可怕。于是很难说是喜欢看了，然而要不佩服是不行的。

文学并不是只为取悦于这人生的，文学不是无生气的，文学是更不顾虑读者的东西，有时还使读者的一生弄得更苦。至少，则不使读者安闲的作品也很多。也有为要使读者快活的文学，还有，有着使读者堕落的倾向的文学，也不是没有。而同时，也有使读者更反省、更严肃的，也有使增加勇气，也有使活得不快活的。这就因为作者的精神的传播。在政治家，文学自然是讨厌的东西。文学的价值，就在任性这一点上，在这里，能够触着人的精神。

有一时，在日本曾经接续着弄着萧伯纳（Bernard Shaw）的东西，我是吃伤了。然而萧伯纳的东西，有时也还是好的。许多别的东西之中，假如萧伯纳的东西混在里面，则萧伯纳的东西，无论那里总是萧伯纳，倒也有趣。即使是梅特林克和斯特林堡（A. Strindberg）的东西，如果单是这些，就没有意思。然而梅特林克的东西，在怀念时，无论那里总看见梅特林克的特色的东西，是有趣的。托尔斯泰和陀思妥耶夫斯基也一样，假使世界的文学只填塞着这两人的东西，就难耐。我们便成了零了。各式各样的人，公开着各式各样的世界，所以使人高兴。

到要到的地方去，但是虽然到了，却不知道主人的所在，就无聊。主人的色彩不明白，也无聊。这人世，是不将心的所在明白地指出的人们的集团。然而文学者却不可不将自己的心的所在明白地指出，这是文学者的工作。世上倘没有文学者便寂寞，就是为此。活了一世，不能触着人的魂灵，是不堪的。有天才，使自己的世界尽是生发，一想到这些人们的事，便可以收回对于人的爱和信来。

倘不这样，就太孤独。在并没有对于人心感着饥饿的必要的人们，文学是没有意思的东西。这些人们，只要有娱乐就好，有媚悦自己的东西就好。然而饥饿于人的真心的人，若只有这些，却寂寞。

对于天才的爱,于是发生。

和没有真知道这样的寂寞的人,我不能谈文学。

"人类是无聊的,人类是不诚实的,人类是只有性欲和利己心的,无论走到那里,只有虚伪,只有讨厌的人们。"以此,不寂寞的人,不能真爱文学。人类虽然是性欲和利己的团块,但其中却有不可以言语形容的可爱的善良的地方或是诚恳的地方。知道了这样的事而不感到欢喜的人,是应该有比文学更其直接的东西的。

## 二

从读者那一方面说,也还是作家始终任性的好,还是将别的世界,一任别人,而使自己的世界尽量地生发起来的好。

又从作家这一面说,也除了始终使自己尽量地生发之外,没有别的路。无缘的人,就作为无缘的人。自己呢,除了始终依着自己的内发的要求,写些自己可以满足的,不敷衍,有把握的,而且竭力写些价值较高的东西之外,没有别的路。这样地走着,真感到欢喜的人们,便渐渐地多起来。

文学底质素[2]很贫弱的人,本来就不能任性到底。神经钝的、内省不足的人,也间或因为任性,却坠入邪路去。然而最要紧的是使自己生发,不为别人的话所迷。除了使自己全然成为自己之外,没有别的路。像名工的锻铁一般,除了锻炼自己之外,没有别法。愈加纯粹地、锐利地、精深地凭了一枝[3]笔,将自己生发下去,那生发的方法,愈巧妙就愈好。能够如此的人,是天才,这是能才所不能的本领。

---

2  现代汉语常用"素质"。——编者注
3  现代汉语常用"支"。——编者注

　　天才能懂得别的天才的好处，而且从中吸收那生发自己所必要的滋养分。即使受着感化和影响，然而有时总完全消化，全成了自己的东西。而且，倘不生发了自己，便执拗的不放手，这力量愈强，即愈有作者的价值。又以作者而论，则如此作者的作品，才有强有力的感兴，在这里，是蒸馏着作者的全生活的。

　　从读者而言，倘不是全力底的东西，不知怎地总不能全心底地将爱奉献。日本的作品，这全力底的东西总是不多，完全地生发了个性的人，几乎没有。在独步、漱石、二叶亭，也许看见一点这倾向罢，也可以说，个性也有些出现。但要说全然出现，却还早得很。此外，尤其是现今活着的人们之中，连要说有些出现也还不行。有特色的人，那是也许有的，然而个性有些出现的人，在我的前辈中是没有。或者要有人提出抗议罢，但这是提出的人不对的，没有可靠的人。虽然有着自己的世界，但太贫弱，诚意不足，虽有有主义的人，而这还没有全成为这人的血和肉，至少，是连这一点也还没有在作品上显出来。何况个性之类会出现的么？还是满身泥垢，埋着哩。首先，连个性这东西的存在也还未必觉得。在年青的人们里面，我倒知道有着有些出现的人，然而这也不过说是有些出现。

　　个性全然生发了的时候，这作家对于"时光"即不必畏惧。这人的作品，只要人类存在，便可以常有自己的王国而活下去，并且也可以等候那来访的人，即使没有来访的人，那是不来的那一面的不自然，人类是以这样的人的存在为夸耀的。

　　特色是可以人造的，也能用技巧。但个性却只能从全然生发了自己这一事上才能够产生，一到这地步，便不是毛胚[4]了，无论有了怎样巧妙的模仿者，也不要紧，单是眉目，已经成就了。

　　这样的人的文学，则以真的文学而存在。无论政治家们怎样

4　现代汉语常用"毛坯"。——编者注

害怕，也没有法。活在人们的心里，人们只要和这一相触，一有什么事就想到，而在其中遇见知己，得到领会，并且又有回忆起来的效力。这人的名，每一想到，就有一种感，自然起了爱和尊敬之念，而且增加勇气，或者感到欢喜，我只尊敬给我这样的感的人。一想到这人的名，倘只是想要嘲笑，或觉得讨厌，是不会尊敬的。还有，虽然想到了这人的名，而毫不发生什么感兴，那么，也不会想到这人的罢。也有——看起来，是可数的作者，而作为全体，却毫不浮出什么感兴的人。这样的人，是立刻被人忘却的。这样的人，被忘却也很应该，连这样的人都要记得，那可使人不耐。

别人又作别论，我是喜欢斩钉截铁的作品的，对于真，自然还须有锐利的良心。但是，较之所谓容易之作，是更喜欢特色鲜明之作，而且愈充实，就愈好，愈深，就愈好。看不出实感的无聊之作则无须说得，那实感，也是愈大价就愈好。写些两可的事的人很不少，那么，读者当然也无须拼命。当创作的时候，倘只留心于技巧而不管那最紧要的精神，则于现在的人们的心没有震动。有如拉弓，只留心于形式是不行的。为生发精神计，形是必要的，聚会了精神，强力地从正面射透那靶子的中心，是必要的，这应该是谁都知道的事，不要忘却了紧要的事。倘不是纯写着真实的事，具体底地，客观底地，或则大主观底地将精神生发下去，就不会生出真的技巧来。这样子才有切合于自己的技巧，必然地发生，那结果，就逐渐渗出个性。如果做了许多工作，而不见个性，那是显示着这人由不纯的动机而工作着的。

在日本，真懂得文学的人并不多，还都是连非懂不可的事都不很懂的半通。再过十年，这些事情就会谁都明白地懂得的罢。现在的人，对于文学这事，并没有真懂得，只是自以为懂得就是了。也没有懂得真的文学的价值，先就连赏味的事也没有，而许多人是写些还未成为文学的作品就满足着（与其说许多，倒不如说是全体。）所以，现在的日本，文学是权威也没有，什么也没有，若有若无的样子。便是西洋，无聊的文学是多的，然而真的文学者偶然也有，大约现在也有十来个人罢。但在日本，可以自称为真的文学者的人却一个也还没有，都是未成品，要不然，就是半而不结的货色。

被西洋人问起日本可有文学来，许多人很窘，是当然的事。文学不但是要更精炼、个性分明、精神聚会、印象深，而且不能模仿，还应该根本底地深入到别人所不能到的地方去。应该有一提起这人的名，这人便分明地浮出来，此外无论用了谁的名，都不能浮出的深的内容。

不必将自己的经验照样写出，写童话，写小品，写别人的事，都可以的，只要在那深处出现着非这人便不能表出的真实就好。只要由了一切作品，作者被整个雕刻出，那作者，有着不能求之别人的或一种美就好，应该造出一想起那人的世界，人类便觉得喜欢的世界来。

单是这么说，也许听去觉得太抽象底的。然而，只要一想歌德（Goethe）、雨果（V. Hugo）、托尔斯泰、陀思妥耶夫斯基、易卜生、斯特林堡，从这些人们的名所给与的内容，则我所要说的意思，至少在有些人们是懂得了罢。

文学，是靠着将自己的精神里面有些什么东西表示出来，而在别人的精神里面，寻出自己的知己的运动之一。作者是主，读者是从。作者只要将自己全然生发了就好。于生发自己是有用处的，便用作自己的东西，有害的，就推开。而且使自己愈加成为自己，用各样的形式，将这自己完全写下去，以过一生。这就是文学者的一生。

一九一七年八月二九日作　译自《为有志于文学的人们》

# 论诗

## ［日］武者小路实笃

　　诗是无论什么时代都存在着的。有人的处所，有男女的处所，有自然和人类的交涉的处所，就有诗。在婴儿，没有语言，也没有性欲，然而诗是有的。

　　独行山路时，不成语言的诗即脱口而出。看见海，走在郊野上，也想唱唱歌。

　　人心之中有诗，生命之中有诗，和外界相调和时有诗。诗虽说是做的，然而是生出来的。所谓做者[1]，不过是将那生出来的东西加以整理。

　　诗不生于没有润泽的心，诗仅生于活泼泼地的心。利害打算，和诗是缘分很少的。

　　在诗，附属着韵律（Rhythm），那韵律，是和其人的生命、呼吸、血行有关系的。试合着既成的形式，使自己的生命充实而流行，有时虽然也有趣，然而内部也不可没有动辄想要打破形式的力。

　　这一点，是和水很相像的。大河，是仗着河堤防止着力的泛滥而存在的，但河堤须不可是纸糊的东西。河的力，必须不绝地和河堤战斗。

　　避了河堤而流行的川，不是真的川。所可尊敬者，只在它不使从内部溢出的力散漫，以竭力成为集注的状态，作为可以溢出的前约这一点。

　　好的骑士，并非使驽马变成骏马的幻术家，不过是能够统一了骏马的力，使它更加生发的人。这虽然是很普通的话：倘不磨，即使钻石也不发光的就是。但无论怎么磨，倘是瓦，可也没有法。然

---

1　现代汉语常用"作者"。——编者注

而如果是很大的岩石，就又有趣了。这么一说，便成为即使不磨，也是有趣的意思了。可是以诗而论，将自己的心的动作照样地表现出来的事，也还是一种艺术。领会是必要的，只是也不能说：将心的所有照样，煎浓了而表现，便不成其为东西。

将在自己内部的东西照样地生发起来的时候，单是这个，就大抵成为出色的好诗。

第一，最紧要的是本心。闲话和稗贩是无聊的。技巧呢，依着办法，虽然也会有趣，但倘若内部的生命萎缩着，可就糟。

不充满于生命的东西，我是嫌恶的。

火以各种的状态飞舞，并不是做作的，人的生命也以各种状态显现，这一到纯粹，便是诗。

如果生命并不纤细，则用了自己所喜欢的装束出来也可以，生命必须愈加生发起来。

此后，诗要渐渐地盛大罢，也不能不盛大。在人造人类，人造社会的人类里，诗是不必要的。

所以，带着生命而生下来的人，总要继续着唱歌，直到生命能够朴素地生活的时候的罢，而且生命倘能够朴素地生活，也还要继续地唱歌的罢。

前者的时候，如喷火山的，

后者的时候，如春天的太阳的，

诗呀，诗呀，生命之火呀！

烧起来罢！

在散文底的时代，诗更应该被饥渴似的寻求。

如果诗中没有这样的力，这是诗人之罪，不过是在说明诗人的力的微弱。

一九二〇年十二月作　译自《为有志于文学的人们》

117

# 新时代与文艺

[日]金子筑水

## 第一

与其来议论文艺能否尽社会改造的领港师的职务，还不如直捷[1]地试一思索，要怎么做，文艺才能尽这样的职务，较有意思罢。但因为要处理"怎么做"这一个问题，在次序上，就先有对于第一问题——文艺究竟可有做改造的领港师的资格，简单地加以检查的必要了。

从文艺的本质说起来，实际上的社会改造的事，本不必是其直接的目的。正与关于人生的教训不定是文艺当面的职务相同。但关于人生，文艺却比别的什么都教得多，正一样，关于社会改造，即使没有教给实际底具体底的方法，而其鼓吹改造的根本上的精神和意义，则较之别的一切，大概文艺是有着更大的力量的。我要在这里先说明这一点。因了看法，也可以想：与其以为文艺率领时势，倒不如说是为时势所率领，时势的反映是文艺，却不一定是其先导者。换了话说，就是也可以想：是时代产生文艺，而非文艺产生时代的，所以虽然可以说文艺代表时代，却不能说是一定创造新时代。诚然，时代的反映是文艺，文艺由时代所产出，那本是分明的事实，我们要否定这事，自然是做不到的。岂但不能否定而已，我们还不能不十分承认这事实哩。然而更进一步想，则这一事实也

---

1 现代汉语常用"直接"。——编者注

并不一定能将文艺创造新时代的事否定。由时代所产生,更进而造出时代来,倒是文艺本来的面目和本领。一面以一定的时代精神作为背景而产生,一面又在这时代精神中造出新的特殊的倾向和风潮者,乃是文艺的本来。或者使当时的时代精神更其强更其深罢,或者使之从中产生特殊的倾向罢;或者促其各种的改造和革新罢,或者也许竟产出和生了自己的时代似乎全然相反的新时代来。在各样的意义上,文艺之与时代革新或改造的根本精神相关——谓之相关,倒不如说为其本来特殊的面目,较之理论,事实先就朗然地证明着了。即使单取了最显著的事实来一想,则如赫尔德(Herder)、歌德(Goethe)、席勒(Schiller)等的理想派文艺,不做了新时代的先导和指引么?海尔兑尔的人文主义,不造了那时一种崇高的气运么?歌德的《少年维特的烦恼》(*Die Leiden des Jungen Werther*)、《法斯德[2]》(*Faust*)、《威廉迈斯台尔[3]》(*Wilhelm Meister*),能说没有造出最显著、最特殊,而且在或一意义上是最优秀的倾向和时代么?和这意思一样,席勒的《群盗[4]》(*Räuber*)、《威廉铁勒[5]》(*Wilhelm Tell*),岂非从新造出了理想派的意义上的最高贵的"自由"的精神和意气么?要取最近的例,则如托尔斯泰的文艺和思想,对于新时代的构成,难道没有给以最深刻而且最微妙的影响么?就在我国的文坛和思想界,他的影响不也就最显著最深刻么?人道主义底、世界主义底、社会主义底而且基督教底思想倾向,不是由了托尔斯泰的文艺最广远地宣传播布的么?现在的新时势,自然是在世界底协同之下造出来的,但其中应该归功于托尔斯泰的力量的部分,不能不认为很大。可以说,他确是产出今日的新时代的

2 现译"浮士德"。——编者注
3 现译"威廉·迈斯特"。——编者注
4 现译"强盗"。——编者注
5 现译"威廉·退尔"。——编者注

最大的一人。

文艺的生命是创造。在创造出各种意义上的精神和倾向中，有着文艺的生命，如果抽去了这样创造的特性，文艺里就什么价值也没有。文艺的价值，是在破坏了旧时代和旧精神，一路开辟出新的活泼的生活的林间路（Vista）。单是被时代精神所牵率，不能积极地率领时代精神的文艺，虽有文艺之名，其实不过是无力发挥文艺的面目的低级文字。尤其是在今日似的世界大动摇——一切都得根本底地从新造过的时代，则将文化所当向往的大方针最具体最鲜明而且最活泼地指示出来者，无论从那一方面看，总应该是文艺。实际底直接的设施，并非文艺的能事，新文化所当向往的最根本底的方向和精神，却应该就由文艺和哲学来暗示。而且这样的改造的根本底精神，也总非文艺家和哲学家和天才从现代的动摇的根柢里所发见所创造的新精神不可。今日的文艺家的努力和理想之所在，就是这地方，凡有不向着这理想而迈进的文艺家，总而言之，就不过是被时代所遗弃的一群落伍者。

# 第二

将来的文艺应取什么方针进行？当来的文艺的进路怎样？与其发些这样旁观底的预言者似的疑问，不如一径来决定文艺的将来应当如何，倒是今日的急务。时势是日见其切迫[6]了，今日已不是问文艺究将怎样的时候，而是决定今日的文艺怎样才是的时候了。而且其实也并非究将怎样，却是借了文艺家的积极底的努力，要他怎样，将来的文艺就会成为怎样的。我就想在这样的意义上，简单地试一考察当来的新时代和文艺的关系。

---

6　现代汉语常用"迫切"。——编者注

　　说到当来的新时代，问题过于大，不易简单地处理。然而改造又改造，则是今日的中心倾向了。改造的根本精神是什么？什么目的非行社会改造不可呢？倘并这一点也不了然，则连那为什么叫改造，为什么要社会改造都是很不透彻的。当这时候，我们也不必问将来的社会生活将如何，应该一径决定使将来的社会生活成为怎样。将来的社会生活——正确地说，则是现在还是无意识地潜伏在人心的深处的理想，乃是全然隐藏着的理想和倾向，什么时候在事实上实现，目下是全然不得而知。但是将来总非实现不可的理想或要求，几乎无意识地在今日人心的深处作用着，则我以为殆是无可置疑的事实。我在这里，不能将这要求或理想明确地说明。但那大概是怎样种类的东西，在今日的人们，也自己都已认识领悟的。

　　十九世纪特是产业主义的时代，现在已没有再来说明的必要了。当来的二十世纪，也就永是这产业主义一面，时代就推移进去的么？自然，产业的发达和工商业的进步，在现今和今后的人类生活上是必不可缺的要件，倘没有这一面的文明的进步，将来的社会生活是到底无从想象的。但是，产业底生活果真是人类生活的全体么？人类生活单以产业生活一面果真就能满足么？这其间，就特有文艺家和哲学家所怀抱的大问题在。十九世纪者，除却那最初的理想主义底文明，大体就是产业主义一面的时代。物产生活的扩充，便是十九世纪文明的主要倾向。借了罗素的话来说，就是只有占有欲望这一面得到满足——或者不得满足——而创造欲望几乎全被压抑，全被中断者，乃是十九世纪文明的特征。人心便偏向着可以满足那占有欲望的手段——金钱财宝这一方面而突进了。在十九世纪，为人心的中心底要求者，不是理想，也不是神，而大抵是曼蒙神——金钱。今日的人们，还有应该十分领悟的事，便是十九世纪时，自然力——自然的机械底力是几乎完全压迫了人间的力，人类的自由就被"自然"夺去了。自然科学占了哲学的全野，实证主义风潮主宰了一切人心，各种的机械和技术，则支配了精神活动的全体。一切都被自然科学化、被自然化、被机械化，人类特殊的自由几乎没有了。智识[7]——机械化的智识占了精神活动的主要部，感情和意志的力几乎全被蔑视。世间遂为干燥无味的主智主义——浮薄肤浅的唯理论所支配，人心成为很是冷静的了。

在文艺上，则一切意义上的写实主义支配了全体。不特此也，当十九世纪的后半，自然主义且成了一切文艺的基调了。冷的理智底机械底的观察和实验，就是支配着文艺全体的倾向和精神。

二十世纪就照着十九世纪的旧文明一样前进么？弥漫了现世界的改造的大机运，不过将旧文明加些修缮，就来进行于当来的二十世纪么？人心将始终满足于十九世纪的产业底文明么？对于前代文明的甚深的不满，现在并没有半无意识地支配着人心么？用了锐敏的直观力，来审察今日的世界底动摇，则对于十八十九世纪以来支配人心的偏产业主义偏理智主义的不安和不满，已经极其郁积了，而其大部分不就是想从这强烈的压迫下逃出，来一尝本来的人间性的自由这一种热望和苦闷么？那么，最近的世界底大战，岂非就照字面一样，是决行算定十九世纪文明的大的暗示么？当十九世纪末，对于十九世纪文明的不安不满的倾向，已经很显了。世纪末文艺，就可以看作这不满懊恼的声音。社会主义底精神和各种社会政策，就可以看作都是想从物质底迫压下救出民众来的方法和努力。

在这样的意义上，在当来的二十世纪，无论怎样，总该造出替代十九世纪文明的新文明来。这并非否定产业底文明和自然科学底文明的意思，但是，总该用什么方法，至少也造出那不偏于产业主义一面的新文明，单将产业主义当作生活的根脚的超产业主义的文

---

7　现代汉语常用"知识"。——编者注

明——即能够发挥人间性的自由的新文明来。在这里，就含着改造的真义，在这里，就兴起生活革新的真精神。

所以当来的新文艺——我敢于称为新文艺，非新文艺，即没有和世界改造的大事业相干的权利，这样的意思的将来的新文艺——当然应该是对于将来的新文明加以暗示、预想、创造之类的东西。新文明现在已是世界民心的真挚的要求和理想了，正一样，新文艺也该是世界民心的必然底的要求和理想。预想以及创造当来的新文明的根本精神者，必须是将来的新文艺——不，该是今日的新文艺。所以将来的新文艺和前代的自然主义的文艺面目就该很不同。假如自然主义底文艺，是描写人类的自由性被自然力所压迫的状态的，则新文艺的眼目就该是一面虽然也承认着这自然力或必然力，而还将那踏倒了这自然力，人类的自由性却取了各种途径，发露展伸的模样，描写出来。十九世纪末文艺，已经很给些向着这一方面的暗示了。托尔斯泰的思想和文艺，就是那最大的适例。所以，由看法而言，新文艺与其说是自然主义底，倒要被称为新理想主义底——假使新理想主义这句话里有语病，则新人道主义底，或者新人间主义底的罢。不将文艺的范围拘于人间性的一面，却以发露全人间性为目的者，该是新文艺的特征。但现今，还是人间性正苦于各种的机械底束缚和自然的压迫的时代。怎么做才可以从这些束缚和压迫将自己解放呢？这是今日当面的问题。所以虽是今后的新文艺，若干时之间，还将恼杀于希求从这些束缚的解放，那主要的倾向，也不免是向自由的热望和苦闷罢。将来的文艺，固然未必一跳就转到新人间主义去。然而世界的文艺，总有时候，无论如何该向了这方面进行。否则，人间性为自然所虐，也许要失掉本性的。为发露人间性起见，无论如何，总得辟一个这里所说的新生面。

如果以为今日的世界的动摇，不单是"为动摇的动摇"，却是要将民众从物质底必然底机械底束缚中救出，使他们沐文化的光明，则今日动摇的前途应该不单是束缚和压迫的解放而已，还要更进而图全人间性的完全的发达，乃是一切努力的目的和理想。新文艺可以开拓的领地几乎广到无涯际。迄今的偏于理智一边的文艺，在人性的无限的柔、深、温、强、勇这些方面，没有很经验，也没有很创造。理智，尤其是自然科学底理智，太浅薄、皮相、肤泛了。严格的意义上的"深"，迄今的文艺，总未曾十分发挥出。被虐的人生的苦恼，就是迄今的文艺所示的"深"。将来的文艺应该能将全人间性战胜了必然性，人像人，归于本然的人，一切的人间性，则富赡地、自由地、复杂地，而且或优美地、或温暖地、或深刻地、或勇壮地遍各方面，都自由地发露展伸的模样，无不自在地经验创造。凡文艺家，对于人间性的自由的开发，总该十分富赡地、十分深刻地率先亲身来经验。他们之所以有关于一切意义上的改造运动，为其领港师者，就因为他们比之普通民众早尝到向自由的热望和求解放的苦闷，更进而将复杂的人间性广大地、深邃地、细密地、强烈地亲身经验、玩味、观照了的缘故。比普通民众更先一步，而开出民众可走的进路的地方，就有着文艺家的天职。我们和文艺家的这天职一相对照，便不能不很觉得今日的文艺家之可怜。凡将来的文艺家，在这意义上，无论如何，总该是闯头阵的雄赳赳的勇士。纤弱和懦怯[8]，无论从什么方面看，都没有将来的文艺家的资格。

一九二一年一月作　译自《文艺之本质》

---

8　现代汉语常用"怯懦"。——编者注

# 北欧文学的原理

## ——一九二二年九月在北京大学演讲

### ［日］片上伸

今天从此要讲说的，是《北欧文学的原理》，虽然一句叫作北欧，但那范围是很广的，那代表底的国家，是俄罗斯和瑙威[1]。说起俄罗斯的代表底的作家来，先得举托尔斯泰；瑙威的代表底作者，则是易卜生。因为今天时间是不多的，所以就单来谈谈这两个。

易卜生所写的东西，那不消说，是戏曲，其中最为世间所知的他的代表之作，是《傀儡家庭》，就是取了女主角的名字的《娜拉》，和晚年的《海的女人》。在易卜生的《娜拉》里，易卜生探求了什么呢？娜拉对于丈夫海尔曼，是要求着绝对底之爱的。她以为即使失了社会底的地位，起了法律上怎样的事，惟有夫妇之爱是绝对的，不应该因此而爱情有所减退，她并且也想照这样过活下去。但在实际上，娜拉得不到这绝对底爱，舍了丈夫海尔曼，舍了三个的爱子，并无一定的去处，在暗夜里，跑向天涯海角去了。娜拉之所求于夫者，是"奇迹"，因为见不着爱的奇迹，她便撇掉了丈夫。关于这娜拉之所求的爱，不独在欧洲，便是日本之类，当开演的时候，都曾有剧烈的攻击，而且对于易卜生的家庭观，乃至女性观，也有许多加以非难的人们。《海的女人》是写蔼里达和范盖尔之爱的。灯台守者的女儿，以大海为友的自由的灯台守者的女儿蔼里达，嫁为已有两个大孩子的和自己年纪差远的范盖尔的后妻，送着无聊的

---

1  现译"挪威"。——编者注

岁月。她在嫁给范盖尔之前，是曾和一个美国人，而生着奇怪的强有力的眼睛的航海者有过凤约的。那航海者说定了一定来迎她之后，便走到不知那里去了。过了几年，航海者终于没有来，蔼里达便嫁了范盖尔，但枯寂地在范盖尔的家庭里，却总在想，什么时候总得寻求那广大的自由的海，而舍掉这狭窄的无聊的家庭。这其间，蔼里达的先前有约的航海者回来了，你这回应该去了，我还要到别的码头去，后天回来来带你，这样的命令底地说了之后，向别的码头去了。蔼里达虽然已是有夫之身，但总觉得无论如何必须和这航海者一同去。她的丈夫范盖尔定要留住她，蔼里达拒绝道："即使用了暴力，怎样地来留，我也不留下。"于是范盖尔知道是总归留不住的，就说："那么，随你自由，或行或止，都随你的自由就是。"蔼里达回问道："这话是出于你的本心的么？"他说："出于本心的，为什么呢？这是因为真心爱你的缘故。"范盖尔这样一说，蔼里达便觉仿佛除去了一向挂在自己的眼前的黑幕似的。于是说："我不去了，即使美国的奇异的航海者来到，我也不去了。"这虽然和丈夫年纪很差，而且还有两个孩子，要而言之，表现在这剧本里面的，是比起广大的自由的海的诱惑，即海的力量来，爱的力量却还要大。

发现于易卜生那里的思想，只要从这两种作品来一考察，便知道是绝对无限的爱。但是，假使得不到这个，那就抛掉了丈夫或是什么也都不要紧。没有这绝对底之爱者，是不行的。他还承认在实际生活上，能实现绝对无限的爱，这能行于家庭。但易卜生的意思是说，无论是否适宜于实际，真理总是绝对底的。和这相同的思想，也可以见于俄国的托尔斯泰。俄国有一个批评家曾经说过，托尔斯泰宛如放在美丽的花园里的大象一般，蹂躏了这美丽的花园，在像是全不算什么一回事，就只是泰然阔步着，但这于花园有怎样的巨大的损害，是满不在意的。

关于托尔斯泰的思想，如诸君所已经知道一样，大家多说他是极端，他的无抵抗主义就作为口实的一例。托尔斯泰倡道[2]无抵抗主义的时代，是俄国正在和土耳其战争，一个冷嘲的批评家曾说，当残暴的土耳其人杀害俄国的美好的孩子之际，俄国人应该默视这暴虐么？假使托尔斯泰目睹着这事，当然是不能抵抗的，但因为也不能坐视太甚的残虐，恐怕即刻要逃走罢。

还有，受了托尔斯泰的教诲，起于加拿大的新教徒杜霍巴尔（译者按：意云灵魂的战士）团，是依照托尔斯泰的主义，绝对不食肉类的，但到后来，连面包也不吃了。他们以为面包的大部分是麦，一粒麦落在地面上，也会结出许多子，吃掉许多麦，是有妨于生物的增加目的的。然而肉类不消说，连面包也不吃，那么，来吃些什么呢？就是吃些生在野地上的草，以保生命。便是吃草的时候，也因为说是不应该用手来摘取多余，所以将手缚起来，用嘴去吃草，但那结果，是许多人得了痢疾，病人多起来了。因此托尔斯泰的反对者便嘲笑托尔斯泰的思想怎样极端，怎样不适于实际。然而因为杜霍巴尔的极端，便立刻说托尔斯泰的"勿抗恶"的无抵抗主义为不好，是不能够的。

托尔斯泰的作品是颇多的，其中可以说是最为托尔斯泰底的，托尔斯泰的代表底作品者，虽然是短篇，但总要算《呆伊凡》。

读过《呆伊凡》的是恐怕不少的罢，三个弟兄们里，伊凡算最呆，怎么做就遭损，这么做就不便等类的事，伊凡是丝毫想不到的，就是，伊凡的呆，实在是呆到彻底的。然而，这呆子到最后，却比别的聪明的弟兄们更有福气。在《呆伊凡》里面，是托尔斯泰的无抵抗主义，对于纳税的意见，关于征兵的思想，以及关于那根本的政府否定的态度，都可以看见的。无论是托尔斯泰，是易卜生，莫

---

2　现代汉语常用"倡导"。——编者注

不要求极端的彻底底的态度，而抱着不做不彻底的中途妥协的思想，所以大为各方面所反对。倘若以这两人为北欧文学的代表者，则北欧文学的特征乃是只求究竟，而不敷衍目前。虽然因此遭反对，但那寻求绝对的真理的事，寻求这真理的精神，在别的南欧人里，是看不见这特征的。

　　试看现在的俄国，也可见托尔斯泰的寻求究竟真理的态度，虽有种种的非议，种种的困难，却还是并无变更，为此努着力。在目下的俄国，较之革命以前，文学作品是很少的。但一看那要知道现在的俄国，最为必要的东西，则有亚历山大勃洛克（Alexander Blok）的长诗《十二个》。勃洛克于去年死掉了，《十二个》是他的最后之作，曾经成为问题的，所写的地方是现在的俄国的都会（大约是墨斯科³罢），时候是深冬大雪的一天。在这下雪的暗夜里，无知的妇女，失了财产的中产阶级，还有先前是使女，现在却装饰得很体面，和兵士一同坐着马车的人们，在暗夜的街上往来，而在这里，则有劳动者出身的十二个显着可怕的脸的赤军，到处巡行着。其中也写着街上杀女人、偷东西这些血腥气的场面，但写在那诗的最后的一段是意味最深远的。十二个人大捣乱了之后，并排走着的时候，在这十二个的前面，静静地走着一个身穿白衣的人，这是基督。基督穿着白衣服，戴着蔷薇冠，衣服微微发闪，纷飞的雪便看去像是真珠⁴模样，然而在十二个人们，却看不见这基督。这诗的意思大概是在说，赤军虽然做了种种破坏底的事，然而这破坏，却是为打出真理起见，也就是为造出新的世界起见，必不可少的建设底的工作，但这十二个兵士中，恐怕是没有一个知道的。虽然在赤军是一点不知道，而在前面，却有发光的基督静静地在走着，那黑暗

---

3　现译"莫斯科"。——编者注
4　现代汉语常用"珍珠"。——编者注

的血腥的惨淡的事件里，即有基督在。无论看见或不看见，无论意识到或没有意识到，都正在创出新的真的世界来。凡这些，我以为都从勃洛克表现得很清楚的。

对于现在的俄国，虽然谁都来非难，以为是失败了，是破坏和极端和空想，但正在经历着勃洛克所觉察那样的"产生之苦"这一种大经验，则只要一看现在的俄国文学，就很分明。新出于现在俄国的文学，是无产阶级的文学。在本是一个劳动者的许多诗人之中，如该拉希摩夫（Gerasimov）、波莱泰耶夫（Poretaev）以及别的人，优秀的诗人很不少。这些人们的诗，是咒诅和中伤人们的诗么？并不，这些人们的诗，都是新的光明底的。该拉希摩夫的作品里，有题作《我们》的短诗。其中说，历来的世界底艺术品之中，没有一种能够不借我们之力而成就。无论埃及的金字塔和司芬克斯，无论意大利的拉斐尔、达·芬奇、米开朗基罗那些人的伟大的作品，不假手于我们劳动者的，一件也没有，而在将来，凡不朽的艺术品，也当成于劳动者之手的。他燃烧着新的希望。先前的都会，有华美的生活，同时也多窘于每日的生活的穷人，有人说都会实在是妖怪，工场则是绞取劳动者的血汗的处所，向来就充满着这样的咒诅的声音，但现在的劳动者之所歌咏，是全然和这两样了。他们以为现在在都会里的生活，是将新光明送向广漠的野外的源头。在工场中，先前虽是苦恼之处，但现在却是造出新光明，即科学底文明的中心地了。试看现在的俄国，恰如勃洛克说过那样，在黑暗的破坏底的血腥里，静静地走基督似的，正有积极底、光明底的东西动弹着，是的确的，而在先前所认为极端者之中，则有新的萌芽正在抽发，所以先前所谓极端呀、空想底的呀、破坏底呀这些非难的话，也就不免于浅薄之诮了。凡是极端的事、空想底的事，是常有受眼睛只向着实际底的事情的人们的非难的倾向的，但如果因为不是实际底便该非难，则一切真理也就都应该非难。因为真理是不爱中庸、不爱妥协的。真理出现的时候，是只在为了表现自己的独得的力量之际的。在俄国人，原有一向有着的见得极端，像是空想底的思想，这便是一千八百三十年顷盛行倡道[5]的爱斯拉夫族的思想。所谓爱斯拉夫的思想是什么呢？这是一种的文明观，以为欧洲的文明，一是西欧文明，一是斯拉夫文明，西欧文明起于西罗马，斯拉夫文明是起于东罗马，康士但丁堡的。西欧文明的特征，那真生命，是在生活于现在的世界者，当用腕之力和剑之力以宰制天下。要以腕之力和剑之力来宰制天下，则法律是必要的。罗马因为想要宰制天下，所以法律就必要。罗马的法典便是西罗马的代表底产物，而那基础则是理智。以这理智为基础的文明，是现实底、科学底、物质底文明，而十九世纪，便成了这些现实底、物质底、科学底文明的结果当然分裂争斗的时代。而挽救这个的，是俄罗斯文明。

为什么俄罗斯文明能挽救这实际底、科学底、物质底的文明所致的分裂争斗的呢？就因为斯拉夫文明是发源于东罗马的，那根本生命是感情，不同西欧文明那样的倾向分裂，而使一切得以融和，归于一致。所以对于现实底、科学底、物质底的文明当然招来的分裂争斗，要加以挽救，便活动起来，一到西欧文明出了大破绽的时候，即去施救了。那是颇为大规模的。

这思想好像很属于空想，也很自大，俄罗斯人果真能救欧洲么？大家以为很没有把握。然而这在一千八百年代所想的事，虽然并非照样，现在却正在著著办着的。现在的俄国且不问他是否全体的人们都怀着这思想和意志，只是虽然从各国大受非难，大被排斥，大以为奇怪，但到现在，各国却要从种种方面，用种种方法去接近他，这又并非俄国来俯就各国，乃是各国去接近俄罗斯了，只

---

5　现代汉语常用"倡导"。——编者注

这件事，就不能不说是意义很深的现象。现在的俄国大概是经验了许多的失败，施行了许多的破坏，也做着黑暗的事的罢。然而就如勃洛克的《十二个》里面所说那样，在这黑暗的血腥中，基督静静地在行走，如果这光明底创造底思想，已经从看去好像极端的空想底的处所出现，又如果真要前进，总非经过这道路不可，那就可以说，在这失败之前，是有光明底创造底的东西的。

这是，要而言之，并非在易卜生和托尔斯泰的极端和空想之处，是有价值。价值之所在，是在即使因此做了许多的破坏，招了许多的失败，也全不管，为寻求真理计，就一往而直前。如果北欧文学是有价值的，并且要说那价值之所在，那么，北欧文学的价值并不在趋极端，而在作了极端的行动，引向真理之处，是有价值的。就是在不顾一切实际的困难之处是有价值的。恐怕不独俄国，世界人类，现在是都站在大的经验之前了。在那里，也纵横着破坏和失败罢。而那破坏和失败之大，许是祖先也未曾受过那样的苦痛一般的大罢。然而我们所怕的并不是苦痛，而在探求这真理的心，可在我们的心燃烧着。

倘从人生全体来想，则失败最多的是青年时代。对于这失败和破坏，我们是万不可畏惧的。惟这青年时代，虽有许多失败和破坏，而在寻求真理这一点却最为热心。又从别一方面想，什么是最为大学的价值呢？这并非因为智识多，而在富于为了真理，便甘受无论怎样的经验苦痛的热情和勇气。有着热情和勇气的大学是决不会灭亡的，而且作为大学的价值也足够。而学于这燃烧着热情和勇气的大学的人们，是这国里的青年，要成为这国的中心的，是无须说得。我们的学欧洲文学，学俄国文学，并非为了知道这些，增加些智识，必要的事是来思索，看欧洲北方的人，例如易卜生和托尔斯泰等，对于真理是怎样地着想，我们是应该怎样地进行。这样想起来，北京大学的有着不屈服于一切的勇气和热情,不但足够发挥着大学的价值,我还相信,改革中国的,也是北京大学了。于是今天就讲些俄国的事,并且讲了为寻求真理起见,是曾经有过闹了这样的失败和这样的破坏的人们。

译自《露西亚文学研究》

这是六年以前,片上先生赴俄国游学,路过北京,在北京大学所讲的一场演讲,当时译者也曾往听,但后来可有笔记在刊物上揭载,却记不清楚了。今年三月,作者逝世,有论文一本,作为遗著刊印出来,此篇即在内,也许还是作者自记的罢,便译存于《壁下译丛》中以留一种纪念。

演讲中有时说得颇曲折晦涩,几处是不相连贯的,这是因为那时不得不如此的缘故,仔细一看,意义自明。其中所举的几种作品,除《我们》一篇外,现在中国也都有译本,很容易拿来参考了。今写出如下——

《傀儡家庭》,潘家洵译,在《易卜生集》卷一内,《世界丛书》之一,上海商务印书馆发行。

《海上夫人》(文中改称《海的女人》),杨熙初译,《共学社丛书》之一,发行所同上。

《呆伊凡故事》,耿济之等译,在《托尔斯泰短篇集》内,发行所同上。

《十二个》,胡斅译,《未名丛刊》之一,北京北新书局发行。

一九二八年十月九日,译者附记。

# 阶级艺术的问题

[日]片上伸

一

第四阶级的艺术这事，常常有人说。无产阶级的艺术将要新兴，也应该兴起的话，常常有人说。然而，所谓无产阶级的艺术是什么呢？那发生创造以什么为必要的条件呢？还有，这和现在乃至向来的艺术的关系又是怎样的呢？

第四阶级的新兴已经是事实。他们已经到了要依据自己内发之力，而避忌那发生于自己以外的阶级的指导底势力，也是事实。第四阶级之力，迟迟早早，总要创造自己内发的新文化，是已没有置疑的余地的了。在或种[1]意义上，也可以说得，即使不待那出于别阶级的人们的"指导"和"帮助"和"声援"，大约也总得凭自己的力来创造自己所必要的新生活、新文化。而这新文化，一定要产生新艺术，也是并无疑义的。以上，或是事实，或是根据事实的合理底预望。

但是，无论由怎样偏向的眼来看，第四阶级自己内发之力所产生的新文化的事实，却还没有。第四阶级自己内发之力所产生的新艺术的事实，也还几乎并没有。所谓第四阶级的艺术，在现今，几乎全然不过是预望。谓之几乎者，就因为总算还不是绝无的缘故。就是，无非是根据了过去现在的艺术上的事实，和决定将来的文化方向的阶级斗争的事实，以预望此后要来的艺术上的新面目。还不

---

1　现代汉语常用"某种"。——编者注

过仅仅依据着最近在俄国的第四阶级所产的艺术的事实，以考占将来的新艺术的特兆。也就是，当此之际的预望，是成立于根据了将要支配那将来的文化的阶级斗争的意义，以批判过去现在的艺术上的事实之处的。

<h1 style="text-align:center">二</h1>

从古以来，所谓第四阶级出身的艺术家，并非绝无。这些艺术家，以属于自己这阶级的生活为题材的事，亦复不少。而那艺术的鉴赏者，在第四阶级里，也并非绝无。以题材而言，以作者而言，更以鉴赏者而言，属于第四阶级者，并不是至今和艺术毫无关系的。但是，在事实上，属于第四阶级者之为作者，为鉴赏者，则无不是例外。虽然可以作为例外，成了作家，而鉴赏者则几乎完全属于别阶级。所以属于第四阶级者的生活，其被用作题材者，乃是用哀怜同情的眼光来看的结果，全不出人道主义底倾向的。第四阶级的艺术之从新提倡，即志在否定这使那样的例外，能够作为例外而发生的生活全体的组织，打破这承认着人道主义底作风之发生的生活全体的组织。在艺术上，设起阶级的区别来，用起标示阶级底区别的名目来，虽然未必始于第四阶级即无产阶级的艺术，但"贵族底"呀、"平民底"呀这一类话，却已经没有了以重大的特殊的意义来区别艺术的力量，能如现今的"无产阶级"这一句话了。发生于王侯贵族的特权阶级之间的艺术，发生于富人市民之间的艺术，其间自然也各有其阶级底的区别的，但这些一切，是一括而看作和无产阶级的艺术相对的特殊的有闲有产阶级的艺术。发生于特殊的有闲有产阶级之间的艺术，是自然地生长发达起来，经过了在那特殊的发生条件的范围内，得以尝试的几乎一切的艺术的样式和倾向的。无论是

古典主义，是罗曼主义，是写实主义乃至自然主义，或是象征主义，凡各种艺术上的样式和倾向，总而言之，在以特殊有闲有产阶级的俨存发挥着势力的事，作为发生条件这一点上，则无不同。从这一点着眼，则无产阶级的艺术者，预想起来，是将这发生条件否定、打破，而产生于全然别种的自由的环境之内的。至少，也可以预想，当否定一切向来使旧艺术能够发生的社会底事情乃至条件，而产生于反抗这些的处所。无产阶级的艺术是否先以反抗底、破坏底、咒诅底的形式内容出生，作为最初的表现的样式倾向，骤然也难于断言。但无产阶级的艺术将有其自己的样式倾向，将产生自己的可以称为古典主义的东西，于是又生出自己的可以称为罗曼主义，或是写实主义乃至自然主义的东西来，却也并非一定不许预想的事。也许这些东西，用了完全两样的名目来称呼罢。但可以预想，只要在用了那些名目称呼下来的种种艺术上的样式倾向的精神里有着生命，则对于艺术发生的条件所给与的自由，将在无产阶级艺术的世界上，使这些的生命当真彻底，或是苏生的罢。无产阶级的艺术，在那究竟的意义上，不会仅止于单是表现阶级底反感和争斗的意志的。要使在仅为特殊的阶级所有，惟特殊的阶级才能创作和鉴赏艺术那样的社会情状之下，发生出来的不自由的艺术，复活于能为一切人们之所有的社会里，就是为了对于创作和鉴赏，给他恢复真自由，全人类的自由，在这一种意思上，说起究竟的意义来，则拘泥于仅为一阶级的限制的必要，是不必有的。

三

好的艺术，无关于阶级的区别，而自有其价值之说，是不错的。然而上文所说无产阶级的艺术，那究竟的意义，是并无拘泥于仅为

一阶级的限制的必要的话，却未必可作在凡有好的艺术之前，阶级
的区别无妨于鉴赏这一种议论的保证。发生于特殊有闲有产阶级
之间的艺术，而尚显其好者，是靠着虽在作为真的自由的艺术的成
立条件，是不自由不合理的条件之下，还能表现其诚实之力的雄大
的天才之光的。然而这事实，也并非艺术只要听凭那发生和成立的
社会条件，悉照向来的不自由不合理，置之不顾便好的意思。属于
无产阶级的人们，到社会组织一变，能够合理底地以营物质上的生
活的时代一来，于是种种不合理和矛盾，不复迫胁[2]生活的时代一
来，大约就也能够广泛地从过去的艺术中，去探求雄大的天才之光
了。从少数所独占了的东西中，会给自己发见贵重的东西的罢。将
要知道人们虽然怎样地惯于不合理的生活，习以为常的坦然活下来
的，虽然这事已经有了怎样久，其心却并不黑暗，也不是全无感觉
的罢。将要看出那虽不自然不合理之中，也还有灵魂的光，而对于
过去的天才之心，发生悲悯、哀怜，并且觉得可贵的罢。这大概正
和有产阶级的艺术家，从现在的浮沉于不自然不合理的生活中的无
产阶级那里，看出了虽在黑暗中，人类的灵魂之光并未消灭，而对
于那被虐的心，加以悲悯、哀怜、贵重是相像的。这样的时代的到
来，也并非不能预想的事。至少，这预想的事，也不能说是不合理
的。然而无产阶级的艺术，既在彻底底地将艺术的发生成立的条
件，置之自由的合理底的社会里，则在无产阶级，有产阶级艺术的
发生成立的条件不待言，便是那内容和形式，也不免为不自由的东
西，就是不能呼应真的心之要求的东西了。无产阶级对于不能呼应
自己的心之要求的艺术是加以否定，加以排斥的。于是预想着这否
定和排斥，声明自己的立场，自行告白是有产阶级的艺术，说是无
可如何而固守着先天的境遇，以对不起谁似的心情，自说只能作写

2  现代汉语常用"胁迫"。——编者注

给有产阶级看的艺术，也确乎是应时的一种态度、一种觉悟罢（有岛武郎氏《宣言一篇》，《改造》一月号）。这所谓宣言（我不欢喜[3]这题目的像煞有介事，）固然不能说是不正直，出于颇紧张诚恳的心情，也可以窥见。但不知从什么所在，也发出一种很是深心妙算之感来。有岛氏是属于有产者一阶级的人，原是由来久矣。他的作品，是诉于有产阶级的趣味好尚一类的东西，大概也是世间略已认知的事实罢。然而这样说起来，则现在的艺术的创作者，严密地加以观察而不属于有产阶级的人又有几个呢？非于有产阶级所支配的社会里拥有鉴赏者，而在其社会情状之下，成立自己的艺术的人，是绝无的。以这一点而论，也并非只有有岛氏是有产阶级，也并非只有他的作品是仅有诉于有产阶级的力量。然而这样的人们的众多，使有岛氏安心，对于自己的立场又不能不感到一种疑虑，是明明白白的。既然并非只有有岛氏是有产者，而要来赶快表明自己的立场者，在这里可以看见或种的正直、诚恳、一种自卫上的神经质，而同时也显示着思路，尤其是生活法的理智底的特质倾向。以议论而论，是并非没有条理的，成着前提对，则结论也不会不对的样子。自己之为有产者，恰如黑人的皮肤之黑一样，总没有改变的方法，所以自己的艺术仅诉于有产者，和无产阶级的生活是全然没交涉的。两者之间有截然的区别，其发生一些交涉者，要而言之，不过是私生儿。所以第四阶级的事还是一切不管好，凡来参与，自以为可以有一点贡献的，是僭妄的举动——氏的思想的要点就如此。

　　确是很清楚、简单明了的。这样一设想，则一切很分明，自己的立场也清楚，有了边际，似乎见得此后并不剩下什么问题了。就如用了有些兴奋的调子，该说的话是都已经说过了而去的样子。

---

3　现代汉语常用"喜欢"。——编者注

但是，仅是如此，岂真将问题收拾干净了么？至少，有岛氏心中的他自己所说的"实情"，岂真仅是这样，便已不留未能罄尽的什么东西了么？

四

有岛氏说，是由有产和无产这两阶级的对立预想到在艺术上也有这两者的对立，于是从"思想底的立场"而论的。他说，在事实上，虽然两者之间有几多的复杂的迂回曲折，有若干的交涉，但在思想底地，则这两者是可以看作相对抗的，确是如此。然而他未曾分明否定有产阶级的艺术，而对于无产阶级的艺术也并不他之所谓思想底地，要说得平易，就是作为要求实现那究竟理想的具体底的形态和方向，有所力说和主张。他似乎是承认第四阶级的艺术必将兴起，也有可以兴起的理由的，但又明说着和自己没交涉，无论从那一面，都不能出手的意思的话。就是一面承认了就要兴起的新的力，却又分明表白，自己和这新的力，是要到处回避着交涉，而自信这回避之举，倒是自己的道德，除了生活在向来的，即明知为将被否定，将被破坏的世界上以外，再没有别的法，并且这就可以了。

而作为理由的，则是说，因为"相信那（新）文化的出现，而发见了自己所过的生活，和将要发生那文化的生活并不一样的人，"是不应该"轻举妄动，不守自己的本分，而来多事"的。（《东京朝日新闻》所载《答广津氏》）

真是这样的么？岂真如他之所说，"发见了自己所过的生活，和将要发生新文化的生活并不一样的人，"就始终"应该明白自己的思想底立场，以仅守这立场为满足"的么？从有岛氏看来，仿佛俄国革命的现状，那纷乱和不幸，就都是为了知识阶级的多事的运动，即"误而轻举妄动，不守自己的本分，而来多事，"于是便得到"以无用的插嘴，来混浊应是纯粹的思想的世界，在或一些意义上，也阻碍了实际上的事情的进步的结果"似的。关于俄国知识阶级在革命运动上的功过，可有种种的批评，然而那样的片面底的看法，却不能成立。在他的看法上，是颇有俄国反动保守派的口吻的。我原也并非看不见俄国知识阶级的许多失败和错误，但也不能以为既非农民，也非劳动者的知识分子的工作，是全然无益有害。试将这作为事实的问题，人真能如有岛氏所言，当打开新生活的兴起之际，却规规矩矩，恪守自己的本分么？能冷静到这样，只使活动自己防卫的神经么？能感着"危险"，而抑塞一切的动摇、要求、主张、兴奋，至于如此么？即使是怎样"浸透了有产阶级的生活的人"，只要还没有因此连心髓都已硬化，还没有只用了狐狸似的狡狯的本能，而急于自救，那里能够连自己的心的兴奋，也使虔守于一定的分内呢？虽然人们各异其气质，但这地方的有岛氏的想法，是太过于论理底、理智底，有未将这些考察在自己的感情的深处加以温热之憾的。假使没有参与新生活的力量，将退而笃守旧生活罢，只要并不否定新生活，则在这里，至少，对于自己的心情的矛盾，不该有不能平静的心绪会发动起来么？我并不是一定说，知识阶级应以新文化建设的指导者自任。然而不以指导者自任，岂就归结在和那新文化建设是没交涉，无兴味，完全不该出手，这于人我都有危险这一点呢？至少，在这里就不能有一些不安和心的惆怅么？从一面说，也可以说有岛氏是毫不游移的，但从另一面说起来，却也能说他巧于设立理由，而在那理由中自守。正如他自己说过那样，他的话是无所谓傲慢和谦逊的罢。独有据理以收拾自己的心情之处，是无非使他的说话肤浅、平庸、干燥，似乎有理，而失了令人真是从心容纳之力的。

有岛氏将思想的特色说给广津氏，以为特色之一，是飞跃底。社会主义的思想也在迫害之中宣传，在尚早之时预说，这思想，是既非无益，也非徒劳，"为什么呢？因为纯粹的人的心的趋向，倘连这一点也没有，则社会政策和温情主义就都不会发生于人们的心中的。"（《东京朝日新闻》所载《答广津氏》）从这意见看起来，则社会主义思想的先辈们所说的事，他似乎也并不以为无益或有害。而一切社会主义思想家，并不全出于无产阶级，大概也应该早已知道的罢。但竟还要说，他们应该不向和自己没交涉的兴于他日的无产阶级去插嘴，退而谨慎自甘于有产阶级的分内么？还是以为这是有有产阶级觉悟自己后日的灭亡的效果的呢？如果在于后者，则岂不觉得较之谨守自己的立场，倒是虽然间接底地，还是那努力之不为无益呢？对于"改悔的贵族"，那发见了自己的立场，是有产阶级的立场之不自然不合理，虽然不能全然改换其生成的身分[4]和教养，然而对于那不自然不合理，尚且竭力加以排除、否定，并且竭力来主张这否定，以这精神过活，以这精神为后起无产阶级尽力的人们，从有岛氏看来，以为何如呢？莫非他们倒应该不冒人我两皆无益有害的多事的危险，而谨慎地满足于自己生成的立场么？他的论法是无论如何非使他这样地说不可的。并不为了自己目前的安全保自己的现在，而用了那么明白简单的推理，以固守自己向来的立场的他们，在有岛氏的眼睛里，是见得不过是愚蠢可怜的东西而已么？

我并非向有岛氏说，要他化身为无产阶级，也非劝其努力，来做于他是本质底地不可能的无产阶级的艺术。只是对于他的明知自己是有产者，却满足而自甘于此之处，颇以为奇。他的艺术至少是应该和那《宣言》一同移向承认无产阶级之勃兴，而自觉为有产

---

4 现代汉语常用"身份"。——编者注

者的不安和寂寞和苦恼的表现的。我以为应该未必能只说是"因为没有法，我这样就好"而遂"甘心""满足"。只据他所已写的话，是只能知道他此后的态度，也将只以有产阶级为对手的，然而如果那意思是有岛氏一般的有产者的寂寞和苦恼的诉说，则他的艺术将较先前的更有生气，更加切实。究竟是否如他自己所说，和无产阶级是全然没交涉呢？即使姑作别论，而在现代的有岛氏的艺术的存在，是当在和他自己明说是不能漠不关心的时代的关系上，这才成为切实的东西的。然而，在有岛氏的文章里面，则足以肯定这预想推测的情绪和口吻，似乎都看不见。

## 五

关于无产阶级的艺术或是所谓阶级艺术，在大约去今十年以前的俄国文坛上，也曾议论过。那时的议论，是和知识阶级的思想倾向任务之论相关联，而行于劳动者出身的凯理宁、犹锡开微支（和小说家的犹锡开微支是别一人）等人之间的。这当时之所论，大概倒在以无产阶级为题材的艺术的问题，但也说及这称为无产阶级艺术者之中，多是倾向底，且较富于煽动底时事评论底的内容的事。无产阶级的自觉，那斗争意识愈明确，那思想愈是科学底，则愈使以或种意义和这斗争相接触的人们归入争斗的一路或那一路。这态度的明确，为斗争、为论争、为煽动是必要的，是加添力量的，但为艺术的创造，却是不利。然而，阶级斗争者是现在无产阶级的意识的中心，所以在无产阶级的艺术中，这斗争的意识便自然不得不表现。但艺术的创造，从那心理的本质上，从那构成上，是都以全人类的把握为必要条件的。在或一时代，艺术也自然会带些阶级底的色彩的罢。但这是从艺术家将含有阶级底色彩的东西，作为全人类底，而加以把握的幻象所生的结果。无论何时何地，在艺术的创造上，这全人类底幻象是必要的。而无产阶级则借了对于旧来的社会思想的那严肃的合理底的分剖解析之力，将这全人类底幻象加以破坏。于是从无产阶级的科学底理智底的斗争意识，要在艺术上来把握新的全人类底幻象，便非常困难了。以上所说那样的意思的话，是犹锡开微支的论中的一节，但要而言之，却不妨说，从这些议论里，关于无产阶级艺术的本质，也几乎得不到什么确切的理解。除了说是倘不到无产阶级的争斗意识已经缓和之后，倘不到从论战底的气度长成为更自由的气度之后，也就是倘不到从理知底科学底的斗争意识，在情绪的灵魂的世界里，发见新的生活的安定之后，则无产阶级的艺术未必会真正产生的那些话之外，凡所论议，几乎全是说以无产阶级为题材之困难。而那时，那艺术的作者好像未必定是无产阶级自己。这些处所，那时的议论是尚属模胡的。

# 六

将这事就俄国的文学来看，大约在十九世纪的末期，俄国文学所取之路凡二。其一，是摄取人生的种种方面。昔人所未曾观察、未曾描写的方面，多角底地作为题材。又其一，是新的形式的创造。作为题材的人生的方面，是即使这已曾有人运用了，也仍取以使之活现于更其全部底情绪之上，再现为更其特殊的综合底之形。从十九世纪末到二十世纪革命以前的文学，是大概沿着这两条路下来的。描写了人生的极底，描写了自由的放浪者的生活，描写了在除去文明的欺骗而近于天然的生活之间，大胆地得意地过活的人们的姿态的高尔基的罗曼主义；从反抗那专心于安分守己的俄国的平庸主义的精神，而在自传底作品里，歌唱了那革命底气魄的高尔基的写实主义；将军队的生活，或则黑海的渔夫的生活，或是马戏戏子的生活，都明确精细地描写了的库普林的色彩丰饶的写实主义；以真实的明亮的而富于情趣的眼睛，将垂亡的贵族阶级的运命的可笑和可怜，用蕴蓄着腴润和优婉之笔，加以描写的列夫·托尔斯泰（Alexei Tolstoi）的写实主义；运用了性和死的问题的阿尔志跋绥夫；恶之诗人索洛古勃；歌唱了灵魂的秘密，那黑暗的角角落落的安特来夫；这些人，无论那一个，就都是想在探求人生的道上，捉住一个新方面、新视角的。

想在艺术上创造新形式的运动之中，描写了照字面一样的人生之缩图的契诃夫，确可以看作那先驱者。纤细、简净、集注底的笔致，其中还有细心的精选，有精力的极度的经济。这便是，成为象征底，使描写的努力极少，而表现的结果却极多。在那作品上，与其看见事实的变化和内面生活的复杂和深奥，倒在从一刹那的光景里看见宝玉一般的人生的诗。以综合底、全部底之味，托出细部的难以捕捉的之味来。置重于气度，置重于炼词，发生了不能翻译的音乐，内面律。这倾向，便成了想将一切的题材，就从其一切的特征来表现。于是便致力于个性底特殊的表现了。追技巧之新，求表现之独创。未来派也站在这倾向上的，对于一切旧物的憎恶，是这技巧派的特色。造出了一些将旧来的语根结合起来的新语。一定要将这贬斥为奇矫而不可解，是不能的。

表现的技巧的紧缩洗炼[5]，被集注于最根本底的心情，即综合底的心情的表现。蔼罕瓦尔特（Eichenwald）所谓创作由作者和读者的协力而生效果之说，在这技巧派是最为真确的。普遍底、综合底的、根本底的表现，即不必以外面的差别底细叙为必要。所表现的是人生之型，非偶然底一时底而是永远的东西、全部底的东西，如

5　现代汉语常用"洗练"。——编者注

安特来夫的戏剧便是这。

这技巧和形式的洗炼压倒了内容，于是又想克服它，而沉湎于奇幻的、纤细的、难以捕捉的心情里。和这相对，探求着和人生的新事实相呼应的魂的真髓者，是世界大战前后的俄罗斯文学界的实状。在俄国，是文学上的转机和社会生活的转机，略相先后，出现了那气运的萌芽的。对于过去的人生的综合，从新加以分析批判的要求。在过去的生活中随处显现的腐败、自弃、姑息的满足、灭亡的悲哀、反抗和破坏的呻吟，一时都曝露于天日之下，将这些加以扫荡的狂风，即内底和外底的革命，便几乎一时俱到了。旧来的文化的破坏，许多的生命的蹂躏，智力生活的世界底放浪：俄国革命的结果，先是表现于这样的方面。

## 七

革命以后，成了无产阶级的世界的俄国的艺术方面的生活，说是现今还在混沌而不安不定的状态里，大约也是事实罢。俄国的现状对于艺术方面的繁荣不能是好景况，那自然是一定的。而且在出版事业极其困难的现在的俄国，从千九百十八年到千九百二十年之间，出版的纯文艺方面的书籍（并含诗歌、小说、戏剧、儿童文学、文艺批评、文艺史、艺术论等，也含古典及既刊书的重印在内）是三百六十五种，其中纯文学上的作品计三百三种，那大半是诗集。而诗的作者之中，则有许多新的劳动者，单是已经知名的人，就有三十人内外（据耶勒兼珂教授所主宰的杂志 *Russkaia Kniga* 及美国的 *Soviet Russia* 杂志的记事。）但并非凡有作诗的人们全都发表了那作品的，从这事情推想起来，可知新出于现在的俄国的无产阶级诗人实在颇为不少。这些诗人互相结合，已经成立了墨斯科诗人同盟，且又成立了全俄诗人同盟。也印行着四五种机关杂志。因为这些诗人之作，是几乎不出俄罗斯国外的，所以我的所知，也不过靠着俄国人在柏林、巴黎、苏斐亚各地所办的杂志报章的断片底的转载的材料。但那诗的一切，几乎全不是破坏底、复仇底、阶级憎恶底之作，而是日常的劳动的赞美，劳动者的文化底意义的浩歌，热爱那充满着神奇之光和科学底奇迹的都会生活和工场之心的表现。都会者，是伟大的桥梁，由此渡向人类的胜利和解放；是巨大的火床，由此铸造幸福的新的生活。新时代的曙光，从都会来。工场现在也非掠夺榨取之所了，这里有劳动的韵律，有巨大的机器的生命的音乐。劳役是新生。这里有催向生活和日光和奋斗努力的强有力的号召。有自己的铁腕的夸耀，有催向集合协力的信赖——是用这样的心情歌唱着的。就中，该拉希摩夫、波莱泰耶夫等人的诗，即可以视为代表底之作。

由这些无产阶级诗人的诗所见的艺术上的特色，分明是客观底，是现实底，而且明确。由空想底的纤细而过敏的神经和官能之所产的一种难以捕捉的心情的表现，和这相连的技巧的洗炼雕琢，这些倾向，全都看不见了。和这倾向的末流相连带的复杂、模胡、病底、颓唐底、神秘底的一切东西，在这里都不能看见。来替代这些的，是简素、明晰，以及健康充实之感。较之形式，更重内容。从俄国文学发达上看来，这事实，分明是对于从十九世纪末到二十世纪的主观底、病底、神秘底、象征主义的倾向的反动，即回向写实主义精神的归还。病底的纤细过敏的技巧，要离开了具体底的事象，来表现一般普遍底抽象底的东西的本质，这则作为对它的反抗，是客观底的、确切的现实生活的价值的创造。这也可以说，是向着一向视为俄国文学的传统的那"俄罗斯写实主义"的创始者普希金的复归。其实，革命前的俄国的诗，是因了极端的个性别意识、差别意识，而自我中心底的不可解的倾向，颇为显著的。以明晰为特色的无产阶级的诗，对于这个，则可以说，是集合底、协力底、建筑底。还有，极端的个别性倾向，是因为限住自己，耽悦孤独，而陷于无力的女性底的神经过敏了，对于这个，则也可以说，无产阶级的新诗，是男性底、健斗底、开放底。凡这些，虽然许多无产阶级新诗人的作品还是幼稚未熟，但其为显著的共通的特色，却可以分明看见的。

作为无产阶级艺术的现今俄国新诗人之作，在此刻，恐怕是世界上的唯一的东西罢。这些无产阶级的文学者，听说也别有小说、戏剧的作品的，但都未曾传播。他们是否能成将来的俄国文学的确固的基础，是否能算作代表无产阶级艺术的东西，凡这些事，现在都无从断定。但是，至少，这些纯然的无产阶级艺术，并非单从革命和无产阶级的秉政偶然突发地发生起来的东西，则只要看上文所叙的事，便该会自然分明了。就是，从这新艺术的特色，是颇为大胆地、明快地将革命以前的俄国文学的倾向加以否定、排斥、破坏的事看来，也就可以知道。而这新诗的特色，还在先前的诗人们，例如伊凡诺夫（Uiatchslav Ivanov）、玛亚珂夫斯奇（V. V. Maiakovski）以及别人之上，给了显明的影响云（据最近还在墨斯科的诗人兼评论家爱伦堡的"Russkaia Kniga"第九号上的论文）。以上的事实所明示的，岂非即是无产阶级的艺术，其发生成立的条件是见之于社会阶级的斗争的结果中，而同时那作为艺术的特色之被创造，也仍然到底是艺术这东西的自然而且当然的变迁发达的结果么？

# 八

无产阶级的世界虽在俄国，自然也还只是本身独一的栖托罢。

所以无产阶级的艺术，在十分的意义上，还未具备那创造和鉴赏的条件，也明明白白。由外面底的社会情况看起来，在这样的时期所创造的无产阶级的新艺术，先从形式最简单，印钉也便当，在创造和鉴赏上，也比较底并不要求许多条件的诗歌，发其第一的先声，正是极其自然的事。更从心理底方面来想，则也因为现在的俄国的无产阶级对于自己的新生活的意义以至价值的获得，感到了切实的喜悦和感激罢。这新生活的感激，先成为抒情的诗，成为高唱新生活的凯歌而被表现，也正是极其自然的事。这里有什么阶级底憎恶呢？这里有什么迎合时代呢？一切都是纯真的魂的欢喜，新生的最初的叫喊。诗者，无论何时，实在总是人类的真的言语，是言语之中的言语。从还是混沌而彷徨暗中似的俄国民众的心的底里，微微响动者，谁能硬说不是这些新诗歌呢？而这新诗歌，除阶级斗争意识之险以外，是全然咏叹独自的新心境，顺着俄国文学自然的成长之迹的，是孕育着自由的风格的，凡这事实，不能一定说惟在俄国才偶然会有。这事实，较之漫然叙述无产阶级的艺术，不更含有许多实际底的严肃的暗示么？无产阶级的艺术，确是破坏向来的艺术的。但那破坏的成功，至少，必在新的自由而淳朴的创造的萌芽的情形上。艺术者，始终是创造，无创造，即不得有艺术的更新，无创造，即不能有旧艺术的破坏。

日本的无产阶级所产生的艺术，是怎样的东西呢？现在不知道。但是，预料为至少必有对于这新艺术以前的艺术的反抗，从此的苏生之类的意思，自然地当然地在那艺术本身的本质内容和形式上出现，是不会错的。在这里，且不问无产阶级的支配的时期之如何，不问无产阶级文化发生成立的早晚之如何，而问题转向日本现在的艺术的内容形式的文艺史底批判去。

关于日本现在的艺术，尤其是文学的事实，两年以来，时或试加批评了。虽不至如亿俄国文学那样，但在或种意义上，也还是技巧第一。将料是小资产阶级心情之所要求的，使他发生的，引其感兴的那样程度的，智巧底的浅薄的内容，虽是怎样浅薄的内容，而用这技巧的精炼，却令人爱读到这样，说作家以此自豪着，几乎也可以了。这样的技巧第一的倾向，使不能再动的现今的文学的气运沉重地、钝钝地，然而温柔地停滞烂熟着。这黯淡的天空很不容易晴朗。大抵的人都被卷去了。再说一回罢，无论那里，在那气度上，都是小资产阶级底的。在这风气之中，忽而出现了无产阶级的支配，忽而发生了无产阶级的艺术，是不能想象的事。至少，日本的艺术，在无产阶级的艺术产生之前，还是使这小资产阶级心情更加跋扈跳梁起来罢，否则，就须在否定自己的有产阶级生活的心情所生的矛盾中，去经验许多的内争和苦闷和纠葛。

"天雷一发声，农人画十字。"

这是俄国的有名的谚语。雷还没有响．然而总有一时要响的，一定要响的。我们之前，从此要发生许多内外的纠葛的罢。无产阶级艺术的主张，也无非便是那雷鸣的预感罢了。

一九二二年二月作　译自《又子评论》

# "否定"的文学

[日]片上伸

## 一

否定是力。

委实,较之温暾的肯定,否定是远有着深而强的力。

否定之力的发现,是生命正在动弹的证据。否定真会生发那紧要的东西,否定真会养成那紧要的东西。

由否定而表见自己,由否定而心泉流动,由否定而自己看出活路。

至少,从俄国文学看起来,这事是真实的。俄国文学是发源于否定的,俄国文学是从否定中产生的。十八世纪以后,俄国文学成立以后的事实是这样的。

俄国的现实——那现实的见解,尚是种种不同。认为现实的内容以及对于这些的解释,也还因时,因人而种种不同。然而,要之,以俄国的现实为对象,将加以肯定呢? 抑加以否定呢? 这事却总是重要的问题。即使生平好像于这样的问题并不措意,但心的动摇愈深,则从那动摇的底里现出来的,虽然其形不同,而总是这问题。要举出谁都知道的例来,那么,托尔斯泰也是,屠格涅夫、陀思妥耶夫斯基更其是。在近时,则高尔基、勃洛克、索洛古勃、白莱(Andrey Bely)都是,其他更不胜列举其名姓之烦。

在俄国,是向东呢抑向西的问题,向科学呢抑向宗教的问题,向魔呢抑向神的问题。而这是将俄国的现实怎样否定的问题,也就是将这怎样肯定的问题。而在这问题的批评之前，则总要抬出彼得大帝来。便是彼得大帝该当否定，还是肯定的问题，也常常被研究。

二

君主作为领导，作为中枢，从国家底的见地，要性急地、大胆地，并且透辟地决计来改革一国的文明文化。凡能辨别，略知批判，明是非者，都应该将那批判辨别之力，悉向以国家底见地为根柢的改革去。因为在当时，除此以外，是没有可加以批判辨别之力的对象的。总之，社会上却从此发生了批评，发生了可以称为舆论的萌芽。一切的批判是时事评论，以国家底见地的改革为主题的时事评论。

这是彼得大帝时代的俄国——但在这时代的时事评论中，看不见力的对立。至少，就表面看起来，力的对立是不见于那评论之上的。也有不平，也有误解，也有咒诅，也有怨言——但一方面，是站着作为主导力的君主，而且又是非凡的决行者，精悍的、聪明的、驀进底的决行者。站出来和这对抗的，便是死。于是现于表面的时事评论就不消说是以这主导力为中心，而对于那改革的意义加以说明、辩护。时代的聪明的智力，那时代的最高的智力，恐怕即以说明辩护那改革的意义，认为自己的本分的罢。不认改革的意义者，较之算作冲犯主导力的君主，大概倒是要算作反抗文明的自然之势，换了话说，是正当的力。不这样想，是对于那时代的最善最高的智力的侮辱。

总之，评论的对象是国家。时代的最善最高的智力之所表明，是"君主的意志的是认"，是文明改革的辩护。在这里，是没有可以投进个人的心的影子去的余地的。大家应该一致，以改革为是，是对于时代的势力的顺从。

彼得大帝以后，文学是专为了文明和留心于此的君主的赞颂。并无真的社会底根据的当时的文学，自然只能为宫廷而作了。竭力的、分明的、毫不自愧的阿谀，在德莱迪珂夫斯基献给女皇安娜的，预言了和日本通商的诗里就可见。但这些阿谀的作品，并不怎样为宫廷的贵人们所顾及却也是实情。因为文学或文学家，从那时的贵人们，是不过得到视以轻侮和戏笑的眼的。

## 三

从"君主的意志的是认"，经过了许多不被顾及的宫廷底阿谀的词华，到加德林那二世时代，而俄国文学这才看见个人的心的浓的投影，对于俄国的现实加以否定的表白是现出来了。拉季舍夫在那《从彼得堡到墨斯科的旅行》(千七百九十年)中，说是"凡农民们，从地主们期待那自由，是不行的，倒应该只从最苛酷的奴隶状态之间期待"者，即无非惟从强的否定之间生出真的肯定来的意思。加德林那二世一读这书，以为拉季舍夫"在农民的叛乱上放着未来的希望"，是未尝真懂了这书的真意的。但是，属望于地主的善意和好意的幻影的消灭，使拉季舍夫的心的影更浓、更深了。这一篇，倒是拉季舍夫的诗。是从愤慨、嗟叹、伤心、自责的心的角角落落里自然流溢出来的一篇诗。自说"因为我们是主人，所以我们是奴隶。因为我们拘束着我们的同胞，所以我们自己是农奴"的后来的赫尔岑之心，在拉季舍夫的言语中，就已经随处可以发见。从外部的观察一转而"看我的内部，则悟出了人类的不幸，也仍然由人类发生的"拉季舍夫的这话里，是有着难抑的热意、鲜明的感情的色彩的，这是诗。

拉季舍夫的否定的诗开拓了俄国文学的路。至少，在以力抗农奴制度为中心的怀疑底的、批评底的、讥刺底的心情中——对于实现的否定中，俄国文学这才能够真发见了应走的路的出发点了。

俄国是从最初以来就有着当死的运命的、有着自行破坏的运命的。仗着自行破坏、自行处死，而这才至于自行苏生、自行建造的事，是俄国的命运。俄国的生活的全历程，是不得不以自己的破坏、自己的否定为出发点了的。到了能够否定自己之后，俄国才入于活出自己的路。由否定的肯定，由死的生，这路上，正直地、大胆地、透辟地，而且蓦地前进而来的，是俄国。称为莫明所赴的托罗卡（三匹马拉的雪橇）者，要之，即不外是为了求生，而急于趋死的俄国的模样。

否定的路，本来是艰险的。有着当死的运命的俄国，为了死，不知经历了多多少少的苦恼，那自然不待言，但因此而否定之力更强、更深了，因了苦恼，而对于自己的要求更高了。俄国的文学是这否定之力和矜持之心的表白，是为了求生而将趋死者的巡历地狱的记录。在那色调上，自然添上一种峻严苦涩之痕，原是不得已的事。虽在出自阴惨幽暗的深谷，走向无边际的旷野的时候，也在广远的欢喜中、北方的白日下看见无影的小鬼的跳跃，听到风靡的万千草莽的无声的呻吟。这就无非为了求生，而死而又趋死，死而又趋死的无抵抗的抵抗的模样。俄国的求生之力就有这样地深、这样地壮、这样地丰饶。

## 四

在俄国文学中的怀疑的胚胎，恐怕是应当上溯拉季舍夫以前，或者望维辛以前的罢。如比宾，即在那《文学观的品骘》中论及，以为深邃的怀疑和否定的力，大约是作为潜伏的力量，郁屈着，早经存在的。在望维辛和拉季舍夫之前，如讥刺剧诗人坎台弥耳，也可以说是表现了时代的怀疑底倾向。但在好以受者的含忍，作为斯拉夫民族的最高的美德的人们，却将这些早的怀疑底否定底倾向只看作自外而至的东西。然而最好是去想一想，十七世纪时以俄罗斯教会为中心的希腊派和罗马派之争、教会的分离，究竟是表明着什么的呢？教会的分离、异端的发生，一贯着这些事象的精神，岂非就是深邃的、怀疑底、否定底精神么？这精神，也便是在文学上的现实否定的思想。这便成为拉季舍夫的《从彼得堡到墨斯科的旅行》、望维辛的喜剧、格里波亚陀夫的《聪明的悲哀》、莱蒙托夫、普希金，乃至果戈理以及别的作品了。怀疑和否定的力，在俄国的文学上，怎样地成为重大的力量而显现着，是只要逐渐讲去，大概便会分明的。

怀疑和否定，要而言之，就是个人和社会的分离的意思，也是个人和国家的分裂的意思。和现实相妥协之不可能，将现实来是认之不可能，这在本来的意义上是生活的一种变态，苦恼即从这里发生。俄国的文学，曾经描写了沉沦于这苦恼中的许多的人物。脱了现实生活的常轨的"零余者"，为要根本底地除去这分裂，更加苦恼了。由对于周围的现实的轻侮和嫌恶之苦，而从中常可见绝望自弃的颜色。尤其是，俄国的怀疑是在根据科学，例如从国家底见地来考察农奴的问题之类以前，在那根柢上，就有比这些考察更深的、直接端的的感情的，在怀疑和否定的底里，跃动着良心的愤激和感情的悲伤，作为中心的力。但从加德林那二世的时代起，到亚历山大二世的即位时止，殆将百年之间，在俄国，却未行足以聊慰这伤心和愤激的改革。在百年之间，生活是成长了，作为国家的公然的俄国是成长了，思想也成长了，然而生活的形式如旧，和官僚政府的发达一同，农奴制度也被保持得更坚固了，于是思想便一切成为反抗，而这又不能不成为苦恼和嗟叹的声音。嗟叹之声是不仅洋溢于伏尔迦大川之上的，俄国的文学便是这嗟叹的歌，这愤怒的诗。

# 五

果戈理曾经取了自作的《死灵魂[1]》的一节读给普希金听。每当听着果戈理的朗诵，普希金是向来大抵笑起来的，但惟独这一回，当倾听中，却渐渐肃静，终于成了不胜其愀然那样的黯淡之色了。果戈理一读完，普希金便以非常凄凉的调子说道："唉唉，我们的俄罗斯，是多么忧郁呵！"

忧郁的俄罗斯！从这忧郁之间、难于一致的矛盾之间，在俄国的否定的精神便产生了，讥刺的文学产生了。自十八世纪末到十九世纪的讥刺的文学，是于笑中求解放的。凡可笑者，不足惧。至少，在可笑者之前，并无慑伏的必要了。凡笑者，立于那成为笑的对象的可笑者之上，凡可笑者，便见得渺小、无聊。一被果戈理所描写，地主也失其怖人之力；一被果戈理所描写，而官僚也将其愚昧曝露了。笑，使农奴制度和官僚政治的幻影消灭了，笑是破坏，笑是否定的力。

果戈理示人以种种俄国的现实的空虚，苦恼着而生活于这空虚中，那真是凄惨的怕人的事。果戈理是向这笑里引进了凄惨去的第一人。将笑、将讥刺做成了悲剧底的，是果戈理。

这是赫尔岑之所谓"异样的笑"，是"凄惨的笑"，是"毛骨悚然的笑"。在这笑里，有自责自愧之感和自啮其良心之苦，不是因为"太可笑了而挤出眼泪来"的，乃是"哭着哭着，终于笑了"的哭笑。

---

1　现译"死魂灵"。——编者注

或者又有那为了国家的伟业和英雄的功业，而被踏烂于其台石之下的，孱弱的渺小的平凡人的一生。或者又有那要脱现实的羁绊，如天马之行空而自亡其身的傲者。对于这些人，普希金和莱蒙托夫是未必看作不过如此的人的。

这都是否定的尝试，是怀疑，是有着当死的运命的俄国为死而趋的路程的记录。踏烂在彼得大帝的铜像之下的平凡人的反抗，要在地上实现那天马行空之概的傲者的破坏，谁能说不是二十世纪的革命呢？要由死以得生的否定之力，是革命。俄国的文学，若仅看作否定之力的发现，虽然还有几多复杂的要素，也不可知。但以这力为中心，从这一角去读俄国的文学，却决不会是对于俄国文学的冒渎。否定之力——为求生而寻死的这力，是丰富的、复杂的、颇饶于变化的力。在坠地亡身的一粒麦子中所含的力，总有一时要出现的。

作为否定之力的文学，也就不外是作为生存之力的文学。再说一回罢，俄国是最初以来就有着当死的运命的，有着自行破坏的运命的。仗着自行破坏、自行处死，而这才至于自行苏生、自行建造的事，是俄国的命运。俄国的文学是以自己的否定为出发点，由否定的肯定，由死的生，循着这路，正直地、大胆地、透辟地，而且蓦地走了来的。

在这里有俄国文学的苦恼和悲哀，在这里有俄国文学的力，有下地狱而救了灵魂者的凄惨和欢欣和力量。

一九二三年五月作　译自《文学评论》

# 艺术的革命与革命的艺术

〔日〕青野季吉

## 一

无产阶级的艺术运动也颇为进展了，相当有力的无产阶级的作家和批评家也已经出现，无产阶级的艺术早已是不可动摇的事实。纵使怎样用了资产阶级批评家的斜视乱视，也不能推掉这事实了。

然而我是无产阶级的艺术运动愈进展，便愈忧其堕落和迷行的一人。我于相信人类社会的进行，愿意为此奉献些小小的自己之力这一端，是乐观者。但当取人类的或一时期，或者或一人们之群，而省察其动弹之际，我是不弃掉悲观者的态度的。人也许以为这是资产阶级底习癖的多疑的态度罢，但这是错的。如果无产阶级运动并非单单的群众运动，而是全阶级底组织运动，则站在那立场上的我们，即一面必须常是乐观者，同时在别一面也不可缺少悲观者的准备。无产阶级的战士的彻底底的写实主义，本来就是从这作为乐观者的要素和悲观者的准备的浑然融合之处产生出来的东西。要有此，这才知道信仰，同时也知道战斗。

我现在即使对于无产阶级艺术家加了什么责难，但倘以为这足以妨碍幼小者的生长是不对的，不相信生长，即无从加以真的责难。不凝视正当的长发，即不能指摘堕落和迷行。相信无产阶级的艺术的未来，我是不落人后的。我只恨于凝视现在的无产阶级运动的真正的进行，而为此勉效微劳之不足。但是，对于使未来昏暗的堕落，有伤真正的东西的进展的迷行，则无论托着什么名目，我也不能缄默的。

二

艺术者，不消说，是个人的所产。个人的性情和直接的经验，在这里造出着就照个人之数的色彩，是当然的。虽是无产阶级的艺术罢，从中自然也要因了艺术家各人的先验后验的准备生出几多的 Variety（繁变）来。尤其是，因为无产阶级的艺术运动，并非一主义的运动，而是作为一阶级的运动，所以就更加如此。说是无产阶级的艺术所当取的形态，是应该如此如此者，不过是对于无产阶级的艺术运动的扩大没有著眼[1]的人们的话罢了。

在这里，是可以有 Variety 的，不如此，即非健全的艺术的发轫。但是在别一面，却必须有作为无产阶级的艺术的不可动摇的共通的要素。惟这共通的要素，乃是无产阶级艺术作为阶级艺术运动而发挥其革命艺术的意义的东西。

就劳动阶级来看这事，也是这样的。各个劳动人各以个个的色彩营着那生活。然而劳动阶级之所以是一个革命底阶级者，即因为在各个劳动人都有共通意识，而这且有生长的可能的缘故。没有这意识的劳动人，则形状虽是劳动人，但纵使怎样地受了贫苦的洗礼，也还是和资产阶级的隶属动物没有两样的。

然则，无产阶级的共通意识、无产阶级文艺所当有的共通要素是什么呢？排在第一的，那不消说，是革命底精神。

描写了贫穷的、被蹂躏的、饥饿的人们的艺术，至今为止，已经多得太多了。在自然主义运动以后的文学上，描写工人和农夫

1　现代汉语常用"着眼"。——编者注

者，尤其不遑枚举。然而，不能说因为描写了工人和农夫，便是无产阶级的文学。这是什么缘故呢？是因为作者用了封建底的哀怜或资产阶级的理解那样的眼睛来眺望、来描写的缘故，是因为在作者，并无无产阶级的革命底精神那样共通意识乃至要求的缘故。

说是因为作家在或一时期，曾度劳动的生活，便将这作为惟一的资格，算是无产阶级的作家的事，是不能够的。现在以资产阶级艺术为得意，写着的人们之中，曾经从事于劳役者也不少。有爬出了黑暗的煤矿洞成为煤矿王的人，也有到逃出为止，媚着贵家女儿的人。这便是曾在过去做过劳动生活这一个经验，所以并非无产阶级作者的资格的归结的缘故。自然，过去的劳动生活是高价的。然而比这尤其高价者，是由此到达劳动阶级的革命底意识的经验。在眼前，虽有出自劳动生活的作家，但我看见完全有着沉潜的革命底意识者，而竟逐渐淡薄下去，实不胜其惋惜。并且看见因为这些人冒渎着革命的艺术之名，而无产阶级艺术运动的锐角怎样地逐渐化为钝角了。

不要误解。虽说革命底精神，却并非指歇斯底里底的绝叫和不顾前后的乱闯，并非指感伤底的咒诅和末梢神经底的破坏欲。靠着这样的事以玩味革命的快感是最为非革命底的。倘是在习俗底的意义上的革命诗人，那么，这也就很好。然而该是作为无产阶级艺术家的共通意识的革命底精神却不是这样肤浅的欲求。

还有，将这和那些资产阶级作家们作为盛馔上的小菜，常所喜欢的反逆底精神之类看作一样，是不行的。资产阶级作家的动摇层，作为无聊的心境的换气法，则喜欢反逆底精神的辣味，还想将这和革命底的意义连络起来。但这是完全不同的两个东西，作为无产阶级作家的共通意识的革命底精神，是和无产阶级的历史底进行一同生长了的阶级意识。艺术之由无产阶级而被革命，就为了有这

历史底必然力的缘故。无产阶级艺术之所以为革命的艺术，就因为
被这共通意识所支持的缘故——在这里，要附白几句的，是有如未
来派、表现派等，作为艺术革命的前驱，我们是承认其贡献的，但
作为革命的艺术的无产阶级的艺术，却必须有他们所缺的强固的阶
级意识。

<h1 style="text-align:center">三</h1>

　　无产阶级的阶级意识，无论在怎样的意义上，和资产阶级的个
人主义是不相容的。将这和资产阶级的个人主义相对立，而来一
想，则这正是被照耀于非个人主义的精神的。人们每每费心于社会
主义和个人主义的关系，深怕一到社会主义之世，没却了个人，便
很勉力于立论，然而这所指示的个人的内容，倘不是资产阶级个人
主义所尊重的意义上的东西，则这样的"个人"，一到无产阶级的支
配，阶级社会消灭的未来，便当然应该死灭。这是较之指点太阳还
要明白的事。个人主义底精神是近代资产阶级社会所完成的惟一的
道德原理。而且恰如观念上的所产，常常如此一样，这历史底精神，
也竟冒了永远的高座，被抬在超时代底的所谓永远的理想上了。资
产阶级教养的一切之道，无不和这相接续，资产阶级的支配，还想
由这名目引起永远的幻觉来。然而在那下面，却生长了革命底的无
产阶级的意识，有着新内容的心情以必然的进行扩大起来了。

　　这决不是资产阶级个人主义的心境，全然是别样的意识。有一
回我曾经称这为 Comrade（伙伴）的心情，但总之，这心情和个人主
义底精神是完全两样的。那革命底的意识的生长，也可以说便是无
产阶级的革命底生长。有着宗教底的倾向的人们，每喜欢说，无产
阶级虽以为将要支配未来，但还是充满着资产阶级底斗争精神，所

以无产阶级所支配的世界也依然是丑恶的功利精神的世界罢，以此作为反对阶级斗争的理由。这些言说的错误，则只要看见无产阶级的阶级底新意识的生成，便自明明白白了。

我们相信无产阶级的文化的生长，而使我们预期无产阶级的文化者，实在应该是和资产阶级文化的根源的个人主义底精神正相反对的非个人主义底精神。而使我们预期无产阶级艺术者，则应该是无产阶级的这共通的新意识。

将这和也是非个人主义底的、宗教底的心情混为一事是不行的。宗教底的那心情是不堪个人主义的重担的正直者们聚集起来，互相帮助的消极底的逃难民的心情。那也许是非个人主义底的罢，但并非积极底的意识的结成，不是有着可以支配世界的必然的预期的意识。这虽然转化为非个人主义了，然而是常常收受着个人主义底精神的回踢的心情。至于作为无产阶级的共通意识的非个人主义底精神，则是积极底的生成，不是逃难民的心情，而是占领民的心情。

我不得不将这非个人主义底精神力加指示，作为无产阶级艺术家所应有的共通意识。说是非个人主义底精神是消极底的说法罢，但要将这积极底地说起来，是随着那人，什么都可以称得的。总之，这是可作无产阶级的道德原理的新意识。

艺术家的特性之一是深切地具有万人之所有的东西[2]。如果无产阶级的艺术家真从无产阶级跨出来的，则也应该深切地领会着那阶级的新意识，而且还应该回过去，将睡在无产阶级的未醒的心里的那意识叫唤起来。倘不然，那就虽说是无产阶级艺术，也不过徒有其名，只是从无产阶级偶然浮上来的人的混杂而得意的表现罢了。将这样的游离产物称以无产阶级之名，我们以为是应该唾弃的冒渎。

---

2　此处原文为"艺术家的特性之一是深切地具有着万人之所有的东西"，疑为原文多字，故更正。——编者注

# 四

作为无产阶级的共通意识，鲜明地被看取的，是国际底的精神，是世界主义底精神。无产阶级运动的大半，是国际底的运动，但这并非单是战术上的举动，实在是基于生根在各国劳动阶级的共通意识里的要求的。倘不懂这伦理底意义，便也不能懂得国际底的运动。自然，在这里，是有经济上的必然的。这事情，在这里不见有关说的必要。

将这世界主义底精神看作上文所述的非个人主义底精神的延长也不要紧，但当作别一路的发生也可以的。这世界主义底精神是在无产阶级运动的一定时期内被强有力地叫了醒来的东西，在今日而强有力地预约无产阶级的未来者，便是这精神。"在劳动无国界"这句话，现今已成万国劳动阶级的标语了。我们对于从劳动阶级走出来的作家和批评家，不能不看一看这共通意识的有无或浓淡。

要记得资产阶级艺术是传统底的、国民主义底的——日本主义是由资产阶级艺术的先达所提倡起来的呀——对于这，则无产阶级的艺术就必须是革命底、世界主义底了。惟其如此，所以无产阶级的艺术运动是艺术革命的运动，无产阶级的艺术是革命的艺术。

自然，在资产阶级艺术里，也不能说并无世界主义底精神，然而这和资本家的国际底一样，是完全置基础于国民主义底精神的。虽是资产阶级艺术的最好的部分，实在也还没有全然去掉了这基础。在那里，还有可以革命的东西，而无产阶级的世界主义底精神则是和叫作"国民"这一个传统毫无连系[3]的革命底的精神。真值得称世界主义底精神之名者，非这新精神不可。资产阶级的这，虽然

---

3　现代汉语常用"联系"。——编者注

可以说是"国际底",然而不能称为"世界底"的。

当我现在讲着这事之间,也总是想到那可悲的事实,那是什么呢?便是现在在我们的文坛上,自称无产阶级作家的人们的一部分,是毫无批判地紧紧地钉⁴住着一种国民主义底精神的,是世界主义底的精神的明证全然欠缺的。我现在无暇用实例来指示,只是那些的人们是动辄敢于有"在日本独自的"呀、"在日本"呀这些设想,而不以为异的人。单从这几句话,我们便可以对于那些人们的世界主义底精神之有无挟着疑义的了。再看别的处所,则艺术上的国际底的问题,虽以必然的预约绍介到我们的文坛里来,但竟不将这作为我们的同人的事,而放在自己身上去。凡这些,即都在表示国际底的精神是怎样地稀薄的。

倘没有以世界的兄弟为兄弟的心情,即不能许其说是出于无产阶级。向着以国民主义底的幻想为饵者,不能许以革命的艺术家之名。为了这是无产阶级的艺术,是革命的艺术起见,应该要求无产阶级的划分历史底的世界主义底精神的强有力的明证。

## 五

我已经举出

一、革命底精神
二、非个人主义底精神
三、世界主义底精神

来,作为无产阶级艺术上所不可缺的要素了。但反过来一想,则主

---

4　现代汉语常用"盯"。——编者注

张无产阶级艺术该是怎样的东西的事，乃是鲁莽的探求，倒不如等待产生出来的东西之为合理，当创造底之际，即尤其可以这样说。然而我在这里所做的工作，却和这事也并无什么矛盾的。我是指示了在现实上作为劳动阶级的最高意识而生成着的东西，试来揭出了对于无产阶级的艺术我们之所寻求者。

我毫不怀疑于无产阶级艺术的未来，惟其如此，所以也不能漠视现在的无产阶级艺术运动上的小儿病底的混杂。我们应该养育真的伟大者，我们应该从事于胜利的战争。

一九二三年三月作　译自《转换期的文学》

# 关于知识阶级

[日]青野季吉

亨利·巴比塞（Henri Barbusse）在一九二一年所出的小本子里，有称为"咬着白刃"而侧注道"寄给知识阶级"的。在那里面，当他使用"知识阶级"这一句话的时候，特地下文似的声明着：

"知识阶级——我是以此称思想的人们，不是以此称知趣者、吹牛者、拍马者、精神的利用者。"

这几句话诚然是激越的，然而当巴比塞要向知识阶级扳谈时，不能不有这几句声明的心情，我以为很可以懂得。

他虽说知识阶级，但在这里，是大抵以思想家和文学者为对象的。可知在法国的思想界和文学界，知趣者、吹牛者、拍马者、精神的利用者是怎样地多了，所以他便含着一种愤激这么说。

然而这是法国的文坛和思想界的事，日本的文坛和思想界又怎样呢？我读着巴比塞的声明，实在禁不住苦笑。因为在我的眼里，知趣者、吹牛者、拍马者、精神的利用者都一一以固有名词映出来了。

所谓知趣者是怎样的一伙呢？先是这样的。无产者的文学运动也已经很减色，从这方面是不会出头的了，还是想一点什么新奇的技巧使老主顾吃一惊罢。总而言之，只要能这样就好。于是想方法、造新感觉、诌新人生的一伙便是。其实，译为"知趣者"的，是 amateur，意思是"善于凑趣的人"。日本的一伙可是"善于凑趣"呢，固然说不定，然而是善于想去凑趣的人们却确凿的。

其次是吹牛者，这是可以用不着说明的，但姑且指示一点在这里。吓人地摆着艺术家架子，高高在上，有一点想到的片言只语，便非常伟大似的来夸示于世——其实大抵是文学青年之间——的人们，以及装着只有自己是一切的裁判官的脸相，摆出第一位的大作家模样，自鸣得意的人们，以及什么也不懂，却装着无所不懂的样子，一面悠然做着甜腻的新闻小说的人们便是这一伙。

一说到拍马者，读者大概立刻懂得的罢。吹牛者的周围倘没有这一种存在物，那牛便吹不大，于是跑来了，聚集了。以数目而论，这似乎要算最多。其中的消息我不很知道，但如讨了一个旧皮包便赞美作家，绍介了文稿便献颂辞为谢之类，是这一伙之中的最为拙劣的罢。

最后，精神的利用者却有些烦难。在这范畴之内，是可以包括许多种类的人们的，但从中只举出最为代表底的来罢。在近时，我得了和一个"知名"的文学者谈天的机会。他侃侃而谈，主张罗兰主义，而大讲社会主义的"低劣"的缘由。姑且算作这也好罢，然而又为什么不如罗兰那样，去高揭了那精神主义，直接呼唤国民，发起一种国民底运动的呢？无论是罗兰，是甘地，都并非单是谈谈那精神主义，后来便去上戏园，赴音乐会的。惟其如此，罗兰主义这才成了问题，生了同名异义。总之，像这样的文学者，就是在这范畴里的典型底的人。

倘从文坛和思想界除掉了那些要素，一想那所剩下的，以及巴比塞之所谓思想的人们，这是成了怎样凄凉的文坛和思想界呵？我以为其实凄凉倒是真的，现在的样子是过于热闹了，然而这是一点也没有法子可想的事。

但巴比塞是对于怎样的人们称为思想的人（penseur）的呢？倘若不加考查，就没有意义。据他所说，这是混沌的生命中所存在的观念（idée）的翻译者（traducteur）。于是成为问题的便是什么是"观念"了，巴比塞有时也用"真理"这字来代观念。总而言之，在混混沌沌的生活、生命里面的，一个发展底的法则，就是这。在人类之前，将这翻译出来的，是思想的人们，是巴比塞所要扳谈的对象。

我们所要扳谈的人，而在日本的文坛和思想界上所不容易寻到的，实在就是这样的思想的人们，这样的"知识阶级"。

一九二六年三月作　译自《转换期的文学》

# 现代文学的十大缺陷

［日］青野季吉

 

 

虽说现代文学其中也有各种的范畴和各种的流派的，极大之处，有资产阶级的文学和无产阶级的文学之别。而在那资产阶级的文学之中，则例如既有自然主义后派，而又有人道派、新技巧派——新感觉派——那样，在无产阶级文学里，也有就如现实派、构成派、表现派之流。因为在这些是无不各各有其特殊的基准和预期的，所以十把一捆地加以处理，原也不能说是正当。

然而，在这些全体上可以看出共通的特征来，却也是一个事实。而且这之所以发生者，乃是在叫作"现代"这一个共通的氛围气中的必然的结果，大约也无须多加解说了罢。那么，虽有各种的范畴、各种的流派，而将这作为全体加以处理，将其中的全体所共通的，或其大部分所共通的特征或缺陷指摘出来，也决不是不可能的事。

我曾经乘各种机会指摘过对于现代文学的我的不满，我所看出的现代文学的缺陷了。但在这里，却还想将现代文学的全体上或大部分上所通有的缺陷和我的不满总括底地列举出来。

自然，纵使项目底地列举起来，加以若干的说明罢，倘不寻检其由来，则不消说，还是看不见工作的全盘意义的。但要办这事，非这一篇所能做到。我只好举了我所看见的现代文学的大缺陷十件，加以多少的说明。倘若我的指摘能于现在的小说读者，尤其是占着大多数的女性读者，当遇见创作之际，能有什么启发，作唤起批评心来的一助，那么，我的企图也就达到了。

　　可以说是现在的小说，尤其是资产阶级的小说的通有性的，是那运用的材料，极其身边印象底、个人经验底的事，这是第一件缺陷。自然，一到称为大众文艺或通俗小说之类，是出了这范围的。然而极端地说起来，那些却并不是能称文艺的货色。作者所夸为纯文艺，大家所推许的作品，可以说，还几乎都是作者的个人经验的、个人印象底的东西。

　　现在有一句常用的"心境小说"的话，总之，是描写了作者的心境的小说的意思。这种小说是最能暴露了这缺陷的。个人的心境的描写，原亦可也，个人的经验和个人的印象，本来也很好。何况一切认识和一切考察都从这里出发，又是分明到不待说明的事呢。然而停留于此、耽溺于此，却不过是单单的个人的印象、个人的心境。在这里有多少价值呢？从个人的印象出发，将个人的心境扩大，这才生出打动别人的力量来。

　　这一缺陷已为文坛上具眼的人们所痛感了。因此暂时之间居然也不大触目了的事，也是一个事实。然而在既成作家的大部分里，还很可以看出这缺陷来。倘这无意力底的、消极底的心境不能脱却，那么，紧密底的作品大概是不会产生出来的罢。

　　从右的第一缺陷，当然发生的是现代小说中的无思想。这在我们是一个大大的不满，说这确是现代文学的大缺陷也可以的。

　　记得说是小说里无需思想，或将思想织在里面的小说是无聊之类的事，是曾经一时成过文坛的论题的。那时的议论的结果怎样地归结，现在已经忘记了，但在这里却似乎确是一个观念上的错误。

　　凡说小说里无需思想，将思想织在里面的小说是无聊者，大抵是将思想当作什么抽象底的东西了，解作生吞了的观念那样的东西了。如果思想是那样的非生命底的东西，则诚然，小说里用不着思想，将这样的东西胡乱编了进去的小说，是不纯到无以复加的。

然而漏了无思想的不满之际的所谓思想却并非这样的东西，是将社会底的现象或现实加以批判考察而得的一个活的观念之谓，是没有这样的思想的不满。

我们知道，在欧罗巴[1]的作家愈伟大，则这样的思想，显现于那作品上也愈浓。托尔斯泰如何？罗曼·罗兰如何？巴比塞如何？托勒尔（E. Toller）如何？在他们，没有这样的思想么？所以使他们伟大者，岂非倒是因为有这思想底根本力么？而且他们对于将这端的（入声）地，露骨地发表出来的事，是决不踌躇的。

这样的事，现在倒颇为减少了，曾经是，一说社会主义思想之类，在文坛上，便即刻当作抽象底的观念。试看正在手头的《新潮》（三月号）的合评，"阶级意识"这字，就被用成了全然滑稽的符牒似的没有内容的东西了。从这样的不留心、不认真之处，怎能生出具有强的思想底基调的艺术来呢？而在现今的日本的文坛所最应企望的，则是这样的具有强的思想底基调的艺术。


可以指摘为第三的缺陷者，是新的样式不能见于现代文学中。各种技巧上的工夫是在精心结撰，各种的形式是在大抵漫然采用的，然而作为样式，却还是传统底的东西，几乎盲目底地受着尊崇，而且这大抵还是自然主义文学所创出的样式。

这事，不但在资产阶级的文学上而已，虽在无产阶级的文学上也可以说得。没有新样式者，归根结蒂地说起来，也可以说，就是没有新文学。新的样式是必然地和新的文学相伴到这样子的。

自然，寻求新的样式的努力也时时可以看见，尤其是在无产阶

---

1　现译"欧洲"。——编者注

级的文学上，那苦闷，竟至于取了惨痛之形而表现着，但究竟也还未脱模仿欧洲之域，还未脱离了模仿而创出新的样式来。

这么一说，便有人会说，新的文学上的样式，是并非容易产生的东西。倘使社会底环境——例如表现派之在德国那样——不来加以酝酿……然而这果然真实的么？现在的日本的社会底环境是这样停滞底、沉静底的么？我并不这么想。日本的社会底现实是在要求着文学上的新的表现的样式的，我这样想，紧要关头，只在能否确然把握到那社会底现实。

文学之成为享乐底、无苦闷底如今日者，仿佛是未曾前有似的。文坛上曾将扑灭游荡文学的事大声疾呼了一些时，然而虽在那时，似乎文学之享乐底和无苦闷底倒并不如今日。

现在在文坛的一隅，要求着"明亮的"文学。换了话，便是不要刻骨般的、惊心动魄的、以凄惨的苦闷震耸读者的文学，而要譬如混入气体的电光似的、吸过一杯咖啡之后似的、靴音轻轻地踏着银座的步道似的、春天的外套似的、轻松的、明亮的、爽快的、伶俐的小说。这要求，大概不妨说，便是在证明现在的文学的倾向是成了怎样享乐底的、无苦闷底的东西了的罢。

先几天翻阅一种杂志，看见登着一个作家，说是因为自己的小说被一个名家评为"醉汉的唠叨"便很不高兴了的文章。那作家的成着问题的作品是否真是"唠叨"呢？我不得而知。但在先前，以相当的名家，而以"醉汉的唠叨"这批评加于文学作品的事，似乎是没有的。还有，因为遭了这样贬抑，而自辩为并非"唠叨"这类事，在文坛也是不很看见的现象。这样的事也会坦然做去，这倘不是实证着今日的文学成了怎样的非苦闷底、享乐底的事，又是什么呢？

我们记得，在自然主义文学运动当时的作品上，是有着更认真、更苦闷的，那认真和苦闷在迄今的经过中，从流行文坛完全失掉了，而继承了那认真和苦闷而起者，实在是无产者文艺。

作为第五的缺陷，我要指出现代文学之堕于技巧底的事来。在上文，我已将现代文学之停在个人印象底，成了无思想底、无苦闷底、享乐底的东西的事加以指摘了，由此而生的当然的结果，则文学便全成为技巧底。因为除此以外，要寻变化、求新鲜是做不到的了。

例如，有那称为"新感觉派"的现代艺术的一派，似乎要在新的感觉的世界里探求新的生命，便是他们的主张。然而那作品却明明白白地显示着那新的感觉这东西其实不过是技巧上的一种花样（Trick）。要之，不过是一种新的（？）技巧派。这样的一种流派，而文坛上已经颇加了承认的事实，便是在说明现在的文学的偏于技巧化的倾向的。

还有一个实证，是例如那宛然文坛既成作家的脑力试验一般的新潮合评会的内容。在那里，成为积极底的问题者，常是作品的技巧上的巧拙。将那内容，证明内容的思想之类，从广大的立场上加以讨论的事竟很少。友人松村正俊君在一篇小说月评上施以嘲讽道："关于技巧，则可看新潮合评会的历历的言说。"实在是很中肯的。

好像工人们大家聚会起来，交谈着技巧上的匠心者，是现在的许多的批评。其实这全不是什么批评，不过大家互相交谈着凿子的使用法、研磨法。近来多喜欢拉出老作家来，来倾听他们的批评这一个事实，也就很可以由此解释明白的。老名家的本领是技巧上的经验，于是细致的深入的"批评"反有待于老名家，这是起用老名家的动机。

其实，在现今的文坛上受着尊重者，不是像个批评的批评，而是并非批评的批评，不是批评家的批评，而是作家的"批评"。

这虽然并非现在特有的文坛现象，但现在颇为强烈地触着我们的眼睛的，是欧洲文学之模仿这一个可怜的事实。这事实不但在资产阶级文学上是一个事实而已，虽在无产阶级的文学上，在或一程度上，也是事实。

保罗・莫朗（Paul Morand）一被输入，则莫朗样的作品就出现。表现派一输入，即刻表现派、构成派一传来，即刻构成派这样的事做得很平常，至少从我们看来是这样的。莫朗，也好的罢。表现派、构成派，原也可以尊重的，然而仅是单单的模仿——模仿就是虚假——却毫无意味。这样的事是十分明白的，但这样地明白的事，却又怎样地毫不介意地就算完事了呵。

再举一个有趣的例子。最近，苏俄的文学上的意见的绍介是旺盛起来了。而绍介者之中，竟有当绍介时，装着仿佛要说"有这样的无产阶级文学上的意见，但在日本的无产阶级文学运动的阵营里，岂不是还没有知道么"一般的脸相的人物。而其实，却也有在日本的无产阶级文学运动的阵营内两三年前就已经成过问题了的东西。凡这些，也就是由于一听到是苏俄文坛上的事便以为总是赶先一步的模仿之所致的。

作为现代文学的第七样缺陷，我所要指摘的是现代文学太侧重于读者，受了商品化。

在资本主义经济之下，虽是文学上的作品罢，但一切生产物的无不商品化是一个法则。但这虽然是法则，要作不妨无抵抗底地顺应了它的口实，却是不行。艺术作品的商品化了起来的客观底必然性，我们是容认[2]的，但对于它的不可避性，我们却不能承认。

然而，现今的文学，倒是故意底地在求为完全的商品，总之，

2　现代汉语常用"容忍"。——编者注

以侧重读者为指导原理之一的文学，是正在流行。妥勒垒尔的《幸开曼》中的把戏棚子的主人这样说："皇帝和将军和教士和玩把戏的，这才是真的政治家，是混进民众的本能里去，左右民众的呀！"可惜在这里面，没有加进现代的日本的流行作家去，现今的流行作家是混进民众的享乐本能里去而左右民众的真的政治家。

在最近的文坛上，大众文艺或通俗小说等类常常成着问题了，而且问题的中枢倒常常放在读者上，而且媚悦读者的事又常常成着那论议[3]的基调。这事实，只要一看现今的称为大众文艺、叫作通俗小说的东西，就明白了。倘说，这是文坛上侧重读者的倾向，完全商品化的要求的一面的表现，恐怕也可以的。

诉于大众，获得俗众的文学，不是媚悦大众、趋附俗众的文学。为许多读者所阅读、所喝采[4]，并非一定是诉于大众、获得俗众的意思。这和尾崎行雄和永井柳太郎的演说即使博了"大众"的喝采，但决非诉于大众、获得俗众的事是一样的。

从现今的文坛之所准备，是决不会产生真的大众文学、通俗文学来的罢。


其次，我大体要指摘日本文学中一大分野的那无产阶级文学上所见的缺陷。这是指歇斯迭里[5]底的倾向而言。近时，我在一处的席上，曾说从现今的无产阶级的文学所当驱除者，是歇斯迭里底的倾向，便招了许多的反对，然而虽到现在，我还相信我的话是不错的。

我知道欧洲的表现派和构成派是决非发生于歇斯迭里底的头脑和感觉的。然而问题并不在这些的发生，乃在这些输入日本以来怎样地发展了，以至怎样地遭了变质。我在这里，是看见了怎样地

3  现代汉语常用"议论"。——编者注
4  现代汉语常用"喝彩"。——编者注
5  现代汉语常用"歇斯底里"。——编者注

歇斯迭里底的焦躁和轻浮。

倘不将这歇斯迭里底的焦躁和轻浮加以驱除，而且倘没有对于现实的冷静明彻的讨究的基础，则日本的无产阶级文学，我想，是终于要走进不可挽救的迷路去的。而且，倘没有那基础，则在日本，表现派和构成派，我想，也不会有真的发展的。

我要将现代文学大部分所通有的情绪上的一种倾向指摘为第九的缺陷，这便是虚无底的心情。以这为缺陷而加以指摘，我想，是要有许多非难的，但我仍然要指摘它，作为一种的缺陷。

现在的作家，大大小小，是都受着自然主义运动的洗礼的。因这缘故，便大抵带些无理想底的心境，即虚无底的心情。加以现在的作家，即使是无产阶级的作家罢，而有一部分是小资产阶级，或颇有一些小资产阶级的心境的，这也是使他们怀着虚无底的心境的原因。

在一方面，这也竟是运命底的事，然于对于这心情加以肯定或否定，则其间便生出大大的差别来。倘不征服这心情，而且不由意力底的、积极底的心情来支配，我相信，现代文学是终于不可救的，然而毫没有这心情的新人已将在文坛上出现，却也是事实。救文坛者，恐怕是这样的人们罢。

临末，我总括底地，将对于现代日本文学的我的不满、我所认为缺陷者，附加在这里。这是从历经指摘了的各节，当然可以明白的，那便是现今的文学上，并没有"变更世界"的意志。将世界样样地说明，样样地描写，样样地尝味，是现代文学之所优为的。然而紧要的事是"变更世界"，倘不能得，则无论怎样的文学出现，我总是不能满足的。

我已经列举底地指摘了日本文学的缺陷了。在这些中间，我处处启发底地夹入了一些话，但为免于误解起见，在这里再说一回。这各种的缺点，是根据于我的不满的。我的不满，是特殊底东西，所以指摘为缺陷之点，我想，就也不免于多是特殊的事。然而，这是当然的。

一九二六年五月作　译自《转换期的文学》

# 最近的高尔基

昇曙梦

一

今年三月二十九日，正值革命文豪高尔基（Maxim Gorky）诞生六十岁和他的文坛生活三十五周年，所以在俄罗斯，从这一日起，亘一星期，全国举行热闹的祝贺会，呈了空前的盛况。这之先，是网罗了各方面的代表者，组织起祝贺委员会来，苏联人民委员会议长雷科夫（Rykov）以人民委员会之名，特发训令，声明高尔基为劳动阶级、劳动阶级革命，以及苏维埃联邦尽力的大功，向全国民宣布了这祝贺会的意义。祝贺的那天，则联邦内所有一切新闻杂志都将全纸奉献高尔基，或发刊特别纪念号，或满载着关于高尔基的记事。又从墨斯科起，凡全国的公会堂、劳动者俱乐部、图书馆等，俱有关于高尔基的名人们的演讲，夜里，是各剧场都开演高尔基的戏曲。文学者在他生前，从国家用那样盛典来祝贺的例是未曾前有的。所惜者是祝贺会的主角高尔基本身，五年前以患病出国，即未尝归来，至今尚静养于意大利的梭连多，不能到会罢了。但从各人民委员长起，以至文坛及各团体的贺电，则带了在祖国的热诚洋溢的祝意，当这一日，山似的饰满了梭连多的书斋；一面又有欧洲文坛代表者们的竭诚的祝贺，也登在这一天的内外各日报上，使在意大利的新 Yasnaya Poliyana（译者按：L. Tolstoi 隐居之地）的主人诧异了。那里面，看见罗曼·罗兰（Romain Rolland）、茨威格（Stepfan Zweig）、施尼茨勒（Arthur Schnitzler）、滑舍尔曼（Jacob Wassermann）、巴开（Alphonse Paquet）、纪德（André Gide）、弗兰克（Leonard Frank）、显理克曼（Henrik Mann）、荷力契尔（Arthur Holitscher）、乌理支（Arnold Ulitz）、吉锡（Erwin Kisch）这些人们的姓名。高尔基的名声是国际底，所以那祝贺会也是国际底的。然而最表现了热烈的祝意者，那自然是在这革命文豪将六十年的贵重的生涯和三十卷一万页以上的作品奉献于自由解放了的劳农的俄国。

二

俄国文学的一时代确是和高尔基之名连系着，他的艺术是反映着那时代的伟大的社会底意义的。当高尔基在文坛出现时，正值俄国的经济底转换的时代，资本主义底要素战胜了封建地主底社会制度，新的阶级——劳动阶级初登那社会历史底舞台。从这时候起，高尔基的火一般的革命底呼号便在暴风雨似的扩大的革命运动的时代中朗然发响，虽在帝制临终的反动时代，也未尝无声。当帝国主义战争时，他也反对着爱国底热狂，没有忘却了非战论。此后，俄国的劳动阶级颠覆了资本家和地主的政权，开始建设起新生活来的时候，他虽然不免有些游移，但终于将进路和劳农民众结合了。现在虽然因为静养旧病住在棒喝主义者的国度中，但他却毫无忌惮，公然向全世界鸣资产阶级的罪恶，并且表明以真心的满足和欢喜，对于劳动阶级的胜利和成功，一面又竭力主张着和劳动阶级独裁的革命底建设底事业相协同提携的必要。

高尔基是在革命以前的俄国作为革命作家而博得世界底名声的唯一的文豪，他一生中，是遍尝了劳动阶级革命的深刻的体验的。自然，和过去的革命运动有些关系的天才底艺术家，向来也不少，例如安特来夫、库普林、契理罗夫等，就都是的。然而他们现在在那里了？他们不是徒然住在外国（译者按：安特来夫是十月革命那年死的），一面诅咒着祖国的革命的成功，一面将在那暗中人似的亡命生活中葬送掉自己的时代么？独有一个高尔基，在革命的火焰里面禁得起试练罢了。

<h2 style="text-align:center">三</h2>

高尔基的过去六十年的生涯中，三十五年是献给了文学底活动的。像高尔基的生涯那样，富于色彩和事件的，为许多文学家中所未有。他的许多作品是自叙传底，他的作品中的许多页很惹读者的心，都决非偶然的事。由高尔基的艺术而流走着的社会底现象的复杂和纷繁，大抵可以在他的作品和生涯中发见那活的反响。高尔基的文学和传记是将他的个性和创作力的不绝的成长示给我们的。他将那文学底经历从作为浮浪汉（Lumpen Proletariat）的作者，作为对于社会底罪恶和资本家的权力粗暴地反抗着的强的个性的赞美者开端，在发达历程中，则一面和劳动运动相结合，一面又永是努力，要从个人主义转到劳动阶级集团主义去。他不但是文艺上的伟大的巨匠，还是劳动运动史上的伟大的战士。我们不必再来复述谁都知道的高尔基在本国和外国的革命底活动了，倒不如引用他的旧友，又将他估计极高的故人列宁的话在这里罢。一九〇九年时，资产阶级的报纸造了一种谣言，说高尔基被社会民主党除名，和革命运动断绝关系了。那时列宁在《无产者》报上这样说："资产阶级报纸虽然说着坏话，但同志高尔基却宛如侮蔑他们一般，由那伟大的艺术品和俄罗斯以及全世界的劳动运动结合得太强固。"列宁是这样地，以用了艺术的武器，为革命底事业战斗着的强有力的同人

看待高尔基的。

在长久时光的高尔基的生活历程中，自然也有过动摇和疑惑的时代，也曾有误入旁途的瞬间。但这是因为他并非革命的理论家，也非指导者，而是用感情来容受生活的最为敏感的艺术家的缘故。在这样的瞬间，高尔基便从党的根本运动离开，难于明了各种思想和事件了。但虽然有了这样的错误，列宁却毫不疑心他和革命劳动运动的有机底结合。苏联的劳动阶级现在对于这伟大的文豪的过去的疑惑的瞬间也绝不介意。岂但如此，在这回的记念[1]会，倒是记忆着高尔基对于劳动阶级革命事业的伟大的援助，向他表示满心的感谢的。

## 四

这回的祝贺会也不独记念高尔基的过去的功绩和胜利，因为在他那过去的辉煌的革命底事业之外，还约束着伟大的现在和未来。高尔基最近的作品是显示着他新的创造底达成和那艺术底技巧的伟大的圆满的。他现在正埋头于晚年的大作，三部作《四十年》的成就，那第一部《克林撒谟庚的生活》刚在异常的期待之下出版了。这作品涉及非常广泛的范围，描写着从革命以前起，到革命后列宁入俄为止的近代俄国的复杂的姿态。他不远还要开手做关于新俄罗斯的创作，正在准备了。在最近的书信之一里，他这样地写着——

"我想于五月初回俄罗斯，全夏天，到我曾经留过足迹的地方去看看，这已经是决定了的。旅行的目的就在要看一看在我的生涯中的这五年之间，这些地方所做的一切事。我还想试做关于新俄罗斯的著述，为了这事，我早经搜集了许多很有兴味的材料了。但我

---

1 现代汉语常用"纪念"。——编者注

还必须（微行着）去看看工厂、俱乐部、农村、酒场、建筑、青年共产党员、专门学校学生、小学校的授课、不良少年殖民地、劳动通信员、农村通信员、妇女代表委员、回教妇人及别的各处，这是极重要的事务。每想到这，我的头发便为了动摇而发抖，况且又因为从全国的边鄙地方参与着新生活的建设的样样的渺小的人们也写给我许多极可感动的、有着可惊的兴味的信件。"

虽然寓居远方的意大利，高尔基是始终活在对于祖国的燃烧似的兴味里的。而于正在发达、复兴的苏俄有什么发生这一事也有非常的注意。

## 五

在十月革命的十周年纪念节，发表出来的《我的祝词》这一篇文章里，他这样地写着——

"苏维埃政权确立了。在苏维埃联邦，建设新世界的基础事实上也已经成就。所谓基础者，据我想，就是将受了奴隶化的意志，向实生活解放了的事，也就是对于行动的意志的解放。何以呢？因为生活是行动的缘故。至今为止，人类的自由的劳动，到处都被资本家的愚蠢而无意义的榨取所污秽、所暴压。而国家的资本主义底制度，则减少创造事物的快乐，将原是人类创造力的表现的那劳动弄成可以咒诅的事了，这是谁都明白的。但在苏维埃联邦，却觉得人们都一面意识着劳动的国家底意义，又自觉着劳动是向自由和文化的直接的捷径，一面劳动着。这样子，俄国的劳动者是已经不像先前那样挣得一点可怜的仅少的粮，乃是为自己挣得国家了。"他又说："俄国的劳动者是记着指导者列宁的遗训，学习着统治自己的国家，这是无须夸张的分明的事实。"

高尔基又在别一篇论文《十年》里以这样的话作结："人们对我说，这是夸张的赞美。是的，这确是赞美。我一生中，是将能爱的人们、能工作的人们，以及他的目的，是在解放人类的所有力量，以图创造，图将地上美化，图在地上建设起不愧人类之名的生活形式来的人们，看作真的英雄的。然而波雪维克却以一切正直的人所绝不置疑的成功和可惊的精力向这目的迈进着。全世界的劳动阶级已经懂得这事业的价值了。"

## 六

对于现代苏维埃文学和年青的作者们，高尔基的同情和兴味也很有炽烈之处的。我们在这里虽没有引用他寄给罗曼·罗兰的信的全文的余裕，但其中有云："现今在俄国，优美的文学是发达着、繁荣着的。"又，在最近的论文之一里，那结语是"所必需者，是对于青年文学者的大的注意和关于他们的深的用心。"

昨年之夏，苏维埃国立美术院院长珂干（P. Kogan）教授到意大利的梭连多访问高尔基的时候，曾和教授谈了苏俄的事许多时。珂干教授在印象记《在梭连多作高尔基的宾客》中，传着当时的情况——

"高尔基很注意的研究着俄国所行的一切事。他现正写着共有三部的庞大的小说（这就是上文说过的三部曲《四十年》），这至少是网罗着四十年间的俄国生活的雄篇。他决不如白党所言，是俄国之敌。关于苏俄，关于那达成，关于那科学，关于那文艺，他和我谈了许多事，谈得很长久，很高兴。他说：'这里是无聊的，但俄国有生活和动弹。'他拿着铅笔，读着苏俄新出版的各种书。他从苏维埃文学感到异常的喜欢，将这列在欧洲文学之上。第一流的作家不消说，便是第二流的作家，他没有涉猎其作品者，是一个也没有的……我因为要离开梭连多了，前去告别，到高尔基那里。他脸色苍白，似乎比平常冷淡。他说道：'今天我不像往常，是气喘。因为这病并非心脏系统的病，不要紧的，就会好的罢。'他现在和儿子儿妇和两岁的孙女，就是仅仅这几个家族一同过活。他那对于可爱的孙女的婉婉的爱情，令人记起他说过的'孩子是地上的花'这一句诗似的言语来。"

最近在墨斯科，文学者间以"高尔基和我们在一起么"这一个论题之下，开了讨论会，但我不幸竟没有机会，得读当时反对高尔基的作家们的演说，我所见的仅有绥拉斐摩微支的话，他是这样说的——

"在反动的黑暗时代，高尔基曾呼唤俄罗斯国民来战斗。在革命以先的时代，他于使我们的作家们从下层社会蹶起的事，也尽了伟大的职务。他现今虽在意大利，而常以贪婪一般的兴味把握着苏俄所发生的一切的事情。他逐栏通读着苏维埃的报章和年青的作家们通着很长的书信，并且收了他们的原稿，亲自指导其创作，对于苏维埃青年的生活，又有非常的兴味。不但这些，他还勇敢地呵斥着资产阶级报纸对于苏联的谗诬。这样，他是常和我们在一起的。"

## 七

在现代苏维埃文学上，要估计高尔基的伟大的价值，并不是容易事。第一，他先是劳动阶级艺术的开山祖师、最伟大的代表者。故人列宁曾为他确认了这光荣的称号，道："高尔基绝对地是劳动阶级艺术的最伟大的代表者。他为这艺术已经成就了许多事，但还能够成就更大的事的。"又，也如绥拉斐摩微支所说，高尔基是许多年间和刚开手的作家以及大众出身的文学者等，通着很长的音信的，从未曾不给回信。酌量了他们的商榷，总给一个适当的助言。就从这样的广泛的观察和深厚的用心中，他产生了对于无产阶级艺术将来的胜利的确信。

据高尔基自己所证明，则从一九〇六年到十年之间，由他看过的出于自修的作家之手的原稿，计有四百篇以上。"这些原稿的大多数——《契尔凯希》(Chelkash)的作者说——是才懂一点文学的人们所做的。这些原稿大概是永久不会印行的罢，然而其中铭记着活的人们的灵魂，直接地响着大众的声音，可以知道害怕那长到半年的冬夜的俄罗斯人，在想着什么事。"对于"撒散在广大的土地的表面的各种人们，那思想往往暗合着"的事，高尔基是很感到兴味的。他所搜集的统计底材料，恐怕是为将来的文学史底研究指路的东西罢。传统底的科学，对于诗的真髓，一向只寻解说于天才的奇迹底出现中，或于不知所从来的前代天才的影响中，但这岂不是就由大众的思想的暗合，又几经试练而产生的么？高尔基的这统计，为理解诗的本质是大众底现象起见，是提出了贵重的材料，并且为在优秀的作品中看见全阶级的集团底的创力的生产这一点给与了可能性的。这些无学以至浅学的诗人们（其名曰 Legion）是和现代苏维埃的杰出的劳动阶级作家们一同参加了自己们的诗和故事的创造了。劳动阶级诗是对于艺术指示着新的问题，同时在艺术批评之前也建立了新的目标，使研究家的注意在不知不觉中从文学底贵族主义转向为一切艺术的唯一的源泉的那民众生活和社会底斗争的深处去了。

"几乎回回如此——高尔基这样写着——每逢邮差送到那用了不惯拿笔的手，满写着字的两戈贝克纸的灰色本子来的时候，总附有一封信。那里面，是不大相识的人、相识的人、未曾见过面的人、接近的人，托我将作品'给看一遍'。并且要我回答：'我有才能没有？我有牵引人们的注意的权利没有？'——心为欣喜和悲哀所压榨，同时在他的内部，也炎上着大的希望，对于现今正在经验着非常辛苦的时代的祖国怀着恐怖，因此心也很苦恼……所谓为欣喜所压榨者，是因为不好的散文和拙稚的诗越发多起来，作者的声音越发勇敢地响起来。就是在下层生活里和世界连结了的人类的意识，是怎样地正在炎上着；在渺小的人物中，向着广大的生活的希求和对于自由的渴仰，是怎样地正在成长着；将自己的清新的思想发表出来，以鼓起疲乏了的亲近者的勇气，来爱抚悲凉的自己的大地的事，是怎样地正在热望着：凡这些，你是感到的罢。现在也这样，要站起来，使被压迫的民众挺直，勇敢，用了新鲜的力，开手来做创造新文化和新历史的全人类底事业这一个希望，是猛烈地得着势力的。"

在别的处所，高尔基说："我确信着，劳动阶级将能创造自己的艺术——费了伟大的苦心和很大的牺牲——正如曾经创刊了自己的日报一般。这我的信念，是从对于几百劳动者、职工、农民，要将自己的人生观、自己的观察和感情试来硬写在纸上的努力，观察了多时之后，成长起来的。"……"倘历史向着全世界的劳动阶级——高尔基对《劳动阶级作家第一集》的作家们说——说出八年间的反动之间，你们经验了什么，做成了什么来，则劳动阶级将要惊异于你们的心眼的出色的工作和勇气，你们的英雄气概（Heroism）的罢。自己所做的事，你们大概是并未意识到，也并未想过的，然而俄罗斯劳动阶级和我们的地球的全劳动社会，为了建设新的世界底文化的战斗，却将毫无疑义，从你们的先例里，汲上伟大的力量来。"

## 八

现代俄国许多知名的作家，那文坛底生活，很有靠着高尔基之处，是谁都公然证明的。又，于现代的读者，高尔基也有极大的感化力和意义。将这事实，比什么都说得更为雄辩的，是关于高尔基的作品的图书馆的阅览统计。据列宁格勒市立中央图书馆的统计，则所藏书籍的著者二千七百人中，多少总有一些读者的人，不过七百，其余的二千人，是全然在读者的注意的范围外的。而即此七百人之中，每日有人阅读的著者，又仅仅三十八人。这三十八人之中，见得有最大多数的需要者，是只有高尔基之作。在这图书馆里，昨年付与阅览人的书籍的统计，计高尔基的作品一千五百卷，托尔斯泰七百七十二卷，陀思妥耶夫斯基五百五十六卷。这数目字，即在说明他的作品在一切读书阶级中，被爱读得最多。再将这高尔基的千五百卷的阅览人加以种别，则学生九百九十六人，从业员二百三十二人，劳动者四百人。然而这是中央图书馆的统计，一到市外或街尾的劳动区域里，劳动者的数目就增加得很多了。再据列宁格勒的金属工人组合的文化部，特就六个文豪的调查的结果，则在金属工人之间，最被爱读的，也还是高尔基居第一位，其次是托尔斯泰。又从一千九十四个金属工人中，来征集高尔基作品中所最爱读的书名的回答，那结果，是《母亲》的爱读者五百三十四人，《幼年时代[2]》四百三十七人，短篇集三百八十七人，《Artamonov 家的事件》三百四十三人，《人间》三百十一人。"Foma Gordeev"三百一人，《Okurov 街》二百二十二人。推想起来，对于英雄底的劳动诗的高尔基的伟大的热情，以及对于作为征服自然、改造世界的根原[3]的那劳动的高尔基的信念，是使他的作品和读者大众密接地连系着的。对于人类的爱情，对于劳动和劳动的胜利的确信，将高尔基的艺术充满了伟大的勇气和生活的欢欣。虽在阴暗沉闷的场面的描写，毫不宽假的批评的处所，关于人类的弱点的悲哀的时候，从高尔基的作品的每页里，是也常常勇敢地响着对于生活、对于战斗的呼声的。

---

2　现译"童年"。——编者注
3　现代汉语常用"根源"。——编者注

# 九

关于作为艺术家的高尔基，似乎近来人们不大论及。但是，他的艺术底进化，决不是已经达了完成。较之十年乃至十五年前，还更强有力地施行着。作为艺术家的高尔基，是决未曾说完了最后的话，也没有将自己的创造之才一直汲完到底的。

高尔基的最近的作品，几乎全部是属于回忆录这一类。连登在杂志《赤色新地》的自叙传底作品的一部，此后在《我的大学》的标题之下集成一卷，从柏林的俄国书肆克尼喀社出版。一看这样地汇成一本的短篇，我们便可以明白这是怎地伟大的文学底事件，也可以明白这在高尔基的创作底历程上是怎地重大的阶级。在属于同类的此后的作品中，有《巫女》《火灾》、N. A. Bugrov、《牧人》《看守》《法律通人》等，那大部分是和《我的大学》一样，可以站在高的水平线上的。

高尔基的回忆，和卢梭的《自白》、歌德的《空想和事实》那样的古典式的回忆是两样的，这两人的古典底的作品虽各不同，但有一个共通之点，这便是想将作者本身的内面底发达的全径路，汲取净尽的欲求。无论是卢梭、是歌德，态度是不同的，然而作为著作的中心者，是作者本身、是作者的个性、作者的生涯。但是，高尔基的作品却并不如此。在那里面，作者的个性降居第二位，占着主要地位的是作者所曾经遇见的各种许多独特的人们的特色底相貌。有人说过，歌德的自叙传可以将书名改题为《天才在适当的事情之下怎样地发达》。高尔基也一样、将内面底、精神底发达的历程，固然也描写了不少，但倘说那么对于他的回忆录，可用《天才底作者在不利的情况中怎样地发达》的书名，却是不能够的。高尔基的回忆录是关于人们的书籍。"看哪，周围有着多么有味的人们呵！"仿佛作者像要说，"我切近地接触了几十、几百的人们了。他们是多么有色彩、独特，而且各不相似的人们呵。他们也烂醉，也放荡，也偷东西，并且也收贿赂，也凌虐女人和孩子，因为争夺住处而杀人，在暗中放火。然而他们是多么天才底的，充满着力和未曾汲完的潜力的人们呵！"

<h1 style="text-align:center">十</h1>

在契诃夫的作品上，俄罗斯全部是由"忧郁的人们"所构成的，在高尔基的作品上，则由独创底的人们所构成。契诃夫是不对的，或者高尔基也不对，但总之他近于真实。高尔基当作一种独特的现象，和各个人相接触，一面深邃地窥觑[4]那内面底本质，竟能够将在那里的独特的东西发见了。契诃夫的世界，大抵是千八百八十年代至九十年代的有些混沌而无色采的知识阶级的世界，但高尔基的世界，则是那时的昏暗的，不为文化之光所照的世界，然而是平民的世界，富有色采，更多血气的。高尔基对于乐天主义的强烈的倾向即出于此。契诃夫是平板单调的，高尔基却从极端跳到极端去。从对于音乐、歌、力、高扬的欢喜，急转而为对于无意义的人生的绝望的发作。有时也从对于劳动的紧张和欢喜的肉体底陶醉，一转而忽然沉在自杀的冲动中了。但虽然如此，要之，契诃夫之作是笼罩着忧愁，高尔基之作是弥漫着乐天主义的。

读契诃夫时，我们便为一种疑惑所拘絷。在出了他的忧郁的人们，凡涅小爹，箱子里的男人之后，怎么会发生革命呢？从契诃夫的俄国到一九〇五年（第一次革命）的俄国的推移，是不可解的、

---

4　现代汉语常用"窥伺"。——编者注

不可能的。关于这一端，高尔基却比契诃夫答得好得远。我们在他的回忆底作品里，能够看见劳动者和农民之间的各样思想的底流，也可以看见革命前期的特色底的情绪（老织匠普不佐夫对于资本家的憎恶，铁匠沙蒲希涅珂夫和神的否定，以民情派社会主义者罗玛希为中心的农民会，大学生的革命底团体等）。高尔基的回忆录，即使那艺术底价值又作别论，而作为近代俄国的文化史料，尤其是作为加特色于一八九〇年代的记录是有很大的意义的。

高尔基最近的作品，在作风上，令人记起他的《幼年时代》来。有些短篇，则几乎站在《幼年时代》的同列上。例如《看守》《初恋》《巫女》《我的大学》等是。《看守》是有特殊之力的作品，在这里面，他将先前为他的根本底缺点之一的推理癖完全脱去了。而且使作品中的人物自己来说话，其结果是能够创造了非常鲜明的 Type 和场面。《初恋》也是优秀的作品，写得极率直、极真实，而且鲜浓。《火灾》也是明朗的诗。《我的大学》和 N. A. Bugrov 是社会底的大画卷，在我们的眼前，从中展开一八九〇年代的俄国乡间的情状来。

如上所述，高尔基是准备于近日回俄国去的，当苏俄将那力量和注意都集中于解决社会文化底建设的伟大的问题的今日，则高尔基和敬慕他的劳农大众的邂逅将成为有着伟大的文化史底意义的事件，是毫无疑义的罢。

一九二八年作　译自《改造》第十卷第六号

译丛补

论文

# 罗曼·罗兰的真勇主义

［日］中译临川　生田长江

## 一　罗曼·罗兰这人

罗曼·罗兰是生在法国的中部叫作克朗希这小镇里的，其时是一八六六年，他是勃尔戈纽人的血统。那降生地原是法兰西的古国戈尔的中心，开尔忒民族的血液含得最多的处所，出了许多诗人和使徒，贡献于心灵界的这民族的民族底色采，向来就极其显著的。

他先在巴黎和罗马受教育，也暂住在德国。最初的事业是演剧的改良，因此他作了四五篇剧本。一八九八年，三幕的《亚耳》在巴黎乌勃尔剧场开演，就是第一步，此后便接着将《七月十四日》《丹敦》《狼群》《理性的胜利》等一串的剧曲做给巴黎人。这是用法国革命作为题材，以展开那可以称为"法兰西国民的《伊里亚特[1]》"的大事故的精神，来做专为民众的戏剧的。民众剧、为民众的艺术——这是他的目标。一九○三年他发表一卷演剧论，曰《民众剧》，附在卷末的宣言书中，曾这样说——

艺术正被个人主义和无治底混乱所搅扰，少数人握着艺术的特权，使民众站在远离艺术的地位上……要救艺术，应该挖取那扼杀艺术的特权；应该将一切人收容于艺术的世界，这就

---

1　现译"伊利亚特"。——编者注

是应该发出民众的声音；应该兴起众人的戏剧，众人的努力都用于为众人的喜悦。什么下等社会呀、知识阶级呀那样，筑起一阶级的坛场来的事，并不是当面的问题。我们不想做宗教、道德，以至社会这类的一部分的机械。无论过去的事物、未来的事物，都不想去阻遏，就有着表白那所有的一切的权利。而且只要这不是死的思想，而是生命的思想，只要使人类的活动力得以增大者，不问是怎样的思想，都欢喜地收容……我们所愿意作为伴侣的，是在艺术里求人间的理想，在生活里寻友爱的理想的人们的一切，是不想使思索和活动、使那美、使民众和选民分立开来的人们的一切。中流人的艺术已成了老人的艺术了。能使它苏生、康健者，独有民众的力量。我们并非让了步，于是要"到民间去"，并非为了民众来显示人心之光，乃是为了人心之光而呼喊民众。

他的艺术观怎样，借此可以约略知道了罢，他是着了思想家以至艺术家的衣服的，最勇敢而伟大的人道的战士。

此后，他以美术及音乐的批评家立身，现在梭尔蓬大学讲音乐史，关于音乐的造诣，且称为当今法兰西的权威。他的气禀的根柢，生成是音乐底的。他自己也曾说："我的心情不是画家的心情，而是音乐家的心情。"他的气禀，是较之轮廓，却偏向于节奏；较之静，则偏向于动；较之思索，则偏向于活动的。要明白他的思想，最要紧的是先知道他的特征。孕育了彻底地主张活动和奋斗的他的英雄主义的一个原因，大概就在此。他倾倒于音乐家贝多芬，写了借贝多芬为主要人物的小说《约翰·克利斯朵夫》的事，似乎也可以看出些消息来。《约翰·克利斯朵夫》的主要人物这样地说着——

你们就这么过活，没有放眼看看比近的境界较远的所在，而且以为在那境界上，道路就穷尽了。你们看看漂泛你们的波，但没有看见海。今日的波，就是昨日的波，给昨日的波开道的，乃是我们的灵魂的波呵。今日的波，掘着明日的波的地址罢。而且，明日的波，向往着今日的波罢……

他的音乐的感受性，又是使他抓住了生命全体的力量，是生活于全意识的力，全人格底地生活着的力，明白地、强力地、看着永远的力，宗教底地生活着的力。要而言之，是使他最确实地抓住那生命、最根本底地践履这人生之路的力。

伯格森的哲学，从一方面看也是音乐底的。泰戈尔不俟言。晚近的思潮，大概都有着可以用"音乐底的"来形容它的一面，这是大可注意的事实。

罗曼·罗兰的面目显现得最分明的，在许多著作中，画家密莱的评传《弗兰梭跋密莱》、音乐家贝多芬的评传《贝多芬传》、美术家米开朗基罗的评传《米开朗基罗传》、文豪托尔斯泰的评传《托尔斯泰传》之外，就是长篇小说《约翰·克利斯朵夫》罢。就中，《贝多芬传》和《约翰·克利斯朵夫》，大概是要算最明白地讲出他的英雄主义的。以下，就想凭了这两种著作来介绍一点他的主张。

## 二 "贝多芬"

他那序《贝多芬传》的一篇文章，载在下面——

大气在我们的周围是这么浓重，老的欧罗巴在钝重污浊的雾围气里面麻痹着，没有威严的唯物主义压着各种的思想，还妨碍着政府和个人的行为。世界将闷死在这周密而陋劣的利己主义里，世界闷死了——开窗罢！放进自由的空气来罢！来呼吸英雄的气息罢！

人生是困苦的。她，在不肯委身于"灵魂底庸俗"的人们，是日日夜夜的战斗，而且大抵是没有威严，没有幸福，转战于孤独和沉默之中的悲痛的战斗。厌苦于贫穷和艰辛的家累，于是无目的地失了力，没有希望和欢喜的光明，许多人们互相离开了，连向着正在不幸中的兄弟们伸出手来的安慰也没有。他们不管这些，也不能管，他们没有法，只好仰仗自己。然而就是最强者，也有为自己的苦痛所屈服的一刹那。他们求救，要一个朋友。

我在他们的周围来聚集些英雄的"朋友"，为了幸福而受大苦恼的灵魂者，就因为要援助他们。这"伟人的传记"并非寄与[2]野心家的自负心的，这是献给不幸者的。然则，谁又根本上不是不幸者呢？向着苦恼的人们献上圣洁的苦恼的香膏罢。在战斗中，我们不止一个。世界之夜辉煌于神圣的光明。便是今日，在我们左近，我们看见最清纯的两个火焰，"正义"和"自由"的火焰远远地辉煌着。毕凯尔大佐和蒲尔的人民，他们即使没有点火于浓重的黑暗，而他们已在一团电光中将一条道路示给我们了。跟着他们，举一切国度、一切世纪，孤立而散在的，跟在他们那样战斗的人们之后，我们冲上去罢，除去那时间的栅栏罢，使英雄的人民苏生罢。

仗着思想和强力获得胜利的人们，我不称之为英雄，我单将以心而伟大的人们称作英雄。正如他们中间最为伟大的人们之一——这人的一生，我们现在就在这里述说——所说那样：

---

2  现代汉语常用"寄予"。——编者注

"我不以为有胜于'善'的别的什么标识。"品性不伟大的处所，没有伟大的人，也没有伟大的艺术家和伟大的实行者。在这里，只有为多数的愚人而设的空洞的偶像。时间要将这些一起毁灭。成功在我们不是什么紧要事，只有伟大的事是问题，并不是貌似。

我们要在此试作传记的人们的一生，几乎常是一种长期的殉教。即使那悲剧底的运命，要将他们的魂灵在身心的悲苦、贫困和病痛的铁砧上锻炼；即使因为苦恼，或者他们的兄弟们所忍受着的莫可名言的耻辱，荒废了他们的生活，撕碎了他们的心，他们是吃着磨炼的逐日的苦楚的；而他们实在是因精力而伟大了，也就是实在因不幸而伟大了。他们不很诉说不幸。为什么呢？就因为人性的至善的东西和他们同在的缘故。凭着他们的雄毅，来长育我们罢！倘使我们太怯弱了，就将我们的头暂时息在他们的胸间罢。他们会安慰我们的，从这圣洁的魂灵里，会溢出清朗的力和刚强的慈爱的奔流来。即使不细看他们的作品，不听到他们的声音，我们在他们的眼中，在他们一生的历史中——尤其是在苦恼中——领会到人生是伟大的，是丰饶的，而决不是幸福的。

在这英雄群的开头，将首坐给了刚健纯洁的贝多芬罢。他自己虽在苦恼中间，还愿意他的榜样，能做别的不幸者们的帮助。他的希望是"不幸者可以安慰的，只要他知道了自己似的不幸者之一，虽然碰着一切自然的障碍，却因为要不愧为'人'，竭尽了自己所能的一切的时候"。由长期的战斗和超人底努力，征服了他的悲苦，成就了他的事业——这如他自己所说，是向着可怜的人类吹进一点勇气去的事——这得胜的普洛美迢斯，回答一个向神求救的朋友了："阿，人呀，你自助罢！"

仗了他的崇高的灵语，使我们鼓舞起来罢。照了他的榜样，使对于人生和人道的"人的信仰"苏生过来罢。


这也可以看作他的英雄主义的宣言书。

"开窗罢！放进自由的空气来罢！来呼吸英雄的气息罢！"

真的英雄主义——这是罗兰的理想。惟有这英雄主义的具现的几多伟人，是伏藏在时代精神的深处，常使社会生动，向众人吹进真生活的意义去。这样的伟人是地的盐，是生命的泉。作为这样的伟人之一，他选出了德国的大音乐家贝多芬了。贝多芬也是那小说《约翰·克利斯朵夫》的主要人物的标本。

贝多芬是音乐家，然而他失了在音乐家最为紧要的听觉，他聋了。恋爱也舍弃了他，贫困又很使他辛苦。他全然孤独了。像他，贝多芬的生涯一样，只充满着酸苦的，另外很少有。但在这样酸苦的底里，他竟得到勇气，站了起来。他虽在苦哀的深渊中，却唱出欢喜的赞颂。"这不幸者，常为哀愁所困的这不幸者，是常常神往于歌唱那欢喜的殊胜的。"到最后，终于成功了。他实在是经过悲哀而达到大欢喜的人，是将赤条条的身体站在锋利而夥多的运命的飞箭前面，在通红的血泊的气味里露出雍容的微笑的人。他在临死的枕上，以平静的沉著[3]，这样地写道："我想，在完全的忍耐中，便是一切害恶，也和这一同带些'善'来。"他又这样写道："阿，神呵！从至高处，你俯察我心情的深处罢。你知道，这是和想要扶助人们的愿望一起，充满着热爱人们的心的！人们呵！倘有谁看见这，要知道你们对于我是错误的。使不幸者知道还有别一个不幸者，虽然在一切自然底不利的境遇中，却还仗着自己的力，成就了在有价值的艺术

---

3　现代汉语常用"沉着"。——编者注

家和人们之间可以获得的一切,给他去安慰自己罢。"

实在,惟贝多芬是勇气和力的化身,是具现了真的英雄主义的大人物。以感激之心给他作传的罗兰,在那评传的末段中,说道——

亲爱的贝多芬呵!许多人赞赏他艺术底伟大。但是他做音乐家的首选,乃是容易的事情。他是近代艺术的最为英雄底的力,他是苦闷着的人们的最伟大而最忠诚的朋友。当我们困窘于现世底悲苦的时候,到我们近旁来的正是他。正如来到一个凄凉的母亲跟前,坐在钢琴前面,默着,只用了那悲伤的忍从之歌,安慰这哭泣的人一样。而且,对于邪恶和正当的不决的永久的战斗,我们疲乏了的时候,在这意志和信仰的大海里得以更新,也是莫可名言的庆幸。

从他这里流露出来的勇气的感染力、战斗的幸福、衷心感动神明的良心的酩酊。似乎他在和自然的不绝的交通中竟同化于那深邃的精力了。

又,对于他那勇敢的战争所有的光荣的胜利,是这样说——

这是怎样的征服呵,怎样的波那巴德的征战,怎样的奥斯台烈的太阳,能比这超人底的努力的荣光,魂灵所赢得的之中的最辉煌的这胜利呢?一个无聊的、虚弱的、孤独的、不幸的男子,悲哀造出了这人。对于这人,世界将欢喜拒绝。因为自己要赠与世界,他便创造了欢喜。他用了他的悲运来锻炼它,这正如他所说,其中可以包括他一生的,为一切英雄底精神的象征的,崇高的言语一样:"经过苦恼的欢喜。"

# 三　真实与爱

罗曼·罗兰在贝多芬那里，看见了理想的真英雄。他给英雄——伟人的生活下了一个定义，是不外乎 The Heroic 的探求。世间有便宜的乐天主义者，他竭力从苦痛的经验遁走，住在梦一般淡淡的空想的世界里。世间又有怠惰的厌世主义者，他就是无端地否定人生，回避人生，想免去那苦痛。这都是慑于生活的恐怖，不敢从正面和人生相对的乏人、小结构的个人主义者。他说："世间只有一种勇气，这就是照实在地看人世——而且爱它。"不逃避，不畏惧，从正面站向人生，饱尝了那带来的无论怎样惨苦，怎样害恶，知道它，而且爱它罢。正直地受着运命的鞭笞，尽量地吃苦去，但决不可为运命所战败，要像贝多芬似的，"抓住运命的咽喉，拉倒它"。这是他的英雄主义的真髓。

他又这样说："生活于今日罢。无论对于何日，都要虔诚。爱它，敬它，不要亵渎它，而且不要妨害那开花的时候的来到。"

罗曼·罗兰的这样的英雄主义，是取了两个形状而表现。就是，在认识上，这成为刚正的真实欲；在行为，则成为宣说战斗的福音的努力主义。

刚正的真实欲——他是始终追求着真实的——伏藏在时代精神的深处，常使社会生动，向众人吹进真生活的意义的伟人，也必须是绝对真实的人。他们必须是无论在怎样的情况，用怎样的牺牲，总是寻真实、说真实的人。他在那《米开朗基罗传》中说："什么事都真实！我不至于付了虚伪的价钱，预定下我的朋友的幸福。我倒是付了幸福的价钱，将真实——造成永久的灵魂的刚健的真实——约给他们。这空气是荒暴的，然而干净。给我们在这里面洗洗我们寡血的心脏罢。"

他最恶虚伪，但他的崇敬真实，却不单是因为憎恶虚伪的缘故，他在真实的底里看见"爱"了。他想，真实生于理解，而理解则生于爱。要而言之，真实是要爱来养育的。他的所谓爱，决不是空空的抽象底观念，也不是繁琐[4]的分析的知识，乃是从生命的活活的实在所造成，即刻可以移到实行上去的东西。为爱所渗透的真——这是他所谓真实。他曾这样地说："他读别人的思想，而且要爱他们的魂灵。他常常竭力要知，而且尤其要爱。"他是寻求着绝对的真实的，然而还没有主张为了真实，连爱也至于不妨做牺牲。惟这实在是他的英雄主义的始，也是末。他在《约翰·克利斯朵夫》第七卷里，借了克利斯朵夫和他朋友的交谈，这样说——

　　阿里跋："我们是不能不管真实的。"

　　克利斯朵夫："是的。但我们也不能将真实的全部说给一切人。"

　　阿："连你也说这样的话么？你不是始终要求着真实的么？你不是主张着真实的爱比什么都要紧的么？"

　　克："是的。我是要求着为我自己的真实，为了有着强健的脊梁能够背负真实的人们要求着真实。但在并不如此的人们，真实是残忍的东西，是呆气的东西。这是到了现在才这样想的，假使我在故乡，决不会想到这样的事的罢。在德国的人们，正如在法国的你们一样，于真实并没有成病。他们的要活太热中[5]了。我爱你们，就因为你们不像德国人那样。你们确是正真[6]的，一条边的，然而你们不懂得人情。你们只要以为

4　现代汉语常用"烦琐"。——编者注
5　现代汉语常用"热衷"。——编者注
6　现代汉语常用"真正"。——编者注

发见了什么一个真实了，就全像烧着尾巴的《圣经》上的狐狸似的，并不留心到那真实的火可曾在世上延烧，只将那真实赶到世上去。你们倘若较之你们的幸福，倒是选取真实，我就尊敬你们。然而如果是较之别人的幸福……那就不行，你们做得太自由了。你们较之你们自己，应该更爱真实。然而，较之真实，倒应该更爱他人。"

阿："那么，我们就不能不对别人说谎么？"

克利斯朵夫为要回答阿里跋，就引用了歌德的话。

我们应该从最崇高的真实中，单将能够增进世间幸福的真实表白。其余的真实包藏在我们的心里就好，这就如夕阳的柔软的微明一般，在我们的一切行为上，发挥那光辉的罢。

他所写的，还有下面那些话——

阿："我们来到这世上，为的是发挥光辉，并不是为了消灭光辉。人们各有他的义务。如果德皇要战，给德皇有一点用于战争的军队就是了，给他有一点以战争为职业的往古似的军队就是。我还不至于蠢到空叹'力'的暴虐来白费时间。虽然这么说，我可没有投在力的军队里，我是投在灵的军队里的。和几千的同胞一同，在这里代表着法国。使德皇征服土地就是了，如果这是他的希望。我们，是征真实的。"

克："要征服，就须打胜。像洞窟的内壁所分泌的钟乳似的，从脑髓分泌出来的生硬的教条（dogma），并不就是真实，真实乃是生命。你们在你们的脑里搜寻它，是不行的，它在别人的心里。和别人协力罢,只要是你们要想的事,无论什么,都去想去罢。但是你们还得每天用人道的水来洗一回。我们应该活在别人的生活里,应该超过自己的运命,应该爱自己的运命。"

看以上的对话,罗曼·罗兰的所谓真实是怎么一回事,已可以窥见大略了罢。在他,是真实即生命,也就是爱。他的心,是彻底地为积极底的爱的精神所贯注的。

## 四　战斗的福音

他的英雄主义,一面成为刚正的真实欲,同时,一面则成了宣说战斗的福音的努力主义而显现。

他将人生看作一个战场,和残酷的恶意的运命战斗,战胜了它,一路用自己的手,创造自己的,是人类进行的唯一的路。他将忍一切苦——忍苦之德,看得最重大。赞叹密莱忍苦的生涯,在"那历日上是没有祭祝日"的密莱的始终辛苦的身世上,看见了真英雄的精神。又曾说:"像受苦和战斗似的平正的事,另外还有么?这都是宇宙的骨髓。"罗兰这样地力说忍苦,是极其基督教底的,但同时赞美战斗之德,以尼采一流的强有力的个人主义为根据,则与基督教反对。他的主张是彻底地积极底的。他不说空使他人怯弱的姑息之爱,也没有说牺牲之德,他使克利斯朵夫这样说:"我没有将自己做过牺牲。假使我也有过这回事,那是自己情愿的。自己对于自己愿做的事,没有话说。不去做自己该做的事,是人类的不幸、苦楚。再没有比牺牲这话更蠢的了,那是魂灵穷窘的教士们,混同了新教底忧郁的麻痹了的艰涩的思想……如果牺牲不是欢喜,却是悲哀的种子,那么,你还是停止了好。你于这是不相宜的。"

他将爱看得比什么都重。但是，这爱并非将自己去做牺牲的爱，乃是将自己扩充开来的爱，也不是暂时的为感情所支配的感伤底的爱，乃是真给其人复活的积极底的爱、透彻了自己和他人的生命的根本的真的爱。真的勇气就从这样的爱孕育出来。他的英雄主义的中心，要而言之，即在真爱上的战斗。

战斗——人生就是战斗，不绝的战斗，而这是为生命的战斗。据罗兰的话，是再没有更奇怪的动物，过于现在的道德家的了。他们看着活的人生，而不能懂，更何况意志于人生的事呢？他们观察人生，于是说："这是事实。"然而他们毫没有想要改变这人生的志向。即使有欲望，而和这相副的力量也不足。罗兰的努力主义，第一，是在宣传为生命的战斗。他说："我所寻求的，不是平和，而是生命。"由战斗得来的平和，也就酿成战斗。这样，人生便从战斗向战斗推移。但是，在这推移之间，生命就进化着。我们的战斗的目的不是平和，是在无穷无尽地发展进化前去的这生命。《约翰·克利斯朵夫》中有着这样的会话——

克利斯朵夫："我是只为了行为而活着的。假使这招到了死亡的时候，在这世界上，我们总得选取一件：烧尽的火呢，还是死亡？黄昏的梦的凄凉的甜味，也许是好的罢，但在我，却不想有死亡的先驱者似的这样的平和。便是在火焰上，就再加薪，更多，再多。假如必须，就连我的身子也添上去。我不许火焰消灭。倘一消灭，这才是我们的尽头，万事的尽头哩。"

阿里跋："你说的话，古时候就有的，是从野蛮的过去传下来的。"

这样说着，他就从书架上取出一本印度的诗集，读了起来——

"站起来，而且以断然的决心去战斗！不管是苦是乐，是损是益，是胜利，是败北，但以你的全力去战斗！……"

这时，克利斯朵夫便赶紧从朋友的手里抢了那书，自己读下去——

"我，在世间，无物足以驱使我。在世间，无物不为我所有，然而我还不停止我的工作。假如我的活动一停止，而且不显示世人的可以遵循的轨范，一切人类就会死罢。假如即使是一刹那间，我停止了我的工作，世界就要暗罢。这时候，我便成为生命的破坏者罢。"

"成为生命，"阿里跋插口说，"所谓生命，是什么呢？"

克利斯朵夫道："是一出悲剧。"

所谓生命者，确是一出悲剧，是从永不完结的战斗连接起来的悲剧。然而生命却靠了这战斗而进化，宿在我们里面的神，是为了这生命的战斗，使一切牺牲成为强有力的。

其次，来略窥他那长篇《约翰·克利斯朵夫》的一斑罢。

## 五　"约翰·克利斯朵夫"

《约翰·克利斯朵夫》是前后十卷，四千余页的长篇，曾经算作小说，揭载在一种小杂志上，经过了好几年这才完成的。

说是描着乐圣贝多芬的影子的书中要人克利斯朵夫，在德意志联邦的村里降生，是宫廷乐师克赖孚德的儿子。他十岁时，才听到贝多芬的音乐，非常感动了——

他用耳朵的根底听这音响。那是愤怒的叫唤，是犷野的咆哗。他觉得那送来的热情和血的骚扰，在自己的胸中汹涌了。他在脸上感到暴风雨的狂暴的乱打。前进着、破坏着，而且以伟大的赫尔鸠拉斯底意志蓦地停顿着。那巨大的精灵沁进他的身体里去了，似乎吹嘘着他的四体和心灵，使这些忽然张大。他踏着全世界矗立着，他正如山岳一般，愤怒和悲哀的疾风暴雨搅动了他的心……怎样的悲哀呵……怎么一回事呵！他强有力地这样地自己觉得……辛苦，愈加辛苦，成为强有力的人，多么好呢……人为了要强有力而含辛茹苦，多么好呢！

被贝多芬所灵感的克赖孚德，当少年时候，已经自觉那力量了。他一步一步踏碎了横在自己面前的障碍，向前进行，什么也不惧惮、不回避，从正面和这些相对。绝不许一点妥协、一点虚伪。而且和苦难战斗，愈是战斗，就觉得自己更其强，也成为更其大。他对于人生的不正当、罪恶、悲痛都就照原样地看，但是雄赳赳地跨了过去，向着贝多芬之所谓"经过苦恼的欢喜"前行。

他到了十五岁时的有一夜，那放荡的父亲死于非命了。当看到他成为人生的劣败者，躺在面前的那死尸的时候，克利斯朵夫就深切地感到："在'死'这一件事实的旁边，所有事物，是一无足取的。"他几乎落在"死"的蛊惑的手里，但神的声音却将他引了回来。他知道了人生应该和决不可免的战斗相终始。他知道了要在这世上，在"人"这名目上成为相当的人，则对于动辄想要剉碎生命之力的暴力，应该作无休无息的战斗。神告诉他说——

"去，去，决不要休止！"

"但是，神呵，我究竟往那里去呢？无论做什么，无论到那里，归结岂不是还是一样么？就是这样，岂不是'死'就是尽头么？"

"向着神去，你这无常者。到苦痛里去，你这该得苦痛者。人的生下来，并非为有幸福，是为了执行我的法则。苦罢，死罢。然而，应该成为一个富有者——应该成为一个人。"

这样，他就在人生的战场上，继续着无休无息的战斗。罗兰所描写的克利斯朵夫的一生，委实是惨淡的战斗的一生。

于是克利斯朵夫开始自觉到自己的天才了，他感到摇撼他全身的创造的力。创造者——"就是乘驾着生命的暴风雨，也是'实在的神'，是征服'死亡'。"

克利斯朵夫这样地意识到自己的力，放眼看看外面时，首先看见的是他本国（德国）人民的生活的虚伪。他大抵由音乐的知识看出德意志精神的欠缺来。他们将无论怎么不同的音乐都和啤酒和香肠一起，一口喝干——这所谓"德意志底不诚实"的本源，他以为即出于那神经过敏，病底感伤性，似是而非的理想主义等。"无论到那里，都是一样的懦怯，一样的异性底的快活的欠缺。无论到那里，都是一概的冰冷的热心，一样的夸张的虚假的尊严——无论在爱国心上、在喝酒上、在宗教上。"罗兰借着克利斯朵夫，将一个颇为辛辣的批评给了德国。但同时，对于法国也加以毫无假借的批评，不能相容，离开德国的克利斯朵夫到巴黎，看见发出"尸香"的世界人（Cosmopolitan）的社会了。今天的人，时髦的人，文士、音乐家、新闻记者、犹太人、银行家、律师、阔太太、妓女——竭尽了所有种类的人们的豪华和奢侈，在宴会上、赛马场中、场尾的小饭店里聚会，扬尘震耳，代表着法兰西。使他不快的，尤其是占着这社会的妇女的优胜的地步。克利斯朵夫说："她占着太不平均的位置。单说是男人的同伴，她是不能满足的，即使说是和男人同等，也不能满足。她的夸耀，是在做男人的法则。于是男人这一面就服从了——自古以来，久远的女性就将向上底的影响给与优越的男人。但是，在常人，尤其是在颓唐的时代，却有使男子堕落的别种的久远的女性。这是支配巴黎人，并且支配这共和国的女性。"

克利斯朵夫在德国即反抗德国的虚伪，到法国又反抗法国的惰弱。虚伪和惰弱，是他最为憎恶的——而罗曼·罗兰的卓绝的文明批评，也于此可见。他实在是为要到世界上而尽瘁于民族的人。他又使克利斯朵夫往意大利去旅行，这是因为真要在广大的人道上立脚，即必须有世界底的修养的缘故。罗曼·罗兰者，实在是真的意义的世界人。

克利斯朵夫在巴黎的生活，很惨苦。他从丧父以后，为了只要得一点最小限度的生活的权利，费尽了心力，也还是得不到。甚至于一连几天，不得不绝食。但是，他彻头彻尾勇敢地，而且快活地战斗。胜利和光明的早晨逐渐接近，世间终于认识了他那非凡的天才。又得到一个可以说是他的半体的朋友阿里跋，从辛苦凄凉的孤独的境地里将他救出了。

然而运命的恶意的手竟又抓住了他。阿里跋的恋爱，结婚，他那年青的妻的不贞，阿里跋的失望，接着是死亡——克利斯朵夫的生活又被悲哀锁闭了。但是，比起失掉好友的悲哀来，他还造成了一个更大的悲哀。他为了惭愧和懊悔，觉得无地自容。他是在瑞士，和他恩人的妻私通了。唉，这是怎样的苛责呵！

"人因为爱，所以爱。"——他感得，在这平平常常的生活事实之中，含着情欲的可怕的破坏力。又被爱和憎的不绝的矛盾和生克所苦，他的心完全破产。他的勇气灭裂，他的战斗力消失了。他逃避人眼，躲在俄罗山里，然而那地方有神在，说给他生命的福音。他是在深森的幽邃处，大海之底一般的静寂的境地里，听到那本在自己心中的神声了。

"你又回来了，又回来了。阿阿，你就是我那时失掉的那一个啊！……你为什么弃掉了我的呢？"

"因为要将弃掉你的我的职务完功。"

"所谓那职务者，是什么呢？"

"就是战斗。"

"你为什么非战斗不可呢？你不是万物的主权者么？"

"我不是主权者。"

"你不是'存在的一切'么？"

"我不是存在的一切。我是和'虚无'战的'生命'，是燃在'夜'中的'火焰'。我不是'夜'，是永远的'战斗'，无论怎样地永远的运命，是并不旁观战斗的。我是永远地战斗的自由的'意志'。来，和我一同去战斗就是，燃烧起来就是。"

"我被战败了，我已经什么也不中用了。"

"你说是战败了么？似乎觉得一切都失掉了么？但是，别的人们要成为战胜者罢。不要这样地专想自己的事，想一想你的军队的事罢。"

"我只有一个人，我所有的，只有一个我，我连一个军队也没有。"

"你不止一个人，而且，你也不是你的，你是我的一个声音，我的一条臂膊，为我扬起声来就是，为我抡起鞭子来就是。即使臂膊折了，声音失了，我是这样地站着。我用了你以外的人们的声音和臂膊战斗着。即使你战败了，也还是属于决不败北的军队的。不要忘掉这事，一直到死也还是战斗下去罢。"

"但是，我不是苦到这样了么？"

"我也一样地苦着的事，你领会不到么？几百年以来，我被'死亡'追寻着，被'虚无'窥伺着。我就单靠了胜利的力，开辟着我的路。生命的河，是因了我的血发着红的。"

"战斗么？无休无息地战斗么？"

"总得无休无息地战斗。神是无休无息地战斗着，神是征服者，就如嗜肉的狮子一般的东西。'虚无'将神禁锢，然而神击毙'虚无'。于是战斗的节奏（rhythm）即造成无上的调和（harmony）。这调和，在你的这世间的耳朵里是听不见的。你只要知道那调和的存在就好。静静地尽你的职务去，神们所做的事，就一任它这样。"

"我是早没有气力了。"

"为强有力的人们唱歌罢。"

"我的声音失掉了。"

"祷告罢。"

"我的心污秽着。"

"去掉那污秽的心，拿我的心去。"

"神啊，忘掉自己的事，是容易的，抛却自己的死了的魂灵，是容易的。然而，我能够摆脱我的死掉的人们么？能够忘却我的眷爱的人们么？"

"死掉的人们的，和你的死了的魂灵一同放下！那么，你便可以又会见和我的活着的魂灵一同活着的人们了。"

"你已经弃过我一回了，又将弃掉我了么？"

"我将弃掉你。这样猜疑是不行的，只要你不再弃掉我就好。"

"假如失了我的生命呢？"

"点火在别的生命上就是。"

"假如我的心死了呢？"

"生命在别的地方。来，给生命开了你的门罢。躲在破烂屋子里的你的道理，也不该这样讲不通。到外面去。在这世上，外面住处还很多哩。"

"阿阿，生命！生命！诚然……我在我的里面搜寻着你，在关闭的空虚的我的魂灵中搜寻着你。我的魂灵被毁坏着。从我的创伤的窗间，空气流了进来，这才再能够呼吸。阿阿，生命！我会见你了……"

这样，克利斯朵夫于是乎苏生，而且更用了新的勇气，进向为生命的无穷尽的战斗的路，而且为了再生，死在那战场上了。

## 六  永久地战斗的自由意志

罗曼·罗兰的神说道："我是和虚无战的生命"，"永久地战斗的自由的意志"。据他的话，则生命即是神。在这一点，他的神和伯格森的神正相同。伯格森是以为生的冲动即是神的，宣说生命的无穷尽的进化，宣说为了这进化的战斗，伯格森也和罗兰相同。罗兰和伯格森，那思想的基调是相等的。伯格森以为提高生命的力，则虽是"死"也可以冲破，罗兰也这样。克利斯朵夫濒死时，这样说——

"神呵，你不以这仆人为不足取么？我所做的事，确是微乎其微。这以上的事，我是不能做了……我战斗过了，苦过了，流宕过了，创造过了，允许我牵着恩爱的手，加入呼吸去罢，有一时，我将为了新的战斗而重生罢。"

于是水波声和汹涌的潮水声和他一同这样地歌唱——

"我将苏生呀，休憩罢，从今以后，一切的一心，纠结的夜和昼的微笑，溶合[7]的节奏呵——爱和憎的可敬的夫妇啊。我歌颂强有力的双翼之神罢，弥满以生命罢！弥满以死亡罢！"

在罗兰，死亡者，不过是为了"生"的死。他又在《克利斯朵夫》的书后说："人生是几回死亡和几回复活的一串。克利斯朵夫啊，为了再生，就死去罢。"诚然，生命者，乃是仗着死和复活的不停的反复，而无休无息的扩充开去的无穷尽的道路。真的英雄，就最勇健地走这路。

对于神，罗兰又这样说——

在克利斯朵夫，神并非不感苦痛的造物主，并非放火于罗马的市街上，而自在青铜塔顶远眺它燃烧起来的那绿皇帝。神战斗着，神苦着，和称为战士的人们一同战斗，和称为苦人的人们一同吃苦。为什么呢？因为神是"生命"的缘故，是落在暗中的一滴光的缘故。这光滴一面逐渐扩大，一面将夜喝干，然而夜是无涯际的，所以神的战斗也没有穷尽。那战斗的结末究竟如何？谁也不知道。雄纠纠[8]的交响乐！在这里，虽是互相冲撞、互相紊乱的破调，也发出妙丽的乐声。在沉默中，而在剧战的山毛榉树林，"生命"也这样，在永远的平和中，而在战斗。

要而言之，神是和虚无战的生命，和死战的生，和憎战的爱。这样子，是永远地战斗的自由意志。他的神，就没有成为满足于自己本身的完体，并不像古时哲学家所设想的神，以及古时宗教家所

---

7 现代汉语常用"融合"。——编者注
8 现代汉语常用"雄赳赳"。——编者注

崇奉的神那样，至上圆满的。这一点，即 [9] 全与伯格森相通，也和詹谟士相通，也和泰戈尔部分底地相通，毕竟，他也是生命派的哲学者。

他是艺术家，然而，带着许多宗教家的气息。说他是艺术家，倒是道德家；说他是道德家，倒是宗教家。他那宣说忍苦之德等，确也很像基督教徒，但他是一个不肯为任何教条（dogma）所拘束的自由思想者。他也不空谈平和，如基督教徒那样。他并不指示给"握住信仰了的人们"可走的路。单是对于无论何时何地都能够怀着"信心"的人们，指示了可走的路——无穷无尽地进化前去的生命的路。

神——生命——爱——为了爱的战斗。

罗曼·罗兰的英雄主义，就尽在上面的一行里。

这是《近代思想十六讲》的末一篇，一九一五年出版，所以于欧战以来的作品都不提及。但因为叙述很简明，就将它译出了。二六年三月十六日，译者记。

一九二六年四月二十五日《莽原》半月刊第七、八期所载

---

9　现代汉语常用"既"。——编者注

# 运用口语的填词

[日]铃木虎雄

支那¹文学中纯用口语者,在古代并没有。虽有如《诗经》《楚辞》等,夹着多少方言的,但没有全用口语。以我所知,殆当以战国时楚庄辛所引的越的舟人之歌,全篇皆用方言,载于《说苑》的《善说篇》中者,为惟一之作。其辞曰:

> 滥兮抃草滥予昌枑泽予昌州州𩖕州焉乎秦胥胥缦予乎昭澶秦踰渗惿随河湖。

意义全不可解。这歌,虽当时的人也不解,命译为楚歌,于是翻译了。因为所译的楚歌也载在《善说篇》中,所以才懂得意义(译者按:译文为"今夕何夕兮搴洲中流,今日何日兮得与王子同舟。蒙羞被好兮不訾诟耻,心几顽而不绝兮得知王子。山有木兮木有枝,心说君兮君不知")。降至晋、宋之时,有《子夜四时歌》,其中多用口语,即使并非全篇都用俗语,那语气却几乎是俗语的语气。试举俗语的几个例,则代名词有侬(我),欢(指情人,可喜的人之意),郎(女称其情人),底(什么),那(岂)等;动词有觅(寻);副词有转(却),许(如此),奈(怎),阿那(即后世的婀娜、娅姹,女子的态度),唐突(突然)等。此等口语,是常被运用的。

---

1 此为鲁迅原译,原文并无贬义。"支那"一词是古代印度梵文中的支那(China)的音译,也是古代欧亚大陆诸国对中国最流行的称呼。一般认为,中日签订《马关条约》后,日本侵略者开始使用"支那"称呼中国,并带有蔑视和贬义。——编者注

　　唐诗中，时时用俗语。例如生憎张额绣孤鸾，好取开帘帖双燕（卢照邻《长安古意》）；只今惟有西江月，曾照吴王宫里人（卫万《吴宫怨》）；酒后留君待明月，还将明月送君回（骆宾王《余杭醉歌赠吴山人》）；眉黛夺将萱草色，红裙妒杀石榴花（万楚《五日观妓》）；只言啼鸟堪求侣，无那春风欲送行（高适《夜别韦司士》）等。此外也无须一一举例。文章家不欲于文中用诗语者，说是诗语易带俗意，虽不是照样地径用俗语，也怕很害了文的品格。即此看来，即可以说，诗是近俗的。

　　然而诗还是貌为古雅的东西，和俗语有很大的悬隔。待到"词"出，俗语与文学的关系便逐渐深起来了。

　　"词"是盛于中唐以后的，但温庭筠的作品中，已有很用口语者。下列的词，那后段就全用口语。

## 更漏子
### ［唐］温庭筠

　　玉阑干，金觥井，月照碧梧桐影。独自个，立多时，露华浓湿衣。一向凝情望，待得不成模样，虽时耐，又寻思，怎生嗔得伊。

　　但在唐及五代，词的品致优雅，口语不过偶尔应用，以供焕发精神而已，未尝专以口语为本体。有之，实在宋代。对于宋词，我是用汲古阁刻的诸家集子为材料的。运用口语的宋词中，也可分为（一）几乎全篇都用，（二）比较的多用，（三）略用少许等。属于（一）者，就宋词全体而言，作者和篇数并不多。作者在北宋则以秦观（少游）、黄庭坚（山谷）、赵长卿、吕渭老、周邦彦（美成）等为主，在南宋则以辛弃疾（稼轩）、刘过（改之）、杨无咎、杨炎、石孝友、蒋捷（竹山）等为主。就篇数而论，黄山谷最多，凡十三阕，其次是石孝友六阕，余人皆四五阕以内。属于（二）者，北宋以柳永、苏轼（东坡）、晁补之（无咎）、毛滂为主，南宋以曾觌、沈端节等为主。属于（三）者，则词家的大多数皆是。我姑且定为三种，也只是有些程度之差，或者分为全篇运用口语和夹用若干口语这两种，也可以的。

其次，说一说运用口语的词的价值罢。全篇运用口语者，可惜得很，有价值的竟很少，这是有缘故的。为什么呢？因为凡是全用口语的词，作者当创作时，并不诚恳（较之制作以雅语为本体的词的时候），大抵是要说些滑稽、鄙亵的时候所制作的。然而关于恋爱的作品，则虽然很露骨，却也有有着真情者。惟全篇都用口语之作，现在或已难解其意义。又，意义虽可解，然而太鄙亵，这里也不能谈。

这里就用黄山谷的两三篇作一个例，小令有《卜算子》《少年心》，长调有《沁园春》。

## 卜算子
[宋]黄庭坚

要见不得见，要近不得近，试问得君多少怜，管不解多于恨。　禁止不得泪，忍管不得闷，天上人间有底愁，向个里都谙尽。

## 少年心

对景惹起愁闷，染相思病成方寸。是阿谁先有意，阿谁薄幸，斗顿恁少喜多嗔？　合下休传音问，你有我我无你分。似合欢桃核，真堪人恨，心儿里有两个人人。

## 沁园春

把我身心，为伊烦恼，算天便知。恨一回相见，百方做计，未能偎倚，早觅东西。镜里拈花，水中捉月，觑著无由得近伊。添憔悴，镇花销翠减，玉瘦香肌。　奴儿又有行期。你去即无妨，我共谁？向眼前常见，心犹未足，怎生禁得，真个分离地角天涯，我随君去，掘井为盟无改移。君须是，做些儿相度，莫待临时。

其次，可以举出周邦彦的《红窗迥》和杨无咎的《玉抱肚》来——

## 红窗迥

### ［宋］周邦彦

几日来，真个醉，不知道窗外乱红已深半指，花影被风摇碎。　拥春醒乍起，有个人人生得济楚，来向耳畔问道今朝醒未？性情儿慢腾腾地，恼得人又醉。

## 玉抱肚

### ［宋］杨无咎

同行同坐，同携同卧，正朝朝暮暮同欢，怎知终有抛舜。记江皋惜别，那堪被流水无情送轻舸。有愁万种，恨未说破，知重见甚时可。　　见也浑闲，堪嗟处山遥水远，音信也无个。这眉头强展依然锁，这泪珠强收依然堕。我平生不识相思，为伊烦恼忒大。你还知么？你知后，我也甘心受摧挫。又只恐你背盟誓似风过，共别人，忘著我。把洋澜左都卷尽，也杀不得这心头火。

前揭诸作，虽不无可观之处，但较之使用雅语者，则作者并非诚恳地向这一方面努力，只不过偶然作了这样的东西。倘使山谷之徒真是诚实地努力起来，则那结果怕要出乎意料之外罢。

大抵称为词的名篇者，以用雅语为本体的居多，用口语者少。如柳永所作有名的《晓风残月》即如此。这些居于几乎全用口语的作品的中间，雅语六分、口语四分的程度的东西，宋词中却不少佳作。例如柳永的《慢卷绸》《征部乐》皆是。柳永的词当时很流行，相传直到西夏方面，倘是掘井饮水之地，即都在歌唱，这大约就因为那情致和用语与普通人很相宜。

一面以雅语为本体，在紧要处，适当地点缀一点口语者，佳作最多，其例不胜枚举。

这情势，可以就"曲"来说一说。元曲虽然怎样被称为名作，但也并非因为单用口语俗语，所以成为名作的。兼用雅言，在万不得已的紧要处，处处用些口语，吹进活的精神去，于此遂生所以为名作的价值。如明、清人，借了元人所用的俗语来应用，已经是拟古了，是口语的死用了，没有因此能够成为名作之理。

其次，对于词和曲的用语上的关系，我再来说几句罢。

由诗而为词，由词而为曲，这是许多人说过的话。清的万红友曾评赵长卿的小令《叨叨令》说："此等俳词，为北曲之先声矣。"也不必定指这一首，只要在词中杂用许多口语，即已与向来的典雅的文学取了不同的方向，而况用着词体的叙事，或者隐括[2]，即更是步步和曲子相近。加以只是叙情叙景者，在调子上，虽然与曲有别，在外形，则词和曲几乎难于区别者也往往有之。从内容说起来，则先有诗的本句，而词却将这利用加以铺排者很不少，曲也一样，又取了词的或一句，铺排开来，制作成工的也多，这就是要知词必须诗，要知曲必须词的缘故。

在这里，单是对于有几个用语来说一说罢。当说语的结末，用以表示语气的话里面，有也啰，则个等，这是屡见于元、明人的曲文中的，而在宋词中已经有过。咱、伊之类的代名词，宋词中也有。又如咱行之行（后来是娘行、爹行等之行）、伊家之家等用法，也已有比、比似、倍、倍增……价（例如许多时价、晓夜价、镇日价、经年价之类）……地（腾腾地、冷清清地、忔憎憎地之类）等之价、地的用法，也已有。同时，也可以看见这样地连结了三字或四字，造成副词的事。表示不能的意思的不能得勾，也已应用，不能勾虽说已见于《汉书匈奴传》，但此语在元曲里极多。由他，不由他之由，为使的意思，和古文的"使"字、俗语的"教"字相当的交字；副词的除非（只）、斗、陡（突然）、较（稍稍）等，也已有。少见的字如捆就（强相亲近，见《西厢记》）、僝僽（说坏话，见《琵琶记》）等，宋词中也屡屡有之。俗字而难知其义者也不少，例如屎磨、咿嗽、喝挼之类是也。

揭举于此者，不过其一端，此外还可以知道种种言语，宋以来就存在。"语录"之外，宋词也成为俗语的一部汇集的。

《支那文学研究》中的一篇　一九二七，一，六，译
一九二七年二月二十五日《莽原》第二卷第四期所载

---

2　现代汉语常用"檃栝"。——编者注

# 苏维埃联邦从Maxim Gorky[1]期待着什么?

## ——为 Maxim Gorky 的诞生六十年纪念

[俄]尼古拉·布哈林

Gorky 到了六十岁了,但是他——我在两三年前,曾经和他会见——虽然生着慢性病,却几乎没有白头发。眼睛,是在刻着一点有特色的俄罗斯底的皱纹的前额之下,炯炯地留神地窥觑着。胡子是嘲弄底地向前翘开,聪明的,活泼的——多么活活泼泼的——精神,由我们的可贵的 Gorky 的高大粗野的全身显现。在大体上,即使用了"兄弟呀,你已经六十岁了"那样的"高兴"的通知,但接受的人,恐怕也未必觉得很好的感印的罢。然而这等事,几乎并没有搅乱 Gorky 的心。因为在实际上,看了外貌,大约谁也不将他看成六十岁,也不称为"可尊敬的老人"的。我们已经成了习惯,以 Gorky 为弥满着生命的力,连他那有了孙女的事情,也要当作一个 Paradox(逆说),当作棒喝主义者照相店的发明了。

我现在并不想写 Gorky 的伟大的功绩,他的动摇和错误,以及在全世界上的他的文名。我只想就苏维埃联邦从 Gorky 期待着什么的事,来说几句话。就是苏维埃联邦,从作为劳动阶级大艺术家的我们的作家 Gorky 期待着什么的事。

Gorky 是 Kollektivist(集团主义者)。他感知大众,他感知大众的生活的律动,感知大众的斗争、大众的劳动,感知阶级和民众和大群集的呼吸。带着种种杂多的 Lumpen(破落户)和"看法的独自

---

1 现译"高尔基"。——编者注

性"的他的创作的初期，辉煌的俄罗斯的跌足者的时期，早已过去了——即使在 Gorky 创作上的这时期，曾经煽动了"俄罗斯国家"的泥沼的居民，搬演[2]了巨大的革命底角色。现在呢，Gorky 是知悉大众的艺术家，Gorky 是文化和劳动的传导者。他始终将劳动评价在世界中所有事物之上，并且尊敬它。没有人能如 Gorky，感知创造底劳动的全体心情，没有人能如这劳动阶级作家，感知劳动的伟大的革命底变革底意义。便是一九一七年十月革命时他的错误，也已由艺术家这一种人物，见了革命——这是因为流血和破坏，将对于未来创造的光景的艺术家的眼睛眩惑了——的牺牲，于是过于感动了的事，来解说明白了。

Gorky 是对于在我们俄国有着坚强的基础的通俗文学的斗士。

Gorky 是卓越的观察者，是有着渴求知识的眼睛和巧妙地摘取材料的本领的生活知悉者。他重选[3]了大大的生活经验和艺术经验，他使穿掘生活的无比的能力在自己里面发展。他的文艺上的样式（Typ）是生活，不是被抽象了的本质。凡为 Gorky 所见的，是一切的生气泼剌的色彩，不是粉饰而是真实，也不是虚伪的恸哭。

正惟这样的人，我们现在也还必要，不，较之先前，愈加极端地成为必要了！

建设事业是热心地在举办。苏维埃的马蚁[4]比先前更加勤勉了。大家都知道翻滚很重的石头，犯了呆事，犯了错事，就改善，再错，就再改善，将一切就在那环境之下变革，并且也变革自己本身，然而直到现在，没有这样大时代的总括底叙述。这样的尝试，有是有的，但是微弱，至多不过是局外人的嚷嚷，或者是百分之百的铁一般钢一般，以及别的劳动阶级作家的百分之百的喝采。而在这些

---

2　现代汉语常用"扮演"。——编者注
3　现代汉语常用"重叠"。——编者注
4　现代汉语常用"蚂蚁"。——编者注

作家们，又并无种种样式的有机底统一。在他们那里，不但只有为了试验最新的决议起见，造作出来的侏儒，也有照应了"任务"，机械底地"结合了"的侏儒（而他们还发明了怎样的辞句[5]呢？是只有上帝知道的）。

我们历史上的英雄，无论怎么说，总是大众。然而将这大众正当地取进文艺里去的是谁呢？正如在绘画上竭力抬起"指导者"来一样（例如圣画——尤其是恶劣的——这东西，在我国，无论那一个角角落落里都分布着），在文艺上，"民众"中的"英雄"也被推在前面。我重复地说——将一种什么固定底的、非人格底的、片面底的"本质"加以叙述，是全然不重要的。所谓大众者，是多种多样的样式的特定的有机底统一。要描写大众，应该能够看大众，审察大众，而且认识大众。我们大叫——"和大众一同走！"然而反响很不多。

在我国所展开的大建设活动，是决不排除那真是新的通俗文学——这往往和旧的通俗文学会有一脉相通的事——的。这新的通俗文学，是适当地抓起火筷来，用了强有力的男子汉的手，倒摩过去。但这样一摩，俗人是不舒服的，而真实的读者，其时却并不觉得无聊，卷起袖口，想可以读得更快些——这是坏事情么？

在我国，却并无其事，而只有无聊统治着。在我国，至少只要有一个好的批评就好，然而连这个也几乎还没有产生。在我国，所多的是无论怎样的错处，都很善于发见的饶舌家。虽是作家，也不管作家自己的事情——换了话说，就是并不管生活的研究和生活的叙述——而"做着自己批判"的。

在我国，也已经发生着好的东西了，然而这样的文艺却还不能说是很丰富。

---

5　现代汉语常用"词句"。——编者注

　　由他的一切的素质，Gorky 是能够补这大缺点的。我们期待Gorky 成为我们的苏维埃联邦，我们的劳动阶级和我们的党——他和这是结合了多年的——的艺术家。所以我们是企望 Gorky 的回来的——但愿回到我们这里，来着手工作——伟大的、出色的、有光荣的工作。

一九二八年六月二日译自《第三国际通信》

一九二八年七月二十日《奔流》第一卷二期所载

# 关于西蒙诺夫及其代表作《饥饿》

[日]黑田辰男

## 一

小说《饥饿》的作者西蒙诺夫（Sergei Alexandrovitch Semionov），据他的自传，是在一八九三年的十月，生为彼得堡的旋盘工人的次男，兄弟姊妹[1]很多，连死掉的也算上去，说是竟有十三个。他的父亲是在一个工厂里连做了四十年的工人，但于一九一九年"为了饥饿"死掉了。

西蒙诺夫是在喧嚷的、湫隘的家庭中，和兄弟们争闹，受着母亲的打扑，过了那少年时代的。他从孩子时候以来，似乎就很活泼，爱吵闹，出了初级学校，四年制的高等科一毕业，他便在喀筏尼大野上闹了一场人数在五百人以上的大争吵。这十年之后，喜欢争闹的他，便跳在"国家战争"这真的争闹里了。争闹了三年，因为负伤——打击伤，就被送到克隆司泰特的冰浴场去。复籍于赤军的时候，右眼是坏了的。十月革命之于他，说是"向炫耀轰动的生活去的不可制驭的飞跃"，是"空间开辟了"——而且"在那空间中，是闪烁着饥饿和人们和工作的奇怪的几年"。冰浴以后，生了很重的肋膜炎。既经医好，则被任命在彼得堡的地方委员会里，做改良工人生活的工作。但几个月后，旧病复发了，被送入萨契来尼的疗养院。在这里，他的作为著作家的生活开头了，其时是二十八岁。

---

1　现代汉语常用"姐妹"。——编者注

# 二

他的处女作是细叙伤寒症的流行的小说《伤寒》,登在一九二二年的《赤色新地》一月号上。其次发表的是《战争道上》,第三种是写明是日记小说的《饥饿》,这是登在年报《我们的时代》一月号上的。这小说,忽然在读书界——尤其是共产党员之间引起了颇大的兴味。而这兴味,说是对于作品本身呢,似乎倒是对于工人出身的作者为较多。但是作品,毕竟是被指为西蒙诺夫的代表作的,已经翻成英文和布喀维亚文,听说还翻成了捷克文,或正在翻译——

《饥饿》也如《伤寒》一样,是生活记录的小说。借了十六岁的少女菲亚的日记的形式,来记录一九一九年的饥馑年间,在彼得堡的一个工人的家族的生活的。

一九一九年——这是施行新经济政策的大前年,苏维埃俄罗斯于政治革命是成功了,但接着是国内战争和反动,所以很疲乏。而经济方面,尤当重大的危机,又加以可怕的饥馑袭来了的"艰苦的时期"。在这时期中,俄国的劳动者是过着怎样的生活,共产党员是怎样地,市民是怎样地——那生活的一部分——是有限得很的一部分,但这却恳切地在这小说里面描写着。

然而,当描写这艰苦的生活之际,作者却并不深求那生活的不幸的原因、那《饥饿》的悲剧的缘起。而对于那原因的批判之类,自然就更不做了。这小说,在这一点,实在是无意志、无批判似的。有工人(菲亚的父亲),有少女菲亚的哥哥叫作亚历山大的利己主义底小资产阶级的职员,有叫作舍尔该的哥哥的共产党员,但他们全不表明那意志、那意识。而作者对于他们的存在,也实在很寡言。他们的行为是恳切地(并且干练地,以颇为艺术底完成)描写着的。然而他们的魂灵、的情绪、的观念形态，却并不以强大的力来肉薄[2]读者——这对于生活的现实的无意志性——这，是我们常在"同路人"那里会看见的，而且岂不是正为此，所以我们难于就将他们看作真的无产阶级作家的么？西蒙诺夫呢，正是工人出身、赤军出身的作家，然而要从他那里看出那特异性和优越性来，却似乎不容易。

但是，用这样的眼光来看他是错的。他是自然主义者，他的作品应该作为自然主义的作品看——如果说得过去——那时候，便自然只得说——是了，对的，他是自然主义者——了。然而对于他的我们的不满，岂不是委实也就在此么？

西蒙诺夫是不消说，不像有产者作家那样，受过组织底的文学教育的。表现——这事情，似乎很辛苦了他。他说过——

"像出现于现代的许多无产者作家们一样，我在三年前走进俄国文坛的时候，是并无一点作家所必需的修养的暗示，也全不知道想想艺术作品上的形式的意义，精勤地来写作品的事，是全不知道，也并不愿意的。在短的时期之间，我投身于 Proletcult（无产者教育处）了，然而那地方什么也没有教给我。我先前是学习于俄国的古典作家们（并含高尔基在内），现在也还在学习着。但较之这些，从革命以后的俄国的现代作家们（但那作家们之中，我们是也将'同路人'的不正当而不必要的书籍放在里面的）学习，以及正在学习之处，却更其多。"

他大约是太过于"学习"了——在这一端，他大约也是体验了过渡期的无产者作家的不幸之一罢。

《饥饿》的梗概——要讲这个，是烦难的，这是日记，是生活记录，其中并无一贯的，小说的线索似的东西。如果一定要简单地讲

2　现代汉语常用"肉搏"。——编者注

起这小说的内容来, 那么—— 一个少女菲亚, 怀着对于修学的憧憬, 到彼得堡去。但在那里等候她的却并非实现这憧憬的幸福, 而是利己主义和饥饿的黑暗的现实。可怜的少女的幻影在一到彼得堡的第一天便被破坏了, 于是环绕着这少女而展开了由父母、兄弟所形成的家庭生活, 展开了这少女在办事的邮政局的生活。然而一贯这一切生活, 投给不幸和悲惨的阴影者, 是"饥饿"。为了"饥饿", 父亲和亲生的孩子和妻隔离, 变成冷酷, 于是为了"饥饿"死下去。为了"饥饿", 女儿憎恶父亲, 妻憎恶夫。为了"饥饿", 幼儿的心也被可怕的悲惨所扭曲—— 一切为了"饥饿", 为了"饥饿"而人的生活悲惨、偏向、堕落、衰亡。这便是这部小说的主题, 这战时共产时代的心理生活, 便是这部小说的主题。在这里, 有可怕的现实, 有虽然狭, 然而恳切地描写出来的生活。而这作品的艺术底价值, 大约也就应该在这一点上论定的了。

三

临末, 就将他的著作, 顺便列举出来罢——

1. 单行本

《家政妇玛希加》///一九二二年

《百万人中的一个女人》(小说集)/一九二二年

《饥饿》(小说)///一九二二年

《兵丁和小队长》(手记)//一九二四年

《裸体的人》(小说集)///一九二四年

《是的, 有罪》(小说集)//一九二五年

小说集二卷(集印着绝版的作品的)/一九二五年

2. 载在杂志上的

《阶前》——*Mor Gvardja* / 一九二二年，四—五号

《顺着旧路》——*Nash Dni* / 一九二三年，三号

《萨克莱对我说了什么？》——*Zvezda* / 一九二四年，一号

《同一的包的轮索》——*Kovsh* / 一九二五年，一号

《饥饿》这一部书，中国已有两种译本，一由北新书局印行，一载《东方杂志》。并且《小说月报》上又还有很长的批评了。这一篇是见于日本《新兴文学全集》附录第五号里的，虽然字数不多，却简洁明白，这才可以知道一点要领，恰有余暇，便译以饷曾见《饥饿》的读者们。

十月二日，译者识

一九二八年十一月一日《北新》第二卷第二十三号所载

# LEOV TOLSTOI[1]

—— "最近俄国文学史略的"一章

［俄］Lvov-Rogachevski

    Leov Tolstoi——俄国文学的长老——生存八十二年,从事于文学五十八年,比及暮年,而成为"两半球的偶像"了。他获得吾俄文士所不能遭逢的幸福,他处女作一成就,我们的第一流的艺术家、诗人、批评家等,对于他之出现,无不加以欢迎。

    一八五二年九月,在高加索青年军官的处女作《幼年时代》,以 L.N.T. 三字的署名,出现于《现代人》杂志上,次月二十一日,那编辑者 Nekrasov 就写信给 Turgeniev(屠格涅夫)道:"倘有兴致,请一读《现代人》第九号所载的小说《幼年时代》罢,这是新的活泼的天才的杰作。"

    一八五四年《少年时代》发表后, Turgeniev 便函告 Karbashin(美文家兼评论家)道:"我见了《少年时代》之成功,非常欣喜,惟祝 Tolstoi 的长生。我在坚候,他将再使我们惊骇的罢——这是第一流的天才。"更两年后,作了《奇袭》《森林采伐》《舍伐斯多波里战记》时, Turgeniev 写给 Druzhinin(文人兼批评家)的信里,有云:"这新酒倘能精炼,会成可献神明的饮品的。"

    以上,是未能圆满的断片发表之际,就已得了这样的称扬。《舍伐斯多波里战记》不独在文士之间,也使 Tolstoi 出名于广大的读书社会里。

---

1　现译"列夫·托尔斯泰"。——编者注

描摹戴雪群峦的秀气的未完之作《哥萨克兵》像是合着
Beethoven（贝多芬）的音乐而动笔的温雅华丽的诗底长篇《家庭的
幸福》，作者自称为俄国的 *Iliad* 的大作《战争与平和 [2]》，受 Pushkin
的影响而且随处发着 Pushkin 气息的悲剧小说 *Anna Karenina* [3] 等，
都是伟大的天才的大飞跃，又使 Tolstoi 成为十九世纪后半的思潮
的主宰者的。《我的忏悔 [4]》、*Kreutzerova Sonata*、《复活》等，则全欧
的杂志报章，视同世界底事件，评以非常的热情。

Pushkin（普希金）在生存中，仅见自己的文集第一卷的刊
行，Turgeniev 见了那文集的第三版，Dostoievski 全集则在其死后
渐得刊行的，而 Tolstoi 全集却在他生存时已印到十一版。作品印
行的册数，他死后数年间，达于空前的数目，在一九一一年，卖出
四、六一〇、一二〇本（据托尔斯泰纪念馆的统计）。更将从一九一
〇年十一月七日至一九一二年十一月七日之间的卖出本数，合计起
来，实有六百万本，而其书目是六百种。

这数字即在显示 Tolstoi 的作品的全民众底、世界底意义，在俄
国则苟识文字，便虽是七龄的儿童，也是 Tolstoi 的爱读者。

但自《战争与平和》和《我的忏悔》发表以来，Tolstoi 的名声和
势力便远越了俄罗斯的界域。倘说 Turgeniev 是使欧洲的读者和俄
国接近的人，则 Tolstoi 不但使西欧，且使东亚的注意也顾到俄国文
学。和 Tolstoi 通信的，不仅英、法、美的读者，连印度、中国、日本
的思想家也在其中。Katiusha Maslova 的小曲且为日本的民众所爱
唱。恰如让·雅克·卢梭（Jean Jacques Rousseau）曾为世界所注目
一样，Iasnaia Poliana 的圣者是成为享受着现代最高文化的人们的
注意的焦点的。Iasnaia Poliana 是成了真理探究者的圣地了。

2 现译"战争与和平"。——编者注
3 现译"安娜·卡列尼娜"。——编者注
4 现译"忏悔录"。——编者注

及于全世界的文人，尤其是俄国文人的 Tolstoi 的影响非常之大迦尔洵（Garshin）、列斯科夫（Leskov）、蔼尔台黎（Ertel）、契诃夫（Chekhov）、库普林（Kuprin）、威垒赛耶夫（Veresaev）、阿尔志跋绥夫（Arzybashev）、高尔基（Maxim Gorki）、希美略夫（Shmelev）、舍而该也夫·专斯基（Sergeiev-Zenski）等，皆各异其时代，各受着各样的印象，玩味了这文豪之在那社会观、写实主义、Tolstoi 式表现法上，所以动人的大才能的。而俄国的文人且视 Tolstoi 为宗教底偶像，虽是自爱心深的 Dostoievski，读完 "Anna Karenina" 后，也绝叫为 "这是艺术之神"，Maxim Gorki 也称 Tolstoi 为俄国的神，坐于金菩提树下的玉座上。

"这青年军官使我们一切都失了颜色" 者，是 Grigorovitch 的半开玩笑的苦言。这青年军官，是成为我们的荷马（Homeros）、我们的国宝，成为十九世纪末及二十世纪初的新卢梭，在他面前，全世界的文人洋溢着不杂羡望的纯净的欢喜之情，无不俯首了。

这卓绝的文豪，即继续着竭尽精力的劳作，在后世遗留了美文的宝玉。Tolstoi 的文学底遗产，至今还难以精确地计算，虽当现在，尚在无数的文籍中发见重要价值的断章，在那日记和信札之中则潜藏着可以惊叹的文学。关于 Tolstoi 的各国语的评传、肖像及遗物，是搜集于在墨斯科、列宁格勒及 Iasnaia Poliana 的托尔斯泰纪念馆中，而惟这些纪念馆，乃是说明着否定了不平等的旧世界的，真理的伟大的探求者，且是永久不忘的生死的表现者的他的一生和创作，为俄国和世界是有怎样的价值的。

Leov Tolstoi 并非借著述为业以营生的职业底文学者，他可以不急急于作品的刊布。关于所作《幼年时代》，他在一八五二年写给姑母 Iergolskaia 的信里有云："我将久已开手了的这小说改作过几回了，为得自己的满意计，还想改定一回。大约这就是所谓

Penelopa（译者按：Ulysses 之妻，出荷马史诗）的工作罢，然而我是不厌其劳的。我并不求名，是乘兴而作的。在我，写作是愉快而有益，所以写作的。"

他的情热[5] 的大部分，即耗费于用以表白内在思想的这愉快的创作事业上……热狂[6] 的猎人，热狂的赌客，Tsigan（译者按：民族名）歌的热狂底爱好者的他，一转而成为乘兴挥毫的热狂底文士，以著作之际，涌于内心的善良而宽容的感情为乐的人了。

他在文章的每一行中，都注进新生活的渴望和喷溢似的精力去，一面利用闲暇从事著作，逐年加以修正。他在《关于战争与平和》这一篇的冒头上，就写着"当刊行我费了在最良的生活状态中，五年间不绝的努力的作品……"的辞句，但这样的事，不消说，是须在得了物质底安定的 Iasnaia Poliana，这才做得到的。

和 Tolstoi 完全不同的社会的出身者 Dostoievski 曾经告诉自己的弟弟说："没有钱，须急于起草。所以文章上是有瑕疵的。"Dostoievski 所作的《博徒》以一个月脱稿，那是因为怕付对于完成期限的迟延罚款，而且那时他为债主所逼，不得不走外国了。那时候，Dostoievski 急于作品的完成，从亲友之劝，雇了速记者，作为一月告成的助手，但倘是 Tolstoi，则这样的作品大概是要乘着感兴，利用闲暇，在一年之间徐徐写好的罢。

辅助了 Dostoievski 的女速记者 Anna Grigorievna Snittkina 成为他的妻，Iasnaia Poliana 邻村的地主的孙女 Sophia Andreievna Bers 是做了 Tolstoi 的夫人了。前者是为履行那契约期限之故做了速记，后者是为大文豪要发表杰作，将二千余页的《战争与平和》誊清过七回。如《战争与平和》、*Anna Karenina*、《复活》那样的大作，大概

---

5　现代汉语常用"热情"。——编者注
6　现代汉语常用"狂热"。——编者注

惟在得了生活的安定的时候，这才始是可能。

Tolstoi 是陶醉于自然之美和生活的欢乐的，他叙述结构雄大的光景，且描写地主的庄园的如梦的生活。

在 Anna Karenina 里描出一百五十个人物来，而毫无纷乱撞着之处，各人有各样的特殊的性格和态度。篇中的一切事物都应了脉络相通的思想群的要求而表现着，那一丝不紊的脉络之力，是使我们视为艺术上的神秘，加以惊叹的。

"艺术上的作品的善恶，是由从心底说出的程度之差而生的。"这是 Tolstoi 写给 Golzev 的话。他所要求于艺术家者，是在和时代相调和，通晓隶属于人类的一切事物，不但通晓而已，还须是人类的共同生活的参加者。他又要求着表现自己的思想的技巧和才能，且以为凡艺术家，尤当爱自己的天职，关于可以缄默的事物，不可漫为文章，惟在不能沉默时，乃可挥其钢笔云。他是要求着口的发动，当以溢于心的思想为本的。而他自己，便是这样的艺术家。

他是当时最有教育的人物，只由 Iasnaia Poliana 的图书室里有着书籍一万四千卷的事便足以证明。而这些书籍的一半为外国语所写，他是通晓希腊语，以及英、法、德语的。他所自加标注的许多书，便在说明他以如何深邃的趣味研究了人类的思想。他站在那时代的最高智识的水平上，又常是一般人类生活的参加者。创造了又素朴、又纯正，然而壮丽的文章的他，是决不以浓艳的辞句和华丽的文体为念的，但他所描写的人物及其他却备有不可干犯的尊严和令人感动的崇丽。如 Bordina 战斗的叙述，《战争与平和》中的 Andrei Bolkonski 之死、Kitty 的诞生及 Anna Karenina 和儿子的会见，记在《复活》里的 Katiusha 的爱的醒来和教会的仪式的描写，在世界的文学里，不能见其匹俦。我们的眼前，有实现了美的世界的一个大文豪在。

描写在《哥萨克兵》或《家庭的幸福》中的自然的光景,《战争与平和》里的 Bolkonski 的爱情的发生及逢春老橡的开花、盛大的狩猎、Natasha Rostova, Maria Bolkonskaia、Pierre Bezukhov 和别的人物的形容,是镌刻在读者的胸中的……而充满在作者 Tolstoi 两眼中的赞叹、同情和欢喜之泪,也盈盈于读者的眼里。这是因为相信着"无爱之处,不能生诗"的作者的热情,以爱和诗的力量打动读者了。以"不能沉默"为动机的他的文章是震撼我们的,但这是因为,例如当描写死刑的光景之际,想象了"浸过了肥皂水的绳子,绕上他的又老又皱的颈子了"的他那一句一言,乃是充溢于同情的心的叫喊的缘故。

Tolstoi 常写些破格的文句,恰如喜欢有特色的破格的人物一样,他也喜欢破格的文句的,那一言一语是活的魂灵。Gorki 在追怀 Tolstoi 的一篇文章里说:"要懂得他的文章的有特色的卓越之美,则他那以同一语的许多破格的卑俗的调子用于叙述之处,是必须注意的。"这是适切的评语。

Tolstoi 在那处女作《幼年时代》的序文上,载着关于自己修辞上的粗野和没有技巧的说明,以为这是因为不用喉咙,而用肚子唱歌的缘故。据他自己说,则从喉所发的声音,较之腹声,虽颇婉曲,而不感动人。腹声却反是,粗野则有之,但彻底于人的精神。Tolstoi 说:"在文学亦然,有脑和腹的写法。用脑写时,那文辞是婉转滑脱的,但用腹来写,则脑中的思想集如蝟毛,思念的物象现如山岳,过去的忆想益加繁多,因而抒写之法缺划一,欠畅达,成拮倨了。或者我的见解也许是错误的罢,但当用脑写了的时候,我是常常抑制自己,努力于仅仅用腹来写的。"

由这尊贵的告白,不但 Tolstoi 的文质,连那魅人的句子之所以产出的原因也明白了。Tolstoi 之所有的,不是"脑的思想",而是"腹的思想"。他有惊人的腹的记忆力，他的创作常包着温暖的感情，响着牵惹我们的腹声。"一读你的作品，每行都洋溢着活活泼泼的感情。令人恍忽的你的辞句的本质就在此"者，是评论家 Strakhov 给与 Tolstoi 的言语。

Tolstoi 是从小就现了锐利的敏感性的，曾得"薄皮孩子"的绰号。他的《狂人日记》带着自传底性质无疑，其中便载着他的敏感性的显著的实例。这性质似乎是从母亲得来的，他自己尊重着这特质，在寄给姑母 Iergolskaia 的热烈的信里常常讲起它。

他在《幼年时代》的序文上便说着愿读者先须是敏感。他的创作中，毫无遮掩露出着这敏感性的，是《幼年时代》、*Albert*、*Lucerne*、《计数人（撞球的）日记》等。到了中年，他将敏感性自行抑制，得了大结果，但及暮年，则这特质，又使重之一如他的意志的我们为之感动了。

Tolstoi 喜欢那赞叹之泪、忏悔之泪、同情之泪，一九〇九所作的《路人的故事》是用这样的句子开端的——

"早晨，一早到外面去，心情是壮快的。是美丽的早晨，太阳刚从茂林里出来，露水在草上、树上发亮。一切都和婉，一切物象都依然。实在很舒服，不愿意死了。"

其次，是接着遇见老农和关于吸烟之害及思索之益的叙述，又这样地写道——

"我还想说话，但喉咙里有什么塞住了。我很容易哭了。不能再说话，便别了那老人，也别了欢乐的和婉的感情，含泪走掉了。住在这样的人们之间，怎会有不高兴的道理呢，也怎能有不从这样的人们期待那最出色的工作的道理呢？"

在逝世的三个月前，他将从一个农家青年得来的感情写在日记上，用了和上文一样的言语，证明着自己的敏感性。那日记是这样写着的——"为了欣喜，为了生病，还是为了两样相合的原因呢？我很容易下同情和喜悦之泪了。这可爱的、思想坚固的、强有力而愿做善事的孤独的青年的单纯的话，动了我的心，呜咽之声几乎出口，我便一句话也不能说，离开他的旁边了。"

然而这善感的禀性，是现于 Tolstoi 一生中的特色，读者是不看见这眼泪的罢，但他却常抱着甚深的感慨。

Tolstoi 的母亲，爱读卢梭，《爱弥儿》是她的案头的书籍，Tolstoi 最所爱好的人物，乃是使感情的诗美，来对抗拟古典主义的批判的让·雅克·卢梭其人者，实在并非无故的。

Tolstoi 在一九〇一年，向在巴黎的俄语教授 M. Boyer 这样说——

"我将《卢梭全集》二十卷熟看了，其中最喜欢的是《音乐字典》，我感谢卢梭。"

"我十五年间，帖身[7]挂着雕出卢梭肖像的牌子，以代'十字架'。而卢梭的著作的大半，是恰如我自己所写一般，于我非常亲切的。"

一九〇五年 Tolstoi 应允推选为日内瓦的卢梭协会会员的通告，寄信到日内瓦云："卢梭是十五岁时代以来的我的教师。于我一生中，给与一大裨益的，是卢梭和《旧约》。"

那协会的会员班尔裨在协会年报上载《托尔斯泰是卢梭的后继者》一文（一九〇七年），论云——

"Leov Tolstoi 是十九世纪的卢梭，或是具体化的爱弥儿。卢梭的精神透彻于 Tolstoi 的全创作里。Tolstoi 是现代人的评释者。恰如卢梭是十八世纪的或者一般，Tolstoi 是现世纪的或者。"

从托尔斯泰协会赠给卢梭协会的答文云——

"Jean Jacques Rousseau 所理想的思想的独立、人类的平等，诸

---

7　现代汉语常用"贴身"。——编者注

国民之统一，以及对于自然美之爱，是和我们颇为近密的。我国民底智识的代表者的 Tolstoi 将全生涯贡献于上述的理想之发扬和宣传了。"

赞叹、同情或忏悔之泪是表象 Tolstoi 的社会观的，昂奋的敏感之泪则湿透着他的世界观。那天禀的敏感性洞察了发荣于榨取的条件上的现代文明社会的虚伪，且促他爱好自然的法则和自然人了。他是作为卢梭的后继者，而用卢梭以上的情热和真挚和确信抉剔了一切虚伪和不诚实的现象的。

他将对于人生的爱情、对于正义和朴素的憧憬、对于虚伪的愤怒与其敏感性，织在和真挚自然相融合的真挚的自己的构想之中了。

然而，为十九世纪的卢梭的 Tolstoi 是观察了纷乱的世纪的后半期的社会底矛盾的现象的。诗圣 Pushkin 未曾知道这样的大矛盾，据 Bielinski 所说，则"阶级的原则，乃永久的真理"云。但 Tolstoi 却并不相信自己的阶级的一定不动性。他目睹 Sevastopol 之陷落，遇见尼古拉一世之死，观察革新时代的情形，知道那砍断了的大连锁的一端，打着地主阶级，而别一端，则吓了贱农（Muzhik）。他又目击了所谓民众启蒙运动，经验过和都市的发达一同激增的可惊的矛盾的现象，而他自己则成为最后的贵族了。他于一八七〇及八〇年代宣说那将其生活状态加以诗化、美化而讴歌了的庄园的没落，恰如 Gogol 的杰作（译者按：*Taras Bulba* 中的人物 Bulba，向 Andrei（译者按：Bulba 的儿子）所说的"我做成了你，这我也来杀掉你"一样，也说给了庄园。于是他将自己的思想一变，成为一向遮着艺术的华服的丑秽现象的曝露者了。

《忏悔录》《爱弥儿》《新蔼罗若》的著作者卢梭生于小资产阶级的手工业者的家庭里，历经辛苦而生长，感到十八世纪的虚伪底生活，遂如古代罗马的贱民似的，向贵族阶级宣战了。

《幼年时代》《哥萨克兵》、*Lucerne*[8]、《我的忏悔》的著者则生于贵族人家，父系是德意志人，那母系是远发于留烈克（俄国的始祖）的。

而这白马金鞍的贵公子遂和自己抗争，经思索多年的结果，竟曝露了贵族阶级的腐败。所以那抗争是戏曲底的事，是谁都可以直觉到的。

Tolstoi 一离母胎，便即包围在旧贵族的氛围气里，为许多男女侍从所环绕，在 Iasnaia Poliana 的幸福的生活，是全靠着七百个农奴的劳动的。至于教育未来的文豪者，则是长留姓名于《幼年时代》里的德国人和法国人，他的父亲的图书室中，也如在 Pushkin 的父亲的图书室中一样，有许多十八世纪的法国人的著作。从十三岁到十九岁之间（一八四一——一八四七），他受着 Kazan 知事之女，退职胸甲骑兵大佐之妻，他的姑母 Perageia Ilinishna Iushkova 的监督，住在那家里。这家庭，是常是佳节般的热闹，为 Kazan 的上流社会的聚会之所，法兰西语的社交的会话是没有间断的时候的……。

青年大学生（Tolstoi）将全世界分为二大阶级，即上流社会和贱民。那姑母则要使 Tolstoi 成为外交官或皇帝的侍从，且希望自己的外甥和交际场中的贵女意气相投。她以和富家女结婚为他的最大幸福，就是梦想着由这结婚而 Tolstoi 能有很多的农奴的。

据 Zagoskin 的《回忆录》，则青年的 Tolstoi 是一个道地的放荡儿的代表者。

跳舞、假装会、演戏、活人画，大学毕业后的打骨牌、流人（Gipsy）歌等，是这青年贵族的生活。关于这生活，后来他在《我的忏悔》里，是不能没有悔恨和恐怖之念记载出来的。

惯于蔑视本阶级以外的人们的青年，离墨斯科，赴高加索，在等候着做第四炮兵中队的曹长的任命了，其时他穿了时式的外套，

---

8　即"卢塞恩"。——编者注

戴着襞积的峨冠，套了雪白的鞣皮的手套，在 Tifris 的市街上散步。一看见不戴手套的路人时，他便用了嘲笑的调子，对他的弟弟尼古拉这样说——

"他们是废物呵。"

"为什么是废物呢？"

"为什么？不是没有带 [9] 手套么？"

在高加索，青年 Tolstoi 也竭力减交游，避朋友，守身如遁世者。那时他在寄给姑母的信里说："我并非自以为高，取着这样的态度的。这是自然而然之势，将我所遇见的本地的人们和我一比较，在教育上，在感情上，又在见解上，都有非常的差异，所以无论如何，和他们不能相投了。"

他于一八五四年在 Silisria（勃加利亚的山地）为司令官属副官时，也是同样的纨袴 [10] 子。又其处女作出版后，进了 Turgeniev，Druzhinin，Fet 及其他的文士之列的时候，也还是这样的人。

然而这青年有世袭的领地，有自己的农民。因此他觉得可以做善良的主人，知道学位证书和官阶都非必要。而且他感到了恰如《地主的早晨》中的主人公 Nekhliudov 一般，有着安排七百个农民的幸福和对于神明负有关于他们的运命的责任……

在放荡生活中度了青年时代的 Tolstoi，到三十四岁，这才成了家庭的人。立农村经济的计画 [11] 是他的无上之乐，曾将其经营的办法向好友 Fet 自夸。他又为利己底感念所驱，竭力要给家族以幸福，尝醉心于劳动者 Iufan 的敏捷的工作，而想自行 Iufan 化。未来之母 Sophia Andreievna 响着锁匙，巡视谷仓，大家族的未来之父的他，则到处追随其后……经年积岁，殆十九年间浸渍于快活的蛰居生活

---

9　现代汉语常用"戴"。——编者注

10　现代汉语常用"纨绔"。——编者注

11　现代汉语常用"计划"。——编者注

的 Iasnaia Poliana 的地主,是经营农村,增加财产,牧畜场中,有豚三百头,Samara 的庄园里,则马群在腾跃……这样地,富是日见其增大了,但在一八五六年顷寄给 Fet 的信中,却写道:"我们的农业现在宛如藏着那交易所所不要的废票的股东,情形很不好。我决计加以经营,以不损自己的安静为度。最近自己的工作是满足的,但有饥馑袭来的征候,所以日日在苦虑。"

一八八二年,参加了墨斯科市况调查时,仅用于调查一个 Riapinski 客栈的几小时,却将较之 Iasnaia Poliana 生活的几年更有意义的影响,给与 Tolstoi 了。以这调查为动机而作的《我们该做什么呢?》(一八八二)的冒头上,是用这样的句子开始的:"我向来没有度过都会生活。一八八一年转入墨斯科生活时,使我吃惊的,是都会的穷困。我早知农村的穷困,但都会状态。在我,是新的,而且不可解。"

都会的贫民,是赤贫,不信神,看那眼色,读出了这样的质问——

"为什么,你——别世界的人——站在我们的旁边的?你究竟是谁呀?"

从别世界来的 Tolstoi 一经观察这不可解的新的都会生活,一向以为愉乐[12] 的奢侈生活,在他便反而成了烦闷的根苗。既经目睹了忍寒苦饥,而且被虐的多数人,于是也明白了仅靠博爱难以解决这问题。又在都会里,也难如村落一般,容易创造爱和协同的氛围气。并且镇静"以自己的生活为不正当的自觉心"的苦恼,有所不能的理由了。他曾这样地写——

"都会的缺乏,较之村落的缺乏为不自然,更急需,更深酷。而主要之点是在穷困者群集于一处,那情形实给我以恶感,在 Riapinski 客栈所得的印象,使我觉得自己的生活的肮脏。"

---

12　现代汉语常用"娱乐"。——编者注

村落生活者的第一的思慕，是 Iasnaia Poliana 的安静和幽栖。苦于剧甚的都会生活的烦琐的他，便从墨斯科跑到村落去。到一八八二年的所谓"苦痛的经验"（市况调查）为止，他是为了子女的教育，住在墨斯科的。这之前，在一八七七年，他曾向好友 Fet 这样地诉说墨斯科生活。"我的墨斯科生活非常凌乱。神经纷扰，每一小时中每一分有不同之感。为了妨害我面会必须相见的人们，无须的人们是故意地出现……"

墨斯科的市况调查后，他从 Riapinski 客栈，恐怖地跑到 Iasnaia Poliana 的羽翼之下，一八八二年四月，写信给 Sophia 夫人云——

"总算已从都会的繁杂之极的世界复归自己，读古今书，听 Agafia Michalovna 的纯真的饶舌，非念孩子，而念上帝，在我是心情很舒服的。"

Tolstoi 之跑到 Iasnaia Poliana 去，也不但为厌了都会生活的烦劳。他是要避开社会问题的通俗底解决，并且远离深酷的急需底的都会的穷困。而他较之 Iasnaia Poliana 的生活，倒在跑向农民的生活去的。

社会问题在 Toistoi 的面前，将那悲剧底实相展开了。他想个人底地、消极底地将社会问题来解决，以为一切病根全在佣雇别人，加以榨取，所以应该不去参加榨取别人的事，自己来多作工，而竭力少去利用别人的劳动。

一八八二年，他遇见了加特力教派农民 Siutaev。Siutaev 者，是扶助别人，显示自己的实例，以说"同胞爱"而想缓和社会的矛盾的。Tolstoi 又读了 Bandarev 的《论面包的劳动》，大有所感，便将那为村民作殉道底劳动，借以得自己的良心的和平的主意打定了。社会问题固未能仗这样的个人底出力而解决，但于怠惰豪华的地主生活上加了打击是并无疑义的。

Iasnaia Poliana 的地主，成为 Iasnaia Poliana 的隐者，Iufan 化了

的主人，变作文化底耕作者了。恰如十八世纪的卢梭，抛掉假发，脱白袜，去金扣，居环堵萧然的小屋中，做了 Montmorenci 的隐者一样，十九世纪的 Tolstoi 也脱去华美的衣裳，加上粗野的农服，委身于所谓"面包的劳动"了。于是从现代国家的社会底矛盾脱逃的隐者，便进了"枞树下的精舍"，个人底地奉着农民底基督教，依照 Siutaev 的方式以度生活了。也就是他 Tolstoi 成为改悔的 Anarchist，以中产的劳动农民的精神为精神了。"市况调查和 Siutaev 之说，教了我许多事"，是他屡屡说起的话。

以寻求 Stenka Razhin，寻求社会主义为目的的向着农民团的革命底行进，在八十年代的 Tolstoi 的作品上，变为寻求那和农民一同不抗恶的 Karadaev 式人物的巡礼了。

"我们的周围的生活——富豪及学者的生活——不但反于我的意志而已，且也失了意义。我们的一切动作、考察、科学、艺术，在我是成了新的意义的东西了。我将这些一切解释为游戏，所以不能在这些里面去寻求生活的意义。惟劳动者，即创造生活的人类的生活，这才有真正的意义的。我以这为真的生活，认附带于这生活的意义为真理，所以我将这采用了。"

这是他的《我的忏悔》里的话。

由母亲得来的遗传底敏感性，在少年时代的卢梭的研究，农村的印象，与自然和朴素的人们的接触，两个姑母的感化，Arsamas 的旅行，死之恐怖和有意义的生活之渴望，社会的矛盾和不平之感知，将赤贫之苦和犯罪来曝露给他的墨斯科的市况调查，一八八〇年和 Siutaev 的交际及 Bandarev 的著作的统读等，都会合起来，使 Tolstoi 回顾民众了。

然而与对于都会和农村的矛盾的深酷所抱的恐怖，以及旧文化崩溃的预感同来苦恼他的，是一切生物之无常和必灭。死的观念，成为恐吓这芳春和复活的乐天诗人的恶梦[13]了，他相信要免除这恶梦，即在将自己的生活加以农民化、基督教化，舍生活的欢乐，离魅惑底艺术，用以赎罪，而净化已黩的精神。盖无常的生活，不但借"面包的劳动"成为神圣而已，并且使如神的爱的要素和人类相交融。死之恐怖，使社会问题力懈，个人的利害压迫了社会底利害，动摇的观念便转向个人底完成和个人的变革去了。

一八六九年，为购置有利的新庄园，旅行 Pensenskaia 之际，Tolstoi 在 Arsamas 一宿体验了死之恐怖。是年九月，在寄给 Sophia Andreievna 的信里，说道："前夜我止宿于 Arsamas，遇了非常的事。这是午前约五点钟，我为了疲劳，很想睡觉，各处是毫无痛楚的。然而蓦地起了不可言喻的悲哀，那恐怖和惊愕，是未曾尝过的程度。关于这感觉，待将来再详说罢。但如此苦痛的感觉，是一向没有觉到过的。"而这感觉的详细，Tolstoi 是用了可惊的真实和魅力，叙在一八八四年之作《狂人日记》中。

他独在旅馆的肮脏的一室里，开始体验了无端的剧烈的哀愁，即死之恐怖的侵袭，此后又屡次有了这样的事，他称之为"Arsamas 的哀愁"。

但是，他的深味了死之恐怖，也不独这一事，他是作了《三个死》《伊凡·伊立支之死》《主人和工人》的。

他在摇篮时代不已和死相接近了么？有着"发光的眼睛"的他的母亲的去世，是他生后一年半的时候。父亲之死，是九岁时。还有姑母兼保护者 Alexandra Ilinishna 的去世，他是十二岁。她便是常为飘泊[14]者所围绕，为了要得其死所，而往"Optin Pustvini"道院的人……此后，弟弟尼古拉夭亡了，那死，就在"Anna Karenina"中

13 现代汉语常用"噩梦"。——编者注
14 现代汉语常用"漂泊"。——编者注

现实底地描写着。这一切不幸的现象,是都刻镂在活力方炽的贵族底青年的心上的。

一八六〇年,在 Sodene,抱在他臂膊上,爱弟尼古拉永久瞑目了。尼古拉是富于天才的出色的人。那时失望伤心,感了死之战栗的他,寄信给 Fet 道:"明天也将以可憎的死亡、虚伪、自欺之日始,而以自无所得的空零终。是滑稽的事。"……"倘从 Nikolai Nikolaevitch Tolstoi(弟)的曾经存在这事实,一无遗留,则将何所为而劳心,何所为而努力呢?"他的弟弟因为不能发见足以把握的何物,对于"汝归于空零"这观念曾经怎样懊恼的事,Tolstoi 懂得了。那时 Tolstoi 还未曾结婚,不能把握家庭的幸福,而 Iufan 式的工作也不能把握,只捉着了学术的研究……暗云似乎消散了……然而发生了一八六九年的 Pensenskaia 旅行和 Arsamas 的恐怖,一八七三年至一八七六年之间的近亲五人(三个孩子和两个姑母)的死殇。而且这又是替生母抚育 Tolstoi,使他知道了爱的精神底慰乐的姑母 Iergolskaia 之死;是保护人的八十岁老妇人 Perageia Ilinishna 之死……在 Iasnaia Poliana 早没有光辉灿烂的生活,死在拍着黑色的翅子了。要逃出这翅子,该往那里呢,赴 Pensenskaia,去买为自无耕地的贫农所围绕的庄园呢,还是增加 Iasnaia Poliana 的富,以度奢华的生活呢?做这样的事,是良心、廉耻心、愤社会之不平等的精神都所不许的。

一九一三年所刊行的《托尔斯泰年鉴》上,载着题为《我的生涯》的 Tolstoi 夫人的最有趣味的一断片,当叙述托尔斯泰伯的"Optin Pustvini"道院四次朝拜的巡礼底行为时,夫人这样地写着——

"Tolstoi 在那长久的一生之中,徒望着死的来近,且关于死怀了几回阴郁的观念都不知道。入于永是怕死的观念里,并非容易事,但精神上肉体上,皆稀见如 Tolstoi 的强健的人,要将难避的生的破坏分明地想象,并且感得,是不可能的。"

在陶醉于生活的艺术家那里,酒醒的时候来到了,对于生活的疑念发生了。当计画农村经济时,这问题突然浮在脑里了——

"唔,是了,你在 Samara 有地六千亩,有马三百匹。但是,此外呢?"

他于是完全茫然,不明白此后该想什么了。(《我的忏悔》参照)

地主的经济,与《家庭的幸福》《战争与平和》和 *Anna Karenina* 的著者的精神是不相容的。然而他不做游历欧洲的所谓"消谷",又不做贵族的漂浪者,而成为农民的巡礼者、土地耕作者,以及"上帝的仆人"了。

新生活的计画又和家族及主妇的计画不相合,且反于 Iasnaia Poliana 的精神。旧贵族家里的居人,只能用了《家庭的幸福》中的"我们的家是村中第一的旧家,几代的子孙相爱相敬,在这家里过活"的话头,向了隐者而有智识的农夫(Tolstoi)说。

但将有可怕的打击加于这几代子孙的家风之上了。一九一〇年,在将作托尔斯泰纪念馆的这旧家中,又发生了决胜底争斗。而反对 Iasnaia Poliana 而起者,却正是在其地诞生、生活,且遗嘱葬于旧教会旁的人,并且仗沃土之力而发荣、确立,而放了烂熳[15]之花的作品的作者自己。

Sophia Andreievna 夫人在她的自叙传里记载着:"一八八四年夏,Tolstoi 热中于野外工作,终日和农人们割草,大概总是疲乏之极,傍晚才回家来,但因为不满于家族的生活,便很不高兴模样,坐在椅子上。Tolstoi 是为了家族的生活和自己的主张不同而烦闷着的。有一回,Tolstoi 曾想同一个村女跟移民们暗暗逃走,这事他向我告白了……于是这事成为事实,七月十七日之夜,和我大约是

---

15　现代汉语常用"烂漫"。——编者注

为了关于马匹的事的口角之后，便背上内装什物的袋子，说是到美洲去，不再回来，走出门外了⋯⋯一八九七年也有一回想出家，但关于这事，没有一个人知道。"

终于，一九一〇年十月的有一夜，他毫无顾惜地抛弃了自己的庄园。这之先，还瞒着 Sophia 夫人写好遗嘱，将世袭领地让给 Iasnaia Poliana 的农民们。

他的行踪不定的出奔和领地的自愿底的推让，是明明白白地表现了贵族时代的最后、旧贵族制度的崩溃，以及梦似的旧庄园的没落的⋯⋯这样的个人的生活样式，即"自己所必要的，是独自生活独自死掉"的思想，给贵族底家族制度以对照了。

身穿竭尽时式的奢华的外套的青年贵族，和肩负旅行用袋，与漂泊者之群同赴"Optina Pustovini"道院的老翁，或赤脚耕田的伧夫之间的距离，实在是很大的。然而这并非改换衣装的戏文，也不只是变美衣为农服而已，这是更生的剧曲，是排斥传统底习惯、趣味、观念的苦闷的表现，也是庄园和茅舍的两世界的冲突，且又是从地主底世界观向着农民底基督教的见解方面的迁移。

这样的对于更生的准备，他的一切创作便在说明着。这正如 Lermontov[16] 仗着做诗脱离了苦恼他一生的怀疑和否定的恶魔一般，Tolstoi 仗着《忏悔录》从奢侈生活、Iufan 化以及贵族制度逃出了。

在我们的面前者，不是大文豪的文集，而是一部连接的日记，又是首尾一贯的忏悔录。

在这日记，忏悔录或是传道录中，描写着各样的人物，但这是为了赎罪而谴责自己，辗转反侧而烦闷着的一个贵族的丰姿。那各种创作中的人物，如 Irteniev、Nekhliudov、Teresov、Olienin、Sergei Michalovitch、Pierre Bezukhov、Andrei Bolkonski、长老 Sergei 等，都是

---

16 现译"莱蒙托夫"。——编者注

表现了一个烦闷的人物的异名，以及各样的境遇和各样的转换期的。而显露于一切转换期中的一特色，乃是善的理想的崇拜、精神的常存的洁白和完全美的渴望、家系以及阶级的传统底事物的排斥等。而各种作品的重心则在描写精神底危机和精神底照明之所以发生的机缘，当达于精神底照明的高度时，便显现着死和觉醒，换一句话，即死和复活。

《幼年时代的回顾》（一九〇三———一九〇六）是探讨 Tolstoi 的创作底计画之迹的贵重的资材，那是《幼年时代》印行后五十年所写的，在这书中，Tolstoi 便从善恶的差别观，更来通览自己的一生，将这分为四期，即（1）幼年时代，（2）独身时代，（3）到生活一转期为止的家庭时代，（4）精神底更生时代。这分类法在依了基本底题目来分别 Tolstoi 的遗文之际，是颇便于参考的。

天真、愉快，而且诗底的幼年时代，长留在他的处女作《幼年时代》和《少年时代》中。那时候，Tolstoi 是将脱离墨斯科生活，住在岚气迫人的高加索山中，幸福的过去的回忆写了下来，不独使自己的精神，且使读者的精神也都净化高超了。自作的小说印行之年，他在 Tifris 途次，从 “Mozdock” 车站寄信给姑母 Iergolskaia 道："我精神上起了很大的变化，这不只一次，有好几回。一年以前，我以为在世俗的娱乐和交际场里，是可以发见自己的幸福的，但现在却相反，愿得体力上精神上的安静。"

这 Tolstoi 的处女作充满着 "使自己完成的不断的努力，乃是人类的使命" 的信念。又在这里交织着真实和架空，例如幼而失母的他，要从那记忆上挽回朦胧的母亲的模样来，推敲意想时的叙述就是，但那设想往往是苍白而无力的。

他的处女作又时时极其感伤，那叙述法则显示着英国文人 Sterne 的《法意两国游记》和卢梭的《爱弥儿》的大感化。

在《幼年时代》的序文上，Tolstoi 向着有心的读者，望不仅以为有趣的文章，而发见会心的处所，且要求着不因嫉妒之情而蔑视了周围。

《青年时代》是未完之作，可作续编看者，是《地主的早晨》。在《地主的早晨》里，用了从大学的三年级回村来的十九岁的 Nekhliudov，将《少年时代》的十六岁的 Irteniev 替换。

Nekhliudov 是小农。他以为农村的弊病的根原[17]在于小农的赤贫生活，若用劳动和忍耐，便可匡救这弊病的。于是立起"农村经营的法则"来，要在那经营和提高劳动者的精神上，实现自己的计画。就是，在读者面前，展开一个"地主的早晨"的农奴的村落的光景来。

Nekhliudov 倾听了麇集的小农的诉说和要求，或者询问事实，或者答允改良，抱着疲劳、羞愧、无力、悔恨的纠纷的感情，走进自己的住房里去了。

故事骤然变为 Nekhliudov 的关于 Iliusha 的感想。Iliusha 是有丰饶的金发和发亮的细细的碧瞳的人，往 Kiev 搬运物件去了。Iliusha 的 Kiev 之行为 Nekhliudov 所羡慕，为什么自己不是 Iliusha 似的自由人呢？是这时他脑中所发生的思想……

"幼年时代和少年时代"的时期，连续计十四年（一八二八——一八四二），其次，就起了思想的大变化。

生活于高加索的兵村，拥在自然的怀抱里，更在 Sevastopol 出入于生死之境的 Tolstoi，便从向来的贵族底思想脱离，将追逐外面底光辉的卑俗的欲望抛掉了。作为这时的作品，可以举出来的，是《袭击》、Sevastopol、《青年时代》《部队中和墨斯科旧识的邂逅》《计数人日记》《两个胸甲骑兵》、Albert、Lucerne 等。

描在《计数人日记》里的上流阶级出身的纯洁的青年 Nekhliudov，

---

17　现代汉语常用"根源"。——编者注

逐渐陷入堕落社会的深处，成为撞球场的熟客，作不正当的借财，又为恶友所诱，涉足娼家，终于将精神的纯洁和无垢全都丧失了，然而悔悟之念一起，莫知为计，便图自杀，写了下列的句子，留下遗书来——

"神给我以人类所能望的一切，即财产、名誉、智慧和高尚的观念。而我要行乐，将在自己心中的一切善事捺入泥土，加以蹂躏了。我不作无耻事，也不犯什么罪，然而做了最厉害的事，杀却了自己的感情、智慧和青年的意气……打骨牌、香宾[18]酒、赌博、吸烟、妓女，这是我的回忆……"

Nekhliudov 的苦闷是后悔了青年时代的放荡生活的罪恶的 Tolstoi 自己的苦闷。

恰如 Pushkin 的 "Aleko"，诅咒着气闷的都会的束缚，游历 Bessarabia，而凭吊了 Tsigan 人的古城遗迹一般，墨斯科人的 Olienin（《哥萨克兵》的主角）也和虚伪绝缘，为要融合于自然的真理中，便离开了喧嚣的都会。对着嵯峨的山岭的他，在想要寄给所谓交际社会人类这都会的上流文化人的信里，是这样地写着——

"你们是无聊的可怜人，你们不知道幸福的本质、生活的要素是什么。纵使只一次，也必须尝一尝不加人工的自然美的生活的。我每日仰眺着严饰群峦的千秋的皓雪，和成于太古之手照样的自然美相亲，你们也不可不眺望这大自然之美而有所领悟，待到领悟了谁在埋葬自己，谁在营真的生活的时候……

"真理和真善美是什么，必须观察而领悟的。一经领悟，则你们现今在谈说和考察的事，以及希望着自己和我的幸福的事，便将成为骨灰而四散罢。所谓幸福者，乃是和自然偕，看自然，而且和自然共语。"

18　现代汉语常用"香槟"。——编者注

读者的眼里映出都会人和山中人来了罢。在 Olienin 即 Tolstoi 的回忆和空想中，蕴蓄着大自然的严肃之感。在那时他所想、所感的一切物象中，常有山岳出现。驰神思于山巅，涵泳了如水的岚气的 Olienin 即 Tolstoi，便从哥萨克的 Novomlinskaia 村伸出手去，和日内瓦的哲学者而艺术家的卢梭握手了。

后来，在发抒公愤的 *Lucerne* 中，Tolstoi 则将温泉浴汤的所谓"富有的文明人"们和他们所嘲笑的唱小曲者相对照，这短篇乃是痛骂了不以像人的温暖的心来对个人的工作的十九世纪文明人的檄文。

委身云水的乞儿、唱小曲者、Sevastopol 的兵丁、朴讷的哥萨克人 Ieroshka 和 Lukashka、《雪暴》中的车夫 Ignat 等，都是太古的人、接触自然的漂泊者、Tolstoi 所喜欢描写的人物。

第三期是从结婚起，到开手和周围的人们绝缘的十九年（一八六二——一八八○）。这之间，幸福的丈夫、父亲、主人的 Tolstoi 是度着正当的洁白的家庭生活，利己底地赏味着生活的快乐，增益资财，享着家庭的幸福的。这时 Tolstoi 是尽全力要成文人、向姑母 Alexandra Andreievna 屡次寄了自述意见的有特色的贵重的信札。

一八六三年九月，在寄给这姑母的信中，他这样写——

"我不穿凿自己的心境，即自己的感情了。而家族的事则单是感，并不思。这精神状态给我以很广阔的智识底地域，我一向未曾感到过自己的精神力竟能如此自由，而且致力于作品。"

一八五九年所写的《家庭的幸福》是跨进这一期去的序言。这小说是用温雅的 Turgeniev 式语调写出的，但篇中的 Turgeniev 式处女却究竟成着 Tolstoi 式笔法的妇人和母亲。而结婚、家族、生产、做父母的义务、爱情等问题，则是我们的文豪的注意的焦点，于是各二千页的两巨制，《战争与平和》和 Anna Karenina 便成为描写那在豪侈的贵族生活中时运方亨者的家庭和生产的状态的力作而出现了。

倘若《幼年时代》《少年时代》及《青年时代》的材料利用着邻村的地主 Isrenev 一家、Sophia Andreievna 的母亲、家庭教师列绥勒和圣多玛，则《战争与平和》的材料、是利用着 Tolstoi 的三血族的家谱的。不独外祖父 Volkonski、生母、姑母 Iergolskaia、祖父 Tolstoi、祖母和父亲而已，连自己的新妇 Sophia Andreievna 也描写在这大著作里，各人的面目都跃如，连合[19]起来，使我们感动。

这小说的内容的十分之九是用一八一二年的祖国战事为背景的贵族及地主生活的描写，贵族的各层的状态都被以非常之正确和深邃表现出来。而每行每页中，都映出着贵族社会的出身，且彻骨是贵族的作者的姿态。

在这长篇小说中，没有描写农奴法的黑暗面，是令人觉得奇异的，Tolstoi 将主人对于佣人的族长关系加以诗化了。

有人向 Tolstoi 非难他描写时代精神之不足，太偏于叙述光明方面了的时候，Tolstoi 这样地回答说——

"我知道时代精神是什么，也知道读者在我的创作上看不出时代精神来。时代精神者，是农奴的黑暗面，是妻女的抵押和苦痛的呻吟，是笞刑，是兵役以及别的种种。

"留在我们想象上的这时代精神，我不以为真实，也不想描写它。我曾研究了历来的文件，日记类和传记，没有发见过比现在或我在有一时期所目睹似的更残忍、暴戾的事实。

"那时的人们也寻求真理和道德，且也嫉妒，迷于情欲了。精神生活也复杂的，但那生活比起现在的上流社会来，却优美而高尚……

"那时有一种特质，是起于上流社会和别社会的非常的间隔，

---

19　现代汉语常用"联合"。——编者注

也起于教育、习惯、用法国话和别的关系的。我是竭尽所能使这特质明示于人世。"

这样子，本来未尝着眼于社会的矛盾冲突的他，在《战争与平和》里，也念及上流下流两社会的悬隔了。

在小说 Anna Karenina 里，则对照着庄园和都市，地主的 Levin 和豪华的都人。起于离 Iasnaia Poliana 不远的 Tuliskaia 县的悲剧——地主某的爱人，不耐其地主的爱情的日薄，自投火车之下而轧死了的事件——给 Tolstoi 以关于结婚、家庭、爱和嫉妒的材料。小说中的人物 Oblonski, Vronski, Karenina, Konstantin Levin, Kitty Nikolai Levin 和 Levin 的爱人而因痘疤变丑了的女人，以及交际社会的绅士等，是都用以显示真正的宏大的自己牺牲之爱的模样，并且据自己的体验和回忆来表现都会的贵族和乡村的地主的生活的。

Konstantin Levin 的不安、恋爱、企业、都会生活的嫌恶、计画自杀的精神上的危机，以及 Nikolai Levin 与其爱人的言动等，凡出现于这小说中的一切的现象，是都经了有家族底亲睦的 Iasnaia Poliana 的氛围气化的。

在这长篇中，也如在《战争与平和》里一样，将陷于恋爱的动机、生产的重要关头，以及对于子女的母性爱等，用了空前的巧妙描写出来。终不委身于墨斯科交际社会的一青年的那为人母者的丰姿，分明地在读者眼前出现。而描写了这姿态的 Tolstoi，则一八八〇年顷已经是九个孩子的父亲了。有读了 Anna Karenina 和她的儿子 Seriujia 相会的场面而不哭的么？……在 Konstantin Levin 的世界观上，是明明地显着地主阶级的利害的反映的。

Tolstoi 将"精神底更生"之年的那一八八〇年以后作为创作的第四期。但恰如一八五九年所作的小说《家庭的幸福》是家庭生活的序言一样，一八七七年所作的 Anna Karenina 是从一八七九年到一八八二年之间所写的《我的忏悔》的预告。

　　丧弟的结果，而深思生命的意义的 Levin，为死之恐怖所袭，凡手枪和绳索之类，是不放在手头的，但这是表现着晚年的 Tolstoi 所自曾经验之处，Tolstoi 当精神底更生之际，想自杀者许多回。这样，而十九岁的青年 Nekhliudov 便让位于 Levin，而 Levin 带着许多孩子，不但一个早晨，竟终生在农民之间过活了。

　　然而 Levin 对于农民，不过消极底地公平而已。他没有压迫农民，但永久的弊病这耕地问题也未曾解决。

　　Stiva Oblonski 对于 Levin 所说的农民问题和社会的不平等，怂恿他将土地分给农民，算作解答的时候，Levin 便说自己没有推让土地之权，对于耕地和家族负着责任云云，驳斥了他的话。

　　而 Levin 遂回避了社会问题的解决，入宗教界，为要拯救自己和自己的精神，想从剧甚的生活的矛盾中脱出，并且归依宗教，以得安心立命之地。

　　Tolstoi 自己也进了宗教界，永久地抛掉华美的贵族生活了。关于《战争与平和》中的一个女人 Maria Bolkonskaia，他已经这样地写着——

　　　　她屡次听到巡礼的故事。这在巡礼者，不过是单纯的照例的话罢了，但于她却意味深长，感动的结果，便好几回想舍了一切家财出走。于是她自行设想，自己在和身缠粗衣，挂着杖子，颈悬进香袋，步行着沙路的 Fedoshka 一同走。她又自行设想，自己将嫉妒、爱恋、希望全都舍弃，只是遍历圣地，终于到了悲苦俱无，辉煌着永久的欢喜和幸福的乐土。

　　　　但在后来，看见年迈的父亲，尤其是见了年幼的孤儿这外甥时，她就难行她的计画，吞声饮泣，觉得是爱父与甥，过于上帝的罪人了。

作为足以记念这第四期的碑铭，将 Tolstoi 所爱诵的 Pushkin 的诗《追怀》钞 [20] 在这里，是最为确当的罢。

这有名的《追怀》曾成了 Tolstoi 的悔悟和嗟叹的根源，Tolstoi 是极爱读典丽而遒劲的诗歌的——

> 喧嚣的白昼销声，
> 夜的半明的影子，
> 扩充于寂然的衢路，
> 昼日勤劳之所赐的
> 梦成时，
> 在我是
> 来了苦恼不眠的时候，
> 我的胸中，趁着夜闲，
> 啮心的蛇正在蜿蜒。
> 空想喷涌于满是哀愁的脑中，
> 沉重的思惟 [21] 填塞了胸底，
> 回忆在我面前
> 将长卷展开，静悄悄地。
> 于是不得已而回顾我的平生，
> 我咒诅而且战栗，
> 我长叹以泪零，
> 但悲哀的印象不能荡涤。

---

20　现代汉语常用"抄"。——编者注
21　现代汉语常用"思维"。——编者注

发挥兽性的华筵，

不自然的自由的耽溺，

束缚和困穷和飘泊大野，

这是我所耗的往日。

而今的我又是酒池肉林，

听侪辈的谎语，

冷的理智之光，

使我心感到难除的愧耻。

我没有欢娱⋯⋯


Tolstoi 的回忆便是将这诗的"悲哀的数行"换以"污浊的数行"的，而他的《忏悔录》也和 Pushkin 的《追怀》相匹敌。

在取材于民众生活的故事中，Tolstoi 所用的平易的文体，也酷似 Pushkin 当圆熟时代所表示的单纯的写实主义底文体的。

在这第四期，Tolstoi 写了许多宣传底文章。即《我的忏悔》（一八七九—八二）、《论墨斯科的市况调查》（一八八二）、《我的信仰》（一八八四）、《我们该做什么呢?》（一八八六）、《论生活》（一八八七）、《论 Bandarev》（一八九〇）、《懒惰》（一八九〇）、《十二使徒所传的主的教义》（一八九五）、《圣书的读法及其本质》（一八九六）、《论现在的制度》（一八九六）、《艺术是什么?》（一八九七）、《论托尔斯泰主义》（一八九七）、《自己完成论》（一九〇三）、《互相爱呀!》（一九〇七）、《论虚伪的科学》（一九〇九）、《不能缄默》（一九〇七）等。

这时期，我们的 Tolstoi 将象征那生活的欢乐的艺术加以排斥了。他以为艺术的使命是在建设那为人类最高目的的"爱的王国"。

他反了自己的禀性，想做禁欲主义者。"这一年，我大和自己战斗了，但世界之美将我战胜。"这是被魅惑于春天的自然美的他写在有一封信里的话。

一八八四年以降，Tolstoi 为 Chertkov 所主宰的 "Posrednik" 出版部做些创作，到一八九四年为止，印行了下列的书。就是《神鉴真理》《人靠什么过活？》《高加索的俘囚》《舍伐斯多波里的防御》《蜡烛》《二老人》《有爱之处有神》《呆子伊凡》《开首的酿酒者》《必需许多田地么？》《鸡蛋般大的谷子》《受洗者》《三长老》《悔悟的罪人》《黑暗之力》《教化的效果》等。后来，又印行了 Kreutzerova Sonata、《Ivan Ilitch 之死》和《跋辞》。

凡这些作品，目的都不在有识及上流社会的读者，而以灰色的大众为主眼的，那内容则在关涉农民，并且启发农民。那文章已非以法文文格为本的 Pierre Bezukhov 的口调，而是最良的通俗的俄国话，纯粹透彻的确而又端丽，这是 Agafia Michalovna、Plaskovia Isaievna、巡礼者、Iasnaia Poliana 的农民、兵卒等的通用语……

在一九〇五年，作了一篇在体格、在简质、在深邃，并且在明白之点无不卓出的短篇 Aliusha Gorshok。

在这一期，也有取上流社会的生活为题材的作品。例如《狂人日记》（一八八四）、《恶魔》（一八八四）、《复活》（一八九八）、《长老 Sergius》（一八六八）、《夜会之后》（一九〇三）、Hajji Murad（一九〇四）、《活尸》（一九〇〇）等是。

然而表现于这些作品里的 Tolstoi 的根本观念，并非尝味上流社会的生活的欢乐的心情。对于社会的奢华放恣的利己底生活，乃是锐利的否定底的摘发底的态度。

《复活》里的下文的几句，是表现着 Tolstoi 的这观念的——

"访了 Masrenikov 一家之后，尤其是旅行了乡村之后，Nekhliudov 并非已经定了心，但对于自己所居的社会非常厌恶了。那社会中秘藏着为了少数者的安定和便利，而无数的大众所蒙的苦恼，人们因为没有看，也看不见，所以到底不知道自己的生活的造孽和残酷。

"Nekhliudov 早已不能不自咎责而和那社会的人们相交际了。"

Nekhliudov 竟和自己所居的社会及自己的过去绝缘，同情于身缠囚服的人们，走入两样的社会里去了。这样锐利的果决的写法，是 Tolstoi 所未前有的。

然而不要忘记了卢梭之徒的我们的文豪，是从幼年时代以来无意识底地留心于无产者。D. V. Grigorovitch 的作品是和 Turgeniev 的《猎人日记》，同是感动了少年的 Tolstoi 的东西，后来在寄给 Grigorovitch 的信里，他自己这样说——

"我还记得十六岁时候，读了 *Anton Goremika*（Grigorovitch 之作）时所得的感叹和欢喜之情。使我对于养活我们的俄罗斯的 Muzhik（贱农）起了愿称为师之念者，是这一篇小说；又知道了不为惹起兴味，不为描写野趣，不独是爱情，且竟应该以尊敬和畏惧之念，明细地来描写 Muzhik 者，是这一篇之赐。"

在我们的 Tolstoi 的胸中，是常有对于教师 Muzhik 的无意识底敬畏之念的。属于他的创作的《日记》中，那从贵族的血统传来的固有的性质和幼年时代以来由接触了农民及巡礼者而感得的第二天性，虽在贵族子弟不顾平民的时代也曾显现的倾向，以及 Nikolenka Irteniev 冷笑为"他的脸像 Muzhik"时代的精神状态，都互相错综而表现着。

表现在《日记》里的 Muzhik 的脸逐渐将法兰西人家庭教师的教子的他的脸掩蔽了。

Turgeniev 尝戏评 Tolstoi 说："他宛如孕妇一般，对于农民，歇斯迭里地挚爱着。"

蔑视了贵族主义的 Tolstoi 是挚爱民众，想仗民众以救自己的。

这正与《复活》里的被 Katiusha Maslova 说是"你是想要凭我来救自己的呀"的 Nekhliudov 的心情相同。

Tolstoi 是学于民众，学于哥萨克人 Epishka，受教于 Sevastopol 的要塞兵 Iufan，Siutaev，Bandarev 等的。他在民众之前忏悔，谢自己的祖先之罪，使自己的生活状态与民众同。民众的力是伟大的。驱逐了拿破仑者，非亚历山大一世，也非诸将军，而是灰色的民众。Kutusov 之得了胜，就因为他是平民主义。

Sevastopol 之役之际 Tolstoi 屈膝于无智无欲的英雄这农民之前，写道："俄国的民众演了主角的这大事件，是永久留伟绩于俄国的罢。"

和民众，尤其是和农民大众的关联逐渐扩大起来，Tolstoi 就逐渐舍掉了法兰西式观察和思想的发表法。这和 Pierre Bezukhov 会见了 Platon Karadaev 之后的思想正复相同。更加适切地说，则和 Pushkin 在 Michalovskoe 村的傍晚，听乳母的往日谈，而说"修正了自己的讨厌的教育的缺点"的心情是同一的。在文章圆熟的第四期所写的农村生活的简素的故事类，都洋溢着农村的质朴的情绪。

在 Tolstoi 的一切作品上，显著之点，是将那为精神上的烦恼所苦，永久不满于自己的人们，和单纯的，虽在暴风雨中，也含微笑，言行常是一致的素朴的人物，两相对照起来。

不答话的"Aliusha Gorshok"，是始终愉快的……在欺凌他的商人那里、亲戚那里，他总是忠实地作工，总是含着微笑。Aliusha Gorshok 的微笑是使他的一生明朗的，而农民的俄国则以这微笑凝眺 Tolstoi，Tolstoi 是由这微笑描写了农民。

Pierre Bezukhov 走近前去，看见在篝火边，忠厚的 Platon Karadaev 法衣似的从头上披着外套，用乡下口音的、悦人的，然而柔弱的声音对兵卒们讲着照例的话。

Platon 在苍白的脸上浮出微笑来，欣然地眼睛发着光，接着说——
"唔，兄弟，那么！兄弟。"（参看《战争与平和》）

从这临终的兵卒的身体上流着辉煌的欢喜之情。他没有死，他是消融在光明的世界里了。

阴郁的满怀疑惑的 Levin，当删刈枯草时，到野外去，村女们唱着俚歌，到他旁边来，这在 Levin 觉得好像是载着欢乐之雷的湿云，向自己飘过来了……伴着叫喊声和夹杂口笛的愉快而极粗野的歌调，万物都静静地跳跃起来。于是现在正因为枯草的事和村农相争了的 Levin，便神往于共同动作之美和丰饶的诗趣，羡慕这样过活的人们羡慕 Ivan Parmenov 和他年青的妻子了。

为什么 Nekhliudov 不能成 Iliushka？为什么 Olienin 不能成 Lukashka 的呢？为什么 Maria Bolkonskaia 不能成巡礼者？为什么 Pierre Bezukhov 不能成 Karadaev 的呢？为什么 Iasnaia Poliana 的地主的府邸不能变狭窄的温暖的小屋的呢？"为什么"者，是 Tolstoi 说起过几十回的问题。

亚历山大三世的宫内女官，他的姑母 Alexandra Andreievna 到 Iasnaia Poliana 来作客，看见从世界各地寄来的信件、报章、杂志之多，她吃惊了，半是戏谑，以警 Tolstoi 的骄慢心道："这样地被崇拜、烧香，不至于塞住呼吸么？"

"姑母以为我在因了这样的事自慢么？在我的大的世界里，是还没有听到我的名声的。"这是 Tolstoi 的回答。所谓大世界者，并非亚历山大三世的宫廷，而是 Tolstoi 周围的人们，然而并非学者和文士，而是熏蒸的小屋的无数的居人。

他是用这大世界的见地和趣味和利害之念以陶冶自己的精神的。"我比你更其 Muzhik 些，更其 Muzhik 式地感着事物。"这是伯爵的贵族 Tolstoi，对着半劳动者出身而喜欢书籍的 Maxim Gorki 所说的话。

抬了自己的教师，又是教子的故 Tolstoi 的灵柩的 Iasnaia Poliana 的农民，是怎地批评 Tolstoi 呢？"虽然是老爷，但是想得深的 Muzhik 者"，是他们的话。

倘若画了 Tolstoi 肖像的画伯 Riepin，已经写出那想得深的 Muzhik 的有特色的容貌，则读者在"地主的话"里容易看出劳动农民的俄国的模样的罢。俄国艺术家之中，以如 Tolstoi 在小说 *Anna Karenina* 里所表示那样的欢喜之情和诗底威力，来高唱耕作劳动之美者，此外更无一个。

Tolstoi 描写了几世纪间教养下来的顺从的抱着劳动精神的农民。而他的农民还未能为神之国抗争，也不愿抗争，他正如农民隐士 Siutaev 一般，宣传了对于恶的无抵抗主义。Tolstoi 又将 Siutaev 主义高扬起来，提倡了忍耐和服从的美德。

反对这极端的无抵抗主义而起的，是 Korolienko 和 Gorki，以及革命底俄国。

然而无论俄国艺术家中的什么人，能如 Tolstoi 对于皇帝的政权、贵族和资产阶级的文化加以致死底打击者，实未尝有。秘密警察部和著作检查委员等之憎恶他，是并非无故的。

Tolstoi 作了《我们该做什么呢？》《黑暗之力》、*Nikolai Borkin*、《复活》《往事》《不能缄默》这些作品，给了为人类斗争的革命运动者以绝好的武器。

Tolstoi 的"地主的话"是成为"想得深的 Muzhik"的话，将最后的打击给了地主制度了，而那些话是明证了旧生活组织和社会底旧基础之崩溃的。

一九二八年十二月三十日《奔流》第一卷七期所载

# LEOV TOLSTOI

——一九二八年九月十五日驻日苏联大使馆参赞 Maiski 在东京
托尔斯泰纪念会讲演，由 Andreiev 日译

［俄］Maiski

　　从九月十日到十六日之间，全苏维埃联邦是举国严肃地做着托尔斯泰的诞生百年纪念会，就这一点看来，也便可以知道住在苏维埃联邦内的一切民族，对于为俄国文学有所贡献了的伟大的文豪，是抱着亲爱和敬慕之念的。在帝政时代的俄国呢，那不消说得，托尔斯泰是受了很大的亲爱和尊敬，那时他被推为使俄国文学有世界底名誉的巨人之中的第一人。但是，对于托尔斯泰的批评，帝制时代和现苏联之间，在实质底地，却颇有些两样，关于这两样之处，我想是有深深注意、加以讨论的必要的。无论怎样的作家，都不是漠然地生活着，或是创作着的人，各个作家都受着他那时代、国情、阶级、社会，以及党派的影响，是一个事实。他们既然在一定的社会里受教育，在一定的势力之下，则于不知不觉中，那趋势、趣味、思想就不得不看作被那周围的事情所影响。然而，最伟大的文豪，在那艺术底创作上，是能够创作超出他的时代或阶级的范围，人间底地、世纪底地都有价值的作品的。但是，在一方面，则虽是怎样的文豪，精神底地呢，总分明地显示着他们所从出的土地的传统。托尔斯泰是也没有逸出这一个通例的。产生了最大的俄国文学的这天才，在本身的社会底地位上，在教育上，还有在全体的精神底生活上，都是十九世纪的俄罗斯的贵族的儿郎。那时的贵族阶级久

已自己颓废得很厉害，到一九一七年，终于完全没落了。从十九世纪的初期起，俄国贵族中的一部分人已经决然成了较急进底的、较开化底的倾向。这些人们，是知道当新时代，无论在经济方面、政治方面、文化方面都有根本底地加以改造、从新建设的必要了。然而保守底势力出现于专制和奴隶制度上，更不见有让步之色。贵族阶级里的保守党和急进底分子之间，遂开始了剧烈的斗争。这斗争继续了很长久，而那最出名的，便是所谓一八二五年的十二月党事件。这扰乱为保守党所压迫，暂时是归于镇静了的，但急进底贵族却向精神底方面，即哲学文艺美术的分野出现。这是因为要用精神底势力来和旧制度即专制以及奴隶制度之类反抗斗争，所以至于在这方面发现了。

在十九世纪的七十年代，从急进底的贵族之中，产生了普希金（Pushkin）、莱蒙托夫（Lermontov）、果戈理（Gogol）、刚卡罗夫（Goncharov）、屠格涅夫（Turgeniev）、赫尔岑（Herzen）及其他的伟大的文豪，都是俄国文学的建设者。生于一八二八年的托尔斯泰也是急进底贵族的代表者中之一，而且是那第一人。十九世纪的所有贵族阶级的作家们，对于支配着旧帝制俄国的制度是都抱恶感情的。各作家将这恶感情，就用了各种的形式或举动来表现。赫尔岑是移居外国，分明走进反对专制制度的革新底阵营里去了。普希金、莱蒙托夫、果戈理和屠格涅夫等，虽都没有明示革命底的态度，但在那作品之中，则批判旧俄国的制度，嘲笑、讽刺其缺点，想借此使自己的读者对于自由和文明的思想发生同情。但托尔斯泰却和他们有些不同，对于压迫农民的专制政治或资本家的榨取，虽然也显着不平的态度，而不信这一切恶弊能够除灭。其所以不相信这些恶弊，有由大众的组织底的斗争而扫荡无余的可能性者，就因为十九世纪的中叶，人还看不见大众的政治底地的存在的缘故。托尔斯泰

要救俄国，便去寻别的路，于是他到达了特殊的哲学。这哲学，以
Tolstoism（托尔斯泰主义）之称，流布得很广。关于哲学的性质，在
这里不能仔细评论了，但要之，托尔斯泰相信，以恶来对付暴力是罪
恶的，他又相信，排击帝制时代的俄国的一切缺点和资本主义社会
的缺点，那惟一的方法，是各个人的道德底自己改善。从这论据出
发，托尔斯泰便否定了对于旧俄国保守底势力的大众的经济底政治
底斗争，倒反来宣说他已复活于自己所改造的原始底的"基督教"。
他所改造的"基督教"者，是个人的生活的基础，在于劳动、趣味、
习惯的极端的节制，而对他人施行善事。将这客观底地看起来，所
谓托尔斯泰主义者，不能不说，实质底地，是绝望的哲学。也就是，
贵族阶级的急进思想这东西，乃是绝望底的哲学。为什么呢？因为
他们是不相信帝制时代的实际生活的状态，有建筑于最合理底的基
础之上的可能性的。

　　将这些意见，托尔斯泰是有些分明地，力说于他的艺术底作品
中，尤其是 Anna Karenina 呀、《复活》呀，以及别种在他的创作生
活后期所写的东西里面的。由此，托尔斯泰在旧俄国时代便不独成
了伟大的作家，且被称为哲学家——一种新的宗教的建设者了。而
在除了革命底分子的别的识者之间，到十月革命为止，即在这两面
的意义上，就是将托尔斯泰作为艺术家，又作为哲学家，而和他相
亲，且加以尊敬。但现在的苏维埃俄国的对于托尔斯泰的批判，却
和那些不同了。因为他的哲学底著述，是和苏维埃俄国的主义主张
相反对的，不，简直是有憎恶的。然而在现今的苏维埃联邦中，除
了属于旧时代的少数的托尔斯泰派以外，以所谓"对于恶的无抵抗
主义"来否定一切暴力者，一个也没有。又，在现今苏维埃俄国中，
怀着托尔斯泰的观念，以为个人的自己改善，便是除去世间一切恶
的最良方法者，也非常之少。支配着苏维埃俄国的现在的哲学，是

相信人类关系上之所谓一切恶者，那根据，即在现世的经济底政治底缺陷，因此又相信要扫荡所谓恶这东西，必须制度的根本底改革。所以在苏维埃俄国，并非为了当作哲学家的托尔斯泰，乃是为了当作艺术家、当作旧俄国的永久的文豪，以及传旧俄国的各种时代的代表底的人物的典型，且绍介一八一二年顷的风俗的托尔斯泰，庄严地庆祝着他的诞生百年记念祝典的。

和这同时，苏维埃俄国当这百年祝典时，也为了对于托尔斯泰为常和自己的哲学相反的专制政治的暴压的激怒和反感所动，于是常用自己的言论和著述，将强有力的援助给与大众的革新运动的事，有所感谢和追念。这大众运动便是替代了当时无力而消极底的急进底贵族，终于使俄国的反动底制度归于全灭了的。苏维埃俄国从这见地上，亲爱、尊敬、追念文豪托尔斯泰。

说起当作作家的托尔斯泰的特为显著的东西来呢，那么，大约是五样的特征。这些特征，据我想，在文豪托尔斯泰，是最显著，并且确然的，这便是我们所最为尊重之处，且将托尔斯泰放在我们的文学殿堂上的最高的位置的。

他的特征的第一样，是他的笔极其强有力，而且广泛。普通的作家呢，即使有一点天才罢，但总是选一个主角，或是一家的家族，放在那小说里，他们描写那主角的喜的悲，或是动作呀、行为呀那样的东西，也描写那周围的社会，但描在里面的社会，不过作为人物的背景，在背景上，那主角的个人底存在，可以显得较为分明罢了。不是小小的水彩画，而要画大幅的图画的作家，很不容易遇见。就是，想将那在一如其活动的状态上的国民，或将极其多面底的、复杂的、某一时代的社会状态全体历史底地试来加以描写的作家，极少有地，是也或能够遇见。在这一点，托尔斯泰在全世界的文学底方面，则是那些巨人之中的最伟大的艺术家。看他的《战争与平和》罢，这是描写拿破仑的时代的最大的作品，表现在这小说里面者，不独那时代的俄国的状态而已，也描写着外国的状态，而且一读这无与伦比的小说，我们便仿佛觉得自己就是此中的人物似的，这并非单是书籍或小说，乃表现了那时代的一切特色的生活本身。要说《战争与平和》的重要的主角是什么人，那自然，也非Pierre Bezukhov，也非Andrei公爵，也非Natasha Rostova，也非拿破仑，而且又非Kutuzov，因为那故事的范围广，他们便不知怎地总仿佛影子逐渐淡薄起来，终于消失下去了。

所谓《战争与平和》的主角者，就是"那个时代本身"的表现，惟这一端，是在世界的文学底创作之中，无论那里都不能发见的特质。

作为托尔斯泰的第二样的特征，为我们所非常尊敬之处，是对于生活和个性有着甚深的理解，于心理描写有可惊的精密和深刻。在这一点上，他是和陀思妥耶夫斯基相匹敌的。陀思妥耶夫斯基被推为十九世纪中最伟大的心理学底小说家，但这两个作家的不同，是在陀思妥耶夫斯基是描写那病底的心理最为杰出的作家，而托尔斯泰则卓绝于描写那反对的心理。

第三样可以注意的特征是形相的创造。他所描写的人物，总是活着的，在这一端，没有人能和托尔斯泰相比。在他的创作里，什么空想的呀、模仿的呀，这样的死的形相是没有的，他的一切的主角，是当真生活着，说自己的说话，穿自己的衣裳。虽是描写不很重要的人物，也还是这样。描写外国人的心理是大家都以为很困难的，然而托尔斯泰当描写外国人之际，也仍然实在在呼吸，或哭，或笑，表现着真实的生活。倘若托尔斯泰对于那主角特有同情的时候——例如描写Natasha Rostova和Anna Karenina的时候，他便有挥其天才的彩笔，雕出那虽是最无感觉的读者，也为之心醉那么的美，以及优越的完全的形相的才能。

他的第四样的特征，是实在无比的典型底的文章之简洁，而且是仅用简单的文字来作最有力的表现的。托尔斯泰是故意做了简单的文章，为什么呢？因为他写来并非给贵族看，而是为了一般民众的。

最后的特征，是在现在的苏维埃俄国尤其易被理解，且被尊重之处，这便是对于一切的压迫、伪善、榨取等的他那深的反抗的精神。然而，代表了俄国贵族的急进底分子的文豪托尔斯泰却将精神底根据，在几百万正在受虐的当时的俄国的农民大众之中，发见了新的道路了。为了这个，而托尔斯泰的抗议，便完全成了无力的东西，因为当时的农民，在政治上是不消说，便是在社会上，也全然无力的。

我坚决地相信，文豪托尔斯泰是全世界文学者中的最伟大的人物，他宛如白山（Mont Blanc）的灵峰，耸立于全世界的文学者之上。对于这巨人托尔斯泰，全苏维埃俄国是从心爱着、敬着的。我又坚信不疑，全文化世界是也爱着、敬着的。

译自《日露艺术》第二十二辑
一九二八年十二月三十日《奔流》第一卷第七期所载

# 一九二八年世界文艺界概观

[日]千叶龟雄

## 一　南欧·法兰西

一九二七年度的诺贝尔奖金给与意大利的女作家黛莱达（Grazia Deledda）夫人了。她的作品《遁往埃及记》似乎便是得奖的中心。她在一八七五年生于萨尔什尼亚的渥罗，发表了处女作《萨尔什尼亚人之血》，时年方十五，送给罗马的一种日报，便被登载了。学历是完毕了小学校程度，在二十四岁，后来和一个退职的陆军部员结婚，现今住在罗马。她倘不写些什么，是要焦躁的。每天午膳后午睡片时，于是规则底地、组织底地，一定写四页，一个月是一百二十页，从十九岁起到二十七岁为止的九年之间，计写了短篇小说三卷，长篇小说七卷。到现在，已有三十部了。她常被称为不带罗曼色彩的法国的乔治·桑（George Sand），或者以为和俄国作家相似。米拉诺的妇女杂志《妇人公论》曾出特刊，以祝黛莱达的光荣，此外也还有各种的祝贺。

邓南遮（Gabriele D'Annunzio）的《没有睫毛朋友和别的人生研究》出版了。这是接续四年前印出的《锤子的火花》的，但还是这一本，显示着罗曼底的、忧郁而善感的作者。内容是普拉多大学时代的作者的一个朋友的传记底叙述，全书分为数部，在战争故事里，或则宣扬飞艇及发动机的音乐，或则抒写钢琴家巴赫的演奏，而突然又弄出和为爱之奇迹所救的作者的爱人的对话来，有人批评说，要之，这是趣味深长地显示着人间底方面，即为彼我所苦的邓南遮的一面的。这诗人的崇拜者孚尔绥拉目下正在编他的作品目录，两卷已经出版。搜罗着关于他的作品的一切文献，有是一种"难得的邓南遮的文献"之称。

未来派的主将马里内蒂（Marinetti），旅行了西班牙。到处都受欢迎，但目的是在赴马德里的会议。从巴尔绥罗那市起，由未来派的绘画陈列和评论，极其热闹。

皮兰德娄（Luigi Pirandello）的新作悲剧"La Nova Colonia"在罗马登场，但已有定评，谓为失败之作。第一夜，即被埋葬在看客的怒号和嗯哨[1]里，原因是作者的无趣的讥讽。也说，又其一，是因为十五个男人被操纵于一个女性那样的脚色，从棒喝国民的男尊女卑主义看来，是不容易理会的。但也有辩护，以为大约不过是在雨中等得太久了，买了票的没趣味的人们的没价值的报复。

据意大利的一个批评家说，则同国的文坛，目下正被极端理智底的，或唯美主义弄得发烦，因为作品里毫无情绪、趣味、道德，以及别的兴味，读者厌倦之极了。作为那解放的一方面，凡有光明底、幽默底的作品，便无端的受欢迎。康拔尼尔和兰赛是这倾向的优秀的代表者，从去年以来，发表的前一个的《倘月亮给我幸福》和后一个的《昔昔利人的学样》，占着一年中的出色的畅销。

罗马国立歌剧场的开场式，是在意大利的音乐上开了一大记录的。或以为意大利的艺术中心，现在已将由米拉诺移向罗马。既然是那么壮大的建筑，所以总经理则请斐拿亚来斯的珂伦歌剧场的渥维阿·司各得，歌人舞人，也聚集了世界知名的人们。志在完全复活古罗马的古典底精神，皮兰德娄的作品以及别的，都网罗在戏目里。在舞台上，有一个大盾，用金字雕着慕沙里尼、皇帝、罗马知

---

1　现代汉语常用"呼哨"。——编者注

事波典扎尼之名。自然，这是说明着由慕沙里尼之流的热心的后援而成就的。

法兰西学院奖，那照例给与五十岁以下的新进作家的奖金，是给了《在北纬六十度的茄伦》的作者培兑尔了。同时也决定了卢诺多奖和斐米那奖的授与[2]者。培兑尔原也在得卢诺多奖之列，但已不算，只给了龚古尔。培兑尔本年四十四岁，是和《文明》的作者杜哈曼尔一同学医的医生。凡得到龚古尔奖的作品，平均可销五万至十万部。

据莫朗（Paul Morand）所记，法国的文坛上，是由从俄国回来的著作家和思想家的俄国观，颇极热闹。从中最被注目的，是杜哈曼尔（Georges Duhamel）的之类，虽然尚无成书，但也说，杜哈曼尔对于新俄似乎未能满足。为了高尔基的归俄庆祝，前往俄国去了的巴比塞的俄国观，仿佛也很为大家所期待模样。

老大家布尔热（Paul Bourget）在久停笔墨之后，出了一本集合短篇四种的作品，《打鼓的人及其他》，都用大学生和宗教关系为材料的，人以为这就在说明他之不老。

多日漫游黑人地方，搜集着材料的莫朗，回来后出了一本《麦奇·诺亚尔》。这也和《活佛》一样，以运用奇特的材料有名。

接连写了《迪式来黎》《雪莱》以及别的传记，大受英国杂志攻击的穆罗亚，对于这些又大做猛烈的驳论，至于劳现在是死了的戈斯翁的抚慰，其惹起英、法两国的兴味如此。

兄龚古尔（E. Goncourt）委托于龚古尔学院，说是死后二十年发表的给当时艺术界同人的信札万余封，到了一八九六年的他死后三十年以上，也还未发表，这里面也有左拉的信数百封。左拉的子婿正在大提抗议，以为向来竟不和自己们商量而拒绝发表是不对

2　现代汉语常用"授予"。——编者注

的。其所以不发表的理由，似乎是因为于许多地方有不便。

写了《撕掉亚尔丰梭八世的假面》而永远被逐出故国西班牙，在南法的曼敦做着大作《世界的青春》的作家伊巴涅斯（Blasco Ibáñez），因为气管支肺炎和糖尿病，于一月二十八日以六十一岁去世了。两个儿子什格弗里和马理阿一闻急病，便从巴尔绥罗那奔来，但已经来不及。雕刻家培伦式丹取了死面和手型后，葬于南法的忒拉弼克。

阿亚拉（Ramon Pelz de Ayara）被选为西班牙学士院的会员。他是有世界底盛名的作家，虽然还在壮年，却已有小说、诗、批评、论文、戏剧等二十余卷的著作。他的倾向是自由主义，是传统破坏主义。这是西班牙学士院的特色，和别国的软软的古色苍然的学士院所以不同之处云，这事的报告者这样地记着说。

有西班牙的"蔼来阿娜拉·调绥"之称的名女优马理亚·该垒罗死掉了。她二十年间，现身舞台，为西班牙国民的趋向的中心，时势虽有推移，名声却不动。在葬仪上，有名的贝纳文特（J. Benavente）立在枢旁。讣告死去的这一夜，是马德里全剧场的男女演员都挂了丧章，站在舞台上。

## 二 德意志·奥大利

豪普特曼（Gerhart Hauptmann）作了"Til Eulenspiegel"这一篇戏曲。欧连斯比该耳这人，是十四世纪顷实有的人，豪普特曼将他作为世界大战时的飞行将校，战毕回乡以后，做了恋爱以及别的出奇的冒险底行为，其中也有反对战争的意见。总之，是作者自己的大战感想的诗底叙述。此外又做了关于《哈谟烈德[3]》的戏曲一篇，

3 现译"哈姆雷特"。——编者注

他的意思以为莎士比亚的《哈谟烈德》是伊丽莎白时代的戏子和监督任意改作了的伪作。那《新哈谟烈德》中，只有五百行是作者自己的，二千五百行则莎士比亚的原文照样。批评家痛骂他，说"从莎士比亚的说白，听到永久的东西的低语，但从豪普特曼，听到纸章的低语"云。另外，还有一种新作叫《幽灵》。

德意志文学协会选出了五个新会员，都是诗界、小说界的代表者，其中有弗兰克（Leonhart Frank）和翁卢（Fritz von Unruh）。

苏德尔曼（Hermann Sudermann）于初春出了《疯教授》，以显示其未老，但十月十七日的柏林电报却报道两星期前以卒中卧病，正在萧司典堡的疗养院保养了。他是七十一岁的高龄，本已半身不遂的，得病时，正在作新的剧曲。

托勒尔（Ernst Toller）后来不很作文，夏期是漫游英吉利。他对来宾说："现在正在尝试勇敢的体验。戏曲是在搜求最明确地把握社会问题，关于劳动阶级的题材。除俄国外，无论如何，好演员总要数德国。英美虽然用了煽动底的无赖剧来搅乱德国的剧场，但仍有好戏曲存在"云云。他自己也在想作一种戏曲。

因为是音乐家舒伯特（Franz Schubert）的生后一百年，从德意志本国起，连英美也都举行了纪念音乐会。在本国，是出版了《舒伯特的信札及其他》等类的新书。

捷克斯洛伐[4]大统领马萨里克（Masaryk）为记念他七十岁生辰，将十万捷克法郎寄赠德国作家协会的 Kuenstler Konkordia（艺术家联合），作为著作家的生活和权利上的活动之用的基金。马萨里克也是文学者，有各种政治上的著作，是谁都知道的。

乌发电影公司和英国的戈蒙电影公司开始结了交易的合同，此

---

4　现译"捷克斯洛伐克"。——编者注

外还同意了演员的交换。乌发是向来在荷兰、比利时、佛兰西[5]、奥大利、佑戈斯拉夫、俄国等推广销路，于英美是只和美国交易的。这回的交易，近来各国都当作一个问题，也有人看作是对于美国电影的极端过剩输入的攻守同盟的一面。

奥国的作家穆那尔（Frank Molnar）漫游美洲，作演讲及向报章投稿。他的关于朋友的结婚和别的轻快的讽刺很使美国人喜欢。

世界大战以前，久已征服了全欧的吉迫希（Gipsy[6]）音乐，近来为美洲的"茄斯"所挤，连在那本据的匈牙利的都市，也被挤出了咖啡馆和热闹处所，四千个吉迫希乐人，在国内谋不到工作者十分之一，别的是没法想而奏着美洲的"茄斯"。因为这样子，是匈牙利的传统底俗唱的那吉迫希音乐的危期，所以报上曾抗议，以为应该赴诉于蒲达沛斯德的国立音乐院，想些什么保护法。

蒲达沛斯德的最高法院，对于路易·哈特凡尼男爵，下了禁锢十个月，罚金五万四千元，禁止政治行动五年的宣告。哈特凡尼男爵是有名政治家，而作为著作家尤有名，这回是因为用论文诽谤匈牙利的国政，并且用论文以及别的东西向外国去宣传了的刑罚云。

## 三　北欧诸国

久在意大利的梭连多养病的高尔基（Maxim Gorky）因为要亲到诞生六十年以及文坛生活三十五年的纪念祝贺会，于五月二十八日，以六年的久别，归了故国墨斯科。他在这里受过盛大的欢迎，视察了南俄各处，八月上旬到高加索。秋天为止在俄国，十月间再回梭连多去，仍然写那三部作《四十年》。也发表过几篇新俄印象记，但

5　现译"法兰西"。——编者注
6　现译"吉普赛（Gypsy）"。——编者注

269

最近的电报却道他因为盲肠炎在卧病，病势恶化，陷于危境了。然而后来并无详报，大概没有什么大要紧罢。

发现了一封陀思妥耶夫斯基的信，是寄给叫作列夫夫的彼得格勒的提琴家的。这可以看作他的现代社会主义观，所以有兴趣。撒但对着基督说"世界的害恶，都起于生活的斗争"的时候，基督答道："人是不能单用面包来活的。"陀思妥耶夫斯基说："在他自身和他言语中，抱着最高美的理想的基督，是相信将这理想灌注于人们的灵魂里，最为要紧的。只要懂得这，人们便可以成为同胞，借着互相亲睦地劳动而致富裕的罢。倘反之，单是给与面包，则无聊会使他们互相敌视。所以怀着灵魂底光明，是比无论什么都好得多"云云。这是一八七八年的日子。

以《小鬼》这杰作，成了象征派的代表者的索洛古勃（Fiodor Sologub），在列宁格勒凄凉地完结了七十五年的生涯。在革命底俄国也延命了十年，但总不和社会的进行一同走，在这期间，毫不写什么著作。

在列宁格勒建设着新文化宫。建设费计需六十万卢布，告成之日，可容几万人，以作种种新文化的道场云。

九月十日举行了托尔斯泰伯爵诞生百年庆典。那一天，从墨斯科、列宁格勒、Yasnaya Polyana 的各都市起，连英、法、美、德的各都市也举行着这纪念，但现在的劳农政府也祝着托尔斯泰的百岁，却尤为人们所注意。十日之夜，人民教育委员长卢那却尔斯基是主席，与会者数千人，卢那却尔斯基先讲"托尔斯泰伯和革命"，其次是毕力涅克（Boris Pilniak）、加美涅夫夫人（Olga Kameneva）的讲演之外，又有奥国的作家茨威格（Stefan Zweig）讲《在外国的托尔斯泰的感化》等。托尔斯泰博物馆里，则有关于他的纪念出版物展览会，陈列品二千，是成于二十五个国语的。

俄国歌剧的演员沙力宾（Fiodor Shariapin）被俄国政府禁止他住在故国的别墅里了。理由是因为他从资本主义国的亚美利加取了许多钱，去登台，但在俄国，却因为报酬少从不出演，所以已经不能认为民众艺术家了。沙力宾的《吾生的几页》已从俄文翻成英文，在美国出版，保罗·莫朗也赞为出色的历史。

据墨斯科中央劳动局教化事业司的报告，则劳动者是百分之六十读俄国作家的作品，三十五读外国作家。店员阶级却相反，百分之五十六读外国作品，四十四读俄国作品。劳动阶级所读，古典底作品百分之二十一，革命前的非古典底作品十二，新文学六十六。新作家的东西中，Gladkov 的《水门汀》、Leonev 的《巴尔斯基》（獾子）、Neverov 的《面包市》、Serafimovitch 的《铁之流》等居第一位；古典底作品中，则高尔基的《母亲》及《亚尔泰玛诺夫事件》为拔群，其次是屠格涅夫的《新地[7]》《父与子》《贵族的窠[8]》《猎人日记[9]》，托尔斯泰的《战争与平和》《安那·凯来尼娜[10]》《复活》，陀思妥耶夫斯基的《罪与罚》，契诃夫及刚卡罗夫的作品，果戈理的 *Taras Bulba*。外国的东西是 London、Sinclair、Kellermann、Hugo、Farel、O. Henry、France 等。

显理·易卜生的诞生一百年，从本国诺威起，到处都有纪念。然而跟着起来的，是问"今日的易卜生"是怎样。对于时代的先驱者易卜生能否永作将来的导师的问题，例如"虽是五十岁的作者，一时驰世界底名声的《傀儡家庭》，说起来，也该决然加上一八七九年的日子"（一个法国批评家说）那样的话，是大概的回答。

作为易卜生以后的戏曲家，克莱格近时有声于诺威文坛了。他

---

7　现译"处女地"。——编者注
8　现译"贵族之家"。——编者注
9　现译"猎人笔记"。——编者注
10　现译"安娜·卡列尼娜"。——编者注

的处女作是《前进的船》，仅在一九二七年的年底出版，便已翻成了九国语。秋季发表了诗一卷，戏曲两篇。戏曲之一寄赠了国民剧场，别一篇是卑尔根的国民剧场。前者是《巴拉巴斯》，后者是《少年之恋》。《巴拉巴斯》有一个副题，曰《二千年前的巴列斯坦和今日的支那[11]和明日的印度的戏曲》，是连缀了八场的长场面的东西，所写的是基督底人生观和世俗底见解的争斗。上场的结果极佳，作者的将来为大家所注目。

比利时的梅特林克（Maurice Maeterlinck），更从生物的生命进而凝冥想于四次元的世界了。其结果，近时所发表的一部，是《时空的生活》。"梅特林克不是数学家。是诗人，是梦想家，是带着强烈的神秘底倾向的思想家，所以和赫尔姆霍兹（Hermholz）及爱因斯坦（Einstein）学说来比较，是不行的。但在以英国的辛敦（Hinton）和俄国的乌斯宾斯基（Uspensky）为基础，而将好像儒勒·凡尔纳（Jules Verne）的小说模样的题材，构成为梅特林克式之处，却富于非常的空想味和魅惑的创造性"云。

## 四　英吉利·亚美利加

英国文坛的托马斯·哈代（Thomas Hardy）于一月十一日以八十八岁逝世了。英国皇帝和皇后以手书悼他的长逝，英、美的报章也都表最高级的吊意。遗骸葬于在艺术之士是最高名誉的威斯忒敏司达寺的 Poet's Corner 中，和作家狄更斯并列。从首相鲍德温、工党首领麦克唐纳起，以至戈斯、萧伯纳、迦尔斯华绥、吉卜林和别的人，几乎无不送葬。除作为 Wessex Novels 的作家之外，大

---

11　此为鲁迅原译，原文并无贬义。"支那"一词是古代印度梵文中的支那（China）的音译，也是古代欧亚大陆诸国对中国最流行的称呼。一般认为，中日签订《马关条约》后，日本侵略者开始使用"支那"称呼中国，并带有蔑视和贬义。——编者注

戏曲《达那斯谛》和别的杰作，都将永为英国文学的宝玉。

在他所主宰的《日曜时报》上，吊唁了哈代之死的戈斯（Edmund Gosse）也死掉了，享年七十八岁。他是诗人，但以批评家见知于世，那艺术底理解之精透，有世界底盛名。在绍介欧洲文艺及作家这一端，其裨益英美、延及日本文坛者，真不知凡几许。在《日曜时报》上，则挥其健笔，纵横批判着社会和文艺。他之死，就可以用他吊哈代的话，说"是世界文学的大损失"的。

和法兰西的萨拉·培尔那尔、意大利的蔼来阿娜拉·调绥并列，为现代三大女优的英国的亚伦·迭黎逝去以来，戏剧界就越加觉得寂寞。她八岁时在王女戏园出手，登台计六十余年，不但作为莎士比亚剧本的演者而已，他剧也都擅长。作为名优亨利·亚文的合演者，别人无出其右云云，是《亚文传》作者所明说的。黎特也惊叹，以为"极端地有着高雅和轻浮，而将这善于调和的她的性格，也殊少有"云。死时年七十八，皇和后都送了恳切的吊电。

她最初和有名的画家华支（G. F. Watts）的结婚，终于破裂了，但此后的结婚，却有有名的演员克莱格（Gordon Craig）那样的儿子，老境是极其平和的。

巴里（Sir James Barrie）的有名的 Peter Pan 一向未曾印行，在九月里，和他的关于舞台监督的长论文合起来从 Hodder and Stoughton 公司出版了。

司各特（Walter Scott）到一九三二年是逝世一百年，但纪念会的委员，已经任命。

《天路历程》的著者班扬（John Bunyan）的诞生三百年纪念会，庆祝得颇盛大。人们到埃耳斯多·格林的他的雕像前举行祈祷，这是他少年时代跳舞、撞钟、掷棒的地方。

吉卜林（Rudyard Kipling）于十月间作为乔治皇帝和马理皇后

的宾客，迎往苏格兰的皤尔摩拉城了，朝野皆惊异。帝后是近来有些疲劳，也不想打猎，所以向各方面在招宾客的，吉卜林则因为失了维多利亚女皇的欢心，所以久已不近宫禁。

作为印度的女诗人，最为伟大的萨罗什尼·那图（S. Naidu）由印度国民议会的选举，做了市长。西蒙士赞美说："倘若对于美的欲求，使莱阿那尔陀成为画家，则这也使萨罗什尼成为诗人"者，便是这女诗人。

英国的历史小说家，作为大众作家最为时行的惠曼（Stanley Weyman）于四月十日死掉了。一八八三年在杂志《孔希尔》上登载小说是开手，著作非常多。遗产九十九万四千八十圆，大约自有英国文坛以来，这是作为小说家的最高数目罢。先前的记录是狄更斯的八十万圆[12]、凯尔启士的七十一万圆、托罗罗普的七十万圆，哈代大约也是七十万圆之谱。

爱尔兰的诺贝尔奖金的收受者、神秘诗人叶芝（William Butler Yeats）发表了新诗集曰《塔》，在表示着他依然健在。

伯纳德·萧（George Bernard Shaw）将《为女人们的社会主义及资本主义指南》在英、美同时出版，预计着非常的销行。美国版的序文上是照例的冷嘲，但一面也有作鲠的批评家，以为从绥维安协会的初步，发达的并没有多少。

辛克莱（Upton Sinclair）将《波士顿》这长篇小说连载于美国的一月号起的"Bookman"上，成着[13]批评的中心。其一部分已于十月印行，作为第一部；在文体和构想上，都是较之先前的辛克莱更加生长了一段的大著作。是愤慨于无政府主义者萨珂和樊什支以杀人罪被刑，那国际底问题，因而着笔的。名为《波士顿》者，就因为

---

12　现代汉语常用"元"。——编者注
13　现代汉语常用"成了"。——编者注

他们的生活背景为波士顿市，和这相关联，而波士顿市的全权阶级的暴虐尽情暴露了的缘故。有新闻记事特地声明，说并非为了前作《石油》，在波士顿市禁止了出售之故云。

听说剧作家奥尼尔（Eugene O'Neill）寄给小山内熏，说要到日本来，大约竟要成为事实了。他目下似乎正在从巴黎向极东旅行，一到，便预定在东洋住到一九二九年六月。他现在正在写一篇需时三年乃至五年的大戏曲。

Harpers 出版公司又将华垒斯的《少年们的班侯》从新出版了。据广告说，"Ben Hur"印行以来，销完三百万部，不久便编为剧本做成电影，于是又销完一百万部，有关系的都颇发了财。这是近时的可以特笔的事云。

为收买马克·吐温（Mark Twain）的住宅之故，捐集了四十万元的钱。土痕纪念会为纪念这滑稽作家起见，要保存土痕旧宅，其中还预备建筑汤谟梭耶室和土痕作品的图书馆。

据杂志"Sphere"说，关于悬赏小说的英、美两国读者的不同，近年来极其明确了。总之，在美国，悬赏小说当选者大抵是这成为出名的阶段，作品也能销行。但英国却相反，悬赏小说家即刻被忘却，作品的时价也不高。这就可知近两三年，悬赏在美国非常流行的倾向。

译自日本《文章俱乐部》十三卷十二号
一九二八年十二月十三日至二九年一月二十四日
《朝花周刊》第二至第八期所载

# 新时代的预感

〔日〕 片上伸

一

我到这世上来了，为着看太阳，还有蓝的地平线。

我到这世上来了，为着看太阳，还有山颠。

我到这世上来了，为着看海，还有谷间盛开的花朵。

我收世界于一眼里，我是王。

我创造梦幻，我征服了冷的遗忘。

我每刹那中充满默示，我常常歌唱。

苦难叫醒了我的梦幻，但我因此而被爱了。

谁和我的诗歌的力并驾呢？

没有人，没有人。

我到这世上来了，为着看太阳。

但倘太阳下去了，

我就将歌唱……我唱太阳的歌，直到临终的时光！

这诗，是作为巴尔蒙特（C. D. Balmont）之作，很为世间所知的之一。读这诗的人，大约可以无须指点，也知道那是和现实的政治问题以及社会问题毫无关系的。在这诗里，不见有教导人们的样子，也没有咏叹着将现实设法改革或破坏之类的社会运动家似的思想。这诗也未尝咏着愤慨于现实的物质底的生活之恶的心情，是不以使人愤慨现实之恶为诗人的工作的人所作的诗。在这里，有分明的自己赞美，有凭自己之力的创造的欢喜和夸耀，有将自己作为王者、征服者而置于最高位的自负。要之，是作为任自然和人生中的胜利者的诗人的自己赞美。这诗的心情，离那想着劳动者的生活，那运动、革命等类的心情似乎很遥远。是将那些事全放在视野之外的心情。

巴尔蒙特有题为《我们愿如太阳》这有名的诗。在他，太阳是世界的创造力的根源，是给与一切的生命者。日本之于巴尔蒙特，是日之本，即太阳的根源。巴尔蒙特又以和崇拜赞叹太阳一样的心情，咏火，咏焰。火者，是致净之力，美丽，晃耀，活着。而同时又有着运命底的力，有着不可抵抗的支配力。而这又是无限的不断的变化的形相。据巴尔蒙特，则诗便是无限的不断的变化的象征。巴尔蒙特爱刹那。那生活是迅速的，变化而不止。将自己的一切抛给每刹那，刹那也顺次展开新世界。"新的花永久地正在我的面前开放。""昨天"是永诀了，向着不能知的"明天""明天"而无限地前进。

巴尔蒙特常所歌咏的，是天空，是太阳，是沉默，是透明的光，是已经过去者的形相。而要之，是超出一切有限者的界限的世界。那象征，是作为生命的根源的太阳，是火焰，而又是匕首。

## 二

倦怠的、刻薄的大地，

但于我也还是生母！

爱你的，阿阿，哑母亲，

倦怠的、刻薄的大地！

五月的仓皇中，俯向大地，

拥抱大地是多么欢喜呵！
倦怠的、刻薄的大地，
但于我也还是生母！


爱罢，人们，爱大地——爱大地，
在潮湿的草的碧绿的秘密里，
我在听隐藏着的启示。
爱罢，人们，爱大地——爱大地
以及那一切毒的甘美！
土的，暗的，都收受罢，
爱罢，人们，爱大地——爱大地
在潮湿的草的碧绿的秘密里。


　　这是索洛古勃（Fedor Sologub）的诗的一节。惟这个，真如俄国的诗人勃留梭夫（V. Y. Bryusov）所言，是不能在现实和想象的两世界之间，眼见的东西和梦之间，实人生和空想之间划[1]一条线的境地。仿佛是在我们以为想象者，也许是世界的最高的实在，谁都确认为现实者，也许只是最甚的幻妄似的——这样的世界里，住着的人的心情。在这里，并非种种分明的现实，而是造出着复杂的特殊的现实。而那不看惯不听惯的现实，甚至于竟令人觉得更其现实的现实一般，自然地深切地觉得这样。
　　一读这诗，就想起人借诗以求人生的神秘底的现实的意义，想起诗的目的，是在使人心接近那飘摇于看见的可现世界之上的神秘，想起诗中有着人生的永远的实相。

---

1　现代汉语常用"画"。——编者注

# 三

诗者，不是直接地为了社会问题去作宣传的军歌的东西，自然也不是为了单单的快乐的东西，又不是只咏叹一点人们的思想感情的东西。诗者，总在什么处所带着神圣的光，在解放人类之魂的战争之际（人生是为此而生活的），来作那最锐敏而强有力的光者，是诗。人类之魂，永是反判了地上之土而在战斗，诗便是在那战斗上显示胜利之道的光，彻底地是为了内面的法则的光。是照耀未知的生活的现实的光——巴尔蒙特和索洛古勃对于诗的心情，就在这样的处所。

人类的思想和行为是逝去、消亡的，但并不消亡而活下来的，却有一样，就是人们历来称为幻梦的东西，是神往于非地上所有的什么东西而在寻求的漠然的心情，是要到什么地方去的挣扎，是对于既存者的憎恶，是期待未存的神圣者的光，也是对此的如火的求索。惟这个，是决不消亡的罢。新的、未知的世界在远方依稀可见。这还未存在，然而是永远的——招致这样的世界者，是诗，是诗的魔术。自然仅给人以生存之核，自然之所造作者，是未完成的凌乱的小小的怪物一般的东西。然而这世界上有魔术家在，他用了那诗歌的力量，使这生存的圈子扩充，而且丰富。将自然的未完成者完成，给那怪物以美的容貌。自然的一件一件是断片，诗人之心则加以综合，使之有生，这是诗人的力——在巴尔蒙特，有一篇《作为魔术的诗歌》的论文。

索洛古勃和巴尔蒙特是从十九世纪末到二十世纪初二十年间的俄国新诗坛的先进。当这时代，在俄国文学是从那题材上、从那技巧上，都很成为复杂多样了。从中，由巴尔蒙特和索洛古勃所代表的新罗曼主义的一派即所谓 Modernist（晚近派）的一派，在那思想的倾向上是大抵超现实底的。从俄国文学所总不能不顾而去的政治底、社会底生活的现实，有筑成了全然离开的特异的世界之势。为了许多人们而做的社会革命的运动，和只高唱自己赞仰的巴尔蒙特的心境是相去很远的。为正义公道而战的社会运动，和赞美恶魔之力的索洛古勃的心境也大有距离。这些诗人是都站在善恶的彼岸，信奉无悲无忧的惟美的宗教的。那最显明的色调，是个人主义底的自我之色，于是也就取着超道德底、超政治底，乃至超社会底的态度。

也可以称之为宣说惟美的福音的纯艺术派的这些人们的心境，是在十九世纪末的不安的社会底的空气里自然地萌发出来的。千八百九十年代的俄国，见了急速的生活的变化了。生活的中心已从田园的懒惰的地主们移到近代底的都市的劳动者那面去。和生活的中心从农村移向都市一同，职业底的、事务底的、纷繁的忙迫便随而增加，生活即大体智力底地紧张起来。于是机械之力压倒人类之力的生活开始了。生活的步调日见其速，个人的经验也迅速地变化，成为复杂。疲劳和借着强烈的刺戟的慰安 [2]，互相错综，使神经底的心情更加深。别一面，则向新时代而进的感情也仍然在被压迫。以向新时代为"恶化"的压抑，使这些人们碰了"黑的硬壁"，由此便发生了回避那黑而硬的现实之壁的心情，而艺术乃成为超越于现实的斗争之上而存在的世界。为了憎恶竭其灵魂者，是人类的生命的滥费。魂的世界应该守护。黑而硬的现实之壁的这一面，还有相隔的诗的魔术的圈。倘不然，就只好在那黑而硬的现实之壁的内部寻出些什么善和美。靠着这，而生活这才可能。要之，真的价值只存在于思想或空想的世界里，这是新罗曼主义一派的共通的主张。

---

2　现代汉语常用"安慰"。——编者注

# 四

还有一派是虽然和新罗曼主义的一派几乎同时，却凭着大胆的现实的观察而开拓了新天地的写实主义者。例如高尔基（Maxim Gorky）即是其一。高尔基的许多作品中，例如有叫作《廿六个男人和一个女人》的。饼干工厂的廿六个工人在地下室里从早做到夜。每天到这二层楼上的绣花工厂来的女工，有一个名叫泰妮的姑娘。

一切人类是不会不爱、不会不管的。凡是美的，虽在粗暴的人们之间，也令其起敬。自己们的囚人似的生活，将自己们弄成笨牛一般了，但自己们却还不失其为人类，所以也如一切别的人们一样，不能不有所崇拜。自己们——即廿六个工人们，除了叫作泰妮的姑娘而外，再没有更好的了。也除了那姑娘而外，实在再没有谁来顾及住在地窖子里的自己们了——这是那工人们的心情。于是他们就样样地照管那姑娘，给她注意，忠告她衣服要多穿呀，扶梯不要跑得太快呀之类。但姑娘也并不照办，然而他们也并不气忿[3]，他们样样地去帮助她，以此自夸，而争着去帮助。其实，正如高尔基之所说，人类这东西，是不会不常是爱着谁的，虽然也许为了所爱的重量将对手压碎，或使对手沦亡。

廿六个工人在作工[4]的地窖似的饼干工厂的隔壁，另有一间白面包制造所，主人是两面相同的，但那边做工的人是四个。那四个人自以为本领大，总是冷冷的。工场也明亮，又宽阔，而他们却常常在偷懒。廿六个这一面，因为在日光很坏的屋子里做着工，所以脸上是通黄的，血色也不好。其中的三个是肺病或什么，一个是关节痛

---

3　现代汉语常用"气愤"。——编者注
4　现代汉语常用"做工"。——编者注

风，因此模样也就很不成样了。四个工人那面的工头酗了酒，就被开除，另外雇来了一个当过军人的汉子，穿着漂亮的背心，挂着金索子，样子颇不坏，是以善于勾引女人自夸似的人。廿六个人在暗暗地想，单是泰妮，不要上这畜生的当才好，大家还因此辩论起来，终于是说大家都来留意。一个月过去了。那退伍军人跑到廿六个人的处所来，讲些勾引女人的大话。廿六个中的一个说，拔一株小小的柏儿，夸不了力，因为弄倒大透了的松树，是另外一回事。退伍军人语塞了，便说："那么在两星期之内，弄泰妮到手给你看。"两星期的日子已尽了，泰妮照旧的来做工。大家都默默地，以较平常更为吃紧的心情去迎她。泰妮惊得失了色，硬装着镇静，故意莽撞地说道："快拿饼干来罢。"仿佛觉到了什么似的，慌忙跑上梯子去了。廿六个人料到那退伍军人是得了胜，不知怎地都有些胆寒。到十二点，那退伍军人装饰得比平常更漂亮，跑来了，对大家说，到仓库里去偷看着罢。在板壁缝中窥探着时，先是泰妮担心地走过院子去，接着来了那退伍军人，还在吹口笛。是到幽会的处所去的。是湿湿的灰色的一天，正在下小雨。雪还留在屋顶上，地上也处处残留着，屋上的雪都盖满了煤烟了。廿六个人不知怎地都怨恨了泰妮。不久泰妮回去了，为了幸福和欢喜，眼睛在发光，嘴唇上含着微笑，用了不稳的脚步，恍恍忽忽 [5] 地在走。已经忍不住了，廿六个男人们便忽然从门口涌到院子里，痛骂起泰妮来。那姑娘发了抖，痴立在雪泥里，满脸发青，瞪目向空，胸脯起伏，嘴唇在颤抖，简直像是被猎的野兽。抖着全体，用了粗暴的眼光，凝视着廿六个人这一面。

廿六人中的一个拉了泰妮的袖子。姑娘的眼睛发光了，她将两手慢慢地擎到头上去，掠好了散开的头发，眼睛紧钉着这边。于是用了响亮的镇静的声音，骂道："讨厌的囚犯们！"而且橐橐地走过来了。

---

5　现代汉语常用"恍恍惚惚"。——编者注

好像并没有那廿六个人塞住去路似的，轻松地走过来了。廿六个人也不能阻当[6]住。她绝不反顾，大声骂着流氓无赖等类的话，走掉了。

廿六个男人们站在灰色的天空下，雨和泥的积溜里，默着，回到灰色的石的地窖去。太阳仍照先前一样，从不来一窥廿六个人所在之处的窗，而泰妮是已经不在那里了。

<h1 style="text-align:center">五</h1>

在高尔基的现实描写中，表现着民众——浮浪人和劳动者之所有的潜力，暗示着民众的生命力。他们也怀着对于生活的无穷的欲望的，虽遭压抑，而求生的意志却壮盛地在活动。在《廿六个男人和一个女人》里，那生命力是活动于非用纯粹的心情，真爱一个谁不可之处的，是表现于自己们爱以纯粹的心情的人，而竟容易地惨遭玷污，乃对于这丑恶和凉薄而发生愤慨和悲哀之中的。高尔基常所描写的饥饿的大胆的人虽是世间的废物，然而大胆，不以奴隶那样的心情，却以人生的主人似的心情活着的人，为一切文明的欺骗之手所不及的自由人，既大胆，又尖刻，傲然的褴褛的超人，例如，说是倘对人毫不做一点好事，就是做着坏事（《绝底里》第二幕），说是应该自己尊敬自己，说是撒谎是奴隶和君主的宗教，真实是自由的人们的神明（《绝底里》第四幕）的《绝底里》的萨丁——在那些人们的心里，即正如萨丁之所说，都有着人是包含一切的，凡有一切，是因人而存在的，真是存在者只有人，人以外都是人之所作，大可尊敬者是人，人并非可轻侮可同情的东西，怕人间者将一无所有之类，大胆而深刻的人间的肯定的。在这里，有着相信生之胜利的深的肯定，同时也有着非将一切改造为正当的组织不可的革命的意志。由这一

---

6　现代汉语常用"阻挡"。——编者注

端，遂给人以与巴尔蒙特和索洛古勃的世界，全然各别之感。群集的侮蔑，在这里，竟至于成了对于在群集中的胎孕未来者的赞美了。巴尔蒙特和索洛古勃藏在自己的世界中，看去好像要贯彻贵族底的个人的心境。而高尔基则将潜藏于一切人类中而还未出现的生命之力，在廿六个工人里，在住在"绝底里"的废物里，都发现了。

这出现于同时代的两种倾向，一看简直像是几乎反对的一般。一是写实主义，是革命底。一是新罗曼主义，是超革命底。一是反贵族底，一是贵族底。然而，在这里看好像相对立的两倾向之间，也有一贯他们而深深地横亘着的共通的精神在。高尔基的人类赞美人类的潜力的高唱，生之力的胜利的确信，凡这些，和巴尔蒙特的恰如太阳的心愿，如火焰如风暴的情热，和索洛古勃的恶魔的赞美，合了起来，就都是对于向来的固定停滞的生活的反抗，都是对于凡庸的安定的挑战，都是对于灰色的、干结了似的现实的资产阶级的生活气分的否定。要之，都发动着为了一些正的、善的、强的、美的未现的生活，而向什么固定的无生气的暴虐在挑战的，热烈不安的精神。对于现前的固定停滞的现实的否定，对于凡庸而满足的现实的叛逆，就都是正在寻求较之停滞和满足的现实，生命可以更高、更远，乃至更深地飞腾并且沉潜之处的心的表现。纵使在个个的表现上大有差异，但在这里，都有新的写实主义的精神在，即想在更其深邃地观察现实之处寻出真的生命之力来。在这里，也有新罗曼主义的精神在，即想在超越了现实之处感到真的生命之力。那都是异常的要求，是要在拔本底的异常之中，寻出生命之力来的要求。凡有像是空想，像是不能实现的一切事物，在站在这要求的心境里者，渐觉得未必不能实现，并非空想了，也正是自然的事。

在这样的意义上，新罗曼主义和新写实主义是有共通的精神的。从一面说起来，这是锐敏的天才的心的深处，深深地对于当来的新时代所觉到的预感，是对于新时代的精神的、生命的预感。新罗曼主义的复杂的个性的表现和新写实主义的大胆的多方面的现实的探求，凡这些，虽然粗粗一看，仿佛见得是并无中心的混沌似的，但在那一切的动摇和不安、反抗和破坏的种种形相之间，却分明可以觉察出贯串着这些的白金的一线。这便是，竟像最大胆的空想模样了的最切实的现实的预感，是作为非将未现者实现便不干休的意志的表白的，新时代的预感。

　　这一篇还是一九二四年一月里做的，后来收在《文学评论》中。原不过很简单浅近的文章，我译了出来的意思，是只在文中所举的三个作家——巴尔蒙特、索洛古勃、高尔基——中国都比较地知道，现在就借此来看看他们的时代的背景和他们各个的差异的——据作者说，则也是共通的——精神。又可以借此知道超现实底的唯美主义，在俄国的文坛上根柢原是如此之深，所以革命底的批评家如卢那卡尔斯基等，委实也不得不竭力加以排去。又可以借此知道中国的创造社之流先前鼓吹"为艺术的艺术"而现在大谈革命文学，是怎样的永是看不见现实而本身又并无理想的空嚷嚷。

　　其实，超现实底的文艺家虽然回避现实，或也憎恶现实，甚至于反抗现实，但和革命底的文学者，我以为是大不相同的。作者当然也知道，而偏说有共通的精神者，恐怕别有用意，也许以为其时的他们的国度里，在不满于现实这一点，是还可以同路的罢。

　　一九二九年，四月二十五日，译讫并记。

一九二九年五月十五日《春潮》月刊第一卷第六期所载

# 爱尔兰文学之回顾

[日]野口米次郎

　　倘是开了的花，时候一到，就要凋零的罢，我在文学上也看见这伤心的自然的法则。二十几年前始在英诗界的太空，大大地横画了彩虹的所谓爱尔兰文学运动，现在也消泯无迹了。昨年（译者案：1923）Yeats 得了诺贝尔奖金，但这事在我的耳朵里，却响作吊唁他们一派的文学运动的挽歌。A. E.（George Russell）和 Yeats 一同被推举为爱尔兰自由国的最高顾问的事，说起来，也不过是一座墓碣。他们的文学底事业是天命尽矣，然而他们的工作则一定将和法兰西的象征运动一同，在世界文学史上占有永远的篇幅。我现在就要来寻究其遗踪。时节是万籁无声的冬季，我的书斋里的火是冷冷的，挂在书斋里的 Yeats 的肖像也岑寂。遥想于他，转多伤心之感了。

　　我不能将爱尔兰和印度分开了来设想，那都是受着英国的铁槌[1]底的统治，在那下面不能动弹的国度。他们两国民是所谓亡国之民，只好成为极端的乐天家，或则悲观论者。就爱尔兰文学看来，A. E. 代表前者，Yeats 是属于后者的。我在这里，只要文学底地来讲一讲爱尔兰、印度的事情，则以俟异日。

　　读者首先必须知道在爱尔兰人，是没有国语，没有历史，加以没有国家这一个根本底事实，还必须知道爱尔兰的青年（二十几年前的青年，在现在，是也入了斑白的老境了），他们是抱着三个的

---

1　现代汉语常用"铁锤"。——编者注

决心，文学底地觉醒了的。三个的决心云者是什么呢？第一，是没有国语的他们，就从近便的英文来造出适于自己的目的的表现的样式。第二，是回到过去的诗歌去，认精神底王国之存在。第三，是他们在从新发见了的文学底遗产上放下自己的新文学的根柢去。这些三个的决心，精神底地，是极其悲壮的。于是这文学运动便负着如火的热烈的爱国心的背景，而取了惊人地美丽的攻击的态度了。

所谓爱尔兰文学运动者，是袭击的文学。在国内，是用了文学底新教之力，以破坏传统底地主宰着国民之心的正教派底文化，在国外，是使人认知爱尔兰之存在的爱国底行为。世间的轻率的人，每将这爱尔兰文学运动和同时兴起的英国的新诗运动相并论，但这二者，出发之点是两样的，决不是可以混同的事。除了都是出现于同时代的运动以外，毫无什么关系。英国的新诗运动是觉醒于新的诗的音律，以自觉之力发见了前人未发见的诗境，而要从限制自己，有时且腐化自己的维多利亚女皇朝文学的恶影响，救出自己来。一言以蔽之，则英国的新诗运动，主点是在对于凡俗主义的自己防御。即使这运动（倘若可以称为运动）也有攻击的矛头之所向，那也不过是为“自己防御”而发的。将这和爱尔兰文学运动相比较，是那因之而起的精神全然不同。我的朋友而现居印度的诗人 James Cousins 这样地说着："宗教底地，称为基督新教徒，文学底地，则称为异端者，也称为抗议者的 Protestant 的工作，即始于 Protest 之点。我的文学底工作，也从这里出发的。我二十三岁的时候，在伦敦的 Crystal Palace 偶然看见了冷骂爱尔兰人的滑稽画。我愤怒了，我于是回国，决心于反对英格兰人之前，先应该向自己的国人作文学底挑战。我写了一篇叫作《你们应该爱 Protestant 的神而憎一切加特力教徒》的文章。自己是为爱国心所燃烧了，但这之前，却不得不嫌恶本国人。被认为直接关系于所谓爱尔兰文学运动的三十人的几乎全部，不妨说，都是新教徒。而且所以起了这新运动的动机，也不妨说，三十人大略都一样。就是，是反爱尔兰，是新教徒的少数者的工作。"

数年以前，在日本，"归万叶去[2]"这句话被听取为有着意义的宣言。究竟有多少歌人，能够在古代的诗歌精神中，发见了真实的灵感呢？归于古代的事，不但在日本人为必要，无论那一国的新文学，都必须知道古代的人民的文化和天才，和近代的时代精神有怎样的关系，而从这处所来培养真生命的。爱尔兰的青年诗人将文学的出发点放在这里，正是聪明的事。英国的新诗运动也以自然的行为，而是认了这一点的时候，英国的诗坛和爱尔兰的新文学，便有了密接的关系了。Yeats 之称赞 Blake、Francis Thompson[3] 之于 Shelley[4] 发见了新意义，都是出于自然的事，而在英国诗坛，也如上述的 Blake 和 Shelley 一样，同时研究起 Vaughan 和 Herbert 来。所以，以出发的精神而论，英格兰、爱尔兰两国的新文学是不同的，但也该注意之点，是渐渐携手，同来主张英语诗的复活底生命了。然而无论到那里，爱尔兰人总和英格兰人是先天底地不同的魂的所有者。他们不像英国人那样，要以文学来救人类的灵魂。英国的诗人即使怎样地取了无关于宗教的态度，也总有被拘之处。不能像爱尔兰的青年诗人一般，天真地、宿命底地以美为宗教，也不能将美和爱国心相联系，而来歌吟。英国人一到歌咏爱国心的时候，他们总是不自然的、理论底的。过去不远，英国的 Tennyson 也曾和宗教底疑惑争斗

---

2 《万叶集》二十卷，是日本古代诗歌代表作的选集，内含长短歌四千余首，作者五百余人。——译者
3 现译"弗朗西斯·汤普森"。——编者注
4 现译"雪莱"。——编者注

了。Browning[5]虽然超绝了宗教底疑惑，却被拘于自己的信仰。和他们相反，爱尔兰的文学者，是不疑宗教，至于令人以为是无宗教似的。简短地说，是他们漠不关心于宗教。更真实地说，是他们虽然是宗教底，而不为此所因的不可思议的人民。委实不疑宗教，所以他们是自然的。漠不关心于宗教，所以他们是天真的。虽然是宗教底而决不为此所因，所以他们是宿命底的。

我听到过这样的事情，在爱尔兰的山中，会有失少孩子的事，当此之际，警官便先拾枯枝，点起火来，做成篝火，于是口诵誓辞[6]，而后从事于搜索失掉的孩子。从这一个琐话来推想，也就可以明白爱尔兰人是怎样地迷信底了。然而又从这迷信无害于他们的信仰之点来一想，即又知道爱尔兰人的心理状态是特别的，就是矛盾。这矛盾总紧钉着无论怎样的爱尔兰人。从 Bernard Shaw 起，到在美国乡下做使女的无名的姑娘止，都带着矛盾的性质。从信仰上的矛盾而论，我想，日本人是也不下于爱尔兰人的。近代的日本人恰如近代的爱尔兰人一样，是无宗教的罢，但日本人的大多数又如爱尔兰人的大多数一样，是宗教底。日本人大多数的宗教底信仰并不为各种迷信所削弱，换了话来说，就是信仰迷信，两皆有力的。更进一步说，也就是日本人的个性，是无论怎样的宗教底信仰或迷信，均不能加以伤害的不可思议的人民。假使这一点可以说伟大，那就应该说，爱尔兰人也如日本人一般的伟大。从虽是别国的文学，而在日本，爱尔兰文学的被理解却很易、共鸣者也很多这地方看来，岂不是就因为日本人和爱尔兰人性质上有什么相通之处之所致么？至少，有着矛盾的国民性这一点，他们两国民是相类似的。倘以为文学底地，日本不及爱尔兰，那就只在日本没有 Shaw 和 Yeats 这一点

5 现译"勃朗宁"。——编者注
6 现代汉语常用"誓词"。——编者注

上。这是遗憾的，但我尤以为遗憾者，还有一件事。这非他……是日本人的心理状态，不如爱尔兰人的深。爱尔兰人，至少，是爱尔兰的青年文学者，他们的生命，是不仅受五官所主宰的。

他们住在五官以上的大的精神底世界中，还觉醒于大的生命里。概念底地说，则他们是认识了永远性的存在，他们的眼无论何时、何地，都能将外部和内部合一起来，而看见内面底精神，从外面底物质产生出来的那秘密。他们的诗歌，可以说，是出于永远性的认识的。这爱尔兰人的特质，从古代以来，就显现在他们的哲学上、诗歌上。这特质，外面底地是广的，但内面底地却含蓄，因而是梦想底的。外面底地，是平面底，而在内面底地，却有着立体底的深。

在爱尔兰，有两种的诗人。其一，是外面底地运用爱国心以作诗，而主张国民主义。和这相反，别的诗人，则想如 Yeats 的仙女模样，披轻纱的衣裳，以柔足在云间经行。前者主张地上的乐国必须是爱尔兰，而后者则想在那理想境中发见天国。他们两人是如此不同的，然而在爱尔兰人，却将他们两面都看得很自然，毫不以为奇怪。先前已经说过，是矛盾的人们，所以在别国人是不可能的事物，在他们，是可能的。也可以说，他们的特质是在使矛盾不仅以矛盾终。他们将矛盾和矛盾结合，使成自然……这是他们的有趣之处。我自己是看重这特质，个人底地，也将他们作为朋友的。而且非个人底地，是对于爱尔兰有非常的兴味的。其实，在他们，固然有无责任的不可靠的处所，但除他们之外，却再也寻不出那么愉快的人们了。

就从上文所叙的国民性产生了所谓爱尔兰文学。历史底地来一想，爱尔兰的文化，是经数世纪，和诗的精神相联系的。恰如日本古代的万叶人，是诗歌的人一样，爱尔兰人也是诗的人。据爱尔兰人所记的话，则王是诗人，戴着歌的王冠。法律是诗人所作，历史也是诗人所写的。千年以前，在爱尔兰要做国民军之一人，相传倘不是约有诗集十二本的姓名，便不能做。英国人还没有知道诗的平仄是怎样的东西的时候，爱尔兰人却已有二百种以上的诗形了。在英国，百年以前，Wordsworth 才发见了自然之为何物，而爱尔兰人则已发见之于千年以前。到十九世纪，英国乃强迫他们，令用英语为一般国语，但他们的真精神却回到他们的古代精神去，成了他们的爱国热猛烈地燃烧起来的结果了。

Cousins 说："所谓文学运动者，并非复活运动。在爱尔兰，毫无使它复活的东西，所以叫作复活运动的文学是呆话。英国受了法国革命的影响，而入工业时代，自此又作殖民地扩张时代，英国文学也从而非常膨胀了，但英诗的真精神却已经失掉。收拾起英国所失的诗歌的生命，而发见了自己的，是爱尔兰文学者。"这样一听，称爱尔兰文学运动为复活运动，诚然也不得其当的，但也有种种含有兴味的诸形相，作为文学的国体底表现。当英国的盎格鲁·诺尔曼文化侵入爱尔兰，将破坏其向来的文化的初期时代，爱尔兰的诗人即也曾大作了爱国之诗，咏叹了自由。在那时代，是畏惮公表自己的真名姓，都用匿名，否则是雅号的。这文学底习惯，久经继续，给近代诗人们以一种神秘之感。到十九世纪，而爱尔兰人的反英政治运动，成为议会的争斗，极其显露了。在文学上，他们也作了 Ballad 和所谓 Song，以用于政治底地。这理智底倾向，便伤损了他们的纯的古代精神，他们的散文底的行为，至于危及他们的崇高的幻想了，但在这样愚昧无趣味的时代，提文学而起的伟大的爱尔兰人是 Ferguson。那人，是在今日之所谓文学运动以前觉醒于文学运动的最初的诗人。要历史底地来论今日的文学运动，大概是总得以这人开始的罢。

然而在新的意义上，开爱尔兰文学，而且使之长成者，非他，就是 Yeats。这是不能不说，以他于千八百八十九年所出的《游辛的漂泊》一书，开了新运动之幕的。我虽然读作"游辛"，但爱尔兰人也许有另外的读法。因为近便没有可以质问的爱尔兰人，姑且作为《游辛的漂泊》罢。[7] 在这书里，诗人 Yeats 则于古的爱尔兰传说中加进了新的个性去。不但听见 Yeats 一人的声音，从这书，也可以听见爱尔兰人这人种的声音。这声音，是从内面底地有着深的根柢的爱尔兰人的心里所沁出来的。

Yeats 是世所希有[8]的幻想家。作为幻想家的他，是建造了美的殿堂，而在这灰色的空气中，静静地执行着美丽的诗的仪式的司仪者。内面的神秘世界为他半启了那门，而他就从那半启的门凝眺了横在远方的广而深的灵的世界。他负着使命，那就是暗示美的使命。然而他有着太多的美的言语，这在他，是至于成为犯罪的艺术家。他从大地和空中和水中所造成的美的梦，永远放着白色的光辉，但这就如嵌彩玻璃（Stained glass）一般，缺少现实味。美虽是美，而是现于梦中的美，好像是居于我们和内面底精神底中间，但我们并不觉得为这所妨碍。他所写的美的诗，是有可惊的色彩和构图的，但言其实，却有 Yeats 自己为此所卖的倾向。他的作品中有许多戏剧，然而他终于不是剧作家，他不过是将自己扮作戏剧的独白者（monologist）。

我现在从 Yeats 到 A. E. 去，而看见全然不同的世界。在这里，并无在 Yeats 的世界里所听到那样的音乐。Cousins 曾比 A. E. 于日本房屋的纸扉。这意思是说，一开扉，诗的光线便从左右跃然并入了。A. E. 和 Yeats 相反，是现实家。不，是从称为现实的详细来造那称为理想的虚伪的世界的灵的诗人。作为表现的文学者，则可以说，外面底地，虽以节约为主，而内面底地，却是言语的浪费者。

---

7　Yeats 的叙事诗，英文名 "The Wanderings of Usheen（or Oisin）"，也有读作"乌辛"的，但也未必定确。——译者

8　现代汉语常用"稀有"。——编者注

他的诗虽是文学底，也决非由理论而来，乃是体验的告白，但他的哲学却因为无视国境，所以就如前所说，成为极端的乐天家了。这文学底悲剧，也许并不在 Yeats 之成为梦想家或悲观论者的悲剧以上，但于 A. E. 之为大诗人，却有着缺少什么之感。使爱尔兰人说起来，他是现存的最大的诗人，有一而无二的，但我们于他，却有对于泰戈尔的同样的不满。他虽然尊重现实，而在所写出了的作品上，却加以否定。那边的 Yeats 则一面歌咏美的梦，而又不能忘却现实，因而那梦也不过是横在昼夜之间的黄昏了。然而我可以毫不踌躇地说，我从他们俩，是受了大大的感铭的，我敬畏着他们。

以 A. E. 和 Yeats 为中心，又由他们的有力的奖励和鼓舞，而有许多青年文学者出现，于是举起爱尔兰文学运动的旗子来了。可以将这些人们约略地大别为 A. E. 派和 Yeats 派，也正是自然的事罢。前者趋向外面而凝眺内心，后者则歌爱国而说永远。我的朋友 Cousins，就年龄而言，也应该论在 A. E. 和 Yeats 之后的，他较多类似 A. E. 之处。

Cousins 是数年以前，我曾招致他到日本，在庆应义塾大学讲过诗，那姓名，在日本是并非不识的了。因为他寄寓日本，不过七八个月，所以未能文学底地造成他和日本的关系。但我想，个人底地记得他的日本人，大约总有多少的罢。Douglas Hyde[9] 评他为"宿在北方之体里的南方之魂"，怕未必有更恰当的评语了。Cousins 的"北方之体"主张起自己来，他便成为理想家，而他的"南方之魂"一活动，他便成为抒情诗人了。以 Yeats 为中心的一派，从最初即以"多疑之眼"睨视着他的，这不久成为事实，他现居印度，和 Anne Besant[10] 夫人一同，成为神智论（Theosophy）的诗人而活动

9　现译"德格拉斯·海德"。——编者注
10　现译"安妮·贝赞特"。——编者注

者。他久和最初的朋友离开了。他的论理底感会，使他不成为单是言辞的画家。对于诗的形式的他的尊重，也是使他离开所谓闪尔底（Celtic）的感情的原因。这一点，就是使他和印度人相结，而且在印度大高声价的理由罢。

　　和 Cousins 同显于文坛的青年，有 O' Sullivan 和 James Stephens[11]。O' Sullivan 在古典底爱尔兰的传统中发见了灵示，Stephens 则将神奇的锐气注入于革命底文学精神中。这以后，作为后辈的诗人，则有 Padraic Colum[12] 和 Joseph Campbell[13]，又有叫作 E. Young 的诗人。但我的这文是并不以批评他们的作品为目的的。我所作为目的者，只要论了 A. E. 和 Yeats 就很够。倘若这文能够说了在文学上的爱尔兰的特质，那么，我就算是大获酬报，不胜欣喜了。

译自《爱尔兰情调》<br>一九二九年六月二十日《奔流》第二卷第二期所载

---

11　现译"詹姆斯·斯蒂芬斯"。——编者注
12　现译"培德莱克·科拉姆"。——编者注
13　现译"约瑟夫·坎贝尔"。此处原文为"Joseph Kampbell"，疑为原文错误，故更正。——编者注

# 表现主义的诸相

［日］山岸光宣

一

唯物主义虽然一时风靡了思想界，使他们看不起纯正哲学，但从一八八〇年代起，由欧肯（Eucken）、冯特（Wundt）和新康德派的人们的努力，一种新的纯正哲学却已经抬起头来了。向来埋头于特殊问题，几乎自然科学化了的哲学，遂又要求着统一的宇宙观。自然，这样的精神底倾向，在新罗曼主义和新古典主义的文艺运动上，是也可以见到的，但在支配着现代的德国文坛的表现主义的运动上，却更能很分明地看出。象征派的抒情诗人兑美尔（Dehmel），在冥想底倾向和于哲学问题有着兴味之点，确也有些扮演了过桥的脚色。总之，表现派的诗人，是终至于要再成为理想家，不，简直是空想家，非官能而是精神，非观察而是思索，非演绎而是归纳，非从特殊而从普遍来出发了。那精神即事物本身，便成了艺术的对象。所以表现主义和印象主义似的以外界的观察为主者，是极端地相对立的。表现主义因为将精神作为标语，那结果则惟以精神为真是现实底的东西加以尊崇，而于外界的事物却任意对付，毫不介意。从而尊重空想、神秘、幻觉，也正是自然之势。而其视资本主义底有产者如蛇蝎，也无非因为以他为目的在实生活的物质文明的具体化，看作精神的仇敌的缘故罢了。

表现主义排斥物质主义，也一并排斥近代文明的一切。为什么呢？因为这些一切是以自然科学和技术为基础的。机械文明是资本主义的产物，世界大战是技术和科学的战争，这些事，于使他们咒诅技术，也与有些力量。哈森克勒费尔（Walter Hasenclever）的《儿子》中，就咒诅着电报和电话。

现代的思潮是颇为复杂的，表现派的思想也逃不出那例外。虽是同一个诗人，那思想也常不免于矛盾。爱因斯坦（Einstein）的相对性原理所给与于思想界的影响，现在还未显明，但反对海克尔（E.Haeckel）的自然科学底人类学的斯坦纳（Rudolf Steiner）却于战后的德国思想界给了颇大的影响。表现派的诗人之反对对于人生的单纯的进化论底解释，高唱外界之无价值和环绕人们的神秘，是可以看作斯坦纳的影响的。从他们看来，人生正是梦中的梦。要达到使我们人类为神的完全无缺的认识是极难的，但总应该是人类发达的目标。他们又反对以人类为最高等动物的物质主义底学说，而主张宇宙具有神性，人从神出，而复归于神。魏菲尔（F. Werfel）即用了道德底行为的可能性来证明人类的神性。

他们对于环绕我们的无限的神秘又发生战栗，而在外观的背后看见物本体的永久地潜藏。施特恩海姆（Karl Sternheim）说我们的生活是恶魔之所为，意在使我们吃苦。他们的利用月光，描写梦游病者，都不过是令人战栗的目的，迈林克的小说《戈伦》、电影《凯里额里博士》就都是以战栗为基础的东西。

因为他们喜欢神秘底冥想，所以作品之中往往有不可解的，他们又研究中世的神秘主义者，印行其著作。和神秘主义相伴，在他们之间，旧教的信仰就醒转未了。竟也有梦着原始基督教的复活，如陀勃莱尔（Theodor Daubler）者。法国大使克洛岱尔（Paul Claudel）的旧教戏剧的盛行一时，也就是这缘故。

# 二

表现派的诗人们运用了哲学观念的结果,不喜欢特殊底的,而喜欢普遍底的事物,是不足为异的。自然主义是从特殊底处所出发了,但表现派之所运用者,是别的一样的许多事件的象征。因此他们的主题是普遍底的根本问题,如两性的关系、人生的价值、战争的意义等。先前,新罗曼派的骁将霍夫曼斯塔尔(Hugo von Hofmannsthal)改作欧里辟兑斯的《蔼来克德拉》时,曾运用了颇为特殊底的心理,但魏菲尔在同是希腊诗人的《托罗亚的妇女们》的改作上,却运用着极其普遍底的战争的悲惨的。

表现剧的人物往往并无姓名,是因为普遍化的倾向走到极端,漠视了个性化的缘故。哈然克莱伐的"儿子"的朋友,全然是比喻,是反抗父权的代表者。所以表现派的作品难解者颇多。听说有一种剧本当登场之际,是先将印好了的说明书分给看客的,如巴尔拉赫的《死日》,倘没有说明,即到底不可解。

和神秘底倾向相偕,幻觉和梦便成了表现派作家的得意的领域。他们以为艺术品的价值是和不可解的程度成正比例的,以放纵的空想,为绝对无上的东西,而将心理底说明,全都省略。尤其是在戏剧里,怪异的出现似乎视为当然一般。例如砍了头的头子会说话,死人活了转来的事就不遑枚举。也有剧中的人物看见幻影的,甚至于他自己就作为幻影而登台。

极端地排斥理智的倾向遂在言语的样式上发生了所谓踏踏主义(Dadaismus)这特种的奇怪现象了。踏踏主义者,是否定了科学和论理的结果,遂误解普通的言语为论理的手段,也加以排斥,要复归婴儿的谵语似的,只由感叹诗所成的原始时代的样式去的。

# 三

去物质主义，而赴精神和观念的表现主义，在一切之点，都和印象主义反抗，正是当然的事。但以向来的一切事物为资本主义之所产，而加以排斥的极端的政治思想，于此一定也给了很大的影响的。恰如波雪维克先将既存的事物全然破坏，然后来建设新的一样，表现主义也想和向来的艺术全然绝缘。虽说新罗曼主义已经起而反抗自然主义了，然而表现主义的先驱者乃是韦德金德（Frank Wedekind）。艺术决不是现实的单单的模仿，否则照相应该比艺术好得多了。现实的世界就存在着，何须将这再来反复。表现主义的使命是在建设那征服自然的新艺术。

表现派的人们反抗自然主义的结果，是轻视自然主义所尊重了的环境。惟有从人生的偶然底条件解放了的、抽象底的人间才是他们的对象。在他们，即使运用历史上的事件之际，是也没有一一遵从史实的必要的。例如凯泽（Georg Kaiser）的《加莱的市民》（*Die Bürger von Calais*）里，就可以说，几乎没有环境的描写。

那结果，则不独戏剧而已，便是小说，也常被样式化。结构很随便的固然也不少，但凯泽的剧本，则《加莱的市民》《瓦斯》，结构都整然的。抛掉心理描写则于整顿形式，一定很便当。表现派的或人，曾攻击自然主义之漠视形式，要再回到形式去。也有排斥自然主义和新罗曼主义的巧妙的技巧，而要求精神的自由的活动的。

表现主义虽排斥自然主义的技巧，但在反抗现在的国家组织，和社会主义有着密切的关系之点却和自然主义相同。假如以用了冷静的同情的眼睛观察穷人的不幸者为自然主义，则盛传社会主义底政治思想者是表现主义。表现主义大抵是极端的倾向艺术，不是为艺术的艺术。例如哈然克莱伐就将剧本《安谛戈纳》和世界大战相联结，以克莱洪拟前德皇威廉二世，而使为战争成了寡妇、孤儿、废人的，向王诉说饥饿和伤痍。此外，作者向看客和读者宣传之处也颇不少。自然主义时代的冷静的客观底态度是全然失掉了。

## 四

首先攻击表现主义的，是支配着革命以前的德国的国家主义：军国主义，对于将腕力看作旧德意志帝国的真髓，而缺少这样的精神底要素者，要使精神来对峙起来。表现主义的第一人者亨利希·曼（Heinrich Mann）这样地说着。国家是应该脱离技术底、经济底结合的领域，而成为精神的领土的。他在战前所作的两三种小说就已经贯串着这精神。他的小说《臣民》即描写着作为极端的权力意志和经济底弱者迫害的时代的，威廉二世治下的德国。

自然主义的社会诗人虽然对于贫者倾注同情，但大抵是站在有产者的立脚地上的。然而表现派的诗人却公然信奉社会主义，打破现存的经济组织。亨利希·曼的《穷人》即归一切罪祸于二场主。世界的大战恰如在俄国促成了波雪维克的胜利一样，也助长了在德国的革命思想。在青年诗人，劳农俄国实在宛如意大利之于歌德（Goethe）一般，是成着憧憬的国土的。因为马克思的经济学说，在他们，是太错杂了，所以想用共产主义似的便捷的手段来医治旧社会的弊病，也正是不足诧异的事。

因为他们尊便捷，所以在作品中往往鼓吹着直接行动。这运动的开创者名那机关杂志曰《行动》（Action），也非偶然的。此外，这一派的杂志和丛书，又有名为《暴风雨》《奋起》《末日》《赤鸡》等，而神往于革命者。

他们的理想是无政府主义、共产主义、无产阶级的政权获得。要建设新的国家，应该恰如俄国一般，先来破坏既存的事物的一切。凯泽的《瓦斯》，即是指摘世界的灭亡，以及文明和自然的矛盾的。对于国权的代表者的憎恶，因此也炽烈起来了。这些诗人之屡屡运用暴动和革命，也正无足怪。况且表现派的诗人中，也竟有如库尔特·艾斯纳（Kurt Eisner）和恩斯特·托勒尔（Ernst Toller）似地，自己就参加了革命运动的。

而世界大战所招致的不幸又助长了极左倾底激烈思想，也有力于革命的促进的。然而诗人决非战场的勇士，所以憎恶战争的思想，明显地出沉于表现派的作品中。而国民间的和解、战争和国民区别的废止、世界同胞主义等，则成为他们的标语了。魏菲尔在许多短诗里反抗着战争。温卢（Fritz von Unruh）又在《一个时代》中使母亲悲叹着因战争而失掉的孩子。他们视有产者犹如蛇蝎，以为是支持现存的国家、代表资本主义的东西。施特恩海姆的喜剧，即都是讽刺富有的有产者的。

五

轻侮现存的国家社会的倾向，遂涉及一切事物了。恰如在先前，韦德金德到处发见了嘲笑、轻蔑、怜悯的对象一样，表现派的诗人也到处发见这些。向来的讽刺作家，在所嘲笑的一面，是使较好者对立起来的，而表现派的诗人决不如此。例如亨利希·曼的《没分晓先生》是有产者之敌，而比有产者却卑劣得多。

在这一端，韦德金德之外，斯特林堡（August Strindberg）也给以影响。他指摘了现实生活的不正和不合理，怀疑了没有利己心的行为的可能性。受了那影响的表现派的诗人则将父母对于子女的爱情、夫妇之间的关系也看作利己心的变形。因此并妓女也和良家女子一律看待，有时还加以赞美。在表现派的作品中，多有娼妓出现，是不足怪的。

表现派的诗人虽取极端的否定底态度，如上所言，但亦或[1]在别一面取着要将社会道德根本底地加以改造的积极底态度。那时候，则对于物质主义，即对峙以道德底理想主义，对于尼采的超人主义，利己主义和资本主义，对峙以利他主义和博爱主义。自然主义非知悉了一切事物之后，是不下批评的，而表现主义却开首便断定善恶。这派的诗人虽然还年青，但不在利益和享乐，而以博爱、服务、忍耐为理想。他们又相信人类的性善。在这一端，是和启蒙主义、人道主义有共通之处的。陀勃莱尔连弄死一个蚂蚁也不忍。

使爱和无私臻于完全者，是牺牲底行为。所以伟大的牺牲底行为屡屡成着表现主义的对象。《加莱的市民》就是运用着为故乡的牺牲底行为的东西。

唯美主义是疲劳而冷静的，反之，表现主义的理想则是感情的最大限度，感情的陶醉。尤其是表现派的戏剧，往往流于感情的抒情底发扬。因此主角便当然多是忏悔者、忍从者、真理的探究者。如梭尔该（Reinhard Sorge）的《乞丐》，是几乎全篇都用独白的。而并无事迹或纠葛者，也往往而有。也有作者本身从各种要素之点加以分解，作成比喻底的各种姿态，在作品中出现的。

因此，用语也颇高亢，有时竟是连续着感激之极，痉挛底地所发的绝叫，而并非文章。哈然克莱伐的剧本《人间》尤其是这倾向之趋于极端者。

表现主义之喜欢夸张和最大级的表现，在本质上原是当然的事。加以受了政治底现象的影响，惟用心于耸动世人的耳目。因为

---

1　现代汉语常用"抑或"。——编者注

现在是诗人也作为宣传者站在街头了，不将声音提高，是听不见的。

题材也颇奇拔，而且是挑拨底，既以耸动耳目为目的，即自然无需加以绵密的注意了。在这一点，表现主义是和自然主义正相反对的。又从收得夸张底效验的必要上，则常用冒险小说底的手段和题目。在这一点，电影是很给与了影响的。

表现派的戏曲作家中，惟凯泽专留心于舞台效果。他将看客的注意，从这幕到那幕，巧妙地牵惹下去。《加莱的市民》作为戏曲，事迹是贫弱的，然而含着小小的舞台效果很不少。

惯于写实主义的人们，要公平地评定表现主义并不是容易事。走了极端的物质主义和自然主义，固然非救以反对的思潮不可，然而现在的表现主义却是过于极端的反动底运动。连当初指导了这运动的人们，也说表现主义已经碰壁了，从忽而辈出的多数的表现派作家之中，崭然露了头角者，不过是仅少数。而这些少数者的成功，岂不是也并非因为开初信奉了表现主义，却大抵是靠了由过去的文艺所练就的本领的么？

由《从印象到表现》译

一九二九年六月二十一日《朝花旬刊》第一卷第三期所载

# 人性的天才——迦尔洵

## ——"近代俄国文学史梗概"之一篇

[俄]Lvov-Rogachevski

我们里面，虽然未必有不看那在铁捷克画廊里的莱宾的有名的历史画《伊凡四世杀皇太子》的，然而将由父皇的铁棍，受了致命伤的皇太子的那惨伤的容颜加以审视者却很少。这是画伯莱宾，临摹了迦尔洵（V. M. Garshin）的相貌的。

遭了致命底伤害的驯鹿的柔顺的眼睛，是迦尔洵的眼睛。

迦尔洵的心，就是温柔，但在这富于优婉[1]的同情的心中，却跃动着对于人类的同情，愿意来分担人间苦的希望，为同胞牺牲自己的精神，而和这一同，无力和进退维谷的苦恼的观念又压着他的胸口。

他一生中，常常感到别人的苦痛，渴望将社会一切的恶德即行扑灭，但竟寻不到解决之道而烦闷了。而沉郁的八十年代的氛围气则惟徒然加深了他的烦闷。

迦尔洵的柔顺的眼里，常是闪着同情，浮着对于人类的残酷性的羞耻之念。

有着这样眼睛的人，是生活在我们俄国那样的残酷的风习的国度里了的。所以他就如温和的天使，从天界降到烈焰打着旋子的俄罗斯的社会里一样。而这残酷的乡土，则恰如伊凡四世，挥了铁棍，来打可怜的文人的露出的神经，又用沉重的铁锤，打他的胸口，毫不宽容地打而又打，终于使他昏厥了。

---

1　现代汉语常用"幽婉"。——编者注

迦尔洵在这沉重的铁锤之下，狂乱和失常了好几回。一八七二年，他进医院，一八八〇年再进精神病疗养院，一八八八年三月十九日又觉着发狂的征候，走出楼上的寓居，正下楼梯之际，便投身于楼下了。对于"不痛么"之问，气息奄奄的他说，"比起这里的痛楚来，就毫不算什么"而指着自己的心脏。

说迦尔洵的发狂是遗传性，那是太简单而且不对的。死在精神病院里的格莱普·乌斯宾斯基在《迦尔洵之死》这篇文章中，曾经特地叙述，说文人迦尔洵的遗传底病患，是因了由实生活所受的感印更加厉害起来。

而这感印是痛苦的。青年时代的迦尔洵，或则读俄土战争的新闻记事，知道了每日死伤者数目之多，慨然决计和民众同死而赴战场；或则在路上看见对于不幸的妓女的凌辱，愤然即往警署，为被虐者辩护；或则听到了一八八〇年二月二十二日图谋暗杀罗里斯·美利珂夫的谟罗兑兹基已判死刑，要为他乞赦，待到知道不可能，情不能堪，竟发了狂病了。

就如此，迦尔洵是对于别人的烦闷苦痛寄以同情，而将因此而生的自己的苦恼，描写在短篇小说里的。所以在他的单纯而节省的小说中，会听到激动人心的热情人的号泣。

他的创作《红花》的主角便是他自己。他发着狂，在病院的院子里摘了聚集着世界一切罪恶的红花。

将《四日》[2]之间，躺在战场上的兵丁的苦痛作为苦痛而体验了的，也是他。

在寄给亚芬那绥夫的信里，他说，是一字用一滴血来创作的。

有一个有识的女子，曾将迦尔洵描写妓女生活的一节的时候的情形讲给保罗夫斯基听，那是这样的。

---

2　迦尔洵的短篇。

有一天，迦尔洵去访一个相识的女学生，那女学生正在预备着试验，迦尔洵便说——

"你请用功，我来写东西罢。"

女学生到邻室去了，迦尔洵就取出杂记簿，开手写起什么来。过了些时，正在专心于准备试验的女学生，忽然被啜泣的声音大吃一吓[3]，那是迦尔洵一面在写小说的主人公的烦闷，一面哭起来了。

凡读迦尔洵的作品的人，即感于这泪，这血，这苦恼的号泣，和他一同伤心，和他一同憎恶罪恶，和他一同烧起愿意扶助别人的希望来，和他一同苦于无法可想。

迦尔洵的才能是在将非常的感动给与读者的心，使无关心者燃起了情热。

契诃夫深爱迦尔洵的作品，迦尔洵也爱读契诃夫的《草原》。

契诃夫的描写短篇《普力派铎克》中的学生华西理耶夫，是作为迦尔洵的样子的，所以叙述华西理耶夫的下文那些话，毕竟便是叙述迦尔洵——

> 有文笔的天才，舞台上的天才，艺术上的天才等各色各样，但华西理耶夫所具的特别的才能，却是人性的天才。这人有着直觉别人的苦痛的非常的敏感性，恰如巧妙的演员，照样演出别人的动作和声音一般，华西理耶夫将别人的苦痛照样反映在自己的心里。

然而迦尔洵是兼备着艺术上的天才和人性的天才的，而他却将这稀有的天才委弃在粗野的残酷的国土里了。

敏感的迦尔洵描写出技师克陀略孚哲夫、艺术家台陀威和别的

---

3　现代汉语常用"大吃一惊"。——编者注

来，以显示市人气质，叙他们的物欲之旺盛。就是，使克陀略孚哲夫向着旧友华西理·彼得罗微支这样说——

> "只有我，竭力圆滑地说起来，并不是所谓获得呵。四面的人们，连空气也大家都在想往自己那面拉过去……""感伤底的思想是停止的时候了。""钱是一切的力。因为我有钱，想做，便什么都可以。倘要买你，就买过来给你看。"

以上，是在自己所有的村中建筑了大的水族馆的技师的论法。

在那水族馆里，大的鱼吞食着小的，技师便说："我就喜欢这样的东西。和人类不同，它们很坦白，所以好。大家互相吞噬，并不怕羞。""吃了之后，毫不觉得不道德。我是好容易，现在总算和什么道德这无聊东西断绝关系了。"

这水族馆，恰如表示着新社会，在这社会里，贪婪者并不受良心的苛责，而在使清节之士和出色的人们吃苦，做牺牲。

迦尔洵觉到了在这水族馆似的社会里得意的市人的欲望，为牺牲者的运命哀伤。他又憎恶那些在惠列希却庚（Veresichagin）的绘画展览会里议论着伤兵所穿的便衣可曾画出，研究着海岸的白沙、云的延亘之类逼真的风景，而闲却了描在画上的悲哀的精神的、庸俗的利己底的自满自足的市人们。

他在青年时代就已经在惠列希却庚的画上发现死亡，听到被虐杀的人们的号泣，于一八七四年写了关于这的自己的感想了。

后来，在一八七七年负伤了的他，在野战病院中，这才做好那拟在杂志上发表的《四日》，接着又想定了许多的短篇。而由他一切的创作，表现得特为显著者，是主张和集团、民众、劳动者们作共同生活之必要的精神。

在做采矿冶金学校的学生的迦尔洵，因为憎恶人类的相杀，竭力反抗了战争的结果，竟不受试验，上战场去了。然而这并非为了杀敌，乃是代同胞而牺牲自己，和民众共尝惨苦，当必要之际，则干净地死亡。

如据他的书信就明白，他的精神之成为安静状态，是以公众的悲哀为悲哀，自己也得体验了公众的窘乏艰难的时候。

短篇小说《红花》是进哈里珂夫的精神病院时候所写的，但他所描写出来的主人公，是将作为人类的斗士当然负担着的义务给以完成，为了别人而将自己来做牺牲的人物。

短篇《夜》里的主角列夫·彼得罗微支是厌弃了生活和人间，想自杀以脱掉自己的烦闷的，然而为冲破深夜的寂寞的钟声所警悟，记得人类世界了。就是，他想到了群集，记起了大集团和现实的生活，发见了自己应走的路和死而后已的处所，了解了非为“自我”，却应该为共通的真理而爱了。他又记得了后来所目睹的人类的悲哀和懊恼，但相信独自抱膝含愁是无益的，应该进而将那悲哀的一头分担在自己的肩上，当此之际，这才能将慰安送给自己的精神。这是迦尔洵的自己的省悟。

迦尔洵于十二岁时候，从人烟稀少的南部草原到了往来如织的繁华的彼得堡。在草原时，他已读雨果的《不幸的人们》和斯土活的《黑奴吁天录》等，并且借杂志《现代》养成读书之力，学习了应该爱人。在彼得堡，他又知道人世的哀乐和俗事的纷繁，使心底经验愈加丰富，常嫌孤独生活，和群集相融合，自称群集之一人，在军事小说上，绘画论（关于苏里珂夫和波莱夫的作品）上，他都喜欢描出群集。

烦闷着的集团和自己，在密切的关系上这一种观念，是迦尔洵的最大特色。

他于一八七九年作短篇小说《艺术家》，将无关心的读者领进工厂中，示以机器、锅炉，被束缚着的劳动者的悲惨的境遇。

他本身的不幸，是目睹了元气沮丧，既不能抗议，也不能斗争，只在烦闷懊恼的八十年代的民众。他又在工厂里看见了囚徒底劳动，看见了扩大的恶弊，但不能认知发达的创造力。

迦尔洵不能属于或一党或一派，并非所谓纯然的斗士，然而同情于一切人类的痛苦，有着能为减轻别人的烦恼除去一切的恶弊，则死而无憾的觉悟。他即以这样的心绪和感情从事创作，观察文学，而且解释了艺术家的任务。

从这样的见地来判断，他也是在最上的意义上的民主主义者的文人。

有人向着迦尔洵的短篇《艺术家》的主角略比宁讲了工厂里修缮锅炉的情形，第二天，略比宁便到工厂的锅炉房去，走进锅炉里，约半点钟，看着一个工人用钳子挟住铰钉，当着打下来的铁锤的力。他于是显着苍白脸色，以激昂的状态爬出锅炉，默默地走向家里去，一进画室，便画起锅炉房的工人来，写出可怕的光景，将自己的神经自行搅乱了。略比宁所愿意的，是用自己的绘画来打动人们的心。就是，他要观者同情于被虐的工人，工人则以自己的可怕的模样来使身穿华服的公众吃惊，将仿佛喊道"我是疮痍的团块呀"一般之感给与观者。

略比宁在画布上的工人的苦恼的眼里，藏了"号泣"之影，而这号泣之声却撕掉他自己的心了。

略比宁于是不能堪，生了热病……这不是绘画，是烂熟了的时代病的表现。略比宁自己化为工人，战缩于铁锤的每一击，病中至于说昏话道："住手呀，为什么那样地？"

略比宁就是弗谢沃洛德·米哈伊洛维奇·迦尔洵。他是为生活的沉重的铁锤所击的人们的拥护者。他是在自己爱写的人物的眼中，描出略比宁式号泣的影，使各个人物向残酷的人们叫喊道：
"住手呀，为什么那样地？"的。这叫喊，是将"人"和"艺术家"萃
于一身的迦尔洵，一直叫到进了坟墓的言语。

十二岁的少年之际，看见叔父批了一个农夫的嘴巴，便哭起来
的他，就使一短篇中的主角伊凡诺夫按住了要打兵丁的温采理的
手。于一八七五年抛弃一切，将代同胞而死于战场的他所描写的
《四日》和《孱头》的主角们，就都是愿意代别人而将自己来做牺牲
者。又在一八八〇年，他面会了墨斯科警察总监凯司罗夫，诉说妓
院的可怕的内情，且为被虐待被凌辱的不幸的妇女们辩护，而他的
小说《邂逅》的主角伊凡·伊凡诺微支以及短篇《那及什陀·尼古
拉夫那》中的人物罗派丁，也一样地成着不幸的妇女的拥护者。到
最后，迦尔洵曾于暮夜潜入罗里斯·美利珂夫的邸宅，想为革命家
谟罗兑兹基的死刑求免，而事不成，执行死刑了，于是他虽在病中，
却巡行于土拉县者七星期，宣传共同底幸福之必要，怂恿和社会的
恶弊相抗争，而《红花》的主角也抱着相同的感慨，在关于被砍倒
的棕榈的童话里，迦尔洵也写着这感情的。

先于契诃夫，迦尔洵创作了所谓"比麻雀鼻子还短的"短篇小
说。然而这文体并非预有计划，因而创造了的，乃是恰如在现代的
喧嚣的都市中，有时听到惊心动魄的短短的号泣之声一般，从迦尔
洵的心，无意中发生了的文体。

迦尔洵有时也想做长篇，但终无成就，于是常竭力压榨内容，
使色彩浓厚，载在列昂尼德·安德列耶夫（Leonid Andreev）的《红
笑》上那样的许多人物出现的长篇，是决不做的。他不取材于尸山
血河，极简素地描写了伤兵伊凡诺夫躺了四天的一小地点的光景，
但这一小地点，则和全部战争和全部生活组织相连结，伊凡诺夫一
人的苦闷，是将至大的感动给与全体的读者的。

迦尔洵给人更深的感动，使觉得战争的惨苦的，不是战场，而是将因脱疽而死的大学生库什玛的房里的情形。"然而这不过是许多人们所经验的悲哀和苦痛之海的一滴"者，是躺在死床上的库什玛的好友所说的话。

迦尔洵就在满以号泣的凄惨的短篇里，显示出这一滴来。而他之表现号泣，则不用叫声，愈在想要呕血似的心中叫喊，他的钢笔便动得愈是踌躇不决。然而这踌躇不决的写法，却愈是深深地打动了读者的心。

迦尔洵的小说是使人们起互助的观念，发生拥护被虐者之心的。

真的人迦尔洵，对于我们，是比别的许多艺术家更贵的人物。他并非大天才，但那丰姿却美如为燃于殉教者底情热的不灭之火所照耀。他是可以自唱"十字架下我的坟，十字架上我的爱"的热情者的文人。

迦尔洵的作品的文学底评论由柯罗连科（V. G. Korolenko）详述在《十九世纪的文学》这书本里。

柯罗连科者，其精神之美，是近于迦尔洵的，但他却作为勇敢的侠客而出现于社会。倘若以迦尔洵为拼自己的生命，和社会恶相抗争，而终死于反动的打击之下者，则柯罗连科乃是常常获得实际底结果的。


Lvov-Rogachevski 的《俄国文学史梗概》的写法，每篇常有些不同，如这一篇，真不过是一幅 Sketch，然而非常简明扼要。

这回先译这一篇，也并无深意。无非因为其中所提起的迦尔洵的作品，有些是廿余年前已经介绍（《四日》《邂逅》），有的是五六年前已经介绍（《红花》），读者可以更易了然，不至于但有评论而无译出的作品以资参观，只在暗中摸索。

　　然而不消说，迦尔洵也只是文学史上一个环，不观全局，还是不能十分明白的，——这缺憾，是待将来再弥补罢。

　　　　　　　　　　一九二九年八月三十日，译者附记

一九二九年九月十五日《春潮》月刊第一卷第九期所载

# 契诃夫与新文艺

〔俄〕Lvov-Rogachevski

　　迦尔洵（Garshin）临死的几星期之前，读完了登在杂志 *Russkaia Mysl* 上的契诃夫的短篇 *Stepi*（草原），欢喜雀跃，为新出现的天才的文藻之力、鲜活、新颖所蛊惑了。

　　他带着这短篇到处走，庆贺俄国文学界生了新作家，说道"觉得我心中的疡肿，好像破掉了。"

　　契诃夫的笔力和那文体和手法的新颖，是杰出到这样，但那手法却于亘契诃夫以前的文学上的两期，已加准备，在屠格涅夫（Turgeniev）的"散文诗"里，在迦尔洵的作品里，在柯罗连科（Korolenko）的作品里，都显现着的。

　　然而，都人士契诃夫是最近俄国文学的富于才能的表白者。普希金（Pushkin）专服事艺术，乌斯宾斯基（Uspenski）专服事真理，契诃夫则能使真理和艺术融合起来。而政治底倦怠的氛围气和都会生活的新倾向都在他的作品的形式和内容上刻了深的阴影。

　　真理与艺术的融合是最近俄国文学的特色。

　　我大讽刺家而且是果戈理（Gogol）的继承者的萨尔替珂夫（Saltikov 即 Shchedrin），做完《斑斓的信札》，于一八八九年瞑目了，而契诃夫的《斑斓的故事》则以一八八六年出世，分明地表示了是果戈理和萨尔替珂夫的继承者。

　　关于一八八九年萨尔替珂夫之死，他寄信给普列锡且耶夫云："我哀悼萨尔替珂夫之死。他是强固而有威权的人物。精神底奴隶而卑劣的中性的智识者们，由他之死而失掉顽强执拗的敌手了。谁也能摘发他们的罪过，但会公然侮蔑他们者，只有萨尔替珂夫而已。"

契诃夫自己，对于带着奴隶性和诈伪底精神的中性的智识者的丑污的行为也曾加以抗争。但契诃夫的态度并非雪且特林的"侮蔑之力"，也非果戈理的"苦笑"，是将哀愁和对于西欧的文化生活的憧憬之念作为要素的。而在他的哀愁的底里，则有优婉的玩笑，燃着对于疲惫[1]而苦恼的人们和尽力于社会底事业的优秀的智识者，例如乡下医生和村校教员等的柔和的同情之念。

最初，他是写着没有把握的短篇的，但在一八八七年，作 *Panihida*，印许多小篇，名曰《黄昏》，在一八八八年，著戏曲 *Ivanov*，一八九○年，《忧郁的人们》这创作集出版了。在这些作品中，他所比较对照了的人物是疲于生活，陷于神经过敏，被无路可走的黑暗的时代所抓住了的人们，以及自以为是的半通，装着安闲的假人和空想天雨粟式幸福的市人等。

如《或人的话》里的恐怖主义者，精神上负了伤，为非文化底俄国生活所苦恼的亚斯德罗夫和伊凡诺夫式人物的描写，是契诃夫得意的胜场。

契诃夫虽轻视了自己的处女作，以为恰如"蜻蜓"的生活上缺少不得的"苍蝇和蚊子"似的东西，但渐渐也觉到自己的特色，一八八五年寄给朋友拉扎来克·格鲁辛斯基的一封信里，写道："我迄今所写的东西，经过五年至十年，便被忘却的罢，但我所开拓了的路却怕要完全遗留。这一点，是我的惟一的功绩。"

将在俄国社会的黄昏时，静静地扬了声音的这诗人，俄国自然是决不忘记的。他特记了自己所开拓的路，也是至当之事，是俄国的生活引他到这新路上去的。

---

1 现代汉语常用"疲惫"。——编者注

　　到一八八〇年为止，自由人文士的作品为时代思潮所拘，作品的内容带着一定的党派的倾向，大抵中间是填凑，而装饰外面的体裁，作家所首先焦虑者，只在所将表现的问题，而不在将内容怎样地表现。

　　然而契河夫，据高尔基之说，则是内面底自由的文士，既注意于表现法，那内容也并不单纯，且有意义。他在所作的《半楼人家》里笑那显有偏倚底倾向丽达（小说的女主角），又在《鸥》里描写颓废派的德烈普莱夫和民众主义者的德里戈林，而对比了各自不同的倾向和特色。

　　契河夫自己虽然是医生，是科学者，但以可惊的自由，讲了圣夜的美观，且述圣语之美。

　　　　我怕那些在我所写的辞句之间寻特殊的倾向，而定我为自由主义者或保守主义者的人们。我不是自由主义者，也不是保守主义者，也不是渐进论者，也不是教士，也不是不问世事者，我只想做一个自由作家，但所恨是没有做那样作家的才能。

　　这是他自己的话，但他却比谁都积极地主张了内面底自由。

　　倘若以格来勃·乌斯宾斯基（Gleb Uspenski）为对于美景闭了眼睛，以抑制自己的文艺欲，将自己的情操表现于窘促的形式，如密哈罗夫斯基之言，不衣合于艺术家的华美的色彩之衣，仅以粗服自足，则契河夫是将马毛织成之衣和铁锁解除脱卸，而热爱了色彩鲜秾音声嘹亮的艺术的。

　　在六十年代的作品中，留在"事业"的痕迹，他们的艺术是达到目的的手段，而表现的样式则是达到目的的工具，但契河夫的作品中却有思索的痕迹。他所要的不是艺术的分离主义（Separatism），即从实生活的分离，而只在脱掉了一定的束缚的艺术的自由独立。他以为文艺的要素，是在"个人的自由观念"的。

对于艺术的这新的态度，和无路可走的八十年代的氛围气是有密接的关系的，当时的社会解体，人们个个分立，敦厚的人情是扫地一空的状态了。

契诃夫式观念即酿成于这样的氛围气里，他是脱掉一切思想底倾向的束缚，解放了自己的才能的作家。

对于这新艺术观，旧时代的评论家一齐攻击契诃夫了。受这攻击之间，都人契诃夫便极猛烈地痛击都会的恶习，以白眼来看世事的他，却觉醒了冷淡于社会现象者的眼，切望美和光明的生活的到来，不带什么一定的倾向的他，又将俄国实社会的倾向比谁都说明得更锋利，暴露出国家的基础的丑态和空虚，描写了外省的都市中，所以连两个正直的人也没有之故。"俄罗斯的国基，是纪元八六二年奠定了的，但真的文化底生活却还未曾开始"者，是从契诃夫的一切作品中所发的声音。

契诃夫决不为要动读者之心，故意写些异常的事。托尔斯泰批评安德列耶夫（Leonid Andreev）道："他想吓我，然而并不怕。"但关于契诃夫，我们却想说："他不吓我们，然而很怕人。"

为探求创作上的新路径，契诃夫所作为参考资料者，是莫泊桑（Maupassant）的作品。"莫泊桑早说过，旧式的写法已经不行了。只要试去读我古典文学家中的毕闪斯基（Pisemski）或阿思德罗夫斯基（Ostrovski）的作品就好。一读，那就会知道只是多么陈腐而常套的文句的罢。"这是契诃夫常常对人说起的。

屠格涅夫、柯罗连科、迦尔洵，都时时写了散文诗似的最小短篇，至于契诃夫，却以那短篇为主要的东西。

"我开了创作最短篇的路，但最初，将原稿送到编辑所去，往往连原稿也不看，简直当作傻子。"这是契诃夫的述怀。

在创作的初期，契诃夫之文，那简洁和速成，尤为显著。

在急遽的创作和有暇时候的创作，是全不相像的。处女作时代的他，于创作短篇，从未曾费过一昼夜以上，如格里戈罗微支（Grigorovitch）所推奖了的 *Egel*，是在浴场里写的。

然而他的文体的简洁，在单句中把握要点的能力，表现刹那之感的巧妙等，在他一生涯中没有衰。

他的长篇，大抵和迦尔洵、柯罗连科、札易崔夫（Zaytsev）的长篇一样，常常难以说是成功，在篇中出现的多数的人物不能统一，如那《谷间》，则如他自己所说，陷于百科全书式了。

因为惯于只写"始"和"终"的短篇了，有记载"中间的事情"的必要时，他似乎觉得倦怠，省去赘辞枝句，"简短到能够简短地"者，是他的文体的基本。

而契诃夫却有发见单纯而最吃紧并且适当的句子的才能。例如在"我们歇歇罢，歇歇罢""总得活，总得活""墨斯科去罢""我错了，错了""我用尽了精神""我是鸥呀""随便罢"等的句子里，不但他所描出的人物的个性而已，也含着暗示时代精神的深的可怕的意义。

我文豪提了这样的手法，跨进都会的新生活去了。而都人士则连不愿意听他的话的人们也至于谛听了他的话。

他的小说 *Stepi* 中之所记，是或一寒夜，向站在篝火旁边以御寒的一团人们之处，来了一个和所爱的女子约定了的男人，但先为人们所看见的，并非他的脸，也非衣服，而是口角所含的微笑。在社会生活的 Stepi 上，夹在冷得发抖的人们中，契诃夫之所观察者，并非外貌，乃是内在的精神，即不是脸，不是衣服，而是那微笑。

倘读他的短篇《哀愁》《空想》《爱》和《路上》等，便明白他的观察是在那一面的罢。

莱夫·托尔斯泰批评契诃夫说——

> 将作为艺术家的契诃夫和向来的我们的文人屠格涅夫、陀思妥耶夫斯基，以及我相比较，是困难的……契诃夫之文，具有印象派文人之所有似的，自己独特的样式。他的文章恰如毫不选择，任取身边的颜料涂抹起来，涂抹了的线又仿佛毫不互相联络，但略略走远一看，便发生可惊的感触，成着出色的图画，就有这样的趣致。

对于契诃夫的手法，恐怕谁也不能再下更好适切而贵重的批评了罢。

和契诃夫交好的画家有列维坦（Levitan）。列维坦不但见了自然，是感到了的，不但为了自然，是依感觉而描了的。他又察知自然的奥妙，窥见了在自然的怀里的诗底机因。我契诃夫就常常和这样的画家在 Bapkin 过夏，将他的素描郑重地藏在 Yalta（Krimea 南岸）的别墅中。

小说《农奴们》中的四月的景色的描写，不用一些美辞丽句，也不用整齐的叙述法，只有粗粗的几条线罢了。即宽广的港口，飞翔其上的雁和鹤，如火的夕阳和金色的云，春水所浸的丛莽，还有小小的教会堂，所写的只有这些物象，然而从茹珂夫市入于广漠的自然之怀的阿里咯（小说的女主角）眺望夕阳和浩荡的水的时候，已不禁滔滔泪下了……在这粗略的描写中，是跃动着春气的。

契诃夫涂抹了手头的颜料，描出整然的光景来，然而那捉住心绪和情调，加以表现的手段却一样，便是将一定的律动和音乐底谐调给与小说及剧诗。

他选择了于读者的耳朵也很容易听到的句子和感叹词。

在短篇《黑教士》中，音乐冲动了主角凯惠林的错觉，而契诃夫的创作力也因音乐受了冲动了。他和凯惠林一同，受了我们俗子所难以懂得的所谓"神圣的谐调"的影响，而将那调子移入于自己的文章的律动中。

契诃夫的作品里充满着乐曲和朗朗的谐音，他有十分的权能，可以将巴尔蒙特（Balmont）的"和我的谐音相匹敌者，是没有的，决没有的"的话适用于自己的作品上。

契诃夫将那短篇并非用笔写出，是用梵亚林弹出来的。读他的作品有并不在读，而在听着莫明[2] 其所从来的音乐之感。而这音乐则几乎常常带着哀调，那趣致恰如手持"洛希理特的梵亚林"的犹太的乐人，使听者感泣似的。

契诃夫在叙景中，在剧诗中，都移入音乐去，一八九五年寄给什尔谛微支的信里说："你能感得自然，但不能悉照所感，将自然表出。你所创作的短篇中的自然的描写，到正如音乐的谐调，给人心以快感一样，那描写为要给读者以或种心情，有了力量的时候，这才得到成功。"

《黑教士》的故事的轮廓，以及身披黑衣、不戴帽子、系着绳带的中世纪的教士的出现的光景，是怎么样的呢？

乐园——这是丕梭慈基似的园艺家的作工的舞台，有葱郁的森林和湛着碧水的池之处，是戈谛克式的古寺的境内。在适于黑教士说话的这古寺里，科学的热狂者和"黑教士"在谈天。

人和自然涌出共通的气分[3]，生出谐调来，浮起于两者的谈话之间，就能够将这捉住。

---

2 现代汉语常用"莫名"。——编者注
3 现代汉语常用"气氛"。——编者注

然而契诃夫的叙景,除印象派的手法之外,即使发生气分的谐调之外,还有一种特色,这便是着重于和一切环境的联络。

短篇《故乡》的女主角这样地说着:"说是自然和音乐的快感是一个世界,实际生活是别一世界呀。这一来,幸福和真理就该在实生活以外的处所了。那么,最要紧的是不要生活,去和那无边际的又宽又美的大野融合,倘这样,是舒服的罢。"

在别的小说《谷间》里,则不辨卢布的真假,而且杀掉婴儿那样的未同化人,和断了联络的自然两相对照着。

当深夜中,两手抱着婴儿的死尸,彳亍而行的母亲理波的可怜的模样,是到底难以忘掉的,但其时,有鹃啼莺唱,池里是交错着蛙声。

这夜,苦闷了的母亲将隐在胸中的母性爱发露了。自然也如人的说话一般说了话,而孤独的人,则感到和环境的绝缘,仿佛被拉开了自然的 Concert(合奏)。

这夜的自然,作者更这样地描写着——

了不得的喧嚷,鸟儿,连蛙儿,也以一刻千金之思,叫而又叫,歌而又歌。因为一切生物的生命,只有一回,没有两回,所以也无怪其然的。

嫌恶夸张的人为底演戏的观念,印象派的手法以及和环境的联络维持的尊重等,是决定了契诃夫对于旧剧,即动作的剧诗的态度的,而同时又催促了契诃夫式剧,即心绪的剧诗的出现。

莱夫·托尔斯泰伯曾称契诃夫为难以比较的杰出的文豪,但于作为戏剧作家的他却不佩服。因此他的做戏剧作家的能否便成了一般批评的箭垛,那批判以锐利而有热的形式而显现了。

一八九七年他的《海鸥》上演时,他寄给了友人珂尼一封这样的信——

　　　　观览完了的这夜和那第二天，我的朋友们便样样地批评，以为《海鸥》一上舞台，是无聊，不能懂，没意义的等等。请你想一想我的立场罢——这是连梦里也没有想到过的陷阱。我抱惭衔恨，满心怀疑，离了彼得堡。我这样想，假如我写了满是可怕的缺点的剧曲而上演了，则便是我失了一切的观察力，要之，是我的机械已经坏掉了。

　　后来，各报章的剧评家们同声赞美了契诃夫的编剧上的才能的时候，珂尼便驰书以祝福《海鸥》的作者，乌罗梭夫公则称这剧诗为"俄国文学上的杰作"，在给巴尔蒙特的信里，叙述着《海鸥》上演之际所感到的欢喜之情。

　　这样子，评论的趋向就一变，契诃夫的剧曲竟至于被看作艺术上的最近的名篇了，但要而言之，是他们评论家于个人底心情之外、自己的心底经验之外，忘却了还有别的时机，即社会发达上的别的时机在。

　　这别的时机便是以大众为对手的时机，是一切社会层的集团底心理状态，各层之间的相互关系，服从和斗争等，成为新剧曲的主旨（thema）的时机，然而捉住这主旨的天才底编剧家却还未出现。

　　契诃夫的戏剧是被蹂躏了的意志、无活动、忧郁的情调的戏剧，那剧中的主要人物，是失了可以取法的理想，惟服从于刹那底心情的，要之，是时代精神的反映。

　　契诃夫是厌恶克理罗夫、思派晋斯基、纳惠旬、古内迪支和司服林一派的作品的现代剧的，一八八八年十一月七日寄给锡且格罗夫的信里说——

现代剧是都会的恶病的发痧伤寒。这病，是必须用扫帚来一扫的，观之以为乐，真是出奇。

契诃夫曾借了《寂寞的历史》的老教授之口，发表着同样的思想，又借了《白鹄之歌》里的优伶斯惠德罗连陀夫之口，述怀说优伶是别人的慰乐的玩物、奴隶、小丑。然而动作剧的拥护者们是以为契诃夫对于克理罗夫、思派晋斯基的剧曲的攻击是一向未中肯綮的，《海鸥》就恰如对于他们之说的契诃夫的回答，所以就惹起了批判的风潮。

在彼得堡的亚历山大剧场，因为没有会扮《海鸥》的新演员，失败了，但在墨斯科的艺术剧场是成功的，这剧场的幕上飞着的海鸥，被象征为一个的标帜[4]。

契诃夫自己所不喜欢的剧曲《伊凡诺夫》上，是显现着新剧曲的样式的。

这戏剧的主角不是伊凡诺夫，也不是赛莎，乃是人烟稀少的僻壤的氛围气的寂寥和沉闷。并且并无长的独白和高尚的会话，而惟偶然说出的一言一语和选出的句子幻象似的扩散，使场面紧张起来。

"猫头鹰在叫"是生肺病的赛拉所常说的话，但这猫头鹰是表象深刻的寂静的，比起"穿着灰色衣的或人"来更为可怕，而且富于实在性。

契诃夫的短篇的乐调，集中于契诃夫的剧曲里，剧中的各语皆发响，各句皆融合于全体的旋律中。

《三姊妹》的人物，即被遗忘，含在这剧曲中的谐调，却不能忘却，永久地浸透于人的精神的。《三姊妹》的最后之际，并非伴着雷声和裂音的平常的结局，乃是心的寂灭那样的最后的谐音。读者试记起那联队离开寂寞的小市的瞬间就好了，契勃忒威庚送了萨柳努易用决斗枪杀了为人很好的空想家的男爵的信息来，男爵的新妇伊里娜一面啜泣，一面说道：“我知道了的，知道了的。”玛沙反复着自己之说，道：“总得活，总得活。”契勃忒威庚喃喃地说道：“由他去罢，由他去罢。”安特莱在摇那载着波毕克的乳母车，阿里喀像讲昏话似的，低语着：“如果知道着的呢，知道着的呢。”……而军乐的曲子则逐渐地离远去，静下来……

走远的联队的军乐、地主的弦子声、街头马车的铃声、老人菲勒司的“忘了我走掉了”的断肠之语、远处竖坑里的落下的桶子声、猫头鹰的啼声、樱树园里的斧声，这些，是开契诃夫的心情的剧曲的锁匙。

曾在艺术剧场扮演过德烈普来夫（《海鸥》中的人物）的玛耶荷里特（Myerhold），在《剧场》这一篇文章中，关于契诃夫的剧曲，说了很贵重的意见，曰：“契诃夫描写心情的秘法，是藏在他的言语的律动里的。在艺术剧场初练习他的剧曲时，在场的演员们听出了这律动了。”

所以玛耶荷理特曾以确信，说艺术剧场的演员们在舞台上表演了契诃夫的律动。

这契诃夫的律动，亘二十年间，成着艺术剧场的传统的精神。这剧场的干部，到明白了对于新时代的新俄国的新看客，所以难于演出契诃夫的律动的原因，计费了从一九一七年到二二年的五年间的岁月。

在乐天底创造底现代，契诃夫的剧曲丧失了舞台上的现实性了。

一九二九年十二月二十日《奔流》第二卷第五期所载

# 艺术与哲学·伦理

［日］本庄可宗

## 序论

一九二七年四月二日，在墨斯科的共产党研究所里，举行了斯宾挪莎的二百五十年纪念讲演会，而且泰勒哈美尔和兑幡林两君都行了演讲。

说起斯宾挪莎来，是提倡了叫作泛神论（Pan-Theismus）的哲学（"神"是自然之说。以一切万物，莫不是神这一种主张，为先前的基督教正统派底的信仰，即一神论的发展，而且也是其反对）的哲学者。那样的人怎么和现代无产阶级会有关系的呢？至多，不过是神学上的革命理论的哲学，不过是企图了观念之平静的理论学，做出了那样的东西来的斯宾挪莎先生，为了什么的因由，竟在现今以政治底经济底关心作为动力，而正在抗争的国际底革命底无产者的中枢墨斯科，开了记念讲演会之类的呢？在现下，日本的有一部分的无产者理论家乃至艺术家们之中，怀着这样的诧异者，好像尤其不少似的。因为在那些人以为"哲学"这东西是极为非无产者底的空话。不消说，那是从并非为了非无产者之故的他们自己，没有关于哲学的教养，或则没有兴味而来，一句话，为是从他们的无哲学而来的。

然而倘是略略深思的人，则对于那劳动者农民的俄国，事务方多，而竟举行了斯宾挪莎的记念讲演会的事，恐怕谁也不得不大加感叹和崇敬的罢。在我，则单是那苏维埃政府开了这样的记念会，从古典中叫起无产者可以承继的东西来，用新的照明来照出了旧的智慧这一件事，就已经不禁其难以言传的深的爱慕和信赖——在那神学气味的斯宾挪莎之中，我们所记念的是什么呢？如兑皤林也曾说过："我们在斯宾挪莎之中，看见辩证底唯物论的先驱者。而斯宾挪莎的真的后继者，是只有现代的无产阶级而已。"

想起来，"无产阶级文化"这东西，乃是应该接着有产阶级文化来占历史底位置的较高度的文化，也是较高远的发展。无论何物，掬取无遗，将这熔化于旺盛的阶级意欲的熔炉中，从新铸造起来，则是无产阶级在文化上的任务。为了这事，就应该竭力将虽是一看好像和无产者缘分很浅的哲学或东洋学也毫不舍弃，从中取出真能滋养无产者的生长的东西，提出有用于那精神底解放的东西来，从新地、正当地来充实人类的宝库。这应该是无产者在繁忙的阶级斗争中，和当面的任务（政治底经济底斗争）同时非做完不可的侧面的题目。

固然，倘有在从事于文化工作这一个好的口实之下，回避着当面的实践斗争，游离在书斋里，躲进了那小有产者底的"专门家"底态度里去的人，则不问那口实是什么，即使那工作装着为了无产者，我们也非彻底将这来纠弹不可的。昂格斯也曾痛骂的那"在大学的讲坛上，卖着哲学的俗商们"的厚颜无耻的衒学底口吻，装腔作势的引用，高雅模样的态度，凡这些，即使他怎样称引马克思之名，怎样谈无产者的理论，我们劳动者农民也应该彻底暴露其小有产者底的，和支配阶级的巧妙的妥协以唉饭的他那"吃饭手段"和生活好尚的本性。况且那害恶又会延及无产者，胎孕了造成单是抽象底地"思索"的劳动者的危险，所以对于这样的好尚，我们就更非攻击不可了。

其实，哲学这东西，在日本之所以不为无产者所理解及相提携如今日者，那罪戾的全部是在以哲学为买卖的教师们的，是在以哲学为趣味，超然远引的哲学青年们的，是在单单埋头于概念的论理底修整，而离开了和现实的关联的他们之空疏和无力的。

然则无产阶级就非不再仰仗他们哲学商人，而用自己的手来从新抓取"哲学"不可了。无产者非离开了哲学商人们的传统底的教养，以及哲学史的平庸的理解，而用自己的方法从新开始来消化哲学不可了。

墨斯科所举行的斯宾挪莎记念会，在国际底无产者，实在是很有意义的。

不消说，如哲学的授课似的东西，还不能登在派德修尔（党学校）的课程上，倒是应该属于派德亚克特美（党研究所）的工作。但因此也毫不否定哲学的反省，因为在派德修尔的课程上就载着唯物史观，唯物辩证法之类的，所以还须有大体的（即使是必要的最小限度也好）心得。当和更加广泛的有产者的斗争中，在那全面的计画上，意识过程的工作，决不是可以轻视的事。还有，为了对于同志之中，意识上有还未脱尽小有产者底思惟[1]的人，要加以根底底的批判，叫回到确固的马克思底意识去，则无产者底"观念整顿的工作"（即哲学）也总是必要的。

## 一　观念的整顿
### ——无产者和哲学

一，因为哲学是"观念整顿的工作"，所以跟着整顿观念的方向之不同而发生各种的形态，是无须说得的。

---

1　现代汉语常用"思维"。——编者注

二，成为这观念整顿的方向（结晶线）者，是那时代的生活要求的方向，是一切沿着一时代的方向的生活意志的线时而行的东西。就是，所谓或一代的哲学，便是那时代的生活意志的知底表现。

三，而或一时代的生活意志，则是由那时代的支配阶级而表现的。至少，是掌握那时代的血脉的阶级之所代表。因此而所谓或一时代的哲学，（一）是那时代的支配阶级的意志的知底表现，（二）是那社会秩序的反映，（三）是沿着利害的线而结了晶的体系。

四，各种的哲学体系又各异其企图，因为要求整顿观念的志向是因各时代的社会事情而不同的——康德的哲学，生于十八世纪的启蒙期底混乱，要求了智识的批判底整理。在这里，问题（要求）不在新求知识，而在现存的知识的批判。但到培根，却在已经集积了的经验的整顿，在知识的建设。在马克思，则为了社会底变革而定观念的方向是必要了。就是这样，那时代的知底必要，使哲学作了各种的体系。而所谓那时代的知底必要，则不消说，是被那社会的历史底条件（时代底事情）所规定的。

到这里，请大家知道：在今日，那一种哲学，那一种观念整顿——在被要求，是由今日的历史底社会底事情所决定的。

五，已经说过，哲学是"观念整顿的工作"。然则为观念整顿的必要所驱策，是起于怎样的时候的呢？那是起于向来的观念体系（意识形态）和在新的条件及事情之下形成起来了的新社会的法则不相谐，于是生了矛盾的时候的。

向来的意识形态（观念整顿）是以向来的生活的诸经验为基础而造成的。所以当社会的生活样式和经验的性质，和向来的那些相同之际，则那意识形态于生活有用，有社会底机能，宜于统率种种的经验。在那时候，观念整顿的必要也并不发生。只要将经验卷进向来的体系里去就好了。但一旦有性质不同的新经验发生于我们的生活中，因了新的要求和缺乏，而我们的社会动摇起来，则向来的意识形态便早已不能将这些收拾。这早已不成为生活的促进元素，也不能作为指导了。于是旧的观念整顿就先行纷纷解散（这是旧形态的"批判"），非从新开始观念的整顿不可。到这里，我们便只好依了新的经验的性质和新的生活的动向来开始结晶了。

在今日，是因为发明了叫作机械这一种生产用具，因而发生的新经验，它的社会底意义的发挥，必然底地相偕而来的政治上经济上的变革这些事，向来的一切观念整顿，已非解体不可了（马克思的"批判"始于此），而新的观念整顿正应该构筑起来的时期。我想，所谓资本主义时代者，只将机械的本来的意识（后章解说）发挥了一部分，因为那时代本身其实是前世纪底的手工业时代的残痕和机械时候混合而成的过渡期的时代，所以机械这东西所含的内底志向毫未曾有所发挥。那运用上的误谬和弊害因此也就有应该由劳动者之手来施行清算的宿命。而施行新的观念整顿，则非从社会底历史底见地不可的。

六，新的观念整顿，为什么以社会底历史底见地为基点的呢？

这是依了机械这东西所含的性质的。（一）机械者，从那本来的志向说起来，原是因为节省劳力这一种很是人类底的要求而设法造成的东西。（二）其次，因为那是集团底地生产的，所以那所得也就有应该集团底地来分配的宿命（手工业是个人底地生产的，所以那所得归于生产了物品的个人的手中，是当然的事。）

手工业期，一张桌子是一个工人所做的，所以那所得也该是他的东西。但机械，则做一张桌子时，以做桌脚者、做桌面者、做抽屉者等来分担那工作。由这些的合作造出一张桌子来。就是，生产的方法是集团底的，所以那所得的方法也该是集团底的才是，然而在资本主义经营上，却将所得成了个人（资本家）的东西。于是生产的方法和所得的方法之间，统一就被破坏了。

因为机械这东西，是这样地以集团底（即社会底）生产和所得为其本质的，所以（三）那性质，是应该依全人类（社会）的需要而被运转。机械是必以大量生产为特质的，所以那本来的机能，该是在充足一切人类的物质底要求（在今日，这却为了机械所有者〔资本家〕的个人的"利益"而运转着，由此发生的弊害，便是现在之所谓"机械文明之弊"了。然而这绝非机械本身之罪，乃是机械的用法上，运用上的误谬之所致的）。

这样地，从那本来的志向来看，机械这东西在那设计的动机上，既然全是人类底人道底，在那性质上，既然全是社会底，则转运机械为生产用具的今日的生活、社会、历史底事情，当那观念整顿之际，就不消说，必然底地应该顺着社会底的方向而整理了。

而且，由现在的机械运用上的误谬而来的弊害，则在一切人们之中，叫起着新的种类的缺乏，因此也叫起了新的意志。这新的缺乏和意志的真正的代表是无产者，新的缺乏要求着新的解决。这提出着的应该新解决的课题的担任者、实行者是无产者。于是先前通行了的社会组织和经济制度的变革就成为目标，这就成为思惟的中点。一到社会的变革、历史的进行等成为思惟的中点时，那就必至底地非发生历史底的看法（由是而发展底辩证底的看法）不可了。

七，思惟的动机（即企图）既在无产者担任的课题无产者的现实底解放（即政治底经济底解放），则那观念整顿也就必至底地要发展到唯物论底的世界观。整顿观念即应该从这里说起，降而把握了历史进化，来理解社会现象的本质。这是理论的动机当然非有不可的内面底的脉络。还应该将认识论的问题化成素朴，使之还原，和自然科学相一致。因为努力的动机委实是在人类的现实底解放，而不在那意识底解决的。

八，现代的观念整顿，所以有社会底、历史底、唯物底这三个特征者，因为是站在阶级底见地的缘故，因为那理论的内底企图是在无产者解放的缘故，这就在上文说过了。我们为什么非取这样的阶级底见地不可的呢？那就因为只有由无产者解放，而全人类的解放才始能够成功。同志福本虽有不少的误谬，关于这事，却正当地断结了。曰："无产者解放，只以无产者的利益为目标。但无产者的利益这一件事的特质是全人类底的。"这只要辩证底地——就是从物的发展的法则来一想，是谁也会首肯的。

人并不是一举便能达到最后的，绝对底的、完全的理想境的东西。不，无论走到何时，也没有这样的处所。最后的，绝对底的"完全的理想境"那样的处所只在人类的空想里，现实底地是决不会有的。为什么呢？因为现实这东西是附有条件，受着规约的。平时之所谓现在，即从先前的条件中所产生，因而它本身就在新的规约之下，从这规约则又生出其次的现在来。

九，所以，常常和我们对面相值的问题都带着它本身的条件。换了话来说，就是它自己即具有解决的方法和条件的。

我们一遇当面的弊害和缺陷，对于问题，都应该从"所求的是那一种解决呢"这一个观点来思想。要芟除资本主义社会的缺陷，机械文明的弊害之际，也应该这样子。但是，倘因为世界永远是转变无常，恰如河滩聚砾，倒不如希求完全绝对的净土境界，则并非什么解决。那倒是问题的放弃。或者以为能够造成个人自由的无政府底泰平的世界，但那样的答案，也没有意义。在人心中，空想着最后的完全的社会，以这为解决的目标，而想治理现在当面的缺陷者，因为第一是没有想到现在当面的缺陷性质和来由，第二是忘却了可以解决的条件，所以是不行的。今日的机械文明之罪决非机械本身之罪，乃是运用上之罪，所以人们倒应该仗着机械使生活幸福、便利、绚烂起来。又因为从机械本身的本质说起来，也原是以人类性、伦理性为本质的，现在倘有了机械文明之弊那样的事，就应该想一想，我们必须在怎样的道路上来求它的解决。如果向着否定机械，回到原始野蛮的生活状态去，或者寻求一箪食、一瓢饮那样的古代生活去之类的方向去求解决，是决不行的。现代人已经决不能回到原始生活和中世底理想去了。然而还有这样的主张（例如东洋主义者）是因为没有想一想今日的弊害，所求是怎样的解决的缘故。我们倒不如进而使机械的志向愈加发挥，使生活的高度愈加增进，由此以除掉那弊害。解决的方向和条件是即含在弊害的特质之中的。

## 二　思惟的堕落
### ——有产者文化的颓废

一，思惟常常堕落。这是思惟这一种作用离开了和人类生活的全体的关系，只有自己独立起来，思惟的动作，单跟着它本身的价值的时候。只跟着思惟本身的价值而筑成的塔，是德国观念论。

这是因为没有想到思惟的生活底意义、机能，从而发生的误谬，这样的误谬只要上溯思惟的发生底意义，一想它的本来的面目就能够纠正的。观念论哲学曾经轻蔑了想到思惟的发生底意义，或想到生活底机能的办法，说思惟者是应该用了思惟本身的规约来想的。以为倘不从"为了思想，就不得不这样地想"（这叫作思惟必然）的立场来设想就不行。而且寻求着"论理底地先行的"概念，临末就碰着了 Sollen 这一个观念。Sollen 者，是说"应该"的命令（因为这是论理底地先行的。所以现实底〔心理底发生底〕地，却未必一定先行。在思惟〔伦理〕中，后至者是反而先行的）。这谓之普遍妥当，是带着无论何时、何地、何人来想，"为了思想"就不得不这样地想的性质的命令。

不消说，这是和"为了生活"就不得不这样地想这一种见地相对立的。全然是站在"为了思想"就不得不这样地想的见地上，全然是站在思惟本身的必然上。就是，作为思惟的价值！以论理底价值为至上，要纯粹地跟追它。

二，这样地只崇敬思惟底价值，以论理为至上，那不消说，是出于十八世纪合理主义的精神的信仰的。

但将至上的信赖放在论理底一贯上，连运用着那论理的心理以至社会底根据也没有想到那十八世纪底合理主义的误谬。不但此也，这样的知识崇拜是出于生活蔑视、现实轻视的精神的，并且又回到那地方去。而且这（只跟从"论理"底价值的结果）又成为主观论哲学（德国观念论的认识论是这样的）了。主观论哲学其实是个人主义意识底想法，和社会底地思索事物的想法是站在反对这一面的。

三，只跟追着作为思惟的价值和必然，就不得不取演绎底的想法。

这想法，社会底地，是和保守底势力相结合的。历史底地说起来，则演绎法这种想法，也是一时代的组织制度已经固定，命令由中央发给大众的情形的在思惟上的反映。凡是演绎，一定就是出于一时代的经验固定之后，只要加以整理就好的时代的想法。在这样的时代，是社会底地安定了的。经验只有数量增加起来，却再不发生新的性质的经验。新的性质的经验一出现，在向来的观念体系中，便不能将这消化净尽了，于是思惟就再回到经验这边来，而所谓归纳法这一种方法，遂占胜利。哲学家洛采曾经说过："虽是归纳法，但倘不预想演绎法，是不能立的。"然而这样的想法就已经是演绎底的了。

我们应该不顾这样的方法和态度，回到归纳底的"科学底的"立场和方法去。应该从思惟崇拜的迷梦醒来，成为经验尊重的态度。

倘依思惟崇拜的旧世纪底信条，则"谈玄"（Philosophieren）的事是觉得最超迈的，"辨名"（Logikeren）的事是以为最高之道的。但是，这不过是思惟已经堕落，思惟只跟追着思惟本身的价值，而游离了的所谓知底颓废。

四，最要紧的是想一想知识的本来的性质（知识为生活而存在的这一种知识的生活性）。辨名的事，是在于为了经验整理（科学底立场）和生活的促进，于是进而理解的那知识的社会底历史底性质，常将观念体系加以改废。

曾有以为在斯世中，人生不可解而自杀了的青年，他错在那里呢？他要用"想"来解释"生"的意义或价值，这已经是根本底的错误了。为什么呢？因为由"想"所运用者，并不是生，其实只是"所想的生"的缘故。况且在想者，便是生。生并不由思惟而浮起的，倒是靠了生，思惟这才被视浮起——将"生"这东西具体底现实底地来运用，想及它的幸福和便利的时候，这总可以说，我们是站在科学底生活底看法上，正当地运转着思惟了。将思惟和生活的形态历史底社会底地来观察，看定它的本相，常常分解它的因数，常常从结构起来，这是正当的思惟之道。

# 三 艺术与哲学的关系

艺术并不是创造于哲学的指导之下的东西。

然而，恰是一切意识形态，莫不如此一般，倘在艺术上，有要求或种观念的整顿的时候，那么，问题就势必至于不得不上溯关于艺术的哲学底思索了。就如日本的左翼的艺术理论，有了材料本位的主张时，一部分却以为艺术的本质不在材料而在形式。一到这里，问题便冲破了单单的文艺批评那样的工作的领域了。

于是艺术理论就非将艺术这东西、内容和形式这东西的观念的整顿即行开手不可了。在现在，就应该来看透关于艺术上所被要求的内容和那必至底的形态，也就是来充任对于创作的作为补助底参考的机能。

未完

一九三〇年四月十日《文艺讲座》第一册所载

# 无产阶级革命文学论

[ 匈牙利 ]Gábor Andor

　　人们时常质问我们："那么，你们的无产阶级革命文学应该是什么呢？它也和别的普通的文学似地是一种艺术么？还是你们将它视为一种当作宣传与煽动用的'倾向的'论文呢？"我们回答说："我们的文学是艺术，至少我们是想努力将它造成艺术的，这就是说我们晓得一个艺术家不是在八天之内，也不是在八个月之内所能锻炼成就的。但同时我们的文学又是一种'倾向'（这两个字的含义我们可不要解释成政治论文），我们用它来进行煽动与宣传，在这件事情上，我们并不是什么神奇的革新者，而只不过是市民阶级的文学技术的自觉的承继人，我们的目的只是想将无产阶级的科学——即马克思主义的列宁主义应用到文学的领域上去。"

　　世间并没有一种普遍的"人类"的存在，而只有一种具体的人类的存在，这种具体的人类是由许多的阶级所组成，并且——像在马克思主义上所明记着的——这种人类的历史还正是那阶级争斗的历史。文学并不是什么神圣的精灵的启示，它只是历史的造物，它只是阶级的产品，它描写、组织和发展哪个阶级的思想与情感，它便是属于哪个阶级的文学。并且，它还是要从那培养着它的阶级的立脚点来形成那世界的影像的。谁要是肯定这种话时，请他不要诽谤这种文学，请他不要说，我们若称这个孩子以正当的名目时，那么它便是一个娼妓。如果历史上每个达到一种相当的物质的与精神的水准的阶级都有它的文学作为它的生存的写照时，那么，那在人类史上负有最深入的改革的重荷的革命的无产阶级也必然要同样地有它自己特殊的文学了。我们的意思所指的这种文学也正是一种——不过是自觉的——阶级文学，就和那过去的或正在破灭着的阶级底文学是一种阶级文学一样。

由以上我们可以得到这个明了的断论[1]，就是，当我们今日说起我们的无产阶级革命的文学时，我们的意思并不是指那未来的、社会主义的、共产主义的，因而也就是阶级消灭了的社会上文学而言，因为在那时文学也要失掉了阶级性了。和这正相反，我们的文学是阶级文学的最高的阶段，它是彻头彻尾地阶级斗争底的。它发生在资本主义最后一段的帝国主义的时代并不是一件偶然的事。

它是和阶级争斗相并着发生的，阶级争斗的目的是在毁灭帝国主义的。资本主义制度而借着无产阶级的统治及参议员的独裁等方法来造成那达到阶级消灭的社会去的过渡期。因此，我们的文学也就成了那正在进展着的和锐利化了的阶级争斗的武器了。无产阶级的独裁既然是阶级统治的最高的——有自觉的——形式，那么，无产阶级革命的文学也应当按照世界革命的情况而分为两个时期的文学，即世界革命前的文学（在资本主义的诸国里）和无产阶级专政期的文学（在苏维埃俄国）。在苏维埃俄国，无产阶级革命的文学已经产生了的这种事实渐渐地就要被人承认了。但对于资本主义的国家还常常有人这样地发问："那革命的劳动阶级在政权的获得以前，能够为它自己创出一种文学来么？它应当这样做么？它不应当将所有的力量都集中在为权力的攫取的斗争上，将所有的力量全部地放在政治经济的领域上的么？"

我们先用一种反证来试试这种质问。让我们说，无产阶级是不应当创造一种特殊的文学的，并且它如果要从事于那种并不是什么

---

1　现代汉语常用"论断"。——编者注

轻而易举的工作的时候，它一定要分裂了阶级争斗的势力的。但我们的新闻纸是作什么用的呢？那事实上是存在着的，并且还有讲谈栏及小说栏，以应付读者的某种需要。这种读者并不是"咖啡婆"与"修道女"，而却是从事于阶级斗争的革命家。我们的出版机关又是作什么用的呢？这也同样是一种事实而不是幻想。或者，我们的新闻纸与出版机关都是我们的行列里那应当从速被铲除的改良主义的产物么？难道这是错误的么？我们的新闻纸与出版机关越多越容易和大众接近。或者，即使我们将那种对于新闻纸与出版机关的主张认为正确的，我们不应当全部地用经济政治的内容来充满它们么？而想用美文学的产物来供奉男女的劳动者不是那些无知的编辑者的错误么？我们不应当开始一次十字军来反对美文学而警告我们的同志和那些同情者们说，诗歌、故事、小说等的阅读是一种可耻的事的么？我们可以将这种见解宣传一下试试，或者这是没有什么损害的。

但是对于我们这实在是一种不利的事。革命的劳动者正好是有阶级自觉的，将要嘲笑我们。因为他知道那劳动力商品的所有者并不是一束单纯的筋肉，而却是一个有各种需要的人，自然他也有文化的需要，而诗歌、小说、历史及故事的阅读便是文化的需要的一种。革命的劳动者还知道劳动运动的历史，并且他将教导我们说，还永没有一个革命党曾带着这种解决来到大众的面前过：收回你的需要去！不要有要求！你们的文化的需要是罪恶的！不但资本主义者，就连我们都希冀劳动阶级永是一种最落后的大众！

这自然是全无意义的话，在政权的获得以前，大多数的劳动阶级仍然是比较地没有文化，可是就在阶级斗争的进行中，它那最好的——那就是说，有阶级自觉的，阶级斗争的——部分已达到一种较高的文化水准。如果不是这样，那么为什么叫喊着那我们在一切的文化的领域上所完全正当地进行着的文化斗争呢？莫非我们之进行文化斗争，完全是为了鼓舞左倾的市民阶级的分子，为了溶解小资产阶级的么？不是的，我们进行文化斗争主要地是为了无产阶级的利益，我们想切断几条（资本主义的）文化的铁索，而好使这文化的一部分也被无产阶级所得到。实在地，那将堕落成一种腐败的妥协，假使我们以为尚在资本主义社会的怀中，文化便可以由它的一切的绳索中解放出来的时候用着那改良的方法，而不要社会革命，我们就在作梦 [2] 时都没有这样地想过。正相反，我们是坚信每一点文化都是和那较高的工钱、较短的工作时间、稍满人意的工作条件等一样地从统治阶级那里用凶烈的阶级斗争强夺过来的。

不错，我们的同志将说了，我们是在全线上进行着文化斗争的，并且实质上，这还完全是一种阶级的斗争。但文学却是一种装饰品、一种附属物，对于它，我们这些从事于那更严重的阶级斗争的事业的人实在是没有时间。文学，像一切的艺术似地，是诉诸情感的。而对于我们有关系的却是意识，我们把情感让给别的人罢。一种崇高的智慧！高得使我们攀援 [3] 不上去。第一，我们并不那样正确地知道，在什么地方情感告终而意识开始。此外，我们共产主义者并不觉得在我们的阶级之内会存在着什么样的东西是我们可以让给"别的人"的。我们并不想一个劳动者必需 [4] 作经济政治的斗争，"不然的时候"他就许作他所愿作的事，他就许任着他自己的意欲来思考上帝与世界，概括言之，他就许要"随着他自己的好尚"去享受幸福去了。至少我们是主张他是可以随他所欲地到任何地方去获取他的娱乐与文化的满足的。因此，即使那"别的人"是存在的时候，我们也不能将文学让给他们。

---

2  现代汉语常用"做梦"。——编者注

3  现代汉语常用"攀缘"，也作"攀援"。——编者注

4  现代汉语常用"必须"。——编者注

但这些别的人应该是谁呢？

人们不是常常地对我们指点出古典的（市民阶级的）文学来，就算将我们"打发"了么?！那决定现在与将来的原动力——革命的劳动者是需要在文学的领域上将自己限制于过去的范围以内的么？从什么时候起，我们便不将文学看成一种继续不断的制作，而将它看成一个陈列所了呢？阶级斗争的文学的武器是要从那古旧的器具贮藏室里拿出来的么？这种话的意义，若移到另一个领域上去时，就等于说，无产阶级是可以用"后膛枪"来攻击资本主义的军队的"坦克"及火焰发射机的！阶级斗争的无产阶级如果有文学的要求时，那么他们的要求是必需要满足的。但谁能满足他们呢？其他的阶级的作家们么？难道我们以为那对敌的阶级的背叛者已经代取了被压迫者的地位，致使那被压迫阶级的自己的行动都成了多余的了么？他们不但替代了我们的地位，而还要授与我们那阶级斗争的武器的么？那么同样，在经济政治的领域上，我们也应该主张那"从外面输入到"无产阶级里面来的革命原理也是足够的了（这种原理就在现在还是被那资产阶级的脱出者在多方面往里面输入着）。我们不是早已就宣说了劳动阶级的解放（这就是说，一种和革命的理论相一致的革命的实践）只能是劳动阶级自身的工作的么？

但什么是文学？它是实践还是理论？对于过去的文学它总是实践的，几乎是百分之百的阶级性的实践，几乎完全没有理论，或是只有那几乎使人发笑的理论的探寻，这种探寻从外观上看来，好像完全不想发现出那真实的本质似的，就是对于我们，文学也必需是一种实践，那就是说，制作，不消说，革命的实践，不过因为我们知道没有一种实践是没有理论的，所以我们的文学也就必需是一种基于革命的理论的革命的实践。这种要求，就连对于同志们都好像很粗大的似的——这些同志们都是因为他们那高度的市民阶级的教养，在精神的领域上还没有完全脱掉他们那市民阶级的思想的步调的。对于我们，那反面的主张完全是一种萎缩了的观念。一种革命的文学的实践而没有革命的理论的认识！那么这种实践应该从那里发生呢？难道说诗人是一个空瓶子，诗神在这一次可以把这种，在另一次又可以把那种（阶级的）内容装进去的么？

我们既已划清范围并且认识了我们的文学必需是一种基于革命的理论的革命的实践了，那么，我们便可以安心地将这个领域让给"别的人"了。但还有一个问题：那愿意从事于革命的实践的著作家们都是在那里群集着呢？因为为了一种文学，一两个作家是不够的，所以我们必需有更多的或大批的作家方可。但这些作家是要出生在资产阶级的里面的么？——这个阶级我们已经断定它不是一个革命的阶级了。还是要出生在那破碎的资产阶级文学的领域上，在那半市民阶级的，四分之一的市民阶级的和还要小的市民阶级的不满者们的阵营里的呢？还是要出生在那"谋叛的巨人"的巢穴里的呢？——这种巨人已将他们自己从市民阶级的羁束中解放出来了，并且又是这般的"自由"致使他们那傲慢的头颅不肯再屈伏[5]于党的羁束之下，或者只能在那"如我所主张的那样的党"的条件下而屈伏。假使从明天起，他们便把全部的文学的努力都"转向"我们了，那时他们肯拿那他们自己所不能忍受的党的"羁束"来"推荐"给无产阶级的读者么？这是不可期待的事。他们又要总是"推荐"革命，而却不指明那到什么地方去的路程了。纵令他们是"对于一切都准备好了"，他们从那里能得到（今日）阶级斗争及（现在）斗争着的阶级的认识呢？诗人的幻想是世界上一种和物质最有密切的联结的事，没有一行文学不是从经验中生出来的。那阶级的斗争及斗争着的阶级——这是那有千重的色彩的现象的领域——是能从新闻

5　现代汉语常用"屈服"。——编者注

纸的记事中体验得出来的么？或者，一个作家只是彻底地知道了马克思、恩格斯及列宁，就可以具体地描写一个在家里、在路上、在工作时、在小屋里、在集会中、在暴动时的革命的劳动者了么？这是一方面。另一方面呢，不懂马克思与列宁，他可以理解一个革命的劳动者的内容么？假使是不可以的时候，那么，在这两种情形之下，他都是不能艺术的地绘画出一个革命的劳动者来的。

因此，那劳动阶级与它的阶级斗争是必需亲身去体验的。现在又来了一个问题，就是：根据着怎样的原理去体验？一个在阶级上和劳动者对抗的人，一个敌手，也可以同样地去体验劳动阶级。那自然不会成为我们的文学的。我们可以想象：一个市民阶级的作家对于劳动阶级——因为这是现代的一个焦急的问题——很"感到兴趣"，致使他去"研究"他们的斗争，和为了理解他们的内容，还要"熟悉"他们的理论。一种无产阶级革命的文学作品是这样地产生出来的么？不是的，那只不过是关于无产阶级的（市民阶级的）客观的文学，那种体验也是在那市民阶级的精神基础上发生的。要使我们的文学能够发生，一个作家不但是需要"熟悉"无产阶级的科学，而同时还要将它作成自己的信仰，他不但是需要对于无产阶级的斗争"感到兴趣"，因而去"研究"它，他同时还需要觉着那是他自己的事业而和劳动者一同去争斗。无产阶级革命的文学必需在那无产阶级革命的阶级争斗的立脚点上体验出来。

因此，我们的工作的最大部分便是在引起与增进那革命的无产阶级底文学的活动了。但为防止一种误解（因为我知道一定要有许多的误解发生的）起见，让我们预先声明，我们的意思并不是说一个劳动者在"同时"又是一个著作家。这样的一种"兼业"，在连著作的事业都实行（资本主义的）分工的现代，到底是不可能的。我们的意思是说那由革命的劳动阶级的行列里所培养出来的著作家，未来——并且还是最近的——是肯定他们的。只有他们才能完全地从那革命的阶级斗争的立脚点来体验无产阶级及他们那解放的战斗，和同化了那达到最高的发展的革命原理（和那革命的实践相联属着）。

这种可能性现在还是潜伏着，被束缚着，并且还受着无数的困难的阻挠。我们需要发展它，好使无产阶级革命的文学能够开花。

这就是我们的工作。

本文见于"Die Links-Kurve"一卷三号，一九二九年十月

一九三〇年九月十日《世界文化》月刊所载

# 苏联文学理论及文学批评的现状

[日]上田进

一

去年秋天，斯大林送给《无产者革命》杂志的编辑局的《关于布尔什维克主义的历史的诸问题》这一封信，在苏联的意识形态战线全体上引起了异常的反响。

这封信直接的地是在批评那对于布尔什维克主义的历史的反列宁底态度的。然而就全体看起来，却还有着更广大的意义。那就是，对于理论战线全体的此后的发展，这成了一个重要的指标。

说起大略来，就是斯大林在这封信里面指摘了在苏联中，理论比社会主义建设的实践很为落后，应该立刻将这落后加以克服。并且说，为要如此，就应该确保那理论的党派性，坚决地与一切反马克思—列宁底理论及对于这些理论的"腐败的自由主义"底态度斗争，将理论提高到列宁底阶段。

文学及文学理论的领域，是观念形态战线的一分野，不消说，这斯大林的指示是也不会置之不理的。文学理论的列宁底党派性的确保，以及为着文学理论的列宁底阶段的斗争，就成为苏联文学理论的中心课题了。

苏联作家统一协议会的机关报《文学新闻》的一九三一年十一月七日号上，登载出来的 S·台那摩夫的论文《为了文艺科学的列宁底阶段》，恐怕是第一次将文学理论的列宁底阶段明明白白地作为问题的文章。

然而这论文对于问题却说得很有限。台那摩夫说，因为文学理论离社会主义建设的要求非常落后，所以文学理论应该提高到列宁底阶段，将这落后加以挽回。为了这事，我们就应该更深的研究列宁的著作，将列宁的理论应用到文学理论去，但我们至今为止，只将主力专注于与托罗茨基主义、瓦浪斯基主义、沛来惠尔什夫主义、烈夫派、文学战线派等等的论争，没有顾及列宁的研究，但现在我们总算已将这些论战结束，从此是应该做那为着列宁底阶段的积极的工作了。

这样的问题的设立法，正如阿卫巴赫所说那样，明明是错误的。为着列宁底阶段的斗争，并不在与瓦浪斯基主义、沛来惠尔什夫主义等等的论争之外。苏联文学理论是由了这些的论争一步一步进了向着列宁底阶段的道路的，此后也应该即在这些论争之中更加确保着列宁底党派性，而且在与这些论争的有机底关联之下，将列宁的理论更加丰富地引进文学理论去，借此以达成文学理论的进向列宁底阶段。但是，台那摩夫在这里竭力主张了研究列宁的理论的必要，是正确的。

这之后，台那摩夫于十一月及十二月，凡两回，在共产主义学院文学艺术言语研究所里作了关于这斯大林的信的报告。第二回报告的题目，是《同志斯大林的信和文学艺术战线》，在这里，台那摩夫总算已将先前的错误大概清算了。这报告是专注主力于反马克思—列宁底文学理论的批判，尤其是普列汉诺夫和弗里契的批判的，但关于这事，且俟后来再说。

苏联的无产文学运动的指导底团体的拉普（俄罗斯普罗列太利亚作家同盟），也赶紧接受了这斯大林的信，依着指示，大胆地开始施行了自己的组织底、创作底，以及理论底改造。去年十二月所开的拉普第五回总会，完全是为了讨论那改造的问题而召集的。

拉普的书记长，也是指导理论家的阿卫巴赫在会场上所作的报告，是最忠实地接受了斯大林的指示，而且最正确地应用于文学的领域，大可注意的。

阿卫巴赫在那报告里也说，在文学理论的领域里的基本底任务是为着文学理论的列宁底阶段的斗争的强化。他又说，由此说来，瓦浪斯基主义、沛来惠尔什夫主义、文学战线派，尤其是文学理论领域里的托罗茨基主义的击碎，以及与卢那卡尔斯基们的"腐败的自由主义"的斗争，是必要的，还必须将普列汉诺夫、弗里契的理论由新的布尔什维克底见地重行检讨，并且自己批判那剩在拉普内部的普列汉诺夫底以及德波林底谬误。这阿卫巴赫的报告曾由我译载在《普罗列太利亚文学》上，请参看。

拉普的总会之后，域普（全联邦普罗列太利亚作家团体统一同盟）就发表了一篇题作《同志斯大林的信和域普的任务》的声明书。在这声明书中，特地提出列宁、斯大林的理论，对于乌克兰，白露西亚等民族共和国的文学上问题的重要性，但因为在这里并无直接关系，所以只一提发表过这样的声明书就够了。

这样子，也可以说，以斯大林的信为契机，苏联的文学理论是跨上了一步新阶段，就是列宁底阶段。而最是全体底地显示着这站在新阶段上的苏联文学理论的模样的，则是第一回拉普批评家会议。

这批评家会议是由拉普书记局和共产主义学院文学艺术言语研究指导部共同发起，于去年一月二十五至二十九日的五日间，开在墨斯科的苏联作家统一协议会所属的"高尔基"俱乐部里的。以后就以这会议为中心来叙述苏联的文学理论，现在的问题是什么，对于那问题是怎样罢。

# 二

首先，是 A·法捷耶夫代表着拉普书记局作了开会演说，他将这批评家会议所负的任务规定如下：

"这批评家会议，应该对于凡在文学理论及文学批评分野上的所有敌对底的、反马克思主义底的理论及其逆袭给以决定底的打击。而且应该更加推进列宁主义底文学理论的确立和文学理论的向着新的列宁底阶段的发展。"

这规定，我们就可以认为现在苏联文学理论全体所负的任务的具体底的规定的。

法捷耶夫还说下去，讲到对于这些一切反马克思主义底文学理论施行斗争之际，马克思—列宁主义底批评家所当采取的基本底态度：

"对于阶级底敌人的一切逆袭，我们应该给以决定底的打击，但是，当此之际，我们单是加以嘲骂，单是劈头加以否定是不行的。要使我们的文学前进，我们应该确保一种什么独自的、新的东西才是。然而对于敌人的影响的我们的斗争的大缺点，是并不指示我们的文学所具有的肯定底的现象，而只是劈脸下了否定底的批评。"

于是他引了斯大林的信，说这信是应该放在文学理论上对于敌人的影响的斗争的根柢上的。

这斯大林的指示之应该作为文学及文学理论的基础，是先在拉普十二月总会上的阿卫巴赫的报告里，还有台那摩夫在共产主义学院的报告里，又在域普的声明书里，《文学新闻》的社说里，都屡次说过的，这在苏联文学理论家，现在就当然成着一个应当遵守的规准、定则的了。

但是，这些所谓敌对底的理论是什么呢？简单地说起来，例如首先是托罗茨基主义、瓦浪斯基的见解、沛来惠尔什夫主义、"文学战线"派及"沛来瓦尔"派的主张，还有将最大的影响给了普罗列太利亚文学理论普列汉诺夫—弗里契的理论等等，就是主要的东西，而最重要的是这些理论至今还保持着生命。这些在文学领域上的观念论，是正在门塞维克化的，所以对于那些影响的批判就必须格外着力。但这时候，凡有参加着普罗列太利亚文学运动的各员，必须明了那些敌对底的理论的本质才行。这是法捷耶夫在这批评家会议上连带着竭力主张的话。

和这同时，法捷耶夫还说到展开自我批判的必要，他申明道："但是，当此之际，我们不要做得太过火，不要将实际的敌人和错误的同志不分清楚。"

此后，是创作底论争的问题了，这是文学理论和文学底实践具体底地连结起来的地点，所以从文学理论这方面，当然也应该是最为用力的领域。关于这一点，法捷耶夫说："倘不展开了创作底论争，我们是一步也不能使普罗列太利亚文学前进的。"在拉普的十二月总会里，这展开创作底论争的问题，是也成为最大问题之一的，现在就附记在这里。

这样子，法捷耶夫临末就结束道：

"这会议，应该在文学理论的分野上击退敌人的逆袭，并订正我们自己的错误，同时更加展开我们根本底地正确的政策、理论、创作的路线。"

我们在这里可以看出苏联文学理论的基本底动向来。

# 三

"理论活动单是跟着实际活动走是不行的，必须追上了它，将为着社会主义的革命而斗争的我们的实践，由那理论武装起来才是。"

这是在一九二九年十二月，马克思主义农学者协议会的会场上所讲的斯大林的演说里的话。

但是，苏联文学理论的现状是甚么¹样子呢？

苏联全部战线上的社会主义底攻击的展开，都市和农村里的社会主义底经济的未曾有的发展，科尔呵斯运动的伟大的成功（这已经统一了所有贫农中农的百分之六二，所有耕地的百分之七九了），新的大工场的建设，突击队和社会主义底竞争的在工场和科尔呵斯，梭夫呵斯里的暴风似的发展——这是苏联的现实的姿态。

然而文学离这现实的要求却非常落后。劳动者和科尔呵斯农民是正在要求着自己的斗争的模样，在文学作品里明确地描写出来的。换句话说就是：社会主义建设的全面底表现，已成为文学的中心任务了，而文学却全没有十分的将这任务来实做。

但是，在现在的苏联，却正如斯大林也曾说过那样，该当站在指导这文学（文学底实践）的地位上的文学理论，倒是较之落后了的文学有更加落后的样子。

拉普的批评家会议上，在法捷耶夫的演说之后，来的是共产主义学院文学艺术言语研究所的指导者 V·吉尔波丁的报告《斯大林的信和为了列宁主义底文学理论及文学批评的任务》，这是提起了文学理论的落后的问题的，他这样说：

"我们的批评没有权威，这还不能决定底地成为党的文艺政策的遂行者，这还不能在列宁底理论的基础之上建立起自己的活动来。错误的根源，文学批评的落后的基本底的理由就在这处所。文学批评是应该以理论战线的别的前进了的分野为模范，将自己的活动提高到新的、列宁底阶段去的……我们的文学批评应该是有着高

1 现代汉语常用"什么"。——编者注

级的理论底性质的批评，我们的文学批评无论是什么时候也不应该离开了文学底实践。"

于是吉尔波丁就引了斯大林的信里说过的"腐败的自由主义"马上成了阶级底敌人的直接的支柱的话，说："但是，在文学理论的领域里，我们却到处见过这'腐败的自由主义'。"并且举出卢那卡尔斯基来，作为那最合适的代表者，说道："在理论的诸问题上，他不取列宁底非妥协性是大错的。"

这卢那卡尔斯基的"腐败的自由主义"在拉普的十二月总会上，也曾由阿卫巴赫彻底底地加过批判。那时候，很厉害的受了批判的是卢那卡尔斯基在分明有着反对底的内容的波里干斯坦因的《现代美学纲要》上，做了推赏底的序文。

其次，吉尔波丁就说到托罗茨基主义，彻底底地批判了这一派的批评家戈尔拔佳夫、烈烈威支，以及新近亡故了的波伦斯基等，并且涉及了普列汉诺夫、弗里契的门塞维克底错误。

关于普列汉诺夫和弗里契的关系，吉尔波丁大约说了些这样的意思的话：

"普列汉诺夫的门塞维克底错误，到现在为止，在各种方面扩张了影响。尤其是弗里契，常常喜欢引用普列汉诺夫的对于社会的上部构造与下部构造的关系的见解。然而，在这一点上，普列汉诺夫是和马克思—列宁的社会的定义断然决别[2]了的。要而言之，普列汉诺夫是没有弄明白社会的具体底历史底特质，而抹杀了阶级。所以这普列汉诺夫底社会观为依据的弗里契的客观底评价，就犯着大错误，尤其坏的是弗里契的理论，还反映着波格达诺夫的机械论底的理论的影响。

"弗里契不将样式（Style）看作阶级底概念，而看作社会形态上

2　现代汉语常用"诀别"。——编者注

所特有的现象的第一步，就在这地方。弗里契沿着普列汉诺夫的错误的门塞维克底见解的发展的线走，而他的诸论文还将普列汉诺夫的见解更加改坏了。"

反对着"布尔什维克主义的大艺术"的标语的文学战线派的创作底见解，就正从这弗里契的理论发源，沛来惠尔什夫派也从普列汉诺夫的生出，尤其是那上部构造和下部构造的关系的机械论底看法，可以说，简直是全抄普列汉诺夫的。

关于弗里契的错误，台那摩夫于十二月间在共产主义学院所作的报告《同志斯大林的信与文艺战线》里，也曾作为问题的。台那摩夫在那里面，大意是说，弗里契的波格达诺夫—布哈林底错误对于帝国主义时代的他的非列宁底理解，对于社会主义社会里的艺术的职掌的他那根本错误的布尔乔亚底理解，对于艺术的特殊性的波格达诺夫底理解，这些批判是一刻也不容缓的事。

阿卫巴赫在十二月总会的报告上也详细地批判了普列汉诺夫—弗里契。他对于弗里契的批判，特别是注全力于弗里契的艺术取消主义——就是，在社会主义社会里，艺术消灭，技术（机械）代之这一种理论的。据阿卫巴赫说，则弗里契的错误是发生于他只是布尔乔亚底地懂得着艺术的本质这一点上，也就是没有懂得作为阶级斗争的武器的艺术的本质这一点上。

但是，这里有应该注意的，是也如阿卫巴赫在报告里所说，我们从普列汉诺夫—弗里契那里还可以学得许多东西，而且也必须去学得，只是当此之际应该十分批判底地去摄取他。

关于这一点，吉尔波丁是这样说：

"我们可以单单依据列宁底理论，而且只有站在列宁底立场上，这才能够利用普列汉诺夫（弗里契）。否则，普列汉诺夫（弗里契）之于我们，只是一块飞石，令人愈加和党的路线离开罢了。"

# 四

问题更加前进了，提出了为要提高文学理论及文学批评到新的列宁底阶段，应该从列宁学些什么这一个问题来。

对于这问题，吉尔波丁是这样地回答的：

"我们应该依据列宁的思想全体，即马克思—列宁主义。但是，我们不但仅可以依据列宁底方法论和列宁底政策而已，我们还可以将关于艺术和文学的职掌[3]的列宁的评价和关于文学艺术的诸问题的列宁的具体底的所说放在我们的活动的基础上。这具体底的所说，我们能够在列宁的劳作里找出许多来，这都还是没有经过大加研究的。"

我在这里，改变了顺序，来听一听在这吉尔波丁的报告之后，作了《马克思—列宁主义底文学理论与拉普的理论的线》这一个报告的台那摩夫罢，因为这是对于吉尔波丁的上面的所说补了不足的。

台那摩夫以为该成为我们的理论活动的中心底的枢纽者，是马克思—列宁的遗产的研究，他说道：

"马克思—列宁主义的方法论、马克思—列宁主义的哲学，这是无论在那个阶级、在什么时代，全都未曾有过的最伟大的遗产。和这个同时，我们还有着直接关于艺术和文化问题的马克思、恩格斯、列宁、斯大林等的著作。例如马克思的《神圣家族》《剩余价值论》《经济学批判》的序说、几封信、恩格斯的各种著作、列宁的《文化革命论》《托尔斯泰论》以及别的，斯大林的关于民族文化的各著作等就是。我们应该以这些遗产为基础，更加展开我们的理论来。这之外，在历史底的、布尔什维克克底出版物，例如革命前的《真理

---

3　现代汉语常用"执掌"。——编者注

报》那些上，也载着非常之多的材料，但一向没有人注意它……"

那么，我再回到吉尔波丁的报告去罢——

"在这些列宁的著作里面——吉尔波丁特地提出了列宁来说——我们看见艺术问题和政治问题的完全的统一，而且艺术底任务是政治底任务的从属。列宁是明确地教给我们，应该从艺术作品在阶级斗争中所占地位的观点用辩证法底功利主义的态度来对作品的。"

于是现在是文学批评的任务成为问题了。

"文学批评是应该学得列宁的教义，站在党所提出的任务的基础上，指导着作家的活动的。但这时候，动乱时代的任务和建设时代的任务须有分明的区别，而且作为立脚点的，并非阶级和阶级斗争一般，而须是现今正在施行的 ×× 斗争的形式。只有这样的办法，才能够将批评提高到列宁底阶段，成为唯一的正确的艺术作品的评价。"——吉尔波丁这样说。

作为这样的具体底历史底解剖的例子，选择出了列宁的关于锡且特林、涅克拉梭夫、安理·巴比塞、厄普顿·辛克莱等作品的著作。那么，列宁是在教示说，真的艺术底的作品必须是开示了革命的本质底的面目的东西。

和这相关联，吉尔波丁还提起"撕掉一切各种的假面"的标语来，说了这和普罗列太利亚文学的全体底任务的关系。普罗列太利亚文学的全体的任务，在现在，是社会主义的劳动的英雄的表现和"文学的矿业"的建设。而"撕掉一切各种的假面"这标语，是成着"文学的矿业"这一句，普罗列太利亚文学的基本底的标语的一部的——他说。

临末，吉尔波丁说道：

"只有依据着列宁留给我们的丰富的遗产，即列宁主义，我们才能够提高文学批评到必要的高，克服普罗列太利亚文学的落后。"

<h1 style="text-align:center">五</h1>

上面略略说过了的台那摩夫的报告《马克思—列宁主义底文学理论与拉普的理论的线》，是以批判拉普的理论活动为主的。我们可以由此知道拉普（可以看作它的前身的那巴斯图派）在过去时候，曾在文学理论的领域上怎样奋斗。

台那摩夫说，应该先将拉普的理论的线，摄取了多少马克思—列宁的遗产。为了这事的斗争，怎样地施行，怎样地使这发展开来，有怎样的根伸在大众里，并且怎样地领导了文学底实践。总之，是怎样地在文学的领域里，为了党的路线而斗争的事加以检讨。而拉普的路线则是在实际上放在马克思—列宁主义哲学，和列宁的文化革命的基础上，也就是为了党的路线斗争的基础上面的。

作为那例子，选举出了对于烈烈威支、瓦进、罗陀夫等的阿卫巴赫、里培进斯基等的论争。对于布哈林派，门塞维克化了的观念论（卢波尔），波格达诺夫主义—无产者教化团主义，托罗茨基主义等的那巴斯图派的论争等。

还有，对于文学艺术领域上的第二国际的机会主义和托罗茨基主义，那巴斯图派也施行了不断的论争，用了列宁的文化革命的理论，和它们相对立。

台那摩夫将这门塞维克底、托罗茨基主义底艺术理论的特征，加以规定，如下：

（1）将艺术看作无意识底现象。

（2）完全拒绝党派性。

（3）拒绝布尔乔亚底遗产的批判底改造。

（4）将艺术归着于情绪、感情等。

"普罗列太利亚文学理论是一向断然的反对这些的。"

在这那巴斯图派有多少错误也是事实。从阿卫巴赫起，法捷耶夫、里培进斯基、亚尔密诺夫、台那摩夫等，几乎所有理论家都犯过错误。对于这些同志们的错误，台那摩夫都曾一一批判过，但是我没有留在这里的余裕，还是说上去罢。

终结了这自己批判之后，台那摩夫便转到"为了普列汉诺夫的正统"这一句标语的批判去。这标语是一个错误，已经明明白白的了，然而这标语却将拉普的许多理论家拉进了错误的路线里。但是——台那摩夫说——这决不是拉普的基本底的路线。培司派罗夫、烈烈威支、梭宁等是这路线的代表者。

其次，台那摩夫又解剖了弗里契的错误，说他的方法论是很受波格达诺夫、布哈林、普列汉诺夫的影响的。他并且指出，阿卫巴赫和法捷耶夫在一九二八年就早已开始了对于这弗里契的错误的批判（那时候，台那摩夫自己对于弗里契是还抱着辩护底的态度的）。

那巴斯图派——拉普的文学理论，就是经过了这样的路，到了现在的状态。因为拉普在现在已经从单单的一个文学结合，发展而成了苏联文学运动全体的指导底团体，所以先前的"那巴斯图底理论""那巴斯图底指导"这些定式也成为错误。台那摩夫说，在拉普的十二月总会上，撤回了这用语，是正确的。

最后，台那摩夫并且指明，列宁的遗产的更深的研究和新的问题的提出，还有同时对于各种错误以及文学理论领域上的列宁底的线的歪曲都加以批判是必要的。他还说，倘要使拉普的理论活动、更加充实起来，即应该施行最严格的自己批判。

# 六

其次所作的亚尔密诺夫的报告《现代批评的情势和任务》是专将文学批评作为问题的。

对于为着马克思—列宁主义底文学理论的斗争，具体底批评尽责着重大的职务，是不消说得的。例如这两三年来以异常之势卷起了关于创作方法的论争来了，而推出这新的科学底范畴者，就是具体底批评。而且在苏联中，使这得了成功的基本底决定底原因，就是因为施行批评，是在布尔什维克克党的指导之下，以布尔什维克克底自己批判为基础的缘故。

亚尔密诺夫的报告的中心问题就在这里。就是文学批评的党派性的问题。

亚尔密诺夫从那些说是"苏联没有文学，所以也不会有文学批评"的布尔乔亚批评家们（爱罕鲍罗）起，直到西欧的布尔乔亚文学批评的现势的分析，——指摘了他们的一般底的思潮底颓废，向着不可知论的转落，文学的全体底的认识的拒否，看透文学之力的微弱等。只有马克思主义底批评，乃是反映着社会主义底革命的成功，以及由此而发生的普罗列太利亚文学、同盟者文学的伟大的成长——亚尔密诺夫说，高尔基的《四十年》就是最好的例子——的批评。然而，倘要不比这社会主义底发展落后，足以十分应付那要求，则绝对地必须确保文学批评的党派性。

同时还要确立文学的党派性。过去的布尔乔亚底、贵族底古典文学是极其党派底的。真的古典底作家个个都是他所属的阶级的良好的斗士。由此可见为我们的文学的党派性而斗争的事，乃是我们的批评的最大的任务了——亚尔密诺夫说。还有，那就是对于一切反革命底理论及右翼底、左翼底机会主义的斗争的强化。

和这同时，还应该批判普罗列太利亚文学批评阵营里的一切错误，就是布尔什维克克底自己批判。

于是亚尔密诺夫就是先从批判他自己开头。在他的著作《为了活在文学上的人》里面，认为客观底地，有着右翼机会主义底的性质的错误，很详细地分析了那方法论底根源。其次是阿卫巴赫，也有分明的错误，他无批判底地接受了关于生产关系与生产力的相互关系的凯莱夫的德波林主义底命题，于是就和德波林底理论有了联络。法捷耶夫也有错误，他和普列汉诺夫的"功利由判断而知，美因瞑想而起"这康德主义底命题有了关联，而且由此表示着"普列汉诺夫的正统"的标语的影响。《文学新闻》的编辑长绥里瓦诺夫斯基也犯了大错误。他抱着一种错误的意见，以为苏联的诗正遇着危机，诗的盛开当在将来，现在只有着期望；又以为普罗列太利亚诗的发生是有点出于构成主义的。这种想法是恰如波伦斯基那样，很有与所谓"抒情诗现在正濒于灭亡，因为普罗列太利亚虽是文化的需要者，却非创造者"那种托罗茨基主义底看法连络起来的危险性的。

其次，亚尔密诺夫并指摘了布尔乔亚文学的逆袭的尝试，往往由右翼机会主义底批评而蒙蔽过去。他说：

"总之，这乃我们不将文学底现象看作阶级斗争的现象的结果。倘若我们的批评学了列宁，倘将文学作品作为该阶段上的阶级斗争这一条索子里的一个圈子，那么，该是能够下了更深、更正确的评价了的罢。"

此后，是提出了可作普罗列太利亚文学批评的基础的、艺术性的新的规准的问题。对于这，亚尔密诺夫说得并不多，但在这批评家会议的临末所说的结语中，法捷耶夫却说了更加深入的话，我们且来听一听罢。

　　法捷耶夫先断定了也必须从列宁的教义出发，这才能使这问题前进，于是说：

　　"艺术性的规准——这是或一阶级的艺术家将或一个具体底的历史底现实的本质底的面加以解明，这就是那解明的程度。人是能够从现象的本质的无知逐渐移行到那本质的深的认识去的——记起这列宁的命题来罢。这规准常是具体底的规准、历史底的规准……从这一点说，则我们劳动阶级是在历史底发展的最前进了的地点的。所以，我们既能够最正确地评价过去的艺术发展的具体底的历史底阶段，也能够从过去的艺术里撮取那于我们最有益的充实的东西。一面也就是惟有我们，较之别的任何阶级更有着完全地认识本质方面的现实，获得那发展的基本底的法则，解明那最深的本质的力量……"

　　亚尔密诺夫也说，倘不设定这艺术性的新的规准，强有力的批评是绝对不会产生的。

　　那么，我们来听亚尔密诺夫的结论罢。他正是在这里提出了文学批评的当面的任务的人。

　　"我们应该将为了马克思主义的列宁底阶段的斗争的问题正确地设定。为了这事，我们应该竭力造出一个系统来，使那些并不具体底地研究作家的作品，倒是挥着范畴论那样的苏格拉底批评，以及粗杂的，不可原谅的高调，没有进来的余地。对于突击队的创作，我们去批评他，应该力避贵族底的态度。突击队的研究、青年批评家的养成，这是文学批评的当面的重要的任务。还有，从此之后，我们应该更加在具体底的作品的具体底的研究的基础之上展开创作底论争来，而且在这现在的普罗列太利亚文学的创作底面貌以及那样式的研究的基础之上，设定那和第二回五年计划，相照应的创作底纲领。"

# 七

最后，是作为普罗列太利亚文学批评的最重要的问题之一，提出了劳动者的大众底批评的问题。

这问题，从苏联的普罗列太利亚文学运动的现状的见地来看，则是前卫底劳动者·突击队对于普罗列太利亚作家们创作活动的组织底援助的问题，也是创造文学批评的新的型式[4]的问题，也是指导劳动阶级及科尔呵斯农民等非常广泛的读者大众的问题。

总之，赅括[5]起来说，这问题乃是前卫底劳动者·突击队读者，组织底地来参加文化战线上的为了党的全线的斗争的问题，并且是他们用了马克思—列宁主义底文学批评和那唯物辩证法底方法论的武器，使斗争得以成功的问题。

因为这样，问题也就和作家与读者，以及批评家与读者的相互关系的新的性质相关了。而普罗列太利亚文学与别的一切阶级的文学的本质底差异，也有些在这一点上。一定要在普罗列太利亚文学里，这才能够除掉作家即艺术底价值的"生产者"和读者即那"消费者"之间的鸿沟。这时是读者也积极底地参加了那建设了。

在拉普批评家会议上，最后的 D·麦士宁所作的报告《关于劳动者的大众底批评》，是不消说讲这问题的，在下面叙述一些要点罢。

普罗列太利亚文学是本质底地和"作家随便写下去，读者随便看下去"这一种阿勃罗摩夫（懒人——译者）底原则相对立的。麦士宁说，在普罗列太利亚文学非常成长，文学运动已经成了全普罗列太利亚运动的一部分的现在，则对于这作家和读者的相互关系的

---

4　现代汉语常用"形式"。——编者注
5　现代汉语常用"概括"。——编者注

一切形态的布尔乔亚底以及门塞维克底理论,该可以由我们的现实的活动劈脸打破的罢。

从读者这方面看起来,我国的大众在现在也已经并非文化革命的对象,而是文化革命的主体了,这劳动者读者的文化底、政治底成长就提高了大众在文化运动上的职掌,青年共产团的进向文学目下是极其分明的,这就是很明白地显示着读者大众的成长。

突击队读者是将我们的文学看作阶级斗争武器的。

读者大众的艺术底趣味是由着普罗列太利亚文学的影响的程度改变下去的。所以,研究读者是我们的重大的任务。

现在,是劳动者的大众底批评已在愈加广泛地发展起来了,例如读者的送到图书馆和出版所来的要求,寄给作家的许多信,以及对于青年作家的文学作品的"大众底检讨"就都是的。凡这些,都完全反对着"读者随便看下去"这一个原则。

所以,麦士宁说,我们应该造出能够完全利用这些巨大的力量的状态来。就是我们应该来进行工作,不要将读者的信和要求抛进图书馆和出版所的废纸篓里去,使文学批评的夜会之类成为普罗列太利亚的作用,影响于作家的夜会一类的东西,并且使青年共产团的文学作品检讨、劳动者的批评界、各种作品的主人公的研究会——这些劳动者的大众底批评的一切最现实底的展开的形式,都能够确保。

最后,麦士宁说:

"我们的任务——是在竭力提高前卫底的突击队读者,到达马克思底、列宁底批评的水平线。我们应该将马克思—列宁底方法论的基础给与劳动者的文学批评界,应该将那巴斯图——拉普的战斗底传统传给他们。

"我们拉普,对于劳动者的大众底批评,应该这样地给与组织底的具体底指导。"

麦士宁又在一篇登在《文学新闻》上的关于大众底批评的文章里说，要布尔什维克克底地指导劳动者的大众底批评，就是一面则增强对于门塞维克底追随大众主义的彻底的战争，一面也将对于复活主义想要保存作家和读者的旧关系，对大众底批评的侮蔑底态度，大众的批评的布尔什维克克底党派性的阉割，等等的斗争更加强化。

法捷耶夫在上文也已说过的结语中，提起这麦士宁的报告。并且说："我们是住在大众的出色的文化底向上的国度里的，因为几百万的劳动者和科尔呵斯农民的读者正在自行批判我们的文学。"

所以法捷耶夫的意思以为引用各种不大普通的古书不妨略为少一些，而突击队和劳动者的读者的问题却应该绝对提出来的。

"为什么呢？因为我们的运动是作为大众底运动成长起来的，而且惟有我们开手造出大众底文学组织来（法捷耶夫说：同志麦凯列夫说这样的组织，什么地方也没有过的话，是不错的）。由此汲取那为创造普罗列太利亚文学而工作的最有能力的力量——就是，我们将要创造那新的、未曾有的、普罗列太利亚底的文学的世界的缘故。"

## 八

这第一回拉普批评家会议由法捷耶夫的出色的结语而闭会了。法捷耶夫在这里，先从这会议结束在第十七回全联邦共产党大会之前，是很有意义的事说起，还说到苏联文学和文学理论，现在已经不只是苏联一处的现象，而成为含有全世界底、历史底的意义了。此后就略述那结语的大要，来结束这我的绍介罢。

法捷耶夫首先述说了那第十七回党大会的意义：

"这大会是苏联的劳动阶级率领了几百万的科尔呵斯农民，在党的指导之下，以四年完成了五年计划，现在来给一个结算的。所以这大会的中心底的文件是对于树立第二回五年计划的指令，而且这文件还要求着努力于巨大的胜利底情绪和真的活动力的统一。"

这文件中，说着这些事："第一回社会主义建设五年计划的最重要的成果是农村中的资本主义的××××××，资本主义底要素的完全的××，阶级的完全的××。在苏联中，社会主义的基础的建设的完成，就是列宁所提出了的'谁将谁'的问题，无论在都市里，在农村里，都抗拒了资本主义，而社会主义底地，完全地，决定底地，得了解决的意思。"

这文件中，和文化、艺术、文学的问题，有着直接关系的部分颇不少。法捷耶夫作为例子，引了这样的一处道：

"第二回五年计划的基本底的政治底课题，本大会认为是在资本主义底要素及阶级一般的彻底底消灭，发生阶级底差别及榨取的诸原因的完全的消灭，经济及人们的意识中所存的资本主义底习惯的克服。将国内全体劳动者改变为社会主义底无阶级社会的意识底的，积极底的建设者。"

还有一处：

"无产阶级惟有仗着和资本主义的残存物战斗，对于正在灭亡的资本主义的要素的反抗给以毫不宽容的打击，将在勤劳阶级里面的布尔乔亚底、小布尔乔亚底偏见加以克服，用力推进他们的社会主义底再教育的活动，这才能够保证社会主义的新的胜利。"

在第二回五年计划之初，课给我们的这些任务的实现上，普罗列太利亚艺术和文学也演着很大的职掌——法捷耶夫移到文学的问题上去了——所以我们现在要说普罗列太利亚艺术和文学，也应该用了这文件所说那样的话，就是《共产党宣言》的话，列宁和斯大林的话来说的。

于是法捷耶夫用力的说：

"我们已从在劳动阶级的世界底斗争的舞台上作为艺术家而登场了。我们已经和国际布尔乔亚什及其家丁们开始了有着全世界底、历史底的意义的'论争'。这'论争'的基础就在以布尔什维克克为头的劳动阶级是否创造那有着全世界底的意义的，真是社会主义底的艺术、文学，我们究竟能否创造出这个来的一点上。"

关于普罗列太利亚文学和艺术的问题，看起现在布尔乔亚出版物上的文章来，就知道这"我们是否创造社会主义底艺术"的基本底的"论争"乃是我们普罗列太利亚文学者和国际布尔乔亚什之间，正在激战的关于艺术问题的中心底的、基本底的"论争"——法捷耶夫加添说——而布尔乔亚什呢，自然，以为我们是未必创造，也不会创造的，但是，在实际上，我们却已经在创造了。

不错，文学比社会底实践还落后是事实。然而，虽然如此，普罗列太利亚文学却得着未曾有的达成。所以我们应该在这第二回五年计划之前，据全世界底、历史底尺度，将我们普罗列太利亚文学所创造的东西结算一下，明明白白地来抓住这未曾有的成就。

于是法捷耶夫就具体底地说明了和布尔乔亚什的"论争"的世界底意义：

"我们的'论争'之所以得了世界底意义，那理由不仅在我们的普罗列太利亚艺术家的诸部队，在德、美、英、法等国，为了新的普罗列太利亚艺术而斗争，并且在我们的指导之下，使我们的马克思主义底理论前进，也由于我们苏联的普罗列太利亚艺术文学，现在已经成了世界底的文学了这一个理由的。"

举出来作为例子的，高尔基的诸作品不消说了，里培进斯基的

《一周间》和《青年共产团》、孚尔玛诺夫的《叛乱》和《卡派耶夫》、绥拉菲摩维支的《铁流》、革拉特珂夫的《士敏土》、法捷耶夫的《毁灭》、班菲洛夫的《布鲁斯基》、肖洛霍夫的《静静的顿河》，以及此外的季谟央·别德讷衣、培司勉斯基、秋曼特林、贝拉·伊烈希的诸作品，吉尔董的戏曲等等，各经译成了十几个国语。这些作品在欧美诸大国不必说了，还译成了中国语、日本语、蒙古语，而且在中央亚细亚、巴尔干诸国里，也都有译本。

这些作品在各国里，一方面固然受着布尔乔亚什一边的满是恶意的中伤底的批评，但同时在别一方面则成着各国的布尔什维克克的××××。

法捷耶夫更使问题前进，说到苏联内所做的关于艺术问题的论争所含有的世界底意义：

"从这全世界底、历史底'论争'这一点上，来看近几年在苏联内所做的关于艺术问题的许多论争，我们就可以断定说，这些论争——就是正在创造着新的艺术和文学的我们普罗列太利亚德在世界底尺度上，和布尔乔亚什战斗下来的基本底的'论争'的反映。由了这些的论争，我们是在根本上为了由普罗列太利亚德来创造劳动阶级的真的、正的、强有力的、伟大的社会主义底文学的缘故，历来对于在我们阵营内的国际布尔乔亚的奸细们，以及对于右翼底和左翼底的普罗列太利亚艺术的败北主义者和取消派战斗下来的。"

作为那显明的例子，先举出和托罗茨基的艺术论的斗争来。托罗茨基的艺术论，在实际上，是在布尔乔亚什之前，使普罗列太利亚德艺术底地解除武装的。还有他的后继者瓦浪斯基、波纶斯基等，也一样的在布尔乔亚文学的面前降伏了。

还有一样，是和烈夫派及文学战线派的斗争，这两派都想"左翼底"地将普罗列太利亚文学取消。他们也不相信会有由普罗列太利亚德所创造出来的大艺术。

上面所述的两极，在根本上都是使普罗列太利亚德在敌人之前艺术底地解除武装的东西。

于是法捷耶夫说：

"在这里，就有着我们拉普数年以来在党的指导和支持之下，和这些一切敌对底的偏向战斗下来的那斗争的基本底的意义。而且惟独我们提出了劳动阶级来创造伟大的社会主义底文学的标语，这现在就成着我们的创作标语。而这标语，我们是在和他们败北主义者、取消派们的斗争之中建立起来的。"

法捷耶夫最后说，党也在普罗列太利亚文学之前提出了和这一样意思的"文学的矿业建设"这一句强有力的标语。可见由斯大林所指导的党，现在连在文学艺术的分野——真是照字面的全分野上也卷起劳动阶级的全世界底、历史底的斗争来了。

三二，三，一九，原作；三二，八，二七，译完
一九三二年十一月十五日《文化月报》第一卷第一期所载

# 艺术都会的巴黎

[德]G.格罗兹

  法兰西向来就算是德国艺术家的圣地（Mekka），人们从那里拿来了做画家的真磨炼。在那边生活和工作着的许多伟大的能人直接教出很多的外国艺术学徒来，在画家的一朝代中成就了艺术底教养。好手，例如库图尔（Thomas Couture），就直接养成了名士，被赞颂为当时的尊师。成绩卓著的学校开起来了，由此出身的大才人便送给它名声和体面。

  于是巴黎就得了世界上的艺术中枢的声名。想弄到绘画的真精神，就是绘画的最后的精粹的人，就都到那里去。在最近时，巴黎发生了大运动：有着极能干的干部的印象主义者，芳汀勃罗（Fontainebleau）派，后来是点彩主义，还有立体主义，等等，都将大影响给了世界上的年青的，以及许多古老的艺术家，人们将有益于艺术家的巴黎及其氛围气捧到天上去，正也毫不足怪的。

  经过了长久的交通隔绝，报章撒谎和滥造之后的现在——是又有一大群艺术家，恰如抱着旧罗曼主义的成见到巴黎巡礼，自以为回了真心的祖国的文字推销员一样，带着各种介绍信和推荐信去历访那里的作场和好手了。因为要将他们的印象留在多少还有些长的副刊上，他们很热心，仿佛蜜蜂似的，到处插进吸管去。许多曾经在巴黎居住、工作过的人们则一定要做一本书。那些从战场上回到他年青的爱人这里来的，也看不出这位堂客在其间已经颇为年老，而且也不愿意看出来。他们觉得永远是先前的巴黎，好像在初期罗曼主义的过去时代，或者反对普鲁士天下的时代的看法似的——但这自然是战争以前的事。那时候，有名的陀谟咖啡店（café du dome）也还是德国艺术家团体的中枢。

但是，也如陀谟咖啡店的变了相貌，被修缮、改造了的一样，巴黎的旧幻想也一同消灭了。人应该切实的知道，凡有讲巴黎的报馆文章——都是陈旧、做作、走了气的。简约的说，还是用旧尺在量的时候，其间已经引进着新尺来了（恰如有许多点，也可以见于亚美利加一样）。例如现在还在说法兰西是自由为政，而且和德国相反，实行着德谟克拉西，将军们不能有所主张，外交官为人民负责的国度——但这些和事实是不对的。

其实，法兰西的文化底产物是和我们这里一样，应着阔人底兴味的需要而起的。这事情，巴黎的艺术家，连极少数的例外（克拉尔德会）也和德国的同业者相同，明白得很少很少。他们将作场的存在套进各种的形式问题里面去。但那本质的影响早已不能波及于事件之上，他们却也并不努力使其波及，像那时的百科全书家似的。

到世纪的改换时候为止，在法兰西，画家正如诗人，实在也还是社会发展的积极的力量。只要看雨果（Victor Hugo）、库尔贝（Courbet）、左拉（Zola），看拉雪德·阿·比尔（L' assiette au beurre），看斯坦兰（Steindlen）、格兰强（Girandjouin）和别的人就是。

但现在却也如我们这里一样，在巴黎，支配着停滞和中庸。想将法兰西精神的传统的自由火花引进二十世纪来的老诗人法朗士（Anatole France），其实，是已经飘泛在云上面，过去时代的最末的象征上面了。

麦绥莱勒（Masereel）、巴比塞（Barbusse），还有克拉尔德（Clarté）会员，确也还一同打着先前的仗，然而他们是外面人，观念耗尽了他们原先的锋锐了。以较好的人性的宣告者现身的罗曼·罗兰（Romain Rolland）是一个温和的急进主义者，好像赫里欧（Herriot）之为政治家（但赫里欧也不过在表面上不像亚培尔德[1]而已）。

爱我们，信我们，真实的革命底热情和不可调和的社会底讽刺的法兰西，是属于十八和十九世纪的。试将滑稽新闻《拉·写力德》（La Charette）和先前的《拉雪德·阿·比尔》比一比罢，恰如《纯泼里济希谟斯》[2]一样的堕落。

做梦，是没有用的——法兰西在现在，已经智慧的和精神的地死灭，那些总是说着"传统"的人们，倘去研究观察每一个传统的圆柱，发见了那上面也有和文明欧洲相同的凹陷和坼裂，那就切实地知道了。

如果以为法兰西艺术在错误和经验和年代之后，将复归于先前的"古典的"法兰西传统去，那可也不会有。如果像我已经说过那样，他们玩起所谓表现主义来——赞成这种艺术所特有的歪斜和过度——以为终竟是要完成的，并且会回到轮廓的幽静的流走，结构的高尚的构成，普桑（Poussin）、路·耐奴（Le Naine），安格尔（Ingres）那些古典底牧歌的、神话的时世图画去，就尤其胡涂之至。人们满怀着赏赞，欢喜指出毕加索（Picasso）或者特朗（Dérain）来，他们是分明已经发见了旧物事，现在静静的歇在伟大的法兰西人的完功的床上了。但试看毕加索的新的绘画罢，首先惹眼的是形式，那变样，并不下于我们的最被诽谤的表现派绘画里的头脸和身体。在我个人，是觉得这描写倒是戈谛克的刚强更胜于毕加索的橡皮傀儡似的、胀大的、好像象一般的形式的，因此也不想跨进去。古典主义在那里？"高尚"的线在那里？一切尝试和"古典的"相一

---

1　Ebert，欧战后德国的总统。——译者
2　Slimplicissimus，德国的滑稽画报。——译者

致的，只有一个它的无聊。

说有新古典派（Neuklassik），这是一句大胡说——在这里，现在也还将社会的基础和经济底条件分得很开的，是了不得的圆滑和本领。热烈的才人的努力，现在也会创出一种古典底的样式来，但那跟着的经验价值却不能改变一般的创造上的停滞，到底是毫无用处。古代的古典的画家，至少，内容是重要的前提：人类历史上的大事件、英雄底的题材，他们在古时候，现代化了市民底英雄，现在的新古典派却只还剩有塞尚（Cézanne）的《三个苹果》——单可以由此知道，上帝在前一世代是活得很久很久而已。

现在的古典，比市民的阶级文化已经无用的社会底效果还要不调和，含敌意、虚伪、散漫。最后的收梢是过去的伟大的法兰西市民的利息很少的公债。这和古典同类化的感情根基是在战后的希望休息——战胜者的安心里面的。但是，这样的牧歌却只在法兰西的表面，阶级对立还没有中欧那样的分明之际，这才可以形成，而且没有血迹的留在这世界上。

巴黎现在已不是艺术的中枢了，这样的中枢现在已经并没有。现在将巴黎当作"世界的艺术中枢"前去旅行的，也就是想在那里从新更加发展的，他们是将一九一四年（终于！）撕坏了。

到那里去？非到巴黎旅行不可的人，为什么怀着成见的呢？

格罗兹（George Grosz）是中国较为耳熟的画家，本是踏踏派中人，后来却成了革命的战士了。他的作品，中国有几个杂志上也已经介绍过几次。《艺术都会的巴黎》，照实译，该是《当作艺术都会的巴黎》（Paris als Kunststadt），是《艺术在堕落》（Die Kunst ist in Gefahr）中的一篇，题着和 Wieland Herzfelde 合撰，其实他一个人做的，Herzfelde 是首先竭力帮他出版的朋友。

他的文章，在译者觉得有些地方颇难懂，参看了麻生义的日本文译本，也还是不了然，所以想起来，译文一定会有错误和不确。但大略已经可以知道，巴黎之为艺术的中枢，是欧洲大战以前事，后来虽然比德国好像稍稍出色，但这是胜败不同之故，不过胜利者的聊以自慰的出产罢了。

书是一九二五年出版的，去现在已有十年，但一大部分，也还可以适用。

一九三四年九月十六日

《译文》第一卷第一期所载，署茹纯译

# 果戈理私观

[日]立野信之

看着俄国文学的好作品，我就常常惊叹，其中出来的人物，竟和生存在我们周围的人们非常之相像。这也许不但俄国文学是这样的，文学如果是人生的反映，那么，只要是好的文学，即使国情和社会制度并不相同，时代有着差异，当然也可以在所写的人物上找出性格底类似来。我们在周围的人们中，发现哈谟烈德、堂·吉诃德、欧也妮·葛朗台[1]等，实在也决不是希罕[2]的事情。但是，虽然如此，我却在俄国文学——尤其是果戈理、托尔斯泰、契诃夫他们的作品中，发现了比别的无论那一国的作家们所写的人物更其活生生的类似。

这到底是什么缘故呢？我常常侧着头想。想起来是这样的——

从俄国文学里的诸人物上，看见和我们日本人的许多类似者，并不是为了像日本的作家和评论家们所喜欢称道的那样，什么"文学原是超出国界的东西""文学是亘古不变的东西"……之类的缘故，恐怕倒是因为果戈理、托尔斯泰、契诃夫他们生存着的时代——帝制俄罗斯的社会生活和还有许多封建主义底残滓生存着、伸着根的现在日本的社会生活在本质上非常相像的缘故罢？一读取材于农民的俄国文学，就尤是觉得如此。

这样一说，人要责备我也说不定的——你竟把可以说是黑暗时代的俄罗斯帝制时代，和日本的现在并为一谈么？不错，那是决不

---

1  巴尔扎克小说中的主角。——译者
2  现代汉语常用"稀罕"。——编者注

一样的。日本的农民,并非果戈理的《死掉的农奴[3]》和萨尔谛呵夫的《饥馑》里所描写的"农奴"是事实。然而,即使并非"农奴",那么,是别的什么呢? 在德川幕府的"农民不给活,也不给死"的有名的农民政策之下的农民生活,和现在我国的农民生活之间有多少划然底差异呢? 将这些合起来想一想,就会明白,出现于俄国文学中的诸人物和日本人的类似的鲜明,是不能单用"文学不问国的东西,时的古今,没有改变"的话来解释,它是在生活上、现实上更有切实的连系的。

这也许只是一点粗略的见解。但是,我的为果戈理的作品所惑,比别的一切作家们更感到作家底的亲近,却因为这一层。

我常常想,俄国文学是伟大的"乡村文学"。并且想,果戈理更其是首先的一个人。我的比一切的国度的文学更爱俄国文学,而和果戈理最亲近,放肆的说起来,好像在当他作家这方面的"伯伯"者,恐怕就因为我自己也是乡下人的缘故罢。

我对于乡村生活比都会生活更亲爱,对于乡下人比都会人更亲爱,这不但由于思想上,也是出于生活上、性格上的。海涅在《北海》这篇文章中,有云:

> 将这些人们,这么切实地、严紧地结合着的,不只是衷心的神秘底的爱的感情,倒是在习惯、在自然底的混合生活,在共同生活底的直接性。同等的精神的高度,或者要说得更惬当,则是精神的低度,还有同等的要求和同等的活动。同等的经验和想头,于是有彼此的容易的理解……他们在还未说话之前,就已经看懂。一切共通的生活关系,他们是着实记得的。

---

3 现译"死魂灵"。——编者注

这是关于诺兑尔那岛的渔民的生活状态，海涅的锋利的观察记，但我以为也很适用于日本的农民。

要懂得这样的人们，说得极端一点，则什么学问之类都没有用处，首先第一是要知道生活，要描写农民和乡下人，这最有用；要懂得描写着那生活的文学，这最必要。

在我，乡下人的生活感情，说起来是"着实记得"的。所以那伟大的乡村文学的果戈理的作品，使我觉得好像我生长在那里的农家的茅檐一般的亲密。

其实，果戈理的《泰拉斯·蒲理巴》里的老哥萨克，就像我的叔母家里的老子，《死掉的农奴》里的吝啬的地主和我的外祖父是一式一样的。此外样样的地主和"农奴"的型，也都可以嵌上我所居住的部落里的人物去。

我还记得前年得到《死掉的农奴》(森田草平译《死掉的魂灵》上下两本——这部书，现在到东京的旧书店里去搜寻，似乎也不大有了)[4]，和现在正在丰多摩刑务所里的伊东三郎，在信州的一个温泉场里盘桓了一月之间，两人一同只是看，讲着其中的种种地主的型，怎样和我们所知道的地主们相像，笑得出了神。这样一想，则讽刺的有意思，是不仅在文学底技工的巧妙，也不仅在所写的人物及其性格，或所构的事件，出乎意料之外的，恐怕大半倒由于在生活上、经验上——换句话，就是和谁恰恰相像的那种现实底的联想。而那相像愈是现实，讽刺也就愈加活泼了。不知怎地，我总觉得是这样。

我将果戈理讲得不大确，单在作中的人物和我们所知道的人们相像这一点上，费了太多的言语了。单因为作中的人物和谁相像，因此觉得亲切，就来估定价值，那当然是不对的。然而无论怎样努

---

4　森田草平译，是题为《死掉的魂灵》的，现在改作《死掉的农奴》，是因为听到一个可信的俄国文学家说，还是这正确，所以就依了他的缘故。——作者

力的读，而对于其中所写的人物，还是毫不觉得亲切——常常会碰到这样的作品的——的作品，却不消说，不是怎么好的作品。

去年以来，我国的文学界流行了古典文学的复审。巴尔扎克、陀斯妥耶夫斯基、弗罗贝尔、莫泊桑、契诃夫、斯丹达尔、托尔斯泰，还有果戈理等等，都陆续使新闻杂志着实热闹了一通。

古典文学的复审这件事，在无产者文学的营盘里是早就屡次提起过来的。藏原惟人他们一以评论家而登场，就主张得很着力。一部分的作家和理论家之间也以写实主义作家的研究这一个名目，时时提议过研究这些的作家，但较倾于政治的工作的烦杂[5]，一直将它妨碍了。现在，在从较倾于政治的工作释放出来了的无产者作家之间，去年以来认真地研究着巴尔扎克之流，总也是可喜的现象。

无产者作家这一面的古典文学的研究，好像着重是在那写实主义的探求。然而有产者作家这一面的研究，是向着什么的呢？看起来，似乎也在说写实主义。但那写实主义和无产者作家这一面的写实主义却又自然两样似的。

譬如罢，无产者作家研究起巴尔扎克来了，对于这，有产者作家之间便抬出陀斯妥耶夫斯基来。但要从陀斯妥耶夫斯基学些什么呢？陀斯妥耶夫斯基的写实主义又是什么呢？从他的作品上，我们可以学心理学底写实主义，而且这也是一种方法。但仅仅这一点，是没有学得他完全的。他那锋利到有了病象的人间心理的写实，并非单是切断了的个人的心理，乃是在当时的帝制俄罗斯的阴郁的社会制度里深深的生着根的东西。知道这一层，是比领会了单单的人间心理的活画更为重要的。

关于果戈理，也可以这样说。从果戈理学什么呢？单从他学些

---

5　现代汉语常用"繁杂"。——编者注

出众的讽刺的手法是不够的。他的讽刺是怎样的东西呢？最要紧的是用了懂得了这讽刺，体会了这讽刺的眼睛，来观察现代日本的这混浊了的社会情势，从中抓出真的讽刺底的东西来。

果戈理所描写的各种的人物也生存在现代的我们周围者，要而言之，是应该归功于他那伟大的作家底才能的，而且不消说，在我们，必须明白他的伟大。他的讽刺嵌在现在的日本的生活上，也还是活着者，就因为它并非单单的奇拔和滑稽，而是参透了社会生活的现实所以活着的缘故。在这里，可以看出果戈理之为社会的写实主义者的真价来。

近来，对于讽刺文学的希求的声音，似乎高起来了。同时也有人只抓着讽刺文学多发生于政治底反动期这一个现象，说着它的消极性。但讽刺文学的意义却决非消极，倒是十分积极的事[6]，只要看果戈理的《死掉的农奴》向着农奴解放，《外套》向着官僚专制的暴露，而政治上也发扬了积极底的意义的例子，就可以明白了。

《死掉的农奴》的主角契契科夫买集了死了的农奴，想获大利，快要失败了，坐马车逃出乡下的时候，对于俄国的运命的预言底章句，是使我们感得，仿佛预料着现在的苏俄的——

唉唉，俄罗斯呵，我的国度呵，你不是也在街路上跑，好像总是追不着的大胆的橇子吗？街路在你下面扬尘，桥在发吼。一切都剩在你背后，此后也还是剩下的罢。看客好像遇见了上帝的奇迹似的，茫然的张着嘴目送着。他问：这是从天而降的电光吗？将恐怖之念吹进人里面去的这运动，是什么预兆呢？世

---

6　此处原文为"倒是十分积极的的事"，疑为原文多字，故更正。——编者注

界上那么希奇[7]的这些马，又是禀赋着多么古怪的力气呵。唉唉，马呵，马呵，俄罗斯的马呵，你是怎样的马呀！旋风住在你的鬃毛上面吗？你们的很亮的耳朵，连脉搏的一下一下的声音也倾听吗？看罢，从天而下的听惯的歌，你们听到了没有？现在你们各自挺出白铜的胸脯，一致的在使劲。你们几乎蹄不点地，冲开空气，飞着一直在向前。是的，橇子飞着！唉唉，俄罗斯呵。你飞到那里去呢？回答罢。但是，她不回答。马铃响着吓人的声音，搅乱了的空气成了暴风雨，雷霆在怒吼。俄罗斯跨过了地上的一切，飞着了。别的国民，诸王国、诸帝国都闪在一边，让开道，一面发着呆，在转着眼睛看！

《死掉的农奴》（上卷）是在一九一七年的俄国革命前约八十年——一八四二年所写的，所以，这不骇人么？

正宗白鸟好像曾经立说，以为日本是不会产生出色的讽刺文学的。但我却觉得现在的日本似的政治状态却正是讽刺文学的最好的母胎。研究果戈理的意义是深的。

立野信之原是日本的左翼作家，后来脱离了，对于别人的说他转入了相反的营盘，他却不服气，只承认了政治上的"败北"，目下只还在彷徨。《果戈理私观》是从本年四月份的《文学评论》里译出来的，并非怎么精深之作，但说得很浅近，所以清楚，而且说明了"文学不问地的东西，时的古今，永远没有改变"的不实之处，是也可以供读者的参考的。

一九三四年九月十六日

《译文》第一卷第一期所载，署邓当世译

---

7　现代汉语常用"稀奇"。——编者注

小说

# 捕狮

［法］腓立普

何苦要紧，我们的留襄·吉尔穆竟要住在边鄙的蒙庐什的深处了呢？即使是怎样宽缓的他，自己每夜要在腊丁路的咖啡店里坐夜到一点钟之类的事，不也可以想到么？那自然，用马车送到自己的家里，本来也并非办不到的事，但转侧一想，车钱的两法郎实在是爽口的麦酒四十杯的价值呀。

不止一回，在行人绝迹的街道上，在意料之外的时候，突然有人从背后来，追上了留襄走过去了。那是什么人呢？留襄大吃一惊之后，才知道从他的背后来，一言不发走上去了的行人并不是恶党。唉唉，巴黎的一个好市民总算又免于被谋害了。

但是，虽然如此，对于侵袭我们的犯罪的大军，谁是能够战斗到最后的呵？凶日终于来到了。这正是"培尔福的狮子"的祭典的时候。实在、品行方正，是什么用也没有的。这一夜，留襄是破例的夜半十一点便上归途。平常总要到一点，但这天独独赶早回去了。他刚刚弯进阿尔来安的废路，在可以走到他家里去的无数小路的最初的一条上，走不到几步，便发生了这可怕的遭逢。

一匹很大的黄色的狗跑近留襄来，嗅过他的气味，于是"向左转开步走"，用全速力飞跑，将形影没在黑夜里了。最近，强盗们已经利用了狗的风传，留襄是听到过的。这实在是巧妙的办法。他们只要在什么地方悠悠然吸烟，其时狗子便替主人巡视着四近。狗是本能底地知道辨别乞丐的。所以要教导狗子，使它从许多过客里面辨别出似乎带着钱的人来，也并不是很费时光的事。那狗嗅了获物的气味之后便又跑回强盗那里，领了他们来，留襄仿佛觉得曾在什么地方听到过这样的话。

他这时回到阿尔来安大路来，那就好，因为那里也有巡警，也有过往的行人。于是绕一下，从别的路回家去，那就好了。然而在我们人类里，是有愚蠢的自尊心的。比起怕危险来，还是怕失体统的心这一面强，我们是一直到死，不失赤子之心的。是患着死症的人们，以为从来在谁那里都没有出现过的奇迹，却要出现于自己身上的世间。

留襄向左一转，那地方站着三个男人。果然，强盗们是三个一党的。他们穿胶皮底鞋，戴便帽，身穿蓝色的工作服。三个人个个都如《哀史》的插画上的恶人一样，捏着大棍子。这时狗已不在他们旁边了。大约因为狗要叫，反而妨害做事，所以攻击之际，便特地不用似的。这时候，狗该是正在寻觅那收拾了留襄之后可以袭取的新方面的获物罢。

留襄呢，这时候，就如我们大约谁都这样的一般行动。他装作没有看见三个恶汉模样，想走过去了，然而恶汉们却不待他走便自走近来。阿阿，都完了！留襄的耳朵听到说：

"请等一等。"

他毫无等一等的意思。然而强盗会追上他，留襄也知道的。他将忽然为三个大汉所包围罢。他想象着非常可怕的事，待到听了下一句，这才有些放心了。

"你没有遇见狮子么？"

留襄没有法，只得停下来。狮子？那个狮子？讲起狮子来了呀。他大模大样地回答道：

"你们在说什么呀？"

留襄的这话里实在是有效力的，三个男人们只得说明白。阿阿，留襄听到的是什么呢？三个人并不是留襄所想象的那样的恶人。一个是来赴"培尔福狮子像"祝典的猛兽群的主人，一个是驯兽者，一个是猛兽的侍人。他们养着一头狮子，因为看管人的大意，没有关笼门，狮子便逃跑了，三个人似乎也都吃着惊。

留襄也没有法，便讲了那黄色的大狗的事。他说，那动物嗅了他的气味之后就跑掉了。三个男人异口同音的叫道：

"一定是'那家伙'，'那家伙'怕着了。"

三个人热心倾听了留襄所说那动物逃去的方向之后，似乎就要追上去，但留襄现在却碰了险道了。到他家里，路还很不少，他的路上委实是危险之极的。就在先前，他已经拾了一条命，实在是天惠。狮子没有咬了他，这是无比的运气。他如果又遇见狮子，怎么办才好呢？他问道：

"你们的狮子不咬人么？"

走在一伙的两人之前的一个只听得留襄的这话的声音，却不懂得意思，于是问道：

"说什么？"

"是在问呀，狮子可会咬人？"一个回答说。

三个人都失声大笑了，并且用了开玩笑似的调子道：

"如果害怕，那就只好和我们一同走了。因为狮子和我们熟，只要我们在，是决不会闹什么乱子的。"

似乎还是依了这忠告，要算最简单。于是开手捕狮子。四个人在一起，向着狮子的去向前行。他们运气好。就在左近一条路的深处，远看也知道，发见了载在四条腿上的黑块，向他们这面走来了。

一个男人说：

"一看见我们,'那家伙'一定要逃的,还是躲在这门影子里罢。"

别一个却想出了更好的计策,

"谁一个和我一同来罢。从小路绕过去,到这大路的那头,去攻"那家伙"的背后去。只留两个在这里,守着狮子的前面。"

立刻决定了施行这计策。猎人分成两班,于是狮子便被夹攻了,实在是惴惴的数分钟。两旁的门都关着,是不愁狮子横冲的。狮子无论前进,无论后退,都遇到了猎人。它或是挨着墙,或是钻着人缝,还想逃出去。但每一回,一个男人便发出打嚏一般的声音,叫道:

"嚄咻!"

狮子害怕,就退走,它无处存身了。无论向那里,这"嚄咻"的声音便侵袭它。

两班猎人渐渐地逼紧,猛兽完全受了包围。驯兽者将鬣毛抓住了。留襄也大放心,要趁这围猎未完之前,便也叫了一声"嚄咻!"来试试。但驯兽者生气了:

"狮子不要骇得闹起来的么!"

最烦难的是将狮子带到安笼的地方去。狮子十分不听话。幸而狮子的侍者想出一条妙计来。当觉得狮子逃走了的时候,侍者是正在吃面包和小牛肉的,他将这些塞在衣袋里,便跑来了,他说道:

"且慢,我给它看着食物,在前面走。那么,就会跟来的罢。"

驯兽者为注意起见,还说,

"给看牛肉是不行的呵!这狮子是极厌恶肉类的!"

侍者策略居然奏了功。人们的扰弄狮子,就如扰弄发脾气的驴子一样。一个人拿着面包,走在前头,狮子便大踏步跟着走,狮子是想吃,便走了。狮子还走得太快,要它走得慢一点,还要从背后拉住了鬣毛。

狮子的回家很简单地完结了，巡警是一回也没有遇见。倘遇见，巡警也大吃一惊了罢！大家含着笑，到了动物安置场的入口。四人都走进去。亚非利加产的山狗和白熊都睡着，狮子笼的门是开着。侍者将面包摔进笼里去，狮子便以惊人的威势扑向面包去了，攫在伟大的爪间，在将吃之前，发出可怕的声音来怒吼。

最费事的是守犬，它不认识留襄，便猛烈地叫了起来不肯歇，幸而狗是锁住的。男人们中的一个说道：

"逃出的不是'这家伙'是运气的。如果逃出的是'这家伙'，那是一定咬了人了的。"


查理路易·腓立普（Charles-Louis Philippe 1874—1909）是一个木鞋匠的儿子，好容易受了一点教育，做到巴黎市政厅的一个小官，一直到死。他的文学生活不过十三四年。

他爱读尼采、托尔斯泰、陀思妥耶夫斯基的著作，自己的住房的墙上写着一句陀思妥耶夫斯基的句子道：

"得到许多苦恼者，是因为有能堪许多苦恼的力量。"

但又自己加以说明云：

"这话其实是不确的，虽然知道不确，却是大可作为安慰的话。"

即此一端，说明他的性行和思想就很分明。

《捕狮》和《食人人种的话》都从日本堀口大学的《腓立普短篇集》里译出的。

一九二九年四月
《近代世界短篇小说集》(1)《奇剑及其他》所载

# 食人人种的话

[法]腓立普

　　这话，是食人人种的话。关于吃人的人，一向就写得很不少了，但我相信，这些记录和故事都未必怎样确实。果然，最近我所实现了的中部亚非利加内地的旅行，竟教给我了别人所说的闲话之类是决不可信的。无论怎样的败德的人的心底里，也总剩着一点神圣之处。为要竭力表明这事实，所以我在这故事里就专着重于人类的本性，勉力隐去了和事实相连的地方色彩，用我自己所得的材料将食人黑种的生活的一面照样叙出来。

　　称为"谟泰拉司"的一个黑人部落，所以成为好战的部落的理由，并不因为这部落的喜欢战争，这不过是不喜欢劳动的结果。要去战斗，原也须费去许多劳力和勇气的，然而当战争时，发大叫喊，跳过沟渠，砰砰的放枪，凡这些事，虽在本不喜欢战斗的人们，也觉得好像在玩一种什么户外运动。以运动而论，自然也未免有多少过激之处，但倘若看作一种手段，借此来达体育保健等类体面的目的的，那就当然成为应该的事了。

　　在谟泰拉司部落中，一定也有奸细的，因为最近他们向邻接的部落去远征之际，他们不过发见了住民逃走之后的空部落。那是一定有谁去通知了他们的来袭，所以敌人便逃跑了。黑人是决不加害于自己们的一伙的，这个谟泰拉司的勇士们也没有在敌人的村子上放火。而他们向故乡凯旋的时候，只将一个女人和她的孩子作为俘虏，合计带了两个人。这在他们也并非有什么另外的恶意，不过要表示他们所化费[1]的时光之正当的理由罢了。

谟泰拉司的勇士们当凯旋之际，从本部落的女人和老人们受了非常的薄待。无论那里的老人是都像法国的千八百四十八年的共和党的。他们看着我们造成的共和国，显着几乎要说"现在的人们是做不出一件满足的事了呀"的脸相。至于女人呢，她们是，无论在什么时代，总向男人这样说：

"你还是在家里看看孩子的好，因为你的事情，我能更好的给你办的。"

他们还被嘲骂为败北者，因为他们寻不出可战的对手，所以也没有背了战胜来。勇士们对于这辱骂，恰如对于不名誉似的，辩解了一场。他们这时候记起了一件事。就是在白人渡来以前，他们曾经吃过敌人的肉。他们以为提起这传统来，一定能博父老的欢心的，况且讲到吃，也该可以给贪嘴的妇女们的感情高兴。他们自己原也并非乐于做食人人种的，然而事出于不得不然。

他们的回答是这样说：

"我们虽然只捉了两个俘虏来，但这是为了将两个都吃掉的。"

看起来，俘虏来的女人是出色的女人。她二十岁，她是胖胖的，她的肉色是带紫的黑色，腰的周围尤其肥，她为大家所中意了。人们说：

"是的，她该是很好吃的。"

然而，那孩子呢（她不过上了七岁），就是骨头粗，手脚却又小又细，因为先前的食料太不好了罢。恰如专吃不消化东西的人们的肚子一样，她的肚子鼓起着，仅有的一点肉也很宽松，不坚紧。

多数的人们嚷起来：

"这样的孩子那里有可吃的地方呢！"

---

1 现代汉语常用"花费"。——编者注

谟泰拉司的勇士们决不是残忍的人们，他们还在专心避开纷争的，所以用了调停的口气回答：

"没有法子，留着吧。好好的养起来，会肥也难说。"

他们对于决计吃掉的孩子的母亲，他们也决不蛮来的。不用屠牛者，却使一个巫女来杀。这巫女同时也是一位神官。他们决不将这俘虏的女子来做野蛮的本能的牺牲，是用她来报复爱秩序和正义而强有力的诸神的。所以吃这受难者的肉的祝祭，特地不在平常日子举行，却选定了宗教上的祭日。

黑人是信仰很深的人，没有一个迟到的。祝日的早晨便聚集在村的广场上的面包树荫下，老幼男女和酋长的家眷一起，等候时间的到来。

规定的时间一到，执事人便分送了各人的份儿。

大家吃了。

然而这祝典，却没有大家所高兴地预料着那样的快活。

虽是会众中最残酷的人们，一听到那做了牺牲的女子的遗体的女孩的哭喊声，也不禁有一些不舒服，好好的祭日，给一个不做美[2]的女小孩弄糟了。愤怒的私语，从各处发出，

"那贱种，也得放了血才好！"

然而许多女人们和尝过了人生的苦辛[3]的经验的几个男人们却回答道：

"不要说那样的话，那娃儿就给这样静静地放着罢。"

大家都被这女孩子分了心。惯于抚慰小儿的母亲们从自己的碟子里挟出煮透了的美味似的肉片来，送给那孩子，一面说：

"瞧这个哪，很好吃的，来，好孩子，吃罢。"

2　现代汉语常用"不作美"。——编者注
3　现代汉语常用"辛苦"。——编者注

可怜的孩子却谁的话都不听。她将小小的自己的指头插在眼睛里，只是哭，仿佛她要取出更多的眼泪，撒[4]在四方上下似的。当啜泣中，她间或叫喊，她说：

"要母亲呀！给我母亲！"

"对你说过，你的母亲是死掉了的，好不懂事的孩子呀。"女人们回答说。

因为太不听话了，谁都生气，想呵斥她一通。无论怎么说，她总不吃。大家恼怒起来了，将一声不响的别的小孩给她看：

"看那个男孩罢，他不哭，在和大家一同吃哩。你也莫哭了，来吃呀，呵，吃起来有那么好味儿呢。"

但这说谕也无益，那愚蠢的女孩只说着：

"要母亲呀！还我母亲来呀！哭得不肯歇。"

一个男人来摇着女孩的肩膀，指教道：

"喂，不要和肚子闹脾气，吃罢，吃罢。"

就是这样，从宴会的开头到煞尾，她总是哭。因为她发了非常的大声，到后来，竟至于大家的耳朵也痛起来了。但是虽然如此，看她哭着专慕母亲到这样，便是平日不很喜欢孤寂人物的人们也不禁渐渐发生感动。母亲们告诉自己的孩子，说那是很好的女孩。诚然，在这女孩的悲痛里，是有着很美的一面的。

"看那女孩罢，不哭着么。那是因为她的母亲，遭了不幸的事呵。"

向着不孝顺的孩子，便是：

"即使我死掉了，你也不见得那么哭罢。"

有些人流着泪哭了，那从小便是孤儿的男女，和经了不幸的少年时代的人们。他们说：

"我很懂得那孩子的悲痛。真的，在那孩子，这世上已经没有

4　现代汉语常用"洒"。——编者注

一个肉亲了，当那么幼小时候，当然，那是凄惨的。”

其中竟还有了向部落的勇士们说出不平来的人们：

“你们为什么不就将这可怜的两个人，留在她们的故乡的呢！”

多话的女人们即刻说：

“疯话呵！即使我们遭了杀掉的那个女人似的殃，你们是也以为不要紧的哩。”

勇士们知道对于他们的诘责是重要的，竭力辩解道：

“这不是我们的罪过呀。今天的祝祭是因为我们从远征回来时，大家都是很不高兴的样子，实在也不能不开这样的罪过的筵宴了。原来是想讨大家的欢喜的，但到现在，便是我们，也像你们一样的在后悔。”

的确，这筵宴是凄凉的筵宴。一个孩子的眼泪就够在国民全体的心里唤起道德之念来。酋长站起身，说：

“不要为这女孩哭泣了罢，因为我感于她的诚心，要收她为义女了。可怜，死了的母亲，是已经迟了，一点法子也没有！只有因为她的死弄出来的这悲哀的事，但愿作为我们的规诫。我们永远不要忘却，人肉的筵宴是悲哀的，而不给一点高兴的事罢。

会众都垂了头，而在心底里是各在责备自己，竟犯了那么可耻的口腹的罪过。

一九二九年四月

《近代世界短篇小说集》(1)《奇剑及其他》所载

# 一篇很短的传奇

### ［俄］迦尔洵

霜，冷……正月近来了，而且使各个窘迫的人——门丁、警察——约而言之，凡是不能将他们的鼻子放在一个温暖地位里保得平安的人们，全都觉着了，而对我也吹来了他的冰冷的嘘气。我原也有着我那舒服而且暖和的小屋子的。然而幻想挑唆我，赶我出去……

其实，我为什么要在这荒凉的埠头上徘徊呢？四脚的街灯照耀得很光明，虽然寒风挤进灯中，将火焰逼得只跳舞。这明晃晃的摇动的光亮使壮丽的宫殿暗块，尤其是那窗户，都沉没在更深的阴郁的中间。大镜面上反射着雪花和黑暗，风驰过了涅跋（Neva）河[1]的冰冻的荒野，怒吼而且呻吟。

丁——当！丁——当！这在旋风中发响了，是堡垒教堂的钟声，而我的木脚也应了这严肃的钟的每一击，在一面冰冻的白石步道上打敲，还有我的病的心也合了拍，用了激昂的调子，叩着他狭小的住家的墙壁。

我应该将自己绍介给读者了。我是一个装着一只木脚的年青人。你们大约要说，我是模仿狄更斯（Dickens）仿那锡拉思威格（Silas Wegg，小说 *Our Mutual Friend* 中的一个人物），那装着木脚的著作家的罢？不然，我并不模仿他，我委实是一个少年的残兵。不多久之前，我才成了这样的……

丁——当！丁——当！

---

1　现译"尼瓦河"。——编者注

丁——当！丁——当！钟是先玩了他那严肃悲哀的"主呵，你慈悲！"于是打一下……才一点钟！到天明还须七点钟！这乌黑的夜满着湿漉漉的雪，这才消失了去，让出灰色的白昼的地位来。我还是回家去罢？我不知道，其实在我是全不在意的。我不能睡一刻觉。

在春天，我也一样的爱在这埠头上整夜来往的逍遥。唉唉，那是怎样的夜呵！有什么比得他们呢！这全不是用了他那异样的，昏暗的天空和大颗的星，将眼光到处跟着我们的南国的芬芳的夜。这里是一切都光明，都清爽。斑斓的天是寒冷而且美观。那历本上载着的"彻夜的夜红"将东北两面染成金红。空气又新鲜，又尖利。涅跋的水摇动着，傲岸而有光，并且将他的微波软软的拍着埠头的岸石。而且在这河岸上站着我……而且在我的臂膊上支着一个姑娘……而且这姑娘……

阿阿，和善的读者！为什么我来开了首，对你们诉说起我的伤痛来呢？但这样的是可怜的呆气的人心。倘若这受了伤，便对着凡有什么遇到的都跳动，想寻到一点慰安，然而寻不到。这却是完全容易了然的。谁还要一只旧的没有修补的袜子呢？各人都愿意竭力的抛开——愈远就愈好。

当我在这年的春天，和玛沙（Masha）确是世间所有一切玛沙们中最好的一个的她相识的时候，我的心还用不着来修补。我和她相识便在这埠头，只是那时却没有现在这般寒冷。我那时并非一只木脚，却是真的，长得好好的脚，正如现在还生在左侧的一般。我全体很像样，自然并不是现在似的什么一只蹩脚。这是一句粗蠢话，但现在教我怎么说呢……并且我这样的和她相识了。这事出现得很简单：我在那里走，她也正在那里走（我现在并非一个洛泰理阿，或者还不如说先前并不是，因为我现在有一段木橛了）。我不知道有什么激刺[2]了我，我便说起话来。最先自然是说这些，说我并不属于不要脸的一流之类。尤其是说这些，说我有着纯洁的志向之类之类。我的良善的脸相（现在是一条很深的皱纹横亘了鼻梁了，一条阴郁的皱）使这姑娘安了心。我伴玛沙到匾船街，一直到她的家里。她是从她的老祖母那里回来的，那老人住在夏公园，她天天去访问，读小说给老人听，这可怜的老祖母是瞎的。

现在这老祖母是故去了。这年里很死了许多人，并非单是老祖母们。我也几乎死，我老实说，但我挣住了。一个人能担多少苦恼呢？我不知道，你也不知道。


了不得！玛沙命令我做英雄，而因此我应该进军队去……

十字军时代已经过去，骑士是消灭了。但假如亲爱的女人对你说："这里的这指环——便是我！"便将这掷在大猛火的烟焰里，即使这在大火海，我们看来，宛如法庚（Feigin）的水车的火灾一般，你不也想钻进去，去取出这东西来么？

"阿呀，这是怎样一个古怪的人呵。"我听到你们回答说，"我一定不去取这指环，决计不。人可以认赔，给她买一个十倍价钱的指环。"她于是说，这并不是那原来的，却是极值钱的指环么？我永不会相信呢。唉，不然，我却并不同你们的高见。你们所爱的女人这么办，也许可以的。你们一定是几百张股票的股东，而且，恐怕是，也还是拼开大商号的东家，所以能够满足那不论怎样的欲望。你们或者还预定了一种外国杂志，在那里供自己的娱乐罢。

想来，你们该经验过你们孩子时代的事情的罢，一个飞蛾怎样的扑进火里去？那时这很使你们喜欢，当飞蛾发着抖，仰卧的拍着烧焦的翅子的时候。你们以为这很有趣，然而你们终于将这飞蛾弄

2  现代汉语常用"刺激"。——编者注

碎了,这可怜的东西便得了救——唉,唉,恳切的读者呵,倘你们也能够这样的消灭我,我的苦恼也就得了收场了。


玛沙是一个不寻常的姑娘。人宣告了战争的时候,她恍忽了好几日,而且少开口,我没有方法使她快活起来。

"你听哪。"有一天她说,"你是一个贵重名誉的人罢?"

"我可以承认。"我回答说。

"贵重名誉的人们是言行一致的,你是赞成战争的,现在你应该打仗去了。"

她锁了双眉,并且用她的小手使劲的握了我的手。

我只是看定了玛沙,说道:"是的。"

"倘你回来,我做你的妻。"这是她在车站上告别的话,"你回来呵!"

我含泪了,几乎要失声。然而我竭力熬住,并且寻到了回答玛沙的力量:"你记着,玛沙,贵重名誉的人们是……"

"言行一致的。"她结束了这句话。

我末次将她抱在胸前,于是跳进列车里面了。

我虽然体了玛沙的意志去战争,但对于祖国也体面的尽了我的义务。我勇敢的经过了罗马尼亚,在尘埃和暴雨里、酷热和寒冷里。我折节的嚼那"口粮"的饼干。和土耳其人第一次接触的时候,我并没有怕。我得了十字勋章而且升到少尉。第二回交锋有一点什么炸开了,我跌倒了。呻吟……烟雾……白罩衫和血污的手的医生……看护妇……从膝髁下切下来的我的有着青斑的脚……这一切我都似乎过在夜梦里。一列挂着舒适的吊床的伤兵车,在优雅的大道姑的看护之下,将我运到圣彼得堡去了。

假如人以两只脚离开这都市,而以一只脚和一段木橛回来,这可是很不寻常了，我想。

人送我进病院去，这是七月间。我托人向住址官去查玛利亚·伊凡诺夫那（Marya Ivanovna）G 的住址，那好心的看护手是一个兵，将这通知我了：她还是住在那地方呢，在匾船街！

我写一封信、第二封、第三封——没有回信。我的和善的读者呵，我将这些都告诉你们了，自然，你们不相信我。这是怎的不像真实的故事呵！你们说，一个武士和一个狡猾的负心人——这古老的，古老的故事。我的聪明的读者呵，相信我，我之外，有着许多这样的武士哩。

人终于给我装好了木造的脚，我现在可以自己去探访什么是我的玛沙的沉默的原因了。我坐车直到匾船街，于是我跷上那走不完的阶级去。八个月之前我怎样的飞上这里的呵！——竟也到了门口了。我带了风暴似的心跳而且几乎失了意识的去叩门……门后面听到脚步响，那老使女亚孚陀却（Avdotja）给我开了门，我没有听到她的欢喜的叫喊，却一径跑（假如人用了种类不同的脚也能跑）进客厅里。

"玛沙！"

她不单是一个人，靠她坐着很远的亲戚，是一个极漂亮的年青的男人，和我同时毕了大学的业，而且等候着很好的差使的。他们两个很恳切的招待我（大半因为我的木脚罢），然而两个都很吃惊，并且慌张得可怕。十五分钟之后我全明白了。

我不愿妨害他们的幸福——你们一定不信我，会说这一切不过是纯粹的小说罢了。那么，谁肯将他那所爱的姑娘这么便宜的付给什么一个粗鲁人、一个精穷的少年呢，你们明察……

第一，他不是一个粗鲁、精穷的少年；第二，那么，我告诉你们，只有这第二条是你们不会懂的，因为你不信现在这道德和正义的存在。你将以为与其一人的不幸，倒不如三人的不幸。聪明的读者，你们不相信我罢？那是不相信的！

　　前天是结婚日，我是相礼[3]的。我在婚仪时，威严的做完了我的职务，其时正是那我在世上最宝贵的物事飞到别一个的心中。玛沙时常惴惴的看我，她的男人对我也极不安的注意的招呼，婚仪也愉快的完成了。大家都喝香宾酒。她的德国亲戚们大叫"Hoch（好冠冕）！"而且称我为"Der Russische Held（俄罗斯的英雄）。"玛沙和她的男人是路德派。

　　"哈，"聪明的读者说，"英雄先生，你看你怎样的将自己告发了？你何以定要用路德教呢？只因为十二月中没有正教的结婚罢了！这是全个的理由和说明，全篇的故事是纯粹的造作。"

　　请你随意想，亲爱的读者呵，这在我是全不在意的。然而倘使你们和我在这样十二月的夜里沿着宫城的埠头走，倘使你们听到风暴和钟声，我的木脚的敲撞，我的病的心的大声的鼓动——那你们就会相信我罢……

　　丁——当！丁——当！钟乐打了四点钟。这是回到家里，自己倒在孤单冰冷床上去睡觉的时候了。

　　Au revoir（再会），读者！

　　迦尔洵（Vsevolod Michailovitch Garshin）生于一八五五年，是在俄皇亚历山大三世政府的压迫之下首先绝叫，以一身来担人间苦的小说家。他的引人注目的短篇，以从军俄土战争时的印象为基础的《四日》，后来连接发表了《孱头》《邂逅》《艺术

---

3　现代汉语常用"傧礼"。——编者注

家》《兵士伊凡诺夫回忆录》等作品，皆有名。

然而他艺术底天禀愈发达，也愈入于病态了，悯人厌世，终于发狂，遂入癫狂院。但心理底发作尚不止，竟由四重楼上跳下，遂其自杀，时为一八八八年，年三十三。他的杰作《红花》叙一半狂人物，以红花为世界上一切恶的象征，在医院中拼命撷取而死，论者或以为便在描写陷于发狂状态中的他自己。

《四日》《邂逅》《红花》，中国都有译本了。《一篇很短的传奇》虽然并无显名，但颇可见作者的博爱和人道底彩色，和南欧的邓南遮（D'Annunzio）所作《死之胜利》以杀死可疑的爱人为永久的占有，思想是截然两路的。

一九二九年四月
《近代世界短篇小说集》（1）《奇剑及其他》所载

# 贵家妇女

［苏］左琴科

格里戈黎·伊凡诺微支接连打了两个呃逆，用袖子拭了面颊之后，就说——

我呀，兄弟，戴帽子的女人是不喜欢的。如果贵家妇女戴着帽子，穿着细丝袜，手上抱着叭儿[1]狗，镶着金牙齿的时候，那么，从我看来，那里是什么贵家妇女呢，就是像一个讨厌的怪物。

但在先前，自然，我也迷过贵家妇女的。和她散步，上戏园。后来就在那戏园里，一切都拉倒了。是她在戏园里，从头到底，打开了她自己的观念形态的呀。

"你从那里来的？"我说，"女市民？第几号呢？"

"我——"她说，"是从第七号来的。"

"哦哦，日安。"我说。

于是忽然迷了她。我常常到她那里去。到第七号。装着职员似的脸。府上怎么样，女市民，自来水和厕所里，没有障碍么？走得好好的么？就是这等事。

"唔唔——"她回答说，"都好好的。"

她包着粗羽纱的衣服，别的什么也不说，只是眽眽眼。还有，是金牙在嘴里发着光。我去了一个月光景——她也惯了，回话比先前多一点。自来水是走得好好的，多谢多谢，格里戈黎·伊凡诺微支先生，就是那些话。

---

1　现代汉语常用"巴儿狗"，也作"叭儿狗"。——编者注

再——走下去，我竟和她渐在街上散步了。两个人一上街，她叫我扶她的臂膊。一拿了她的臂膊，不知怎地，就好像觉得被拉着了似的。但是，也谈起来——不知道怎么好。在人面前，有些担心。

于是乎呀，有一回，她对我这样说：

"您哪，"她说，"格里戈黎·伊凡诺微支，你这样拉着我各处跑，我头晕起来了呀。你是带勋者，是官，何妨陪我上上戏园，或那里去呢。"

"好。"我说。

第二天，恰好从共产党支部送了歌剧的票子来了。一张是送给我自己的，还有一张是铁匠华西卡让给我的。

票子我没有细看，然而两张都不同。我的是下面的坐位[2]，华西卡的呢，是最上层的便宜座儿。

总之，我们俩出去了，走进戏园去。她坐在我的票位上，我坐在华西卡的票位上。因为是便宜座儿呀，什么也看不见。但是弯起腰来却能从入口望见她，可也不容易。

我有些倦了，走下去散散闷。不久——一幕完了，她也趁这闭幕时候，在散步。

"晚安。"我说。

"晚安。"

"你的府上，"我说，"自来水出得还好么？"

"不知道呀。"她说。

她却跨进食堂去了，我跟着她。她在食堂里走来走去，瞧着食物摊。那地方有碟子，碟子里面装着肉馒头。

我简直是鹅一般、还没有倒楣[3]的资本家一般跟在她后面提议：

---

2　现代汉语常用"座位"。——编者注
3　现代汉语常用"倒霉"。——编者注

"倘若，"我说，"你要吃肉馒头，那么，请不要客气罢。因为我会来付钱的。"

"多谢。"她用法国话说。

于是慌忙用了下等的走相，走近碟子那边，便取那浇着乳酪的，一口一个。

但是，说到我的零钱，可是不成话。至多，也不过三个肉馒头。她是在用点心，而我却因为不放心，所以一只手探进衣袋里去在数钱，看看有多少。钱呢，实在是只有一点点。

她将那浇着乳酪的东西吃完一个之后，又吃第二个。我咳了一声，于是就不响。这样的资本家式的羞耻捉住了我了。情郎和钱无缘呀。

雄鸡似的，我在她周围走，她就呵呵地笑着，来应酬。

我开口了：

"不是已经到了回座的时候了么？也许摇了铃哩。"

然而她却这么说：

"还没有呀。"

于是拿起第三个肉馒头。

我说：

"空肚子上，不太多么？如果吐起来。"

但她却道：

"不要紧，因为我们是惯了的。"

于是拿起第四个。

这时候，我的血，突然直奔头上了。

"放下！"我说。

她吃了一惊，嘴张开了，那嘴里，金牙发着光。

我好像将缰绳落在马尾巴下似的心情。无论怎样都好，未必再和她散步了，我想：

"教放下呢。"我说，"要小心呀！"

她将肉馒头放在前面了，我便问食堂的主人公：

"吃了三个肉馒头，多少钱呀？"

然而主人公是悠悠然——玩着不倒翁。

"因为，"他说，"客人是用了四个。"

"那里？"我说，"四个？第四个在碟子上。"

"不。"他回答说，"即使碟子上还有一个，也咬过了的，又给指头捏软了。"

"什么？"我说，"说是咬过了唔？这是什么话？"

然而主人公却冷冷然——而在眼前旋着肉馒头。

那不消说，人们聚集起来了，他们是鉴定人，有的说是已经咬过了，有的却说是没有咬。

我翻转衣袋来，于是所有的钱都滚落在地板上，大家都笑了，我却不发笑，付钱。

对于四个肉馒头，恰恰够付出，真是争了一些无聊的事情。

我付过钱，便向那贵家的女人。

"吃掉它罢。"我说，"因为是已经付了钱的。"

但贵女一动也不动，她于吃掉的事在客气了。

于是有一个老头子来捣乱。

"给我罢。"他说，"我来吃掉它。"

于是吃掉了，那个坏种，我付的钱。

我们回了座，看歌剧一直到完。此后是向自己的家里。

到了家的近旁，她对我说：

"你是多么粗疏呵。没有钱的人——不是陪着贵妇人出来玩的呀。"我说：

"幸福是不在钱里的。"这么说虽然有点失礼。

这样，我就和她告别了。

在我，是不欢喜贵家女人的。

《贵家妇女》是从日本尾濑敬止编译的《艺术战线》译出的。他的底本是俄国V·理丁编的《文学的俄罗斯》，内载现代小说家的自传、著作目录、代表的短篇小说等。这篇的作者并不算著名的大家，经历也很简单。现在就将他的自传译载于后——

"我于一八九五年生在波尔泰瓦。我的父亲是美术家，出身贵族。一九一三年毕业古典中学，入彼得堡大学的法科，并未毕业。一九一五年，作为义勇兵向战线去了，受了伤，还被毒瓦斯所害。心有点异样。做了参谋大尉。一九一八年，作为义勇兵加入赤军。一九一九年，以第一席的成绩回籍。一九二一年，从事文学了。我的处女作于一九二一年登在《彼得堡年报》上。"

《波兰姑娘》是从日本米川正夫编译的《劳农露西亚小说集》译出的。

一九二九年四月

《近代世界短篇小说集》（1）《奇剑及其他》所载

# 波兰姑娘

〔苏〕左琴科

美洲那边，咱们也还没有去走过，所以那边的事，老实说，是什么也不知道。

然而外国之中，如果是波兰呢，可是知道着，岂但知道，便是剥掉那国度的假面也做得到的。

德国战争（世界大战——译者）的时候，咱们在波兰地方就满跑了三整年……不行！咱们是最讨厌波兰的小子们的。

一说到他们的性质，咱们统统明白，是充满着一切谲诈奸计的。

还是先前的事，女人呀。

那边的女人是在手上接吻的。

一进他们的家去，

"Niet nema, Pan."（什么也没有，老爷——的意思。）便说些这样的事，自己想在手上接吻，滥货！

在俄国人，这样的事是到底受不住的。

一说到那边的乡下人，可真是老牌的滑头哩。整年穿得干干净净，胡子刮得精光，积上一点钱。小子们的根性现在就被曝露着呀。虽然还是先前的事，就是那上部希莱甲的问题呀……

究竟为什么波兰人一定要上部希莱甲的呢？为什么要愚弄德国的国民的呢？我要请教。

成为独立国了，要决定本国的单位货币了，那自然也很好，但还要有那么不通气的要求，又是怎的呀？

哼，咱们不喜欢波兰的小子们……

但是，怎么样？岂不是遇见一个波兰姑娘之后，便成了波兰的死党，以为没有人们能比这国度里的人们再好了么？

然而这是一个大错。

索性说完罢，是咱们的身上现了非常的神变，可怕的烟雾罩满了头了——只要是那个漂亮的美人儿所说的事，什么都奉行了。

还是先前的事，杀人咱们是不赞成的——手就发抖，可是那时是杀了人了，自然并没有亲自去动手，可是死在自己的奸计里的。

现在一想起也就不适意，咱们竟轻率到以新郎自居，在那波兰姑娘的身边转来转去，还要将胡子剪短，在那贱手上接吻哩……

那是一个波兰的小村落，叫作克莱孚。

一边的尽头有一点小小的土冈，德国兵在挖洞，这一面的尽头也有一个土冈，我们在掘壕。这波兰的小村落就成了在两壕之间的谷里了。

波兰的居民自然决计告辞，只有身为家长，舍不得家财的先生们还留着。

说到他们的生活——想的也就古怪了。枪弹是特别呜呜，呜呜地在叫，但他们却毫不为奇，还是在过活。

我们是常到他们的家里去玩的。

无论去放哨也好，或是暗暗地偷跑也好，路上一定要顺便靠一靠波兰人的家。

于是渐渐常到一家磨坊去了。

有一个，可是年纪很大的磨夫。

据那老婆的话，这人是有钱，并且是不在少数的钱的，但决不肯说这在什么处所。虽然约定在临死之前说出来，现在却怕着什么罢，还是隐瞒着。

可是，磨夫先生是真藏着自己的钱的。

话得投机的时候，他都告诉咱们了。

据那说明，是要在去世之前尝一尝家庭生活的满足。

"唔，这么办，他们才也还将我放在眼里呵。倘一说钱的所在，便会像菩提树似的连皮都剥掉，早已摔出了。我是内亲外眷，一个也没有的呀。"就是这么说。

这磨夫的话，咱们很懂得，倒要同情起来，不过完全的家庭生活的满足是什么也没有的。他生着咽喉炎，从咱们看来，连指甲都发了白，唔，总之，同情了。

实际家的人们都在将老头子放在眼里。

老头子是含胡[1]敷衍，家里的人们始终窥伺着他的眼色，希望也许忽然说出钱的所在来，真是战战兢兢的样子。

叫作这磨坊的家族的，是很上了年纪的老婆婆和一个领来的女儿名叫维多利亚·迦叶弥罗夫那的波兰美人。

咱们前回讲过了关于上了年纪的公爵大人的、上流社会的事件——如果赤脚的强剥衣服是确确凿凿的事实，那么，我们的遭了木匠家伙的打也就是真的。但那时，好看的波兰姑娘维多利亚·迦叶弥罗夫那还没有在，也不会在的，因为这姑娘的故事是在另一时候，和另一事件相关……

那是，咱们，那个，对不起，撒了一点谎了。

那个维多利亚·迦叶弥罗夫那是很上了年纪的磨夫的女儿。

总之，就是到这姑娘那里，咱们去玩的是。

但是，究竟怎么会成了这样的事的呢？

首先的几天之中，两人之间的关系就已经出色起来了。

大家坐着笑着的时候，在一座之中，维多利亚·迦叶弥罗夫那

---

1　现代汉语常用"含糊"。——编者注

不是特别看上了咱们，挨着咱们么？有时候——好么——是用肩，有时候，是用脚呀。

"唔，来了。"咱们大大地惊喜，"好，得了——实在是好机会嚄。"

但咱们还是暂且小心，离开她身边，一声也不响。

过了些时之后，不是那姑娘总算拉了咱们的手，看中咱们了么。

"我呀。"就这么来了。"希涅布柳霍夫先生，就是爱你，也做得到的（真是这样说了的呵）。心里还在想着好事情呢。即使你不是美少年，也一点不碍事的。

"不过，有一件事要托你，请你帮帮我罢。我想离开这家，到明斯克，否则，就是什么别的波兰的市镇去。我在这里，你瞧，弄得一生毫无根柢，只好给鸡儿们见笑。家里的父亲——那很老的磨夫，是有着一宗大款子的，藏在那里呢？总得寻出来才好。我没有钱，就无法可想。于父亲没有好处的事，我原也不想做的，只是一想到会不会一两天死在咽喉炎上，终于不说出钱的所在来的呢，便愁起来了。"

一听这，咱们也有些发怔。然而那姑娘岂不是并非玩笑，呜咽到哭出来了么？而且还窥探着咱们的眼睛，在心荡神移的。

"唉唉，那札尔·伊立支，喂，希涅布柳霍夫先生，你是在这里的最明白道理的人，还是你给想一个方法罢。"

咱们于是想出了一条出色的妙计。为什么呢？因为眼见得这姑娘的花容月貌要归于乌有了。

向那老头子——我这样想——那很老的磨夫去说，有了命令，叫克莱孚村的人们都搬走罢。那么，他一定要拿出自己的财产来的……那时候，就大家硬给他都分掉。

第二天，到老头子那里去。咱们是剪短了胡子，好么，换上了干净的衣服，这才简直好像是漂亮的女婿的样子，走进去了。

"维多利亚·迦叶弥罗夫那，现在立刻照你托我那样的来做。"

装着严重的脸相，走近磨夫的旁边去，

"为了如此如彼的缘故，"咱们说，"你们得走了，因为明天作战上的方便，出了命令，叫克莱孚的居民全体搬开。"

唉唉，那时候，我的磨夫的发抖，在床上直跳起来的模样呵。

于是就只穿着短裤——飘然走出门去了，对谁都不说一句话。

老头子走到院子里了，咱们也悄悄地在后面。

那是夜里的事。月亮、一株一株的草也看得见。老头子的走路模样，看得很分明，浑身雪白，简直骸骨一般。咱们伏在仓屋的阴影里。

德国兵的小子们至今也还记得，在开枪呀。但是，好的，老头子在走。

然而，岂不是走不几步，就忽然叫了一声啊唷么。

一叫啊唷，便将手拿到胸前去了。

一看，血在顺着白的衣服滴滴地淌下来。

阿，出了乱子了——是枪弹呀，咱们想。

看着看着，老头子突然转了方向，垂着两只手，向屋子这面走来了。

但是，看起来，那走法总有些怕人，腿是直直的，全身完全是不动的姿势，那步调不是很艰难么？

咱们跑过去，自己也栗栗地，一下子紧紧捏住他的手，手是冷下去了一看，已经没有气儿——是死尸了。

被看不见的力量所拉扯，老头子进了房，眼睛还是合着的。可是一踏着地板，地板便瑟瑟索索响起来——这就是大地在叫死人往他那里去。

于是家里的人发一声喊，在死人前面让开路，老头子就用死人的走法蹩到床前，这就终于完事了。

就这样，磨夫是托了咱们的福，死掉了，那一宗大款也烂完了——唉唉，归于永久，亚门。

维多利亚·迦叶弥罗夫那就完全萎靡不振了。

哭呀，哭呀，哭了整整一礼拜，眼泪也没有干的工夫。

咱们走近去，便立刻赶开，连见面都讨厌。

不忘记的，恰恰过了一礼拜去看看，眼泪是已经没有了。她还跑到咱们的旁边来，并且仿佛很亲热似的说：

"你做了什么事了呀，那札尔·伊立支？什么事都是你不好，所以这回倘不补报一点，是不行的。便是到海底里去也好，给我办点钱来罢。要不然，在我，你便是第一名的坏人，我要跑掉了。那里去呢，那是明明白白的，辎重队呵。拉布式庚少尉说过要给我做情人，连金手表都答应了我了。"

咱们完全悲观了，左右摇头。像咱们似的人，怎能弄到整注的钱呢？于是那姑娘将编织的围巾披在肩上，对咱们低低地弯了腰。

"去哩。"她这样说，"拉布式庚少尉在等我哩。再见罢，那札尔·伊立支，再见罢，希涅布柳霍夫先生。"

"且住，且住，维多利亚·迦叶弥罗夫那，请你等一下，因为这是，不好好地想一想，是不行的。"

"有什么要想的？到什么地方去，便是海底里也好，去偷了来。无论如何，如果我的请托办不到。"

那时候，咱们的头里忽然浮出妙计来。

"打仗时候，是做什么都不要紧的。大概德国小子就要攻来了罢——如果得着机会，只要摸一摸口袋就可以了。"

不多久，接连打仗的机会就到了。

咱们的壕堑里有一尊大炮……唔唔，叫什么呀——哦，名叫呵契吉斯的。

海军炮呵契吉斯。

小小的炮口，说到炮弹，是看看也就可笑，无聊的炮弹。但是放起来，这东西却万万笑看不得。

镗地开出去，虽是颇大的东西，也不难毁坏的。那炮有指挥官——是海军少尉文查。少尉呢，是毫不麻烦的颇好的少尉。对于兵丁，也并不打，不过是教抗枪站着之类。

咱们都很爱这小小的炮，总是架在自己的壕堑里的。

譬如这里是有机关枪的罢，那么，这一面就有密种着小松树一般的东西——还有这炮。

德国人也很吃了这东西的苦，也打过一回波兰的天主教堂的圆屋顶，那是因为德国的观测兵跑在那上面了。

也打过机关枪队。

所以这炮在德国兵是很没办法的。

但是出了这样的事。

德国的小子们在夜里跑进来，偷了这炮的最要紧的东西——炮闩去，还将几架机关枪拿走了。

怎么会有这样的事的呢？想起来也古怪得很。

那是很寂静的时刻。咱们是在维多利亚·迦叶弥罗夫那那里。哨兵在炮旁边打磕睡[2]，换班的小子（这没法想的畜生）是到值班的小队里去了。在那里，正是打纸牌的紧要关头。

于是，好罢，就去了。

只因为打牌的开头是赢的，这畜生就连回去看一看动静的想头也没有。

可是这之际，就成了德国兵的小子们偷去炮闩那样的事了。

---

2  现代汉语常用"瞌睡"。——编者注

将近天亮，换班的到大炮这里来一看，哨兵是不消说，死尸一般躺着，岂不是什么都给偷去了么？

唉唉，那时的骚扰真不得了呵！

海军少尉的文查是虎似的扑向我们，教值班的小队全都抗了枪站着，个个嘴里都咬一张纸牌。换班的小子们是咬三张，像一把扇。

傍晚时候，将军骑着马来到了——大人是很兴奋着。

不，那里，很好的将军。

将军向小队一瞥，即刻平了气了。不是三十个人都几乎一样地各各咬着一张纸牌么？

将军笑了一笑：

"去走一趟罢。老鹰似的勇士诸君，飞向德国的小子们去，给敌人看看颜色。"

至今没有忘记，那时五个人走上来了，咱们也就在里面。

将军大人还有高见：

"今夜就去飞一遭，老鹰君，割断德国的铁丝网。就是一架也好，还带点德国的机关枪来罢。如果顺手，就也将那炮闩呀。"

是，遵命。

咱们就乘夜出发。

咱们半玩乐地进行。

因为第一，是想起了一件事，况且自己的性命之类，咱们是全不当作什么的。

咱们是，先生，抽着了好运了的。

不会忘记的十六年（一九一六年——译者）这一年，皮色黑黑的，据人说，是罗马尼亚的农夫，巡游着来到了。那农夫是带着一匹鸟儿走路的呀。胸前挂着笼子，里面装着也不是鹦哥（鹦哥是绿的），不知道什么，总之是热带的鸟儿。那鸟儿，畜生，真是聪明的物事，不是用嘴抽出运道来么？——各人不同。

咱们是得了忘不掉的巨蟹星，还有预言，说要一直活到九十岁。

也还有各样的预言，但是已经都忘掉了。总之，没有不准，是的确的。

那时候，也就想到了那预言，咱们便全像散步一般的心情前进。

于是到了德国的铁丝网的旁边。

昏暗。月亮还没有出。

沉静地割开路，跑下德国的壕里去，大约走了五十步，就有机关枪——多谢。

咱们将德国的哨兵打倒在地上，就在那里紧紧地捆起来……

这实在是难受，可怕，因为恰像是半夜的恶梦般的事件呵。

唔，这也就算了罢。

将机关枪从架上取下，大家分开来拿。有拿架子的，也有拿弹匣的。咱们呢，至今还记得，倒运，轮到了其中的最重的东西——是机关枪的枪身。

那东西，真是重得要教我想：唉，不要了罢！别的小子们身子轻，步步向前走，终于望不见了影子。可是咱们呢，肩着枪身，哼哼哼呀地在叫，真要命。

咱们想走到上面去，一看是交通路呀，于是就往那边去了。

忽然，角落里跳出一个德国兵来。吓，那是高大得很，肩膀上还肩着枪哩。

咱们将机关枪抛在脚下，也拿起枪来。

但是德国兵觉到了要开枪——将头靠着枪腿在瞄准。

要是别人，一定吃惊了罢，那是，真不知道要吃惊到怎样的，但咱们却毫不为意地站着，一点也不吃惊。

倘若咱们给看了后影，或是响一声机头，那是咱们一定就在那里结果了的。

咱们俩就紧紧地相对了站着,那中间相差大约至多是五步。

大家都凝视着,是在等候谁先逃。

忽然,德国兵的小子发起抖来,向后去看了。

那时候,咱们就镗的给了一下。

于是立刻记起那条计策来了。

慢慢地爬近去,在口袋里摸了一遍——实在是不愉快的事。那里,这有什么要紧呢?自己宽着自己的心,掏出野猪皮的皮夹和带套的表(德国人是谁都爱将表装在套子里的)来,就将枪身抗在肩头,即刻往上走。

走到铁丝网边来一看,并不是前回的旧路。

在昏暗里,会被看见之类的事,是想也不想到的。

于是咱们就从铁丝之间爬出去——呵呀,实在费力。

大概是爬了一点钟,或者还要久罢。脊梁上全被擦坏了,手之类是简直一塌胡涂。

但是,虽然如此,总算钻出了。

咱们这才吐了一口放心的气,并且钻进草里,动手给自己的手缚绷带——血在汩汩地流呀。

这样子,咱们竟忘却了自己是在德军那面了——这多么倒运——可是天却渐渐地亮了起来。

即使逃罢,那时德国兵们却正在骚扰起来,大约是看见自己营里的不像样了,对着俄军开炮。自然,那时候如果爬出去,是一定立刻看见咱们,杀掉了的。

看起来,这里简直是空地,前面一点连草也几乎没有的,到村是大约有三百步。

唔,没有法子,那札尔·伊立支、希涅布柳霍夫先生,还是静静地躺着罢，有草在给遮掩，还要算是运气的呀——就这样想。

好，静静地躺着。

德国的小子们大概是生气了，在报仇罢——无缘无故乱放。

快到中午，枪是停止了，但看起来，只要有谁在俄国那边露一点影子，就又即刻对准那里开枪。

那么，小子们是警戒着的，所以便非静静地躺到晚上不可。

就是罢。

一点钟……两点钟，静静地躺着。对于皮夹起了一点好奇心，来一看——钱是很不少，然而都是外国的东西……咱们是看中了那只表。

可是太阳竟毫不客气地从头上尽晒，呼吸渐渐地艰难、微弱了。加以口渴，那时候，咱们记起了维多利亚·迦叶弥罗夫那。但是，忽然之间，看见一匹乌鸦要飞到咱们的头上来。

咱们用了小声音，嘘嘘的赶：

"嘘，嘘，嘘。那边去，这畜生。"

这样说着还挥了手，但乌鸦大概是并不当真罢，忽然停在咱们的头上了。

鸟儿之类，真是无法可想的畜生——忽然停在前胸了。但是即使想捉，也不能捉，手是弄得一塌胡涂，简直弯不转。而乌鸦畜生不是还用了小小的利害的嘴在啄呀，用翼子在拍呀？

咱们一赶，它就一飞，不过就又并排停下，于是飞到咱们的身上来，而且还飞得呼呼作响。畜生，是嗅到咱们手上的血的了。

不，已经不行了——心里想。唔，那札尔·伊立支，喂，希涅布柳霍夫先生，至今倒还没有吃枪子，现在是这样的下贱的什么鸟畜生（虽然是说出这样的话来，也许要受神的责罚的），却不当正经，要糟掉一口人儿。

德国兵现在也一定要觉到在铁丝网对面所发生的事件的。

发生了什么事件呢——是乌鸦畜生想活活地吃人。

就是这样，咱们俩战斗了很久。咱们始终准备着要打它，不过在德国兵面前动手，是应该小心的，咱们真要哭出来了。岂不是手是弄得一塌胡涂，还流着血，并且乌鸦畜生还要来啄么？

于是生了说了出的气，乌鸦刚要飞到咱们这里来的时候，蓦地跳了起来：

"呔！"这样说了，"极恶的畜生。"

这样吆喝了，德国兵自然也一定听到了的。

一看，德国兵们是长蛇似的在向铁丝网爬过来。

咱们一下子站起，拔步便跑，步枪敲着腿，机关枪重得要掉下来。

那时德国兵们就发一声喊，开枪来打咱们了——但咱们却连躺也不躺下——跑走了。

怎样跑到了面前的农家的呢？老实说罢，是一点也不知道。

只是跑到了一看，血从肩膀上在流下来——是负了伤了。

于是顺着屋子的隐蔽处，一步一步爨到自家的阵里，忽然死了似的倒下了。

到现在也还记得的，醒过来时，是在联队地域中的辎重队里。

只是，急忙将手伸进口袋里去一摸，表是确乎在着的，然而那野猪皮夹呢，却无踪无影。

咱们忘记在那里了么？乌鸦累得我没有藏好么？还是卫生队的小子掏去了呢？

咱们虽然很流了些悲痛之泪，但一切都只好拉倒，其间身子也渐渐好起来了。

不过由人们的闲话，知道了在这辎重队的拉布式庚少尉那里，住着一个标致的波兰姑娘维多利亚·迦叶弥罗夫那。

好罢。

大概是过了一星期之后罢。咱们得到了若耳治勋章，便挂上这物事，跑到拉布式庚少尉的宿舍去了。

一进屋子里，

"您好呀，少尉大人。您好呀，漂亮的波兰姑娘维多利亚小姐。"

一看，两个人都慌张了。

少尉站了起来，庇护着那姑娘，

"你，"他说，"你早先就在我的眼前转来转去，在窗下蹩来蹩去的罢。滚出去，这混帐[3]东西，真是……"

咱们挺出胸脯子，傲然地这样对付他：

"你虽然是军官，但因为这不过是民事上的事，所以我也和别人一样，有开口的权利的。还是请那个标致的波兰姑娘在两人里挑选一个罢。"

于是少尉突然喝骂咱们了：

"哼，这泰谟波夫的乡下佬！说什么废话。咄，拿掉你这若耳治罢。我可要打了。"

"不，少尉大人，你的手虽然短，我却是曾在战场上像烈火一般流过血来的人呀。"

这么说着，咱们就一直走到门边，等候那女人——标致的波兰姑娘说什么话。

然而她却什么也不说，躲到拉布式庚的背后去了。

咱们很发了悲痛的叹息，呸的在地板上吐了一口唾沫，就这样地走出了。

刚出门，不是就听到谁的脚步声么？

一看，是维多利亚·迦叶弥罗夫那在走来，编织的围巾从肩头

---

3  现代汉语常用"混账"。——编者注

滑下着。

那姑娘跑到咱们的旁边，便使尖尖的指甲咬进手里去，但自己却一句话也不能说。

似乎好容易过了一秒钟的时候，忽然用标致的嘴唇在咱们的手上接吻，一面就说出这样的话来了：

"那札尔·伊立支，希涅布柳霍夫先生，我真要诚心认错……请你原谅原谅罢，因为我就是这样的女人呀。可是，运道是大家不一样的。"

咱们倒在那里，想说些话了……然而，那时候，突然记起了乌鸦在咱们上面飞翔的事……心里想，吓，妈的，便将自己的心按住了。

"不，标致的波兰姑娘，你，无论如何，是没法原谅的。"

一九二九年四月

《近代世界短篇小说集》(1)《奇剑及其他》所载

# 农夫

［苏］雅各武莱夫

辛苦的行军生活开头了。在早晨，是什么地方用早膳，什么地方过夜，一点也不知道的。市街、人民、虚空、联队、中队、丛莽、大小行李、桥梁、尘埃、寺院、射击、大炮（依兵卒的说法是太炮）、篝火、叫唤、血、剧烈的汗气——这些一切，都云一般变幻，压着人的头，也疑心是在做梦。

有时也挨饿。以为要挨饿罢，有时也吃得要满出来。从小河里直接喝水。这四近的水——小河——非常之好，简直是眼泪似的发闪。身子一乏，任凭喝多少，也不觉得够。

互相开炮的事情是少有的，单是继续着行军。

一到晚上，兵卒因为疲劳了，就有些不高兴——大家都去寻对手，发发自己的牢骚。

"奥太利的小子们，遇见了试试罢，咬他……"

但这也大抵因为行军的疲劳而起的。

休息到早晨，便又有了元气了，玩笑和哄笑又开头——青铜色的脸上，只有牙齿像火一般闪烁。

"毕理契珂夫，喂，你晚上做什么梦了？"

就在周围的人们，便全部——半中队全部——全都微笑着去看毕理契珂夫。但那本人却站在篝火旁边，正做着事，从穿了没有带的绿色小衫，解着衣扣看起来，好像是一个壮健的汉子。拿了人臂膊般粗细的树枝来，喝一声"一，二呀，三！"抵着膝盖一折，便掷入火里去，这人最以为快活的就是烧篝火。

"昨夜呵，兄弟，我呀，是梦到希哈努易去了，就是带着儿子，在自己的屋子里走来走去……那小畜生偷眼看着我呀，那眼睛是蓝得吓人，险些要脱出来的。这究竟是什么兆头呢？"

毕理契珂夫暂时住了口，蹩着脸吹火去了。火花聚着飞起，柱子似的。

"那是一定又要得勋章了。"有人愚弄似的说。

"唔，那样的梦，有时也做的。但是，得到勋章的时候，我觉得好像是讨老婆……"

"阿唷，阿唷……要撇了现在的老婆，另讨新的了么？"

"不是呀，我自己也着了慌的。我说我已经有老婆的，可是大家都说，不，你再讨一个罢。一个老婆固然也好，但有两个是好到无比。这时我说了，我们是不能这么办的，我有一个老婆就尽够，因为是俄罗斯人，不是鞑靼人呀……这么说着，硬不听……他们也说着先前那些话，硬不听，可是到底给逼住了。早上醒过来，我呀，自己也好笑，心里想这究竟是怎么一回事呢？但不久，中队的命令书来到了，是给毕理契珂夫勋记的。不过这些事由它去罢……无论什么，好不有趣呵。"

兵卒们嘲笑他，但已经没有疲劳，也没有牢骚了。

于是集合喇叭响了起来。

——准备！

于是又是行军。新的地土，再是道路、市街、大炮、尘埃、叫唤、射击——疲劳。

然而，毕理契珂夫是不怕的。他这人就是顽健，总是很恳切，爱帮忙，一面走，一面纳罕地看着四处的丛林、园圃、房屋，而且总将自己的高兴的言语拉得曼曼长。

"有趣，呀——"

并不是说给谁的，就是发了声，长长地这么说。

但是，忽而又讲起想到的事来，别人听着没有是一向不管的。

"喂，兄弟，怪不怪？瞧呀，寺院也同俄国一样，便是脸相，不也和我们一样么？只有讲话，却像满嘴含着粥或是什么似的，不大能够懂。不过，那寺院呵，这几天，我独自去看过了，都像我们那里一样，画着十字，圣像也一样的，便是描在圆房顶上的萨拉孚神也是白头发、大胡子哩。

"'开尔尼谟天使'也和我们那里一样的，这样子了，大家却打仗……真奇怪呵！"

于是沉默了。用了灰色的、好事的眼环顾着四近，忽然又像被撒上了盐一样，慢慢深思起来。

"有趣，呀……"

有一回，枝队因为追赶那退却的敌人，整天的行军。

敌人，依兵卒的用语来说是"小子们"，似乎还在四近。他们烧过的篝火还没有烧完，道路的灰尘上还分明看见带钉的鞋子的印迹，有时还仿佛觉得有奥太利兵所留下的东西的焦气味和汗气从空中飘来。

"瞧呀，瞧呀，是小子们呀。"

到晚上，知道了"小子们"的驻处了。大约天一亮，就要开仗。

中队和联队便如堰中之水似的集合起来，开始作成战线，好像墙壁。

毕理契珂夫的中队分布在一丛树林的近旁，这林是用夹着白的石柱子的木栅围绕起来的。一面有一所有着高栋的颇干净的小屋子——在这里，是中队长自己占了位置。疲劳了的兵卒们因为可以休息了，高兴得活泼地来做事，到树林里拖了干草和小树枝来，发火是将木栅拗倒，生了火。但在并不很远，似乎是树林的那一面的处所，听得有枪声。然而在惯透了的他们，却还比不上山林看守人的听到蚊子叫，那样的事是谁也不放在心里的。

毕理契珂夫正在用锅子热粥。

在渐渐昏暗下去的静穆的空气中弥漫着烟气，从兵卒们前去采薪的树林里，清清楚楚地传来折断小枝的声音。

远处的树林上，带绿的落日余红的天际的颜色已经烧尽，天空昏黯——色如青玉一般。在那上面，星星已经怯怯地闪起来了。兵卒们吃完晚餐，便从小屋里走出那联队里绰号"鲤鱼"的浓胡子的曹长来。

"喂，有谁肯放哨去么？"大家都愕然了。

"此刻不是休息时候么？况且在这样的行军之后，还要去放哨？不行呀，脚要断哩。"

谁也不动，装着苦脸，笑影一时消失了，但总得有一个人去，是大家都很明白的。

因为很明白，所以难当的寒噤打得皮肤发冷。

曹长从这篝火走到那篝火边，就将这句话，三翻四复地问：

"有谁肯放哨去么？"

"有了，叫毕理契珂夫去！"有谁低笑着，说。

"毕理契珂夫？"曹长回问，"但是，毕理契珂夫在那里呢？"

"叫毕理契珂夫，叫毕理契珂夫去！"兵卒们都嚷了起来，因为寻到推上责任去的人了，个个高兴着。

已经如此，是无论愿否，总得去的。

"毕理契珂夫，在那里呀？"

"在这里呀。"

"你，去么？"

"去呀……"

"好，那么，赶快准备罢。"

不多久，一切都准备了。毕理契珂夫出了树林，在平野中，从警戒线又前进了半俄里，于是渐渐没在远的昏黄中了。

右手，有一座现在已为昏暗所罩，看不见了的略高的丘。中队长就命令他前去调查，看敌军是否占据着这处所的。

毕理契珂夫慢慢地前进了大约三百步，便伏在栅旁的草中。栅边有烂东西似的气味，有旧篝火的留遗的气息。心脏突突地跳了起来——非镇静不可了。已经全然是夜——一切都包在漆黑的柔软的毯子里了。

树林早已在后面。在树林中，有被篝火和群集所惊的，既不是猫头鹰，也不是角鹰，连名字也不知道的夜鸟不安地叫着。

左手的什么地方在远处有枪声。那边的天是微见得帽子般的样子上带一点红色——起火罢。毕理契珂夫放开了鼻孔，有泥土和草的气息——惯熟的气息，和在故乡希哈努易，出去守夜的时候是一样的。

在前面，远的丘冈的那边，浮着落日的临终的余光，四近是静静的，单是漆黑。"小子们"就在这些地方，也许还远，或者一不凑巧也会就在旁边，和自己并排，像毕理契珂夫一样的伏着，也说不定的。专等候和自己相遇，要来杀，装着恨恨的脸，躲在那里，也说不定的。

"记着罢，如果遇见敌人，万万不要失手呵！"中队长命令说，"一失手，不但你死，我们也要吃大亏的。"

尼启孚尔·毕理契珂夫自己也知道，失手是不行的，不是杀敌，便是被杀于敌的。

旁边的什么地方有猫头鹰在叫，黑暗似乎更浓重了。心脏跳得沉垫垫[1]地，砰，砰，砰。

---

1 现代汉语常用"沉甸甸"。——编者注

毕理契珂夫几乎屏了呼吸，再往前走。木栅完了，此后是宽广的路。路的那边堆着谷类，如墙壁一般。毕理契珂夫用指头揉一揉穗子看。

"是小麦呵。"

但是，这时候，跨进一步去，田圃就像活的东西一样，气恼地嚷起来了——"不要踏我！"忽然觉得害怕，也觉得对不起。因为比践踏谷类的根更不好的事是再没有了的。

"跟着界牌走罢。"毕理契珂夫就决计在左边走。

中队长曾嘱咐他数步数。毕理契珂夫数是数的，但数到七十，就一混，是出了八十步呢，还是九十步呢，一点也不清楚了。一面数步数，一面侦敌人，分心到这边来，自然也是万万办不到的花样，只好弯着身子，耸起耳朵向前走，并且寻出界牌来。道路忽然成了急坂，走进洼地了，界牌就在那洼地的尽头。潮湿的空气从下面喷起，这里的草润着露水，是湿的。

因为湿气，还是别的原因呢？毕理契珂夫骤然颤抖起来了。脊梁上森森的发冷，牙齿打得格格地响。心脏是仿佛上面放了冰块似的，停住了。毕理契珂夫在心里，觉得了自己现在完全是一个人。在全世界只一个人，在这星夜之下，在这昏暗之前，完全只是一个人。即使此刻被杀了，谁也不知道……

恐怖使他毛发直竖了。

黑暗忽而变了沉闷的东西，似乎准备着向他扑来，将他撕碎的敌人就满满地充塞在这些处所。

毕理契珂夫骤然之间就挫了锐气。

他仿佛被从下面推翻，软软的坐在地面上。周围很寂静，黑暗毫不想动弹，树林里面还有禽鸟在叫。远处的天空中，已不见火灾的微红了。略一镇静，毕理契珂夫便竖起一膝，脱下帽子，侧着耳朵听。从不知道那里的远处听到有钝重的轰声。

毕理契珂夫将耳朵紧贴在地面上。这是向来的农夫的习惯。

夜里一个人走路的时候，用耳朵贴着地面听起来。说是凡有路上是否有人，是远是近，并且连那数目，也可以知道的。

现在呢，地面是平稳地，钝重地在作响。

他这样地听了许多时。于是仿佛觉得远远的什么处所散布着呻吟声，故意按捺下去似的呼吸的声音。

呜，呜，呜……

毕理契珂夫发抖了，拼命紧靠着地面。

兵卒们说过，地面是每夜要哭的。

他从一直先前起，就想听一听地面的哭声，但还没有这机会。然而现在，如果静静地屏住呼吸，便分明听到那奇怪的呻吟。这究竟是怎么一回事呢？也许远处正在放大炮罢……但他不能决定一定是这样。他相信地面真在啼哭了。况且地面也怎能不哭呢？每打一回仗，基督的仆人不是总要死几千么？地面——是一切人类的生身母亲……自然觉得大家可怜相……

呜，呜，呜……

"嗡，哭着呀。"

毕理契珂夫直起上身来。

"母亲在哭哩，地面在哭哩。"

他感动了，亲热地向暗中看进去。有母亲在，有大地在，自己并非只是一个人。这又怕什么呢？有爱怜自己者在，有自己的生身母亲在，有大地在。

他即刻勇壮起来，觉得周围的一切都如希哈努易一样的亲热的东西，无论是地面，是草气息，是天空的星星。

心脏跳得很利害，使毕理契珂夫想要用手来按住它。触着灰色的外套，触着扣子，触着那得到以后，从未离身的小小的若耳治勋章。

但是，辗转之间，这也平静了，于是在黑昏中浮出中队长的脸来。

"要检查那丘冈上可有敌人的呵。"

黑暗便又成了包藏敌意的东西。尼启孚尔又觉得自己是一个人，没有一些帮助。他忍住呼吸，缩了身子，并且将中队长的命令放在心上，再往前面走。恐怖又一点一点来动他的心。他两手捏着枪，沿着界牌，走下洼地去，是想从这里暗暗走近丘边去的。他现在分明知道，友在那里，敌在那里了。周围的幽静也可怕起来了，静到连心跳也可以听到。靴子作响，野草气恼地嚷。为了疲劳和紧张，眼睛里时时有黄金色的火星飞起。

忽而听到异样的声音。好像在那里的远地里转动着机器一般的声音。那声音每隔了一定的时光，规则整然的一作一辍。是什么曾经听得惯熟了的那样的声音？在尼启孚尔，是极其亲热的声响，只是猜不出是什么，他便一面侧着耳朵，一面向前走。声音逐渐清楚起来了，似乎就从这丘的斜坡上的草里面发出来的。

"是什么呢？"毕理契珂夫十分留心地侧着耳朵想。

平常是一定知道的声音——但是，竟不知道究竟是什么！

于是他忽而出惊，就在那里蹲下了。

"阿阿，有谁在打鼾呵！"

全身骚扰起来。

"逃罢！"

然而，好容易又站住了，好像周身浇了冷水。他紧张着全身，侧着耳朵，是的，的确是有谁在打鼾。健康的鼾声、真正老牌的农夫的鼾声。毕理契珂夫野兽似的将全身紧张起来，爬近打鼾的处所去。进一步，又停一回，上两步，又住一次，一面爬，一面抖。他准备着无论什么时候都能够开枪，以及用刺刀打击，两只手像铁钳一样，紧紧地捏着枪。

黑暗中微微有一些白，就从这里发出粗大的、喇叭似的鼾声来，是睡得熟透的人的、舒服的、引得连这边也想睡觉的鼾声。

毕理契珂夫又放了心，他一直接近那睡着的人的旁边去。

是这小子，是这小子，这小子就是了，撒开了两条臂膊，仰着，歪了头。但是，究竟是什么人呢？也许是俄国兵呀。毕理契珂夫的鼻子嗅到了不惯的气味。

"是奥太利呵。我们是没有那样的气味的。"

他蹲在那里，开始向各处摸索。

旁边抛着枪枝[2]和革制的背囊。

枪上是上着枪刺——开了刃的家伙——的，在夜眼里也闪得可以看见。毕理契珂夫拖过枪枝来，这么一来，就是敌人已经解除武装了。

"哼，好睡呀，有趣呵……"毕理契珂夫想着，凝视那睡着的人。

是一个壮健的奥太利兵，生着大鼻子，嘴大开着，喉咙里是简直好像在跑马车。这打鼾中就蕴蓄着一种使毕理契珂夫怜爱到微笑起来，发生了非常的同情的声响。

"乏了呀。也还是，一样的事情。"

他决不定怎么办才好，便暂时坐在睡着的人的身旁，忍住呼吸，耸着耳朵听。除远远的枪声之外，没有一点声音。

他于是慢慢地背了背囊，右手拿了奥太利兵的枪，左手捏着自己的枪，很小心的退回旧来的路上，走掉了。自己十分满足，狡猾地微笑着——但敌人还是在打鼾。

当站在中队长的面前时，尼启孚尔几乎已经不知道自己有脚没有了。吓！也许又要得一个勋章哩，因为夺了奥太利的步哨的军器来，实在也并不很容易呀……

---

2　现代汉语常用"枪支"。——编者注

但是，在中队长的面前笑是不行的，于是紧紧地闭了嘴，一直线几乎要到耳朵边。脸上呢，却像斋戒日的煎饼一般发亮。

"查过了么？"

"唔，查了，队长，查过了。队长说的那丘上呵……"

"唔？"

"那丘上呵，是有奥太利的小子们的。"

他的脸，是狡猾地在发亮。他挨次讲述怎样地自己偷偷的走过去，猫头鹰怎样地叫，在什么地方遇见了敌人。

"将枪和背囊收来了。"

中队长取起枪枝来，周身看了一遍。收拾得很好，还装着子弹。

"嗡，办得好。背囊里面查了没有？"

"不，还没有看呀。"

打开背囊来看。装着小衫裤、食料，还有小小的书。

"唔——"中队长拉长了声音说。

"但是，将那奥太利兵，竟不能活捉了来么？"

"那是，到底，近旁就有听音呀。虽然悉悉索索[3]，可是听得出的。要是打醒了拖他来呢，杂种就要叫喊……"

"那倒也是。好，办得不错。"

"办妥了公事，多么高兴呵，队长。"

"但是，那小子怎么了？"

"唔？"

"又'唔'什么呢？"军官皱了眉，"我问的是，将那小子、那敌人怎样处置了？"

"将枪和背囊收来了。"

"那我知道。我说，是将那敌人怎样办了？"

---

3　现代汉语常用"窸窸窣窣"。——编者注

"那小子是还在那地方呵。"

"还在那地方，是知道的。问的是，你怎样地结果了那小子？"

毕理契珂夫圆睁了吃惊的眼睛，凝视着军官的脸。他是微麻的顽健的汉子，而浮在脸上的幸福的光辉，是忽然淡下去了，微微地张着嘴。

"你，将他结果了的罢。"

"不。"

"什么？竟没有下手么?！"

"因为他睡着呀，队长。"

"睡着，就怎样呢，蠢才⁴！"

军官从椅子站起，大声吃喝了："你应该杀掉他的。看得不能捉，就应该即刻杀掉。那小子究竟是你的什么？是亲兄弟，还是你的老子么？"

"不，那并不是。"

"那么，是什么呢？敌人不是？"

"是呀。"

"那么，为什么不将那小子结果的？"

"所以我说过了的……那小子是睡着的，队长。"

军官显出恨恨的暗的眼色，凝视着尼启孚尔的脸。

"这样的木头人，没有见过……唔？我将你交给军法会议去。"

军官从桌子上取了纸张，暂时拿在手里，但又将这抛掉了，他满脸通红。"队长还没有懂——倘不解释解释……"毕理契珂夫想。

"队长，奥太利的小子是睡着的，打着鼾，一定是乏了的。如果没有睡着，那一定不是活捉，就是杀掉。但是，那小子睡着，还打鼾哩，好大的鼾。只要想想自己就明白，我们乏极了，不知道有脚

---

4　现代汉语常用"蠢材"。——编者注

没有的时候，一伙的小子们在营盘里，也是这么说的。尼启希加，不要打鼾哪。"

军官牢牢地注视着毕理契珂夫的脸。看眼睛，便知其人的。

操典上也这样地写着。

灰色眼珠的壮士，什么事也能做成似的脸相，在胸膛上，是闪着若耳治勋章。

忽然之间，军官的唇上浮出微笑来，并不想笑，但自然而然地笑起来了。

"唉唉，你是怎样的一个呆子呢！蠢才！你也算是兵么？你是乡下人罢了。好了，去罢！"

毕理契珂夫就向右转，满心不平的走到外面去。一出小屋，便是一向的老脾气，不一定向谁，只是大声的说：

"因为那小子是睡着呀，大半就为此呀，是睡着，还在打鼾的……"

雅各武莱夫（Alexandr Iakovlev）是在苏维埃文坛上被称为"同路人"的群中的一人。他之所以是"同路人"，则译在这里的《农夫》，说得比什么都明白。

从毕业于彼得堡大学这一端说，他是知识分子，但他的本质却纯是农民底、宗教底。他是禀有天分的诚实的作家，他的艺术的基调是博爱和良心。他的作品中的农民和毕力涅克作品中的农民的区别之处，是在那宗教底精神，直到了教会崇拜。他认农民为人类正义和良心的保持者，而且以为惟有农民是真将全世界联结于友爱的精神的。将这见解加以具体化者，是《农夫》。这里叙述着"人类的良心"的胜利。但要附加一句，就是他还有中篇《十月》是显示着较前进的观念形态的。

日本的《世界社会主义文学丛书》第四篇，便是这《十月》，曾经翻了一观，所写的游移和后悔，没有一个彻底的革命者在内，用中国现在时行的批评式眼睛来看，还是不对的。至于这一篇《农夫》，那自然更甚，不但没有革命气，而且还带着十足的宗教气、托尔斯泰气，连用我那种"落伍"眼看去也很以苏维埃政权之下竟还会容留这样的作者为奇。但我们由这短短的一篇，也可以领悟苏联所以要排斥人道主义之故，因为如此厚道，是无论在革命，在反革命，总要失败无疑。别人并不如此厚道，肯当你熟睡时，就不奉赠一枪刺。所以"非人道主义"的高唱起来，正是必然之势。但这"非人道主义"是也如大炮一样，大家都会用的，今年上半年"革命文学"的创造社和"遵命文学"的新月社都向"浅薄的人道主义"进攻，即明明白白证明着这事的真实。再想一想，是颇有趣味的。

A. Lunacharsky[5] 说过大略如此的话：你们要做革命文学，须先在革命的血管里流两年。但也有例外，如"绥拉比翁的兄弟们"就虽然流过了，却仍然显着白痴的微笑。这"绥拉比翁的兄弟们"是十月革命后墨斯科的文学者团体的名目，作者正是其中的主要的一人。试看他所写的毕理契珂夫，善良、简单、坚执、厚重、蠢笨，然而诚实，像一匹象，或一个熊，令人生气，而无可奈何。确也无怪 Lunacharsky 要看得顶上冒火。但我想，要"克服"这一类，也只要克服者一样诚实，也如象，也如熊，这就够了。倘只满口"战略""战略"，弄些狐狸似的小狡猾，那却不行，因为文艺究竟不同政治，小政客手腕是无用的。

一九二九年九月

《近代世界短篇小说集》(2)《在沙漠上及其他》所载

---

5　即"卢那察尔斯基"。——编者注

# 鼻子

[俄]果戈理

## 一

三月廿五那一天，彼得堡出了异乎寻常的怪事情。住在升天大街的理发匠伊凡·雅各武莱维支（姓可是失掉了，连他的招牌上也除了一个满脸涂着肥皂的绅士和"兼放淤血"这几个字之外，什么都看不见）——总之——住在升天大街的理发匠伊凡·雅各武莱维支颇早的就醒来了，立刻闻到了新烤的面包香。他从床上欠起一点身子来，就看见像煞阔太太的，特别爱喝咖啡的他那女人正从炉子里取出那烤好的面包。

"今天，普拉斯可夫耶·阿息波夫娜，我不想喝咖啡了。"伊凡·雅各武莱维支说，"还是吃一点儿热面包，加上葱。"（其实，伊凡·雅各武莱维支是咖啡和面包都想要的，但他知道一时要两样，可决计做不到，因为普拉斯可夫耶·阿息波夫娜就最讨厌这样的没规矩。）"让这傻瓜光吃面包去，我倒是这样好。"他的老婆想，"那就给我多出一份咖啡来了。"于是就把一个面包抛在桌子上。

伊凡·雅各武莱维支在小衫上罩好了燕尾服，靠桌子坐下了，撒上盐，准备好两个葱头，拿起刀来，显着像煞有介事的脸相，开手切面包。切成两半之后，向中间一望——吓他一跳的是看见了一点什么白东西。伊凡·雅各武莱维支拿刀轻轻的挖了一下，用指头去一摸，"很硬！"他自己说，"这是什么呀？"

他伸进指头去，拉了出来———一个鼻子！

伊凡·雅各武莱维支不由的缩了手，擦过眼睛，再去触触看：是鼻子，真的鼻子！而且这鼻子还好像有些认识似的。伊凡的脸上就现出惊骇的神色来，但这惊骇却敌不过他那夫人所表现的气恼。

"你从那里削了这鼻子来的？你这废料！"她忿忿的喝道，"你这流氓，你这酒鬼！我告诉警察去！这样的蠢货！我早听过三个客人说，你理发的时候总是使劲的拉鼻子，快要拉下来！"

但伊凡·雅各武莱维支却几乎没有进气了，他已经知道这并非别人的鼻子，正是每礼拜三和礼拜日来刮胡子的八等文官可伐罗夫的。

"等一等，普拉斯可夫耶·阿息波夫娜！用布片包起来，放在角落上罢。这么搁一下，我后来抛掉它就是。"

"不成！什么，一个割下来的鼻子放在我的屋子里，我肯的！……真是废料！他光会皮条磨剃刀，该做的事情就不知道马上做。你这闲汉，你这懒虫！你想我会替你去通报警察的吗？对不起！你这偷懒鬼，你这昏蛋[1]！拿出去！随你拿到什么地方去！你倒给我闻着这样的东西的气味试试看！"

伊凡·雅各武莱维支像被打烂了似的站着，他想而又想——但不知道应该想什么。"怎么会有这样的事情的呢？"他搔着耳朵背后，终于说，"昨晚上回来的时候，喝醉了没有呢？可也不大明白了。可是，这事情想来想去，总不像真的。首先，是面包烤得热透了的，鼻子却一点也不。这事情，我真想不通！"伊凡·雅各武莱维支不作声了。一想到如果警察发见这鼻子，就会给他吃官司，急得几乎要死。他眼前已经闪着盘银线的红领子，还看见一把剑在发光——他全身都抖起来了。于是取出裤子和靴子来，扮成低微模

---

1 现代汉语常用"浑蛋"。——编者注

样,由他的爱妻的碎话送着行,用布片包了鼻子,走到街道上。

他原是想塞在那里的大门的基石下,或者一下子在什么街上抛掉,自己却弯进横街里面的。然而运气坏,正当紧要关头,竟遇见了一个熟人,问些什么"那里去,伊凡·雅各武莱维支?这么早,到谁家出包去呀"之类,使他抓不着机会。有一回,是已经很巧妙的抛掉的了,但远远的站着的岗兵,却用他那棍子指着叫喊道:"检<sup>2</sup>起来罢,你落了什么了!"这真叫伊凡·雅各武莱维支除了仍然拾起鼻子来塞进衣袋里之外,再没有别样的办法。这时候,大店小铺都开了门,走路的人也渐渐的多起来,他也跟着完全绝望了。

他决计跑到以撒桥头去。也许怎么一来,可以抛在涅伐河里的罢?但是,至今没有叙述过这一位有着许多可敬之处的我们的伊凡·雅各武莱维支,却是作者的错处。

恰如一切像样的俄国手艺工人一般,伊凡·雅各武莱维支是一个可怕的倒醉鬼,虽然天天刮着别人的脸,自己的却是向来不刮的。他那燕尾服(他决没有穿过常礼服)都是斑,因为本来是黑的,但到处变了带灰的黄色。硬领是闪闪的发着光,扣子掉了三个,只剩着线脚,然而伊凡·雅各武莱维支是一位伟大的冷嘲家,例如那八等文官可伐罗夫刮脸的时候,照例的要说:"你的手,伊凡·雅各武莱维支,总是有着烂了似的味儿的!"那么,伊凡·雅各武莱维支便回问道:"怎么会有烂了似的味儿的呢?""这我不知道,朋友,可是臭的厉害呀。"八等文官回答说。伊凡·雅各武莱维支闻一点鼻烟,于是在面庞上、上唇上、耳朵背后、下巴底下——总而言之,无论那里都随手涂上肥皂去,当作他的答话。

这可敬的市民现在到了以撒桥上了。他首先向周围一望,接着是伏在桥栏上,好像要看看下面可有许多鱼儿游着没有的样子,就

---

2　现代汉语常用"捡"。——编者注

悄悄的抛掉了那包着鼻子的布片。他仿佛一下子卸去了十普特[3]重的担子似的，伊凡·雅各武莱维支甚至于微笑了起来。他改变了去刮官脸的预定，回转身走向挂着"茶点"的招牌那一面去了，因为想喝一杯热甜酒——这时候，他突然看见一位大胡子、三角帽、挂着剑的风采堂堂的警察先生站在桥那边。伊凡·雅各武莱维支几乎要昏厥了。那警察先生用两个指头招着他，说道："来一下，你！"

伊凡·雅各武莱维支是明白礼数的人，他老远的就除下那没边的帽子，赶忙走过去，说道："阿呀，您好哇。"

"好什么呢？倒不如对我说，朋友，你站在那里干什么了？"

"什么也没有，先生，我不过做活回来，去看了一下水可流得快。"

"不要撒谎！瞒不了我的。照实说！"

"唔唔，是的，我早先就想，一礼拜两回，是的，就是三回也可以，替您先生刮刮脸，自然，这边是什么也不要的，先生。"伊凡·雅各武莱维支回答道。

"喂，朋友，不要扯谈[4]！我的胡子是早有三个理发匠刮着的了，他们还算是很大的面子哩，你倒不如说你的事。还是赶快说，你在那里干什么？"

伊凡·雅各武莱维支的脸色发了青……但到这里，这怪事件却完全罩在雾里了，后来怎么呢？一点也不知道。

## 二

八等文官可伐罗夫醒得还早，用嘴唇弄了个"勃噜噜………"——这是他醒来一定要弄的，为什么呢，连他自己也说不出。可伐

---

3　四十磅（Funt）为一普特（Pood）。——译者
4　现代汉语常用"扯淡"。——编者注

罗夫打过欠伸，就想去拿桌上的小镜子，为的是要看看昨夜里长在鼻子尖上的滞气[5]。但他吓了一大跳，该是鼻子的地方变了光光滑滑的平面了！吓坏了的可伐罗夫拿过水来，湿了手巾，擦了眼，但是，的确没有了鼻子！他想，不是做梦么？便用一只手去摸着看，拧着身子看，然而总好像不能算做梦。八等文官可伐罗夫跳下床，把全身抖擞了一通——但是，他没有鼻子！他叫立刻拿了衣服来，飞似的跑到警察总监那里去了。

但我们应该在这里讲几句关于可伐罗夫的话，给读者知道这八等文官究竟是怎样的一个人。说起八等文官来，就有种种。有靠着学校的毕业文凭得到这个头衔的，也有从高加索那边弄到手的。这两种八等文官就完全不一样。学校出身的八等文官……然而俄罗斯是一个奇特的国度，倘有谁说到一个八等文官罢，那么，从里喀以至勘察加的一切八等文官，就都以为说着了他自己。而且也不但八等文官，便是别的官职和头衔的人们，不妨说，也全是这样的。可伐罗夫便是高加索班的八等文官。他弄到了这地位，还不过刚刚两年，所以没有一刻忘记过这称号。但是，为格外体面和格外出色起见，他自己是从来不称八等文官的，总说是少佐。"好么，懂了罢。"如果在路上遇见一个卖坎肩的老婆子，他一定说，"送到我家里去，我的家在花园街。只要问：'可伐罗夫少佐住在这里么？'谁都会告诉你的。"倘是漂亮的姑娘，就还要加一点秘密似的嘱咐，悄悄的说道："问去，我的好人，可伐罗夫少佐的家呀？"所以，从此以后，我们也不如称他少佐罢。

这可伐罗夫少佐是有每天上涅夫斯基大街散步的习惯的。他那坎肩上的领子总是雪白，挺硬。颊须呢，现在就修得像府县衙门

5　通常大抵译作"面庖"，是在春情发动期中，往往生在脸上的一种小突起，所以在这里也带点滑稽的意思。现在姑且用浙东某一处的方言译出，我希望有人教我一个更好的名称。——译者

里的测量技师、建筑家、联队里的军医，或是什么都独断独行，两颊通红，很能打波士顿纸牌的那些人们模样。这颏须到了面颊的中央之后，就一直生到鼻子那里去。可伐罗夫少佐是总带着许多淡红玛瑙印章的，有些上面刻着纹章，有些是刻着"星期三""星期四""星期一"这些字。可伐罗夫少佐的上圣彼得堡当然有着他的必需，那就是在找寻和他身分相当的位置。着眼的是，弄得好，则副知事，如果不成，便是什么大机关的监督的椅子。可伐罗夫少佐也并非没有想到结婚，但是，必须有二十万圆的赔嫁[6]。那么，读者也就自己明白，当发见他模样不坏而且十分稳当的鼻子变了糟糕透顶的光光滑滑的平面的时候，少佐是怎样的心情了。

不凑巧的是街上连一辆马车也没有。他只好自己走，裹紧了外套，用手帕掩着脸，像是出了鼻血的样子。"也许是误会的。既然是鼻子，想来不至于这样瞎跑。"他想着，就走近一家点心店里去照镜，幸而那点心店里没有什么人，小伙计们在打扫房间，排好桌椅，还有几个是一副渴睡的脸，正用盘子搬出刚出笼的馒头来。沾了咖啡渍的昨天的报纸被弃似的放在桌椅上。"谢天谢地，一个人也没有，"他想，"现在可以仔细的看一下了。"他惴惴的走到镜子跟前，就一望："呸，畜生，这一副该死的脸呵！"他唾了一口，说："如果有一点别的东西替代了鼻子，倒还好！可是什么也没有！"

他懊丧得紧咬着嘴唇，走出了点心店，并且决意破了向来的惯例，在路上对谁也不用眼睛招呼，或是微笑了。但忽然生根似的他站住在一家的门前，他看见了出乎意料的事[7]。那门外面停下了一辆马车，车门一开，就钻出一个穿礼服的绅士来，跑上阶沿去。当可伐罗夫看出那绅士就是他自己的鼻子的时候，他真是非常害怕，非

---

6　现代汉语常用"陪嫁"。——编者注
7　此处原文为"他看见了出乎意料之外的事"，疑为原文错误，故更正。——编者注

常惊骇了！一看见这异乎寻常的现象，他觉得眼前的一切东西都在打旋子，就是要站稳也很难。但是，他终于下了决心——发疟疾似的全身颤抖着——无论如何，总得等候那绅士回到车子里。两分钟之后，鼻子果然下来了！他穿着高领的绣金的礼服、软皮裤，腰间还挂着一把剑。从带着羽毛的帽子推测起来，确是五等文官的服装，也可见是因公的拜会。他向两边一望，便叫车夫道："走罢！"一上车，就这么的跑掉了。

可怜的可伐罗夫几乎要发疯，他不知道对于这样的怪事情自己应该怎么想。昨天还在他脸上，做梦也想不到它会坐着马车，跑来跑去的鼻子竟穿了礼服——怎么会有这样的事情呢！他就跟着马车跑上去。幸而并不远，马车又在一个旅馆前面停下了。

他也急急忙忙的跑到那边去。有一群女乞丐脸上满包着绷带，只雕两个洞，露着那眼睛。这样子，他先前是以为可笑的，他冲过了乞丐群，另外的人还很少。可伐罗夫很兴奋，自己觉得心神不定，只是圆睁了眼睛，向各处找寻着先前的绅士，终于发现他站在一个铺子前面了。鼻子将脸埋在站起的高领里，正在很留神似的看着什么货色。

"我怎么去接近呢？"可伐罗夫想，"看一切——那礼服，那帽子——总之，看起一切打扮来，一定是五等文官。畜生，这真糟透了！"

他开始在那绅士旁边咳嗽了一下，但鼻子却一动也不动。

"可敬的先生！"可伐罗夫竭力振作着说，"可敬的先生！"

"您贵干呀？"鼻子转过脸来，回答说。

"我真觉得非常奇怪，极可敬的先生……您应该知道您自己的住处的……可是我忽然在这里看见了您……什么地方？……您自己想想看……"

"对不起，您说的什么，我一点也不懂……请您说得清楚些罢。"

"教我怎么能说得更清楚呢？"可伐罗夫想，于是从新振作，接下去道："自然……还有，我是少佐，一个少佐的我，没了鼻子在各处跑，不是太不像样？如果是升天桥上卖着剥皮橘子的女商人或者什么，那么，没了鼻子坐着，也许倒是好玩的罢。然而，我正在找一个职位……况且我认识许多人家的夫人——譬如五等文官夫人契夫泰来瓦以及别的……请您自己想想看……真的是没有法子了，我实在……（这时可伐罗夫少佐耸一耸肩膀）……请您原谅罢……这事情，如果照着义务和名誉的法律说起来……不过这是您自己很明白的……"

"我一点也不懂。"鼻子回答说，"还是请您说得清楚些罢。"

"可敬的先生，"可伐罗夫不失他的威严，说，"倒是我不懂您的话是什么意思了……我们的事情是非常明白的……如果您要我说……那么，您是——我的鼻子吗？"

鼻子看定了少佐，略略的皱一皱眉。

"您弄错了，可敬的先生，我是我自己，我们之间不会有什么密切关系的。因为看您衣服上的扣子就知道您办公是在别的衙门里的。"说完这，鼻子就不理他了。

可伐罗夫完全发了昏，他不知道应该怎么办，甚至于不知道应该怎么想了。忽然间，听到了女人的好听的衣裙声。来了一个中年的、周身装饰着镂空花条的太太，并排还有她的娇滴滴的女儿，穿的是白衣裳，衬得她那苗条的身材更加优美，头上戴着馒头似的喷松[8]的、淡黄的帽子。她们后面跟着高大的从仆，带了一部大胡子、十二条领子和一个鼻烟壶。

可伐罗夫走近她们去，将坎肩上的薄麻布领子提高一点，弄好了挂在金索子上的印章，于是向周围放出微笑去，他的注意是在那

---

8　现代汉语常用"蓬松"。——编者注

春花一般微微弯腰，有着半透明的指头的纤手遮着前额的女人身上了。可伐罗夫脸上的微笑从女人的帽子荫下，看到胖胖的又白又嫩的下巴，春初的日荫的蔷薇似的面庞的一部分的时候——放得更其广大了。然而他忽然一跳，好像着了火伤。他记得了鼻子的地方，什么也没有了。他流出眼泪来了，他转脸去寻那礼服的绅士，想简直明明白白的对他说："你这五等文官是假冒的，你是不要脸的骗子，你不过是我的鼻子……"然而鼻子已经不在，恐怕是坐了马车，又去拜访谁去了。

可伐罗夫完全绝望了。回转身，在长廊下站了一会，并且向各处用心的看，想从什么地方寻出鼻子来。鼻子的帽子上有着羽毛，礼服上绣着金花，他是记得很清楚的。然而怎样的外套，还有车子和马匹的颜色，后面可有好像跟班的人，如果有，又是怎样的服色，他却全都忘掉了。而且来来往往，跑着的马车的数目也实在多得很，又都跑得很快，总是认不清。即使从中认定了一辆罢，也决没有停住它的法子。这一天是很好的晴天，涅夫斯基大街上的人们很拥挤。从警察桥到亚尼七庚桥的步道上都攒动着女人，恰如花朵的瀑布。对面来了一个他的熟人，是七等文官，他却叫他中佐的，尤其是在不知底细的人面前。还有元老院的科长约里斤，他的好朋友，这科长如果打起八人一组的波士顿纸牌来，是包输的人物。还有别一个少佐，也是从高加索捞了头衔来的，向他挥着手，做着他就要过来的信号。

"阿唷，倒运！"可伐罗夫说，"喂，车夫，给我一直上警察总监那里去！"

可伐罗夫刚一跳上车，就向车夫大喝道："快走！愈快愈好！"

"警察总监在家么？"他刚跨进门，就大声的问道。

"不，没有在家，"门房回答说，"刚才出去了。"

"真可惜!"

"是呀,"门房接下去道,"是刚才出门的,如果您早来一分钟,恐怕您就能够在家里会到他了。"

可伐罗夫仍旧用手帕掩着脸,又坐进了马车,发出完全绝望的声音,向车夫吆喝道:"走,前去!"

"那里去呀?"车夫问。

"走,一直去!"

"怎么一直去呢?这里是转角呀,教我往右还是往左呢?"

这一问,收住了可伐罗夫的奔放的心,使他要再想一想了。到了这样的地步,第一着,是先去告诉警察署。这也并非因为这案件和警察直接相关,倒是为了他们的办案比别的什么衙门都快得远。至于想往鼻子所在的衙门的长官那里去控告,希图达到目的,那恐怕简直是胡思乱想,这只要看鼻子的种种答辩就知道,这种人是毫无高尚之处的,正如他说过和可伐罗夫毫不相识一样,那时真不知会说出些什么来呢。可伐罗夫原要教车夫上警察署去的,但又起了一个念头:这骗人的恶棍,那时是初会,装着那么不要脸的模样,现在就说不定会看着机会,从彼得堡逃到什么地方去的。这么一来,一切的搜索就无效了,即使并非无效,唉唉,怎么好呢?怕也得要一个整月的罢。但是,好像天终于给了他启示,他决计跑往报馆,赶快去登详情的广告了。那么,无论谁,只要看见了鼻子,就可以立刻拉到可伐罗夫这里来,或者至少,也准会来通知鼻子的住址。这么一决计,他就教车夫开到报馆去,而且一路用拳头冲着车夫的背脊,不断的喝道:"赶快呀,你这贼骨头!赶快呀,你这骗子!""唉唉,这好老爷唷!"车夫一面摇着头说,一面用缰绳打着那毛毛长得好像农家窗上的破布一般的马的脊梁。马车终于停下了,可伐罗夫喘息着,跳进了小小的前厅。在那地方,靠桌坐着一个白发的职员，身穿旧的燕尾服，鼻上架着眼镜，咬了笔，在数收进的铜钱。

"谁是收广告的？"可伐罗夫叫道。

"阿，您好！我就是的！"那白头职员略一抬眼，一说，眼光就又落在钱堆上面了。

"我要在报上登一个广告……"

"请您再稍稍的等一下。"职员说，右手写出数目来，左手扶好了眼镜。一个侍役从许多扁绦和别的打扮上就知道是在贵族家里当差的，捧着一张稿纸，站在桌子旁，许是要显显他是社交上的人物罢，和气的说："这是真的呢，先生，不值一戈贝克的小狗——这就是说，倘是我，就是一戈贝克也不要，可是伯爵夫人却非常之爱，阿唷，爱得要命——所以为了寻一匹[9]小狗，肯悬一百卢布的赏。我老实对您说，您要知道，这些人们的趣味和我们是完全不同的，为了这么一匹长毛狗或是斑狗，他们就化五百呀、一千卢布，只要狗好，他们是满不在乎的。"

这可敬的职员认真的听着谈天，同时也算着侍役手中的稿纸上的字数。侍役的旁边还站着女人、店员，以及别的雇员之类一大群，手里都拿着底稿。一个是求人雇作品行方正的马车夫；别一个是要把一八一四年从巴黎买来的还新的四轮马车出售；第三个是十九岁的姑娘，善于洗衣服，别的一切工作也来得。缺了一个弹簧的坚牢的马车、生后十七年的灰色带斑的年青的骏马、伦敦新到的萝卜子和芜菁子、连装饰一切的别墅、带着足够种植白桦或松树的余地的马棚两间。也有要买旧鞋底，只要一通知，就在每日八点至三点之间趋前估价的。挤着这一群人的屋子非常之小，里面的空气也就太坏了。八等文官可伐罗夫却并没有闻着那气味，虽然也有手帕掩着

---

9　现代汉语常用"一条"。——编者注

脸，但还是因为顶要紧的鼻子竟不知道被上帝藏到那里去了。

"我的可敬的先生，请您允许我问一声，我是极紧急的。"他熬不住了，终于说。

"就好，就好！……两卢布和四十三个戈贝克！……再一下子就好的！……一卢布和六十四个戈贝克！"白发先生一面将底稿掷还给老女人和男当差们，一面说，"那么，您的贵干是？"他转过来问到可伐罗夫了。

"我要……"可伐罗夫开始说，"我遭了诳骗，遭了欺诈了——到现在，我还没有抓住那家伙。现在要到贵报上登一个广告，说是有谁捉了这骗贼来的，就给以相当的谢礼。"

"我可以请教您的贵姓么？"

"我的姓有什么用呢？这是不能告诉你的。我有许多熟人。譬如五等文官夫人契夫泰来瓦呀、大佐夫人沛拉该耶·格里戈利也夫娜呀……如果她们一知道，那可就糟了！您不如单是写：一个八等文官，或者更好是：一位少佐品级的绅士。"

"这跑掉了的小家伙是您的男当差罢？"

"怎么是男当差？那类脚色是玩不出这样的大骗局来的！跑了的是……那是……我的鼻子嗬……"

"唔！好一个希奇的名字！就是那鼻子姑娘卷了您一笔巨款去了？"

"鼻子……我说的是……你这么胡扯，真要命！鼻子，是我自己身上的鼻子，现在不知道逃到那里去了。畜生，拿我开玩笑！"

"不知道逃到那里去是怎么一回事呢？这事情我总有点儿不明白。"

"是怎么一回事？连我也说不出来呀。但是，紧要的是它现在坐着马车在市上转，还自称五等文官。所以我来登广告，要有谁见，便即抓住，拉到我这里来的。鼻子，是身体上最惹眼的东西！没有了这的我的心情，请您推测一下罢！这又不比小脚趾头，倘是那，只要穿上靴子，就谁也看不见了。每礼拜四，我总得去赴五等文官夫人契夫泰来瓦的夜会，还有大佐夫人沛拉该耶·格里戈利也夫娜·坡陀忒契娜，很漂亮的她的小姐，另外还有许多太太们和我都很熟识，你想想看，现在我的心情是……我竟不能在她们跟前露脸了！"

职员紧闭了嘴唇，在想着。

"不成，这样的广告，我们的报上是不能登的。"沉默一会之后，他终于说。

"怎，什么？为什么不能？"

"您想，我们的报纸的名声先就会闹坏的。如果登出鼻子跑掉了这些话来……人们就要说，另外一定还有胡说和谎话在里面。"

"但是，怎么这是胡说呢？谎话是一句也没有的！"

"是的，您是觉得这样的。上礼拜我们就有过很相像的事情。恰如您刚刚进来时候的样子一样，来了一位官员，拿着稿纸，费用是两卢布七十三戈贝克。广告上说的是一匹黑色的长毛狗跑掉了。我告诉您，这是什么意思呢？这是嘲骂，这长毛狗是说着一个会计员的——我不记得是那一个机关里的了。"

"但是，我并不要登长毛狗的广告，倒是我自己的鼻子，这和我要登关于我自己的广告完全一样的。"

"不成，这样的广告我是断不能收的。"

"但是，如果我的鼻子真是没有了呢？"

"如果没有了鼻子，那是医生的事情了。能照各人心爱的样式，装上鼻子的医生，该是有着的。不过据我看起来，您是一位有趣的先生，爱对大家开开玩笑。"

"我对你赌咒！天在头上！既然到了这地步，我就给你看罢。"

"请您不要发火！"职员嗅了一点鼻烟，接着说，"总之，如果您自己可以的话，"他好奇似的说，"我倒也愿意看一看的，究竟……"

八等文官于是从脸上拿开了手帕。

"这真是出奇,"职员说,"这地方竟完全平滑了,平滑得像剃刀一样。这是只好相信的了。"

"那么,您也再没有什么争执了罢?可以登报的事实,是你亲自看见了的。我还应该特别感谢您,并且从这机会使我得到和您熟识的满足,我也很喜欢。"看这些话,这一回,少佐是想说得讨好一点的。

"登报自然也并不怎么难,"职员说,"只是我想,这广告恐怕于您也未必有好处,还不如去找一个会做好文章的文学家,告诉他这故事,使他写一篇奇特的记实[10],怎么样呢?这东西如果登上了《北方的蜜蜂》(这时他又闻一点鼻烟),既可以教训青年(这时他擦一擦鼻子),也很惹大众的兴味的。"

八等文官是什么希望也没有了。他瞥见了躺在眼前的报章,登着演剧的广告。一看到一个漂亮透顶的女优的名字,他脸上就已经露出笑影来,一面去摸衣袋,看看可有蓝钱票。因为据可伐罗夫的意见,大佐夫人之流是都非坐特等座不可的。但是,一想到鼻子,可又把这个计划打得粉碎了。

报馆人员好像也很同情了可伐罗夫的苦况。他以为照礼数,总得用几句话,来表明自己的意思,以安慰他悲哀的心情。"真的,遭了这等事,多么不幸呵。你要用一点鼻烟么?头痛、气郁,都有效,医痔疮也很灵验的。"馆员一面说,一面向可伐罗夫递过鼻烟壶来,顺手打开了嵌着美人小像的盖子。

这是太不小心的举动。可伐罗夫忍耐不住了。"开玩笑也得有个界限的!"他忿怒[11]的喝道,"你没见我正缺了嗅嗅的家伙吗?妈

---

10 现代汉语常用"纪实"。——编者注
11 现代汉语常用"愤怒"。——编者注

的你和您的鼻烟！什么东西。这么下等的培力芹烟，自然，就是法国的拉丕烟，也还不是一样！"他说着，恨恨的冲出报馆，拜访警察分局长去了。

当可伐罗夫走进去的时候，分局长正在伸一个懒腰，打一个呵欠，说道："唉唉，困他这么三个钟头罢！"这就可见八等文官的拜访是不大凑巧的了。这位分局长是一切美术品和工艺品的热心的奖励家。但是，顶欢喜的是国家的钞票。"这还切实，"他总爱这么说，"这还切实，再好没有了，不用喂养，不占地方，只要一点小地方，在袋子里就够，即使掉在地上罢——它又是不会破的。"

分局长对可伐罗夫很冷淡。并且说，吃了东西之后，不是调查事情的适宜的时光，休息一下，是造化的命令（听了这话，可伐罗夫就知道这位分局长是深通先哲遗留下来的格言的了），倘不是疏忽的人，怕未必会给谁拉掉鼻子的。

这就是并非眉毛上，却直接在眼睛上着了一棍子，而且还有应该注意的是，可伐罗夫乃是一位非常敏感的人。有人说他本身，他总是能够宽恕的，但如果关于他的官阶和品级，就决不宽恕。譬如做戏的时候，假使是做尉官级的事情，他都不管，然而一牵涉佐官级的人，却以为不该放任了。可是在分局长的招待上，他却碰得发了昏，只是摇着头，保着两手稍稍伸开的姿势，想不失去他的威严，一面说："我可以说，你这面既然说了这么不客气的话，我还有什么好说呢？"他于是出去了。

他一直回了家，连脚步声也轻得很。已经黄昏了，找寻是完全没有用。碰了大钉子回来，觉得自己的家也很凄凉、讨厌，一进门，就看见他的男当差伊凡躺在脏透了的软皮沙发上。他仰卧着，在把唾沫吐到承尘上面去，而且又很准，总是吐在同一的地方。真是悠闲无比。一看见，可伐罗夫就大怒了，用帽子打着伊凡的头，喝道：

"总做些无聊事，这猪狗！"

伊凡立刻跳起身，用全速力跑过来，帮他脱下了外套。

于是少佐进了自己的屋子里，坐在沙发上，又疲倦，又悲哀，叹了几声，说道：

"唉唉，唉唉，真倒运！如果我没有了一只手，一只脚，或者一条腿，倒还不至于这么坏，然而竟没有了鼻子——畜生！没有鼻子，鸟不是鸟，人也不是人了——这样的东西，立刻撮来，从窗口摔出去罢！倘使为了战争，或是决斗，或是别的什么自己不小心弄掉了，那没有法，然而竟抛得连为什么、怎么样也一点不明白，光是不见了就完。真奇怪。决不会有这样的事的。"他想了一下，就又说："无论如何，总是参不透。鼻子会不见的，这多么稀奇。这一定是在做梦，要不然，就是幻想了。也许是刮过胡子，涂擦皮肤的烧酒，错当水喝了罢。伊凡这昏蛋既然模模胡胡，自己就随随便便的接过来了也说不定的。"因为要查明自己究竟醉了没有，少佐就竭力拧一把他的身体，痛得他喊起来。那就全都明白了，他醒着的，他清楚的。他慢慢的走到镜子前面去了，细眯着眼睛，心里想，恐怕鼻子又在老地方了罢，但忽然跳了回来，叫道："这可多么丑！"

这真是参不透。倘是别的东西：一粒扣子、一个银匙、一只表，那是也会不见的——但却是这样的一个损失……有谁失掉过这样的东西的？而且在自己的家中！可伐罗夫少佐记出一切事情来，觉得最近情理的是大约只好归罪于大佐夫人坡陀忒契娜才对。她要把她的女儿和他结婚。他也喜欢对这位小姐献媚，不过到底没有开口，待到大佐夫人自己明白表示，要嫁女儿给他了，他却只敷衍一下就完全推脱，说是他年纪还太青，再得办五年公事——那么，自己就刚刚四十二岁了。大佐夫人为了报这点仇，要毁坏他的脸，便从什么地方雇了一两个巫婆来，也是很可能的事。要不然，是谁也不会想到割掉人的鼻子的！那时候，并没有人走进他的屋子来。理发匠伊凡·雅各武莱维支的来刮脸是礼拜三，礼拜三不必说，就是第二天礼拜四，鼻子也的确还在原地方的——他记得很分明，知道得很清楚。况且不是会觉得疼痛的么？伤口好得这么快，光滑到像剃刀一样，却真是怎么也想不通。他想着各种的计划：依法办理，把大佐夫人传到法庭上去好，还是自己前去，当面斥骂她好呢？……忽然间，从许多门缝里钻进亮光来，将他的思想打断了。这亮光是伊凡点上了大门口的蜡烛。不一会，伊凡也捧着蜡烛，明晃晃的走进屋里来。可伐罗夫首先第一著，是抓起手帕，遮住了昨天还有鼻子的地方。因为伊凡是昏人，一见他主人的这么奇特的脸，他是会看得张开了嘴巴的。

伊凡刚回到他狗窝一般的小屋里去了不多久，就听得大门外好像有生客的声音，道：“八等文官可伐罗夫住在这里么？”

“请，请进来，是的，他住在这里。”可伐罗夫少佐说着，慌忙跑出去，给来客开门。

进来的是一个两颊很胖、胡子不稀不密、风采堂堂的警察。就是这小说的开头，站在以撒桥根的。

“恐怕您失掉了您的鼻子了罢？”

“一点不错。”

“这东西可又找到了。”

“你说什么？”可伐罗夫少佐不禁大叫起来，高兴得连舌头也不会动了，他只是来回的看着站在自己面前的、在抖动的烛光中发亮的警察的厚嘴唇和面颊，“怎，怎么找到的？”

“事情也真怪，在路上捉住的。他几乎就要坐了搭客马车逃到里喀去了。护照是早已办好了的，还是一个官员的名字。最妙的是，连我也原当他是一个正人君子的，但幸而我身边有眼镜，于是立刻看出，他却是一个鼻子。我有些近视，即使你这样的站在当面，我也不过模模胡胡的看见你的脸, 鼻子呀、胡子呀, 以及别的小节目就分不清。我的丈母, 就是我的女人的母亲, 也是什么都看不见的。"

可伐罗夫忘了自己了: "在那里呢? 那里? 我就去, 好……"

"您不要着慌就是。我知道这是要紧的, 已经自己带了来了。而且值得注意的事是, 这案子的主犯乃是住在升天大街的理发匠这坏家伙, 他已经脚镣手铐, 关在牢监里了。我是早已疑心了他的, 他是一个酒醉鬼, 也是一个贼骨头, 前天他还在一个铺子里偷了一副扣。你的鼻子倒是好好的, 一点也没有什么。"警察一面说, 一面从衣袋里掏出用纸包着的鼻子来。

"是的是的, 这就是的! "可伐罗夫叫了起来, "不错, 这就是的! 您可以和我喝一杯茶么? "

"非常之好, 可是我实在没有工夫了, 我还得立刻到惩治监去……现在的食料品真贵得吓人……我有一个丈母, 就是我的女人的母亲, 还有许多孩子, 最大的一个倒像很有希望的——这么一个乖角儿, 但要给他好教育, 我简直没有这笔款……"

警察走了之后, 好一会, 八等文官还是昏昏的呆着。这样的过了两三分钟, 这才慢慢的能够看见, 能够觉得了。弄得那么胡涂, 也就是他的欢喜太出意外了的缘故。他用两手捧起寻到的鼻子来, 看了一通, 又用极大的注意, 细看了一次。

"一点不错。正是这个。"可伐罗夫少佐说, "唔, 这左边就有着昨天生出来的滞气。"因为太高兴了, 他几乎要出声笑起来。

然而在这地面上, 永久的事情是没有的, 欢喜也并不两样。后一霎时, 就没有那么大了, 再后一霎时, 就更加微弱, 终于也成了平常的心情, 恰如被小石子打出来的波纹, 到底还是复归于平滑的水面。可伐罗夫又在想, 并且悟到这事件还没完结了。鼻子是的确找到了的, 但这回必须装上原先的地方去。

"如果装不牢呢？"少佐自己问着自己，发了青。

说不出的恐怖赶他跑到桌子跟前去。为了要鼻子装得不歪不斜，他拿一面镜，两只手抖得很厉害。极小心、极谨慎的他把鼻子摆在老地方。但是，糟了，鼻子竟不粘住！他拿到嘴巴边，呵口气温润它一下，然后再放在两颊之间的平面上，但鼻子却无论如何总不肯粘牢。

"喂，喂，喂！这样的带着罢，你这蠢货！"他对鼻子说。然而鼻子很麻木，像木塞子似的落在桌上了，只发出一种奇特的声音。少佐的脸疼挛了起来。"无论如何，总不肯粘住么？"他吃惊的说。但还去装了好几回——那努力，仍旧没有用。

他叫了男当差来，教他去请医生。那医生是就住在这大楼二层楼上的好房子里的，风采非凡，有一部好看的络腮胡须和一位健康活泼的太太。每天早上吃鲜苹果，漱口要十五分钟，牙刷有五样，嘴里总弄得非常的干净。医生即刻就到了，问过这事情的发生时期之后，便托着少佐的下巴，抬起他的脸，用第二个指头在原有鼻子的地方弹了一下，少佐赶紧一仰头，后头部就撞在墙壁上。医生说，这是没有什么的，命令他离开些墙壁，把头先往右边歪过去，摸一摸原有鼻子的处所，说道："哼！"然后命令他往左边歪过去，说道："哼！"终于用大指头再弹了一下，使少佐像被人来数牙齿的马匹似的缩了头。经过这样的调查之后，于是他摇摇头，开口道："不成，这是不行的，还是听它这样好。一不小心，也许会更坏的。自然，我可以替您接上鼻子去，马上接也可以，但我得先告诉您说，这是只会更坏的。"

"顾不得这些了！没有鼻子，我还能出门么？"可伐罗夫大声说，"没有能比现在更坏的了。畜生！这样的一张丑脸，我怎么见人呢？我的熟人都是些阔绰的太太，今晚上该去的就有两家！我说过，我有许多熟人……首先是五等文官夫人契夫泰来瓦、大佐夫人

坡陀忒契娜……虽然吃了她这样的亏，只好在警厅里见面。请你帮
一下子罢，先生……"可伐罗夫又恳求的说，"莫非竟一点法子也没
有么？接起来试试看。不论好坏，只要安上了就好。不大稳当的时
候，我可以用手轻轻的按住的。跳舞是从此不干了，因为一有不相
宜的动作，也许会弄坏的。至于您的出诊的谢礼呢，请放心罢，只
要我的力量办得到……"

"请您相信我，"医生用了不太高也不太低，但很清楚，似乎
讨好的声音说，"我的行医，是决不为了自己的利益的。这和我的
主义和技术相反。的确，我出诊也收些报酬，但这不过因为恐怕
不收，倒使病人的心里不舒服罢了。当然，就是这鼻子，倘要给你
安上去，那就可以安上去，然而我凭着我的名誉，要请您相信我的
话——这是只会更加坏下去的。最好是听其自然，时常用凉水来
洗洗。我并且还要告诉您，即使没有鼻子，那健康是和有着鼻子的
时候并没两样。至于这鼻子呢，我劝你装在瓶子里，用酒精泡起
来，更好是加上满满的两匙子烧酒和热醋——那么，你一定可以赚
一大批 [12] 钱，如果你讨价不很贵的话，我带了去也可以。"

"不行，不行，怎么卖！"可伐罗夫少佐绝望的叫道，"那倒不如
单是不见了鼻子的好了！"

"那么，少陪，"医生鞠一个躬，说，"我真想给您出点力……有
什么法子呢？但是，至少，我的用尽了力量，是您已经看得很明白
的了。"他说完话，便用了堂皇的姿势走出屋子去。可伐罗夫连医
生的脸也没有看清，深深的沉在无感觉的底里，总算看见了的，是
只有黑色燕尾服的袖口和由此露出的雪白干净的小衫的袖子。

第二天，他决定在控告大佐夫人之前，先给她一封信。这信，是
问她肯不肯将从他那里拿去的东西直截爽快的归还的。内容如下：

---

12　现代汉语常用"一大笔"。——编者注

亲爱之亚历山特拉·格里戈利耶夫娜！

敝人诚不解夫人如此奇特之行为矣。由此举动，盖将一无所得，亦不能强鄙人与令爱结婚也。今敝鼻故事，全市皆知，夫人之外，实无祸首。此物突然不见，且已逃亡，或化为官员，或仍复本相，此除我夫人，或如我夫人，亦从事于伟业者之妖术之结果而外，岂有他哉。鄙人自知义务，兹特先行通知，假使该鼻子今日中，不归原处，则惟有力求法律之防御与保护而已。

然仍[13]以致敬于夫人为荣之忠仆

柏拉敦·可伐罗夫

亲爱的柏拉敦·古兹密支！

你的信真吓了我一大跳。我明白的对你说，好像干了什么坏事似的，得了你这样的训斥，我真是没有想到的。我明白的对你说，像你所说那样的官员，无论他是真相，是改装，我家里都没有招待过。只有腓立普·伊凡诺维支·坡丹七科夫来会过我，好像想要我的女儿（他是一位品端学粹的君子人），但是我连一点口风也没有露。你又说起鼻子。如果这说的是我们回绝了你，什么都落空了的意思，那么，这可真使我奇怪了。首先说出来的倒是你，至于我们这一面，你想必也明白，意思是恰恰相反的。就是现在，只要你正式要求，说要我的女儿，我也还是很高兴的立刻答应你。这不正是我诚心的在希望的吗？我实在是总在想帮帮你的忙的。

你的

亚历山特拉·坡陀忒契娜

---

13　现代汉语常用"仍然"。——编者注

　　"唔，"看过了信之后，可伐罗夫说，"并不是她。不会有这等事！这封信就完全不像一个犯人写出来的。"八等文官还在高加索的时候，就受过委派，调查了几个案件，所以深通这一方面的事情。"那么，究竟是怎么着？为了怎样的运命的捣乱弄成了这样的呢？畜生，这可又莫名其妙了！"他的两只手终于软了下来。

　　这之间，这一件奇特事件的传说已经遍满了全市，照例是越传越添花样的。那时候，人们的心都向着异常的事物。大家的试验电磁就刚刚风行过，而且棚屋街有着能够跳舞的椅子的故事也还是很新的记忆，所以有了这样的风传，说八等文官可伐罗夫的鼻子每天三点钟一定到涅夫斯基大街去散步，正也毫不足怪的。每天总屯集起一大堆好事之徒来。倘有人说一声鼻子现在雍开尔的铺子里，那铺子近旁便立刻人山人海，不叫警察不行。一个仪表堂堂的投机家却生着一副很体面的络腮胡子，原是在戏院门口卖着各种饼干和馒头的，福至心灵，就做了许多好看而坚固的木头椅，排起来，每人八十戈贝克，在卖给来看的人们坐。一个武功赫赫的大佐因为要拥进这里去，特地一早出门，用尽气力，这才分开人堆，走到里面了。但使他非常愤慨的是在这铺子的窗上所看见的却并非鼻子，不过一张石印画片，画着一个在补毛线衫和袜子的姑娘和一个身穿翻领的坎肩、留一点小胡子的少年，在树阴下向她看。而且这画片挂在那里也几乎有十年了。大佐回出来，恨恨的说："为什么人们竟会给这样无聊的、胡说的谣言弄得起哄的呢？"后来那传说又说是可伐罗夫少佐的鼻子的散步不在涅夫斯基大街了，是在滔里斯公园，并且是早在那里了的，当呵莱士夫·米尔沙（一八二九年到彼得堡来的波斯王之孙）还住在那近旁的时候，他就被这奇特的造化游戏吃过吓。外科专门学校的一班学生也来参观了。一个有名的上流的太太还特地写信给公园的经理，说是她极想给她的孩子们看看这希罕的现象，如果可以，还希望加一些能作青年们的教训的说明云。

有了这故事，欢迎鼓舞的是夜会的常客、社交界的绅士们，他们最擅长的是使女人们发笑，然而那时却已经再也没有材料了。但是，有很少的一些可敬的、精神高尚的人物却非常之不满。一位先生愤愤的说，他不解现在似的文明的世纪，怎么还会传布那么愚蠢的谣言，而且他更深怪政府对于这事何以竟不给它些微的注意。这位先生是分明属于要政府来管一切事件——连自己平时的夫妇口角的事件的人们之一的。于是而这事件到这里又完全罩在雾里了，以后怎样呢—— 一点也不知道。

<h2 style="text-align:center">三</h2>

世间也真有古怪得极的事情，有时候竟连断不能相信的事情也会有。曾经以五等文官的格式坐着马车，那么哄动<sup>14</sup>过全市的鼻子，居然若无其事似的，忽然在原地方，就是可伐罗夫少佐的两个面颊之间出现了。其时已经是四月初七日。少佐早上醒来，在无意中看了一看镜，却看见了鼻子！用手一撮——真的是鼻子！"嗳哈！"可伐罗夫说，高兴到几乎要在屋子里跳起德罗派克<sup>15</sup>来。但因为伊凡恰恰走进来，他就中止了。他命令他立刻准备洗脸水，洗过脸，再照一照镜——有鼻子！用手巾使劲的擦一下，又照一照镜——有鼻子！

"来瞧一下，伊凡，好像鼻子尖上生了一粒滞气。"他说着，一面自己想："如果伊凡说：'阿呀，我的好老爷，不要说鼻子尖上的滞气，你连鼻子也没有呢'这不是完了！"

然而伊凡说："没有呀，没有滞气，鼻子干干净净的！"

---

14　现代汉语常用"轰动"。——编者注
15　Tropak，一种国民的跳舞。——译者

"好！很好！"少佐独自说，并且两指一擦，响了一声。这时候，门口出现了理发匠伊凡·雅各武莱维支，但好像因为偷了黄油遭人毒打过一顿的猫儿，惴惴的。

"先对我说，手干净么？"他还远，可伐罗夫就叫起来。

"干净得很。"

"你说谎！"

"天在头上，干净得很的，老爷！"

"那么，来就是！"

可伐罗夫坐着。伊凡·雅各武莱维支围好白布，用了刷子，渐渐的将胡子全部和面颊的一部分都涂上了商人做生日的时候常常请人那样的奶油了。"瞧！"理发匠留心的望着鼻子，自己说。于是将可伐罗夫的头转向一边，又从侧面望着鼻子。"瞧！正好。"他说着，总是不倦的看着那鼻子，到底是极其谨慎地、慢慢的伸出两个指头来，要去撮住鼻子尖。这办法就是伊凡·雅各武莱维支派。

"喂，喂，喂，小心！"可伐罗夫叫了起来。伊凡·雅各武莱维支大吃一惊，垂下手去，着了一生未有的慌，但终于很小心的在下巴底下剃起来了。刮脸而不以身体上的嗅觉机关为根据，在伊凡·雅各武莱维支是很觉得不便，并且艰难的，但总算只用他毛糙的大指按着面颊和下颚，克服了一切障碍，刮完了。

这事情一结束，可伐罗夫就急忙的换衣裳，叫了马车，跑到点心店。一进门，他就大喝道："伙计，一杯巧克力！"同时也走到镜前面——不错，鼻子是在的！他很高兴的转过脸去，眯着眼，显着滑稽的相貌去看两个军人。其中的一个生着的鼻子，无论如何，总难说它比坎肩上的扣子大。出了点心店，他到那捞个副知事，倘不行，便是监督的椅子的衙门里的事务所去了。走过应接室，向镜子瞥了一眼——不错，鼻子是在的！他于是跑到别一个八等文官也是少佐的那里去。那人是一个非常的坏话专家，总喜欢找出什么缺点来，教人不舒服，当这时候，他是总回答他说："说什么，我知道你是全彼得堡的聪明才子"的。他在路上想："如果一见面，那少佐并不狂笑起来，便可见一切处所，全有着该有的东西的了。"但那八等文官却什么话也没有说。"好，很好！"可伐罗夫自己想。回家的路上，他又遇见了大佐夫人坡陀忒契娜和她的女儿。一招呼，就受了欢呼的迎接，也可见他的肉体上并无什么缺陷了。许多工夫，他和她们站着谈闲天，还故意摸出鼻烟壶来，当面慢慢的塞进两个鼻孔里去给她们看。心里却想道："怎么样，鸡婆子，你的女儿我却是断断不要的呢，倒也并不是为了什么——par amour——哼，就是怎么着！"

从此以后，可伐罗夫少佐便好像毫没有过什么似的，又在涅夫斯基大街闲逛，戏园、舞场、夜会——总而言之，无论那里都在出入了。鼻子也好像毫没有过什么似的，安坐在脸中央，绝不见有想要跑掉的样子。后来呢，只见可伐罗夫少佐总是很高兴，总是微笑着，总在恼杀所有的美妇人。有一回，他在百货公司的一个铺子里买了一条勋章带，但做什么用呢？可是不知道，因为他的身分是还不够得到无论什么勋章的。

但是——在我们广大的俄罗斯的首府里发生出来的故事的详细，却大略就如上面那样的东西！在现在，无论谁，只要想一想，是都会觉得有许多胡说八道之处的。鼻子跑掉了，穿起五等文官的礼服来，在种种地方出现的这一种完全是超自然的、古怪的事实，姑且不说罢——但怎么连像可伐罗夫那样的人就不能托报馆登出一个鼻子的广告之类的事也会不懂的呢？我在这里也并非说广告费未免贵一点：这是小事情，而且我也决不是吝啬的人。然而我总觉得这有些不妥当！不切帖！不高明！还有一层，是鼻子怎么会在烤熟的面包里面的呢？而且伊凡·雅各武莱维支又是怎么的？……不，我不懂，什么也不懂！但是，最奇怪、最难懂的是怎么世间的作家们竟会写着和这一样的对象。其实，这是已经应该属于玄妙界里的了。说起来，恰恰……不，不，我什么也不懂。第一，即使说出许多来，于祖国也没有丝毫的用处；第二……第二也还是并无丝毫的用处呀。我是什么也不懂的，这究竟是……

但是，将这事件的全体一点一点、一步一步的考察下去，却是做得到的，或者连这样做也可以……然而，是的，那有绝无出乎情理之外的事情的地方呢？——这么一想，则这事件的本末里却有什么东西存在的，确是存在的。无论谁怎么说，这样的事故世间却有的——少罢了，然而确是有。


　　果戈理（Nikolai V.Gogol 1809—1852）几乎可以说是俄国写实派的开山祖师，他开手是描写乌克兰的怪谈的，但逐渐移到人事，并且加进讽刺去。奇特的是虽是讲着怪事情，用的却还是写实手法。从现在看来，格式是有些古老了，但还为现代人所爱读，《鼻子》便是和《外套》一样，也很有名的一篇。

　　他的巨著《死掉的农奴》，除中国外，较为文明的国度都有翻译本，日本还有三种，现在又正在出他的全集。这一篇便是从日译全集第四本《短篇小说集》里重译出来的，原译者是八住利雄。但遇有可疑之处，却参照并且采用了 Reclam's Universal-Bibliothek 里的 Wilhelm Lange 的德译本。


一九三四年九月十六日

《译文》第一卷第一期所载，署许遐译

# 恶魔

[苏] 高尔基

当凋零和死灭的悲哀时节的秋季，人们辛辛苦苦地苟延着他的生存：

灰色的昼、呜咽的没有太阳的天、暗黑的夜、咆哮的风、秋的阴影——非常之浓的黑的阴影！——这些一切，将人们包进了沉郁的思想的云雾，在人类的灵魂里惹起对于人生的隐秘的忧闷来。在这人生上，绝无什么常住不变的东西，只有生成和死灭，以及对于目的的永远的追求的不绝的交替罢了。

当暮秋时，人们往往不感到向着拘禁灵魂的那沉思的黑暗，加以抗争的力……所以凡是能够迅速地征服那思想的辛辣的人们，是都应该和它抵抗下去的。惟这沉思，乃是将人们从憧憬和怀疑的混沌中带到自觉的确固的地盘上去的惟一的道路。

然而那是艰难的道路……那道路，是要走过将诸君的热烈的心脏刺得鲜血淋漓的荆棘的。而且在这道路上，恶魔常在等候你们。他正是伟人歌德（Goethe）所通知我们的，和我们最为亲近的恶魔……

我来谈一谈这恶魔吧——

恶魔觉得倦怠了。

恶魔是聪明的，所以并不总只是嘲笑。他知道着连恶魔也不能嗤笑的事象在世上发生。例如，他是决不用他锋利的嘲笑的刀子去碰一碰他的存在这俨然的事实的。仔细地查考起来，就知道这样受宠的恶魔，与其说是聪明，其实原是厚脸，留心一看，他也虚度了最盛的年华，正如我们一样。但我们是未必去责备的——我们虽然决不是孩子了，然而也不愿意拆掉我们的很美的玩具，来看一看藏在那里面的东西。

当昏暗的秋夜，恶魔在有坟的寺院界内彷徨。他觉得倦怠，低声吹着口笛，并且顾盼周围，看能寻到什么散闷的东西不能。他唱起吾父所爱诵的听惯的歌来了——

> 素秋一来到，
>
> 木叶亦辞枝，
>
> 火速而喜欢，
>
> 如当风动时。

风萧萧地刮着，在坟地上、在黑的十字架之间咆哮。空中渐渐绷上了沉重的阴云，用冷露来润湿死人的狭隘的住宅。界内的可怜的群树呻吟着，将精光的枝柯伸向沉默的云中，枝柯摩抚[1]着十字架。于是在全界内都听到了隐忍的悲泣和按住似的呻吟，听到了阴惨的沉闷的交响乐。

恶魔吹着口笛，这样地想了——

"倘知道这样天气的日子，死是觉得怎样，倒也是有趣的，死人总浸透着湿气……即使死于痛风之后，得了魔力……一定总是不舒服的罢……叫起一个死人来，和他谈谈天，不知道怎样？一定可以散闷罢……恐怕他也高兴罢……总之，叫他起来罢！唔，记得我有一个认识的文学家，埋在不知那里的地里……活的时候，是常常去访问他的……使一个认识的人活过来算什么坏事呢？这种职业的人们，要求大概是非常之多的，我们真想看一看坟地可能很给他们

---

1 现代汉语常用"抚摸"。——编者注

满足，但是他在那里呢？"

连以无所不知出名的恶魔，到寻出文学家的坟为止，也来来往往，徘徊了好些时……

"喂，先生！"他喊着，敲了他认识的人睡在那下面的沉重的石头，"先生，起来罢！"

"为什么呢？"从地里发出了被按住着似的声音。

"有事呵……"

"我不起来……"

"为什么不起来的？"

"你究竟是谁呀？"

"你知道我的……"

"检查官么？"

"哈哈哈哈！不是的！"

"一定……是警官罢？"

"不是不是！"

"也不是批评家罢？"

"我——是恶魔呵……"

"哦！就来……"

石头从坟里面推起，大地一开口，骸骨便上来了，完全是平常的骸骨，和学生解剖骨胳[2]时的骸骨看去几乎是一样的。不过这有些肮脏，关节上没有铁丝的结串，眼窝里是闪烁着青色的磷光。骸骨从地里爬了上来，拂掉了粘在骨上的泥土，于是使骨胳格格地响着，仰起头骨，用了青的冷的眼色凝眺着遮着灰色云的天空。

"日安！你好呵！"恶魔说。

"不见得好呀。"著作家简单地回答了。他用低声说话，响得好

---

2　现代汉语常用"骨骼"。——编者注

像两块骨头互相摩擦，微微有些声音一般……

"请宽恕我的客套罢。"恶魔亲密地说。

"一点不要紧的……但是你为什么叫我起来的呢？"

"我想来邀请你一同散步去，就为了这一点。"

"阿，阿！很愿意……虽然天气坏得很……"

"我以为你是毫不怕冷的人。"恶魔说。

"那里，我在还是活着的时候是很恼着重伤风的。"

"不错。我记起来了，你死了的时候，是完全冰冷了的。"

"冷，是当然的！……我一生中，就总是很受着冷遇……"

他们并排走着坟和十字架之间的狭路。从著作家的眼里，有两道青光落在地上，给恶魔照出道路来……细雨濡湿着他们，风自由地吹着著作家的露出的肋骨，吹进那早已没有心脏的胸中。

"到街上去么？"他向恶魔问。

"街上有什么趣味呢？"

"是人生呵，阁下。"著作家镇静着说。

"哼！对于你，人生还是有着价值么？"

"为什么会未必有呢？"

"什么缘故？"

"怎样地来说明才好呢？人们是总依照了劳力多少来估计东西的……假如人们从亚拉洛忒山的顶上拿了一片石来，那么，这石片之于人们大约便成为贵重品了……"

"实在是可怜的东西呵！"恶魔笑了。

"然而，也是……幸福者呀！"著作家冷然地答道。

恶魔默默地耸一耸肩。

他们已经走出界内，到得两边排着房屋，其间有深的暗黑的一条路上了，微弱的街灯分明地在作地上缺少光明的证据。

"喂,先生!"暂时之后,恶魔开始说,"你在坟里是在做什么的?"

"住惯了坟的现在,倒也很耐得下去了……但在最初,却真是讨厌得毛骨悚然呵。将棺盖钉起来的粗人们,竟将钉打进我的头骨里去。自然,那不过是小事……然而总是不舒服的。仗了我的头的力量,虽然,常常在人们之间流了些毒害,但对于要加害于我的脑髓的欲望,我却只看作怀挟恶意的象征主义罢了。后来,是虫豸们光降了。畜生!虫豸们就慢慢地吃起我来。"

"那是毫不作怪的!"恶魔说,"那不能当作恶意——因为在湿地里浸过的身子决不是可口的东西呵……"

"我究竟有多少肉啊?那是不足道的!"著作家说。

"总之,非吃完这些不可,与其说满足,倒是不舒服的运命哩……老话里就有,说是烂东西会招苍蝇呀。"

"它们明明吃得很可口的……"

"在秋天,坟地可潮湿么?"恶魔问。

"是的,颇潮湿……但这也惯了……比起这来,倒是对于走过界内还来注目于我的坟墓的各色各样的人们相却令人气愤。土里面躺着的不知有多少……我自己……我的周围的一切东西是都不动弹的——我毫没有时间的观念……"

"你在泥土里躺了四年了,不,不久就要五年了哩。"恶魔说。

"是么?那么……这之间,有三个人跑到我的坟前来过了……是使我烦乱的访问。该死的东西!他们里面的一个竟简单地否定了我的存在,他跑来了,读过墓碑铭,便断然地说道:'这人死掉了……这人的东西我什么也没有看过……但是谁都知道的名字呵——我的年青时候有一个同姓的人,在我的街上玩着犯禁的赌博的。'就是你,也不见得高兴罢。我是十六年间接连地印在销路很旺的杂志上,而且活着的时候,就发表了三种著作的。"

"你死后，还出了第三版了哩。"恶魔说。

"请你听罢！……其次，是来了两个人，一个说：'唉唉！这就是那人么？'别一个便回答道：'是那人呀。''那人活着的时候，实在也是很时行的——他们都时行的……''不错，我记起来了。'……'躺在这土里的，真不知多少人呵……俄罗斯的大地，实在是富于才干呀……'这样地胡说着，蠢才们就走了……温言不能增加坟地的热度，我是知道的，也并不愿意听温言……无论那一种，都令人难受。多么想骂一通小子们啊！"

"想是痛骂一场了罢。"恶魔笑了。

"不，那不行……二十一世纪一开头，便连死人们也非忽然喜欢论争不可……那是不成样子的，就是对于唯物论者，也太厉害呀。"

恶魔又觉无聊，想了——

"这著作家，当活着的时候，总是高高兴兴，去参与新郎的婚礼和死人的葬礼的罢。在一切全都死掉了的现在，他的名誉心却还活在他里面。在人生，人类究竟有什么意义呢？只有他的精神是有意义的，而且惟有这意义值得赏赞和服从……唉唉，人类，是多么无聊呵！"……

恶魔正要劝著作家回到他的坟里去的时候，他的头里又闪出一种意见了。他们走到四面围着长列的屋宇的开朗的广场。天气低低地靠在广场上，看去好像天就休息在屋脊上一样，而且用了阴沉的眼俯视着污浊的地面似的。

"喂，先生，"恶魔开口了，并且高兴似的将身子弯到著作家那边去，"你不想会一会你的夫人，看她什么情形么？"

"能会不能，自己是决不定的。"著作家缓缓地回答道。

"唉唉，你是从头到底死掉了呀！"恶魔要使他激昂起来，大声说。

"唔，为什么呢？"著作家一面说，一面夸耀似的使他的骨胳格格地作声，"并不是我愿意……是说，恐怕我的女人不来会我了罢……即使会见我——也未必认识哩！"

"那是一定的！"恶魔断定说。

"因为我离家很久的时候，我的女人就不爱我了，所以这么说的。"著作家说明道。

屋宇的围墙忽然消失了，或者倒是屋宇的围墙成了透明，好像玻璃了，著作家能够看见了体面的屋子的内部——屋子里面非常明亮，优雅宜人……

"多么出色的屋子呵！倘使我这样地住起来，恐怕至今还不会死掉……"

"我也中意了，"恶魔笑着说，"这屋子并不化³掉许多钱——大约三千……"

"呵……委实还不贵么？……我记起来了，我的庞大的著作弄到了八百十五卢布……而这是几乎做了一整年……但住在这里的究竟是什么人呢？"

"就是你的太太。"恶魔回答说。

"多么……呵……多么体面……说是她的东西……而且这位太太……那就是我的女人么？"

"是的啊……你瞧，她的丈夫也在着哩。"

"她漂亮了……阿阿，穿的是多么出色的衣服。是她的丈夫么？是很庸碌的丑相的小胖子，但看来倒仿佛是一个好好先生……实在好像是什么也不懂的汉子似的！况且平平常常……然而那样的脸，是为女人们所心爱的哪……"

"倘若你愿意，为你浩叹一声罢！"恶魔说，并且恶意地看着著作家那边，但著作家却神往于这情景了。

---

3　现代汉语常用"花"。——编者注

"他们多么畅快，多么活泼！他们俩彼此玩乐着生活……她爱那男人不爱呢，你大约知道的罢？"

"唔唔，很……"

"那个男人是做什么的？"

"时行杂志的贩卖人……"

"时行杂志的贩卖人……"著作家慢腾腾地复述了一回。于是暂时之间不说一句话。恶魔看着他，满足地笑起来了。

"喂，这些事，可中你的意呢？"他问。

"我有孩子……他们……是活着的，我知道。我有两个孩子——一个男孩和一个女孩……那时候，我想过了的——男孩子长大起来，是会成一个切实的人的罢……"

"切实的人世上多得很——世上所想望的是完全的人。"恶魔冷冷地说，于是唱起勇壮的进行曲来了。

"我想——商人这东西，一定是看透了一切的教育家，而我的儿子……"

著作家的空虚的头骨悲哀地摇了一摇。

"看一看那男人紧抱着她的样子罢！他们正显着称心满意之处哩。"恶魔大声说。

"实在……他……那商人是有钱的么？"

"比我还穷，但那女人是有钱的……"

"我的女人么？她怎样赚了钱的？"

"卖了你的著作呵。"

"阿阿，"著作家说。于是用了他露出的空虚的头骨，慢慢地点了几点，"阿阿，原来！可见我大半也还在给一个什么商人作工哩。"

"的确，那是真的。"恶魔满足地加添说。

著作家望着地土，对恶魔道：

"领我回到坟里去罢。"

周围都昏暗，在下雨，空中罩着沉重的云。著作家格格地摇着骨胳，开快步跑向他的坟地里去了，恶魔随在后面，吹着嘹亮的好调子……

自然，读者大概是不会满足的，读者已经餍足于文学，连单为满足读者而写的人们也很难合读者的趣味了。在此刻，因为我毫没有讲到关于地狱的事，读者也许要觉得不满。读者真相信死后要赴地狱，所以要在生前听一听那里的详情。但可惜我关于地狱却一点有趣的事也不能说。为什么呢？就因为地狱这东西是不存在的——人们所容易地想起，描写的火焰地狱这东西是不存在的，但倘是充满着恐怖的别样的事情，我却能够讲……

医生对诸君一说"他死了"，便立刻地……诸君跨进了无限的晃耀的领域，这就是诸君的错误的意识的领域。

诸君躺在坟里、狭小的棺里。可怜的人生就如车轮的旋转一般，在诸君的面前展开去。从意识到的第一步，到诸君的人生的最后的瞬间，人生动得太慢，于是人们绝望了。诸君将知道在生前暗暗地挂在自己之前的一切，便是诸君生前的虚伪和迷谬的罢。对于一切思想，诸君将另行详审，注目于各各错误的步武的罢——诸君的全生活将在一切个体里从新复活的罢——诸君一知道诸君所曾经走过的道上，别人也在行走，焦躁地相挤、相欺，则诸君的苦恼也还要加添的罢，而且诸君还将懂得、明见，即使做了这些一切事，结局他不过和时光一同，经验到度了这样空虚的没有灵魂的生活是怎样地有害的罢。

即使诸君看见了别人的疾趋于他们的衰灭，诸君也不能训戒[4]他们——诸君自己不能开一句口，也不能有什么法——援救他们的

---

4　现代汉语常用"训诫"。——编者注

愿望将在诸君的精神里毫无结果而消掉的……

诸君的生活这样地经过于诸君之前，而人生一到终局之际，那经过便又从新开始。诸君将常常看见……诸君的认识的劳作，将没有穷期……决没有穷期……而诸君的可怕的苦恼是万万没有终局的。

　　这一篇是从日本译《高尔基全集》第七本里川本正良的译文重译的。比起常见的译文来，笔致较为生硬。重译之际，又因为时间匆促和不爱用功之故，所以就更不行。记得 Reclam's Universal-Bibliothek 的同作者短篇集里也有这一篇，和《鹰之歌》(有韦素园君译文，在《黄花集》中)、《堤》同包括于一个总题之下，可见是寓言一流，但这小本子现在不见了，他日寻到，当再加修改，以补草率从事之过。

　　创作的年代我不知道，中国有一篇高尔基的《创作年表》，上面大约也未必有罢。但从本文推想起来，当在二十世纪初头，自然是社会主义信者了，而尼采色还很浓厚的时候。至于寓意之所在，则首尾两段上作者自己就说得很明白的。

　　这回是枝叶之谈了——译完这篇，觉得俄国人真无怪被人比之为"熊"，连著作家死了也还是笨鬼。倘如我们这里的有些著作家那样，自开书店，自印著作，自办流行杂志，自做流行杂志贩卖人，商人抱着著作家的太太，就是著作家抱着自己的太太，也就是资本家抱着"革命文学家"的太太，而又就是"革命文学家"抱着资本家的太太，即使"周围都昏暗，在下雨。空中罩着沉重的云"罢，高尔基的《恶魔》也无从玩这把戏，只好死心塌地去苦熬他的"倦怠"罢了。

一九三四年十二月十五日初版《恶魔》所载

# 饥馑（"某市的历史之一"）

[俄]萨尔蒂科夫

千七百七十六年这一年，在古尔波夫[1]市，是以大吉大利的兆头开场的。以前的整六年，市里既没有火灾和凶荒，也没有人们的时症和牲口的恶疫，市民们以为编年史上未曾写过的这幸福乃是市长彼得·彼得洛维支·菲尔特活息兼珂旅长的质朴的行政之赐，原也一点不错的。的确，菲尔特活息兼珂的办事是既质朴，又简单，至于使编年史家特笔叙述了好几回，作为在他的治世中，市民之所以非常满足的当然的缘故。他什么也不多事，只要一点年礼就高兴，还喜欢到酒店去和店主人闲谈，每天晚上披着油渍的寝衣站在市长衙门的大门口，也和下属斗纸牌。他爱吃油腻，也喝酸汤，还爱用"喂，朋友"这种亲昵口气来装饰自己的言语。

"喂，朋友，躺下来。"他对着犯了事，该打板子的市民也这么说。或者是："喂，朋友，你得卖掉那条[2]牛了，年礼还欠着呢。"

因为是这样，所以在市公园里腾空的兑·山格罗德公爵的无孔不入的行政之后，这老旅长的平和的统治就令人觉得实在是"幸福"的"值得出惊"的了。古尔波夫的市民这才吐出了满肚子的闷气，明白了"不是高压的"的生活，比起"高压的"的来，真不知要好到多少。

也不看操，也不叫团兵来操练，但这些都由它——古尔波夫的

---

1  "愚蠢"的意思。——译者

2  现代汉语常用"头"。——编者注

市民说——托旅长大人的福，却给我们也见了世面了。现在是即使走出门外面，要坐，坐着也可以，要走，随便走也可以，可是先前是多么严紧呵。那样的时代是已经过去了。

然而，到了旅长菲尔特活息兼珂治世的第七年，他的脾气竟不料起了大变化。先前是那么老实，至于带点懒惰的上司这回却突然活动起来，发挥出绝顶执拗的性子来了。他脱下六年来的油渍的寝衣，穿上堂堂的军服，到市上来阔步，再不许市民们在街上漫不经心，要总是注意着两边，紧张着。他那无法无天的专制是几乎要闹出乱子来了的，但聪明的市民们当愤慨将要炸裂之际，就恍然大悟道："且慢，诸位，就是做了这样的事，也不会有好处的。"这才幸而没有什么了。

旅长的性格的突变，然而是有原因的。就为了市外那伏慈那耶[3]村的百姓的老婆里面有一个名叫亚梨娜·阿息波华的出名的美女。这女人是具有俄罗斯美人特殊的型式，只要一看见，男人并不是烧起了热情，却是全身静静的消融下去的。身中，肉胖，雪白的皮肤上带一点微红，眼睛是灰色的凸出的大眼睛，表情是似乎有些不识羞，却又似乎也有些羞怯。肥厚的樱唇、分明的浓眉、拖到脚跟的密密的淡黄色的头发仿佛小鸭似的在街上走。她的丈夫特米试里·卜罗珂非耶夫是赶马车的，恰是一个配得上她的年青的可靠的出色的汉子。他穿着绵劈绒的没有袖子的外套，戴着插孔雀毛的绒帽。特米试里迷着亚梨娜，亚梨娜也迷着特米试里。他们俩常常到近地的酒店去，那和睦地一同唱歌的样子是令人见了也开心的。

但是，他们的幸福的生活却不长久。千七百七十六年开头的有一天，那两人享着休息时候的福的酒店里，旅长走进来了。走了进

---

3 "粪桶"的意思。——译者

来，喝干一瓶烧酒，于是问店主人，近来酒客可有增加之数，在这一忽，他竟看见了亚梨娜。旅长觉得舌头在喉咙上贴住了，但究竟是老实人，似乎连这也不好明说，一到外面，便设法招了那女人来。

"怎么样？美人儿，和我一起好好的过活去罢。"

"胡说。我顶讨厌你那样的秃头，"亚梨娜显出不耐烦模样，看看他的眼睛，说，"我的男人是好男人呀！"

两个人来回了几句问答，但是没有味儿的问答。第二天，旅长立刻派两个废兵到特米忒里·卜罗珂非耶夫家去把门，命令他们要管得紧。自己是穿好军服，跑到市场，为了要训练自己，惯于严肃的行政，看见商人，便大声吆喝道：

"你们的头儿是谁呀？说出来。莫非想说我不是你们的头儿吗？"

但是特米忒里·卜罗珂非耶夫怎么样呢？他如果赶快屈服，劝劝他老婆倒还好，然而竟相反，说起不中听的废话来了。亚梨娜又拿出铁扒来，赶走了废兵，还在市上跑着叫喊道：

"旅长这东西简直像臭虫似的，想爬进有着丈夫的女人这里来！"

听到了这样的名誉的宣言的旅长，悲观是当然的。然而正值自由思想已在流布，居民里面也听见议会政体的声音的时光，虽是老旅长，也觉得了单用自己的权势来办的危险。于是他招集[4]了中意的市民们，简单地说明了事情之后，马上要求罚办这不奉长官的命令的两个人。

"请你们去查一查书，"他显着坦白的态度，申明说，"每一个人应该给多少鞭才是呢，全听你们的决定。现在是谁都有自己的意见的时候了呀。我这一面，只要执行笞刑就好了。"

中意的人们便来商量，微微的嚷了一阵，回答道：

"对这两个坏蛋，请您给他们天上的星星一样数目的鞭子罢。"

---

4　现代汉语常用"召集"。——编者注

旅长（编年史家在这里又写道："他是有如此老实的。"）于是开手来数天上的星星，但到得一百，就弄不清楚了，只好和护兵商量怎么办，那受着商量的护兵回答是：天上的星星，多到不知道有多少。

旅长大约很满足了这护兵的回话，因为亚梨娜和米吉加[5]受过刑罚，回到家里来的时候，简直像烂醉似的走得歪歪邪邪[6]了。

但是，虽然吃了这样的苦头，亚梨娜却还是不屈服。借了编年史的话来说，那就是"该妇虽蒙旅长之鞭，亦未能发明有益于己之事"。她倒更加愤激了。过了一礼拜，旅长又到酒店来，抓住她说：

"怎么样，小蹄子，懂了没有？"

"这不要脸的老东西！"她骂了起来，"难道我的××还没有看够吗？"

"好！"旅长说。

然而老年人的执拗竟使亚梨娜决了心。她一回家，什么事也不做，过了一会，便伏在男人那里，唏唏吁吁的哭起来了。

"可还有什么法子吗？难道我总得听旅长的话吗？"她呜咽着说。

"敢试试看，我把你的头敲得粉碎！"她的男人米卡[7]刚要上炕床上去取缰绳，忽然好像想到了什么似的，全身一抖，倒在长板椅子上，喊了出来。

米吉加拼命的吆喝，吆喝什么呢？那可不知道，然而，总而言之，这是对于上司的暴动，却明明白白的。

一看见他的暴动，旅长更加悲观了。暴徒即刻上了铐，捉进警察局里去。亚梨娜好像发了疯，闯进旅长的府邸去了，但能懂的话，却一句也不说。只是撕着自己的衣服，无缘无故的嚷：

"吓，狗子，吃罢，吃罢，吃罢！"

---

5  特米忒里的爱称。——译者
6  现代汉语常用"歪歪斜斜"。——编者注
7  也是特米忒里的爱称。——译者

但是，奇怪的是旅长挨了这样的骂，不但不生气，却装作没听见，把点心呀、雪花膏的瓶子呀送给了亚梨娜。见了这赠品的亚梨娜便完全失掉勇气，停止呼喝，幽静的哭起来了。旅长一看见这情形，就穿着崭新的军服在亚梨娜面前出现。同时也到了团长的家里的仆妇头目开始来劝亚梨娜。

"你怎么竟这样的没有决断的呀，想一想罢，"那老婆子说些蜜甜的话，"你只要做了旅长的人，可就像是用蜜水在洗澡哩。"

"米吉加可怜呵。"亚梨娜回答说，那音调已经很无力，足见她已在想要屈服了。

恰在这一夜里，旅长的家里起了火。幸而赶快救熄了，烧掉的只是一间在祭日之前暂时养着猪子的书房。然而也疑心是放火，这嫌疑当然是在米吉加身上的。而且又查出了米吉加在警察局里请看守人喝酒，这一夜曾经出去过。犯人马上被捕，加了严审，但他却否认了一切。

"我什么都不知道，知道的只是这老畜生，你偷了人家的老婆去了。这也算了就是，请便罢。"

然而米吉加的话并没有人相信，因为是紧急事件，所以省去种种的例行公事，大约过了一个月，米吉加已经在市的广场上打过鞭子，加上烙印，和别的真正的强盗和恶棍一同送到西伯利亚去了。旅长喝了庆祝酒，亚梨娜却暗暗的哭起来。

但这事件，对于古尔波夫市的市民们，却并不这样就完结，上司的罪业，那报应是一定首先就落在市民们的头上的。

从这时候起，古尔波夫的样子完全改变了。旅长穿着军装，每早晨跑到各家的铺子里，拿了东西去。亚梨娜也跟在一起，只要抢得着的就拿，而且不知道为什么，说自己并非马车夫的老婆，乃是牧师的闺女了。

如果单是这一点，倒还要算好的，然而连天然的事物，竟对古尔波夫也停止了表示它的好意。编年史家写道："这新的以萨贝拉[8]将旱灾带到我们的市里来了。"从尼古拉节，就是水开始进到田里的时候起，一直到伊利亚节，连一滴雨也没有下。市里的老人也说，自从他识得事情以来，未曾有过这等事，他们将这样的天灾归之于旅长的罪孽，原也并非无理的。天空热得通红，强烈的光线洒在一切生物上，空中闪着眩眼的光，总好像满是火焦的气味。地面开了裂，硬到像石头一样，锄锹都掘不进去。野草和菜蔬的萌芽统统干枯了，裸麦虽然早抽了穗子，但又瘦又疏，连收麦种也不够。春种的禾谷就简直不抽芽，种着这些东西的田是柏油一般漆黑，使看见的人心痛。连藜草也不出，家畜都苦得呜呜的叫。野地里没有食物，大家逃到市里来，街上都塞满了。居民只剩着骨和皮，垂头丧气的在走。只有做壶的人起初是喜欢太阳光的，但这也只是暂时之间，不多久，就觉得虽然做好许多壶，却没有可盛的肉汁，不得不后悔他先前的高兴的轻率了。

但是，虽然如此，古尔波夫的市民却还没有绝望，这是因为不很明白那等候他们的不幸有多么深。在还有去年的积蓄之间，许多人们是吃，喝，甚至于张宴，简直显着仿佛无论怎么化消，那积蓄也永不会完的态度。旅长大人仍然穿着军装，俨然的在市上阔步，一看见有些疲乏的忧郁的样子的人，就交给警察，命令他带到自己那里去。还因为振作民气起见，他教御用商人到郊外的树林里去作野游，放烟火。野游也游过了，烟火也放过了，然而"这不能使穷人有饭吃"。于是旅长又召集了市民中的"中意的人们"，使他们振作民气去。"中意的人们"就各处奔波，一看见疲乏了的人，便一个

---

8 像是俄国谁都知道的故事中的人物，然未详出典。——译者

也不放过的给他安慰。

"我们是惯了的角儿呀。"他们中的一个说,"看起来,我们是能够忍耐的。即使现在把我们聚在一起,四面用枪打起来,我们也不会出一句怨言的!"

"那自然。"别一个附和道。

"我们能够忍耐,因为是有上司照顾我们的!"

"你在怎么想?"第三个说,"你以为上司在睡觉么?那里的话,兄弟,他一只眼睛闭着,别一只却总是看着,什么地方都看见的。"

但是到收割枯草的时候,却明白了可以果腹的东西是一点也没有了。到得割完了的时候,也还是明白了人们可吃的东西竟一点也没有。古尔波夫的市民们这才吃了惊似的,跑到旅长的府上那边去。

"这怎么好呢,旅长?面包怎么样了?您在着急么?"他们问。

"在着急呵,朋友们,在着急呵。"旅长回答说。

"这就好,请您使劲的干罢。"

到七月底,虽然下了一点已经不中用的雨,但到八月里,就有了吃光贮蓄[9],饿死的人了。于是想尽方法来做可以果腹的食物,将草屑拌在小麦粉里试试看,不行。舂碎了松树皮吃了一下,也不能使人真的肚子饱。

"吃了这些,虽然好像肚子有些饱了,但是,因为原是没有力量的东西……"他们彼此说。

市场也冷静了。既没有出卖的东西,市里的人口又渐渐的减少了,所以也没有买主。有的饿死——编年史家记载着说——有的拼命往各处逃。然而旅长却还不停止他的狂态,新近又给亚梨娜买了"特拉兑檀[10]的手帕。知道了这事的市民就又激昂起来,拥到旅长的

---

9 现代汉语常用"储蓄"。——编者注
10 织物的名目。——译者

府里去了。

"旅长，还是您不好，弄了人家的老婆去。"大家对他说，"上头派您到这里来，怕不见得是要使我们为了您的傻事，大家来当灾的罢！"

"忍耐一下罢，朋友们。马上就什么都有了！"

"这就好，我们是什么都会忍耐的，我们是惯了的角儿，不但饥馑，就是给火来烧，也能够忍耐。但是，大人，请您细细的想一想我们的话。因为时候不好，虽然忍耐着，忍耐着，我们里面可也有不少昏蛋，会闹出事来也难保的！"

群众静静的解散了，好个旅长，这回可真的来想了一想。一切罪孽都在亚梨娜，那是明明白白的，不过也不能因此就和她走散。没有法，只好派人去请牧师去，想说明这事，得点慰安。然而牧师却反而讲起亚呵伐[11]和以萨贝拉的故事来，使大人更加不安了。

"狗还没有把她撕得粉碎的时候，人民已经统统灭亡了。"牧师这样的结束了他的故事。

"那里的话，师傅。教我拿亚梨娜喂狗么？"

"讲这故事，是并非为着这事的。"牧师说明道，"不过要请你想一想，这里的檀越既然冷淡，教职的收入又少，粮价却有那么贵，教牧师怎么过得下去呢，旅长大人？"

"唉唉，我真犯了重罪了。"旅长呻吟着，于是大哭起来了。

他又动手来写信，写了许多，寄到各处去。

他在报告里写着倘使没有面包，那就没有法，只好请派军队来的意思，但什么地方也没有回信来。

古尔波夫的市民一天一天的固执起来了。

"怎么样？旅长，回信来了没有呢？"大家显着未曾有的傲慢的

---

11　疑即 Aholibamah，亚当和夏娃之子该隐的孙女，被一个下级天使（Seraph）所爱，在大洪水时，将她带到别一行星上去了。——译者

态度,问。

"还没有来哩,朋友们。"

大家正对着他,毫无礼貌的看着,摇摇头。

"因为你是秃子呀,所以就没有回信了,废料。"

总而言之,古尔波夫市民的质问颇有点令人难受了。现在是已经到了肚子说话的时候,这性质是无论用什么理由、什么计策都没有效验的。

"唔,无论怎么开导,这人民可到底不行。"旅长想,"没有开导的必要了,必要的是两样里的一样。面包,否则……军队!是的,军队!"

正如一切好官一样,这旅长也忍痛承认了最后的思想。但是,一想惯,就不但将军队和面包混在一起,而且终于比面包更希望军队了。他预先写起将来的禀帖的草稿来:

"因接连反抗行政官之命令,遂不得已,决予严办,本职先至广场,加以适当之告诫后……"

写完之后,便开始望着街道,等候大团圆的到来。

每天每天,旅长一清早就起来靠着窗门,侧耳去听可有什么地方在吹号——

> 小队,散开!
>> 向障蔽的后面,
>>> 两人一排。

不行,没有听到,"简直好像连上帝也把我们的地方忘记了。"旅长低声说。

市里的青年已经全都逃走了。据编年史家的记载,则虽然全都逃走,有许多却就在路上倒毙;有许多是被捉回来,下了狱,然而他们倒自以为幸福云。在家里,就只剩了不会逃走的老人和小儿。开初,因为减少了人口,留着的是觉得轻松一点的,总算好歹挨过了一礼拜,但接着就又是死。女人们只是哭,教堂里停满了灵柩,真成了所谓"饿莩载路"的情形。因为腐烂的尸臭,连呼吸也吃苦,说是怕有发生时疫的危险,就赶忙组织委员会,拟定建筑能收十个人的临时医院的办法,做起纱布来,送到各处去。但是,上司虽然那么热心的办事,居民的心却已经完全混乱,时常给旅长看大拇指,还叫他秃子,叫他毒虫。感情的激昂真也无以复加了。

然而,"古尔波夫"市民还开始用了那昏庸的聪明[12],照古来的"民变"老例,在钟楼附近聚集,大家来商议。商议的结果是从自己们里面举出代表来,于是就请了市民中年纪最大的遏孚舍支老头子。民众和老人彼此客气了好一会,民众说一定要托他,老人说一定请饶放,但民众终于说:

"遏孚舍支老头子,你已经活得这么老了,见过了多少官员。但是,不是还是好好的活着么?"

一听到这话,遏孚舍支就熬不住了。

"不错,活到这样的年纪了。"他忽然兴奋得叫起来,"也见过许多官,可是活着呢。"

老头子哭出来了。编年史家附记道:"他的老心动了,要为民众服务。"遏孚舍支于是接了公禀,暗自决定,去向旅长试三回。

"旅长,你知道这市里的人们都快要死了吗?"老人用这话开始了第一试。

"知道的,"旅长回答说。

"那么,可知道因为谁的罪孽惹出了这样的事的呢?"

---

12 因为"古尔波夫"是"愚蠢"的意思,所以有这样的句子。——译者

"不，不知道。"

第一试完结了。遏孚舍支回到钟楼那里，详详细细的报告了民众。编年史家记载着："旅长看见遏孚舍支的声势，颇有恐怖之意"云。

过了三天，遏孚舍支又到旅长这里来："然而，这一回，已经没有先前那样的声势了。"

"只要和正义在一起，我无论到那里都站得住。"他说，"我做的事如果是对的，那就即使你拿我充军，我也不要紧。"

"对啦，只要和正义在一起，那一定是无论在那里都好的。"旅长回答说，"不过我要告诉你一句话，像你似的老东西，还是和正义一起坐在家里好，不要管闲事，自己讨苦吃罢！"

"不，我不能和正义一起坐在家里面，因为正义是坐不住的。你瞧，只要你一走进谁的家，正义马上逃走……这样的！"

"我么，也许就是这样的罢，但我对你说的是不要使你的正义遭殃！"

第二试于是告终，遏孚舍支又回到钟楼那里，详详细细的报告了民众。据编年史家说，则其时旅长已经省悟了一个事实，就是倘无特别的必要，却转转弯弯的来作正义的说明，那便是这人不很确信着自己决没有为正义而吃皮鞭之虑的证据，所以早不如第一回那样的害怕老人了。

过了三天，遏孚舍支第三次又到旅长这里来。

"你，老狗，知道吗……"

老人开口了，但还不很开口，旅长就大喝道：

"锁起这昏蛋来！"

遏孚舍支立刻穿上囚衣，"像去迎未来之夫的新娘似的"，被两个老废兵拉往警察局里去，因为行列走来了，群集就让开路。

"是的，是遏孚舍支呀，只要和正义在一起，什么地方都好过活

的！"老人向四面行礼，说道，

"诸位，宽恕我罢。如果我曾经得罪了谁，造了孽，撒了谎……请宽恕我罢。"

"上帝要宽恕的。"他听到这答话。

"如果对上头有不好的地方……如果入过帮……请宽恕我罢。"

"上帝要宽恕的。"

从此以后，遏孚舍支老人就无影无踪了，像俄国的"志士"的消失一样，消失了。但是，旅长的高压手段也只有暂时的效验。后来市民们也安静了几天，不过还是因为没有面包（编年史云："因无困苦于此者"），不得已，又在钟楼左近聚集起来了。在自己的府门口，看看这"捣乱"的旅长，就心里想："当这时候，给吃一把卫生丸，这才好哩。"但古尔波夫的市民，聚起来却实在并不是想捣乱，他们在静静的讨论此后的办法，只因为另外也想不出新的花样来，便又弄成了派代表。

这回推选出来的代表巴呵密支，意见却和那晦气的前辈略有些不同，以为目前最好的办法是将请愿书寄到各方面去。他说：

"要办这事，我认识一个合式[13]的人在这里，还是先去托他的好罢。"

听了这话的市民们大半都高兴了。虽然大难临头，但一听到什么地方有着肯替他们努力的人在那里，人们也就觉得好像减轻了担子一样。不努力，没有办法，是谁都明白的。然而谁都觉得如果有别人来替自己努力，总比自己去努力还要便宜得远。于是群集即刻依了巴呵密支的提议，准备出发了，但临行又发生了问题，是应该向那一面走，向右，还是向左呢？"暗探"们，就是后来（也许连现在）博得"聪明人"的名声的人们，便利用了这狐疑的一刹那发

---

13　现代汉语常用"合适"。——编者注

了话：

"诸位，等一等罢，为了这人去得罪旅长是犯不上的，所以还不如先来问一问这个人是怎样的一个人的好罢。"

"这个人，东边、西边、出口、入口，他都知道，一句话，是一个了不得的熟手呀。"巴呵密支解释说。

查起来一看，原来这人是因为"右手发抖"撤了职的前书记官波古列波夫。手的发抖的原因是饮料。他在什么地方的"洼地"上和一个绰号"山羊"呀、"洋杯"呀的放浪女人同住在她快要倒掉了的家里，也并无一定的职业，从早到夜，就用左手按着右手，做着诬告的代笔。除此以外，这人的传记就什么也不知道了，但在已经预先十分相信了的民众的大半，是也没有知道的必要的。

然而，"暗探"们的质问却又并非无益。当群众依照巴呵密支的指点出发了的时候，一部分便和他们分开，一直跑到旅长的府上去了。这就是团体起了分裂。那"分开党"也就是以对于将来要来的振动保护住自己的脊梁为急务的慧眼者。他们到得旅长的府上，却什么也说不出，单在一处地方顿着脚，表示着敬意。但旅长分明看见，知道善良的、富足的市民乃是不屑捣乱、能够忍耐的人们。

"哪，兄弟，我们绝没有，"他们趁旅长和亚梨娜同坐在大门的阶沿上，咬开胡桃来的时候，絮叨着说，"没有和他们一同去，这是应该请上帝饶恕的，但只因为我们不赞成捣乱。是的！"

然而，虽然起了分裂，"洼地"里的计划却仍然在进行。

波古列波夫仿佛要从自己的头里赶走宿醉似的，沉思了一下，于是赶忙从墨水瓶上拔起钢笔，用嘴唇一吸，吐一口唾沫，使左手扶着右手，写起来了：

最不幸之古尔波夫市，窘迫之至的各级市民请愿书

俄罗斯帝国全国诸君公鉴：

（一）谨以此书奉告俄罗斯帝国各地诸君。我等市民，今也已臻绝境，官宪庸碌，苛敛诛求，其于援助人民，毫不努力。而此不幸之原因，盖在与旅长菲尔特活息兼珂同居之马车夫之妻亚梨娜也。当亚梨娜与其夫同在时，市中平稳，我等亦安居乐业。我等虽决计忍耐到底，但惟恐我等完全灭亡之际，旅长与亚梨娜加我等以污蔑，导上司于疑惑耳。

（二）再者，古尔波夫市居民中，多不识字，故二百三十人，其署名皆以十字代之。


读完这信，签好十字署名之后，大家就都觉得卸了重担似的。装进封套里，封起来，寄出去了。看见了三匹马拉的邮车，向着远方飞跑，老人们便说：

"出去了，出去了，那么，我们的受苦也不会长久了，面包那些，怕不久就有许多会来的了。"

市里又平静了。市民不再企图更厉害的骚扰，只坐在人家前面的椅子上等候着。走过的人问起来，他们回答道：

"这回可是不要紧了，因为信已经寄出去了。"

但是过了一个月，过了两个月，毫无消息，市民们却还在等候粮食。希望逐日的大起来，连"分裂"了的人们也觉得先前的自危之愚，至于来运动一定要把自己加在一伙里。这时候，如果旅长手段好，不做那些使群众激昂的事，市民就静静的死光，事情也就这样的完结也说不定的，然而被外貌的平稳所蒙的旅长却觉得自己是居于很古怪的地位了。他一面明知道什么也无可做，一面又觉着不能什么也不做。于是他选了中庸之道，开手来做孩子所玩的钓鱼的

游戏似的事情了。那就是在群集中放下钓钩去，拉出黑心的家伙来，关到牢里去。钓着一个，又下钩，这一钓上，便又下，一面却不停的向各处发信。第一个上钩的自然是波古列波夫，他吓得供出了一大批同伙的姓名，那些人们又供出一大批自己的伙伴。旅长很得意，以为市民在发抖了罢，却并不，他们竟在毫不介意的交谈：

"什么，老叭儿狗，又玩起新花样来了。等着罢，马上会出事的。"

然而什么事也没有出。旅长是不住的在结网，逐渐的将全市罩住了。危险不过的是顺着线索，太深的深入根里去。旅长呢，和两个废兵一伙，几乎将全市都放在网里面，那情形简直是没有一两个犯人的人家，连一家也寻不出了。

"兄弟，这可不得了，他像是要统统抓完我们哩。"市民们这才觉到了，但要在快灭的火上添油，这一点就尽够。

从旅长的爪里逃了出来的一百五十个人并没有什么预先的约会，却同时在广场上出现（那"分开"党这回也巧妙的躲开了）。而且拥到市长衙门前面去了。

"交出亚梨娜来！"群众好像失了心，怒吼着。

旅长看破了情形的棘手，知道除了逃进仓库之外，没有别的法，便照办。亚梨娜跟着他，也想跳进去，但不知道是怎么的一顺手，旅长刚跨过门限，就砰的关上了仓库的门，还听得在里面下锁。亚梨娜就张着两臂，在门外痴立着。这时候，群众已经拥进来了。她发了青，索索的抖着，几乎像发疯一样。

"诸位，饶命罢，我是什么坏事也没有做的，"她太恐怖了，用了没有力气的声音，说，"他硬拉我来，你们也知道的罢。"

但大家不听她。

"住口，恶鬼！为了你，市里糟成这样了。"

亚梨娜简直像失了神，挣扎着。她似乎也自觉了事件的万不能免的结果，连琐细的辩解也不再说，单是迭连的说道：

"我苦呀，诸位，我真苦呀。"

于是起了那时的文学和政治新闻上记得很多的可怕的事情。大家把亚梨娜抬到钟楼的顶上，从那十来丈高的处所倒摔下来了。

于是这旅长的慰藉者遂不剩一片肉，因为饿狗之群在瞬息间即将她撕得粉碎，搬走了。

然而这惨剧刚刚收场，却看见公路的那边忽然起了尘头，而且好像渐渐的向古尔波夫这面接近。

"面包来了。"群众立刻从疯狂回到高兴，叫喊道。然而！

"底带，底带，带！"从那尘头里，分明听到了号声。

　　排纵队，归队。

　　用刺刀止住警钟呀。

　　赶快！赶快！赶快！

一八六九年作

　　萨尔蒂科夫（Mikhail Saltykov, 1826—1889）是六十年代俄国改革期的所谓"倾向派作家"（Tendenzios）的一人，因为那作品富于社会批评的要素，主题又太与他本国的社会相密切，所以被绍介到外国的就很少。但我们看俄国文学的历史底论著的时候，却常常看见"锡且特林"（Shchedrin）的名字，这是他的笔名。

　　他初期的作品中，有名的是《外省故事》，专写亚历山大二世改革前的俄国社会的缺点。这《饥馑》却是后期作品《某市的历史》之一，描写的是改革以后的情状，从日本新潮社《海外文学新选》第二十编八杉贞利译的《请愿人》里重译出来的，但作者的锋利的笔尖，深刻的观察，却还可以窥见。后来波兰作家显克维奇的《炭画》还颇与这一篇的命意有类似之处。十九世纪末他本国的阿尔志跋绥夫的短篇小说也有结构极其相近的东西，但其中的百姓却已经不是"古尔波夫"市民那样的人物了。

一九三四年十月十六日
《译文》第一卷第二期所载，署许遐译

# 恋歌

[罗马尼亚] 萨多维亚努

## 一

我们的车辆歇在济果那尔[1]的林间草地上了。细枝烧成的一堆大篝火用它的红光照着车夫们，远处的暗地里休息着脱了羁勒的牛。有时火焰一闪，它们便显得分明，接着又沉没在昏暗里。旁边停着装载木板的车子，火光时常微微一照，也像对于睡着的生物似的。

车夫们围住篝火坐作一圈，我躺着，用肘弯靠定一辆圆篷的车，在倾听我的祖父讲述一个早先的故事。他那平静的、深沉的声音在悠闲的夏夜中发响，恰如林间草地上起了一种微波。他那白眉毛下面的活泼的黑眼珠凝神的看着篝火，他那白色的长髯盖着前胸，宛如积雪一样。在他灵活的眼前，一一展开他曾在济果那尔的林间草地里所遇见的久经忘却的事情，他还用了温和的声音从昏黑中变幻出过去的图像。

面目经过雨淋日炙的车夫们围着火，默默的在长林中听着先前的故事。轻微的瑟索[2]之声在幽静的夏夜里通过睡着的林间，草地却是醒的，睁着火一般的眼。从远地里，在密叶中处处传来一种微声，又远远的消失在森林的黑夜里了。时时也有猫头鹰的寂寞的哀

---

1　Zigeuner 是欧洲的一种漂流的种族，但在这里却专指罗马尼亚的农奴。——译者
2　现代汉语常用"瑟缩"。——编者注

鸣,听去很像人的叫唤,于是是很轻的拍翅声——一种叶子的仅能觉察的颤动,这回是秧鸡在草地边的湿草里含胡的叫起来了,停了一会,远处又起了鹌鹑的拍翅声——别一匹就在我们的近旁响应。此刻是一只蝙蝠,乌黑的飞箭似的掠过了微红的光圈,但一刹时[3]又布满了颠扑不破的幽静,只有蟋蟀开始在大沉默中鸣叫,好像从过去的雾里传来。一种新的声息又在密叶中流过去了,满含着悲哀,仿佛是古森林的叹息。

祖父讲述着——过去的精灵从新苏醒,在昏黑中飞升起来了。

我看见,并且追随它:我看见绥累河边的,在克拉尼绥尼的雄踞高原的幡耶尔[4]的宅子。我看见小冈子上的树林,沿边种着菩提树和接骨木的小路,还有在山脚下,一直流到白桦林间的草地里的力谟尼支河,在这中间,我也瞥见那些卖了身的济果那尔的荒凉的土小屋。绥累河的涨潮,通过密林,离城堡[5]不过一百步,也听到波涛泮泪和喧嚣。

自从幡耶尔那思泰绥·克拉尼舍奴结过婚以来,将近一年了,他那年青的太太白嫩得像一朵睡莲,他爱她,恰如他的爱他那些野生的、不驯的东西一样。

他把大半的时光都献给了打猎——他的最大的嗜好;她却相反,无望地、无爱地在幽闺里梦一般度着她的光阴,不过当主人不在时,间或沿了力谟尼支河边,在通着林间草地的林荫路上去走走。

有一天,幡耶尔那思泰绥出去了,上了走向卖身的济果那尔的居住的路。

太阳正照着丘冈,通过了山毛榉林的空隙在发闪。它那黄色的光辉由树林枝间落到地上,还映着幡耶尔的红头发和金红色的胡

---

3　现代汉语常用"一霎时"。——编者注

4　Bojar,先前的罗马尼亚和俄国的贵族的尊称。——译者

5　地主的住居。——译者

须，他那乌黑的钢光的眼睛正目送着几匹迅速的拍着翅子飞在空中的野鸭。

后来他又凝神的望着前面了。

可怜的济果那尔的小屋子凌乱的散在山脚下，是用粘泥涂壁、芦苇盖顶的。小门歪歪斜斜的挂在铰链上，要走过去，还得用两只手来帮忙。小小的、不过手掌般大的窗洞，斜视眼似的凝视着幡耶尔，而且到处看不到一座板壁或一间仓屋，只能在踏实了的粘泥地面上看见灶火的烧痕。

许多粗毛的鸡在寻找食物，向各处乱跑，几匹黑色的小猪饿得在门边吱吱的叫。

小屋前面烧着几堆火，黑眼睛的济果那尔女人们用土耳其的古钱装饰着头发，靠火边蹲在锅子旁。小屋后面响出活泼的锤击和一个风箱的喘息声，一两个赤脚的、只穿一点破布的少年也肩着钓竿，从近地的池塘那里回来了。

幡耶尔走近一间小屋去，一个年青的姑娘连忙从火边站起了，她那如火的眼睛也紧钉着幡耶尔。

那思泰绥老爷的红胡子倒立着，在尖鼻子下面翘得高高的，他那雪白的牙齿发光了，这比起幡耶尔那思泰绥的笑来还有更多的意义。

"你还要怎么样，那力札？"他问，"你还是总不想结婚吗？"

"我敢起誓，我不高兴结婚，"她用一种唱歌似的声音回答说。于是侧着头，顺下那长眼毛，低声补足道："还是在城堡里好。"就从她如火的眼睛里向幡耶尔投了一道闪电一般的眼光。

"嘻，嘻，嘻！"那思泰绥老爷笑着，"时候过去了！这磨子现在磨着别的粉了，不过你是应该结婚的。瞧罢！伊黎要你做老婆，有些等不及了。"

幡耶尔把两只手交叉在背后，走过去了，那姑娘就又靠着火坐了下去。

这时候，小屋后面的锤击声和风箱的喘息声也停止了。在黑脸上闪烁着眼白的铁匠们，身上只穿一点破布，走近皤耶尔来，在他的衣角上接吻。于是又驯良的退向一旁，只是那发光的眼睛还向皤耶尔偷偷的投了锐利的一瞥。女人们赶紧从火边站起，拉着孩子们的臂膊，一同躲进小屋里去了。只有几个踉跄的小子们却还伸着手求乞道："您好心的老爷，好心的老爷，我们求求您，您好心的老爷！"

太阳落在丘冈后面了，从山毛榉林的空处透出夕照来，好像一幅金色的雾縠。在清爽的向晚的空气里，由远地里隐约的传来了公牛的鸣声，到黄昏了，周围都是一种隐逸的安静。只在山毛榉的发红的枝梢上，还有一只画眉鸟唱着幽婉的清歌。

皤耶尔的红胡子又倒立起来了，在尖鼻子下面翘得高高的。

在一颗树桩上，脸孔对了落日，坐着一个瘦长的青年，头上戴一顶密插许多孔雀羽毛的真珠[6]装饰的帽子。

他在拉一个提琴，那抑制住的才能听到的声音在梦境里似的诉着哀怨。他的脸有湿润的眼睛在那里生辉、苍白、瘦削，镶着亮晶晶的头发。

山毛榉树上，画眉鸟低低地、疲倦地唱着它的歌，而济果那尔的提琴则迸出一种悲凉的谐调来，仿佛低声的哀诉。

皤耶尔微笑着听了一会，到后来，他的声音突然冲破那深的寂静了："你爱她的很吗，伊黎？"

济果那尔大吃一惊，恰如一声狂呼，将歌辞[7]打断。他连忙跳起来，恭敬地从头上除下了饰着羽毛和珍珠的帽子，挟着提琴，走近

---

6　现代汉语常用"珍珠"。——编者注
7　现代汉语常用"歌词"。——编者注

幡耶尔去。

"你爱她的很吗，伊黎？"那人又笑着问。

"我敢起誓，您好老爷。"济果那尔苍皇[8]的、吃吃的说，他又喃喃自语了一会，没有去看幡耶尔，在他苍白的脸上涌起了炽热的红潮："我没有爱什么人，您好老爷。"于是把乌黑的头发一摇，如火的眼睛仍复对着幡耶尔了。

那红胡子又倒立了。

"你为什么不说呀，伊黎？那么，整夜唱着恋歌，在力谟尼支河边逛荡，像一个疯子的是谁呢？"

济果那尔失神似的站着，只有那提琴在他的手里发抖。

"嘻，嘻，嘻！"幡耶尔笑道，"你为什么要这么瞒，苦小子，好像我不知道你在爱她一样！你为什么要这么怕？这对于你是一件大祸事，她还会送你的命的——那那力札！"

到这末一句，伊黎才喘了一口气，那紧张的脸上也显出一道欢喜的光辉，其时幡耶尔也又嘲弄的微笑了一下。

"我祝您老爷长生不老。"那青年说，"您会给我办的，照您的意思"。

"哼，是的！我会给你安排的，照我的意思。但是你爱她得很吗？"

"愿您老爷长生，像我的眼睛的光。"

"是的，像你的眼睛的光，所以你在城堡附近找她的呀——嘻，嘻，嘻——所以……"

幡耶尔回转身，开着缓步，红胡子倒立着，高高的翘到尖鼻子，走向城堡那面去了。

伊黎留着，湿润的眼睛发着光，他那苍白的脸上显出疑惑和惊惧，在他手里的提琴又抖起来了。

8　现代汉语常用"仓皇"。——编者注

夜晚已经到临，画眉鸟不再歌唱了，只有晚风像一条温暖的水波，直向林中冲过。远处响着放牧归来的家畜的铃铎，夹着绥累河的波声。

伊黎还总是惘然的在树桩旁边痴立着。

忽然从小屋里，由开着的门里来了发沙的声音："你怎么好呀，苦小子！你还要拿了你的心到那里去找死？倒不如抛给狗子罢。你没有看见他已经知道了么？你怎么好呢，苦小子！一个又苦又贱的济果那尔竟敢向他的太太抬起眼睛来……天下有这等事吗！"

那青年转过脸去看，老婆子很轻蔑的在凝视他。她的小小的冒火的眼睛，两粒水银丸子似的在发闪。

"住口，老年人，不要多来苦我了！我很明白，这不会有好结果的。那一定！但他大约并没有料到。"

他坐在树干上，苦楚的说道："我这可怜的心呵。"

在夜的浅蓝色的暗中，小屋前面烧着的火，那火焰升上来了，时时有黑影在这些四近溜过。有几处响着年青的嗓音，吞声地、悄悄地在唱先前的民歌。

伊黎低声的说道："那么，我怎么办才是呢，妈妈？"

"我的好孩子，"那老婆子回答说，声音也就低下去了，"这没有别的道儿了，我们只好来试一试给你来破掉妖法。有大火伏在你这里了，不知道这是谁干的，人给你喝下毒药去，现在烧起来了。"

"我这可怜的心呵！"济果那尔又诉苦说，"它在我的里面烧，使我不得安静，好像有什么东西在赶我到城堡那边去……如果一看见她，我为什么就这么苦恼呢？"

他深深的叹息着，目不转睛的仰望着城堡，那点了灯火的地方。

老婆子懊恼的摇摇头，默默的坐下了。

深夜拥抱了小森林，只有力谟尼支河清醒着，显得好像一面明镜，在那底里，照出明红窗户的城堡的昏暗的倒影来。

伊黎戴上帽,叹息着站起身,垂着头,挟着提琴走了。

老婆子在昏暗中,不高兴似的说了几句话。

"我不能,妈妈,"伊黎呻吟道,"我不能了!给我一点什么罢,我拿这去死,因为消磨着我的火,比死还凶哩!唉,我死罢,妈妈,我死罢。"

"那去就是,我的孩子!但那路,那你在走的可是一条火热的路呵。"

小屋前面的明亮的火渐次消灭了,只还有几声低低的谐调,在夜的寂静中叹息似的在发响。

二

当幡耶尔那思泰绥叫他的管家来见的时候,夜已经侵了进来了。

"事情怎么样,格力戈黎? 你去过 Valea Seaca 了么?"

格力戈黎站着,左右摇动着他那魁伟的身子,给他做衣服,是要用一张全牛皮的。

"是的——我去过了。"

"那么,你找到了些什么吗?"

"找到的。"这话从格力戈黎的嘴里洪亮的迸出,一面撮着唇上的亚麻色胡子,使它翘起来。

"讲罢,是怎么一回事!"

格力戈黎咳嗽着,深深的吸一口气——这声音好像一个风箱的扇风——讲起来了,还用他那粗大的手指整理着上唇的胡子:"是这样的……我先到管林子的妥玛那里去。'在 Valea Seaca 有野猪吗?'我问他说。'有的。''那么,如果你看见它们过,就同去指给我它们走过的地方。''去罢。'他说。我们去了。一处的平野上有一株大榉树,我们就爬在那上面。我们等着,等着,等到快要天明,听到林子里有一种响动的时候。又过了一会工夫，那可忽然的来了，你没有见过的哩！一大群野猪。它们又好看，又壮大，小牛似的，又很多，很多。'它们从那里来的呀？'我问妥玛。'这只有老天爷知道。'我回答说。只有这一点是很的确的，它们在向着绥累河走，它们奔过野地去，像被赶着似的。"

"哦，后来呢？"皤耶尔问道。

"我讲完了。"格力戈黎回答说，轻轻的咳嗽着。

"这很好。听哪，格力戈黎，你要好好的留心，凡我所说的话。"

他把右边的上唇胡子拉了一下，又把左边的拉了一下，并且向皤耶尔鞠一个躬，那主人就又说下去道："今天是几时呀？礼拜一，那就在礼拜四——你好好的留心着，格力戈黎。"

格力戈黎低低的自语道："在礼拜四——"

"在礼拜四，你给我在仑加和芬谛内莱准备下打猎的一切。你再跑到我的表兄弟约尔达希和服尔尼支·衣利米那里去一趟，懂了吗？再到巴斯凯来奴、拉司滔舍、厄内斯古和波台奴这些邻居们，以及我的姻兄弟和岳父那里，请他们在礼拜三的正午都到我这里来。我一定等着他们，懂了吗，格力戈黎？"

"懂了，老爷，在礼拜三的正午。"

"好！以后——"

皤耶尔忽然停住说话，张开了嘴，只在倾听了。格力戈黎也张着臂膊呆立着，一样的大开了嘴巴，却并不知道为什么。

有一种低吟似的妙音在外面的昏暗的树林中发响。

皤耶尔从躺椅上站起身，在摇动的烛光中踏着土耳其的地毯，走到窗前，推上了窗户的下半扇，把头伸到外面去。

夜是温和的，在深蓝的天上明着黄金色的点滴。森林稳睡在浓荫里，只有夜静的弦的悲哀的颤动，时时从力谟尼支那面传来。一种神秘的乐音奇怪的笼罩了皤耶尔的石造的城堡，还有一个人影，好像为悲歌所痛苦，悄悄的在水滨徘徊。

皤耶尔把眼光移到城堡的别一边，好像他的夫人的分明的姿首就在窗口，这是真的，还是不过他自己觉得这样呢？

"听哪，格力戈黎，"他转过脸来，阴凄凄的皱着眉头很快的说，"我简直全不能安静一下吗？"

格力戈黎沉默着，莫名其妙的看着窗门。

"格力戈黎！我要生气了，那你也就没有好处，格力戈黎！为什么那个济果那尔又在力谟尼支河边唱了起来的？"

"我可知道他为什么在唱的吗？"格力戈黎镇静的回答说。

"你不知道的！让他唱到我不要再听了就是，你去！我不要再听了，你懂了我没有？要不然，我要生气了。我不高兴再听他，你懂了吗？"

"懂了，老爷。"格力戈黎镇静的回答说。

"好！以后你再回来，我还有话对你说。"

"我就回来，老爷。"

格力戈黎张着臂膊，走出门去了。

皤耶尔把两臂交叉在背后，还在厚厚的地毯上来来往往的踱了一会，烛火是在幽静的屋子里散布着颤动的光辉。

忽然间，他在他所收集的兵器前面站住了，他的眼光钉在一把明晃晃的短刀上，烛光照得它在发闪。

红胡子倒立起来了，在尖鼻子下面翘得高高的。

那思泰绥沉默着，站了一下，于是去开开一扇门，这门通着一条长路。壁龛上点着一盏红灯，笼罩着紫罗兰色的半明半暗。脚步在冷的石板上踏出钝重的回声来。以后他就推开一扇低小的门，走进了明亮的、好像宝石箱子一般的、铺着地板的卧室。

安娜夫人吃了一吓，从窗口转过脸来，但当她看见那思泰绥时，却微微一笑。

两个活泼的济果那尔娃儿很机灵的从别一扇门溜掉了。

"我在听伊黎的歌，"安娜说，"他在力谟尼支的谷里唱着呢。你听见么？"

皤耶尔站在屋子的中央锋利的看定着他的夫人的碧眼，于是他慢慢的说道："那是伊黎，你怎么知道的？"

"是那娃儿告诉我的，你没有听见么？那娃儿告诉我的。"

那思泰绥目不转睛的对她看。

"想想就是，他每晚上都在那里唱呀。"安娜在皤耶尔的刺人的眼光之下，狼狈的接着说。

"哼，是的，我知道，"那思泰绥迟疑的说道，"我也听见的，而且也知道，他为什么在唱的。"

"我也知道。"安娜夫人微笑着说。

"你也知道？"她的男人述说着，在屋子里往来的踱起来了，"暖哈，你竟知道，他为什么在唱的吗？"

他忽然对安娜站住，他的胡子倒立了。

"嘻，嘻，嘻！"他高兴的笑着，"我叫格力戈黎下去了，叫他去略略的说他几句……"

于是他那不定的、活动的眼睛就很注意的看定了他夫人的白净的脸，他的眼光也笼罩了她那苗条的、穿着罗縠的身躯。

只有琴弦的凄凉的振动来冲破屋子里的幽静，那思泰绥走近窗户，推上一扇玻璃，向外面望出去。那里的空气是温和的，在好像洒满了火焰的天宇之下响着奇妙的谐调、安乐的夜里，弥漫了一种满是悲哀的清楚的声音：

只要我活在人间，我爱你，
因为倘使我死了，你会把我忘记，
草丛儿生满了坟头。
虽然我还这么的爱你，
却没有人问起，在这地上的，
谁是我的宝贝。


提琴含着深哀的在叹息，皤耶尔的心里就浮动着一个漂亮的、出色的女性的形象——安娜，而且也火一般明白，想到她被他所捐弃，寂寞地凄凉地过着她的日子了。

外面忽然起了提琴的失手的声音，停止了，接着是人声的数说，一声喊打破了夜的寂静，于是听到急遽的脚步声。

"那济果那尔的疯狂，现在是消失了。"皤耶尔说着，缩进头去，放下了窗玻璃。

安娜默默的坐在躺椅的一角里，她的思想停在指引她的悲哀的生活上面了。寂寞、沉默、阴郁的和妖媚的眼光——这是这女人的一生的全体。

那思泰绥走向门口去，但他突然站住了，转过来向着他的女人笑笑的问道："你没有什么要对我说吗？"

"一个可怜的、无能的女人有什么对你说的呢？"安娜温柔地回答说。

"我的可怜的老婆，"那思泰绥微笑道，"你寂寞的、凄凉的过着你的光阴，已经很长久了，也没有人在这里能够帮你消遣消遣……这是女人们的命运，有什么办法呢？总是这样的，也只能这样的……但是我爱你！"

他接近安娜去，眼睛发着光。

"不要懊恼罢,我不走了。"他用了发抖的声音接着说,"我还要和格力戈黎商量一点事——但让他等着就是我相信他会在我的门边一直站到明天早上,拧着他的亚麻胡子的……"

他的张开的臂膊像钢弦一般颤动着——安娜默默地、娇柔地投在他的怀里了。

三

凄凉的、寂寞的乡村生活暂时为相识之声的热闹所打破了。车子摇动着,在马夫的喊叫和挥鞭声里拉进别墅来。大胡子的皤耶尔们和他们的红颜的太太们从车辆上走下,而温和的太阳光也在高兴的人之子的头上笑着。

"所有的马你们都给我不要卸。"克拉尼舍奴站在石级上,向下面大声说,"给我准备下两辆车!"

男人们欢笑着、戏谑着,大家在拥抱和接吻,其时女客们则围绕了安娜。

老皤耶尔衣利米·拉可威奴抚着他雪白的胡子,问那思泰绥道:"女婿,你家里的景况怎么样?"

"谢谢您的关切,丈人,好的。"

"但愿永是这样子!"

这皤耶尔于是走近安娜去,伸出手来给她接吻,又在她的额上吻了一下。

"听说你们是过得好的,不过我还有一点放心不下。我相信,邀我来是做岳父的——要小心些,我的孩子,你不要给我丢脸呀。"

大家高声的笑起来了,皤耶尔那思泰绥说道:"也会有这时候的。"

谦虚而仔细的向着大家,表兄弟约尔达希,斯妥扬,姻兄弟杜米忒卢、服尔尼支·衣利米，以及所有邻人们：巴斯凯来奴、拉司滔舍、厄内斯古、波台奴，问过家眷的安否和事业的情形之后，就说，先请大家去吃一些点心。

人们并排着走进大厅去，这里脱了帽，就会照出分开的，涂着香油的长头发来。幡耶尔们把沉重的外衣也脱去了，抚着他们的长髯，在躺椅上就了坐。

女客们久已在安娜的房里商量事情了。一向如此：男人们有他们的事件，女人们也有她们的。单在只有四只眼睛的时候，男人们这才谈女人，不谈国事，不谈功业，谈的是会闯大祸的眼睛和眉毛。[9]

幡耶尔们吃过点心之后，换了话来说，就是他们吃完四只炙火鸡，并且大杯的喝过酒之后，克拉尼舍奴说道："请大家原谅我们没有拿出好一点的东西来，我的朋友们，但我们上马罢，太太们就坐车。晚快边，我希望我们就到 Valea Seaca，那里有一席大宴在等候着。在那地方，我们也准备好明天的猎取野猪了。"

"你瞧，这滑头。"服尔尼支·衣利米说。老拉可威奴也高擎着酒杯，叫道："这玩得很好，女婿！唉这使我记起我的年青时代来了！"

对于这准备妥当了的惊人之举，别的幡耶尔们都高兴得闹起来，至于使仆役们也惴惴的捧着的酒杯跑过去。

在这六月里，太阳散布着宜人的温和，轻风掠过茂盛的稻田，吹动着它，摇摆得好像黄色的波浪。车辆嘎嘎的前进着，遗下了浓密的尘头，马夫们活泼地在空中飕飕的鸣着长鞭，在催促小巧的马匹。前面是幡耶尔们骑着怒马，他们的枪械在日照下发光，他们的长头发和须髯在风中飘动。

四面都是广大的亚麻田。风吹着亚麻实，大波一般起伏着，处处闪耀着澄清的积水，在那里面映出天上的白云、骑马人的队伍和

---

9 罗马尼亚的俗谚。——译者

沉重的车辆来。嫩蓝的天宇下,远远的有一只鹰,像御风而行似的,在温暖的日光中澡浴它的身子。碧绿的丘冈间时时露出一个村落,幽静得很。高出于人家之上的是教堂的塔和井的桔槔干。水上架着小桥,水底里映出旁边的荒废的房屋、高塔、井的桔槔干,那看去好像歪斜的十字架的东西。

当这一小队将到森林时,太阳已经西沉了不少。树木微微的发着气息,周围都弥漫着舒适的清凉和带香的森林气。这时车子减了速度了,男人们也使他的马慢步前进。

鸟儿吓得在丛莽中飞起来,黄毛画眉穿枝间的日光而去,仿佛发光的金弹子。斯妥扬是幡耶尔们中最年青的人,是那思泰绥的表兄弟,他唱起来了,一首古时候的陀以那[10]便在碧绿的殿堂中嘹亮。在林间草地上,一株老槲树下,仆役们和伊黎所率领的济果那尔乐队已经在等候了。来人全都停住,幡耶尔们跳下马来,黑眼珠的夫人们也高兴地轻快地走出了车子。

大家坐在盛开着花的、铺好毛毡的草地上,济果那尔竭力的奔走着。

那思泰绥的红胡子倒立了,在尖鼻子下面翘得高高的。

"格力戈黎!"他叫道。

"我在这里,老爷。"格力戈黎镇静的回答着,走了过去。

"你都办妥了?"幡耶尔问。

"都办妥了,老爷。"格力戈黎说,"明天一早就动手打猎。会场也弄好了,迭玛希那厨子也准备停当了,我还带了一小桶可忒那娄酒来,伊黎也在这里,虽然他胁肋上还有一点痛。"

夜已经开始到临。太阳把它的光线金丝似的穿过密叶,在碧草地上画出花朵模样的光斑来。森林在梦似的黄昏中微微地呼吸着。

---

10  Doina,罗马尼亚的民歌。——原译者

人们用他的声音唤起响亮的回声，而在一瞬息中，从远地里，画眉鸟的最末的鸣声就声明了安静。

明亮的日光消失了，夜的神秘的阴影于是降在林间草地上。

在一株很老的槲树下，奴隶们烧起一堆大火来，草上铺开雪白的麻布，玩乐也就开始了。

首先，他们做得像土耳其人一样：不说话，只管吃。但立刻大家高兴了起来，用有趣的谈天来助吃喝的兴致，胖大的火鸡和鹅就像活的一般，刚刚到得桌上，却又无影无踪了。还有那酒呢。谢谢上帝！

谁都在这时候记得起别的相像的宴会来，谁都愿意在这时候应酬得好，使大家在同一时中谈天、欢笑、喝酒。

只有太太们却在高兴她竟也逃出了幽郁的深闺，用了低声，在谈她们的家务。

森林又起了响亮的谈笑声了，大篝火在快活的队伍上，布满着一片绯红的光辉。

然而突然静了下来，提琴和可勃思[11]发了响，骨制的可步思[12]的颤动充满了林间。红光闪过济果那尔的阴暗的脸上，映出他又长又黑的头发。

伊黎是受窘的，苍白的脸色，湿润的、发光的眼睛，站在第一排。提琴和可勃思低吟起来了，他凝视着篝火，他的发抖的手把弓轻柔的拉动了琴弦。

古森林就起了战栗，一种谐和的音响弥漫在树木里，忽然又被甚深的寂静所主宰了，像在暴风雨之前一样。

在这大沉默中，伊黎的提琴发声了，恰如死亡在叙述那渐灭之苦。在可步思的仿佛一个受苦的生物的叫唤里，可勃思便低低的引

11、12　Cobs 和 Cobus 都是六弦琴（Gitarre）一类的乐器。——译者

出歌辞来。

森林中唱起了陀以那，泄露着大痛苦，忽如哭泣，忽如风暴，冲进了听着的人们的心，于是发出一种由苦楚和懊恼的声音而成的妙音，变作叹息似的幽婉悲凉的谐调。

深的寂静主宰着周围，连森林也好像在倾听，密叶中起了一种忧郁的响动，像是远处的瀑布声。篝火在静静的燃烧，并且用它那红色的光照着昏暗的林间草地。皤耶尔们默默的抚着自己的须髯，他们的思想停在永远消逝了的少年时候了，那些太太们却在这最末的一个声音时，才如出了深梦似的叹息着觉醒。

"女婿，"老拉可威奴说，"这济果那尔就值全部家产。他叫什么？伊黎？到这里来，伊黎，这是我给你的五块钱。那真感动了我了！"

伊黎露着顶，慢慢的走近皤耶尔来，给他把金钱抛在帽子里。

"不过要问问他，"那思泰绥笑着喊道，"他可是爱她得很！你爱她的很吗，伊黎？"他不开口。"他很爱她，爱到胁肋也痛了！"

皤耶尔们都大笑起来，于是愉快的彼此碰杯喝酒。

伊黎回到自己的原位上，张了发闪的眼，从那里望着安娜。

酒像大河一般奔流，愉快有加无已。过了一会，那老人又站起来了，说道："我这可怜的老骨头还想记得一回少年时代。我看年青人却并没有跳舞的准备。你们不差吗？你们为什么闷闷的站在那里的呢，祖父的女儿们？可爱的伊黎，给我们弹起一点什么来罢，要会使我出神的，还要跳得久，直到我没有话说！"

"祝你长寿，丈人，"那思泰绥叫道，"这很好！"

皤耶尔们脱掉外面的长衣，伊黎动手来弹猛烈的勃留[13]，森林也为之震动，女人们快活的从她们的座位上跳起来，用臂膊围住了皤

---

13 Brîu，罗马尼亚的跳舞。——译者

耶尔的颈子，跳舞就开头了，起先是慢慢的，总在这一地点上，于是愈跳愈快，终于在火焰的红光里成了一个黑色的旋涡。

以后是大家又在酒边坐下，但那那思泰绥的姻兄弟、杜米忒卢却好像不再愿意用杯子上口，他竟用他夫人的拖鞋儿喝起来了。

还是这样的跳下去：勃留之后是巴土泰[14]，巴土泰之后是卡拉舍儿[15]，林间草地上就又响亮着欢笑和歌唱。

济果那尔忙碌的搬了新做的热点心和酒来，伺候着客人：忽而酒，忽而点心，一直弄到两脚不再听话了，心情也开始了愁闷。

"伊黎，"老拉可威奴叫道，"响动你的琴弦，给我玩点什么罢，我想由此记起青春和年少哩！"

伊黎要唱恋歌了。周围又归于寂静，蟠耶尔们抚着他那被酒湿了的长髯。

济果那尔的琴弦上迸出了哀怨彻骨的清音，一种微颤的痛苦和疲乏的热望在夜里悠扬，恰如秋风的最后的叹息。

镇静地，石头雕成的一般，济果那尔屹立着，只有他的两只手在动弹，他那深沉的眼睛诉说着哀愁，固执地、懊恼地向安娜凝视。

她觉得他在向她看，便转过脸来了，看着济果那尔的消瘦的脸。他那如火的眼光几乎造成她一种肉体上的痛苦，然而眼睛却总不能离开他。

蟠耶尔那思泰绥昂起头。这几天之前，他曾在力谟尼支河边自己的城堡前面听过的声音，又在森林中发响了，他那钢铁一般发光的眼睛也牢牢的对自己的女人凝视着。

伊黎的声音很痛苦的在林间草地上响起：

只要我活在人间，我爱你，

---

14、15　Batuta 和 Caraschel 都是罗马尼亚的跳舞名目。——译者

因为倘使我死了，你会把我忘记……

两滴清泪在安娜的睫毛上发光，克拉尼舍奴的眼里却炎上了愤火，他的眉毛也阴森森的蹙起来了。

当济果那尔的歌在一种发狂似的幻想里收梢时，他的两手就在背后摸着兵器。

"唱得好，伊黎！"老拉可威奴叫喊说，皤耶尔们便都去拿斟满的酒杯。只有那思泰绥却显着凶恶的眼光，慢慢的、踉跄的走近济果那尔去。在他强壮的右手里闪着一把弧形的短刀。

大家都诧异地茫然地对他看。

那思泰绥把短刀在头上一挥，于是静静的立定了，凝视着济果那尔的脸。伊黎吓得不成样子了，他脸色发黄，抖是很利害，但那如火的眼睛却还总是看住着安娜。

克拉尼舍奴的红胡子倒立了，在尖鼻子下面翘得高高的。

"伊黎！"他喊道，"你爱她的很吗？嘻——嘻——嘻！再唱一点讲爱的东西罢，伊黎！"

在他狞猛的声音中沸腾着愤怒，在浓眉下面的他那凶恶的眼好像狼眼睛。

别的皤耶尔们也踉踉跄跄的站起来，诧异的向他看。伊黎抬眼一望，克拉尼舍奴懂得了。他发着抖拿了他的提琴，他的黑眼睛里闪耀着疯狂的光焰，他转身向了安娜，用至哀极苦的声音唱起歌来。当这济果那尔的歌，挽歌似的，颤抖着进出琴弦来的时候，大家都围绕了活泼的火光，站着，仿佛化了石的一样。

"是罢，伊黎，你懂得我的？"那思泰绥叫喊道。

他前进了三步，举起发光的短刀，就刺在济果那尔的前胸。

一声响，提琴跌碎在湿草上面了。伊黎呻吟着仰天而倒，站在周围的人们是默默的，像做恶梦似的在对他看。从济果那尔的胸脯上喷出一道通红的血箭，打湿了碎裂的提琴。他痉挛着，用臂膊支起他的上半身来，向着发抖的、蜡一般黄了的安娜抬起他那已经因为死的影子显得朦胧了的眼睛，唇间还流露着最末的、消减下去的才能听出的谐调。

他的嘴里涌出血流来，他沉重的仰天倒在湿草上，像钉十字架似的，张开臂膊，躺在那里不动了，他那固结了的眼是凝视着碧绿的林树织成的穹窿。

祖父暂时停讲了他的故事，枝叶茂密的树木里起了一种悲哀的微声。车夫们默默的围篝火而坐，显着深思的神情，牛儿躺在车后面，反嚼着刍草。

祖父又用低声讲起来了："第二天却有很大的围猎。打到了七匹的野猪，安娜和别的太太们还都去看会场呢。他们把伊黎埋在老榭树下——瞧罢，就是那地方——现在是他们也完结了，只还剩着烧过的树干子——那地方现在也还睡着济果那尔的骨头。"

祖父住了口，自在深思了。从森林的深处传来了一匹猫头鹰的寂寞的鸣声，好像一个人的叫唤。还听到远处的水磨坊的瀑布声，依稀如在梦境里。火的闪光时时照着密树，恍是微微的叹息，经过了古老的林间。

车夫们早在火边打鼾了，只有祖父还醒，被篝火的临灭暂旺的火焰照映着。

过不多久之后，我悄悄的问道："祖父，安娜太太哭了吗？"

"躺下睡觉。"老人喃喃的说，"听哪！野鸡在叫……已经不早了。"

许多工夫，我总是睡不着。我睁大了眼睛，去看林间草地上的躺着烧过的榭树桩子的地方。林中有一种悲哀的声响，我仿佛觉得济果那尔的影似的形象罩着夜雾，就在寂寞的墓上飘浮，至哀极痛的苍白的面庞，胸脯上是一轮血红的花朵。

  罗马尼亚的文学的发展，不过在本世纪的初头，但不单是韵文，连散文也有大进步。本篇的作者萨多维亚努（Mihail Sadoveanu）便是住在不加勒斯多（Bukharest）的写散文的好手。他的作品虽然常常有美丽迷人的描写，但据怀干特（G. Weigand）教授说，却并非幻想的出产，倒是取之于实际生活的。例如这一篇《恋歌》，题目虽然颇像有些罗曼的，但前世纪的罗马尼亚的大森林的景色、地主和农奴的生活情形却实在写得历历如绘。

  可惜我不明白他的生平事迹，仅知道他生于巴斯凯尼（Pascani），曾在法尔谛舍尼和约希（Faliticene und Jassy）进过学校，是二十世纪初最好的作家。他的最成熟的作品中，有写穆尔陶（Moldau）的乡村生活的《古泼来枯的客栈》（*Crîsma lui mos Precu*, 1905）有写战争、兵丁和囚徒生活的《科波拉司乔治回忆记》（*Amintirile caprarului Gheorghita*, 1906）和《阵中故事》（*Povestiri din razboiu*, 1905），也有长篇，但被别国译出的却似乎很少。

  现在这一篇是从作者同国的波尔希亚（Eleonora Borcia）女士的德译本选集里重译出来的，原是大部的《故事集》（*Povestiri*, 1904）中之一。这选集的名字就叫《恋歌及其他》（*Das Liebeslied und andere Erzählungen*），是莱克兰《世界文库》（*Reclam's Universal-Bibliothek*）的第五千零四十四号。

  一九三五年八月十六日《译文》第二卷第六期所载

# 村妇（历史的插话）

[保加利亚]伐佐夫

## 一

一八七六年五月二十日，下午时候——就在这一天，就在旛退夫（Botev）的部队在巴尔干连山中大败，连旛退夫自己也死于贪残的强巴拉斯（Zhambalas）所率领的乞开斯[1]帮的枪弹之下的这一天，在伊斯开尔[2]左岸，卢谛勃罗特（Lutibrod）对面，站着从这村子里来的一群妇女们。她们在等候小船，轮着自己渡到河的那面去。

她们里面，大多数不明白四近有些什么事，因此也没有怎么发愁。符拉札（Vratza）那边的喧嚣的行军已经继续了两天之久，她们却毫不觉得什么——而且也并不荒废了她们的家务。其实，这里是只剩下女人了，因为男人们都不敢露面。一揆者和乞开斯帮的打仗的地方，虽然离卢谛勃罗特还很远，但消息传来，使男人们非常恐怖。

就在这一天，村子里到了几个土耳其兵，为的是捉拿可疑的人，并且盘查往来的过客。

就在这时候，我们在讲的时候，小船正在河对岸，村妇们想过渡，也正在等得不耐烦，那小船可也到底回来了。船夫——一个卢

---

1　高加索人之一种，大部分因为避俄罗斯的压迫移住土耳其边境，但其中的一部分却又帮着土耳其来残虐被压迫的保加利亚人了。——译者

2　Isker，旧名厄斯珂斯（Öskos），是保加利亚国境内陀瑙（Donau）河的右侧支流之一。——原译者

谛勃罗特人——用橹把船定住，以免被水淌开去，于是走到岸上来。

"喂，上去，娘儿们！……赶快！……"

忽然出现了两个骑马的土耳其的宪兵，他们冲开了女人们，向船上直闯。其中较老的一个是胖大的土耳其人，鸣着鞭子，开口就骂道："走开，改奥儿[3]的猪猡！……滚，滚你们的！……"

女人们都让开了，预备再等。

"滚开去，妖怪！……"第二个吆喝着，挥鞭向她们打了过来。

她们叫喊着向各方面逃散。

这之间，船夫拉马匹上了船，宪兵们也上去了，胖子转脸向着船夫，发怒的叫道："一匹母狗也不准放上来！……滚开去！……"他又向这边吆喝一声，凶恶的威吓着。

恐怖的女人们就开始回家去了。

"大人老爷！……我恳求你，等一等！……"一个村妇叫喊道，那是慌慌忙忙的从契洛贝克（Chelopjek）跑来的。

宪兵们凝视着她。

"你什么事，老婆子？……"那胖子用保加利亚语问道。

跑来的是一个六十来岁的女人，高大，瘦削，男人似的眼光，臂膊上抱一个裹着破烂麻布的孩子。

"准我们过去罢，大人老爷！……准我上船罢，上帝保佑你，给你和你的孩子们福寿！……"

"唉，你是那，伊里札？……发疯的改奥儿！……"

他认识她，因为她曾在契洛贝克给他办过饭食。

"我正是的，阿迦哈其—哈山。带我去罢，看这孩子面上……"

"你带这袋子上那去？……"

---

3 Giaur，或可译为"不信者"，是土耳其人对于异教徒，尤其是基督教徒和波斯人的骂詈语。——译者

"这是我的孙子，哈其。没有母亲了……他生病……我带他到修道院去……"

"又为什么呢？……"

"为了他的痊愈，去做一个祷告……"那女人恳求的说，眼光里带着很大的忧虑。

哈其—哈山在船里坐下了，船夫拿了橹。

"阿迦，看上帝面上！……做做这件好事，想一想罢，你也有孩子的！……我也要给你祷告！……"

土耳其人想了一想，于是轻蔑的说道："上来，昏蛋！……"

那女人连忙跳上船，和船夫并排坐下。船夫就驶出了雨后暴涨的伊斯开尔的浊流。沉向山崖后面的太阳，用它那明晃晃的光辉照得水面金光灿烂。

## 二

那女人的到修道院去，实在很匆忙。她臂膊上躺着病了两个礼拜的两岁的孩子，是一个孤儿，他已经衰弱了十四天。巫婆的药味和祝赞都没有效验……连在符拉札的祝由科也找不出药来了。村里的教士也给他祷告过，没有用。她最末的希望只靠着圣母。

"到修道院给他祷告去……请道人祷告……"村里的女人们不断的对她说。

当今天午间细看孩子的时候，她大吃一惊……孩子躺的像死了的一样。

"现在赶快……赶快……恐怕圣母会救我们的……"

所以天气虽然坏，她也上了路，向"至圣处女"的契洛贝克修道院去了。

她经过槲树林，正向伊斯开尔走下去，树木间出现了一个服装古怪的青年，胸前挂着弹药带，手里拿一枝枪，他的脸是苍白、着急。

“女人，给我面包！……我饿死了！……”他对她说，一面挡住了去路。

她立刻猜出是什么人了，那是在山崖上面的他们中间的一个。

“我的上帝！……”伊里札吓得喃喃的说。

她把自己的袋子翻检了一通，现在才知道，她忘记了带面包来了……只在袋子底里找到一点干燥的面包皮，她就给了他。

“女人！……我可以躲在这村子里吗？……”

他怎么能躲在这村子里呢！……他们会看见他，交出他去的……况且是这样的衣服！……

“不能的，我的孩子，不能的……”她回答道，一面满心同情的看着他那显出绝望之色的疲倦的脸。她想了一想，于是说道：“孩子，你在树林里躲一下罢……这里是要给人看见的……夜里来等我……使我在这里看见你！……我给你拿了面包和别的衣服来……这模样你可见不得人。我们是基督徒……”她加添说。

那青年的满是悲哀的脸上闪出希望来了。

“我来等在这里，妈妈……去罢……我感谢你……”

她看见他怎样踉踉跄跄的躲进树林里去了，她的眼里充满了眼泪。

她赶忙的走下去，心里想：我应该来做这好事……这可怜人！他是怎么的一副样子呵！……恐怕上帝会因此大发慈悲，给我救这孩子的……但愿圣母帮助我，使我能到修道院……仁慈的上帝，保佑他……他也是一个保加利亚人……他是为着信仰基督做了牺牲的……

她自己决定，修道院的院长是一个慈爱的老头子，也是很好的保加利亚人，不如和他悄悄的商量，取了农民衣服和面包，做过祷告，就赶紧的回来，在还未天明之前，找到那个一揆者。

她用了加倍的力量匆匆的前行，为了要救两条男性的生命。

# 三

夜已经将他那漆黑的翅子展开在契列毕斯（Cherepis）的修道院上面了。伊斯开尔的山谷阴郁的沉默在昏暗的天空下，河流在深处单调的呻吟的作响，想带着沉重的澎湃扑到高高在上的悬崖。对面屹立着乌黑的影子，是石壁……它荒凉的站着，和上帝亲手安排的它的山洞、它的峰峦、宿在它顶上的老雕一同入了梦。

幽静而寂寞的道院也朦胧的睡去了。

出来了一个侍者……跟着又立刻走出一个道人来，披着衣服，不戴帽。

"伊凡，谁在那里敲门呀？……"道人耽心[4]的叫道……靠壁有一张床，上面摊着些衣服……那道人就撞在高的床栏上。

又敲了几下。

"一定是他们里面的人……教我怎么办呢？……不要放进来！……现在院长又没有在这里……"

"且慢！……先问一问……"

"谁呀？"侍者喊着，向外面倾听——"这声音……好像是一个娘儿们……"

"你简直在做梦！……一个女人！……在这时候！……不是那个，就是土耳其人……一定是土耳其人……他们要在这夜里把我们统统杀掉……他们到这里来找什么呢？……这里什么也没有，我没

---

4 现代汉语常用"担心"。——编者注

有放进一个形迹可疑的人来呀……主呵，发发慈悲！……"

又听到大门外面的声音了。

"是一个女人，那在喊的……"侍者重复说。

"你是谁呀？……"

"我们是教子，伊凡。契洛贝克的伊里札呀……开罢……唉唉，开罢！……"

"你一个吗？……"伊凡问。

"一个，带着孙子，伊凡。开罢，上帝要给你好报的！……"

"看清楚，是不是撒谎！……"神父蔼夫谛弥向侍者说。

那侍者奋勇的走近了大门，从小窗里望出去。待到连道人也确信了在昏暗中，外面只有一个女人的时候，他才吩咐伊凡去开门。

门只开了一条缝，放进农妇来，立刻又关上了。

"见鬼的！……你到这里来干什么，伊里札？……"道人懊恼的问道。

"我的小孙子病的很利害……住持神父在那里呢？……"

"培可维札<sup>5</sup> 去了，你找他什么事？……"

"找他做一个祷告……不过要快！……你来罢，神父……"

"什么？……在夜里？……我怎么能救生病的孩子……"道人恼怒的吆喝道。

"你不能救，但上帝都会处置的……"

"现在睡去罢，明天早上……"

然而女人恳请着，并且固执的咬定了她的要求。

到明天早上……会怎么样，谁知道呢……孩子显得很不好……病是不肯等待的……只有上帝能救。听起来，她也愿意付款子。

"你发疯了……你逼我们，修道院在夜里开门，好给'暴徒'冲

---

5　Berkovitza，保加利亚的市镇，属伦木派兰加（Lom-Palanka）府。——原译者

进来，好把土耳其人招进来，消灭了教会！……"

那道人唠叨着走到自己的小屋子里去，但立刻穿好道袍，光着头，回来了。

"来！……"

她跟着他走进了教堂[6]。他点起一枝[7]蜡烛，披上法衣，拿了日读祷告书。

"抱孩子到这里来……"

伊里札把孩子靠近了亮光。他的脸黄得像黄蜡一样。

"可是已经不很活了的哩！……"那道人通知说。

深沉的眼睛睁开来了，似乎要反驳这句话，烛光反照在那里面，闪闪的好像两颗星……

道人把法衣角放在孩子的头上，赶快的为他的痊愈念过祷告，用十字架的记号给他祝福，于是合上了日读祷告书。村妇在他手上接了吻，放上两个别斯太尔[8]去。

"如果他一定会活，那是就好起来的……现在到仓间里睡觉去罢……"

于是那道人转身要走了。

"等一等，蔼夫谛弥神父……"那女人踌躇着叫喊道。

他回过来，走近她去。

"还有什么事呢？……"

放低了声音，她说："我拜托你一点事……我们都是基督徒……"

那道人可是发怒了。

"你托什么事……什么要找基督徒？……睡觉去……蜡烛不能

---

6 故事里时常说起教堂，是指希腊加特力的教堂。保加利亚人是大抵信奉希腊加特力教的。——原译者
7 现代汉语常用"一支"。——编者注
8 Piaster，西班牙和墨西哥行用的银钱。——译者

点，有人会从上面看见，来做客人的……”

道人所指的是“暴徒”，那女人也懂得。她的脸上露出苦恼来了，声音发着抖：“你不要怕……没有人来的……”

并且用了更加秘密的神情，她说：“当我走出村子，在我们的树林子里的时候……”

恐怖和愤怒在道人的打皱的脸上一隐一现了。他明白，那女人要告诉他一点什么危险事，于是就来打断她，大声的说道：“我不要听……不要告诉我……你知道什么，自己藏着就是……你是来把教会送进火里去的吗？……”

村妇还想说下去，但一听到这些话，她就把话吞住了，她全无希望地跟着发怒的道人走到院子里。

“但是我不在这里过夜！……”她一看见道人正要指给她走往仓间的路的时候，就叫喊了起来。

道人很诧异的对她看：

“为什么？……”

“我走……立刻……”

“你发了疯了吗？……”

“我发了疯，也许并没有发……都一样……我走……明天一早，我有工做呢……给我面包罢，我饿了……”

“面包你要多少有多少……给她，伊凡！但是我不准开大门！……”

然而这村妇固执着自己的意见。

神父蔼夫谛弥沉思了一下。又开大门吗？……这是危险的……坏人会闯进来……谁知道会闹出什么事来呢……他即刻记得，这女人还已经看见过他们了……她会给教会招到不幸的，而且如果给土耳其人一知道……不成……还不如放她走，不使她在这里罢……

“那么，走罢！……”他喝道。

女人接过伊凡递给他的半个面包去，放在袋子里，接着就抱起了孩子，走了。

大门跟着她走出就关上了，锵的一声下了锁。

# 四

老伊里札连夜赶回伊斯开尔去，"暴徒"在那里等候她，她很亢奋。她从替住持神父来招待她的神经过敏的道人那里，不能，也不敢打听一声有益的意见。

她爬上修道院后面的山谷的高地边去，要径奔那沿着伊斯开尔的小路。

星夜照出了河对面的峭壁和悬崖，白天是阴凄凄的，现在却显着不祥之兆。

老伊里札的眼里和心中都充满着不安和恐怖，就什么都见得显着不祥之兆了。待到她走上高地时，便疲乏的坐在一株大榆树下的冰冷的地面上。

连山中的荒地睡觉了……为荒凉所特有的一种寂静笼罩了宇宙，只有波涛在那里的深处奔腾，那上面屹立着毫无灯光的修道院的屋宇和屋顶。

从右边传来了卢谛勃罗特的犬吠声。

她由地上站了起来，但又不敢经过村庄，便绕到悬崖的左边，于是急急的跑过了荒地。

她立即望见伊斯开尔了，小船泊在岩边，伊里札走近板棚去，向来是船夫就睡在那里面的。其中却没有人，显见得船夫也怕在这里过夜了。

她吓得没有了主意，她走向小船去……伊斯开尔在吓人的奔腾……她看看浊流的昏暗的影子……她打了一个寒噤……

怎么办呢？……等到天亮吗？……她决不愿意这样子，虽然卢谛勃罗特的雄鸡叫已在报告将近的黎明……

她应该怎么办呢？……她敢独自渡河吗？……怎么使橹，她是常常看见的……这出路她觉得非常危险，然而，如果她要和那等在那里，快要死于饥饿和不安的一揆者相见，却也不能选择了。

她把孩子放在沙滩上——她不大想到他了——弯了腰，去解那把小船系在树桩上的索子。她发抖了：原来那索子不单是系着，却用一把大锁锁住的……这是土耳其人所做的事，意在阻碍夜里的行人。

她发着抖，站在那里……

卢谛勃罗特的雄鸡叫越来越多了……天在东方显了淡淡的颜色……再一两点钟就要开始黎明了……

她绝望的呜咽起来，竭了全力，去破坏大锁或是弄断那索子，然而这一件也和那一件相同，都是一个不能够。

她发热的、喘息的直起身，绝望的站着……

忽然她又第三次弯下腰去了，用两手抓住了树桩，想把它拔起……但树桩钉得很深，好像铁铸的一样……

她两倍、三倍了努力……给太阳晒黑了的臂膊下着死劲……她的筋肉赛过了钢铁的力量和坚韧……骨节为着过度的用力在发响，热汗在她的脸上奔流……

气急，疲乏，仿佛她砍倒了一大车的树木，直起身来，呼吸一下，就又抓住了树桩，用了新的力气和阴沉的固执，从新向各方面摇动，要拔起它……

她那年迈的胸脯喘息得嘘嘘作响……两脚陷在沙地里，一直到了脚踝，在半个钟头的可怕的争斗之后，这地方动了起来，泥土发了松，她终于做到，把树桩从地上拔出了。

索子在夜静中钝重的发响……

伊里札放心的叹一口气，劳乏的倒在沙滩上。

停了一会，小船就载着老伊里札、孩子和树桩，浮在浊流上面了……

## 五

伊斯开尔立刻出了狭窄之处，向低下而平坦的两岸间直涌下去。

小船就乘着急流而行，不再听这老农妇的生疏的手里的橹枝的操纵，因此比平常停泊的处所，已经驶过的很远了。伊里札只好用尽力量，不给它回到她曾经上船的那一岸去。

一个有力的洪流终于将小船送到对面，那女人用了最大的努力，总算靠了岸。

她上了陆，抱着孩子……攀上高地，向树林跑过去。

当她走近那曾经遇见过一揆者的地方的时候，只见有一个男人影子在树干之间隐现。她知道，这就是她在找寻的。

一揆者也走近她来了。

"晚安，我的孩子……这是你的……"

和这句话同时，她就递过面包去，她很明白，他现在是最要这东西了。

"谢谢你，妈妈……"他萎靡不振的回答道。

"等一等……穿上这个……"她又交给他盖着孩子的衣服。

"这是我偷偷的从教堂里带来的……上帝宽恕我……我造了一回孽了……"

伊里札从墙上取了这衣服来，原以为是侍者的东西，但一揆者穿在身上的时候，她这才诧异的看明白，竟是一件道袍！

"那倒是都一样的……我先来暖一暖……"青年说，就披上了又干又暖的衣服。

他们一同的走着。

一搂者默默的吃东西……他冻得在发抖，也踉跄得很厉害。他是一个大约二十来岁的青年，瘦削，长得高大。

因为不去打搅他饥饿者的平静，女人没有问他是什么人，从那里来——她自己也不过低声的说话——然而好奇心终于蔓延开来了，她就问他是从那里过来的……

他告诉她，他并不是从山里，倒大抵是从平野里过来的。在那一夜，在威司烈支（Vesletz）的葡萄山里，给人和自己的部队截断了。他从那地方窜走，遭了很大的恐怖，冒了各种的危险，这才挨到这里来。他两整天和两整夜没有吃东西，他支撑的走得怎样疲乏，两只脚都受了伤，发着热……现在他要往山里去，在那里找寻伙伴，或者自己躲起来。

"我的孩子，你实在走不动了……"那女人说——"把枪交给我罢……你就轻松一点了。"

她用左手接了他的枪，右手抱着孩子，

"来，来！……聚起你的力气来罢，我的孩子。"

"现在我到那里去呢，妈妈？……"

"怎么那里去？……家里去呀……我这里！……"

"这是真的吗？……妈妈，我感谢你，你是好的，妈妈！……"那青年感激得流出眼泪来，弯下身子，吻了她抱着孩子的那只瘦削的手。

"人们因为害怕，现在不到外面来，如果给他们一知道，是会把我活活的烧死的……"那村妇说，"但我怎么能放下你呢……你逃不掉……乞开斯人捉住你——上帝得惩罚他们——在村子里呢，他们也……为什么要这样呢，孩子？……就是毁灭了这可怜的地方，也没有什么了不得！……他们像小鸡一般的杀掉你们……可是你也再没有力气往上走了……"

于是她把枪由左手抛在右手里，就用左手支住了他的臂膊。

他们在槲树林里越走越深了，从树干间望见天空的东边逐渐的发白……契洛贝克的雄鸡叫更加听得分明……天上的星星褪色了。

已经到了黎明，他们——照平常的走法——离村子却还有半个钟头的路，但像一揆者的那么走，可是连两个钟头也还是走不到的。

村妇非常着急，倒情愿来背他。

他向四面看了一看。

"天亮了，婶子……"他的声音放高了一点。

"这可糟……我们不能按时走到……"那女人悄悄的说。

他们又走了一段路。

从外面已经传来了人声。

村妇站住了。

"这可去不得了，我的孩子……得想一点别的什么法……"

"你想怎样呢，婶子？……"青年问道，看着他的母亲、亲戚，他的恩人和他的神明的这不相识者！

"你在树林里躲到夜……天一暗，我就来等候你……在这里……这么一来，你就躲到我的家里去……"

青年很相信，这条出路是要算最好的了。村妇就又交还了他的枪。

于是他们作了别。

这时伊里札摸了一摸孩子，她哭起来了……

"阿，孩子，我的孩子！……可是死了呀！小手像冰一样了！"

一揆者站定了，仿佛遭着霹雳……村妇的悲痛抓住了他……他想来劝慰她，然而说不出一句话。

现在他知道，这崇高的女性，那魂灵已被大悲痛所碎裂，他不能再望更多的帮助了。

"阿,孩子!……我的亲爱的孩子!……"那可怜人呜咽着,看定了他的孩子的苍白的脸。

明明白白,一切希望都被抢去了,一揆者就走进树林的深处去。女人的呜咽的声音还在他后面叫喊道:"我的孩子……要藏的好好的……到晚上……我在这里见你……"

伊里札也走进树丛里,不见了……

# 六

一到早晨,天空中浮上五月的太阳来了,在几天的阴晦和下雨的日子之后,明朗而且澄净。

美丽的、延长的峡谷从希锡曼山岩的脚下开头,装饰着春天的丛绿,为银带似的蜿蜒的河流所横贯,在太阳光中洗沐。

这里——在希锡曼山岩这里,河流却把《阿迭绥》[9]结束了,行程是经过了狭窄的隘岭和无数连山的曲折,忽而从险峻的、满生榆榭的山坡间飞过,忽而在浑身洞穴的石下潜行,这岩石是涌成幻想的宫阙和尖碑,在嘲笑着五行和时光之力。

太阳刚露到地平线上,土耳其的骑兵就在路上出现,他们后面是走在禾黍之间的一大群步兵,望不见煞末,骑兵和步兵立刻到了伊斯开尔,扎住了。

正式的步兵大约有三百人;他们前面走着排希一幡苏克斯[10],带着各种的武器。其余——大部分都是这些——是乞开斯人,也同是各式各样的武装着。

---

9  Odyssee,希腊诗人 Homeros 的有名的史诗,记着 Odysseus 的经历。——译者
10  Basi-Bosuks(蓬头)=非正式的土耳其步兵,往往是强迫的拉来的,不给军事训练。——原译者

少顷之后，骑兵就使乞开斯人前进，自己却留在旁边。

这些喧嚣扰攘的人们是在一个有名的乞开斯人的指挥之下的，这就是强巴拉斯，一个凶残的、渴血的高加索的强盗。昨天就由他的手里放出子弹去，打死了一揆的指导者，皤退夫。

强巴拉斯骑在马上，对着树林，离一个旧教堂的废墟不很远。

树林的左边屹立着艰险的山岩和溪谷，右边是契洛贝克的田野和果园，一直到第二道精光的山背脊。在山坡上，看见树木之间有一所惟一的牧人小屋，是它的主人新近抛弃的。

眼睛都向着深邃的、空虚的、寂静的树林，那里面藏着一揆者。

但部队却找不着他。

这夜里从符拉札送来了报告，说在天明之前一点钟，有一队叛徒[11]，由山上窜入这森林中，确系要在渡过伊斯开尔之后，躲进斯太拉·普拉尼太（Stara Planita）的广大的巴兰（Balan）去。

因为昨天的胜利，兵们都兴奋而且骁勇，等候着命令，这时强巴拉斯刚刚下了马，带着几个优秀的排希—皤苏克斯的关于冲锋的方法和手段的忠告。

他是一个四十岁左右的人，深的皮色，高大，黑须，身穿一种五光十色的乞开斯衣，从头顶一直武装到双脚。他那贪残的、狞野的两眼在高高的乞开斯帽子底下发光。

就在这一瞬间，小屋里开了一声枪，群山就起了许多声音的回响。

"叛徒们！……叛徒们！……"人们叫喊道。

大家的眼睛都向小屋注视，但只见那门口有一缕硝烟，轻微的早风把它吹到枝梢上去了。

惊疑了一瞬息，于是全部队一齐开火了，树林里也起了无数的回响。但忽然间，有大声出于硝烟中："强巴拉斯！……强巴拉斯

---

11　凡努力于解脱土耳其的羁轭的革命者，土耳其人皆谓之叛徒（Komita）。——原译者

中弹了！……"

强巴拉斯确是躺在地面上……他跌倒了，一粒枪弹穿通了他的脖子，嘴里涌出鲜血来。

从小屋里飞来的枪弹打中了他了。

这消息传布了开去，兵们立刻非常害怕……全部队纷纷迸散了，谁都拼命的藏躲。

头领的死尸很快的就运走，骑兵也接着不见了。

然而从树林里，也没有再开第二枪。

过了许多时候——由笼罩四近的寂静和非常的沉默断定，一揆者应该已经退进山里去——一群乞开斯人就大家商量，冲到树林里去搜索他一下。

他们只在一株槲树底下发见了一个暴徒的尸骸……那是三十来岁的人，黑胡须，用布裹着一只腿上的伤口。

乞开斯人确切的相信，一揆者是逃在山里了。

自从幡退夫战死之后，他的部下的一部分——四十人——就在那一条腿受了伤，英雄的贝拉（Pera）的领带之下，躲在山里面。他们整夜的在树丛里迷行，终于是疲乏的、饥饿的、半睡的走，到了契洛贝克的林子里，于是真的死一般的睡着了，也不再管会有人发见了他们的踪迹。

乞开斯人的一粒枪弹偶然打死了贝拉，却没有找到另外的牺牲。

但当乞开斯人闯进小屋里去的时候，他们可又看见了一个死尸。

"一个牧师！……一个暴徒！……"乞开斯人诧异的喊道。

一个没有胡子的青年躺在那地方，头上中了一粒弹。

他身穿一件道袍，那道袍的开岔之处却露着一揆者的浑身血污的衣服。从给硝烟熏黑的伤口看起来，就知道他是自杀的，在他打死了强巴拉斯之后。

这回是违反了他们的习惯，排希—幡苏克斯不再割下一揆者的头来，戳在竿子上，迎来迎去，作为胜利的标记了……头领的死，在他们算不得胜利。

他们只好烧掉小屋，把死尸抛在那里面来满意。到得晚上，当两队土耳其兵杀害了十三个走下山来，要到伊斯开尔去的一揆者的时候，也还在冒着烟。

伊里札是早已死掉了，但半死的孩子却活着，现在是一个壮健的、能干的汉子，叫做P少佐。

那亡故的祖母先前如果给他讲起这故事来，她总是接着说，她可不相信他那神奇的痊愈，是很会气恼的道人的随随便便的祷告，见了功效的，由她看来，倒是因为她做不到，然而她一心要做到的好事好报居多……

在巴尔干诸小国的作家之中，伊凡·伐佐夫（Ivan Vazov，1850—1921）对于中国读者恐怕要算是最不生疏的一个名字了。大约十多年前，已经介绍过他的作品。一九三一年顷，孙用先生还译印过一本他的短篇小说集：《过岭记》，收在中华书局的《新文艺丛书》中。那上面就有《关于保加利亚文学》和《关于伐佐夫》两篇文章，所以现在已经无须赘说。

《村妇》这一个短篇，原名《保加利亚妇女》，是从《莱克兰世界文库》的第五千零五十九号萨典斯加（Marya Jonas von Szatanska）女士所译的选集里重译出来的。选集即名《保加利亚妇女及别的小说》，这是第一篇，写的是他那国度里的村妇的典型：迷信、固执，然而健壮、勇敢，以及她的心目中的革命，为民族，为信仰。所以这一篇的题目还是原题来得确切，现在改成"熟"而不"信"，其实是不足为法的。我译完之后，想了一想，又觉得先前的过于自作聪明了。原作者在结束处用"好事"来打击祷告，大约是对于他本国读者的指点。

我以为无须我再来说明，这时的保加利亚是在土耳其的压制之下。这一篇小说虽然简单，却写得很分明，里面的地方、人物也都是真的。固然已经是六十年前事，但我相信，它也还有很动人之力。

一九三五年九月十六日《译文》终刊号所载

# 小儿的睡相

〔日〕有岛武郎

有人说，小儿的睡相是纯朴、可爱的。

我曾经这样想着，对这凝视过，但在今却不这样想了。夜一深，独自醒着，凝视着熟睡的小儿，愈凝视，我的心就愈凄凉。他的面颊以健康和血气而鲜红，他的皮肤没有为苦虑所刻成的一条皱。但在那不识不知的崇高的颜面全体之后，岂不是就有可怕的黑暗的运命冷冷地、恶意地窥伺着么？

一个小儿，他将怎样生活，怎样死去呢？无论是谁，都不能知道这些事。而人们却因了互相憎恶，在无意中为一个小儿准备着难于居住的世界。

不可知的运命，将这样的重担，小儿已经沉重地，在那可怜的肩上担着了。单是这个，不是已经尽够了么？而人们却还非因了互相憎恶，将更不能堪的重担抛给那一个小儿不可么？

一九二二年原作，一九二六年从《艺术与生活》译出
一九二六年六月二十五日《莽原》半月刊第十二期所载

# 巴什庚之死

[俄]阿尔志跋绥夫

我还没有到三十岁，然而回顾身后，就仿佛经过了一片广大的墓场，除坟墓和十字架之外，什么也没有见。有一时——或迟或早，有一处总要立起一坐[1]新墓来罢。这无论用了怎样的墓标做装饰，普通的十字架也好，大理石也好，要而言之，这便是从我所留遗下来的东西的一切罢。想起来，这也不是什么重大的事情，不死，是无聊的，生活也并不很有趣。因为死可怕，所以难堪，不能将自己送给魔鬼，大约也为此。活下去好罢，在称为"人生"的这墓场里，永是彷徨着好罢，你所经过的路的尽头，不绝地，总会次第辉煌着新的十字架的罢。宝贵的一切、可爱的一切都留在后面，生长在心中的一切都会秋叶似的飘零的罢。于是你就如运命一般，孤单地走着走着，走向收场那里去罢。

而今巴什庚是死了，从和我一同上那文学的路的人们之中，又少了一个了。

然而，死了倒好。他一生中的欢喜竟至于比普通人们的生存的又只一日间的欢喜也还要小一些。文学是一切美德的宝库的时代已经远去了。从所有罅隙中，污秽侵入了我们的小小的世界，幽静谦逊的巴什庚的住在那里，就恰如看见被弃在市场的尘芥中的紫云英似的，那样的酒店、那样的交易所开张了，在那先前，他的精神和深沉稳妥的天才的静穆的美一定可以得到不同的估计的罢。但

---

1　现代汉语常用"座"。——编者注

在现今充满着骇人的卖买[2]的喧嚣、奸计和广告的巧妙的争斗的文学的大路上，却必须[3]强壮的手、有力的意志、残忍的心。无论那一样，巴什庚是没有的。他在落魄中被撕裂、被践踏，于是死了，死于和俄国著作家相称的肺病了。

认识他的本来就不多。巴什庚的名字在文学上决不占着重大的位置。他的天分也有限，他的魅力的一切只在巴什庚这人是温良、纯净，连心底里都是真实而良善的人。这些个人底的性质，是正如映在清水中的深邃的苍空一般，反映在他的工作的每一篇里，将独特的、深沉的魅力赋给于他的有限的天分的。

什么时候，如果只要我的希望之一，得以实现的时候一来到——这时从那些教运命成为地之盐和人类的捕获者的人们，以及使文学作为渺小的欺诈者流的洞穴的人们的生涯中，要留下一篇很大的故事——则我也要将巴什庚的模型，依照了他留在我的心中的分明的记忆，添在我的故事里。在现在，他的容貌却还太接近，种种的回忆也太了然地散在眼前。我还不能赋与普遍性，他的死和埋葬的三个景况、三个瞬间还太分明地在我的眼前浮动着。

我几乎有两年没有见巴什庚。一样的病将我们两人抛向两样的地方去了。而当他临终的前一天，我们这才成了最后的睹面。

我跨进屋子里去的时候，巴什庚是睡着，靠了吗啡的力，陷在奇异的可怕睡眠中。有谁点了蜡烛，那黄色的光闪闪地显出明亮的影，在顶篷和墙壁上动摇，带着奇怪的花样的墙壁颤抖着。极其些细的事情，为什么有时竟至于这样使人心惊胆战的呢？但我记得，我恐怖地看了那些壁纸，房子的四围都是奇异的杂乱的线，连续着一种七弦琴似的东西，一想到这些都未曾一弹，便不知怎的觉

2　现代汉语常用"买卖"。——编者注
3　现代汉语常用"必需"。——编者注

得不舒服，甚至于还觉得烦厌[4]……烛光闪烁地在墙壁上走，七弦琴排着沉默的玫瑰色的序列，各各伸着自己们的画得很细的头。一张床上，在这瞬间，用了可怕的力量，正在那里生死之境里奋斗着的人的胸膛，发出一种枯干的、吹着口笛似的声音，鼓起来了，大概这就是临终的苦痛罢。而且巴什庚，假使我们不叫他，那时便死掉了罢。他骤然张开眼睛的最初的一刹那，巴什庚分明是什么也不知道。向我这一面凝视着的两只眼的眼色，正如从什么极其辽远的地方向这里看着的眼睛的眼色一般，奇怪而且可怕。

"华西理华西理维支。"我叫。

眼色忽然变换了，正如什么可怕的不懂的东西被我的声音消去了似的。半死的苍白的脸上显出熟识的亲密的表情来，病人想拥抱我。我弯了腰，而且和他亲吻。巴什庚突然抱住我的头，发出含有什么的枯干的声音，按向突突地动悸着的胸前，温和地，像母亲抚摩孩子一般，开始抚摩我的头了。宛如以无限的爱和温和的怜按向胸前沉默着，而且求我护卫他、救助他似的。

而且很奇怪，我于巴什庚是当他开手著作时就认识的，而且一生涯中帮助他，常是年长的保护者，也是恩惠者。然而现在，一听到有什么含在他的胸中，发出干枯的声音，无力的他的手抚摩着我的头，我就不能不感到所谓我的自己者是怎样地渺小、微细而且纤弱的东西了。

人的年纪是不应该从诞生算起，却该从临死的瞬间算起的。巴什庚所知道、巴什庚所经验的事，大约我还不能容易地懂得。被赞美的我的天分、我的姓名，唉唉，这较之就在这里和我们并立着的"死"所给与于巴什庚的伟大的爱和怜的最后的睿智，怎样地渺小而可笑呵！

---

4　现代汉语常用"厌烦"。——编者注

我常常和巴什庚辩论，我的意见是谁都知道的，许多时候我们住在一处。而且我是较强者，用了自己的权威压迫他，现在是我们算总帐的时候来到了。我们之间的自以为是的生涯已到最后的一页了。我不知怎地便带了恐怖的好奇心问：

"怎样，华西理华西理维支，我们现在是一致了，还是越加离开了呢？"

巴什庚并不微笑，用了明亮的良善的眼睛凝视着我。

"离开了。"他说，"对于一切，应该爱怜。"

也许他是对的罢，我不知道。

然而，当我们送了藏着巴什庚的遗骸的棺木，向墓场去的时候，除了愤怒和憎恶之外，还有什么能在我的心里呢？

送葬的何其少呵！被风绞雪吹卷着，分开没膝的积雪，在广大的白的平野间走着的我们是怎样地渺小、难看、可怜呵。白皮的棺木静静地在前面摇动着，风绞雪将系在花环上的几个采色飘带吹去了，在眼界中，除了白的平野和越吹越猛的风绞雪之外，什么也看不见。我们跟在棺木后面走，屡次失脚滑在深雪中，并且百来遍的读那花环上的题记。

——贵重的父亲及夫子灵前，妻及男敬献。这是一个小小的难看的花环，而且署名也不在飘带上，乃是写在那钉在最穷的埋葬的十字架上的铁片后面的。

我读了，并且由我很不容易地为巴什庚的遗族募集的二百卢布在我的衣袋里的事，也想到了。我想，巴什庚的妻是没有知道他的死的，当他死去的那天，她大概正在临蓐。而且又想，他的"妻及男"此后将怎么办呢？而且又这样想，便是这个，岂非也就是"著作家的葬式"么？所以，实在，倘说我在这瞬间，对于在猛烈的风绞雪的帐后、地平线上的一角里，漠然地将那青苍的大市街的肚子鸣动着、喧嚣着、大嚼着什么的几百万的商人们、人生的帝王们、畜生们、死人们都得感到一样的爱和怜，那真是莫名其妙。

他们要得到三遍咒诅！

但是，有一点什么明亮的东西从这葬式留在心里了。何以明亮的呢？在那本质上——虽然是不确的事、无聊的事、偶然的事——不知道，然而有什么留下了。

我们开手将棺木放进那掘在农民墓地的一角上的墓穴里去的时候，风绞雪停止了。是晴朗的、白的、清明的冬天，发着严寒的气息，而且在圆的白的帽子上，十字架屹立着。野鸽的一群从什么地方飞向坟墓上来了，有一匹，很想要停在棺木上，而且又飞开去，停在左近的十字架上了，很美观。

大约全世界的肯定是只在于美罢？大约一切事物是只为了美而存在的罢？

野鸽的群、白的冬天、白的棺木、静寂的悲哀、死掉了的巴什庚的心的优婉的魅力，那各样的美。

一九〇九年，彼得堡

感想文十篇，收在《阿尔志跋绥夫著作集》的第三卷中。这是第二篇，从日本马场哲哉的《作者的感想》中重译的。

一九二六年八月，附记<br>一九二六年九月十日《莽原》半月刊第十七期所载

# 信州杂记

［苏］毕勒涅克

……我到黎明就醒了，但有点不明白在那里。四边是微暗的，近地的雄鸡一叫，别的雄鸡即应着和鸣，莺儿也叫起来了。这些鸡声莺语和在俄罗斯诸村里所听到的一模一样。我回顾身边，障子[1]是紧紧地关着，但那上部受着朝日，烧得通红。火钵里的火已经全消，寒冷是四月的黎明的寒冷。

和我并排，在铺在地板上的席子上，茂森君和金田君穿了著物[2]睡着觉，我就知道了今天是在日本，在信州旅行，宿在农民作家土屋君的家里。我也被了绵的夜著睡着觉，正如茂森和金田一般。地板上呢，是昨晚乱翻过的书籍散乱在微暗里。

我就沉思起来了。惊醒了我的那鸡和莺，叫起来是和相隔数千俄里的俄国乡下的鸡和莺一样的，然而人们为什么讲着两样的言语，过着不同的生活的呢？

纸的壁（障子）遮不住晓露。一动，露珠便点点滴滴地落在我的身体上。

这几天是极其珍妙的日子，日本的人们虽是我的好朋友，也不说"否"[3]的一句话，也许是他们的传统性弄成这样的罢，一到非说"否"字不可之际，我的话他们就变成听不懂，也听不见了。

我们顺着海拔总有一俄里的日本高山的山峰，从这家走到那家

---

1　纸糊的扉，有木格子。
2　Kimono，即日本的衣服，但这里似应作"夜著"，即绵盖，状与"著物"略同。
3　Nieto。

去。我们的旅行日程是靠着日本的文士诸君排定的，我们带着对于各家的介绍信。而我们的旅行日程巡警却不知道，警官是隔着一俄里看守着我们。所以无论那里，都郑重地相迎，然而我们到了有一家的门约半点钟之后，○○[4]进来了，主人就到不知什么地方去。于是主人和我们之间立刻有了墙的遮拦了。我不说"否"，然而这地方的难于滞留，却是明明白白。我们一径向前走，而土屋君留我们住宿了一宵。

这前一天，我们整天坐着山间的铁道车到小诸市，住在叫作山城馆的旅店里。这旅店的所在地是往昔的城脚，在夜晚的澄净的天空里，远远地腾起火山的烟来。去访了一个做着《信浓日日新闻》的地方通信员的人，是作家岛崎君的绍介信上所指定的，没有在，他在市上的救火局里挂了画，开着展览会。这第二天，是要有旧领主牧野子爵的欢迎会的，展览会就正凑在这热闹里。我们用力车（但说力车是错的，Kuruma 才正当）到这展览会，在那里被灌了不加白糖的日本的绿茶，其次是往邮政局转了一转。凡有地球上的一切邮政局，是都非有火漆气、官僚气、墙后面咭咭格格地响着电报机不可的。顺着闲静的小路，经过了从山而下的流水的潺湲的日本式寂静中，便到了人们前去参诣火山的路，一面观赏着电影的广告人的样子。

于是回到城脚的旅店。旧领主牧野子爵于傍晚到来，住在和我们同一的旅店里了。在并不很古的七十年前，子爵的祖宗是从存在于这旅店所在的城脚的城墙上统治四方的。然而我并没有推测他的心的深处之类。受过高等教育的言语学家的使女离开我们的屋子，到子爵那里去了，但在我们这里漏出了这样的话——

——大人去洗澡去了……吩咐在夜饭时候拿酒来……太太很

---

4　这大约是 Inu 二字，即"狗"，指日本的巡警。

头痛哩，吩咐道，给我拿毗拉密敦⁵来罢。

听说旧领主是明天光降镇守祭和展览会，这一完，就往东京的，还听说而且不再过一年，是不回到这里来的。

照日本的旅店的惯例，给我们送旅店的著物来了。我去洗澡。据日本人的习惯，是不洗脸和手，而从脚洗到头，男女混浴的。浴场的温度是列氏四十五度。日本人是用擦身体的手巾洗身体的。正在洗澡，那使女跑进浴场来了，但为的是来颂扬旧领主的唱歌的声音好。

我们推开了障子——城壁的对面，山崖的下面，都展开着山谷，室中是浮着连峰的线，溪谷和山腰上辉煌着电灯。只在日本，我才目睹了绀碧的空气的澄明，这是没却了远景的青绝的澄明，漆一般的青，漆一般的澄澈。

鸟在暗地里叫。而从旅店的角落里、从塔的废墟里传来了极柔艳的女人的声音。我们穿了著物，照日本式坐在地板上——于是晚餐搬来了。一看，是生的鱼、蛤蜊的汤、渍萝卜、米的饭，还有日本的服特加⁶这酒之类。本地的报馆派照相师来，照了一个相。不久，使女拿了非常之厚的帐簿来了，凡有体面的旅客，都在这上面署名。使女还给我看了说是旧领主刚才写好的短歌，于是我们也非在这帐簿上署名不可。其次是搬来了棉被和夜著（加棉絮的夜间的著物）。彻夜鸟啼，透明的空中映着火山喷出的烟，露水下来，女人的声音许久没有歇。

早上，在城脚闲步，先前的练兵场上现在有孩子们蹂躏了的网球场，有领主的财产的米仓，有废墟。

人们说话，一抽去"否"字的时候，那话里就没有力。不知道

---

5 药名。
6 俄国很烈的酒名。

身边正出什么事，以及将出什么事的时候，还有，自己的意志全不中用的时候的感觉，是颇为讨厌的。

这时来了一个农夫，邀到他的家去了。他的房屋是三百年前照样，那血统是武士的仆人的血统。给我看了古到六百年的传代的剑。我们是遵照了一切日本的礼式，走进这家里去的，先在门槛的处所脱掉鞋子，在主人和妇女们的脚下低下头去，那边便也在我们的脚下低下头来了。而且在瞻仰三百年之古的房子之前，我们还在地板上给弄完了茶的礼式。这家里，最神圣、最基础底者是藏米的处所。牛和马在农民经济上是都缺如的，也没有看见马厩和牛牢。厨房里是火钵（七轮）的烟腾到天井上。家里的人将一本簿子送到我这里，请署名。于是警官追踪而至，造成了含着"否"字的意思的墙壁，我变得什么都不懂，和同伴都从这家里离开了。忙着展览会的那知识阶级，是早已踪影全无了的，但我们还再在展览会里喝茶、看画。

我们从这里起，走着旧路，在太阳和风和松树的气味中，向大里村的农民文士土屋君的家里去。

水田被石造的堤环绕着，这是用水平器均整，用人手均整了的稻田。

许多脚踏车追上了我们，我们追上了驾着二轮车的牛。在走向土屋君家去的途中，警官赶上了我们，然而有着哲学者的相貌和劳动者的手的沉默家土屋君却迎接我们了。我们向着他的家作礼，他领我们到一间体面的屋子里。

来此的途中，我打听大里村的事，村中的户数是六百五十，居民是三千五百人，学校三所：小学校、实业学校、中学校，儿童是男女共学的，绢工厂一，肥皂制造厂一，蜜蜂制造厂、家兔饲养所、发电所各一。

在日本，是无论到那里，屋内屋外都非常清洁的。但在日本，并不以人体机能的自然排泄物为耻，土屋君家里的后院的中央就兀突[7]着为聚集肥料用的小便计，涂着磁漆的便器。

警官制我们的机先，土屋君却迎接我们了。我们就将这一日的余闲消在巡视附近的水田、墓地和神社佛阁的旁边，以及瀑布的四近。人们从我的身旁自走过去，仿佛无视着我的存在似的。

这一夜，在我的生涯中，大概是唯一的极其异样的夜了。土屋君、茂森君、金田君和我都在土屋君的家里，坐在火钵的旁边。茂森君和金田君，是和我同伴的熟识的友人，然而土屋君却也如一时难于懂得的日本的人们一样，在我是不懂的人物。我们两个靠着金田、茂森两位的翻译而谈天、喝酒。日本人是三杯下肚便满脸通红，他们的眼睛就充血的。土屋君将自己的照相呀、书籍呀、他的朋友的艺术家和文士们为他写的画的，作为纪念的帖子给我看。这种物事在日本是当然的东西。于是土屋君瞪起了充血的眼，以森严的态度，讲起我难于即刻懂得的事情来了。据茂森君和金田君的翻译，是这样的。

……土屋君的父亲，当日俄战争之际，在奉天被俄国兵杀掉了。那时还小的土屋君便立下了一个誓，要杀掉一个最初遇见的俄国人，给父亲报仇，而这最初遇见的俄国人却就是我。他原应该杀掉我的，但是，土屋君是文士，我也是文士，艺术上的同胞爱超过于肉亲爱的事，土屋君是知道的。所以他一面用日本式交换酒杯，以同胞爱的亲谊[8]，劝我喝酒——这是所以为土屋君破了自己的誓作纪念的。

……和自己同国的人杀了人，却去访问那被杀的别国的人的

---

7　现代汉语常用"突兀"。——编者注
8　现代汉语常用"情谊"。——编者注

家，是不大好的……这样子，我便在土屋君的家里听着鸡鸣，当黎明就醒过来了。这前天，我曾用笔用墨，就超国家底文化和同胞爱，为土屋君作了一幅画，然而当这莺儿的早上，我却想起了莺声和我们俄罗斯的莺声相像，而身为人类的我辈，为什么倒说着不同的言语的事来？

我静静地站起，将障子推开。看时，地面上摇曳着磁器[9]的颜色一般的日本的曙色，露水串成沉重的珠，洗着木莲的干子，木莲花正发着死尸一样的花香。

穿着著物的我，赤脚上套了下驮[10]，没有朋友，也没有警官，独向山中去迎黎明了。旁有小流潺湲着，崖下是河水在作响。我跨上石阶，到了踯躅花的繁茂之处，那红的花朵是重重迭选[11]开得如火。石的小路和墓地相通，没有一个人跟住我。这样的事，在日本恐怕是不会有第二次的罢。远处的空际，是火山喷着烟，诸山在左右展开，有水田和我平行着，是很深很深的寂寞。我在墓地里，看见放在一个墓石旁边的装着米饭的碗和木筷。沉思起来了——在别一个墓石旁边，还有狗的颈圈。在日本，人和兽类是埋在一处的。墓地上是丛竹郁苍，就近有一所比我们的狗窠并不较大的神庙。我就在这庙旁坐下，吸烟，还分开杂树，通过了无路之处，走向野柿林边去。在这里，我看见了神秘的人。那是一个在密林中的神庙前的女人，抱了雕花的楔形的石头，显着竭诚尽信的相貌。她祈祷着。祈祷着怎样的神呢？我是不得而知，但心里想，弄着一种神秘的祈祷哪。对于系着蝴蝶样的带子，穿着木屐，有着在我是无从分别好丑的脸的这女人，我没有做什么有所妨碍的事。这时候，我想到要做一篇短篇，写出日本诱到了一个欧罗巴人，恰如沼泽或林鬼似的，将这人淹

9　现代汉语常用"瓷器"。——编者注
10　Geta，木屐。
11　现代汉语常用"重重叠叠"。——编者注

在水里，浸在灰汁里的层次来。这缘故，就在我尽了心想要探求日本的精神、日本的生活、现代的风尚——我观察了这国度的生活状态和人们的别致的点——然而，什么都不懂。不能谅解而构想。我觉得我所不懂的这国度沼泽似的将我吸进去了。不知道这是因为在日本真有着神秘的事的缘故呢，还是也许因为内侧真有空虚，所以警官守护着的开了的门，被我克服了？

滞留在日本的一切文士所作为问题的 Thema[12]，即关于东洋和西欧的精神之睽离[13]，西欧人被东洋所吞没，所歪曲，生了"东洋热"这病的现象的 Thema。还有，一切事物，后来将被东洋所抛掉的 Thema——和这些 Thema，我也正对面了。

那一清晨之后，又有太阳、风、花朵开在地上的几天，游山、和警官赛跑的几天。不知道在那一天里，我要日本式地生活、饮食，并且日本式地思索、观察起来了。山间的小径和山间的酒铺往往是使人觉得舒服的东西。

在柳泽君的家里，我们鉴赏日本的古器物，柳泽君赠了我一个虾夷所用的古老的矢镞。而且他又引导我们到洞窟去，那是可以推想古代日本的居民的那虾夷的生活的。这四近有很够的阳光，松树茂密，从大海吹过健康的风来——柳泽君还给看松树的盆景，那是长约半亚洵[14]、已经种了十来年了的树。

通过许多涵洞，渡了铁桥和深渊，看着绝佳的风景，许多工夫，从昼到晚，我们坐着列车，到涌着矿泉的上诹访去了。

万事都照要如此的如此，这就是说，上诹访驿里有一个刑事巡警，跟着我们同来的巡警便将我们交代给他了。旅馆里有许多客。一开旅馆的障子，便看见浴场，男女在矿泉中混浴。这日的太阳很

---

12 主旨，论题。
13 现代汉语常用"暌离"。——编者注
14 俄国尺度名。1 Arshin 约中国二尺半。

猛烈，旅程也长，耽了种种的思索。我们一面听着出卖穷人的夜膳，叫作"辨当"的男人的角笛，一面又倾听着隔壁的艺妓的歌声，走进梦路去。翌朝，我们吃了米饭和海草的汤和盐渍的梅子。警官出现，人们不说"否"（这不可不察）的时候，就再生了照例的困惑。照预定，我们是早上要到一个山村和织绢工厂去的，然而不过是拖延时光。我出去修了脸，在地方的工业展览会（在日本，是几乎每个街头，当各种纪念之际，都开展览会的）里转了一转，看过玩具的电气铁道，回来时，地方的一个纺绢工厂的 Doctor 和自动车已在等我了。

我们沿着湖水往工厂去，照例在工厂的事务室里有茶的飨宴。

纺绩[15] 的方法，从茧缲丝之类，是大家都知道的。虽然没有在日本到处所见的清洁，但这工厂也是很清洁的地方。进工厂去，是我们和女工都脱了鞋，只剩着袜子进去的。工场之内，要寻一分钟间可以一个人独在那里的地方，是一点也没有。厕所在广大的土房的中央，所以一切都看见。这也因为日本人不以人体的排泄物为污秽，也因为不使工女独自暗地里看信或写信。从工厂的围外寄来的一切信，都被拆看，没有事务所的许可，工女是不能出围外去的。工厂很有些像牢狱，工女是以两年至四年的期限，被卖在此的人们。工女唱着这样的歌——

> 如果纺织女工是人呀，
> 电报柱子要开花。

然而这样的事现在只是些余谈。

警官比我们慢，看不见我们了。但这时候，就发生了照例的困

---

15　现代汉语常用"纺织"。——编者注

惑，听到了自动车的声音。我们是本应该到山村去的，却进了一个旅店了。这并不是前晚住过的旅馆，却不知是什么缘故，放着我们的提包。我们是吃过早餐并不多久的，食桌上却排着食品，但我们不想吃东西，也没有吃东西的余裕。在食桌边，还坐下了未曾招待的未知的人们。什么是什么，我一点也不懂了，但守礼的观念抑制着我，没有使真的俄国话说出口。

大家的手法都很快，也很慢，但总算颇有次序地办去了。普通大抵知道这是失礼的，然而将已经就坐的我叫到门外（湖水的旁边）去，照了一个相。

于是大家将很疲乏的我运到停车场，给坐上了往东京的列车，这事算告终结。我一面挨着剧烈的胃痛，只希望着一件事，这希望就是早早到了自己的假定的家里，用俄国话谈天，住在同乡人里面。这虽然仅只是我的想象，不能一定说是这样的，但莫非日本的警官为打破研究了日本的农村和那生活状态，想得到开他的钥匙的我的不逊的欲望计，给我中了毒么？然而这且又作别论，我在没有厌物的客车里，所半入梦境地思索的，却并不是怎样地才可以在东洋卷起风云来，而是为什么东洋要像从克跋斯酒瓶拔去木塞似的，从自己的大地上推出西欧人去？我一面想起 Kipling 的话，觉得西欧人是未必能够钻进东洋人的魂灵里去的。而我的对于一切的"各种的"志望，连影子也躲掉了。

我的信州旅行就这样地完结了。


我们都知道，俄国从十月革命之后，文艺家大略可分为两大批。一批避往别国，去做寓公；一批还在本国，虽然有的死掉，有的中途又走了，但这一批大概可以算是新的。

毕勒涅克（Boris Pilniak）是属于后者的文人。我们又都知

道，他去年曾到中国，又到日本。此后的事我不知道了。今天
看见井田孝平和小岛修一同译的《日本印象记》，才知道他在日
本住了两个月，于去年十月底，在墨斯科写成这样的一本书。

当时我想，咱们骂日本、骂俄国、骂英国、骂……然而讲
这些国度的情形的书籍却很少。讲政治、经济、军备、外交等
类的，大家此时自然恐怕未必会觉得有趣，但文艺家游历别国
的印象记之类却不妨有一点的。于是我就想先来介绍这一本毕
勒涅克的书，当夜翻了一篇序词——《信州杂记》。

这不过全书的九分之一，此下还有《本论》《本论之外》
《结论》三大篇。然而我麻烦起来了：一者"象"是日本的象，
而"印"是俄国人的印，翻到中国来，隔膜还太多，注不胜注；
二者译文还太轻妙，我不敌他，且手头又没有一部好好的字
典，一有生字便费很大的周折；三者，原译本中时有缺字和缺
句，是日本检查官所抹杀的罢，看起来也心里不快活。而对面
阔人家的无线电话机里又在唱什么国粹戏，"唉唉唉"和琵琶
的"丁丁丁"，闹得我头里只有发昏章第十一了。还是投笔从玩
罢，我想，好在这《信州杂记》原也可以独立的，现在就将这作
为开场，也同时作为结束。

我看完这书，觉得凡有叙述和讽刺，大抵是很为轻妙的，
然而也感到一种不足，就是欠深刻。我所见到的几件新俄作家
的书，常常使我发生这一类觖望。但我又想，所谓"深刻"者，
莫非真是"世纪末"的一种时症么？倘使社会淳朴笃厚，当然
不会有隐情，便也不至于有深刻。如果我的所想并不错，则这
些"幼稚"的作品，或者倒是走向"新生"的正路的开步罢。

我们为传统思想所束缚，听到被评为"幼稚"便不高兴。
但"幼稚"的反面是什么呢？好一点是"老成"，坏一点就是

"老狯"。革命前辈自言"老则有之，朽则未也，庸则有之，昏则未也。"然而"老庸"不已经尽够了么？

我不知道毕勒涅克对于中国可有什么著作，在《日本印象记》里却不大提及。但也有一点，现在就顺便介绍在这里罢——

"在中国的国境上，张作霖的狗将我的书籍全都没收了。连一千八百九十七年出版的 Flaubert 的 *Salammbo*，也说是共产主义的传染品，抢走了。在哈尔宾[16]，则我在讲演会上一开口，中国警署人员便走过来，下面似的说。照那言语一样地写，是这样的——

——话，不行。一点儿，一点儿唱罢。一点儿，一点儿跳罢。读不行！

我是什么也不懂。据译给我的意思，则是巡警禁止我演讲和朗读，而跳舞或唱歌是可以的。人们打电话到衙门去，显着不安的相貌，疑惑着。有人对我说，何妨就用唱歌的调子来演讲呢？然而唱歌我却敬谢不敏。这样恳切的中国，是挺直地站着，莞尔而笑，谦恭到讨厌，什么也不懂，却唠叨地说是'话，不行，一点儿，一点儿唱'的。于是中国和我，是干干净净地分了了手了。"（《本论之外》第二节）

一九二七，一一，一六　记于上海

《语丝》第四卷第二期所载

---

16　现代汉语常用"哈尔滨"。——编者注

# "雄鸡和杂馔"抄

［法］J. Cocteau[1]

艺术是肉之所成的科学。

真的音乐家，将自由的天地给算术；真的画家，将几何学解放。

青年莫买稳当的股票。

艺术家摸索着，开一扇秘密的门，但也能够不发见这门隐藏着一个世界。

水源几乎常不赞成河流的行程。

奔马之速，不入于计算中。

艺术家不跳阶段，即使跳上，也是枉费时光，因为还须一步一步从新走过。

后退的艺术家骗不了谁，他骗自己。

真实太裸体了，这不使男人们兴奋。

妨碍我们不将一切真实出口的感情底的狐疑，做出用手掩着生殖器的美神来，然而真实却用手示人以生殖器。

一切的"某人万岁"中，都含着"某人该死"。要避中庸主义之讥，应有这"某人该死"的勇气。

诗人在那辞汇[2]中，常有太多的言语；画家在那画版上，常有太多的颜色；音乐家在那键盘上，常有太多的音符。

先坐下，然后想。这原理不成为蹩脚们的辩解才好。真的艺术

---

1  现译"科克托"。——编者注

2  现代汉语常用"词汇"。——编者注

家，是始终活动着的。

梦想家常是拙劣的诗人。

倘剃发，要剃光。

你说，因为爱，从右到左来了，但是，你不过换了衣裳，不也将皮肤换过是不行的。

最要紧者，并非轻轻地在水面游泳，而是展开波纹，扑通地连形影都不见了。

小作品——世上有一种作品，那一切重要，全在于深——口的大小，是不成问题的。

招大众之笑者，未必一定是美或新，然而美或新者，一定招大众的笑。

"将公众责难于你之处，养成起来罢，这才是你呀。"将这意见好好地放在心里，这忠告是应该广告似的到处张贴的。

在事实上，公众所爱的是认识，他们憎恶被淆乱，吃惊使他们不舒服。作品的最坏的运命是毫不受人们责难，不至于令人起反对那作者的态度。

公众不过是采用昨天来做打倒现在的武器。

公众——使用昨天而拥护今天，预感明天的人们（百分之一）。破坏着昨天，拥护着今天，而否定明天的人们（百分之四）。为了拥护他们的今天的那昨天，而否定今天的人们（百分之十）。以为今天有错处，而为明后天约定聚会的人们（百分之十二）。为要证明今天已经过分，而采用昨天的前天的人们（百分之二十）。还未悟艺术是连续的事，而以为因为明天将再前进，艺术便止于昨天了的人们（百分之六十）。对于前天、昨天、今天都不容认的人们（百分之百）。

在巴黎，谁都想去当演员，以看客为满足者，一个也没有。人们在舞台上拥来拥去，客座上却空着。

公众问："你为什么这样做的呢？"创作家答道："就因为你未必这样做的缘故。"

类似者，是固执于一切主观底变形的一个客观底的力。类似与相似不可混同。

有现实的感觉力的艺术家决不要怕抒情底的事。客观底的世界，无论抒情使它怎样跟着转身，在那作品中总保存着力。

我们的才智善于消化。深受同化的对象便成为力，而唤起较之单是不忠实的模写[3]更加优胜的写实。将 Picasso（译者案：西班牙人，从印象派倾向立体主义的画家）的绘画和装饰底的布置混同起来是不行的，将 Ballad（译者案：合乐而唱的叙事短歌）和即兴之作混同起来是不行的。

独创底的艺术家不能模写。就是，他只是因为是独创底，所以不得不模写而已。

假使鸟儿能够分别葡萄，那么，有两种葡萄串子：能吃的好的和不中吃的坏的。

不要从艺术作艺术。


久闻外国书有一种限定本子，印得少，卖得贵，我至今一本也没有。今年春天看见 Jean Cocteau 的 Le Coq et L'arlequin 的日译本，是三百五十部中之一，倒也想要，但还是因为价贵，放下了。只记得其中的一句是："青年莫买稳当的股票。"所以疑心它一定还有不稳的话，再三盘算，终于化了五碗"无产"咖啡的代价，买了回来了。

买回来细心一看，就有些想叫冤，因为里面大抵是讲音

---
3　现代汉语常用"摹写"。——编者注

乐，在我都很生疏的。不过既经买来，放下也不大甘心，就随便译几句我所能懂的，贩入中国——总算也没有买全不"稳当的股票"，而也聊以自别于"青年"。

至于作者的事情，我不想在此绍介，总之是一个现代的法国人，也能作画，也能作文，自然又是很懂音乐的罢了。

一九二八年十二月二十七日第四期及
一九二九年一月十日第六期《朝花周刊》所载

# 青湖记游（遗稿）

### ［俄］尼古拉·确木努易

十二点钟后，从无涯的地平线的广阔的路，在运货马车上颠簸着，我们到了青湖的溪谷了。是丰丽的溪谷，半俄里（译者注：一俄里约三千五百尺）广，一俄里长的这谷，三面为屹立的岩石所包围，盖以鲜艳夺目的花卉的斑斓的天鹅绒，看去好像深坑的底。这天鹅绒上展开着多年的蓑衣树，成着如画的岛屿，斑条杜鹃开得正盛，在全溪谷里放着芳香。那香气夹在硫黄的气味中，使湖水的周围很气闷。

我们震惊于造化的丰饶之美，立着在看得入迷。左是耸立的石壁，白到恰如昨天才刷上白垩的一般。大得出奇，生在那顶上的大树，好像是谁布置在岩头的窗户。正面是成着三层的露台，为种种植物所遮蔽，下接谷间。巴尔凯尔的峡谷环在右隅，从那里迸出秋乌列克川来，滔滔作响。浑浊的奔流杀到岩间，从谷的右侧扛起磐石，激流搬着巨石，到处轰轰然仿佛铁路的火车。俯临秋乌列克川上的危岩，蔽以草莽，葱葱茏茏宛如为藤萝所缠绕。在巨岩上，则覆盖山巅的雪溶化[1]而成小川，银的飘带一般纠缠着。

我们默默然站着，在眺望这些环抱我们的岩石的群山。但是，没有地平线，却令人不高兴。

"湖水在那里呀？"有谁在问引路人那德。他是我们旅行过了的那烈契克的凯巴尔达人。

---

1　现代汉语常用"融化"。——编者注

"进口是那边！"那德说，并且激烈地动着手，指点那遮住了湖的风景的蓑衣树丛。

我们环行过丛树去一看，失望了，湖水并不是我们所想象的那样的东西，那仅是三十赛旬（译者注：一赛旬约七尺）的四方的池，满着水晶似的透明的水。水很清澈，被暴风吹倒的蓑衣树的大树，根还牢牢地钉在石岸上，但连那树梢的最后的一枝，在水里也看得很分明。

"那怎么是青的呢？这是遭了骗了！……"

"抛下白的东西去——就明白罢！"被侮辱了似的，那德说。

有谁从提篮里取出热鸡蛋来，将这抛在湖的约略中央了。睡着的水面便一抖而生波纹，鸡蛋消失在微波之下了。我们哄然大笑，呆头呆脑，恰如渔人的凝视浮子一般，定睛看着湖的微波上。

"阿，阿！看那边呀！"那德发疯似的叫喊，指着静了的水面。我们专心致志，注视水中。

"阿，阿呀，鸡子——青了呀！"女人们看着滚滚地流向我们脚边来的全然青玉一般的鸡蛋，狂喜得大叫。整一分钟，是欢喜和感叹和狂呼，但鸡蛋也就在我们的岸下消失了。

"确是深的！"有谁这样说，"喂，再来一个罢！"

鸡蛋又飞进湖中去了。聪明的那德便盖上提篮，将这挟在腋下。

"预备吃什么呀？"他说，不以为然似的摇摇头。

我们是孩子一般愉快。我们大佩服那德的聪明，不再抛鸡蛋了，将这改为石子。

"呀，呀！看那，那边，夜了！"那德忽然狂叫起来，指着山顶。

我们反顾，要用眼在岩头看出夜来，但那里并没有夜。在雪岭上燃着落日的红莲的光辉，显着一切珍珠色的迁色在晃耀。这闪闪地颤动、消溶[2]，仿佛再过一分钟就要使花卉盛开的山谷喷出红莲的

---

2 现代汉语常用"消融"。——编者注

川流来。

我们感叹了，然而那德却仓皇地叫喊——

"客人们，是夜呵！用短刀砍蓑衣树去——烧起火来呀！立刻就是夜呵！……"

他左往右来地在为难，他的红脸上现出恐怖来，对于我们的无关心则显示了愤懑。

到底，我们也懂得了怕夜近来的那德的心情，开手去搜集取暖的材料。那德在蓑衣树枝密处之下选定了位置，在柴薪上点起火来。

戴雪的岭是褪色了、青苍了，就从那里吹送过寒气来。黄昏渐见其浓，夜如幻灯似的已经来到。旅客们围住柴火，准备着茶和食物。我在那德的指挥之下，用小刀砍下带着大叶的小枝条来，做了床铺。

夜使我们愈加挨近柴火去。女人们来通知，一切都已完全整备了，我们便坐下，去用晚餐。那德是摩哈默德的忠仆，不违背《可兰经》的——他不喝酒，不吃火腿，只喝茶，吃小羊的香肠。

夜将我们围在穿不通的四面的岩壁里了，从那静寂之中传来了奇秘的低语和声响。

只有深蓝色的天鹅绒的太空雕着大的星点，盖在我们上面，夜就如躺在围绕着我们四面的大象的背上似的……蓑衣树的绿叶在柴薪的焰中战栗见得灰色。我们近旁的马得到饲养——它们嘘嘘地嘶着，啮食多汁的草，索索有声。夜鸟在我们的头上飞翔，因柴烟而回转，叫了一声，便没入丛树里去了。奇秘的低语声酝酿，而且创造了喘不出气来似的气分。我们紧靠了柴薪这面，竭力要不看暗的、围绕我们的深渊。忽然，有什么沙沙地发声，格格地，拍拍地响，发了炮似的，轰然落在秋鸟列克川里，山峡都大声响应了。我们发着抖，默然四顾。

"地崩呀！"那德坦然地说明，"是山崩了呀！"

秋乌列克川不作声了，那好像是在沉思，要去慰问不时的灾难。

黑暗，篝火，不分明的低语声逼我们想起各样可怕的故事来，那是其中充满着死人、强盗、妖人和凶神之类的。而且这故事愈可怕，我们便愈挨近火的旁边，想不去看背后漆黑的、墨汁似的夜的深渊……

"这里有野兽么，那德？"

"猴子、熊、野牛是到秋乌列克川来喝水的……。"

于是一切都寂然了。

那德盖着外套，向我们道了晚安。

"你听见么？有谁走来了呀……"

大家都转脸向那一面去，从那一面，听到了一种什么脚步声和不分明的喃喃声，大家都提防着。

"唉，哗，哗！"在暗中哼着，好像有什么东西用三只脚走近我们这边来了。

"那德！那德！起来一下！"

然而那德却仿佛一切都已办妥了似的，早已昏昏酣睡了。

我们终于将他摇醒，告诉了我们的恐怖，将那三只脚的东西近来了的事……

那德却不过吐了一口唾沫。

"那是滔皮（山里的侯爵）呵，是爱喝酒的老爵爷，在这里养羊的。"

我们不相信那德说侯爵——滔皮自己会在养羊的话。

步声近来了。在黑暗中，先显出灰色的胡子来，接着是一个带皮帽的高大身材的老人模样出现。侯爷带着跛脚，挂着粗粗的拐杖，走近柴火旁边来。

"好东西，好东西，康健哪！客人。"侯爵说。

我们回答了他的欢迎，请他坐在一起。

侯爵脱了帽子，坐下了。

"来游玩的罢，客人？"他并不一定问谁地，问。

"是的，我们是来看看湖水、秋乌列克川、山、巴尔凯尔路的。"

"哼！"老人在唇齿间说，用了黑的、透视似的眼，狂妄地注视我们。我们也注视侯爷，他的用通红的胡子装饰起来的鹰嘴鼻，以及尖尖的指甲。但是，竟想不出从什么地方说起，来谈天。

"你脚痛么，滔皮？"一个医生说。

"给你们的兵打坏的！"山里侯爷回答了，但他的脸上闪过了愤怒的影子。

"滔皮，吃点东西，怎样？"医生亲切地改了话，说。侯爷点一点头，表示允诺的意思。酒是将瓶子、茶杯和香肠这些给了他。山里侯爷便排着两个杯子，和食物一同喝起来，只是咳嗽。

他的眼睛有些亮汪汪了，不知怎地，好像忽然没了力气似的。

"晚安，客人！"他说着，摊开了外套。

我们也在树枝上准备就寝，一面听着谷川的响亮的音响，用睡眼仰望着黑暗的天空，觉得天空像是弯曲了挂在巨岩的群山的上面，天花板似的，用那两头搁在岩上……

一九二九年十二月二十日《奔流》二卷五期所载

# VI. G. 理定自传

一八九四年二月三日生于墨斯科。到七岁，被送进拉萨来夫斯基东方语学院去，在那里学习了十年。父亲早已去世了，那时我是十四岁，于是便入了独立生活。确是从这些时候起，开手写了小短篇和短文——在契诃夫的强有力的感化之下。然而将这些都烧掉了。第五年级学生的一群，在故人干理赫·泰斯退文（他那时做着"黄金之群"的秘书）的主宰之下，组织了油印的——学生杂志《尝试》(*Pervie Optü*)。在那上面登载了短篇小说《夜间》和中学生式的关于现代的批评的文章，但杂志在学生之间并不以为好。其次的短篇是不署姓名登在 *Wesna* 上，《夜之光》这短篇是在 *Moskovskaia Gazeta* 上。一九一一年在学院卒业，几年间（夏和秋）生活于 Kurskaia 县（Lvovski 郡）的森林中。自己之作，真排了活字，是始于一九一五年，在 *Russkaia Misl*、*Sovremennik*、*Sovremennü Mir*、*Novaia Zhizni*、米罗留皤夫的 *Edemeshachinü Jurnal*，以及《年鉴》上。一九一七年，最初的短篇小说集《小事》出版了。在战争时中，卒业了墨斯科大学，赴西部战线，往来其间。在赤军的队中，东部西伯利亚和墨斯科，经过了革命。一九二二年到海外去——访了德国——是第三回。

## 著作

《小事》 一九一七年，墨斯科的 "Sovrenie Dni" 书店印行。

《涨潮》 一九一八年，墨斯科的 "Sovrenie Dni" 书店印行。

《关于许多日子的故事》 一九二二年，柏林的"Ogoniki"书店印行。

《海流》 一九二三年，墨斯科的"L.Frenkel"书店印行；一九二五年再版。

《鼹鼠的工作日》 一九二三年，墨斯科的"L.Frenkel"书店印行；一九二五年，柏林的"Gelikon"书店再版。

《大陆》 一九二五年，"Lengiz"印行；一九二八年，"Giz"再版。

《北方》一九二五年，"Lengiz"印行。

《地之燃烧》 一九二五年，墨斯科的"Prozhektor"印行。

《航行》 一九二六年，墨斯科及列宁格勒的"Giz"印行；一九一八年，同店再版。

《道路与里程》(旅行杂记与日记之一页。) 一九二七年，列宁格勒的"Priboi"印行；一九二八年，"Giz"再版。

《人类之子的故事》 一九二七年，墨斯科及列宁格勒的"Giz"印行；同年，同店再版。

《叛徒》 一九二八年，墨斯科及列宁格勒的"Gi"印行。

《著作集》五卷 一九二八至二九年，"Giz"印(正在印行。)


这一篇短短的自传，是从一九二六年，日本尾濑敬止编译的《文艺战线》译出的，他的根据就是作者——理定所编的《文学的俄国》。但去年出版的 Pisateli 中的那《自传》，和这篇详略却又有些不同，著作也增加了。我不懂原文，倘若勉强译出，定多错误，所以《自传》只好仍译这一篇，但著作目录却依照新版本的，由了两位朋友的帮助。

一九二九年十一月十八夜，译者附识

一九二九年十二月二十日《奔流》第二卷第五期所载

# 描写自己

## ［法］纪德

我任凭你们以为和这肖像（瓦乐敦的）相像。那么，我在街上可以不给你们认识了，况且我不很在巴黎。我倒喜欢在棕榈树下，橄榄树下和稻子豆下，我也幸福的，柏树下面，不大幸福，枞树下面，就全不幸福了。我大概喜欢热天。

每半年，我刮了胡子，回到大街的麦罗尼来。约一个月，即使并无别人，我也快活。但是，没有比孤独更好的了。我最不愿意拿出去的是"我的意见"。一发议论，我在得胜之前，就完全不行。我有一个倾听别人的话的缺点……但我独自对着白纸的时候，就拿回了自己。所以我所挑选的，是与其言语，不如文章，与其新闻杂志，不如单行本，与其投时好的东西，不如艺术作品。我的时常逃到毕斯库拉和罗马，也是与其说是要赴意大利和菲洲[1]去，倒是因为不愿留在巴黎。其实，我是厌恶出外的，最爱的是做事，最憎厌的是娱乐。

虽然这么说，我却并非憎恶人类的人，在以友谊为荣耀……但这是并不相同的。

纪德在中国，已经是一个较为熟识的名字了，但他的著作和关于他的评传，我看得极少极少。

---

1 现译"非洲"。——编者注

每一个世界的文艺家，要中国现在的读者来看他的许多著作和大部的评传，我以为这是一种不看事实的要求。所以，作者的可靠的自叙和比较明白的画家和漫画家所作的肖像，是帮助读者想知道一个作家的大略的利器。

《描写自己》即由这一种意义上译出来试试的。听说纪德的文章很难译，那么，这虽然不过一小篇，也还不知道怎么亵渎了作者了。至于这篇小品和画像的来源，则有石川涌的说明在，这里不赘。

文中的稻子豆是 Ceratonia siliqua, L. 的译名，这植物生在意大利，中国没有；瓦乐敦的原文是 Félix Vallotton。

一九三四年十月十六日《译文》第一卷第二期所载

# 说述自己的纪德

[日]石川涌

法兰西版《纪德全集》第三卷上，收着一篇题为《著者的肖像》的短文。年代不知道，也许是一九〇一年顷的东西罢。因为还有点意思，就抄下全文来看看。

这里所说的瓦乐敦是法国有名的版画家，关于他，记得厨川白村确曾绍介过了的。在诗人古尔蒙的作家论集《假面的书》中，刻过许多法兰西作家的肖像。

据《全集》编辑者玛尔丹·晓斐的话，则这肖像好像是登在《巴黎之声》(*Le Cride Paris*)报的连载作品《描写自己》里，一并发表了纪德的文章的。这肖像后来就收在《假面的书》里。

瓦乐敦作这版画的时候，还没有见过纪德，只据着毕斯库拉（亚菲利加）棕榈树下所照的照相刻成木版的。不久之后，两人第一次会面的时候，瓦乐敦叫道："用我的版画，怕不能找出你来的罢。"

纪德喜欢南方（意大利和菲洲），这些地方的屡次的旅行产生他的许多杰作，也是大家知道的事实。关于这事，批评家是以为和法兰西南部（游什斯）人的父系的血脉相关的。

乐雯译自《文化集团》第二卷第八号
一九三四年十月十六日《译文》第一卷第二期所载

诗

# 跳蚤

［法］阿波利奈尔

　　Guillaume Apollinaire 是一八八〇年十月生于罗马的一个私生儿，不久，他母亲便带他住在法国。少时学于摩那柯学校，是幻想家，在圣查理中学时，已有创作，年二十，就编新闻。从此放浪酒家，鼓吹文艺，结交许多诗人，对于立体派大画家 Pablo Picasso 则发表了世界中最初的研究。

　　一九一一年十一月，卢佛尔博物馆失窃了名画，以嫌疑被捕入狱的就是他，但终于释放了。欧洲大战起，他去从军，在壕堑中，炮弹的破片来钉在他头颅上，于是入病院。愈后结婚，家庭是欢乐的。但一九一八年十一月，因肺炎死在巴黎了，是《休战条约》成立的前三日。

　　他善画，能诗。译在这里的是 *Le Bestiaire*（《禽虫吟》）一名 Cortège d' Orphèe（《阿尔斐的护从》）中的一篇，并载 Raoul Dufy 的木刻。

　　　　跳蚤，朋友，爱人，
　　　　无论谁，凡爱我们者是残酷的！
　　　　我们的血都给他们吸去。
　　　　阿呀，被爱者是遭殃的。

　　　　一九二八年十一月三十日《奔流》第一卷第六期所载

# 坦波林[1]之歌

〔日〕蕗谷虹儿

作者原是一个少年少女杂志的插画的画家，但只是少年少女的读者，却又非他所满足，曾说："我是爱画美的事物的画家，描写成人的男女，到现在为止，并不很喜欢，因此我在少女杂志上画了许多画。那是因为心里想，读者的纯真，以及对于画、对于美的理解力都较别种杂志的读者锐敏的缘故。"但到一九二五年，他为想脱离那时为止的境界，往欧洲游学去了。印行的作品有《虹儿画谱》五辑、《我的画集》二本、《我的诗画集》一本、《梦迹》一本，这一篇、即出画谱第二辑《悲凉的微笑》中。

坦波林（Tambourine）是轮上蒙革，周围加上铃铛似的东西，可打可摇的乐器，在西班牙和南法用于跳舞的伴奏的。

敲起来罢　坦波林

还是还是　春天呀……

跳舞的　跳舞儿

还是还是　春天呀……


抛掉了的　坦波林

怎么一下　踏破了……

跳舞的　跳舞儿

---

1　现译"铃鼓"。——编者注

怎么一下　踏破了……

破掉罢　坦波林

泪珠儿的　跳舞呀……

抛掉了的　坦波林

泪珠儿的　跳舞呀……

拾起来罢　坦波林

还是还是　春天呀……

跳舞的　跳舞儿

还是还是　春天呀……


一九二八年十一月三十日《奔流》第一卷第六期所载

# 中国起了火

［美］翰斯·迈伊尔

## 一

中国到处伸出烈焰的舌头。
大猛火一直冲到天宇。
地面如被千万的狂呼所烧红，
从顺的中夏之邦起了火。

## 二

这火决不是龙舟的祭赛，
也绝不是为佛陀和基督而腾舞。
如此炎炎的只是自由和饥饿的
铁律的丰碑：中国起了火。

一九三一年八月五日《文学导报》第一卷第二期所载